Carol O'Connell

Der steinerne Engel

Roman

Aus dem Amerikanischen
von Renate Orth-Guttmann

GOLDMANN

Die Originalausgabe erschien 1997 unter dem Titel
»Flight of the stone angel« bei Hutchinson, London

Umwelthinweis:
Alle bedruckten Materialien dieses Taschenbuches
sind chlorfrei und umweltschonend.

Taschenbuchausgabe Juni 2002

Umschlaggestaltung: Design Team München
Umschlagfoto: Picture Press
Satz: deutsch-türkischer fotosatz, Berlin
Druck: Elsnerdruck, Berlin
Titelnummer: 45284
TH · Herstellung: Heidrun Nawrot
Made in Germany
ISBN 3-442-45284-8
www.goldmann-verlag.de

1 3 5 7 9 10 8 6 4 2

CAROL O'CONNELL

Der steinerne Engel

Buch

Den Namen Malcolm Laurie wird Kathy wohl niemals vergessen, denn es war das Letzte, was ihre Mutter, die Ärztin Dr. Cass, der damals Sechsjährigen zuflüsterte. Kathys Mutter starb – von dreißig Einwohnern der Stadt Dayborn im schwülen Louisiana grausam gesteinigt. Das Motiv dieser barbarischen Tat wurde nie geklärt. Auch Kathy tappt nach wie vor im Dunkeln, doch das Geheimnis um den Tod ihrer Mutter lässt sie nicht los. Sie hat sich sogar den Namen Mallory gegeben, um Mal Laurie, den vermeintlichen Mörder, im Gedächtnis zu behalten.

Siebzehn Jahre sind seit dem Mord an ihrer Mutter vergangen, als Kathy Mallory, inzwischen Kriminalbeamtin bei der New Yorker Polizei, nach Dayborn zurückkehrt, um den Fall wieder aufzurollen und offene Rechnungen zu begleichen. Zeitgleich mit ihrem Erscheinen kommt es zu mysteriösen Zwischenfällen, und die Stimmung in der kleinen Stadt beginnt sich aufzuheizen. Die Spur führt zu einer katholischen Sekte namens New Church und zu einem mächtigen Familienclan, der hinter der Sekte steht. Mit ihrer raffinierten Mischung aus Okkultismus und Demagogie halten sie die Gegend im Griff. Und das Oberhaupt des teuflischen Clans ist kein anderer als Mal Laurie …

Autorin

Carol O'Connell, geboren 1947, lebt in New York. Die gefeierte Bestsellerautorin schuf mit Kathleen Mallory eine der originellsten und bestechendsten Detektivfiguren der Kriminalgeschichte. Nach einem Kunststudium stellte Carol O'Connell jahrelang surrealistische Gemälde in Cafés aus, bevor sie sich 1995 mit ihrem Debütroman *Mallorys Orakel* auf einen Schlag in die Spitzenriege der Krimiautorinnen schrieb.

Carol O'Connell bei Goldmann

Mallorys Orakel. Roman (44808) · Der Mann, der die Frauen belog. Roman (44275) · Tödliche Kritiken. Roman (44555) · Das Judaskind. Roman (44706)

Prolog

Nach der Philosophie des Idioten konnte eine Wolke nie nur eine Wolke sein. Nach Vorbedeutungen suchend, las er in die ständig wechselnden Gestalten vieles hinein. Dieser Wolke fehlte der Wind, der sie antrieb. Da ihr keine Vorwärtsbewegung gegönnt war, wölbte sie sich zornig in die Höhe und nahm der Mittagssonne das Licht.

Jetzt hatte die Wolke die Alleinherrschaft über den Himmel.

Über den Platz huschten abwechselnd Licht und Schatten, während ein grüngasiges Zucken die Wolke von innen erhellte. Dann kam ein leises Grollen – das Vorspiel zu der eigentlichen Vorstellung.

Alles war jetzt in Dunkel gehüllt wie eine Bühne.

Es kam, es kam. Er wusste, dass ein zuckender Blitz die Erde treffen würde, und zwar sehr bald, denn die Luft knisterte vor Elektrizität. Den Idioten überlief eine Gänsehaut. Er empfand eine köstliche bebende Spannung, als er auf den Schlag wartete.

Und die Wolke ließ ihn warten.

Immer höher, immer dunkler türmte sie sich über ihm auf, während er die Sekunden zählte. *Eins, zwei …*

Die junge Fremde kam kurz nach zwölf Uhr mittags in die Stadt.

Eine Stunde später war der Idiot überfallen worden, seine Hände waren gebrochen und voller Blut. Travis, der stellvertretende Sheriff, hatte am Steuer seines Streifenwagens einen schweren Herzanfall erlitten. Und Babe Laurie wurde ermordet aufgefunden.

Die junge Fremde, die kurz vor diesen Ereignissen aufgetaucht war, saß im Gefängnis.

Sheriff Jessop listete die Habseligkeiten der Gefangenen auf. Es waren weniger, als Frauen gewöhnlich bei sich haben: ein Smith-&-Wesson-Revolver, Kaliber 0.357, und eine ererbte Taschenuhr. In den Deckel waren die Namen von Generationen eingraviert: David Rubin Markowitz. Jonathan Rupert Markowitz. Louis Simon Markowitz. Und als letzte Besitzerin Mallory. Einfach nur Mallory.

1

Es hatte endlich aufgehört zu regnen, und am Himmel, wo die Vögel ihren Tag mit einiger Verspätung begonnen hatten, herrschte lärmendes Leben. Die Fischadler forderten laut ihr Mittagessen ein, und die Frau überlegte, ob die Fische sie wohl hörten.

Ein Fischadler klatschte seinen Fang ins Gras. Der Fisch zappelte unter den Fängen des Vogels, über die silbernen Schuppen rann wässriges Blut. Der Fischadler riss gierig das Fleisch von den Gräten und achtete nicht auf die Frau, die jetzt näher trat, wohlwollend den Vogel und seine blutige, noch lebende Mahlzeit betrachtete und den guten Fang mit einem anerkennenden Nicken würdigte.

Für Augusta stand fest, dass sie, sollte sie einmal wieder geboren werden, als gefiedertes Wesen auf die Erde zurückkehren würde. Sie hatte die Skrupellosigkeit eines schönen Raubvogels, und der liebe Gott würde dafür sorgen, dass so ein Talent nicht verloren ging.

Ein Windstoß vom Fluss her wehte ihr das verschossene grüne Baumwollkleid um die nackten Beine und das lange Haar über die Schultern. Von unten aus der Stadt konnte man nicht sehen, wie schön die kornblumenblauen Augen waren, aber jedem Bürger von Dayborn war die hoch gewachsene, schlanke Frauengestalt bekannt, die jetzt auf dem schräg abfallenden Deich des mächtigen Mississippi entlangging.

Der Himmel war kurz aufgerissen, und das Haar leuchtete in reinem Weiß, das die wenigen darin verbliebenen schwarzen Strähnen überstrahlte. Sie zuckte ein wenig, als die Schleimbeutelentzündung in der linken Schulter sich wieder bemerkbar machte, und verlagerte das Gewicht der schweren Einkaufstüte auf die Hüfte, während sie die lehmige, mit struppigem Bermudagras bewachsene Böschung hinabstieg.

Unten angekommen, ging sie langsam auf ihr Haus zu, das sich hinter den fernen Bäumen verbarg. Ein dunkles Fenster, rund wie ein Auge, lugte durch das dichte Laubwerk, während sie einen schmalen unbefestigten Weg einschlug.

Das Herrenhaus mit den siebenundvierzig Zimmern stand jetzt fast hundertfünfzig Jahre. Ihr wäre es am liebsten gewesen, wenn es wieder zu Staub zerfallen wäre – je früher, desto besser –, und sie hatte deshalb in dem halben Jahrhundert seit dem Tod ihres Vaters nichts reparieren lassen. Die siebzigjährige Miss Augusta Trebec, die alte Jungfer von Dayborn, lebte als Gefangene in ihrem eigenen Haus.

Sie blieb vor dem Cottage von Henry Roth stehen, einem kleinen eingeschossigen Backsteinbau mit schönem Schieferdach. Der Garten war ein exotisches Blütenmeer in leuchtenden Grundfarben. Seit jeher hatte sie ein begehrliches Auge auf dieses Haus geworfen, weil es so schlicht in der Form und so handlich in der Größe war. Wäre es in ihrem Besitz gewesen, hätte sie den Garten natürlicher gehalten und Wildblumen den Vorzug gegeben. Als Künstler aber konnte Henry nicht anders – er musste die Natur veredeln. So machte er es auch mit den Steinblöcken, die er mit seinem Meißel bearbeitete, um schöne und sehr naturferne Dinge daraus zu machen.

Vor Henrys Tür stand ein Fremder, und in der Auffahrt war ein silberfarbener Wagen geparkt. Normalerweise konnte Augusta eine Automarke nicht von der anderen unterscheiden, aber der Mercedes-Stern war nun doch unverkennbar. Büsche verdeckten das Nummernschild, sodass sie nicht sehen konnte, woher der Mann und sein Fahrzeug kamen.

Henrys Besucher war groß, weit über eins achtzig, und nach dem, was man von hinten sehen konnte, ein stattlicher Mann. Als er sich von der Tür abwandte, hatte sie Gelegenheit, sein Profil zu bestaunen. Die Nase war eine echte Sehenswürdigkeit, in ihrer Größe und Länge wirkte sie bedrohlich wie eine Waffe.

Der Mann drehte sich zu ihr um. Die Iris in den großen Augen mit den schweren Lidern war erstaunlich klein. Sie musste an einen Märchenfrosch denken, der die Verwandlung in einen Prinzen durch den Kuss einer schönen Jungfrau nicht ganz geschafft hat. Vielleicht war es nicht die richtige Art von Kuss gewesen – oder nicht die richtige Jungfrau.

Augusta ging den Plattenweg hinauf. Das Nicken des Besuchers war so höflich und respektvoll, dass es fast einer Verbeugung gleichkam, und das gefiel ihr.

Er war nicht mehr jung, aber durch das ziemlich lange braune Haar zogen sich keine grauen Strähnen, sodass sie sein Alter nicht schätzen konnte. Vielleicht war er gerade in jener schwierigen Phase, in der man noch nicht von »Mittelalter« sprechen konnte. Sie war jetzt nah genug herangekommen, um den Stoff des Anzugs mit Weste zu erkennen, und sah an dem schweren Material, dass er aus dem Norden kam, wo es im Herbst kälter ist.

»Hallo«, sagte er mit einem Lächeln, das ein bisschen verrückt, zugleich aber sehr liebenswert wirkte.

Unwillkürlich lächelte Augusta zurück. Gleich darauf aber nahm ihr Gesicht einen würdevoll-unverbindlichen Ausdruck an. »Henry kommt erst am frühen Abend aus New Orleans zurück.«

»Danke, dann komme ich später noch einmal wieder.« Er reichte ihr eine weiße Geschäftskarte.

Sie war entzückt von der kleinen Geste, die sie an die Gentlemen erinnerte, die in der Generation ihres Vaters Visitenkarten zu hinterlassen pflegten.

Er deutete auf ihre Einkaufstüte. »Darf ich Ihnen behilflich sein? Sie sieht ziemlich schwer aus.«

Offenbar war er aus guter Familie, oder zumindest hatte seine Mutter ihm Manieren beigebracht. So wie er sprach, ordnete sie ihn der nordöstlichen Ecke des Landes zu.

Augusta gab ihm ihre braune Tüte und amüsierte sich über sein überraschtes Gesicht, als er merkte, wie schwer die Tüte tatsächlich war. Sie hatte schon Schwereres geschleppt. In dem leichten Baumwollkleid steckte ein kräftiger Körper, den sie fit hielt, indem sie sich ausschließlich auf ihre Beine als Transportmittel verließ und ihre Lasten selbst trug.

Sie las, was auf der Karte stand: CHARLES BUTLER – BERATER. An dem Namen hing eine ganze Zeile akademischer Titel wie Güterwagen an einer Lokomotive.

Auch Bildung konnte man übertreiben …

Und jetzt erfuhr sie, dass diesem Mr. Butler bedauerlicherweise eine gute Freundin abhanden gekommen war. »Womöglich haben Sie sie gesehen?« Mit der freien Hand zog er eine gefaltete Zeitung aus der Tasche.

Augusta schlug das Blatt auf und sah ein großes, grobkörniges Foto eines steinernen Engels. Die Seite stammte aus der letzten Sonntagsausgabe des *Louisiana Herald*, in dem ein Artikel über berühmte Gärten an der River Road gestanden hatte. In der Bildunterschrift war der Bildhauer genannt, Henry Roth, berühmter Sohn der Stadt Dayborn.

»Die Statue wurde vor fünf Monaten in Auftrag gegeben«, sagte er. »Sie sieht meiner Bekannten so ähnlich, dass ich vermute, sie hat ihm dafür Modell gestanden.« Er holte das Foto einer jungen Frau mit blonden Haaren und grünen Augen heraus. Sowohl der steinerne Engel als auch das Hochglanzfoto einer lebenden Frau waren getreue Abbilder eines unvergesslichen Gesichts.

»Sie war hier. Ich habe sie gekannt.« Augusta legte das Zeitungsblatt wieder zusammen und gab es ihm zurück. »Sie lebt nicht mehr. Es war ein sehr plötzlicher Tod.«

In dem langen Schweigen sah sie, wie Fragen über Fragen in dem Mann aufstiegen und zu seinen Lippen drängten. Doch sie hatte ihn gerade verwundet, schwer und absichtsvoll, und er brachte kein Wort heraus.

Mit dem Tod konnte er offenbar nicht gut umgehen.

»Sie können Ihren Wagen hier stehen lassen.« Sie wandte sich wieder der Straße zu und bedeutete ihm, ihr zu folgen. »Zu meinem Haus sind es nur noch ein paar Schritte über den Friedhof.«

Langsam und mechanisch ging er mit ihren Lebensmitteln hinter ihr her über den schmalen Pfad, der zu einem weiten Kreis von Bäumen und einer Stadt kleiner weiß gekalkter Häuser führte, deren jedes einen Toten beherbergte. Die Gräber krönten steinerne Kreuze und schmiedeeiserne Kruzifixe. Die nicht ganz so imposanten Gräber waren durch einfache Betonplatten gekennzeichnet, die verhindern sollten, dass der morastige Boden die Toten wieder hergab.

Auf vielen Grabstätten lagen als bunte Farbtupfer welke Sträuße, Überbleibsel von Allerheiligen, an dem die Einheimischen ihren toten Angehörigen Blumen gebracht hatten. Am selben Tag, an dem die junge Fremde angekommen und Babe Laurie unter Hinterlassung eines hässlichen roten Flecks am Straßenrand gewaltsam aus dieser Welt geschieden war.

Noch immer sprachlos, ging Augustas hoch gewachsener Begleiter neben ihr her. Der unablässige Gesang der Vögel übertönte das Knirschen der Schritte auf dem Kies. Sein Schockzustand war für sie ein Zeichen guten Charakters. Offenbar hatte er die Wahrheit gesagt. Er suchte nach einer Bekannten, die ihm am Herzen lag.

Aber man kann nie wissen, dachte sie, als sie ihn zu einer Statue führte, die das gleiche Gesicht wie die auf dem Zeitungsausschnitt hatte, nur dass diese hier in einer anderen Stellung dargestellt war und kein Schwert in der Hand hielt.

»Das ist ihr Grab«, sagte Augusta, als sie sich von hinten einem Engel mit ausgebreiteten Flügeln näherten. »Aber es ist keine Tote drin.«

Der Sheriff hatte die Leiche nicht gefunden.

Die junge Frau war nicht in geweihtem Boden beerdigt worden, aber sie war zweifelsfrei tot. Das Blut, das sie verloren hatte, war in den Erzählungen der Bewohner von Dayborn zu einem breiten Strom angeschwollen. Und auch ein Kind war verschwunden, auf Nimmerwiedersehen, wie es so schön hieß.

Sie gingen um das Standbild herum, und Augusta deutete auf das Gesicht des Engels. »Wirklich sehr ähnlich. Ist das Ihre Bekannte?«

Sie sah zu dem Fremden auf. In seinem Gesicht kämpften Schmerz und Erleichterung, als er das Todesjahr las, das siebzehn Jahre zurücklag.

Und doch – es war unleugbar Mallorys Gesicht.

Charles Butler betrachtete die feinen Züge, die ein wenig schräg stehenden Augen, die hohen Wangenknochen und vollen Lippen. Die Flügel waren so meisterlich gestaltet, dass man das beunruhigende Gefühl hatte, das steinerne Gebilde könne sich jeden Augenblick in die Lüfte erheben. In den Armen hielt die Engelsgestalt ein Kind, das wie eine kleinere Version ihrer selbst aussah.

Jemand zupfte ihn am Ärmel. Er sah der alten Dame in die leidenschaftslosen blauen Augen. »Ist das die Bekannte, die Sie suchen?«

»Nein. Meine Bekannte muss ein kleines Mädchen gewesen sein, als diese Frau starb.«

Die alte Dame deutete auf das steinerne Kind in den Armen des Engels. »Das ist die Tochter von Cass. Die Kleine ist weggelaufen oder entführt worden – das wissen wir nicht genau.«

Das steinerne Kind mochte sechs oder sieben Jahre alt sein. Das Alter stimmte. Ja, das Kind war Mallory, das stand für ihn jetzt fest. Nach all den Monaten der Suche hatte er nun durch Zufall den Anfang des Weges gefunden und nicht das Ende. »Sie haben keine Vorstellung davon, was aus dem kleinen Mädchen geworden ist?«

»Nein. Was sie in den siebzehn Jahren zwischen ihrem Verschwinden und ihrer Rückkehr in die Stadt erlebt hat, ist für uns alle ein Rätsel.«

»Sie ist zurückgekommen?«

»Vor drei Tagen.«

»Und sie lebt?«

»Aber ja. Gesund und munter, wie man hört.«

Erst jetzt, beim Blick in diese schlauen Augen, begriff er, was für ein grausames Spiel sie mit ihm getrieben hatte. Stumm und vorwurfsvoll sah er sie an, aber ihr listiges Lächeln signalisierte keine Reue.

»Mag sein, dass es ein böser Streich war«, sagte sie. »Aber eine alte Frau braucht eben auch mal ihren Spaß.« Aus dem Lächeln wurde ein breites Grinsen.

Sie war mindestens dreißig Jahre älter als er, aber er war nicht völlig immun gegen das, was noch an Schönheit an ihr war. In seiner Phantasie drehte er die Uhr zurück, glättete ihre Runzeln, färbte das lange, bis zur Taille reichende graue Haar wieder schwarz – und staunte über das Bild, das sich ihm bot.

Die Frau deutete auf das Dach und das runde Fenster. Mehr war jenseits der Bäume, die den Friedhof umgaben, nicht zu sehen. »Das ist mein Haus, da oben auf dem Hügel.«

»Hügel?« In seinen Fahrten am Westufer des Mississippi hatte er noch kein einziges Hügelchen, ja nicht einmal eine leichte Erhebung in der Landschaft von Louisiana entdeckt.

»Laut Protokoll des Landvermessers steht mein Haus drei Meter über dem Meeresspiegel«, sagte sie ein wenig angriffslustig. »Hier herum ist das schon fast ein Berg.«

Sie hakte sich bei ihm ein, und sie verließen den Friedhof und gingen auf den so genannten Hügel zu. »Wissen Sie, wo meine Bekannte sich zur Zeit aufhält?«

»Aber ja. Die ganze Stadt weiß, wo sie sich aufhält. Ich habe gehört, dass sie sich Mallory nennt, aber ich weiß nicht, ob das ihr Vor- oder ihr Nachname ist.«

»Ihr Vorname ist Kathy, aber sie hört nur auf Mallory.« Er warf noch einen Blick zurück auf den Engel und das Kind. So hatte denn Mallory schließlich doch heimgefunden.

»Jetzt ist alles klar«, sagte die alte Dame triumphierend. »Kathy – so hieß die Tochter von Cass Shelley. Aber Sheriff Jessop kennt Ihre Bekannte nur unter dem Namen Mallory. Den hat er in dem Deckel einer alten Taschenuhr entdeckt, die sie bei sich hatte. Wenn Sie mit dem Sheriff sprechen, lassen Sie ihn dabei.«

»Warum?« Und was hatte ein Sheriff mit Mallory zu schaffen?

»Geben Sie ihm keine Hilfestellung, er ist ihr nicht freundlich gesonnen. Ach ja, das hätte ich fast vergessen: Ein Hiesiger wurde ermordet aufgefunden, und kurz darauf hat man Ihre Bekannte verhaftet.«

Charles blieb wie angewurzelt stehen und verdrehte die Augen. Womit wollte diese seltsame Frau ihn jetzt wieder foltern? Als er sie ansah, ertappte er sie gerade noch bei einem verstohlenen Lächeln.

»Also jetzt mal heraus mit der Sprache.« Er hatte Mühe, höflich zu bleiben. »Ich gehe davon aus, dass es einen Zusammenhang zwischen dem Mord und Mallorys Verhaftung gab, aber bei Ihnen kann man wohl nichts als selbstverständlich voraussetzen. Was ist passiert?«

Das Schweigen dehnte sich. Augusta sah mit zusammengekniffenen Augen an ihm vorbei, als mühte sie sich, das Kleingedruckte in einem Vertrag zu lesen. Charles wippte auf den Ballen und legte auffordernd den Kopf schief.

»Was passiert ist?«, wiederholte sie und machte noch einmal eine Pause. »Etliche sonderbare Dinge sind an dem Tag passiert, an dem Kathy zurückkam. Der stellvertretende Sheriff ist fast an einem Herzanfall gestorben. Und dann haben sie Babe Lauries Leiche gefunden, der Kopf war mit einem Stein zerschmettert. Nein, Moment – das bringe ich durcheinander. Erst wurden dem Idioten die Hände gebrochen, aber das geschah mit einem Klavier.«

»Einem Klavier, soso. Und all das soll Mallory an einem Tag geschafft haben?« *Unwahrscheinlich.* Es war ihr durchaus zuzutrauen, einen Mann so in Furcht und Schrecken zu versetzen, dass er einen Herzanfall bekam, aber als fanatisch ordnungsliebende junge Frau kam sie für einen unappetitlichen Totschlag mit einem Stein kaum in Frage. Und so einfallsreich Mallory auch war, sie würde für einen Anschlag auf einen Idioten wohl kaum ein Klavier benützt haben.

Die alte Dame drückte leicht seinen Arm, um ihn zum Weitergehen zu bewegen. »Dass sie etwas mit dem Herzanfall des Sheriffs zu tun hatte, halten wir alle für sehr wahrscheinlich. Um seine Pumpe aus dem Takt zu bringen, brauchte es nicht viel, er hat schon länger Herzbeschwerden. Ihre Bekannte hat durch ihr Auftauchen allen möglichen Leuten einen Mordsschrecken eingejagt.«

Das passte ins Bild. Ihre Mitmenschen zu erschrecken war Mallorys Spezialität. »Vielleicht könnten Sie mir, wenn Ihre Lebensmittel an Ort und Stelle sind, beschreiben, wie ich zum Gefängnis komme?«

Augusta sah ihn einigermaßen fassungslos an. *Trottel*, sagte ihr Blick. »Sie wollen also einfach da hineinspazieren und sagen, dass Sie Kathy sprechen wollen?«

»Ja, das habe ich vor.« Es war ein simpler, klarer Plan ohne Haken und Ösen.

»Der Sheriff wird Sie natürlich fragen, was Sie über Kathy wissen. Wenn sie gewollt hätte, dass er über sie Bescheid weiß, hätte sie ihm das wohl schon selber gesagt.«

Laut Augusta Trebec hatte sich Mallory aber geweigert, überhaupt etwas zu sagen. Miss Trebec wusste das von der Besitzerin des Lokals, das die Mahlzeiten für die Gefangenen lieferte. Seit drei Tagen saß Mallory auf der Bettkante, starrte auf die Zellenwand und brachte Sheriff Jessop zur Verzweiflung. Sie rührte sich nicht, sie sagte kein Wort. Ein- oder zweimal hatte Jane – die Besitzerin von Jane's Café – sie lächeln sehen, während der Sheriff die Wände hochging. »Jane sagt, dass die Frau ihn jeden Tag ein bisschen mehr um den Verstand bringt. Wenn Sie also überhaupt hingehen wollen …«

»Ich verstehe, was Sie meinen.« Sein Besuch würde möglicherweise die Lage für Mallory komplizieren und ihr mit Sicherheit den Spaß verderben.

Als sie den Friedhof hinter sich hatten, endete der Kiesweg. Sie gingen jetzt über eine unbefestigte Straße, und Charles erfuhr von Augusta, dass Besuche im Gefängnis nur vormittags möglich waren und dass die gebrochenen Hände des Idioten nicht auf Mallorys Konto gingen, sondern auf das des Ermordeten.

Immerhin – das war ermutigend.

Am Anfang einer breiten Allee mit alten Bäumen blieb er stehen. Die dunklen gewundenen Äste trafen sich in der Mitte und bildeten hoch über ihren Köpfen einen grünen Baldachin. Die Spätnachmittagssonne warf goldenes Licht durch die Blätter.

»Das sind immergrüne Eichen – *Quercus virginiana*«, verkündete Miss Trebec, als führte sie eine Reisegruppe. »Und das Haus am Ende der Allee wurde 1850 erbaut.«

Er kannte Virginia-Eichen, aber noch nie hatte er solche Riesen gesehen. Sicher waren die Bäume älter als …

»Die Bäume sind dreihundert Jahre alt«, sagte Miss Trebec. »Über ein paar Jahrzehnte mehr oder weniger wollen wir uns nicht streiten.«

Charles wehrte sich gegen die Vorstellung, sie könne seine Gedanken lesen. Das konnte sie natürlich ebenso wenig, wie es die Männer konnten, die regelmäßig gegen ihn beim Pokern gewannen. Sein Gesicht war wie ein offenes Buch, das seine geheimsten Regungen verriet. Offenbar hatte sie gemerkt, dass er stutzte, und war seinem Blick vom Herrenhaus zu den Baumstämmen gefolgt.

»Die Eichenallee wurde demnach für ein anderes Haus gepflanzt?«

Sie nickte. »Von einem Baumnarren. Da hinten gibt es vierzehn verschiedene Baumarten.« Sie deutete über die Schulter auf die Wälder, die sich vom Friedhof aus östlich und westlich der Eichenallee erstreckten.

»Das erste Haus fiel einer Überschwemmung zum Opfer, und mein Haus steht auf dem, was davon übrig geblieben ist.«

Er lächelte. »Daher der Dreimeterhügel?«

»Sehr richtig, Mr. Butler. Aber mein Haus hat offenbar keine baulichen Schwächen, es ist schwerer zu zerstören.« Das klang, als betrachte sie es als eine Herausforderung.

Wenn er in westlicher Richtung durch die Lücken zwischen den dicken Bäumen sah, erkannte er eine offene begrünte Fläche, die sich bis zum Deich erstreckte. Sein Blick folgte einem Vogel, der sich vom Wind tragen ließ. Überall waren Vögel, die sangen oder auch kreischten. Alles war in Bewegung. Lange Vorhänge aus Spanischem Moos wehten in den Zweigen der Eichen, und Schatten liebende Farne wiegten sich in dem leichten Wind. Blühende Sträucher nickten ihm zu, und stolze Blumen verbeugten sich tief vor ihm.

Am Ende der Allee hatte er den ersten ungehinderten Blick auf Trebec House. Das Erdgeschoss war aus grauem Backstein mit tief eingesetzten Fenstern und einer kleinen Tür, darüber erhob sich ein mächtiger Bau, der einem griechischen Tempel ähnelte. Er zählte acht schlanke weiße Säulen, die sich vor zwei Reihen von Fenstern erhoben. Die verschnörkelten Kapitelle stützten das wuchtige Dreieck eines steilen Dachs mit einem runden Dachfenster.

Dichte Schlingpflanzen überwucherten die Backsteinmauer und wanden sich um eine Säule, als wollten sie den Schaft aus seiner Verankerung reißen. Doch das war eine optische Täuschung. Der Bau war bei aller Eleganz so stabil, dass ihm die Kräfte der Natur nichts anhaben konnten.

Zierliche Treppchen – eins rechts, eins links – führten zu einer schweren geschnitzten Tür.

»Das sind Liebesleutetreppen«, sagte Augusta. »Zu Lebzeiten meines Großvaters ging eine junge Dame nie vor einem Herrn die Treppe hinauf – zum Schutz des Herrn, wohlgemerkt. Ein Blick auf die Fesseln einer Frau, und er war so gut wie verlobt. Deshalb stiegen sie getrennt die Treppe hoch und trafen sich erst oben an der Haustür.«

Das Haus war noch in seinem verfallenen Zustand so schön wie die Frau, die neben ihm ging. Die Fassade war einst weiß und glatt gewesen, jetzt aber von Regen und Sonne und dem Alter stark verwittert.

Er musste sich ein wenig bücken, um ihr durch die kleine Holztür zu folgen, die zwischen den Treppen in die Backsteinfront eingelassen war. Sie gingen durch einen düsteren Korridor, der sich unerwartet zu einem großen, hellen Raum weitete.

»Diese Küche gibt es erst seit 1883«, erläuterte sie. »Ursprünglich war sie in einem getrennten Anbau, da, wo jetzt die Koppel ist.« Sie deutete auf ein hohes Fenster, das den Rahmen für einen Schimmel inmitten eines eingezäunten Feldes bildete.

Charles liebte Küchen, und diese war ein sonnendurchflutetes Wunder. Von Verfall war hier nichts zu sehen, der Raum war gepflegt und enthielt alles, was der Mensch des zwanzigsten Jahrhunderts zu brauchen meint – Mikrowelle und Geschirrspüler, Kaffeemaschine und Kaffeemühle. Glänzende Kupfertöpfe und Pfannen hingen an der Einfassung eines steinernen Kamins, der geräumig genug war, um darin einen Ochsen am Spieß zu braten.

Auf einem großen Tisch lag ein rotweiß kariertes Tischtuch, darauf ein aufgeschlagenes Skizzenbuch mit einer recht gelungenen Zeichnung einer weißen Eule und Druckfahnen mit roter Korrektur.

Augusta war seinem Blick gefolgt. »Ich schreibe Abhandlungen über die Vögel dieser Gegend.«

Als er die Tüte mit den Lebensmitteln auf einer stabilen Holzplatte absetzte, hörte er es vernehmlich fauchen. Vom Kühlschrank her sah ihn aus schmalen Augen eine große gelbe Katze an.

»Setzen Sie sich.« Miss Trebec schob Charles sanft in Richtung Tisch.

Die Katze verfolgte jede seiner Bewegungen, und er fixierte sie, während er mit Augusta sprach. »Dieser Mann, den Mallory ermordet haben soll …«

»Babe Laurie?« Sie stellte die Dosen mit dem Orangensaft ins Gefrierfach. Um den Kühlschrank auf- und zuzumachen, musste sie den Schwanz der Katze beiseite schieben.

»Babe?« Er musste schreien, denn Augusta hatte mit einem Knopfdruck eine hochmoderne Kaffeemühle eingeschaltet, die einen Höllenlärm machte.

»An sich hieß er *Baby* Laurie – so steht es in der Geburtsurkunde. Er war das Letzte von elf Kindern. Als der Arzt der Mutter das Neugeborene in den Arm legte, fragte er sie, wie sie es nennen wollte. ›Ich würd so was ein Baby nennen‹, sagte sie. Und dann ist sie gestorben. Wirklich wahr.«

Während sie die Kaffeetassen herausholte, erfuhr er, dass Babe Laurie im Kindesalter als Wanderprediger von einem Präriestaat zum anderen gezogen war. Charles erzählte, dass auch sein Vetter Max mit dem Zelt unterwegs gewesen war, allerdings als Zauberer. Etwas anderes, meinte Miss Trebec trocken, habe Babe Laurie im Grunde auch nicht gemacht.

Während das heiße Wasser durch den Kaffeefilter in die Glaskanne tropfte, erzählte Augusta Trebec weiter, dass der Ermordete die Galionsfigur der Neuen Kirche gewesen war. Von »neu« konnte allerdings keine Rede mehr sein, sie war vor dreißig Jahren entstanden, als Babe erst fünf oder sechs Jahre alt gewesen war und noch Baby gerufen wurde.

»Würde mich gar nicht wundern, wenn Ihre Bekannte ihn umgebracht hätte. Ich konnte den Kerl auch nicht leiden.« Sie stellte Zuckerdose und Sahnekännchen auf den Tisch. Sie stammten aus unterschiedlichen Servicen, die er beide als kostbare Museumsstücke erkannte.

»Sie wohnen wahrscheinlich in der Stadt, in der Pension Dayborn, oder?«

Er nickte, holte das Zeitungsfoto des steinernen Engels heraus und besah sich das Abbild von Mallorys Mutter. »Dieser Mr. Roth, der Bildhauer, muss Cass Shelley sehr gut gekannt haben.«

»Hat er auch. Und Kathy ebenfalls. Die Kleine war fast so oft in Henrys Atelier wie bei sich zu Hause. Hab ich schon erzählt, dass der Tote in der Nähe des Hauses gefunden wurde, in dem die Shelleys früher gewohnt haben?«

»Wer hat die Leiche entdeckt?«

»Ihre Bekannte. Babe lag am Straßenrand, als sie den stellvertretenden Sheriff in seinem Streifenwagen in die Stadt zurückfuhr. Ach, das wissen Sie ja auch noch nicht ... Sie hat dem Deputy sein schäbiges Leben gerettet, hat ihn bei den Sanitätern der Freiwilligen Feuerwehr abgeliefert. Jetzt liegt Travis im Krankenhaus. Sein Zustand soll kritisch sein.«

»Aber wenn der Deputy bei ihr war, als sie die Leiche fand ...«

»Der Deputy war auf der Rückfahrt in die Stadt, als er seinen Herzanfall erlitt. Babe wurde weiter oben gefunden, wo Ihre Bekannte schon gewesen war. Sie hätte ihn umbringen können, ehe sie dem Deputy begegnete.«

Eben noch hatte die goldene Katze auf dem Kühlschrank gesessen, ein, zwei Lidschläge später stand sie auf dem Tisch, ganz dicht neben seiner rechten Hand. Auch Mallory beherrschte diese Kunst, plötzlich von einem Fleck zu verschwinden und an einem anderen wieder aufzutauchen.

»Sie hat den Streifenwagen in die Stadt gefahren, sagen Sie. Demnach war sie zu Fuß unterwegs?«

Augusta Trebec nickte. »Sie war unterwegs zu dem alten Haus. Es ist auf dieser Seite der Brücke, aber zu Fuß nicht sehr weit von der Stadtmitte entfernt.«

Sie schenkte ihm Kaffee ein und machte sich daran, die übrigen Dosen auszupacken.

Die Katze fauchte und machte einen Buckel, als Charles die Hand zur Zuckerdose ausstreckte. Offenbar hatte er irgendeine Hausregel verletzt. Langsam zog er die Hand wieder zurück und legte sie auf den Tisch neben seine Tasse. Die Katze streckte sich auf dem karierten Tischtuch aus, und der Schwanz, der eben noch gezuckt und auf das Holz geklopft hatte, kam zur Ruhe. Als er die Hand wieder bewegte, spannte sie sprungbereit die Muskeln an und beruhigte sich erst, als er die Hand still hielt. Die Katze ließ ihn nach ihrer Pfeife tanzen.

An wen erinnerte ihn das wohl?

Miss Trebec trat wieder an den Tisch. »Fassen Sie die Katze nicht an. Sie mag keine Menschen. Sie ist im Wald aufgewachsen. Als ich sie fand, war es zu spät, sie zu zähmen. Sie hatte Schrot im Fell und Hühnerfedern im Maul. Daran habe ich sofort erkannt, dass sie eine Diebin ist. Und die verkörperte Falschheit. Manchmal schnurrt sie, ehe sie zuschlägt.«

Charles nickte und hakte die vertrauten Charakterfehler ab. Jetzt sah er in die schräg gestellten Katzenaugen. *Mallory, steckst du da drin*?

Miss Trebec beugte sich zu der Katze herunter und erläuterte ihr höflich, dass ein Tier auf dem Küchentisch nichts zu suchen habe, wenn Besuch da sei. Es war nicht sicher, ob die Katze diese Mitteilung verstanden hatte. Jedenfalls sprang sie vom Tisch, als sei das allein ihre Entscheidung. Mit hochgestelltem Schwanz und völlig lautlos landete sie auf dem Boden. Charles hätte am liebsten unter den Tisch gesehen, um sich zu vergewissern, dass sie nicht dort unten lauerte und darauf wartete, ihn bei einem weiteren Verstoß gegen die Anstandsregeln zu ertappen. Stattdessen rührte er in seiner Tasse herum. Als er aufsah, um seiner Gastgeberin eine Frage zu stellen, saß die Katze auf Miss Trebecs Schulter.

»Haben Sie sich schon überlegt, was für eine Geschichte Sie dem Sheriff auftischen wollen?«

Er schüttelte den Kopf. Geschichten zu erfinden war nicht seine Stärke. Wenn er hin und wieder unter Mallorys schlechtem Einfluss versucht hatte zu schwindeln, hatte das noch immer zu einer Katastrophe geführt. »Könnten Sie Mallory eine Nachricht zukommen lassen? Ihr sagen, dass ich hier bin und ihr gern helfen möchte?«

»Ich bin da die denkbar ungeeignetste Person«, erwiderte sie. »Tom Jessop und ich stehen seit Jahren auf Kriegsfuß. Er würde mich nicht eine Minute mit der jungen Frau allein lassen.«

»Ich muss mit Mallory sprechen, aber ich möchte ihr keine Schwierigkeiten machen.« Er tippte auf die Zeitung, die er auf dem Tisch ausgebreitet hatte. »Was meinen Sie, ob Henry Roth mir behilflich sein würde?«

»Ja, also, Mr. Butler …«

»Charles.«

»Gut, Charles. Dann sagen Sie aber bitte auch Augusta zu mir. Es ist durchaus möglich, dass Henry Ihnen helfen würde. Er ist stumm, Sie dürfen also nicht vergessen, Papier und Bleistift mitzunehmen. Sein Notizbuch hat er nicht immer bei sich.«

»Mein Vater war taubstumm. Kann Mr. Roth sich in Zeichensprache verständigen?«

»Ja. Kathy und ihre Mutter waren die Einzigen, mit denen er sich auf diese Weise unterhalten konnte. Dann kommen Sie sicher mit Henry gut aus.«

Demnach war also Mallory, genau wie er, als Kind perfekt in der Zeichensprache gewesen. In der letzten halben Stunde hatte Charles über ihre frühe Kindheit mehr erfahren als sein alter Freund, der verstorbene Louis Markowitz, in all den Jahren, in denen er sie aufgezogen hatte. Der arme Louis hatte von seiner Pflegetochter, als er sie in New York von der Straße aufgelesen hatte, nur so viel gewusst, dass sie eine begabte zehnjährige Diebin war.

Weil Augusta Trebec Ausschau nach einem Besuch halten wollte, den sie erwartete, folgte er ihr mit seiner Kaffeetasse durch den Gang zu der kleinen Tür in der Backsteinfassade. Er überlegte, wo wohl die Katze geblieben war. Dann sah er ihre Augen im Schatten eines antiken Porzellanschirmständers funkeln. Sie hatte zum Sprung angesetzt und sah ihn unverwandt an.

»Lassen Sie die Katze bitte nicht raus«, sagte Augusta, als sie an dem Schirmständer vorbeiging. »Bestimmt träumt sie davon, sich einen Vogel zum Abendessen zu schnappen, und ich möchte keine falschen Hoffnungen in ihr wecken.«

»Ich dachte immer, Katzen könnten so was gut.« Er hätte wetten mögen, dass diese hier ganz besonders blutrünstig war.

»Sie ist eine begabte Mäusefängerin, denn da kommt es auf

Schnelligkeit an, aber die Vögel sehen sie meist rechtzeitig und fliegen weg. Das goldgelbe Fell ist wie ein kleiner Steppenbrand.«

Charles nickte. Mallory hatte ganz ähnliche Probleme. Demnach hatte sie bestimmt nicht all die Monate in Dayborn verbracht – nicht, wenn ihr einmaliges Erscheinen einen Herzanfall, eine Misshandlung und einen Todesfall auslösen konnte. Inzwischen hätte sie bestimmt schon die ganze Stadt ausgelöscht. Auf dem Schild, das ihn in Dayborn willkommen geheißen hatte, hatte gestanden, dass der Ort nur elfhundert Einwohner hatte.

Er war dabei, die Tür zu schließen, als er durch den Spalt die Katze mit wildem Blick und entblößten Zähnen in langen Sätzen durch den Gang stürmen sah. Er zog die Tür zu und hörte, wie sie wütend gegen das Holz prallte.

2

Charles bewunderte Augustas ansehnliche Beine und schlanke Fesseln, als sie vor ihm die breite Veranda hinaufstieg. Auf dem geschwungenen schmiedeeisernen Geländer hockten schwarze Vögel. Von der alten Dame ließen sie sich nicht stören, als aber Charles hinter ihr die steinernen Stufen heraufkam, flog einer nach dem anderen davon.

Auf Augenhöhe mit dem schweren Sockel einer Säule sah er die sich immer weiter ausbreitenden Moospolster an dem Stein. Oben angekommen, musste er dem wild wuchernden Efeu ausweichen, der sich vom Hof aus bis hierher vorgearbeitet hatte und seine frischen Triebe in Richtung Haustür reckte. Er glaubte ihn förmlich wachsen zu hören. Um das Haus herum blühten Herbstblumen in verschwenderischer Fülle. Ihr Duft vermischte sich mit dem des Zichorienkaffees, der ihm von seiner Tasse her in die Nase stieg.

»Ich warte auf eine Verwandte«, erläuterte Augusta und ging

dabei zum anderen Ende der Veranda. »Ihre Eltern haben mich heute früh angerufen und mir gesagt, dass sie herkommt. Ihr Vater dürfte ihr eingeschärft haben, dass sie mir einen Höflichkeitsbesuch abzustatten hat, noch bevor sie zu Abend isst.«

Augusta nahm in einem hochlehnigen Korbsessel Platz, der von all den Sitzgelegenheiten auf der Veranda noch am stabilsten aussah. Charles setzte sich ebenfalls und ließ seinen Blick über die weite, mit hohem Gras bewachsene Ebene schweifen. Jetzt begriff er, warum die Korbmöbel sich alle hier in dieser Ecke der Veranda drängten, und jetzt glaubte er auch an Augustas Dreimeterhügel. Laut Reiseführer war der Deich an diesem Flussabschnitt an die zehn Meter hoch. Nur der erhöhten Lage von Augustas Grundstück und dem Backsteinfundament ihres Hauses war es zu verdanken, dass man diesen herrlichen Panoramablick über den Deich hatte.

Möwen stiegen kreischend über dem breit dahinfließenden Mississippi auf und stießen dann wieder aufs Wasser nieder. Ein stolzer Raddampfer arbeitete sich auf seinem Weg nach New Orleans schäumend durch das bräunliche Wasser. Charles konnte die dreistöckigen Aufbauten deutlich erkennen, und einen wundersamen Augenblick lang schien es, als glitte das Schiff auf der Deichkrone dahin. Er folgte ihm mit dem Blick, bis ihn eine Gestalt ablenkte, die auf dem Deich entlanglief.

Zunächst sah er vor dem hellen Licht, das vom Wasser reflektiert wurde, nur eine schmale, dunkle Silhouette mit langen Fohlenbeinen. Sie bewegte sich die steile Böschung nach unten und verlor sich hinter den Bäumen an Henry Roths Cottage.

»Das muss Lilith Beaudare sein, die Tochter meines Vetters«, sagte Augusta.

Jetzt sah er den Schatten der Läuferin über den Friedhof sprinten und dann hinter dem Kreis der Bäume verschwinden.

Erstaunlich schnell tauchte sie am Ende der Eichenallee zu seiner Rechten wieder auf. Sie joggte gemächlich den unbefestigten Weg zum Haus hinauf. Charles erkannte jetzt auch Farben: das rote T-Shirt, die lila Shorts – und die schwarze Haut.

Er wandte sich der blassen Frau zu, die neben ihm saß.

Sie lächelte wie über einen guten Witz. »Die Welt hat sich geändert, Charles, man muss sich echt anstrengen, um mitzukommen.«

Sie lachte, und das Lachen gefiel ihm, auch wenn es auf seine Kosten ging.

»Mein Vetter, Guy Beaudare, ist mit seiner Familie nach New Orleans gezogen, als Lilith noch klein war. Früher haben sie mich noch jedes Jahr einmal besucht, aber dann hörte auch das auf, und ich habe das Mädel seit Jahren nicht mehr gesehen. Und jetzt taucht sie ausgerechnet in dem Moment in Dayborn auf, als Ihre Freundin verhaftet wird.« Sie beugte sich zu ihm hinüber und sagte in warnendem Tonfall: »Das sollte auch Ihnen zu denken geben.«

Locker und selbstsicher kam die junge Frau auf sie zu. Charles sah, dass sie professionelle Laufschuhe trug. Augusta lächelte ihm zu – ihre Besucherin war noch außer Hörweite – und sagte leise: »Wenn Sie meinen, dass Lilith dunkle Haut hat, müssten Sie mal ihre Mutter sehen. Die ist blauschwarz! Reinstes Afrika.«

Als sie miteinander bekannt gemacht wurden, glaubte Charles in Lilith Beaudares Augen afrikanische Sonnen zu sehen, die ihn anstrahlten, als sie den Blick hob. Sie hatte kurz geschnittenes schwarzes Haar und pflaumenfarbene Lippen. Das ganze Mädchen war eine faszinierende Mischung aus Farbe und Form. Sie wirkte ein bisschen größer als ihre ältere Cousine, und er schätzte sie – wie Mallory – auf etwa eins fünfundsiebzig.

Lilith küsste Augusta auf beide Wangen, dann nahm sie seine Hand und hielt sie für sein Empfinden ein wenig zu lange fest. Sie lächelte, aber ihre Augen blieben ernst.

»Lilith ist an Sheriff Jessop ausgeliehen«, sagte Augusta. »Ich habe Ihnen ja erzählt, dass sein Stellvertreter im Krankenhaus liegt.«

Wieder hörte Charles aus ihren Worten eine Warnung heraus. Nach den ersten sechs unverblümten Fragen Liliths aber hätte er ohnehin gewusst, welchen Beruf sie ausübte. Ihre Art, ein Gespräch zu führen, hätte manch anderen Mann verunsichert. Mit jedem Satz forderte sie Informationen ein und gab ihrem Gesprächspartner keine Gelegenheit zu Gegenfragen. Doch Charles konnte das nicht erschüttern. Er war solche Verhörmethoden von Mallory gewohnt.

»Wie lange kennen Sie Augusta schon, Mr. Butler?«

»Wir haben uns heute Nachmittag kennen gelernt.«

Lilith beugte sich ein wenig vor, als sie die nächste Frage stellte. »Und was genau wollen Sie bei meiner Cousine?«

Augusta hob hinter Liliths Rücken die Hand und warf rasch ein: »Es ist nicht zu glauben! Vor noch nicht zwei Wochen hat sie den Abschluss an der Polizeihochschule gemacht, und schon nimmt sie ahnungslose Bürger ins Kreuzverhör.« Augusta sah ihre junge Verwandte tadelnd an und fuhr schnell fort: »Es geht dich zwar nichts an, Lilith, aber ich habe ihn beauftragt, eine Frau zu überprüfen, die möglicherweise die Tochter von Cass Shelley ist. Falls das stimmt, könnte ich ihr den Nachlass ihrer Mutter übergeben.«

Augusta stand auf, und auch Charles erhob sich. Er deutete ihre Geste als ein Zeichen zum Aufbruch.

Augusta fixierte ihre Nichte mit einem strengen Blick. »Ich bin die Testamentsvollstreckerin – falls dein Vater dir das nicht erzählt hat. Seit Cass gestorben ist, ziehe ich die Miete für das Haus ein und zahle die anfallenden Steuern, und so langsam hab ich es satt. Falls Mr. Butler feststellt, dass es sich tatsächlich um die Erbin handelt, bin ich diese lästige Aufgabe endlich los.«

Die junge Frau nickte und wandte sich wieder an Charles. »Haben Sie eine Zulassung für den Staat …«

»Das reicht, Lilith. Meine Angelegenheiten gehen dich nichts an.«

Die Blicke der beiden Frauen kreuzten sich, und es war die Jüngere, die wenig später die Augen senkte. Noch hatte sie nicht genug Lebenserfahrung, um es mit ihrer Cousine aufzunehmen.

»So, jetzt wollen Sie sich bestimmt wieder an die Arbeit machen«, sagte Augusta und streckte Charles die Hand zum Abschied hin.

Er wünschte den beiden einen guten Abend und machte sich durch die Eichenallee auf den Rückweg. Ein Vogel kreischte hinter ihm her, weitere Vögel flogen über seinen Kopf hinweg, als er den Friedhof betrat.

Ein dicker schwarzer Star thronte auf dem Dach eines Grabmals, legte den Kopf schief und sah ihm nach. Im Weitergehen hörte er Flügelschlagen und spürte einen Luftzug, als der Vogel auf einem Marmorstandbild landete, das so hoch war wie Charles. Er richtete seinen scharfen Schnabel auf Charles' Gesicht und sah ihn aus kalten, reptilienartigen Augen an.

Die Theorie, dass die Dinosaurier nicht ausgestorben sind, sondern in der heutigen Vogelwelt weiterleben, schien ihm durchaus glaubhaft. Eine Erinnerung an frühere Größe hatte sich wohl in diesem schwarzen Burschen hier erhalten, denn er schien Charles nicht als Bedrohung zu empfinden, sondern nur als ein Geschöpf, das sich Mensch nannte und noch ein rechter Grünschnabel in der Weltgeschichte war.

Er sah zu, wie der Vogel der sinkenden Sonne entgegenflog, und in diesem Moment fiel ihm auf, dass alle Gräber und Grabmale in Ost-West-Richtung ausgerichtet waren. Vielleicht war es eine Sitte dieser Gegend, die Toten mit dem Gesicht zur Sonne, dem alten Symbol der Auferstehung, zu bestatten.

Nur ein Grab wies nach Norden.

Sonderbar …

Er ging zurück zum Rand des Friedhofs und um das Grabmal herum, bis er zu einer kunstvoll geschmiedeten, rechts und links von wunderschönen bunten Glasfenstern eingerahmten Tür kam. Zuerst dachte er, dass das Grabmal aus der Kolonialzeit stammte, denn es war stark verwittert, und Risse zogen sich durch seine Wände. Dann sah er, dass es aus einem weichen, porösen Stein errichtet war. Wie unsinnig, an ein so billiges Material so viel Kunstfertigkeit zu verschwenden!

Über der Tür entdeckte er das Basrelief eines Männergesichts. Die Nase war angeschlagen, und die steinernen Augen blickten durch eine Lücke zwischen den Bäumen auf Trebec House. Der erste über der Tür eingemeißelte Name war unleserlich, der Nachname kaum noch zu erkennen.

Trebec?

Ja, tatsächlich! Was würde wohl Mr. Trebec jetzt zu seinem verfallenen Herrenhaus sagen?

Charles schlug die Richtung ein, in der er Henry Roths Haus vermutete. Dann kam ihm ein neuer Gedanke. Er wandte sich noch einmal zu dem Grab von Cass Shelley um. Der steinerne Engel wandte das Gesicht gen Süden.

Und was betrachtete wohl diese Engelsgestalt?

Ein Windstoß riss Blätter von den Bäumen und trieb sie zum anderen Ende des Friedhofs. Das leise Geraschel der Zweige verstummte ganz plötzlich, als habe der Wind eine Tür hinter sich geschlossen. Es war kälter geworden und unnatürlich still. Kein Insektenlaut, kein Vogelruf war zu hören. Die Steine warfen jetzt, da der Tag sich neigte, lange Schatten.

Er spürte einen leisen Hauch auf der Haut, als sei jemand unbemerkt vorbeigegangen und habe dabei sein Gesicht gestreichelt. Er fröstelte unwillkürlich. Es war ein erregendes Gefühl.

Nicht auszudenken, was Vetter Max mit so einer Bühne hätte anfangen können!

Friedhöfe waren ideal für die Kunst des Illusionisten. Allein die Atmosphäre hätte ihm die halbe Arbeit erspart.

Als Charles sich Henry Roths Vorgarten näherte, hörte er einen Motor. Sein Wagen stand silberglänzend in der breiten Einfahrt und reflektierte die Abendsonne. Ein zweites Fahrzeug war nicht zu sehen. Als er die Eingangstür erreichte, spürte er förmlich, dass niemand zu Haus war. Das Motorengeräusch verstummte plötzlich, das Fahrzeug musste demnach ganz in der Nähe sein.

Er folgte der gewundenen Einfahrt, die an einem geräumigen, an eine leere Garage angebauten Hühnerstall vorbei zu einer Lichtung mitten im Wald führte. Dichtes Geäst verdeckte den oberen Teil einer alten Kapelle aus grob behauenen grauen Steinblöcken, sodass man nur die Bogenfenster und die geöffnete Tür erkennen konnte. Ein großer, mit einer Plane bedeckter Gegenstand lag auf der Ladefläche eines roten Pick-up, der vor der Kapelle stand.

Charles ging um den Pick-up herum und ein paar Stufen hinauf. Auf der Schwelle blieb er stehen. In die Wölbung der Decke waren zwei große Oberlichter eingelassen. Die langsam vorbeiziehenden rosagoldenen Wolken schienen fast das Glas zu streifen.

Abendliche Schatten füllten den weiten Raum. Im Hintergrund waren in einem Kreis, dort, wo früher der Altar gestanden hatte, geisterhaft weiß verhüllte Gestalten angeordnet. Unverhüllte Arbeiten aus Granit und Marmor in den verschiedensten Bearbeitungsstadien waren locker im Raum verteilt. Viele Figuren besaßen Flügel und schienen aus dem noch unbehauenen Stein herauszustreben.

Ein kleiner, zierlicher Mann tauchte aus dem Dunkel auf. Es schien, als tanze er mit einer hoch gewachsenen Frau aus Stein. Das seltsame Paar glitt an einem langen Arbeitstisch entlang, und jetzt sah Charles die Füße des Mannes und die Rollpalette unter seiner steinernen Partnerin.

Charles war drauf und dran, etwas zu rufen. Gerade noch rechtzeitig fiel ihm ein, dass Henry Roth sich nur in Zeichensprache und schriftlich verständigen konnte. Ohne sichtbare Überraschung wandte der Bildhauer sich zu seinem ungebetenen Gast um. Vermutlich hatte er die Schwingungen seiner Schritte auf den Dielenbohlen gespürt.

Henry Roth war weder schwarz noch weiß, sondern eine ganz neue Rasse mit goldener Haut und hellbraunen Augen, in denen grüne Pünktchen leuchteten. Sein Haar war schlohweiß und kurz geschnitten. Die Gesellschaft der Engel schien ihm gut zu tun, denn sein Lächeln war sanft und sehr liebenswert. In einer fragenden Bewegung breitete er die Hände aus.

Charles musste einen Augenblick überlegen, aber dann erinnerte er sich sehr schnell an die Zeichensprache. Als kleiner Junge hatte er sich in ihr unterhalten können, ehe er in der Lage war, laut und deutlich zu sprechen. Es war seine erste Sprache, die er allerdings seit über zwanzig Jahren, seit dem Tod seines Vaters, nicht mehr benutzt hatte. Mit ausladenden Gesten und Fingerzeichen sagten seine Hände: *»Mein Name ist Charles Butler. Sie sind Mr. Roth?«*

Der Mann nickte. Charles sprach mit den Händen weiter. Wenn die Erinnerung ihn im Stich ließ, deutete er Buchstabe für Buchstabe an. Hin und wieder machte er einen Fehler, aber während er mit den Fingern in die Luft stach und eine Hand im Kreis tanzen ließ, erinnerte er sich wieder aller Feinheiten, einschließlich der Zeiten und Adverbien. Mit dem entsprechenden Gesichtsausdruck unterstrich er seine Empfindungen, als er seine Beziehung zu Kathy Mallory schilderte, die Henry Roth wohl nur als die kleine Kathy Shelley kannte. Mit dem Heben einer Augenbraue deutete er ein Fragezeichen an und machte schmale Lippen, um – gleichsam mit einem Ausrufezeichen! – zu betonen, wie dringend er sie sprechen musste.

Nur völlig Ahnungslose glauben, dass die Zeichensprache nichts anderes als stumme Pantomime ist. Diese elegante dreidimensionale Sprache der durch den Raum fliegenden Hände ist die wahre Kunst der Konversation. Eine Geste deutete elegant den Vogelflug an, und dann tanzten Charles' Finger über eine unsichtbare Bühne in der Luft und erläuterten dem Bildhauer, wie die schlaue Augusta ihn Lilith als einen von ihr beauftragten Ermittler vorgestellt hatte. Noch einmal bat Charles eindringlich um Hilfe – dann schwiegen seine Hände.

Henry Roth hatte den langen, komplizierten Bericht aufmerksam und sehr geduldig verfolgt. Jetzt lächelte er breit, und seine Hände sagten: *»Ich bin nicht taub, nur stumm!«* Er schüttelte sich vor Lachen, als sei das ein guter Witz. Und wahrscheinlich, dachte Charles, ist es das auch.

»Tut mir Leid«, sagte er laut. »Ich hätte nicht so selbstverständlich davon ausgehen dürfen …«

»Da sind Sie nicht allein«, bedeutete ihm der Stumme mit den Händen. *»Die Leute in der Stadt glauben seit fünfundsechzig Jahren, dass ich nichts hören kann.«* Aber, meinte er, das störe ihn nicht, weil die Leute die erstaunlichsten Dinge sagten, wenn sie glaubten, dass er sie nicht verstand. *»Ich lebe in einem Lauscherparadies.«*

Dann kamen sie wieder auf Mallory zu sprechen, und Charles sagte: »Ich möchte sie nicht erschrecken, indem ich unangemeldet auftauche. Sie könnte denken, dass ich dem Sheriff etwas verrate.«

In Wirklichkeit würde sie davon ausgehen, dass er genau das getan hatte, denn sie wusste, dass all ihre Versuche, ihm die Kunst des Lügens und des Pokerspiels beizubringen, kläglich gescheitert waren. Trotz seines unglaublich hohen Intelligenzquotienten war er in ihren Augen hoffnungslos lernbehindert.

»Wären Sie bereit, Mallory auf meinen Besuch vorzubereiten? Sie könnten ihr sagen, dass Augusta voll hinter ihrer Erklärung steht, ich sei in ihrem Auftrag unterwegs, in der Nachlasssache zu ermitteln. Wollen Sie mir helfen?«

Der Bildhauer drehte die Handflächen nach oben und hob und senkte sie in einer gleichsam abwägenden Bewegung. Er werde es sich überlegen, sagte er, vielleicht werde er morgen mit Mallory sprechen, aber nur, wenn er sicher sein könne, dass der Sheriff keine peinlichen Fragen stelle – und das war recht unwahrscheinlich. Es falle ihm schwer, einen Mann zu belügen, den er so lange kenne, und Charles solle sich keine allzu großen Hoffnungen machen. Dann ließ er die Hände sinken. Er hatte alles gesagt.

Charles hob seinerseits die Hände, als wolle er sprechen, aber dann breitete er sie nur in hilfloser Enttäuschung aus und senkte den Blick. »Ich verstehe.« Der Bildhauer hatte keinen Grund, ihm zu vertrauen, ihm zu helfen, für ihn zu lügen.

Henry Roth zuckte die Schultern, um anzudeuten, dass er ihm nicht weiter entgegenkommen konnte, und bedeutete Charles, dass er nun arbeiten müsse.

Charles folgte dem Bildhauer zur Tür und sah zu, wie er eine metallene Rampe über die Steinstufen an das Heck des Pick-up legte und zwei Metallstützen herausklappte, um die Rampe zu stabilisieren. Er rollte eine Palette an den Pick-up heran und versuchte, den großen, mit einer Plane verhängten Stein auf die Rampe zu befördern.

Das metallische Geräusch ließ darauf schließen, dass die Unterlage unter dem Stein auf Kugellagern lief. Dennoch war es für einen so kleinen Mann eine langwierige und mühevolle Arbeit. Charles zog schnell sein Jackett aus und rollte die Ärmel hoch. »Wenn Sie gestatten …«

Henry Roth trat zur Seite, und Charles zog den Stein so weit heraus, dass er zur Hälfte über die Ladefläche hinausragte. Dann legte er ihn vorsichtig schräg, und die Unterseite des Steins glitt langsam auf die Rollpalette zu. Als sie dort angekommen war, schob er mit dem Fuß rasch die Palette unter den Stein und stellte ihn aufrecht. Dann legte er die Schulter an den Block und schob ihn über die Rampe bis zum Atelier des Bildhauers. Der lächelte dankbar und bedeutete Charles mit den Händen: *»Um einen Block von dieser Größe auszuladen, brauche ich eine Stunde.«*

Roth schloss die Kapelle ab, und sie gingen zusammen zum Haus zurück. Dort verabredete sich der Bildhauer mit Charles für den nächsten Tag in der Stadt, denn ihm war inzwischen eingefallen, wie er den Sheriff mit seinen bohrenden Fragen austricksen konnte.

Lächelnd fuhr Charles mit dem Mercedes um den Friedhof herum bis zur Brücke. Dort stand ein Wegweiser mit einem hölzernen Pfeil, der grau und verwittert und von dessen Beschriftung nur ein V übrig geblieben war, das den Reisenden zu verspotten schien. Der geheimnisvolle Pfeil deutete in eine Nebenstraße, einen dunklen, schmalen Tunnel aus tief hängenden Zweigen. Ein Schild an einem Baum in der Nähe warnte Charles vor dem Sumpf jenseits des Finger Bayou, eines schmalen Wasserwegs entlang der namenlosen Straße.

Das Schild »Upland Bayou« war an den Stahlträgern der Brücke befestigt. Jetzt, am Abend, wirkte das träge dahinfließende Gewässer, das breiter war als der Finger Bayou, tiefschwarz, nur das Band aus Algen leuchtete in hellerem Grün. Die Bäume am Ufer hatten lange Bärte aus Spanischem Moos. Auf der anderen Seite des Bayou standen Holzhäuser auf Backsteinpfählen, und kleine flache Boote waren an grauen, auf Stelzen aus dem Wasser ragenden Landungsstegen festgemacht.

Als er die Brücke über den Bayou überquert hatte, konnte er zwischen zwei asphaltierten Straßen wählen. Zu seiner Rechten führte eine Abzweigung zum Highway und zu den grünen Zuckerrohrfeldern, die sich bis zum Horizont erstreckten. Er wandte sich nach links in Richtung Stadt. Die Häuser rechts und links der Dayborn Avenue standen auf herkömmlichen Fundamenten, in den Vorgärten spielten Kinder, ein Fenster nach dem anderen wurde hell, als die Bewohner von der Arbeit zurückkehrten. Wenn nicht die warme Witterung und hier und da ein Bananenbaum gewesen wären, hätte er meinen können, an einem Herbsttag in einer ganz gewöhnlichen amerikanischen Kleinstadt zu sein.

Als er die Stadtmitte erreichte, änderte sich das Bild schlagartig. Der Prospekt, den er sich im Hotel hatte geben lassen, hatte nicht gelogen. Was er vor sich sah, war eine Collage der Architekturgeschichte. Der formelle Bau in georgianischem Stil am anderen Ende des Platzes musste das Rathaus sein. Die Wände waren grün gestrichen, und die Kuppel auf dem Dach ließ an ein Kapitol im Kleinformat denken.

Um den Platz herum zogen sich Reihenhäuser in italienischem Stil aus Backstein, die lila- und rosafarben, blau und gelb verputzt waren. Über den Läden im Erdgeschoss ragten zierliche schmiedeeiserne Balkone mit bunten Blumentöpfen auf die Straße.

Er ließ den Wagen vor dem Hotel ausrollen. Rechts und links standen neogotische Privathäuser, dieses mächtige Gebäude aus der Kolonialzeit aber war das älteste Haus am Platz. Das schräge Dach hatte fünf Giebel und an jedem Ende einen Schornstein. Die dunklen Schindeln breiteten sich steil nach unten bis zu den Stützen der Veranda aus.

Er brachte seine Koffer aufs Zimmer und begrüßte die Hotelbesitzerin, Betty Hale, eine weißhaarige Dame mit üppigen Körperformen und einem nicht weniger üppigen Lächeln. Nachdem er sich eingetragen und das Gepäck in seinem Zimmer untergebracht hatte, begleitete sie ihn auf die Veranda und drängte ihn sanft, sich zu den anderen Gästen zu setzen, deren Stühle am Geländer aufgereiht waren, wie die von Zuschauern bei einer Sportveranstaltung. Alle blickten nach Norden und hatten Feldstecher in der Hand.

Betty nahm ihr Fernglas vom Hals und reichte es Charles. »Wie schade, dass Sie das abendliche Fledermausrennen verpasst haben, Mr. Butler. Aber wenn Sie sich beeilen, können Sie noch den einen oder anderen der Verlierer sehen.«

Er folgte ihrem Blick hinüber zu dem dreieckigen Giebel von Augusta Trebecs Haus jenseits der fernen Bäume und stellte das Glas auf drei Fledermäuse scharf, die vom Dach aufflogen und sich dabei dunkel vor den nach Sonnenuntergang völlig farblosen Wolken abhoben.

»Und jetzt sehen Sie bitte über den Platz zum Büro des Sheriffs hinüber«, forderte Betty ihre Zuschauer auf und deutete auf die Südseite des Rathauses. Alle Köpfe drehten sich wie auf Befehl. »Sehen Sie das Licht, das eben angegangen ist? Sehen Sie das vergitterte Fenster? Dort halten sie die Frau gefangen, die Babe Laurie ermordet hat. Allerdings ist das nicht ihr Fenster. Ihr Fenster geht auf den Durchgang zwischen dem Büro des Sheriffs und der Feuerwehr hinaus.«

Sie tippte Charles auf die Schulter. »Wenn Sie Lust haben, sich morgen früh der Tour anzuschließen, können Sie sich auf dem Friedhof eine Figur ansehen, die ihr unheimlich ähnlich sieht. Die Besichtigung ist im Zimmerpreis inbegriffen.«

Charles war so verblüfft, dass er von Betty Hales weiteren

Ausführungen über Frühstück und den Zeitpunkt, zu dem das Zimmer freizumachen war, nur hin und wieder ein Wort aufnahm. Dass Mallory eine Touristenattraktion geworden war, schien noch unfassbarer als die Mordanklage.

Er rutschte tiefer in seinen Korbsessel und sah zu dem Fenster über dem Büro des Sheriffs hinüber.

Da bist du also. So nah.

Er blieb noch lange, nachdem die anderen Gäste auf ihre Zimmer oder den Empfehlungen von Betty folgend zum Essen gegangen waren, auf der Veranda sitzen. Und als es im Haus dunkel geworden war, saß er noch immer da und starrte auf das Licht in dem Fenster auf der anderen Seite des Platzes, bis auch das erlosch.

Gute Nacht, Mallory.

3

Es war schon spät, aber Lilith Beaudare blieb so lange bei ihrer Cousine sitzen, bis sie die Familiengeschichte der langen Jahre seit ihrem letzten Besuch aufgearbeitet hatten.

Im Licht eines Streichholzes leuchtete das Gesicht der alten Dame rötlich auf. Sie zündete sich eine Zigarre an und blies blauen Rauch in die Nachtluft.

»Du solltest nicht rauchen«, sagte Lilith in belehrendem Tonfall. »Willst du wirklich in den letzten Jahren deines Lebens herumkeuchen und nach Luft schnappen, weil du ein Lungenemphysem hast?«

»Du hast ja so Recht«, erwiderte Augusta. »Am vernünftigsten wäre es, sofort aufzuhören.« Der Rauch zog in trägen Wirbeln um sie herum. »Disziplin und Selbstverleugnung – das wäre das Richtige für mich.«

Lilith nickte.

»Und wenn ich dann neunzig bin«, fuhr Augusta fort, »den grünen und den grauen Star habe und nicht mehr sehen kann, wenn mich die Arthritis krumm gemacht hat und sie mir die verkrebsten Brüste abgenommen haben – dann kann ich sagen: Gott sei Dank hab ich kein Lungenemphysem.« Augusta warf den Kopf zurück und lachte. Es war ein erstaunlich junges, lebendiges Lachen.

In der Dunkelheit sah man nichts von ihren Runzeln und Falten, sondern nur noch den straffen, aufrechten Körper und das wallende lange Haar der berühmten Schönheit, die manch einen jungen Mann unter den Tisch getrunken hatte, um ihn in der Liebe und in harten geschäftlichen Verhandlungen besser niederringen zu können.

Augusta war auch eine sagenhaft gute Reiterin gewesen. Als Kind hatte Lilith ihr wie gebannt bei ihren Ritten über den Deich zugesehen. Am schönsten war immer der Moment gewesen, wenn Augusta die steile Böschung hinunter heimwärts geritten war. Dann hatte man nur den massigen Leib des Pferdes gesehen und nicht seine Beine, sodass es schien, als fliege das Tier durch die Luft. Nie würde Lilith den Anblick des geflügelten Pferdes vergessen.

Augusta hatte aufgehört zu lachen.

»Ich hab auf dem Friedhof den Engel gesehen«, sagte Lilith scheinbar beiläufig.

»Auf dem Friedhof gibt es sechzehn Engel.« Augusta trank den letzten Schluck Kaffee und griff nach der Kanne, die auf dem kleinen Korbtisch neben ihr stand.

Gerade noch rechtzeitig konnte Lilith die Warnung vor den schädlichen Folgen des Koffeins hinunterschlucken, die sie schon auf der Zunge hatte. »Ich meine *den* Engel. Dass Cass Shelley so schön war, hatte ich ganz vergessen. Die Gefangene ist also wirklich Kathy?«

»Wenn ich das wüsste, hätte ich mich nicht an Mr. Butler zu wenden brauchen.«

Das klang gereizt, und Lilith witterte Morgenluft. »Aber du hast die Leute in der Stadt reden hören, du denkst –«

»Beleidige mich nicht«, sagte Augusta scharf.

»Ich bin nur neugierig«, schwindelte Lilith.

»Na schön. Nehmen wir mal an, ich wäre die vertrottelte Greisin, für die du mich offenbar hältst.« Augusta lehnte sich in ihrem Korbsessel zurück, aber zwischen den beiden Frauen knisterte es vor Spannung. »Nehmen wir mal an, die Gefangene ist tatsächlich Kathy. Sie ist in Louisiana geboren, und ich glaube fest daran, dass eine Frau die Durchtriebenheit schon mit der Muttermilch einsaugt. Angeblich spricht sie aber wie eine aus dem Norden, demnach hat sie wohl die ganze Zeit dort gelebt. Da sind nun also die Frau aus dem Süden und die Frau aus dem Norden in einem Kopf und einem Körper zusammengekommen.« Sie lächelte grimmig. »Eine brisante Mischung, Lilith. Du solltest sie nicht unterschätzen.«

Lilith verzog die Lippen, um eine Bemerkung zurückzudrängen, die Augusta bestimmt übel genommen hätte.

Die Ältere fuhr fort. »Ich weiß schon, worauf du aus bist. Aber wenn ich wetten müsste, würde ich nur fifty-fifty darauf setzen, dass du es auch schaffst.«

Lilith summte leise vor sich hin und wippte auf den Hinterbeinen ihres Stuhls, um ihren Ärger abzureagieren. Aus einem Augenwinkel beobachtete sie Augusta und lächelte unwillkürlich, als sie merkte, dass die Cousine genau das Gleiche tat. Nach einem weniger brisanten Gesprächsthema suchend, fragte sie: »Reitest du immer noch über die Deichkrone?«

»Nein, ich reite überhaupt nicht mehr.« Das klang ungewohnt niedergeschlagen. »Vor ein paar Jahren bin ich böse gestürzt und habe mir ein Bein gebrochen. Es hat ewig gedauert, bis es wieder geheilt war, und so was kann ich mir nicht mehr leisten, dafür ist mir die Zeit zu kostbar.«

Lautes Geheul hallte plötzlich durch die Nacht. Lilith schnappte nach Luft und setzte sich mit einem Ruck auf. »Das war der Wolf.«

»Komm, hör auf, Lilith!« Die rote Glut der Zigarre fuhr ungeduldig durch die Luft. »Für dieses Spiel bist du jetzt wirklich zu alt.«

»Ich kenne das Geheul.« Es war die eindrucksvollste Erinnerung an ihre frühen Kindertage in Dayborn. »Das war Daddys Wolf.«

»Unfug. Es ist nur ein alter Hund.« In Augustas Stimme schwang ein resigniertes Lächeln. »Dein Vater hat dich mit dieser Geschichte auf den Arm genommen, und das weißt du auch.«

In jener Kammer ihres Gehirns, in dem Lilith ihre pragmatischen Erkenntnisse verwahrte, wusste sie, dass der Vater den Wolf für sie erfunden hatte. Aber es gab da noch eine andere Kammer, in die sie die Geschenke ihres Vaters gepackt hatte, seinen blind-poetischen Glauben an Dinge, die man nicht sehen konnte, und die Macht dieses Glaubens.

»Hier in der Gegend hat es nie Wölfe gegeben«, erklärte Augusta.

Lilith wusste, dass dies stimmte, aber in jener Kammer hörte sie die sanfte Stimme ihres Vaters: *»Wenn du es schaffst, diesen Wolf zu fangen, Lil, wird er dein Leben unendlich bereichern.«*

Augusta sagte, als wollte sie gegen diese innere Stimme angehen: »Dieses Märchen hat er dir nur aufgetischt, weil er eine Superleichtathletin aus dir machen wollte.«

»Wenn du ihn fängst, wenn dieser Augenblick da ist, wird sich dein Leben verändern.«

»Was bist du gerannt, um den Wolf zu sehen!«

»Hörst du ihn heulen, Lil? Ist er nicht großartig?«

»Dabei war es immer nur Kathys Hund«, fuhr Augusta fort. »Genau wie jetzt auch.«

Tatsächlich hörte sich das Geheul an wie eine Totenklage, die in traurigem Gewimmer endete. Der Hund weinte.

»Aber der kann doch nicht mehr am Leben sein. Da wäre er ja über zwanzig Jahre alt.« Lilith hatte sich den Glauben an ein geflügeltes Pferd und einen noch nie gesehenen Wolf bewahrt, aber dass ein ganz gewöhnlicher Hund nach menschlichen Maßstäben über hundert Jahre alt werden konnte – das mochte sie nicht glauben.

»Ja, für einen Hund ist es ein unwahrscheinliches Alter.« Augusta blies einen makellosen Rauchring in die Luft. »Wenn ich das Haus von Cass vermietet habe, habe ich immer die alte Geschichte von dem Mord erzählt und dass der Hund solche Sehnsucht nach der kleinen Kathy hat. Die Mieter waren keine Spielverderber, sie haben ihn sogar gefüttert, aber nach einer Weile haben sie gemerkt, dass der Hund verrückt ist, und das Haus stand wieder leer.«

Lilith wandte sich ab. Ihr war der Wolf ihres Vaters lieber als ein halb toter Hund, der im Garten des Shelley-Hauses herumgeisterte.

Augustas Stimme drängte sich in ihre Gedanken. »Einen Wolf soll man nicht jagen, Lilith. Hast du schon mal überlegt, was du machst, wenn du ihn eingeholt hast?«

Der Hinterlauf des alten schwarzen Köters zuckte, während er im Traum neben dem flachshaarigen Kind mit den grünen Augen herrannte. Als das gewalttätige Ende des Traums nahte, stöhnte er auf und rollte sich auf der Erde herum, sodass im Mondlicht alle seine Narben zu sehen waren. Der Schmerz alter Wunden weckte ihn, und er nahm wieder die wirkliche Welt um sich herum wahr.

Er war allein.

Sein Kopf senkte sich, und wieder stieg sein Geheul gen Himmel. Es war eine der seltenen Witterungsphasen, in denen der Wind seine Nachtmusik in alle Richtungen trieb, sogar nach Owltown.

Am Rande von Dayborn lag sein nicht anerkannter Ableger, eine halbmondförmige Ansammlung von Bruchbuden und aufgeblockten Wohnwagen, eine Hauptstraße mit Neonlichtern, die die ganze Nacht hindurch brannten, und Betrunkenen, die sich erst in der Morgendämmerung in irgendeine Ecke fallen ließen. Die Siedlung war ganz offiziell Teil von Dayborn, auch wenn die älteren Einwohner das nicht wahrhaben wollten.

Wenn es sich nicht vermeiden ließ, dass sie den Schandfleck am Bayou erwähnten, nannten sie ihn Owltown – die Eulenstadt.

Alma Furgueson setzte sich im Bett auf und horchte auf die Stimme des Hundes. Warum erlöste nicht irgendjemand diesen irren Köter von seinem Elend – und sie gleich mit? Sie hätte es selbst getan, wenn sie sich dazu hätte aufraffen können, noch einmal zum Haus der Shelleys zu gehen.

Sie zog sich die Bettdecke übers Gesicht – eine kindliche Reaktion auf ihre Ängste, obgleich sie über fünfzig war. Dann stand sie auf, ging zum Kleiderschrank, verzog sich in die hinterste Ecke und machte die Tür zu.

So still sie auch saß – ihr Körper gab keine Ruhe. Er trieb ihr dicke Tränen in die Augen, schickte Säure in ihren Magen und ließ die Galle rumoren. Ein Schrei stieg in ihrer Kehle auf, und schwer lag Schuld auf ihrer Seele, wie eine Krebsgeschwulst, die ihr Angst machte und die sie nicht ansehen mochte. Und deshalb schloss sie, obgleich sie in einem dunklen Schrank saß, rasch die Augen.

Doch die Angst ließ sich nicht aufhalten. Sie überschwemmte ihr Gehirn mit hässlichen Bildern, vor denen es kein Entrinnen gab.

Auf dem Rathausplatz in Dayborn, im Haus neben dem Hotel, hörte Darlene Wooley ihren Sohn schreien. Nicht weil ihm die gebrochenen Hände wehtaten. Dagegen hatte er Tabletten bekommen.

Kathys Hund hörte auf zu heulen, und Ira hörte auf zu schreien. Ihr Sohn hatte ein Versteck in einem anderen Traum gefunden.

Sie atmete auf, denn wenn sie ins Nebenzimmer gehen, ihn aus seinem Albtraum wecken, ihn anfassen und schütteln musste, brachte die Furcht in seinen Augen sie fast um. Er stieß sie weg, wehrte sich gegen ihre Hände, lehnte jede Bekundung mütterlicher Liebe ab. Und das war das Schlimmste, weil sie ihn so innig liebte.

Sie stand am Schlafzimmerfenster und bat den Hund stumm und flehentlich, nicht mehr zu heulen. Nicht mehr heute Nacht.

Lass ihn in Ruhe. Lass meinen Sohn in Ruhe.

Es war nicht möglich, Ira zu trösten, ohne zu wissen, was ihm vor all den Jahren zugestoßen war, und das konnte er ihr nicht sagen. Seit seinem sechsten Lebensjahr hatte er sich hauptsächlich durch Musik verständigt – durch Tastengeklimper auf dem Klavier, durch Liedfetzen. Aber sie war nicht musikalisch, und so blieben Iras Gespräche einseitig.

So viele Fragen waren unbeantwortet geblieben und ließen ihr keine Ruhe. Manchmal war es Darlene, als müsse jeden Augenblick die verschwundene Cass Shelley zurückkommen, bei ihr klopfen, sich auf einen Kaffee mit ihr zusammensetzen und die dunklen Schatten über Darlenes Leben und den Inhalt von Iras Träumen mit einer sachlichen Erklärung vertreiben.

Wieder schrie ihr Sohn auf. Sie hörte ihn rumoren. Jetzt war er wach und schlug mit dem Kopf gegen das Bettgestell.

Darlene lief hinüber. Als er sie sah, hielt er mitten in der Bewegung inne und sah sie mit aufgerissenen Augen an – dem unbewussten Signal des Kindes, dass es in die Arme genommen, getröstet werden will, um seine Ängste loszuwerden. Und es war dieser Widerspruch, der sie wahnsinnig machte, denn wenn sie ihn umarmen wollte, fing er wieder an zu schreien.

Inzwischen war er erwachsen, aber klein und dünn, mit einem schmalen Gesicht, in dem die Augen besonders groß und verletzlich wirkten. Alles in ihr drängte sie, ihn in den Armen zu wiegen, aber sie verschränkte entschlossen die Hände hinter dem Rücken, um ihm zu zeigen, dass sie ihn nicht anfassen würde. Sie blieb nur vor seinem Bett stehen, bis er sich wieder sicher fühlte und einschlief und damit Kathys Hund entkam.

Lange nachdem Darlene wieder in ihr Bett zurückgekehrt war, lag sie noch wach.

Auch die Frau, die in Owltown in dem dunklen Schrank hockte, war wach. Sie hatte die Fäuste in die Augenhöhlen gepresst und versuchte, die Bilder in ihrem Kopf auszulöschen. Alma Furgueson hatte nur einen Wunsch: Sie wollte vergessen. Sie war da gewesen, sie hatte alles mit angesehen, von Anfang bis zum Ende. Aber sie hatte es genauso wenig begriffen wie Darlene Wooley, die überhaupt nichts gesehen hatte.

Lilith Beaudare verabschiedete sich von Augusta und überließ sie ihrer chronischen Schlaflosigkeit.

Sie lief durch die Eichenallee bis zum Friedhof. Dort hielt sie sich an die Rasenflächen, die den Laut ihrer Schritte schluckten. Nur wenn sie einen Weg kreuzte, hörte man den Kies knirschen. Dann war sie wieder auf einer unbefestigten Straße, rannte an Henry Roths Cottage vorbei und die Böschung hinauf. Von dort sah sie auf Dayborn hinunter, wo jenseits der Bäume die Straßenlaternen das Stadtbild nachzeichneten.

Laufen war ihre Leidenschaft, die Jagd nach dem Wolf, der kein alter, halb blinder Köter war, sondern ein geschmeidigkraftvolles Geschöpf, für das sie ihre persönliche Mythologie geschaffen hatte. Er war die Metapher für einen Augenblick, der ihr zum Greifen nah schien, Metapher für das Starke, Ungewöhnliche, für Rilkes »Erwachen der Steine«.

Augusta hatte an diesem Abend Liliths größte Angst angesprochen. Was war, wenn sie den Wolf eingeholt hatte? Wenn sie den Augenblick nicht erkannte, war er mit dem nächsten Ruck des Uhrzeigers ein für alle Mal vorbei, und sie war zu einem öden Durchschnittsleben verurteilt.

Immer wieder legte sie sich neue Szenarien zurecht. *Der Wolf dreht sich langsam um. Was jetzt?*

Die Euphorie des Läufers hatte Lilith gepackt. In diesem Zustand fielen Anstrengung und Müdigkeit von ihr ab, sie spürte nicht mehr, dass ihre Füße den Boden berührten, die Erde selbst verschwand unter ihren Sohlen, und sie flog die Böschung hinunter.

Der Hund jaulte wieder auf, und Liliths Hochstimmung schwand.

Sie spürte ebenen Boden unter den Sohlen ihrer Laufschuhe, sah in das Schwarz der Bäume, die vor ihr aufragten, und fröstelte, als ein leichter Wind ihr den Schweiß von der Haut leckte.

Die Gefangene lag auf dem Rücken und sah zur Decke hinauf, an der goldene Rechtecke schwebten. Sie beobachtete das Licht-und-Schatten-Spiel einer Straßenlaterne vor ihrem Fenster.

Mallory hörte ihren Hund heulen. Der Laut erinnerte sie daran, dass sie noch nicht wieder ganz daheim war.

4

Früh um acht wurde Lilith Beaudare offiziell als Deputy Sheriff der Gemeinde St. Jude vereidigt. Ihr neuer Titel aber war »Mädel«. Das oder manchmal »Hey Mädel!« war Sheriff Tom Jessops Anrede für sie.

Eine halbe Sunde später hatte eine grauhaarige, vierschrötige Person namens Jane, Besitzerin von Jane's Café, eine weitere Variante gefunden. »Hey, kleines Mädel«, sagte sie, »die Zelle find ich selber, da brauch ich keine Begleitung.« Mit diesen Worten war sie mit dem Frühstückstablett der Gefangenen an Lilith vorbei die Treppe hinaufgestiegen und hätte sich höchstens noch durch eine Kugel in den Rücken bremsen lassen.

Eine große Versuchung für die neue Amtsinhaberin.

Doch das war nicht die einzige Enttäuschung. Lilith starrte entsetzt den alten Apparat an, der mindestens fünfzig Jahre vor Erfindung des Tastentelefons hergestellt worden war. Dieses Polizeirevier im Miniformat war ein verdammtes Museum. Kein einziges Möbelstück stammte aus dem zwanzigsten Jahrhundert, und die Ausrüstung war fast ebenso rückständig.

Der Uraltcomputer sah so verstaubt aus wie alles andere auf ihrem Schreibtisch. Aus dem Faxgerät hatten sich zehn, zwölf

Seiten herausgekringelt, und an den Daten erkannte sie, dass sich niemand um das Gerät gekümmert hatte, seit Deputy Travis im Krankenhaus lag. Offenbar war für Computer und Fax Travis zuständig gewesen. Jetzt sollte sie beides übernehmen.

Die berühmte Gefangene hatte sie noch nicht zu Gesicht bekommen. Sheriff Jessop war oben in dem kleinen Zellenblock und hatte Lilith zum Dienst an einem Telefon verdonnert, das beharrlich schwieg.

Von ihrem Schreibtisch aus sah sie auf die offen stehende Tür zum Büro des Sheriffs. Auch diesen Raum hatte die Historische Gesellschaft St. Jude nicht verschont. Der verschnörkelte Mahagonischreibtisch war Handarbeit. In Glasvitrinen hingen Flinten aus dem frühen neunzehnten Jahrhundert. Die vergilbte Landkarte an der hinteren Wand war lange vor dem Bau des Deichs entstanden, als der Mississippi noch einen anderen Lauf hatte. Damals war das Land noch frei gewesen von den Chemiewerken und der den Fluss entlang stetig bis nach Baton Rouge voranschreitenden Umweltverschmutzung. Alle Häuser, die durch das Bürofenster zu sehen waren, stammten aus einer Zeit, in der die Baumwolle regiert hatte und der Bürgerkrieg noch nicht verloren war.

In Dayborn, dachte sich Lilith, schien Verdrängung an der Tagesordnung zu sein. Hier wohnten schlechte Verlierer.

Hinter dem unordentlichen Schreibtisch des Sheriffs sah man eine Anrichte, auf der sich Papiere und Bücher türmten. Ganz am Rand stand eine schwarzlederne Reisetasche, die jeden Augenblick herunterfallen konnte. Lilith erkannte das orangefarbene Schildchen, das die Tasche als Beweismittel auswies. Betty Hale, die Hotelbesitzerin, hatte sie an dem Tag, an dem Babe Laurie ermordet worden war, hier abgeliefert.

Lilith sah rasch zu der alten Treppe hin, deren Stufen ihr durch vernehmliches Knarren bestimmt verraten würden, wenn der Sheriff herunterkam. Leise betrat sie sein Büro und öffnete die Tasche. Der Smith-&-Wesson-Revolver, Kaliber .357, lag in einer Plastiktüte, obgleich in ihrem Handbuch für

Polizeibeamte klar und deutlich stand, dass Papier der beste Schutz für Fingerabdrücke auf glatten Oberflächen war. Sie schüttelte den Kopf. Um die ältere Generation war es wirklich traurig bestellt.

Jetzt nahm sie sich die Kleidung vor. Die Laufschuhe waren beste Qualität, und die Jeans hatten ein Designeretikett auf der Tasche. Der Blazer schien maßgeschneidert zu sein, aber an der Stelle, wo das Herstelleretikett hätte sein müssen, fand sich nur ein Rechteck kleiner Löcher. Bis auf die seidene Unterwäsche waren in der Tasche keine persönlichen Gegenstände, nichts, was auf Namen oder Herkunft der Gefangenen hätte schließen lassen.

Im Seitenfach fand sie eine Hand voll Kabel und ein metallenes Kästchen von der Größe einer Zigarettenschachtel. An einer Seite steckte ein Silberstift zur Bedienung eines Minikeyboards, aber ein Palm-Computer konnte es nicht sein. Allerdings waren unten Computeranschlüsse. Vielleicht ein Zusatzteil für den Laptop, der im nächsten Fach steckte? Sie zog ihn heraus und schaltete ihn ein, aber als sie probierte, eine Datei zu öffnen, wurde der Schirm dunkel, sodass sie nicht einmal den Versuch machen konnte, das Passwort zu knacken.

Pfiffig gemacht.

Die Gefangene verstand sich also auf Computer, schätzte Waffen mit durchschlagender Wirkung, kaufte in Geschäften, die für einen Deputy Sheriff zu teuer waren, und hatte sich große Mühe gegeben, ihre Identität zu verschleiern.

Lilith steckte alles wieder in die Tasche und ging zurück an ihren Schreibtisch. Punkt neun rief sie weisungsgemäß beim FBI an, um zu fragen, ob man bei dem Versuch, über die Seriennummer den Besitzer der Waffe zu ermitteln, schon weitergekommen sei. Der FBI-Agent antwortete mit einem schlichten Nein. Ein paar Sekunden war Sendepause, dann fragte Lilith, ob sie bei dem Vergleich mit einer Testpatrone schon Erfolg gehabt hätten. Wieder war die Antwort nur ein Nein, gefolgt von einem abwimmelnden »Wir melden uns wieder!« Unter dem Vorwand, diese absolut wertlose Information weiterzugeben, stieg sie die Treppe zu den drei Zellen hinauf, von denen nur eine belegt war.

An der Tür, die zu dem Zellentrakt führte, zögerte sie einen Augenblick und öffnete sie dann vorsichtig, damit sie nicht quietschte. Der Sheriff schien gegen dieses Geräusch allergisch zu sein, denn als heute früh ihr Drehstuhl gequietscht hatte, war er sofort mit einem Ölkännchen herbeigeeilt und hatte Anweisungen geblafft, als ob er eine Hilfsschülerin vor sich hätte.

Aus ihrer Kindheit in Dayborn konnte sie sich an den Sheriff nicht mehr erinnern. Der freundschaftliche Verkehr zwischen ihm und ihrem Vater hatte sich hauptsächlich am Tresen abgespielt. Doch war das entschieden nicht mehr jener Tom Jessop, den ihr Vater, der Geschichtenerzähler, der Mythenerschaffer, als überlebensgroß geschildert hatte, als einen Mann mit blauen Augen, die so hell strahlten wie heranbrausende Scheinwerfer.

Sheriff Jessop schien inzwischen geschrumpft – oder einfach ein ganz gewöhnlicher Mensch geworden zu sein. Es war nicht die einzige Erinnerung, die sich in den Jahren, seit die Familie von hier weggezogen war, ganz und gar verändert hatte.

Der Sheriff stand auf dem schmalen Gang vor der mittleren Zelle. Sein Bauch hing über den Gürtel, und das einst dichte schwarze Haar war ergraut und schütter geworden. Die meist durch den Stetson geschützte Stirn sah weiß aus, Nase und Wangen waren sonnenverbrannt.

Jetzt trat Tom Jessop einen Schritt zurück und lehnte sich an die Wand, sodass Lilith die Gefangene sehen konnte, die sich Mallory nannte. Sie trug einen Baumwollkittel, auf dessen Tasche die Aufschrift STADTGEFÄNGNIS ST. JUDE prangte.

Lilith schnappte nach Luft.

Die Frau, die sie vor sich sah, war der lebendig gewordene steinerne Engel. Rotblonde Locken reichten ihr bis zu den Schultern. Es sah aus, als ob die blonde Aureole das Licht aus allen Winkeln der kleinen Zelle ansaugte und immer heller wurde. Die Augen waren von einem fast unnatürlichen Grün, der Blick war konzentriert wie der eines Raubtiers, das sich an seine Beute anschleicht, und richtete sich auf Lilith. Doch dann ließ Mallorys Blick sie wieder los. Das Raubtier war offenbar nicht hungrig genug. Noch nicht.

Trotz der Gitterstäbe ging Liliths Hand instinktiv zum Holster, denn diese Frau hatte nichts mit dem steinernen Engel gemein. Sie gehörte einem ganz anderen Gott an.

Der Sheriff sprach mit Mallory wie mit einem unmündigen Kind.

Trottel! War der Mann denn blind?

Dann begriff sie, dass der Sheriff nicht Mallory vor sich sah, sondern die noch nicht ganz siebenjährige Kathy Shelley.

Der Sheriff nahm eine Zigarette aus der Tasche und schob sie sich zwischen die Lippen. »Jetzt erzähl uns doch mal, Kathy, wie es ist …« Ohne Eile machte er eine Streichholzschachtel auf, zündete die Zigarette an und sah dem Rauch nach, der sich zwischen den Zellenstäben hindurchschlängelte. «…wie es ist, nach so vielen Jahren wieder heimzukommen.«

»Gar nicht so übel«, sagte Mallory. »Wenn es einen nicht nervt, dass man den ganzen Tag warten muss, bis die Leute eine Satz zustande gebracht haben. Und sagen Sie nicht Kathy zu mir.«

Sheriff Jessop wandte rasch den Kopf. Er hatte Lilith entdeckt. »Was ist? Raus damit.«

»Ich habe beim FBI angerufen, Sir.« Das klang kindlich und unsicher. Mist, dachte Lilith und straffte die Schultern. Lauter setzte sie hinzu: »Sie wissen nicht, woher die Waffe stammt, aber sie arbeiten dran, Sir.«

»Wie reizend von dir, dass du dich mit so einer wertlosen Information hier heraufbemüht hast, Mädel. Jetzt sieh zu, dass du wieder auf deinen Posten kommst. Ich hab dich nicht umsonst ans Telefon gesetzt.«

Lilith biss sich auf die Lippen, um die bissige Bemerkung zurückzudrängen, die ihr auf der Zunge lag. Schon am ersten

Tag gefeuert zu werden war wenig erstrebenswert. Lilith war, wie Augusta von Anfang an geargwöhnt hatte, eine ehrgeizige junge Frau.

Das Gesicht des Sheriffs war rot angelaufen – sein Frühwarnsystem für den schnell aufflammenden Jähzorn. »Worauf zum Teufel wartest du denn noch, Mädel?«

Mallory lächelte. Nicht liebenswürdig, sondern beunruhigend und voller Verachtung. Sie lehnte sich an das Gitter ihrer Zelle und starrte Lilith an. »Du solltest ihm nicht durchgehen lassen, dass er dich *Mädel* nennt. Höchstens, wenn du ihn *Fettwanst* nennen darfst.«

Der Sheriff deutete mit dem Zeigefinger auf seine Stellvertreterin. »Ab mit dir, Mädel. Dalli!«

Lilith schlug die Tür hinter sich zu und stürmte, zwei Stufen auf einmal nehmend, die Treppe hinunter.

Unten sah sie sich einer Frau mittleren Alters gegenüber. Sie trug ein graues Kostüm, hatte einen zornigen Blick und Haltungsprobleme, fuchtelte mit ausgestrecktem Finger in der Luft herum wie mit einer Kanone und schrie auf die frisch gebackene Stellvertreterin des Sheriffs ein.

Hinter ihr stand ein magerer junger Mann, der etwa in Liliths Alter sein mochte. Er hatte, wie die fuchtelnde Frau, haselnussbraune Augen mit dichten Wimpern und hellbraunes Haar. Sein Gesichtsausdruck war ganz friedlich. Zu friedlich. Beide Hände steckten in dicken Verbänden.

Stand er vielleicht unter dem Einfluss von Beruhigungsmitteln?

Dann fing er an, eine Hand langsam um die andere zu drehen, und diese einfache Tätigkeit schien ihn vollauf in Anspruch zu nehmen.

Dich kenne ich doch …?

Ja. Er trug nach wie vor die roten Socken, die sein Markenzeichen gewesen waren, und ein ordentlich in die Jeans gestecktes rotes Hemd. In der harmlos-unschuldigen Miene und der vertrauten Angewohnheit des Händedrehens fand sie noch viel von dem Kind wieder, das sie gekannt hatte. Die anderen Kinder hatten »Idiot« zu ihm gesagt, und als Sechsjährige war sie der Meinung gewesen, so hieße er. Ihr Vater hatte sie zurechtgewiesen und sie kräftig versohlt, damit sie ein für alle Mal lernte, den Jungen mit seinem richtigen Namen anzureden.

»Hallo, Ira«, sagte Lilith. »Wie geht's?«

Diese kleine Geste hatte die aufgeregte Frau beschwichtigt. Ein Lächeln ging über ihr Gesicht, das fast hübsch wirkte, als sie sich ihrem Sohn zuwandte. »Sag der Stellvertreterin vom Sheriff guten Tag, Ira.«

»Sag der Stellvertreterin vom Sheriff guten Tag«, wiederholte Ira.

5

Charles Butler betrachtete die Auslagen im Schaufenster des Drugstores. Stapelweise türmten sich hier T-Shirts in vielen Farben, auf denen Name und Bild des ermordeten Erweckungspredigers prangten. Für eine andere Serie hatte sich der Künstler die Jungfrau Maria einfallen lassen, die ein Kind mit dem Gesicht des erwachsenen Babe Laurie in den Armen hielt. Hinter diesen ketzerischen Produkten sah man einen Ständer mit Taschenbüchern und Regale, die mit Sonnenbrillen und Zahnseide voll gepackt waren, mit Zahnbürsten und Voodoo-Püppchen in Zellophanhüllen – kurz, mit allem, was Touristen gern zu Hause liegen lassen, wenn sie auf Reisen gehen.

Charles wandte sich wieder dem Durchgang zwischen dem Büro des Sheriffs und der Feuerwehr zu. Der stumme Bildhauer hatte inzwischen Mallorys Zelle entdeckt. Er sah zu dem Fenster im ersten Stock hinauf und sprach mit den Händen. Charles überquerte den Platz, um ihm zuzusehen.

Dabei fiel sein Blick auf einen Mann, der auf einer hölzernen Bank vor dem Büro des Sheriffs saß. Sein Gesicht war dem auf den T-Shirts sehr ähnlich, der Ausdruck allerdings war weit weniger theatralisch, dafür aber intelligenter als bei Babe Laurie. Er mochte fünfunddreißig sein und hatte sandfarbenes Haar, das bis zum Kragen des Baumwollhemds reichte. Er sah ihn aus sanften blauen Augen an und nickte ihm freundlich zu, als sei Charles ein guter alter Bekannter.

Die Aufforderung war unübersehbar. *Komm, setz dich zu mir, reden wir miteinander*, sagte sein Blick.

Zum Glück erinnerte sich Charles jetzt wieder daran, dass er anderswo dringender gebraucht wurde. Leicht benommen wie jemand, der jäh aus tiefem Schlaf erwacht ist, wandte er sich ab, trat neben Henry Roth und konzentrierte sich darauf, seine Zeichensprache zu lesen.

Hinter den Gitterstäben im ersten Stock bewegten sich zwei weiße Hände. *»Sag ihm, er soll abhauen«*, las Charles.

Der Bildhauer sah kurz zu ihm hin und zuckte die Schultern, dann wandte er sich wieder dem Fenster zu und setzte das Gespräch fort.

Charles starrte auf seine Schuhspitzen. Abhauen? Hatte er deshalb über tausend Meilen zurückgelegt?

Er drehte den beiden den Rücken und ging zu dem Brunnen, der auf dem Marktplatz stand. Aus kunstvoll verschnörkelten Rohren plätscherte das Wasser in ein großes Becken, darüber tänzelte ein gesatteltes Bronzepferd ohne Reiter, das Charles sein Hinterteil zuwandte.

Wie passend!

Er machte eine Runde um das große Brunnenbecken und dachte an die vielen schlaflosen Nächte, die er ihretwegen verbracht, an die vielen Sorgen, die er sich um sie gemacht hatte. Doch dann vergaß er sowohl sein Selbstmitleid als auch seine angeborenen guten Manieren und war nur noch wütend. Diesmal würde er sich von Mallory nicht herumkommandieren lassen! Er stürmte die Stufen zum Büro des Sheriffs hinauf und riss die Tür auf.

Im Vorzimmer saß Augustas Cousine. Die braune Uniform

mit den kurzen Ärmeln war so steif gestärkt, dass der Stoff eher brechen als knittern würde. Lilith Beaudare wischte an dem Monitor ihres Computers herum, aber es war eine mechanische Bewegung, denn mit den Augen und Ohren war sie ganz bei dem, was sich im Zimmer des Chefs abspielte. Auch Charles sah jetzt durch die offene Tür.

Eine Frau im grauen Kostüm stand vor einem hemdsärmeligen Mann in Jeans. Auf einem zerknautschten, nachlässig über einen Sesselrücken gehängten Leinenblazer blitzte der Sheriffstern. Trotz der lässigen Kleidung ging Autorität von ihm aus. Er hatte die Arme verschränkt, um anzudeuten, dass er nicht daran dachte, auch nur einen Millimeter zurückzuweichen. Die Frau hatte die Hände in die Hüften gestemmt und signalisierte damit, dass sie sich nicht von der Stelle rühren würde, bis sie bekommen hatte, was sie wollte.

Neben den beiden stand ein junger Mann mit leerem Blick, der tat, als ginge ihn das alles nichts an. Er war schlank und ziemlich klein, hatte ein unschuldiges, glattes Gesicht und an beiden Händen dicke Verbände.

Deputy Lilith Beaudare warf Charles einen kurzen Blick zu, als er einen Schritt näher zur Tür trat, sagte aber nichts. Sie lauschten in freundschaftlichem Einvernehmen.

»Malcolm hat zu Protokoll gegeben«, sagte der Sheriff zu der Frau mit dem hellbraunen Haar, »dass Babe deinen Jungen sehr höflich gebeten hat, nicht immer wieder dieselben fünf Noten zu klimpern. Da ist der Junge ausgeflippt und hat Babe angegriffen. Was dann geschah, war Notwehr, sagt Malcolm.«

Die Frau sah den Sheriff an, als sei er geradewegs vom Mond gekommen, wo andere Sitten und Gesetze herrschten. »Dass Babe meinem Ira mit einem Klavierdeckel die Finger gebrochen hat, soll Notwehr gewesen sein?« Sie hob ungehalten die Hände. Vielleicht überlegte sie, ob diese Worte in der Mondsprache wohl dieselbe Bedeutung hatten. »Hast du schon mal erlebt, dass mein Junge gewalttätig geworden ist? Ira sind Körperkontakte in jeder Form zuwider, und das weißt du ganz genau. Schon daran hättest du merken können, dass Malcolm Laurie lügt.«

Der junge Mann mit den verbundenen Händen sah, unbeeindruckt von der lautstarken Auseinandersetzung, fasziniert zu dem langsam kreisenden Deckenventilator hinauf. Er hatte den Kopf in den Nacken gelegt und wiegte sich wie in Trance hin und her. Die Vorwürfe seiner Mutter ließen ihn offensichtlich kalt, ja, er schien kaum wahrzunehmen, dass sie im Zimmer war.

»Nachdem Babe Laurie tot ist«, konterte der Sheriff, »scheint es mir ziemlich sinnlos, Anzeige gegen ihn zu erstatten, Darlene.«

»Deshalb bin ich auch nicht hier.« Darlene kramte in der schwarzen Handtasche herum, die ihr an einem schmalen Riemen von der Schulter hing. »Ich möchte die Kaution für die junge Frau zahlen, die bei dir in einer Zelle sitzt. Wenn sie den Mistkerl wirklich umgebracht hat, ist es das wenigste, was ich für sie tun kann.« Darlene holte Scheckbuch und Stift heraus.

Der Sheriff winkte ab. »Für die Inhaftierte kann keine Kaution gestellt werden.«

»Du hast nicht das Recht, dieses Kind im Knast zu behalten, Tom Jessop. Es steht doch gar nicht fest, dass sie es war. Wer weiß, vielleicht habe ich ihn ermordet. Daran hast du wohl überhaupt noch nicht gedacht, was?«

Sheriff Jessop lächelte. »Im Gegenteil, Darlene. Du warst sogar der Spitzenreiter auf meiner Liste, noch vor Babe Lauries Witwe und der Kleinen in der Zelle. Männliche Verdächtige habe ich überhaupt noch keine. Frauen sind eben wirklich die besseren Killer. Der Frauenklub Dayborn wird mich noch zum Feministen des Jahres wählen.«

Der Sheriff setzte sich in den grünen Ledersessel hinter dem unordentlichsten Schreibtisch, den Charles je zu Gesicht bekommen hatte, und drehte sich verabschiedend zum Fenster.

Doch so schnell wurde er Darlene nicht los. Sie ging um den Schreibtisch herum und stellte sich vor ihm in Positur. »Niemand hat gefragt, wo ich war, als Babe Laurie ermordet wurde.«

»Nicht nötig«, sagte er leicht zerstreut, aber dann lächelte er wieder und schien Kraft für die nächste Runde zu sammeln. »Ich weiß, dass dein Wagen in die gleiche Richtung fuhr wie der von Malcolm und Babe. Aber sie haben an der Tankstelle Station gemacht, während du zum Krankenhaus gebrettert bist.«

Er schwenkte zu den hochgetürmten Papierstapeln auf seinem Schreibtisch herum, griff scheinbar wahllos in das Durcheinander, zog ein handgeschriebenes Blatt hervor und schwenkte es wie eine Fahne. »Das ist die Aussage von Manny, dem Tankwart. Deine Fahrweise hat ihm mächtig imponiert.«

Wieder griff er in einen Papierberg und zog etwas heraus. Charles staunte über seinen zielsicheren Griff, denn in diesem Chaos, das aussah, als hätten hier Vandalen gewütet, war beim besten Willen kein Ordnungsprinzip zu erkennen.

»Hier ist die Aussage des Arztes. Er sagt, dass du nach Anbruch der Dunkelheit das Krankenhaus verlassen hast.« Der Sheriff ließ das Blatt fallen, lehnte sich zurück und spreizte die Hände, als wollte er ihr zeigen, dass er kein Ass im Ärmel hatte. Trotzdem wurde Charles den Eindruck nicht los, dass sein Umgang mit den Papierhaufen nicht mehr und nicht weniger als Zauberei war.

»Tut mir wirklich Leid, Darlene, aber dein Alibi ist hieb- und stichfest. Ich verstehe ja durchaus, dass du deinen Hut in den Ring werfen wolltest, aber ...«

Man sah ihr an, dass sie am liebsten mit dem Fuß aufgestampft hätte. »Du musst die Bezahlung einer Kaution zulassen, Tom, das ist gesetzlich vorgeschrieben.«

»Nicht in einem Mordfall. Sie hatte eine Waffe bei sich, ein Mordstrumm von Kanone.«

Darlene beugte sich vor, bis sie fast Nase an Nase mit dem Sheriff war, und lächelte süß. »Wie viele Schüsse hat sie denn mit dem Stein auf das Opfer abgegeben?«

»Scheiße.« Der Sheriff sah aus, als sei er tatsächlich in einen

Hundehaufen getreten. »In diesem Nest gibt es wohl keinen, der nicht über diesen verdammten Stein Bescheid weiß.«

Er stand auf, um besser auf Darlene herabsehen zu können, und aus dieser günstigen Position heraus erklärte er: »Stein oder Kanone – das spielt keine Rolle. Es war ein sorgfältig geplanter vorsätzlicher Mord. Ich muss davon ausgehen, dass sie mit dieser Waffe etwas bezweckte – ob sie den Mann nun damit umgelegt hat oder nicht.«

Darlene kreuzte die Arme. »Das sind alles nur Vermutungen. Du hast ja nicht mal ein Motiv. Du kannst sie nicht in Haft behalten.«

»Vergiss nicht, dass du keine Anwältin bist, Darlene, sondern nur für einen Anwalt arbeitest. Ich kann sie als wichtige Zeugin hier behalten. Es ist nicht das erste Mal, dass bei ihr Fluchtgefahr zu befürchten ist.«

»Wenn die Frau in der Zelle Kathy ist, weißt du ganz genau, dass sie noch nicht mal sieben war, als sie damals geflüchtet ist.«

»Spielt keine Rolle. Aber reg dich nicht auf, noch habe ich keine Anklage erhoben. Wenn du willst, schau ich mir auch dein Alibi noch mal an. Ich wäre ja gern bereit, dich einzusperren, damit du Ruhe gibst, aber wer kümmert sich dann um Ira?«

Darlene stopfte ihr Scheckbuch wieder in die Tasche und wandte sich an ihren Sohn. »Ira, wir gehen.«

Der junge Mann sah unverwandt zur Decke. Darlene schwenkte eine Hand vor seinen Augen, um seinen Blick von dem Deckenventilator abzulenken. Ohne ihn zu berühren, scheuchte sie ihn mit beiden Händen zur Tür.

Als sie Charles sah, der mit seinen fast zwei Metern den Ausgang blockierte, fuhr sie zusammen. Ein Mann wie er war so unübersehbar wie ein Grizzlybär in der Duschkabine.

»Guten Tag. Mein Name ist Charles Butler.« Dass normal große Menschen zu ihm aufsehen mussten, war ihm immer ein bisschen peinlich. »Ich bin wegen einer gewissen Mallory hier.«

»Was Sie nicht sagen«, schnauzte der Sheriff, aber Charles hatte den Eindruck, dass er ganz froh war, Mutter und Sohn loszuwerden. Er schloss die Tür hinter den beiden und wandte sich an seinen nächsten Besucher. »Sie sind aus New York, stimmt's?«

»Ja«, sagte Charles, der in seinem Savile-Row-Anzug, handgefertigten italienischen Schuhen, einem Oxfordhemd und einer Seidenkrawatte aus der Galerie Lafayette in Paris vor ihm stand. »Wie kommen Sie darauf?«

»Hab vor Bettys Hotel das Nummernschild gesehen. Der Wagen passt zu Ihrem Anzug.« Sheriff Jessop setzte sich und bedeutete Charles, auf dem Stuhl vor seinem Schreibtisch Platz zu nehmen. Dann entnahm er einem abgegriffenen Umschlag mit verblasster blauer Aufschrift ein vergilbtes Blatt Papier, an das ein Foto geheftet war. Charles erkannte es auf den ersten Blick: Mallory als Kind. Louis Markowitz, ihr Pflegevater, hatte bis zu seinem Todestag ein ganz ähnliches Bild in seiner Brieftasche bei sich getragen.

»Als kleines Mädchen hieß sie Kathy Shelley.« Der Sheriff griff nach einer goldenen Kette in seiner Hemdtasche. »Wir wissen nur, dass sie sich jetzt Mallory nennt. Das ist der Name, der nach einer ganzen Latte von Markowitzen in die Uhr hier eingraviert ist.«

Er hielt Louis' Taschenuhr hoch, die Mallory geerbt hatte. Langsam drehte sie sich an der Kette. Das Edelmetall glänzte sanft in der Morgensonne. Charles hätte sie mit der vertrauten Gestalt eines einsamen Wanderers auf dem Deckel, der über offenes Gelände geht, unter Tausenden von Uhren erkannt. Die Wolken, die an dem goldenen Himmel dahinzogen, waren von dem Künstler so meisterlich und lebensecht nachempfunden, dass man förmlich sah, wie sich der Wanderer gegen den Wind stemmte.

Der Sheriff weckte ihn aus seinen Tagträumen. »Benutzt sie nun Mallory als Vor- oder als Nachnamen, Mr. Butler?«

»Entschuldigen Sie, aber hier liegt wohl ein Missverständnis vor. Ich bin nicht auf Bitten der Gefangenen hier.« Das war leider nur zu wahr. »Ich arbeite im Auftrag von Augusta Trebec, der Testamentsvollstreckerin des Shelley-Nachlasses.«

Der Sheriff musterte ihn ein wenig argwöhnisch. »Sind Sie Anwalt oder Privatdetektiv?« Es war mehr ein Vorwurf als eine Frage.

»Weder das eine noch das andere. Ich will nur Miss Trebec einen Gefallen tun.« Mallory, die vollendete Lügnerin, hätte ihm bestimmt geraten, jeder Lüge auch Wahrheit beizugeben, und deshalb fügte er hinzu: »Normalerweise arbeite ich für Regierungsstellen und Hochschulen. Ich bewerte Menschen, die ausgefallene Talente haben, und versuche, Anwendungsbereiche für ihre Begabungen zu finden.«

»Ausgefallene Talente? Da sind Sie bei uns an der richtigen Adresse.« Der Sheriff deutete auf das Fenster neben seinem Schreibtisch. Mutter und Sohn überquerten gerade den Marktplatz und steuerten das Café an.

»Der Junge, dieser Ira Wooley, ist ein *idiot savant* und Weltklassepianist. Er kann jede Melodie nachspielen, die er einmal gehört hat. Und Sie sollten ihn singen hören! Er hat das absolute Gehör und eine Stimme wie ein Engel. Na, was sagen Sie dazu, Mr. Butler?«

»Seine Mutter sprach davon, dass er Körperkontakte meidet, und ich habe gesehen, wie fasziniert er den Deckenventilator angestarrt hat.« Charles ging näher ans Fenster heran, um dem Jungen nachzusehen. »Seine Bewegungen sind offenbar gut koordiniert, und er scheint nicht zurückgeblieben, deshalb hätte ich eher auf einen Autisten getippt.«

Charles begriff, dass er dem Sheriff etwas sagte, das der längst wusste. Und dass er so etwas wie eine Prüfung bestanden und Tom Jessops Argwohn zerstreut hatte.

Ira und seine Mutter waren durch die Tür unter dem Schild ›Jane's Café‹ verschwunden. »Vor Jahren hat so eine blöde Lehrerin ihn einen *idiot savant* genannt«, erklärte der Sheriff, »und das hängt ihm immer noch an. Die meisten Leute haben sich allerdings nur den Idioten gemerkt und vergessen, dass Ira je einen anderen Namen hatte. Mistbande.«

Er betrachtete Charles jetzt merklich wohlwollender. »Wir

hatten noch ein außergewöhnliches Talent, das Ihnen womöglich noch besser gefallen hätte. Der verstorbene Babe Laurie war der geborene Redner. Er hat schon mit fünf Jahren gepredigt. Wetten, dass Ihnen so eine solche Begabung noch nie untergekommen ist?«

Der Sheriff hätte die Wette verloren. In den Präriestaaten gab es solche Talente so häufig wie Kieselsteine am Meer. Die beachtlichere und seltenere Begabung war die von Ira. Die *idiots savants*, die »weisen Idioten«, hatten Charles schon immer fasziniert. Noch mehr aber interessierte ihn Iras Verbindung mit Mallory, seine Rolle in der Kette sonderbarer Ereignisse, die sich innerhalb einer Stunde nach Mallorys Heimkehr zugetragen hatten.

Lilith Beaudare kam mit einer Hand voll Faxe herein. Sie sah Charles nicht an und ließ sich nicht anmerken, dass sie sich kannten. Auch das war sonderbar.

»Der Auslieferungsantrag für Mrs. Laurie ist genehmigt«, sagte sie und legte die Blätter auf den Schreibtisch des Sheriffs. »Sie ist eingeknickt und hat auf ihre Rechte verzichtet. Die Polizei von Georgia sagt, dass wir sie übermorgen am Flughafen abholen können. Wenn Sie sie über Nacht in Haft behalten wollen, muss ich die Sozialstation anrufen, damit die sich um den Sohn kümmern.«

»Nicht nötig. Mit Sally Laurie bin ich, wenn's hoch kommt, in fünf Minuten fertig. Ich hab sie nur zurückgeholt, weil ich so sauer war, dass sie abgehauen ist.« Der Sheriff raschelte mit den Faxen und gab sie Lilith zurück. »Ablegen oder verbrennen.«

Sie zögerte, fand aber keinen Vorwand, noch länger im Zimmer zu bleiben, und zog sich widerwillig zurück.

»Und mach die Tür zu, Mädel!«, rief ihr der Sheriff nach. »Babes Witwe ist am Tag des Mordes mit ihrem Kind verduftet«, erläuterte er. »Innerhalb eines Vormittags hab ich sie aufgespürt. Nicht schlecht für einen Provinzsheriff, was?«

Charles ließ die Gelegenheit, dem Sheriff ein bisschen Honig ums Maul zu schmieren, ungenutzt verstreichen, was ganz in Mallorys Sinn gewesen wäre. »Niemals schleimen!«, war ihr Wahlspruch. »Der Tote hatte also Frau und Kind«, stellte Charles fest.

»Zumindest hat die Witwe des Toten einen Sohn.«

»Der nicht Babe Lauries Sohn ist?«

»So wird gemunkelt. Babe und seine Frau haben große blaue Augen, der Junge hat kleine braune Schlitzaugen. Wie der Zufall so spielt: Auch Babes Bruder Fred hat kleine braune Schlitzaugen.«

»Genetisch ist es durchaus möglich, dass …«

»Geschenkt, Mr. Butler. In einem so kleinen Nest ist mit knallharter Wissenschaft nichts zu machen. Auf dem Schild am Highway steht, dass wir elfhundert Einwohner haben, aber das ist schamlos übertrieben. Es sind höchstens neunhundert.«

Und wenn in einer Kleinstadt ein Verbrechen geschah, wurden immer zuerst die Fremden verdächtigt. Charles verzichtete darauf, sich für Mallory in die Bresche zu werfen, obgleich er dem Sheriff sehr gern gesagt hätte, dass sie aus den verschiedensten Gründen auf der Verdächtigenliste ganz weit unten stand.

»Sie müssen stark unter Druck stehen, Sheriff.«

»Druck?«

»Die Medien …«

Darüber konnte der Sheriff nur lachen. »Dass ein Mann einen Stein auf den Kopf gekriegt hat und daran gestorben ist, eignet sich nicht als Aufmacher für die Abendnachrichten. Mit so einem simplen Mord kann kein Reporter was anfangen.«

»Aber er war der Anführer einer religiösen Vereinigung.«

»Er war die Hauptattraktion einer Predigersekte, die sich Neue Kirche nennt. Die einzige Publicity, die ihm die Sache eingebracht hat, ist ein Hinweis auf Bettys Besichtigungstour. Vielleicht werden dadurch ein paar Souvenirs mehr im Drugstore verkauft. Schön für Betty – wahrscheinlich ist sie am Umsatz beteiligt.«

Wie peinlich für Mallory, in einen mittelmäßigen Mord verwickelt zu sein! »Ich würde jetzt gern mit ihr sprechen.«

Der Sheriff führte ihn ins Vorzimmer und übergab ihn dort Lilith. Charles folgte ihr die Treppe hinauf. Als sie ihm die Tür öffnete, brach er das unbehagliche Schweigen. »Wollen Sie nicht überprüfen, ob ich eine gefährliche Waffe bei mir habe?«

Der Blick, mit dem sie ihn ansah, war fast beleidigend. Wahrscheinlich dachte sie, dass er bei einem Revolver nicht mal hätte sagen können, was vorn und hinten war. Sie blieb an der Tür stehen, während er durch den schmalen Gang des Zellenblocks ging.

Er hatte damit gerechnet, Mallory in einer kalten, unpersönlichen Zelle vorzufinden, und staunte über das Bild, das sich ihm bot. An einer Wand hing ein kitschiges goldgerahmtes Landschaftsbild, vor einem ausladenden Lehnsessel lag ein Flickenteppich, auf dem Bett leuchtete eine bunte Patchworkdecke, und in einem Krug auf der kleinen Kommode standen frische Veilchen. Wenn man von den Gittern an Tür und Fenstern absah, wirkte alles sehr gemütlich.

Mallory tat ihm in diesem Augenblick fast Leid. Räume, in denen sie sich wohl fühlte, mussten von äußerster Schlichtheit, die Blazer, die sie zu Jeans trug, von erstklassigem Schnitt sein. Der Baumwollkittel war sicher demütigend für sie. Aber als sie zu ihm aufsah, war sie nur wütend.

Er hatte Lilith Beaudare den Rücken gekehrt und nahm ihr damit die Sicht auf Mallory. »Augusta Trebec hat mich gebeten festzustellen, ob Sie die gesetzliche Erbin von Cass Shelley sind.« Seine Hände sagten: *»Ich will dir nur helfen. Sag, was ich für dich tun kann.«*

»Hauen Sie ab«, sagte Mallory. *»Hau ab«*, sagten ihre Hände.

»Ich wäre Ihnen dankbar, wenn Sie mich wenigstens anhören würden.« Er bewegte, damit Lilith keinen Verdacht schöpfte, nur die Finger. *»Lass mich Riker oder Jack Coffey anrufen, die können was tun.«*

»Nein«, sagte sie. *»Kommt überhaupt nicht in Frage«*, sagten ihre

Hände und ihr wütendes Gesicht. *»Bist du verrückt? Das sind doch Cops!«*

»Aber du bist doch auch von der Polizei.« Stimmte das eigentlich noch? Sie war zwar noch nicht offiziell bei der Polizei von New York City ausgeschieden, hatte aber ihre Dienstmarke und die Dienstwaffe, einen .38er Revolver, in New York gelassen. Seit jeher trug sie lieber ihre eigene Waffe, das Mordstrumm von Kanone, wie der Sheriff sie genannt hatte. Wenn sie kein Cop mehr war – was war sie dann?

Der Ausdruck »Vagabundin« kam ihm in den Sinn, ein Wort, das in vielerlei Hinsicht auf sie passte.

»Gehen Sie weg und lassen Sie mich in Ruhe«, sagte sie.

»Ich lass dich nicht in einer Gefängniszelle sitzen.«

»Da bleib ich sowieso nicht lange. Geh jetzt.«

Laut sagte er: »Ich könnte Ihnen einen Anwalt besorgen.«

»Ich brauche keinen Anwalt.« Sie stand auf und trat dicht ans Gitter. *»Sie haben kein Motiv, aber darauf kommt der Sheriff möglicherweise noch. Er ist clever, du darfst ihn nicht unterschätzen.«*

»Wenn du das sagst, ist das ein dickes Lob.« Er reichte ihr die Rechnung für einen Ölwechsel in der Werkstatt und die Garantie für den neuen Transmissionsriemen. »Das sind die Unterlagen über den Nachlass und eine Vollmacht. Bitte lesen Sie alles durch. Ich brauche Ihre Unterschrift.«

Sie schob sich die Papiere in den Ausschnitt, um die Hände zum Sprechen frei zu haben. *»Du musst jetzt gehen. Du kannst mir nicht helfen. Wenn du in Dayborn bleibst, machst du alles kaputt.«*

Er wusste, wie sie es meinte: Dass er mit der Unerfahrenheit eines ehrlichen Mannes jeden Versuch einer Täuschung zunichte machen würde und dass mit einem Mann, dem sie nichts Niederträchtiges oder auch nur entfernt Anrüchiges zutraute, deshalb im Grunde auch nichts anzufangen war.

»Ich habe gerade den Sheriff angeschwindelt«, sagte er in der Hoffnung, damit in ihrer Achtung zu steigen.

Mallory zuckte peinlich berührt zusammen und überlegte wahrscheinlich, wie viel Schaden er schon angerichtet hatte.

Sie gab ihm die Papiere zurück. »Ich hab's gelesen. Und jetzt verziehen Sie sich.« Sie berührte durch das Gitter hindurch seine Hand. *»Du hast mich nicht gefragt, ob ich den Mann umgebracht habe«*, sagten ihre Hände.

Wenn er sie so ansah, traute er es ihr fast zu. Vielleicht wegen ihres beunruhigenden Lächelns. Jetzt stand eine Frage in ihren Augen.

Man konnte von Mallory nicht behaupten, dass sie unmöglich einen Menschen hätte töten können. Aber weil er seine Freundschaften so ernst nahm, wäre er, wenn sie einen Schulbus voller Nonnen und Waisen angezündet und in einen Abgrund gefahren hätte, wohl davon ausgegangen, dass sie einfach einen schlechten Tag gehabt hatte.

Charles verließ das Rathaus, als er die Frau in mittleren Jahren aus dem Durchgang kommen sah. Knapp einen Meter vor den steinernen Stufen blieb sie stehen. Ihm fiel zuerst ihr Haar auf. Es war schwarz gefärbt, aber irgendwas musste dabei schief gegangen sein, denn es schimmerte jetzt in einem dunklen Lila. Die Frau drehte sich verwirrt um .die eigene Achse und sah suchend zum Himmel, als könne der ihr die Richtung weisen. Unter einem Kleid, das in die Wäsche gehört hätte, sah der Unterrock hervor. Ihr Gesicht war nass von Tränen und voll tiefer Kummerfalten. Den Mund hatte sie wie zu einem Schrei aufgerissen, als sie wie gehetzt zur anderen Seite des Marktplatzes lief.

Eine untersetzte, hoch gewachsene Frau mit einer Schürze tauchte mit einem Tablett auf den Rathausstufen neben Charles auf.

»Alma«, rief sie der Frau zu, aber die lilahaarige Alma drehte sich nicht um. Die Frau mit der Schürze zuckte die Schultern und ging mit ihrem Tablett zu Jane's Café, in dem Darlene mit Ira verschwunden war.

Als Charles sich wieder dem Durchgang zuwandte, sah er Henry Roth herauskommen. Der Stumme blickte der flüchtenden Frau lächelnd nach, als sei er sehr zufrieden. Charles hatte das Gefühl, dass die Welt an diesem Tag ganz und gar aus den Fugen geraten war. Angesichts der offenkundigen Verzweiflung dieser armen Person war Henry Roths Lächeln sehr beunruhigend, denn es passte nicht zu dem Künstler, so wie Charles ihn bisher eingeschätzt hatte.

Henry verabschiedete sich mit einem diskreten Wink von Charles und ging zu seinem Pick-up, aufmerksam beobachtet von dem Mann auf der Bank, der dem verstorbenen Babe Laurie so ähnlich sah und jetzt Charles musterte. Mit einem Nicken wiederholte er seine Aufforderung, sich zu ihm zu setzen und ein wenig zu plaudern.

Doch etwas hatte sich geändert. Der Blick war nicht mehr heiter und gelassen, sondern voller Feuer, und sein Lächeln war das eines hübschen, ungebändigten Kindes. Eine Haarsträhne fiel ihm über ein Auge. Sein Grinsen bedeutete Charles, dass er ihm gern ein Kartenkunststück beibringen oder ein Geheimnis verraten wolle. *Komm zu mir. Wir werden großartige Dinge miteinander anstellen*, war seine Botschaft – und Charles konnte ihr nicht widerstehen: Langsam ging er auf die Bank zu.

Dann blieb er stehen wie vor einer Mauer.

Dies war kein harmloser barfüßiger Junge, sondern ein ausgewachsener Mann mit schweren Stiefeln, offenbar mit allen Wassern gewaschen. Ein begnadeter Schauspieler, der mindestens zwei Rollen beherrschte.

Charles fand, dass er sich beim Sheriff gut geschlagen hatte, aber bei einem Mann, der aus List und Falschheit eine Kunst machte, mochte er nichts riskieren. Deshalb nickte er ihm nur kurz zu, hob entschuldigend die Schultern und steuerte Jane's Café an.

6

Telefon- und Elektrokabel waren hinter dem Haus versteckt. Keine störenden Hinweise auf die moderne Zeit verunstalteten die historische Fassade. Selbst das wellige Fensterglas in Jane's Café war originalgetreu. Hinter diesem Fenster saßen Mutter und Sohn Wooley an einem Tisch mit burgunderroter Decke und blütenweißen Servietten.

Entzückend.

In der Gaststube allerdings wurde Charles wieder in die Gegenwart versetzt. Eine dicke Kaffeemaschine gurgelte den Takt zu Softrockmusik. An der hinteren Wand war ein langes Büffet mit viel Edelstahl und Glas aufgebaut, an dem man sich mit den verschiedensten Salaten, Brotsorten und Aufschnitt bedienen konnte, um dann mit seinem Tablett zur elektronischen Kasse zu gehen. Die blütenweißen Servietten waren aus Papier, die roten Tischtücher abwaschbares Plastik aus dem späten zwanzigsten Jahrhundert.

Er stellte sich eine Auswahl von Sandwichbelägen, Gewürzen und Grünzeug zusammen, zahlte und setzte sich an einen Tisch, der dicht neben dem von Darlene und Ira Wooley stand. Darlene sprach in beruhigend-mütterlichem Ton auf Ira ein, doch der hörte nicht zu, sondern war intensiv damit beschäftigt, auf einer Scheibe Roggenbrot einen Turm aus Essbarem zu errichten.

Sanft wies Darlene auf all das hin, was Iras Allergien auslösen konnte, und nahm die gefährlichen Zutaten heraus. Der Junge betrachtete seine zerstörte Sandwichkonstruktion einen Augenblick lang schweigend. Charles machte sich schon auf einen der für Autisten typischen lautstarken Wutanfälle gefasst. Ira aber nahm nur ganz ruhig das Sandwich wieder auseinander, griff sich eine Scheibe Brot vom Tablett seiner Mutter und fing noch einmal von vorn an. Das tat er trotz der verbundenen Hände und der zwei geschienten Finger schnell und geschickt, seine motorischen Fähigkeiten waren demnach nicht beeinträchtigt. Charles sah zu, wie Ira Sardinen in einer geraden Linie über das mit Senf bestrichene Brot legte.

Darlene Wooley warf – ganz fürsorgliche Mutter – Charles einen misstrauischen Blick zu.

»Verzeihen Sie meine Neugier«, sagte Charles, »aber Sandwiches sind mein Hobby.«

Ira sah kurz auf, als Charles Senf auf eine Pumpernickelscheibe strich und sie mit roten Streifen aus der Ketchupflasche verzierte. Dann griff er in die Salatschale seiner Mutter, holte die Karottenstreifen heraus und legte sie über seinen Sardinen zu einem Kreuzgitter.

Charles ordnete auf seinen Ketchupstreifen Croutons im Kreis an. Daraufhin legte Ira ein Schinkenquadrat auf seine Karotten. Charles legte zwei Scheiben Käse so, dass ein achtzackiger Stern entstand. Ira konterte mit einem Dreieck aus Frischkäse über dem Schinken.

Darlene musste unwillkürlich lächeln, als sie die beiden bei ihrem Sandwichdialog beobachtete.

Charles türmte seine Zutaten immer schneller immer höher. Ira nahm die Herausforderung an, beendete seinen Bau als Erster und schloss mit einer Scheibe Weißbrot ab.

Charles applaudierte dem Gewinner, und Iras Mutter lachte und klatschte ebenfalls. Es schien ein ungewohnter Moment der Entspannung für sie zu sein. Er registrierte die abgebissenen Nägel, die roten Äderchen in den Augen und die steile Stirnfalte, verräterische Anzeichen des belastenden Lebens mit einem autistischen Kind.

Geistig allerdings war ihr Sohn offenbar hellwach. Charles überlegte, ob Ira sich auszudrücken verstand. Bei vielen autistischen Menschen war das nicht der Fall. Sie waren in ihren Verhaltensweisen so unterschiedlich wie Schneeflockenmuster.

Ira beschäftigte sich wieder mit seinem Essen und sah nicht auf, als seine Mutter sich mit Charles bekannt machte und auch den Namen ihres Sohnes nannte. Sein Blick ging ins Leere.

Nachdem Charles gestanden hatte, dass er sich von Berufs wegen für autistische Menschen interessierte, erfuhr er, dass das Essen in Jane's Café zu Iras Verhaltenstherapie gehörte. Er nickte anerkennend. Da sie so häufig hier aßen, hatte Ira sich inzwischen an das Stimmengewirr, das Kommen und Gehen und den Anblick von Fremden gewöhnt.

»Es gibt am Ort kein Therapieprogramm für Autisten, deshalb geht Ira viermal in der Woche in eine staatliche Schule für geistig Behinderte.«

»Immer noch besser als überhaupt keine Therapie«, meinte Charles. Er wusste, dass dieses Vorgehen durchaus üblich war. Verständnisvolle Ärzte vermerkten als Diagnose statt Autismus einen geistigen Defekt, um ihren Patienten Zugang zu einem Therapieprogramm zu verschaffen. »Vermutlich sind die Methoden recht ähnlich. Lernen durch ständige Wiederholung von Aufgaben ...«

»Ja, und sie geben sich mit Ira besondere Mühe. Ich habe versucht, ihn in einer privaten Therapieeinrichtung in New Orleans unterzubringen, aber dort hat er die Aufnahmekriterien nicht erfüllt.«

Schließlich kam das Gespräch auf das, was Charles hier in Dayborn zu erledigen hoffte. »Augusta Trebec glaubt, dass die junge Frau, die hier einsitzt, die Tochter von Cass Shelley sein könnte. Und als Testamentsvollstreckerin ...«

»Wer sonst könnte das Mädchen wohl sein, Mr. Butler?«

Sie erzählte, wie Mallory an dem Mordtag in Dayborn angekommen war. »Sie ist mit dem Taxi am Hotel vorgefahren.«

Darlene hatte mit Betty Hale, der Besitzerin, mit der sie befreundet war, auf der Veranda gesessen. »Sie war ihrer Mutter unheimlich ähnlich. So ein Gesicht vergisst man auch ohne die Figur auf dem Friedhof nicht.«

Babe Laurie hatte Mallory ebenfalls gesehen, riesengroße Augen und Schlingerbewegungen wie ein Betrunkener gemacht. »Und dann hat sich Babe, während die junge Frau ins Hotel ging, auf den Brunnenrand gesetzt. Nach einer Weile ist sein Bruder Malcolm gekommen, um ihn abzuholen, aber er wollte nicht weg, und sie sind sich in die Haare geraten.«

Darlenes Sohn war inzwischen heimgegangen. »Und dann hab ich gehört, wie Ira am Klavier immer wieder dieselbe kurze Tonfolge spielte. Das hat Babe rasend gemacht. Er ist in mein Haus gestürmt, sein Bruder hinterher. Ich war total perplex, dass er so mir nichts, dir nichts in ein fremdes Haus eindringt, und bin gleich aufgestanden, um nachzusehen, was los war. Und dann hörte die Musik auf, und mein Sohn fing an zu schreien. Unter der Tür stieß ich mit den Lauries zusammen, die gerade herauskamen, und am Klavier saß Ira mit kaputten Händen, und die Klaviertasten waren rot von Blut.«

Charles sah rasch zu Ira hin, weil ihn dessen Reaktion auf den Bericht über einen traumatischen Tag interessierte, aber es schien, als habe der Junge sie gar nicht gehört. Er dachte vermutlich nicht in Worten, sondern in einer Flut von Bildern. Das Aufnehmen und Verstehen gesprochener Worte ist für Autisten vergleichbar mit der Anstrengung, eine zweite Sprache zu lernen. Im Augenblick war das Essen für Ira reizvoller, vielleicht aber reagierte er auf Musik, eine Sprache, die ihm mehr zusagte als das gesprochene Wort.

Charles wandte sich an Ira. »Könntest du die Melodie summen, die du auf dem Klavier gespielt hast?«

Die Mutter antwortete an seiner Stelle. »Er führt keine normalen Gespräche mehr. Als kleiner Junge hat er viel gesprochen, aber jetzt wiederholt er nur, was er hört. Man nennt das Echolalie. Deshalb haben sie ihn nicht für das Therapieprogramm in New Orleans genommen.«

Das sah Charles ein. In einer Therapie für Fortgeschrittene wurde Kommunikationsfähigkeit vorausgesetzt. Allerdings betrachteten manche Therapeuten die Echolalie auch als eine Reaktion auf ein Gespräch, eine Art Abkürzung.

»Können Sie sich noch an die Melodie erinnern?«

Sie schüttelte lächelnd den Kopf. »Nein, ich bin total unmusikalisch. Das einzige musikalische Talent in unserer Familie ist mein Sohn. Wenn man ihn an ein Klavier setzt, spielt er drauflos, aber nicht das, worum man ihn bittet, sondern nur das, was er will. Und wenn er Lust hat, singt er auch. Er hat die schönste Stimme, die man sich vorstellen kann.« Sie sah auf ihre zerbissenen Fingernägel hinunter. »Jetzt denken Sie bestimmt, dass da nur die Mutter aus mir spricht …«

»Nein, gar nicht. Der Sheriff hat Iras Talent sehr gelobt.«

Sie lächelte ein bisschen verlegen und versteckte die Hände unter dem Tisch. »Manchmal, wenn die Fenster offen sind, bleiben Menschen und Tiere auf dem Marktplatz stehen und hören zu, wenn mein Sohn singt. Stumm und regungslos wie in der Kirche. Ich habe schon Leute weinen sehen, wenn Iras Lied zu Ende war.«

Eine bessere Bestätigung konnte er sich nicht wünschen: Der Sheriff hatte also Iras Begabung zutreffend geschildert. Charles war fasziniert von diesem seltenen Talent. Die schöne Stimme war demnach von den Eigentümlichkeiten und Geheimnissen des Autismus unberührt geblieben. Die Ursprünge dieser Krankheit waren unbekannt, die Symptome entwickelten sich nach der Geburt, das Gesangstalent aber brachte der Mensch schon mit auf die Welt.

Ira war jetzt mit seinem Sandwich fertig und ließ seine Hände kreisen, während er sich auf seinem Stuhl vor und zurück wiegte. Charles sah darin einen Versuch des jungen Mannes, sich zu beruhigen. Aber warum? Bis eben hatte er noch keine Anzeichen von Nervosität gezeigt.

Darlene legte eine Hand über die kreisenden Hände ihres Sohnes, ohne sie zu berühren. »Was ist los, mein Schatz?«

»Was ist los«, wiederholte Ira und sah zum Eingang.

Charles und Darlene drehten sich gleichzeitig zu dem Mann um, der in der Tür stand. Es war der Mann mit den zwei Gesichtern, der Verwandlungskünstler. Er hatte die Hand zum Gruß erhoben und lächelte Darlene zu.

Mit unbewegtem Gesicht griff sie nach ihrer Handtasche, winkte ihrem Sohn und verließ mit einem kurzen Gruß das Café.

Der Mann suchte, während Darlene und Ira an ihm vorbeigingen, den Blick von Charles, trat an seinen Tisch und streckte ihm die Hand hin. »Mein Name ist Malcolm Laurie. Sagen Sie Malcolm zu mir.« Das war nicht so sehr eine Bitte als ein Befehl. »Darf ich mich zu Ihnen setzen?«

»Ja, natürlich.« Charles schüttelte die Hand, die ihm geboten wurde. »Sie sehen Babe Laurie sehr ähnlich.«

»Er war mein Bruder.« Malcolm Laurie gab sich so lässiglocker, als sitze er in seinem eigenen Esszimmer.

»Mein Beileid«, sagte Charles.

»Danke, Mr …?«

»Butler.« Er verzichtete ausnahmsweise darauf, seinen Vornamen zu nennen, denn er empfand das Bedürfnis, diesen Mann höflich auf Distanz zu halten. Als Malcolm sich vorbeugte, rückte Charles im Geist ein Stück zurück. »Wie ich höre, ist Ihr Bruder als Wanderprediger durchs Land gezogen?«

»Mit uns zusammen. Es ist ein Familienunternehmen.« Malcolm Laurie lächelte gewinnend. Vielleicht spürte er, dass er mit diesem Gesichtsausdruck immer am weitesten kam. »Haben Sie schon mal eine Veranstaltung in einem richtigen Zelt erlebt?«

»Als ich klein war …« Charles unterbrach sich. Er hätte nicht sagen können, warum es ihm widerstrebte, diesem Mann von dem Sommer zu erzählen, in dem er mit Maximilians Zauberschau gereist war. »Vermutlich reisen die Prediger heute gar nicht mehr im Land herum, sie haben doch heutzutage alle ihre eigene Fernsehshow.«

»Nicht alle. Unsere Familie reist nach wie vor mit dem Zelt. Wir haben es einem bankrotten Zirkus abgekauft, als Babe ein kleiner Junge war.«

»Einem Zirkus? Es ist also ein richtiges Zirkuszelt?« So ein Prachtstück hatte er seit seiner Kinderzeit nicht mehr gesehen. »Wie groß ist es?«

»Ich garantiere Ihnen, dass Sie noch nie ein so großes gesehen haben. Morgen bauen wir es auf, um den Gedenkgottesdienst für Babe abzuhalten. Keine Träger, alles einzelne Stangen, und zum Aufbau nur Muskelkraft und Seile. Ein toller Anblick. Wenn Sie es miterleben wollen, müssen Sie morgen zeitig da sein. Gegen acht?«

»Einverstanden«, erwiderte Charles begeistert. Er hätte nie gedacht, dass er so etwas noch einmal zu sehen bekommen würde, und wollte sich diese Chance auf keinen Fall entgehen lassen. »Vielen Dank.«

»Gern geschehen.«

Malcolm vermittelte den – natürlich falschen – Eindruck, dass er nie zu blinzeln brauchte. Sein Blick war klar und eindringlich. Charles ertappte sich dabei, wie er den Mann anstarrte, was ihm sehr peinlich war. Laurie schien das zu spüren und lehnte sich zurück, sodass er Charles körperlich nicht mehr so nah war. Vielleicht hatten auch seine Augen etwas von ihrem Glanz verloren, denn jetzt wirkte ihr Blau ganz normal.

»Ich höre, dass Sie geschäftlich etwas mit der Gefangenen abzumachen haben?«, sagte Malcolm. »Für den Fall, dass sie eine Bekannte von Ihnen ist, sollen Sie wissen, dass ich ihr den Mord an meinem Bruder vergeben habe.«

»Nicht so voreilig, Mr. Laurie! Sie steht nicht unter Mordanklage, sondern wird als wichtige Zeugin festgehalten.«

Zu spät merkte Charles, dass er diesem Mann etwas Wichtiges verraten hatte. Lauries Überraschung war unübersehbar.

Charles senkte den Blick. Sicher war es kein großes Geheimnis, das ihm da entschlüpft war, sonst hätte der Sheriff nicht darüber gesprochen. Dennoch hatte er Augusta Trebecs Warnung in den Wind geschlagen, der Gegenseite keine nützlichen Informationen zu liefern, und dass dieser Mann Mallory nicht wohl wollte, stand fest. Um das Gespräch auf ein anderes Gleis zu lenken, sagte er: »Ich kenne mich in Ihrer Religion nicht aus. Steht die Neue Kirche den Baptisten nahe?«

»Nein, da bringen Sie uns Südstaatler durcheinander, Sir. Auf diesem Stück der Landkarte ist alles tief katholisch. Wir ziehen mit dem größten Kruzifix herum, das Sie je gesehen haben. Diese blutende, sich windende Kreatur am Kreuz als Zeichen dafür, dass er für unsere Sünden gestorben ist – das ist purer Katholizismus. Die Protestanten halten es mehr mit dem leeren Kreuz – als Erinnerung daran, dass ER wieder auferstanden ist.« Malcolm schüttelte halb belustigt, halb abfällig den Kopf. »Von der Passion wollen sie nichts wissen. Langweilige Gesellen, diese Protestanten. Ist nicht persönlich gemeint, falls Sie zu der Liga gehören.«

»Die Neue Kirche ist demnach eine katholische Sekte?«

»Wir sind von allem und für jeden etwas, würde ich sagen. Überzeugen Sie sich selbst. Morgen Abend ist es bestimmt gerammelt voll, aber wenn Sie wollen, halte ich Ihnen einen Logenplatz frei.«

»Danke, das wäre nett. Worauf konzentriert sich denn von der Ideologie her das, was Sie predigen?«

»Auf die Sensibilität. Wenn Sie lernen, die Dinge zu sehen, wie sie wirklich sind, können Sie am Fluss der Energie teilhaben. Wenn Sie den in der Lehre der Neuen Kirche verankerten Schritten zur Sensibilität folgen, begreifen Sie sehr bald, dass alles, was Ihnen geschieht, vorausbestimmt war. Jedes Ereignis, und sei es noch so unbedeutend, bringt Sie Ihrem Schicksal näher.«

Charles erkannte in Lauries Worten die verfälschten, umformulierten Prophezeiungen eines Hippie-Philosophen aus den frühen siebziger Jahren. Ein schlechter Autor, der trotzdem – oder gerade deshalb – auf die Bestsellerlisten gelangt war, hatte sie sich vor kurzem angeeignet und neu aufbereitet.

»Ich habe erlebt, dass die Armen zu Reichtum gelangten und die Schwachen zu Macht.« Jetzt wechselte Malcolm zu der von einem anderen Schriftsteller auf den Markt geworfenen Billigversion von Zen. »Sie brauchen sich dafür nicht mal anzustrengen. Je weniger Sie strampeln, desto näher kommen Sie dem, was – oder wen – Sie wollen.«

Laurie hatte offenkundig sorgfältig das studiert, was an New-Age-Verheißungen zu Erkenntnis, Wohlstand und ewiger Liebe in den Buchhandlungen herumstand. Die Neue Kirche war demnach einfach ein Supermarkt, der ein intensiveres Leben, eine aufgeklärtere Seele und alle nur erdenklichen Sinnenfreuden im Angebot hatte – ohne Mühe, ohne Arbeit und vor allem ohne Steuern, denn es handelte sich ja um eine Religionsgemeinschaft.

»Etwas fehlt in Ihrem Leben, nicht wahr?« Malcolm hatte wieder seinen klaren Blick. »Was Sie besitzen, ist nicht genug. Sie wünschen sich etwas darüber hinaus, habe ich Recht?«

»Natürlich«, sagte Charles. Solche Verallgemeinerungen stimmten immer.

»Das himmlische Reich ist um sie, und die Menschen sehen es nicht.« Ganz im Stil des New Age hatte Malcolm glatt unterschlagen, dass es sich um ein Bibelzitat handelte. »Soll ich Ihnen den Weg zu dem zeigen, was Sie am meisten begehren?«

Das wird dir kaum gelingen, dachte Charles, aber er bedeutete ihm mit einer Handbewegung fortzufahren.

»Sie begehren eine Frau, stimmt's?« Laurie nickte wie in Beantwortung der eigenen Frage, als habe er auf Charles' Stirn das Ja in Neonbuchstaben aufleuchten sehen. »Jawohl, eine Frau«, wiederholte Laurie und fuhr in vertraulichem Ton fort: »Die Gefangene in Sheriff Jessops Zelle ist eine schöne Frau, nicht?«

Charles schwieg, aber er wusste, dass Malcolm seine Antwort bekommen hatte. Man merkte ihm an, wie zufrieden er darüber war, dass er Charles' empfindliche Stelle entdeckt und ihm ein wenn auch unbewusstes Eingeständnis seiner persönlichen Beziehung zu Mallory entlockt hatte.

Wie sollte er da wieder herauskommen, ohne sie mit jeder Änderung seines Gesichtsausdrucks zu verraten? Mallory hatte ihm mal gesagt, dass ungeschickte Täuschung einen Menschen, der etwas zu verbergen hatte, ins Verderben führte. Wörtlich hatte sie ihm erklärt: »Du dürftest ohne einen Sack über dem Kopf überhaupt nicht Poker spielen.«

Einer spontanen Eingebung folgend, lächelte er plötzlich

breit. Er wusste, dass er mit diesem Gesichtsausdruck aussah wie ein fröhlicher, aber harmloser Irrer. Es war die einzige Komödie, die er einigermaßen erfolgreich spielen konnte, denn mit diesem närrischen Gesicht war er schon zur Welt gekommen. Jetzt konnte er zum ersten Mal etwas damit anfangen.

»Ich verstehe, worauf Sie hinauswollen, Mr. Laurie«, sagte er, betont den Vornamen vermeidend. »Attraktive Frauen sind für einen ausgesprochen unattraktiven Mann ja wirklich unerreichbar.«

»Ich wollte nicht ...«

»Sie brauchen sich nicht zu entschuldigen. Jeder Spiegel schreit es mir ins Gesicht, und ich verstehe Ihre Gedanken sehr gut. Sie haben Recht: In meiner Phantasie sehe ich eine schöne Frau, die ich nie bekommen werde. Aber das hätte bei meinem Anblick wohl jeder erraten. Deshalb ist Ihre Beobachtung zwar zutreffend, aber nicht besonders scharfsinnig.« Und das war die Wahrheit, mächtiger als die Lüge.

Malcolms Lächeln wurde ein wenig schief. »Aber es gibt eine bestimmte Frau, die Sie begehren.« Das klang fast wie eine Frage und lange nicht mehr so selbstsicher.

»New York ist voll von schönen Frauen, von denen nicht eine einzige romantische Anwandlungen bekommt, wenn sie an mich denkt. Vielleicht liegt es an der Nase. So ein Zinken lässt sich nicht so leicht übersehen. Aber ich bin schlechter dran, als Sie denken. Ich verlange auch Intelligenz. Eine Frau, die schön und intelligent zugleich ist, kann auf diesem Planeten jeden Mann haben und wird sich nicht gerade einen hässlichen aussuchen. Sie sehen – ich betrachte die Dinge durchaus realistisch, Mr. Laurie.«

Der lehnte sich zurück, und Charles sah, wie die blauen Augen eine Neubewertung vornahmen und sich für einen anderen Kurs entschieden. »Ich glaube, ich habe das Problem isoliert. Ihr Feind ist Ihr Ego. Es nimmt die Reaktion zu allem, was Sie tun, schon voraus. Es erzeugt Angst und bremst Ihren Vorwärtsdrang.«

»Damit muss ich sowieso vorsichtig sein. Es wäre mir sehr unangenehm, eine Frau mit meiner Nase niederzuschlagen.«

Diesmal lächelte Malcolm ganz spontan. »Sie meinen also, Sie würden diese Frau nur durch ein Wunder erringen können?«

»So könnte man sagen.«

»Was für ein Zufall. Wunder sind mein Geschäft.«

»Geschäfte haben ihren Preis.«

»Sie sind mir sympathisch, Mr. Butler. Ihr Geld nützt mir nichts. Ich werde dafür sorgen, dass Sie bekommen, was Sie wollen.« Malcolm schlug mit einer Hand leicht auf den Tisch. Er lächelte absichtsvoll und krempelte sich, bildlich gesprochen, die Ärmel hoch, um ernsthaft ans Werk zu gehen. »Vergessen Sie die Vergangenheit und jeden Fehlschlag, jede Abweisung. Denken Sie nicht an die Zukunft.« Die Befehle wurden leise gesprochen, aber es *waren* Befehle. »Leben Sie für den Augenblick, überlassen Sie sich dem Jetzt, dann können Sie Ihre Probleme mit einigem Abstand betrachten.«

Abstand? Sein größtes Problem hatte er mitten im Gesicht.

Malcolm folgte Charles' Blick und sagte: »Ich meine nicht Ihre Nase, sondern die Frau.«

Malcolm war offenbar zu der Überzeugung gelangt, dass sein selbst gestricktes indisches Zwölf-Stufen-Programm zu universeller Einsicht in diesem Fall nicht recht anwendbar war, denn er legte die verschränkten Arme auf den Tisch, beugte sich vor und begann ein Gespräch, das sich wie eine Verschwörung zweier Männer gegen das andere Geschlecht ausnahm. Eine schöne Frau hatte laut Malcolm in Bezug auf Männer gewisse Vorstellungen: sie erwartete von ihnen Aufmerksamkeit und Bewunderung bis hin zu hündischer Unterwerfung.

»Sie müssen vermeiden, dass die Frau Sie durchschaut. Sie erwartet, dass Sie ihr nachlaufen«, erklärte Malcolm. »Tun Sie's nicht. Wenn Sie sich umdrehen und einfach weggehen, flippt sie erst mal aus, und dann kommt *sie* zu *Ihnen*.«

»Aber warum?«

»Weil Sie plötzlich für sie unerreichbar werden. Dann denkt sie, dass Sie etwas an ihr auszusetzen haben, und sie wird nicht eher ruhen, bis sie rausbekommen hat, was es ist.«

»Indem ich mich von ihr wegbewege, ziehe ich sie also an?«

Malcolm nickte. »Und bedenken Sie, dass eine schöne Frau nicht mit Fehlschlägen umgehen kann. Das haben Sie ihr voraus.«

»Und damit sind meine Nachteile zu Vorteilen geworden.« Charles fand Spaß an der Sache. Ob als Jugendlicher unter Studenten, ob als Erwachsener in den Denkfabriken – noch nie war ihm jemand begegnet, mit dem er ein kompetentes Gespräch über Frauen hätte führen können. Seine besten Freunde hatte er spät im Leben kennen gelernt, zu spät für Halbwüchsigendebatten über die Kunst, sich eine Frau zu angeln.

»Na schön«, sagte Charles. »Jetzt läuft sie also mir nach. Wie schließe ich die Lücke, ohne dass ihr Vorwärtsdrang zum Rückwärtsgang wird?«

»Überlassen Sie das ihr. Es sind die Frauen, die die Verträge schließen, die Regeln festlegen, die Beziehungen definieren. Das ist Frauensache. Ihre Aufgabe ist es, ihr widerstrebend zu gestatten, sich an Sie zu binden. Wenn die Frau Sie abschleppt, denken Sie dran: Sie tun ihr nur den Gefallen, um nicht unhöflich zu sein.«

All das war gut durchdacht, aber war es auf Mallory anwendbar? Irgendeine Fehlentwicklung in ihrer Psyche hatte einen Zerrspiegel hervorgebracht, in dem die Vorstellung von den Erwartungen einer schönen Frau eiskalt und sachlich zunichte gemacht wurden. Sein Verhalten allerdings war für sie noch immer vorhersehbar, denn wann immer sie sich umdrehte, war er, Charles Butler, hinter ihr. Vielleicht hatte sie ihm deshalb in New York nichts von ihren Reiseplänen erzählt. Sie konnte davon ausgehen, dass er ihr folgen und mit seinem offenen Gesicht all ihre Geheimnisse verraten würde.

»Sie haben gewisse Zweifel, Mr. Butler?«

Charles sah den Gedankenleser an, der genau genommen

wohl ein Gesichtsleser war. Offenbar hatte eine hochgezogene Braue seinen Zweifel verraten, den er mit seinem gesenktem Blick noch betont hatte. Er nahm seine Zuflucht zu dem Trick, den der alte Zauberer Substitution genannt hatte. »Was wollen Ihrer Meinung nach die Frauen wirklich, Mr. Laurie?«

»Spielt keine Rolle.« Malcolm Laurie grinste. »Wenn Sie das richtig hinkriegen, werden Sie sich nie wieder mit dieser Frage herumschlagen müssen.«

Gegen seinen Willen und besseres Wissen fand Charles diesen Mann sympathisch. Er fühlte sich zu Malcolm hingezogen, sein Charisma erinnerte ihn an Louis Markowitz, der oft genug innerhalb kürzester Zeit jede Fremdheit hatte vergessen und seinen Gesprächspartner zum Freund hatte werden lassen. Charles nahm sich vor, seine nächste wissenschaftliche Abhandlung über Charme als außergewöhnliche Begabung zu schreiben.

Als Malcolm eine halbe Stunde später aufstand, schüttelte Charles ihm mit ungeheuchelter Herzlichkeit die Hand. Die Tür hatte sich kaum hinter ihm geschlossen, als Charles' Hochstimmung verflog und sich eine schmerzliche Leere ausbreitete. Er saß allein am Tisch – mit einem unberührten Sandwich und einer letzten Frage.

Was wollte Mallory wirklich? Was hatte sie wieder in diesen Ort geführt? Heimweh kommt es nicht sein. Selbst wenn sie weniger kalt und gefühllos gewesen wäre – familiäre Bindungen hatte sie hier nicht mehr. Ihre Mutter war tot. Es war ein plötzlicher Tod – so hatte Augusta Trebec gesagt.

Der Sheriff umklammerte die Gitterstäbe von Mallorys Zelle. »Sehr hast du dich nicht verändert. Nur größer bist du geworden. Wie gut erinnerst du dich an mich?«

Sehr gut. Ihre letzte Erinnerung an Sheriff Jessop war die an einen schlimmen Verrat. So gründlich sie die auch verdrängt hatte – in unbedachten Augenblicken und Träumen voller Gewalt brach sie sich immer wieder Bahn.

Früher hatte Louis Markowitz sie aus den kindlichen Alpträumen gerettet. Er hatte in ihrem Zimmer Licht gemacht und seine Pflegetochter festgehalten, bis die Füße nicht mehr zappelten, die im Traum vor dem Blutbad weggelaufen waren, bis sie aufwachte und wieder festen, verlässlichen Boden unter sich spürte. Nach Markowitz' Tod war ihr Leben aus den Fugen geraten. Seit sie ihn begraben hatte, wurde sie täglich von hässlichen Bildern heimgesucht.

Irgendwann, dachte sich Mallory, musste Tom Jessop es doch einmal leid sein, ignoriert zu werden, irgendwann würde er sich trollen und sie in Ruhe lassen. Aber er war hartnäckig. Er hing weiter am Gitter. Am liebsten wäre sie ihm mit den Nägeln durchs Gesicht gefahren. Sie ballte die Hände zu Fäusten und drückte sich die langen roten Fingernägel ins Fleisch, bis es wehtat.

Sie sah auf die Dellen in ihren Handflächen. Seit einem Jahr ging das schon so. War sie drauf und dran, den Verstand zu verlieren? Markowitz war nicht mehr da, und jetzt besaß sie nicht mal mehr seine Taschenuhr. Die hatte der Sheriff, und auch das setzte Mallory auf sein Sündenregister.

»Weißt du, wie deine Mutter gestorben ist?«

Was für eine Frage. Kannte der Sheriff kein anderes Thema? Sie hatte es so satt, täglich das Gleiche zu hören. Stumm starrte sie die Wand an. Sie hörte ihn seufzen.

»Als Kind hast du nicht viel geredet«, sagte er. »Aber gelacht hast du die ganze Zeit. Du warst deiner Mutter wie aus dem Gesicht geschnitten. Mir fehlt sie auch. Vielleicht könnten wir uns gegenseitig helfen, Kathy.«

»Nenn mich nicht so.« Jetzt endlich drehte sie sich zu ihm um. Ihr Gesicht war voller Hass.

Erschrocken ließ er die Gitterstäbe los. »Ich glaube, ich weiß, was du denkst.«

Ach ja? Warum verreckst du dann nicht? Sie sah ihn unverwandt an, bis er den Blick senkte.

»Du denkst, ich hätte inzwischen den Fall abschließen, sie allesamt verhaften müssen.« Jetzt sah er sie wieder an. »Glaubst du nicht, dass ich das gewollt habe?«

Nein, das glaube ich nicht.

»Ich habe viel Schlimmeres gewollt.«

Worte sind billig.

»Was um Himmels willen ist da draußen mit dir passiert?« Wieder griff er in die Stäbe. »Du warst ein so heiteres Kind. Und jetzt hast du die kältesten Augen, die mir je begegnet sind. Wenn ich wüsste, wer dir das angetan hat – ich würde ihn umbringen, das schwöre ich.«

Mallory spürte, dass er sie am liebsten berührt hätte. Sie erinnerte sich daran, wie er sie hochgeworfen und in seinen starken Armen wieder aufgefangen hatte. Wie alt war sie damals gewesen? Drei oder vier? Sie hatte gekreischt vor Vergnügen. Seit der Zeit war sie zu ihm gelaufen, sobald sie ihn sah, immer in der Hoffnung, er würde sie wieder durch die Luft fliegen lassen.

Und dann war alles anders geworden. Als sie vor vier Tagen hier angekommen war, hätte sie ihn am liebsten auf der Stelle abgeknallt.

»Wann werden Sie Anklage gegen mich erheben, Sheriff?«

»Mordanklage, meinst du? Überhaupt nicht. Du bist eine wichtige Zeugin und deshalb in Schutzhaft.«

»Geben Sie mir meine Kanone. Ich kann mich selber schützen.«

»Vielleicht geht es mir auch eher darum, die Stadt zu schützen. Es ist mir egal, ob du Babe umgebracht hast, deswegen würde ich dich nie zur Rechenschaft ziehen. Aber was ist mit den anderen? Ich kann nicht zulassen, dass du die alle aufs Korn nimmst.«

Mallory wartete lange. Es war sehr still. Endlich hörte sie, wie sich seine Schritte entfernten. Sie drehte sich rasch um, legte ihr Gesicht ans Gitter und pfiff ein kurzes Stück einer vertrauten Melodie.

Er stolperte und stützte sich mit einer Hand hastig an der

Wand ab. Dann setzte er sich wieder in Bewegung, aber sein Gang hatte sich geändert. Er war nicht mehr ganz sicher auf den Beinen und hielt den Kopf gesenkt.

7

Augusta kramte in ihren Kleidertaschen herum. »Wo hab ich bloß die Schlüssel gelassen? Heute Vormittag hatte ich sie noch.«

Der Schimmel senkte seinen großen Kopf und stupste sie an die Schulter.

»Richtig, jetzt fällt's mir wieder ein. Ich habe sie Henry Roth gegeben, er wollte für mich nach einer Rohrleitung sehen. Der Klempner am Ort ist nämlich ein Gauner.«

»Ich möchte Mr. Roth nicht bei der Arbeit stören.« Charles streichelte die seidige Schnauze. Der Hengst war nicht mehr ganz jung, sah aber für sein Alter noch recht gut aus.

»Kein Problem.« Augusta hielt das Gatter auf, und der Schimmel liebkoste ihren Nacken, bis sie ihn, ungeduldig und gerührt zugleich, abwehrte. »Wir können Henry nach dem Essen mal anrufen.«

Sie überquerten das offene Gelände zwischen der Koppel und einer alten Remise, die dringend einen neuen Anstrich gebraucht hätte. Das Pferd trug kein Halfter, folgte ihnen aber brav wie ein Hund.

»Wird es Ihnen schon langweilig in unserer kleinen Stadt, Charles?«

»Durchaus nicht. Heute habe ich Malcolm Laurie kennen gelernt. Ein faszinierender Mann!«

Augusta schob den Riegel einer breiten Tür zurück, hinter der sie dunkle Kühle und der Geruch von Heu und Pferden empfing. Am Ende einer offenen Box hörte man Wasser in einen Trog laufen, und der Schimmel trottete sofort in diese Richtung.

Als die Tür der Box geschlossen und verriegelt war, wandte sich Augusta mit strengem Gesicht Charles zu. »Dass Sie sich nicht in Malcolm verlieben!«, sagte sie streng.

»Wie bitte?« Dachte sie etwa, er …

»Es ist viele Jahre her, seit ich einen Mann zum Erröten gebracht habe. Kommen Sie.«

Eben erst hatten sich seine Augen an das Dämmerlicht gewöhnt, da scheuchte sie ihn schon wieder hinaus in die grelle Sonne. Er blinzelte.

In Malcolm verlieben?

Während er ihr, die Hände tief in den Taschen vergraben, zurück zum Haus folgte, suchte er nach der richtigen Formulierung für seinen Protest, der auf keinen Fall zu energisch ausfallen durfte. Unvermittelt nahm sie, wie an dem Tag, an dem sie sich kennen gelernt hatten, seinen Arm.

»Beruhigen Sie sich, Charles. Ich meine keine körperliche Beziehung. Männer verlieben sich ständig in andere Männer – man denke nur an eure Kriegs- oder Sportshelden. Ich glaube wirklich, dass die Liebe von Mann zu Mann stärker ist als die Liebe eines Mannes zu einer Frau, auch wenn die Männer natürlich furchtbar schockiert sind, wenn man ihnen das ins Gesicht sagt.«

»Trotzdem ist es nicht ganz dasselbe«, erwiderte Charles – vielleicht ein bisschen zu schnell.

»Nicht ganz dasselbe wie Sex, meinen Sie? Doch, natürlich ist es das. Malcolm setzt den Sex genauso ein, wie eine Frau es tun würde. Er ist schamlos. Und die Männer verfallen ihm ebenso wie die Frauen.«

Charles straffte die Schultern und schob die Hände tiefer in die Taschen. »Ich will gern zugeben, dass dem Anführer einer Sekte Liebe und Verehrung seiner Anhänger zufliegen.« Klang das zu abwehrend? »Aber wenn man das psychiatrische Profil eines typischen Sektenmitglieds betrachtet …«

»Lassen Sie mal das Fachchinesisch dieser Seelenheinis beiseite, Charles.« Sie packte seinen Arm fester und sah ihn tadelnd an, als wäre er ein Kind, das Unsinn gemacht hat. »Denken Sie nicht mehr an das, was hinter Ihrem Hosenschlitz ist, und sperren Sie die Ohren auf. Sie sind in einer Phase, in der Sie verletzlich und leicht zu verführen sind. So etwas haben wir alle schon mal erlebt – ob Mann oder Frau. Manchmal haben wir große Sehnsucht nach starken Armen. Malcolm hat Sie für morgen Abend zu der großen Show eingeladen, oder?«

»Ja, zu dem Gedenkgottesdienst.« Er hatte fast das Gefühl, Augusta ein Rendezvous gestanden zu haben.

»Der Malcolm, den Sie dort auf der Bühne sehen, wird Ihnen überlebensgroß vorkommen, er wird Sie mit seinem Blick verschlingen und Ihnen den Himmel auf Erden versprechen.« Was Malcolm ja bereits getan hatte. *Das Himmelreich ist um sie, und die Menschen sehen es nicht.*

»Und Sie werden ihm glauben, weil Sie etwas brauchen, woran Sie glauben können.« Augusta öffnete die kleine Tür zwischen den beiden Treppen. »Malcolm wird Ihnen ein Bild vom Paradies zeigen, das so wirklich scheint, dass Sie darin eine Weile leben können. Sie werden verzaubert sein – und dankbar.«

Sie sah ihn an, als hätte sie das Gespräch vom Vormittag belauscht, und schüttelte missbilligend den Kopf über das, was seine Züge ihr verrieten. Dann marschierte sie ins Haus und durch den Flur in die Küche. Er folgte ihr so brav, wie der Gaul ihr gefolgt war.

Sie ging zum Herd, und er sah, als sie weitersprach, nur ihren Rücken. »Dann wird er Sie um etwas bitten, das in Ihren Augen im Vergleich zu dem, was er Ihnen an Mond und Sternen geschenkt hat, eine Kleinigkeit sein dürfte, und Sie werden es ihm bereitwillig geben.« Sie schaltete den Herd ein. »So fängt es an, und das ist – auch wenn Sie mit dem Mann nicht ins Bett gehen – eine Vereinigung. Wenn Sie ihm dieses erste Mal nachgeben, ist das die bedingungslose Kapitulation.«

Jetzt drehte sie sich um und unterstrich ihre Worte mit geschwenktem Kochlöffel. »Sie werden auf dem Rücken liegen und ihm zärtlich und vertrauensvoll ins Gesicht sehen. In diesem Augenblick kann er mit Ihnen machen, was er will – und Sie wollen, dass er es tut. Deshalb noch einmal meine Warnung, Charles: Verlieben Sie sich nicht in den Mann!«

Charles zuckte ein wenig bei dieser so anschaulich geschilderten Vergewaltigungsszene, aber dann nickte er, denn das, wovon sie gesprochen hatte, war ihm ja schon bei Mallory widerfahren.

Zu spät.

Er setzte sich an den Tisch und sah zu, wie Augusta in ihrem Topf rührte. Obgleich er das Mittagessen hatte ausfallen lassen, war er gegen den Duft von Huhn, Gemüse und köstlichen unbekannten Gewürzen fast immun. Seine Unruhe hatte den Hunger vertrieben.

Ein Lichtblick war, dass er Menschen vom Schlag eines Malcolm Laurie nicht zu fürchten brauchte. Mallory, die perfekte Diebin, hatte ihm bereits all das genommen, was ihm wertvoll gewesen war: seinen Stolz, seine Selbstachtung. Er war mehr als tausend Meilen gefahren, um rüde abgewimmelt zu werden. Wenn das nicht erniedrigend war …

Malcolm hatte Recht. Wenn er Mallory haben wollte, durfte er ihr nicht mehr nachlaufen. Er würde versuchen, sie nicht wieder zu sehen. Das würde sie verwirren, aus der Fassung bringen. Wenn er ihr damit auch nur ein paar schlaflose Minuten bereitete, hatte sie das mehr als verdient.

Danke, Malcolm.

Augusta stellte zwei Suppenschalen mit einem dicken Gemüse-Reis-Eintopf auf den Tisch und blickte ihn so durchdringend an, dass er überlegte, ob auch sie versuchte, seine Gedanken zu lesen. War das beginnende Paranoia? Oder waren ihre Fähigkeiten noch bemerkenswerter als die von Malcolm Laurie?

Nein, es war wohl einfach so, dass ihm Zorn, Groll und sein neuester Entschluss an der Nasenspitze abzulesen waren. Augusta, die Menschenkennerin, sah, wie er langsam, aber sicher in den gefährlichen Abgrund rutschte, auf den sie ihn gerade erst aufmerksam gemacht hatte. Sie hatte ein großes Warnschild aufgestellt und rechts und links davon Fackeln angezündet, aber er hatte in seiner Blindheit und Torheit nicht darauf geachtet.

Jetzt besann er sich. »Ich habe verstanden«, sagte er mit Nachdruck. Nein, er würde sich nicht von dem Wanderprediger verführen lassen. Mallory lag ihm am Herzen, sie konnte von ihm haben, was sie wollte, auch wenn sie sich gegen seine Hilfe wehrte. Wäre er in Schwierigkeiten gewesen, hätte Mallory sich nicht anders verhalten. Wie hatte er das vergessen können?

Um ein Haar wäre er bei Augusta in Ungnade gefallen. Doch nachdem sie gemerkt hatte, dass er wieder seinen Verstand gebrauchte, setzte sie sich zu ihm an den Tisch. In dem freundschaftlichen Schweigen, das jetzt zwischen ihnen herrschte, schwang viel Unausgesprochenes mit. Er bestätigte mit anerkennendem Nicken ihr Wissen um menschliche Verhaltensweisen, sie lächelte zufrieden, weil er – wenn auch mit einiger Verzögerung – so vernünftig gewesen war, ihren Rat anzunehmen.

Als sie nach dem Essen bei der zweiten Runde Kaffee waren, hatte Charles' Stimmung sich gehoben, ja, er fühlte sich fast euphorisch.

Augusta warf ihm über den Rand ihrer Kaffeetasse einen listigen Blick zu. »Jetzt geht es Ihnen bestimmt besser.«

»Und ob! Ihre Kochkünste haben Wunder gewirkt.«

Sie nickte. »Besonders das Johanniskraut.«

»Wie bitte?«

»*Hypericum perforatum.*« Sie deutete auf einen der Kräuterpflanzkästen auf den Fensterbrettern. »Das hübsche gelbe Blümchen da. Meiner Mutter habe ich es gegen ihre Depressionen gegeben. Sie ist dann doch gestorben. Aber bei Ihnen habe ich offenbar mehr Glück.«

»Sie haben mir Drogen ins Essen getan?«

»Nur eine Spur. Das törichte Lächeln gibt sich schnell wieder.

Eine kleine Nebenwirkung, aber harmlos ... Und jetzt sollten wir Henry anrufen.« Sie schob ihren Stuhl zurück.

Das Lächeln hatte sich noch nicht verflüchtigt, aber es wirkte etwas angespannt, als er ihr auf den Gang hinaus und in ein Zimmer folgte, das ihn um mindestens ein Jahrhundert zurückversetzte. Diffuses Licht fiel auf die Audubon-Drucke, die an allen Wänden hingen. Auf einem runden Tisch mit kostbarer Einlegearbeit und kunstvoll geschnitzten Beinen lag ein aufgeschlagenes Skizzenbuch zu Füßen einer seltenen weißen Eule. Eine Schar verschiedenartigster Vögel sah ihn aus glänzenden Augen an und machte der Kunst von Augustas Präparator alle Ehre.

Sie benutzte also – wie seinerzeit Audubon – ausgestopfte Vögel für ihre Zeichnungen.

Die Decke war niedrig wie in einem Cottage, die Tische und die übrigen Möbel waren eine Mischung der verschiedensten Epochen und Stilrichtungen, sorgsam gepflegt und bestens erhalten. In die Wandnische war ein schmales Bett eingelassen. Der Raum wirkte trotz seiner Unordnung ausgesprochen gemütlich. An einer Wand stand ein großer Kleiderschrank, flankiert von Empire-Bücherregalen, und auf allen freien Flächen stapelten sich ornithologische Werke. Offenbar bewohnte sie nur dieses eine Zimmer – aber warum, wenn ein ganzes Herrenhaus zur Verfügung stand?

Kaum hatte er sich auf die Couch gesetzt, tauchte neben ihm die Katze auf und zwang ihn fauchend, ein Stück beiseite zu rücken. Sie machte es sich auf dem eroberten Terrain bequem und musterte ihn verächtlich.

Augusta benutzte einen Telefonapparat, der noch aus dem ersten Jahrzehnt des zwanzigsten Jahrhunderts stammte. »Ich habe zwölf Klopfer gezählt. Klopf noch einmal, Henry, für den Fall, dass ich mich vertan habe.« Sie wandte sich an Charles. »Wäre Ihnen zwölf Uhr mittags recht?«

»Ja.« Er sah zu der schmalen Treppe hin, die offenbar in die oberen Stockwerke führte.

»Schönen Dank, Henry.« Sie hängte den Hörer wieder ein.

»Er erwartet Sie im Haus. Der große Schlüssel ist für die Haustür, der kleine für die Dachkammer, wo ich die persönliche Habe von Cass aufbewahre.«

Charles deutete auf die Möbel. »Das ist eine beachtliche Kollektion von Antiquitäten. Ich bewundere Ihr Haus.«

»Von dem Sie über vierzig Räume noch nicht kennen. Wenn Sie wollen, führe ich Sie herum.«

»Ja, gern.«

Der Platz neben ihm war leer. Als er sich umdrehte, sah er, dass die Katze schon auf leisen Pfoten die Treppe hinauflief. Als Charles und Augusta oben ankamen, empfing sie sie schnurrend. Augusta blieb auf dem Treppenabsatz stehen und fauchte etwas in Katzensprache. Die Katze verschwand hinter Charles auf der Treppe.

»Lassen Sie sie nicht hinaus.« Augusta ging weiter und überließ es Charles, die wütende Katze mit einem Fuß abzuwehren.

Sie standen jetzt in einer langen Galerie. Alle Horizontalen erstreckten sich ins Unendliche, alle Vertikalen strebten in Schwindel erregende Höhen. Die Decke mochte an die vier Meter hoch sein, und die Türrahmen schienen für Dreimetermänner gemacht.

Augusta legte die Hand auf einen Türknauf aus Dresdner Porzellan und deutete auf die kunstvollen Deckenfriese. Die obere Wand war mit zarten Rosen bedeckt. »Die Blüten sind aus einer Mischung von Spanischem Moos und Stuck.«

Sie ging ihm voraus in einen noch großzügiger dimensionierten Raum. Hohe Fenster reichten vom Boden bis zur Decke. In dem hellen Licht, das sie hereinließen, sah man, dass die kostbaren Wandbespannungen in Fetzen herunterhingen und die Möbel voller Schimmel waren. Jedes Museum hätte diese Stücke zu einem früheren Zeitpunkt mit Kusshand genommen, jetzt aber waren sie irreparabel beschädigt. Durch gesprungene Fensterscheiben war Regen eingedrungen. An einer Chaiselongue waren die Vorderbeine abgeknickt, sodass es aussah, als liege sie auf den Knien. Der dicke Orientteppich moderte auf dem Boden vor sich hin. Unter Charles' Schritten lösten sich Fasern, und Käfer ergriffen schleunigst die Flucht.

Geldmangel konnte nicht der Grund für die Verwahrlosung sein. Hätte Augusta diese Gegenstände rechtzeitig verkauft, hätte sie Geld genug für die Instandhaltung des Hauses gehabt. Er wandte den Blick ab, als sie an einem Bild, das eine Landschaft mit geisterhaften Bäumen im Mondlicht zeigte, vorbeigingen, das früher bestimmt ein Vermögen wert gewesen war. Auch im Speisezimmer hingen an den stockfleckigen Wänden kostbare Gemälde voller Sprünge und Risse, die sich in ihren Rahmen gewellt hatten.

»Warum hat man hier alles so verfallen lassen?«, platzte er heraus, obgleich er sich eigentlich fest vorgenommen hatte, den Mund zu halten.

»Das habe ich meinem Vater auf dem Sterbebett versprechen müssen.«

Hatte der Mann den Verstand verloren? Doch diese unhöfliche Frage behielt Charles wohlweislich für sich. Schweigend folgte er Augusta zurück in die Galerie, die sich zu einem Ballsaal hin öffnete.

Angesichts des großen, lichtdurchfluteten Raums mit den weißen Wänden und dem hellen Fußboden ging ein Lächeln über sein Gesicht, das sich aber rasch verflüchtigte, als er den ruinierten Marmorboden sah. Fast alle Fliesen waren gesprungen, manche fast zu Staub zerfallen.

»Der Schaden geht auf das Konto eines meiner Pferde«, sagte Augusta. »Ein kräftiger Kerl, der Appaloosagaul, aber man sollte nicht glauben, wie widerstandsfähig dieses Material ist.« Wie eine Fremdenführerin fügte sie erläuternd hinzu: »Was Sie hier sehen, ist alles italienischer Marmor.«

Charles konnte kaum noch an sich halten. Seine Eltern hatten ihm nie erlaubt, im Haus zu toben, weil sie Angst gehabt hatten, er könnte dabei ein altes, kostbares Stück aus Glas oder Porzellan beschädigen, Augusta aber war mit einem Pferd durch diese Räume getrabt.

Gemeinsam stiegen sie die breite Treppe hinauf und über den Flur im Obergeschoss, von dem rechts und links weitere Räume abgingen. Zu jedem gab Augusta eine kurze Erklärung. Überall hingen kostbare Wanduhren, die alle zur gleichen Zeit – in der Sterbestunde ihres Vaters – angehalten worden waren.

»Das Haus ist aus Zypressenholz gebaut«, meinte Augusta mit einem Anflug von Ärger, »und dadurch immun gegen Termitenfraß. Die Böden sind aus Fichte und noch fast völlig intakt. Zumindest beim Dach aber zeigen sich erste Schäden. Durch ein paar Löcher sieht man schon den Himmel. Nur die Fledermäuse tun mir Leid, sie können die Sonne so schlecht vertragen. Ein paar sind schon in die unteren Stockwerke umgezogen.«

Charles warf einen Blick in den letzten Raum vor der nächsten Treppe. Kothäufchen auf dem Boden zeigten, dass sich hier tatsächlich schon Fledermäuse eingenistet hatten. An einer Wand stand ein kunstvoll geschnitztes Himmelbett, an dem zerschlissene, spinnwebbedeckte Moskitonetze herabhingen. Auf der Matratze lag eine tote Fledermaus. Auf dem Dachboden standen weitere antike Möbel, die den Spinnen als Wohnung dienten. Charles sah zu seinen Füßen einen zerbrochenen Spiegel liegen.

»Warten Sie hier!«, befahl Augusta. »Ich will nur nachsehen, ob sie alle ausgeflogen sind. In den letzten dreißig Jahren haben wir hier nur ganz wenige Fälle von Fledermaustollwut gehabt, aber man kann nie wissen.« Sie verschwand hinter einer Tür, aus der ein penetranter Gestank drang.

Charles wandte sich der einzigen Licht- und Luftquelle zu. Dies war nicht das runde Fenster mit Blick auf die Stadt. Wer hier stand, sah auf das Gelände hinter dem Haus. Auf dem breiten Fenstersims lag ein Feldstecher.

Es dämmerte schon, aber das einst sorgfältig gepflegte Labyrinth und die gestuften Terrassen waren in dem jetzt verwahrlosten Garten noch deutlich zu erkennen. Charles stellte ihn sich in früheren Zeiten vor, als die Büsche sauber beschnitten und die Blumen noch nicht wild über die Beete gewuchert waren. Durch das Gelände zog sich ein Plattenweg, der an manchen Stellen unter üppigem Grün und blauen und roten Blüten verschwand. Dazwischen waren andere, exotisch wirkende orangefarbene …

In diesem Moment erhoben sich zwei der bunten Blumen in die Lüfte, und alle Blüten fingen an zu singen. Der Garten war voll von Vögeln, die jetzt wie in einer Kettenreaktion aufflogen und ihre Lieder tirilierten.

Charles griff nach dem Feldstecher und stellte ihn auf die Büsche und Bäume scharf. An vielen erkannte er kegelförmige Futterhäuschen.

Dies war kein Nebeneffekt der absichtlichen Verwahrlosung, die Augusta betrieb, sondern eine bewusst ins Werk gesetzte Schöpfung.

Jetzt stand sie neben ihm, während die Blüten weiter singend herumflogen.

»Meinen Glückwunsch, Augusta! Einen so schönen Garten habe ich noch nie gesehen.«

»Kommen Sie, ich will Ihnen die Aussicht von der anderen Seite zeigen, solange es noch genug Licht hat. Halten Sie sich die Nase zu!«

Er gehorchte, aber der Kot- und Uringeruch war durchdringend und brannte ihm in den Augen. Er hörte Fledermausleiber unter seinen Sohlen knirschen, als Augusta ihn mit ihrer Taschenlampe an den Stalagmiten aus Kot vorbeilotste.

Nicht alle Fledermäuse waren bei Sonnenuntergang ausgeflogen. In dem reflektierten Licht sah er zwei runde Augen glänzen. Rasch wandte er sich ab, um das kleine Geschöpf nicht zu erschrecken. Als sie unter einem Bogen hindurch in die andere Hälfte des Dachbodens gelangt waren, wehte frische Luft heran, die den Gestank milderte. Durch ein gähnendes Loch zwischen den Dachsparren fiel Licht in den Raum. Dort, wo sich zwei Balken kreuzten, hatte der Wind Erde angeweht, und eine Pflanze reckte ihre grünen Triebe dem Licht entgegen.

Charles lächelte unwillkürlich, als er sie erkannte. Es war ein grauer Tüpfelfarn, der im Volksmund auch Auferstehungsfarn heißt.

Dann sah er die nächste Fledermaus. Sie lief, einen verletzten Flügel nachschleifend, immer im Kreis auf dem Fußboden herum.

»Sieht fast so aus, als ob die Katze hier oben gewesen wäre.« Kopfschüttelnd besah sich Augusta das arme Geschöpf. »Sehen Sie den roten Ring an ihrem Bein? Vor fünfzehn Jahren hat eine staatliche Stelle einen Mann hergeschickt, der sie alle beringen sollte, aber er besaß ungeschickte Hände und hat so viele Tiere verletzt, dass ich ihn vor die Tür setzen musste. Die Fledermaus da ist die älteste der Kolonie.«

Und mit ihrem Leben so gut wie am Ende, dachte Charles. Die Verletzung sah tatsächlich ganz nach einer Katzenpfote aus. Eine Fledermaus, die nicht fliegen kann, muss verhungern.

»Wie heißt sie?«

»Wenn es so weit gekommen ist, dass ich fliegenden Nagetieren Namen gebe, müssen Sie mich schleunigst in die Klapsmühle sperren, Charles!«

»Ich meinte die Art. Braune Fledermaus? Spät fliegende Fledermaus?«

»Der Mann, der die Ringe kontrolliert, nennt sie große braune Fledermaus oder *Genus Eptesicus*. Ich nenne sie Eulenfutter.«

Die alte Dame hatte sich an das runde Fenster gestellt, das auf die Stadt hinausging. Davor stand ein Fernrohr auf einem Stativ, auf dem Fensterbrett lag ein aufgeschlagenes Notizbuch. In einer flüchtigen Skizze waren Nester eingetragen.

Dieses Bild musste ein Vogel im Flug vor sich haben. Das ganze Land lag unter ihnen ausgebreitet. Augusta deutete auf ein Haus im viktorianischen Stil jenseits des Friedhofs. Ein breiter, unbefestigter Weg führte von dem Haus weg, den Charles als die geheimnisvolle Straße entlang des Finger Bayou erkannte.

»Das ist das Haus von Cass Shelley.« Augusta rückte das

Fernrohr näher an die Scheibe und stellte es scharf. »Sehen Sie ruhig mal durch.«

Er legte ein Auge an die Linse. Das Haus der Shelleys war frisch gestrichen, die Büsche waren beschnitten, und die Blumen blühten in dem Steingarten, der die Bäume im Vorgarten umgab. Von Verwahrlosung keine Spur – eigentlich verwunderlich für ein Haus, das Augusta in ihrer Obhut hatte!

Hinter dem breiten Upland Bayou sah man die Häuser und Geschäfte von Dayborn. Augusta deutete auf eine Baumreihe hinter dem Marktplatz. »Sehen Sie den Windschutz da drüben? Das ist die Grenze zwischen Dayborn und Owltown, wo die Anhänger der Neuen Kirche in ihren Bruchbuden und Wohnwagen hausen.«

Sein Blick folgte ihrem Finger, der auf ein Halbrund von Neonlichtern wies, die auf der anderen Seite von einem weiteren Bayou begrenzt wurden.

»Owltown schläft nie«, sagte Augusta. »Dort können Sie rund um die Uhr Schnaps und Drogen kaufen. Die Glücksspiele gehen bis zum Morgengrauen. Das ist das Werk der Lauries. Fast alle dort sind mit den Lauries blutsverwandt oder haben in die Familie eingeheiratet. Nach Einbruch der Dunkelheit sollten Sie sich da nicht unbewaffnet aufhalten.«

»Warum heißt der Ort Owltown?«

»Bis vor dreißig Jahren hatten wir dort eine ziemlich große Population seltener Eulen. Dann sind die Lauries gekommen und haben die Flussschleife gerodet, um dort ihren Rummelplatz zu eröffnen. Jetzt ist da nur noch Ödland.«

»Sie mögen die Leute nicht.«

»Am liebsten wär's mir, wenn das da drüben alles in Flammen aufgehen würde. Wenn ich nach Owltown gehe, nehme ich vorsichtshalber nie Streichhölzer mit.« Sie schob das Fernrohr beiseite. »So, jetzt haben Sie alles gesehen.«

»Vielen Dank für die Führung.«

»Gern geschehen, Charles. Kann ich noch was für Sie tun?«

»Sie könnten mir verraten, wie Cass Shelley gestorben ist.«

»Ich dachte, das hätten Henry oder Betty Ihnen längst erzählt«, antwortete sie überrascht.

»Ich habe sie nicht danach gefragt. Wie also ist Mallorys Mutter gestorben?«

»Soviel ich weiß, fand der Überfall vor dem Haus statt. Henry hat Kathys Hund dort gefunden. Das arme Vieh war halb tot. Die blutigen Hände von Cass hatten an der Hauswand zahlreiche Spuren hinterlassen, dorthin hatte man sie wohl getrieben. Auch das Gras war voller Blut, und da hat man auch zwei Zähne von ihr gefunden. Und Steine. Jede Menge Steine, an denen ihre Haut und ihr Blut klebten.«

»Soll das heißen, dass man die Frau zu Tode gesteinigt hat?«

Dass Jimmy Simms zur Familie Laurie gehörte, war trotz seiner mädchenhaft zarten Gesichtszüge nicht zu übersehen. In diesem Jahr war er dreißig geworden, aber der Bartwuchs in dem pickligen Gesicht war weich und spärlich.

Jimmys Vater sprach nicht mehr mit diesem Sohn, der in seinen Augen misslungen war, und ließ ihn auch nicht mehr ins Haus. Die Mutter aber schanzte ihm immer wieder abgelegte Sachen ihres Mannes zu. Die Hosenbeine konnte er aufrollen, das war okay, aber die Schuhe waren ihm, auch wenn er Zeitungspapier in die Spitzen steckte, viel zu groß, sodass er immer irgendwo eine Blase hatte und hinkte.

Er schlurfte den Gartenpfad zum Haus der Shelleys hinauf. Der alte schwarze Labrador kannte seinen Schritt, auch wenn er sich wegen der Blasen immer wieder ein bisschen anders anhörte, und hob wie immer duldsam, aber ohne große Begeisterung den mächtigen Kopf zur Begrüßung.

Jimmy langte in die Tasche des Anoraks, in dem er fast versank, holte ein sperriges Päckchen heraus und zeigte dem Hund das halbe Fischfilet, das er aus der Mülltonne hinter Jane's Café gerettet hatte. Vor Jahren hatte er noch Fleisch mitgebracht, aber seit der Hund kaum noch Zähne besaß, musste er darauf achten, dass sich das Futter leicht kauen ließ.

»Babe Laurie ist tot«, sagte er zu dem Hund. Seit fünf Tagen schon begrüßte Jimmy ihn mit diesen Worten, als könnte ihm die Wiederholung zu besserem Verständnis verhelfen.

Der Hund schnupperte nur an dem Fisch und legte dann den grauen Kopf auf die Pfoten.

Die Sonne war untergegangen, und es wurde rasch dunkel. Jimmy war es sehr wichtig, sich nicht nach Anbruch der Dunkelheit im Freien erwischen zu lassen, heute aber beschloss er zu bleiben, bis der Mond aufgegangen war. Man konnte nie wissen, wie viel Zeit dem alten Hund noch blieb.

Der Labrador schlief eine Weile. Er knurrte leise und zuckte krampfhaft mit einem Hinterbein, und Jimmy sagte sich, dass er offenbar keine Freude an seinen Träumen hatte. Jetzt erwachte der Hund mit einem Ruck und hob den Kopf, bis sich der aufgehende Mond in seinen Augen spiegelte. Jimmy fuhr zusammen. Es sah aus, als ob die Augen plötzlich glühten.

Mit großer Anstrengung stand der Hund auf, kläffte und fing dann laut an zu heulen. Sehr bald würde er sterben, und Jimmy würde sehr einsam sein ohne ihn und das Band der Verzweiflung, das sie einte und von dem der Hund mit seiner Klage an den Mond so beredt Kunde gab.

Der Hund glaubte, dass sein Name aus einem langen hohen Ton und zwei Pfeifkadenzen von den Lippen eines Kindes bestand. Seit das Kind nicht mehr da war, hatte ihn niemand mehr so gerufen. Sie hatte das Undenkbare fertig gebracht, hatte ihn verletzt und blutend liegen lassen. Und Nacht für Nacht, Traum für Traum, ließ sie ihn wieder allein und brachte ihn jedes Mal, wenn er die Augen schloss, ein wenig mehr um den Verstand.

Er öffnete das Maul und fletschte leise knurrend die Zähne, bis der kleine Mann neben ihm sich aufrappelte und humpelnd davonging.

Jetzt fing der Hund erneut an zu jaulen und fand in Alma Furgueson unten in Owltown eine Gefährtin. Der Hund heulte, und Alma schluchzte. Ihre Nachbarn stellten sich taub. Das seltsame Duett zog sich über Stunden hin.

Obgleich Alma sich die Bettdecke über den Kopf gezogen hatte, sah sie die Steine fliegen, hörte sie auf Fleisch, Knochen, Zähne schlagen. Hörte, wie der Leib von Cass zerbrach.

Almas Nachbar war an diesen Radau seit langem gewöhnt. Jetzt aber nahm er das lärmdämmende Kissen von den Ohren und weckte seine Frau, denn was sie jetzt hörten, war etwas ganz Neues. Alma weinte im Gleichklang mit dem Hund.

Auch Mallory in ihrer Gefängniszelle horchte. Sie wandte ihr Gesicht dem Gitter zu, das sie von dem Hund trennte.

Dann hob sie eine Faust und schlug so heftig auf ihr Kissen ein, dass die Federn wie befreite Vögel in der Zelle herumflatterten. Sie warf die Bettdecke von sich, stand auf und trat barfuß ans Fenster, um der verrückten Serenade ihres Hundes besser lauschen zu können.

Nach einer Weile verfiel der alte schwarze Labrador in erschöpftes Schweigen. Mallory legte sich wieder hin und schlief ein. Die von Federn übersäte Decke sah aus wie ein schützender Flügel.

8

So früh am Morgen strahlte der Himmel geradezu unerhört blau. Die Luft war frisch und voller Vogelstimmen, als Charles die Baumreihe durchquerte, die als Windschutz diente und gleichzeitig die Grenze zwischen Dayborn und Owltown darstellte. Der ausgefahrene Weg mündete in eine gepflasterte Straße, die bogenförmig zu dem kleinen Geschäftsviertel von Owltown führte.

Die Hauptstraße flankierten einfache ein- oder zweigeschossige Häuser aus verwittertem grauen Holz, die vermutlich schon ein paar Jahrzehnte dort standen. Auf den ersten Blick aber wirkten sie wie flüchtig zusammengenagelte Jahrmarktsbuden. In jedem dritten Schaufenster verkündete ein leuchtendes Neonschild, dass hier Schnaps glas- oder viertelliterweise zu haben sei.

Ein vorbeirasender Wagen wirbelte Müll und Staub auf. An den Bordsteinkanten lagen zerbrochene Flaschen. Und der schlafende Betrunkene, der zur Hälfte auf dem Gehsteig, zur Hälfte auf der Fahrbahn lag und nach abgestandenem Whisky und Erbrochenem stank, hielt seine Flasche noch fest in der Hand. Charles hörte ihn zufrieden schnarchen, als er an ihm vorüberging.

Eine Frau kam ihm entgegen. Sie hinkte so stark, dass man den Eindruck hatte, ein Bein sei gut sieben oder acht Zentimeter kürzer als das andere. Bei näherem Hinsehen erkannte Charles, dass sie einen ihrer hochhackigen Pumps in der Hand hielt und auf einem nackten Fuß und einem Schuh über den Gehsteig humpelte. Das messingrote Haar sah aus wie zerknautschte Zuckerwatte, das blaue Paillettenkleid glitzerte in der Sonne, und das tränenüberströmte Gesicht war schwarz von der zerlaufenen Wimperntusche.

Charles hob die Hand und wollte gerade fragen, ob er ihr helfen könne, als neben ihm ein Wagen hielt und eine ihm inzwischen vertraute Stimme raunzte: »Fassen Sie bloß in Owltown nichts an, Mr. Butler. Man weiß nie, wo es vorher gelegen hat.«

Die weinende Frau drehte sich mit angstgeweiteten Augen zu dem Streifenwagen um, begann dann zu laufen und hatte bald auch den anderen Schuh vom Fuß verloren.

Die Beifahrertür des Streifenwagens öffnete sich einladend, und Charles setzte sich neben Tom Jessop. Im Wagen roch es nach Aftershave und Zigaretten. Das Armaturenbrett war voll mit Zetteln, Umschlägen, bekritzelten Papierservietten und Streichholzbriefchen.

»Guten Morgen«, sagte Charles.

Der Sheriff erwiderte den Gruß, indem er dankend an seinen braunen Stetson tippte. »Wo wollen Sie hin, Mr. Butler?«

»Ich hoffe, dass ich es noch zum Festplatz schaffe, ehe das Zelt fertig aufgebaut ist.« Sein Lebtag hatte sich Charles auf so eine Gelegenheit gefreut – hoffentlich hatte der Sheriff nicht vor, irgendwelche verwickelten Probleme mit ihm zu erörtern.

»Ja, so was sieht man nicht alle Tage.« Der Sheriff legte den Gang ein und fuhr an. »Von der Flussschleife aus hat man einen wunderbaren Blick auf den unteren Bayou. Die Lauries haben das Gelände abgebrannt und dadurch dem Wurzelgeflecht im Boden den Garaus gemacht.«

»Ökologisch bedenklich! Fördert das nicht die Erosion?«

»Und ob!« Der Sheriff lächelte. »Eines schönen Tages steht Owltown komplett unter Wasser, das steht fest. Mag sein, dass wir noch ein Jahrhundert warten müssen, aber ich bin ein geduldiger Mensch.« Das merkte man auch daran, wie langsam der Wagen durch die Gegend rollte.

»Demnach haben Sie nicht viel für Owltown übrig.«

»Wenn Sie Lust haben, machen wir eine kleine Rundfahrt. Mal sehen, wie gut *Ihnen* das Nest gefällt.«

Sie hielten an einer Kreuzung. Der Sheriff deutete auf eine Reihe grauer Schuppen, die sich an einer unbefestigten Straße entlangzogen. »In dieser Richtung kriegen Sie die deftigsten Peepshows zu sehen.« Er sah durchs Heckfenster. »Da hinten wird Ihnen ein Rundumservice geboten – Schnaps, Drogen und Frauen in einem Laden.« Der Wagen setzte sich langsam wieder in Bewegung. »Als ich Kind war, gab es hier nur Ed Lauries Kneipe und einen Haufen Eulen.«

Noch immer reihte sich ein Schnapsladen an den anderen, und Charles sagte: »Kaum zu glauben, dass sich in einem so kleinen Ort derart viele Kneipen halten können.«

»Das sind alles so genannte Gästehäuser der Neuen Kirche«, erläuterte der Sheriff. »Im ganzen Ort gibt es keine einzige Schanklizenz. Mit Bargeld kommen Sie hier nicht weiter, deshalb bleibt auch nichts für den Fiskus hängen. Wenn Sie was trinken wollen, brauchen Sie einen Gutschein von der Kirche.«

Der Sheriff ging mit dem Tempo noch weiter herunter und

wies auf ein zweigeschossiges Haus linker Hand. »Das ist Ed Lauries alte Pinte, eine echte Sehenswürdigkeit. Vor dreißig Jahren haben da im ersten Stock die einzigen Lauries gewohnt, die wir in der Gemeinde hatten.«

Das Haus war wie die anderen auch aus Holz und sehr schlicht gebaut, aber älter. Der Boden der Veranda hing durch, sodass es aussah, als ob sie böse grinste, und im Fenster blinkten schrille Logos von Biermarken. Jetzt erst bemerkte Charles, wie still es war. In einiger Entfernung hörte man Autos vorbeifahren, aber kein Vogellied. Da er sich schon daran gewöhnt hatte, in dieser Gegend auf Schritt und Tritt Vögel singen zu hören, gab ihm das zu denken.

»Hier hat Babe angefangen, als er fünf war. Damals hieß er noch Baby Laurie. Sein Papa hat ihn auf die Musicbox gesetzt, da durfte er predigen. Und nicht nur das. Eds Kneipe war unterhaltsamer als jedes Theater. Wenn man Lust hatte, konnte man jeden Abend hingehen und zugucken, wenn Baby Laurie einen der Gäste verhexte.«

»Meinen Sie Voodoo-Veranstaltungen?«

»Nein, nichts so Kompliziertes, Mr. Butler. Aber der Bengel war groß im Prophezeien. Wenn er voraussagte, Ihre Frau würde ein tot geborenes Kind zur Welt bringen, landete womöglich kurz vor der Niederkunft ganz aus Versehen ein Baseballschläger auf ihrem Bauch. Natürlich konnten Sie Baby Laurie bitten, durch Gebete den Zorn Gottes von Ihnen und Ihrer Familie abzuwenden. Und wenn Sie diesen Dienern des Herrn eine Spende daließen, kam Ihr Baby gesund und munter zur Welt.«

»Schutzgelderpressung? Der Vater war also …«

»Manchmal kümmerte sich auch einer von Babes fast erwachsenen Brüdern um die Drecksarbeit. Der Vater war der bestgehasste Mann in der Gemeinde St. Jude. Wäre Ed nicht an seiner Säuferleber zugrunde gegangen, hätten wir ihn früher oder später mit dem Gesicht nach unten im Bayou treibend gefunden. Übrigens war Babe seinem Vater wie aus dem Gesicht geschnitten.«

»Das heißt, dass es nicht wenige Menschen gab, die Babe den Tod wünschten?«

Schweigend setzte der Sheriff den Wagen wieder in Gang. Entweder wollte er die Frage nicht beantworten, oder es war ihm egal, wer Babe Laurie umgebracht hatte.

»Babes Brüder, sagen Sie, waren fast erwachsen, als Babe fünf war. Aber das ist dreißig Jahre her. Malcolm kann doch kaum über dreißig sein.«

»Malcolm ist einundfünfzig, nur ein paar Jahre jünger als ich.«

Charles musterte das faltige Gesicht des Sheriffs, die Hängebacken, das ergrauende Haar. Unmöglich! So sehr konnte er sich gar nicht geirrt …

»Ein komischer Kauz, dieser Malcolm«, meinte der Sheriff. »Wenn gemunkelt wird, dass er sogar noch älter ist, leistet er solchen Gerüchten noch Vorschub. Es macht ihm Spaß, wenn die Leute denken, dass er dem Geheimnis des ewigen Lebens auf der Spur ist. Vielleicht ist da ja sogar was dran.« Das klang eher sarkastisch. »Vor Jahren hätte man Babe und Malcolm fast für Zwillinge halten können, aber als Babe mit sechsunddreißig starb, sah er zehn Jahre älter aus als Malcolm jetzt. Vielleicht ist es dem mit seinem Bruder gegangen wie mit dem Bildnis des Dorian Gray. Babe ist moralisch verkommen, und Malcolm bleibt ewig jung.«

Charles staunte immer noch über seine Fehleinschätzung, was Malcolms Alter betraf, aber der Sheriff hatte seinen verwunderten Blick missverstanden.

»Denken Sie sich nichts dabei, Mr. Butler – das mit dem Bildnis des Dorian Gray hab ich wahrscheinlich von einem dieser Kärtchen, die in den Bubblegum-Packungen liegen.«

Charles hütete sich, in die Falle zu tappen, die der Sheriff für ihn aufgestellt hatte. »An Bubblegum kann ich mich noch erinnern«, sagte er. »Eine phantastische Erfindung. Gibt's denn so was heute noch?«

»Sie armer ahnungsloser Mensch.« Jessop deutete aufs Handschuhfach. »Bedienen Sie sich.«

Als Charles die Klappe aufmachte, kam ihm ein ganzer Schwall von spielkartengroßen Packungen entgegen, denen der vertraute Bubblegumduft entströmte.

»Wir verteilen sie an die Kids.« Der Sheriff griff sich ein paar Packungen, ehe Charles alle wieder zurückstopfen konnte.

»Babe war also verkommen?« Die Landschaft zog quälend langsam am Fenster vorüber, und Charles sah auf die Uhr. »Eigentlich müssten doch Wanderprediger ein besonders tugendhaftes Leben führen ...«

»Babe war kein Heiliger, so viel ist sicher. Wenn er mir über den Weg gelaufen ist, war er regelmäßig stockbesoffen oder high von Drogen. Und krank obendrein, dieser Jammerlappen.«

»Krank?«

»Und ob. An die Party im Dayborn Bar and Grill erinnern sich hier alle noch. Sie ging drei Tage. Angekündigt war sie als Geburtstagsfeier – er war gerade neunzehn geworden –, aber in Wirklichkeit feierten die Lauries Babes ersten Tripper.« Er zog aus dem Durcheinander auf dem Armaturenbrett ein Blatt hervor, auf dem das Siegel des Amtsarztes prangte, und reichte es Charles. »Zweite Seite oben.«

Charles überflog den Text. Laut Autopsiebericht litt Babe Laurie bei seinem Tod an einer Geschlechtskrankheit in fortgeschrittenem Stadium. Im Mageninhalt hatte man unter anderem auch zahlreiche Drogen und Alkohol gefunden.

Sie kamen an einer Gruppe von Wohnwagen vorbei. Männer in ärmellosen T-Shirts standen beieinander und kippten ihr Frühstücksbier. Es kam zu einer Rangelei, einer der Männer ging zu Boden, ein anderer trat ihm in die Rippen und goss ihm den Inhalt einer Bierdose über den Kopf. Den Sheriff schien der Zwischenfall nicht zu interessieren.

Charles wickelte sein Päckchen aus, schnupperte an dem Bubblegum und meinte die rosa Farbe förmlich zu riechen. Der Geschmack setzte eine Flut von Erinnerungen frei. Als er in jenem Sommer Vetter Max über Land begleitet hatte, war Bubblegum sein ständiger Begleiter gewesen.

Noch ehe sie auf dem Parkplatz angekommen waren, hatte er sich selbst übertroffen, indem er eine größere Blase zustande gebracht hatte als der Sheriff mit der doppelten Menge an Material; dann zog er eine richtige Schau ab, indem er eine Blase innerhalb der Blase erzeugte, und krönte das Ganze mit einem prächtig lauten Knall. Der Sheriff nahm die Hände vom Lenkrad, um Beifall zu klatschen. Dann hielt der Wagen auf dem unbefestigten Parkplatz, und die beiden saßen eine Weile freundschaftlich beieinander und bliesen um die Wette.

»Mir ist aufgefallen, Sheriff ...« *Plopp.* »...dass in Owltown keine Kinder herumlaufen.«

Plopp. »Die Familien mit Kindern wohnen in Dayborn. Was in Owltown haust, ist Abschaum. Hier kaufen und bedienen nur Säufer, Junkies, Nutten und Perverse.«

Plopp. »Wie viele Lauries gibt es?«

»Mit Vettern und Cousinen ersten und zweiten Grades und angeheirateten Verwandten sind es ein paar hundert. Als das Familienunternehmen so groß wurde, dass Malcolm und seine Brüder es nicht mehr allein betreiben konnten, haben sie sich Verwandte aus Texas und den Carolinas geholt. Die arbeiten jetzt alle für die Neue Kirche.«

Plopp. Plopp.

»Wie kann eine Kirche so viele Menschen ernähren?«

»Wenn die Sekte im Norden herumreist, im so genannten Bibelgürtel, nehmen sie mindestens dreißigtausend Dollar pro Abend ein. An einem schlecht besuchten Abend wohlgemerkt. Und zu Hause, mit dem Versandgeschäft, machen sie noch mehr Geld.«

Charles missglückte eine Blase. »Religion per Versand?«

Plopp. »Für eine Fünf-Dollar-Spende kriegen Sie ein Tütchen Erde aus dem Heiligen Land. Als ich hier auf den Parkplatz fuhr, hab ich wahrscheinlich ein schönes Stück von dem heiligen Dreck zusammengefahren.«

Plopp. »Gott wird es Ihnen vergeben«, sagte Charles. »Und wie viel kostet ein Splitter vom wahren Kreuz?«

»Zwanzig Dollar. Dafür werden die Hobelspäne in einen Plastikstreifen eingesiegelt, den können Sie dann als Buchzeichen für die Lieblingsstellen in Ihrer Bibel mit eigenhändiger Widmung benutzen.«

Plopp. »Mit wessen eigenhändiger Widmung?«

»Aller zwölf Autoren.«

Die letzte Blase von Charles fiel einem Lächeln zum Opfer. Das *Plopp* des Sheriffs klang nicht ganz so satt, dafür hatte er die bessere Pointe geliefert. Einigermaßen entsetzt musste Charles zur Kenntnis nehmen, dass der Sheriff keine Witze machte. Im Verwaltungsrat der Neuen Kirche saßen zwölf Apostel, und der Text der Bibel war in wesentlichen Teilen umgeschrieben worden.

Als Charles die Beifahrertür öffnete, beugte der Sheriff sich zu ihm hinüber. »Ich schicke Ihnen meine Vertreterin, die soll Sie abholen, wenn Sie hier fertig sind. Ich will nicht aufdringlich sein, Mr. Butler, aber ich sorge mich echt um Ihr Wohlergehen. Nehmen Sie mir das übel?«

»Nein, im Gegenteil, ich bin Ihnen sehr dankbar.« Und das war ehrlich gemeint, denn schließlich hatten sie ja eben einen Bubblegumbund geschlossen.

»Viel Spaß«, sagte Jessop, »aber wenn ich Ihnen einen Rat geben darf, wagen Sie sich nicht vom Festplatz runter.«

Charles stieg aus und ging vorbei an den verlotterten Vans und Trucks, Wohnwagen und Imbissbuden über das Feld hinter dem Parkplatz. Von der Mitte der kahlen Flussschleife aus hatte er einen wunderbaren Blick auf die Zypressen am anderen Ufer des Bayou, die sich im Wasser spiegelten. In der Ferne flog – verstört durch den Lärm der schreienden und fluchenden Arbeiter – ein Silberreiher auf.

Der Reiher ließ sich mit ausgebreiteten Schwingen, die langen Beine nach hinten gestreckt, wie schwerelos vom Luftstrom tragen. Der Fluss war voll glitzernder Sonnenflecken. Ein Fisch erhob sich aus dem Wasser nahe einer Reihe von Fangseilen, die am Ufer gespannt waren. Mit silbern blitzenden Schuppen kam er an die Oberfläche, als wollte er davonfliegen, aber gleich darauf zappelte er hilflos in den Schlingen und fiel in das aufgischtende Wasser zurück.

Charles konzentrierte sich jetzt auf die im Zentrum des Festplatzes aufgestellten Metallstangen. An jeder wehte ein rotes Fähnchen, und lange Seile hingen bis zum Boden herunter. Der höchste Mast war wohl die Firststange des großen, zu seinen Füßen flach ausgebreiteten Zeltes. Auf dieser Fläche hätte man bequem eine mittelgroße Hunderennbahn unterbringen können.

Von einer Ecke hörte man plötzlich Gesang. Vor einem Gospelchor in Jeans stand eine Frau, die mit ihrem Taktstock die Stimmen nach oben und nach unten lenkte. Unvermittelt brach sie die Probe ab und überschüttete einen Mann, der mit einem röhrenden Ghettoblaster vorüberging, mit Obszönitäten. Immer mehr Männer traten an das Zelt heran, die Flüche und Kommandos wurden lauter.

Charles hatte den Zeitpunkt gut abgepasst. Vor seinen Augen erhob sich das Zelt und verdeckte den Himmel. Mit jedem Lidschlag nahm es eine neue Gestalt an, während der in metallenen Ringen verankerte Zeltmantel von vielen Händen quietschend an den Stangen hochgezogen wurde. Die Leinwand gebärdete sich im Wind wie etwas Lebendiges, bockte und wehrte sich, schlug peitschend gegen die Leinen, aber dann war es geschafft: Das riesige Zirkuszelt stand in seiner ganzen Pracht da. An den Masten flatterten die roten Fahnen im Wind.

Charles spürte, dass jemand neben ihn trat, und erwartete fast, Maximilian Candle, den berühmten Zauberer, zu sehen. Doch Vetter Max war längst tot, und der Mann neben Charles war der einen Kopf kleinere Malcolm Laurie. Doch auch er war wohl so eine Art Zauberer, denn Charles hatte das Gefühl, geradewegs in seinen dunklen Blick zu stürzen.

»Schön, dass Sie gekommen sind, Charles. Ich dachte mir schon, dass Sie Spaß daran haben würden.«

Malcolm hatte sich also die Mühe gemacht, sich nach seinem Vornamen zu erkundigen, ihn aber nicht gefragt, ob er ihn benutzen dürfe. Normalerweise hatte Charles nichts dagegen, dass man ihn beim Vornamen nannte, in diesem Fall aber empfand er die vertrauliche Anrede als aufdringlich.

Als Übergriff?

Raus aus meinem Kopf, Augusta!

Charles wandte sich wieder dem Zelt zu. Vier Männer zogen ein Neonschild hoch, um es an ein hohes Stahlgestänge zu hängen. Die Druckbuchstaben waren sehr groß, und Charles erschrak fast über die ungenierte Ankündigung: WUNDER ZU VERKAUFEN.

Mallory schüttelte so energisch die Federn von ihrer Schlafdecke, dass sie auf den Gang hinauswehten, wo der Sheriff für seine Stellvertreterin gerade eine Vorlesung über hausfrauliche Tugenden und die Behandlung gefährlicher Gefangener hielt.

»Ende des Monats muss ich dich so an die Behörde zurückgeben, wie sie dich geschickt hat, also tu, was man dir sagt, und sieh zu, dass du keinen Ärger kriegst.« Der Sheriff wedelte in der Luft herum, weil ihm Mallorys Federn ins Gesicht flogen. Seine Laune näherte sich einem gefährlichen Tiefpunkt.

Sehr gut. Mallory setzte sich aufs Bett und starrte, wie jeden Tag, auf die Wand.

»Zuerst lass sie die Hände durchs Gitter stecken, dann fesselst du sie mit Handschellen an die Stäbe, ehe du die Tür aufschließt. Alles klar? Und das Holster hängst du natürlich draußen auf.« Er deutete auf die Wandhaken.

Mallory hatte schon bemerkt, dass der Sheriff seine eigenen Ratschläge nicht befolgte. Während der stundenlangen Befragungen in ihrer Zelle, die sie mit steinernem Gesicht und ohne Regung über sich ergehen ließ, hatte er kein einziges Mal das Holster abgenommen. Sie wartete geduldig. Irgendwann würde er sich in seiner eigenen Schlinge fangen.

Als kleines Mädchen war dieser Mann mit dem sechsschüssigen Revolver wie der liebe Gott für sie gewesen. Heute Vormittag war er nur noch ein ganz normaler und noch dazu trottelig-verschlampter Mann, der nichts Gottähnliches mehr an sich hatte. Er trug die für die Polizei von Louisiana vorgeschriebene Automatic, während seine Stellvertreterin ganz unvorschriftsmäßig mit einem Revolver Kaliber 0.38 bewaffnet war. Mallory hatte das sehr zufrieden zur Kenntnis genommen. Die Munition passte auch in ihren eigenen Revolver Kaliber .357.

»Und dann«, sagte der Sheriff gerade zu seiner Stellvertreterin, »fegst du die verdammten Federn da raus, klar?«

Die junge Frau zog empört die Augenbrauen zusammen und schob die Lippen vor. Vielleicht hatte ihr niemand gesagt, dass ihre Stellenbeschreibung auch Hausmädchenpflichten beinhaltete. »Ich hab die Prüfung als Beste absolviert, in einer Klasse von ...«

»Dass ich nicht lache«, konterte er gereizt. »Deine Polizeiakademie war doch nicht mehr als ein besserer Kindergarten, Mädel!«

Die Stellvertreterin des Sheriffs war demnach eine blutige Anfängerin, die in einem Sechswochenlehrgang gerade mal gelernt hatte, wie man es anstellt, sich nicht ins Bein zu schießen. Auch die Ausrüstung der jungen Frau war aufschlussreich: Elektroschockgerät, Munition, Taschenlampe, Handschellen, Handy, Schnelllader, Schlagstock. Lilith Beaudare war ausstaffiert wie für einen harten Sondereinsatz und wirkte dennoch wie eine übereifrige Pfadfinderin.

Mallory blendete die Diskussion vor ihrer Zellentür aus und sah sich stattdessen Deputy Beaudare genau an. Sie hatten in etwa die gleiche Größe und das gleiche Gewicht, Lilith mochte ein paar Jahre jünger sein als sie. Sie wirkte selbstsicher mit ihrer dunklen Haut und bewegte sich lässig und körperbewusst, aber der Sheriff versuchte nach Kräften, sie klein zu machen.

»Wenn ich wieder raufkomme, will ich in der Zelle keine verdammte Feder mehr sehen.« Er machte eine kleine Tür auf, hinter der ein Schrank mit Putzgeräten und Reinigungsmitteln zum Vorschein kam. Er holte Besen, Kehrschaufel, Wischtuch und einen Müllsack aus Plastik heraus und reichte alles an die Neue weiter, die sich sichtlich in Grund und Boden schämte. »Wir wollen doch mal sehen, wie du diese Aufgabe bewältigst, ehe wir dich aufs organisierte Verbrechen loslassen.«

Mallory griff sich eine Hand voll Federn, hielt sie an die Lippen und warf dem Sheriff einen Luftkuss zu. Zwei Federn landeten in seinem Haar, andere wippten auf seiner Nase und seinem Kinn. Er zupfte sie bedächtig ab und drückte sie zu dünnen Fäden zusammen.

Lilith Beaudare hatte alle Mühe, sich das Lachen zu verbeißen.

Jessop musterte seine Stellvertreterin streng, bis ihre Miene wieder mehr Respekt verriet. »So, Mädel, und jetzt an die Hausarbeit.« Mit schweren Schritten stapfte er den schmalen Gang entlang. Die Tür schlug hinter ihm zu.

Lilith lehnte den Besen an die Wand des Zellenblocks. Mallory hätte ihn bequem erreichen können.

Sehr leichtsinnig, Kind!

Dann wandte sie sich an Mallory. »Wissen Sie, warum der Mistkerl sich einbildet, so mit mir reden zu können?«

»Weil du eine Frau bist? Oder weil du eine schwarze Haut hast? Rate mal ... Mich interessiert das Thema nicht.« Sie streckte die Hand aus.

Lilith Beaudare ließ sich widerstandslos den Besen wegnehmen. Offenbar war ihr nicht klar, dass ein Besen eine gefährliche Waffe sein, dass Mallory ihr den Besenstiel in den Bauch oder auch in den Hals rammen konnte. Es wäre eine Sache von Sekunden gewesen. Aber gegen Lilith Beaudare hatte Mallory ja nichts.

»Dass du die Beste in deiner Klasse warst, hättest du ihm nicht sagen dürfen«, meinte Mallory und fing an zu fegen. »Er wird eine Weile daran herumkauen, und irgendwann nach dem Essen wird ihm ein Licht aufgehen.« Sie hatte die Federn am

Gitter zu einem Häufchen zusammengefegt und sagte plötzlich in weichem südlichen Tonfall: »Gibst du mir bitte mal die Kehrschaufel?«

Lilith Beaudare sah Mallory wie gebannt an, während sie ihr die kupferne Kehrschaufel mit den scharfen Kanten reichte, die einem Menschen mühelos die Haut aufritzen konnten.

Du hast noch viel zu lernen, Neue – und ich werde es dir beibringen …

»Du heißt bestimmt nicht Mädel mit Vornamen.« Mallory wusste sogar, dass Deputy Beaudares zweiter Vorname Mary war. Den größten Teil ihrer Informationen verdankte sie Jane, die ihr dreimal am Tag das Essen brachte und bereitwillig für zwei redete.

Sie fegte die Federn auf die Kehrschaufel. Ein paar flogen dabei durch die Gitterstäbe.

»Mein Name ist Lilith Beaudare.« Unaufgefordert reichte sie Mallory auch den großen grünen Müllsack, der genau über den dunklen Kopf passte und mit dem Mallory die Anfängerin hätte ersticken können.

»Was hast du als Klassenbeste eigentlich hier zu suchen, Lilith? Mit diesen Ergebnissen hättest du bei der Jobsuche freie Wahl gehabt.« Sie legte Müllsack und Kehrschaufel auf der kleinen Kommode an ihrem Bett ab. »Wahrscheinlich zerbricht er sich jetzt schon den Kopf darüber, was du hier in St. Jude willst, dem kleinsten Ort im ganzen Bundesstaat mit einer Bevölkerung, die in zwei Straßenblocks von New Orleans passen würde.«

»Ich bin hier geboren, da ist es doch ganz logisch …«

»Im Gegenteil. Logisch wäre es, wenn du möglichst weit weg wolltest. Klassenbeste und Deputy in einer Kleinstadt? Da stimmt doch was nicht.«

Mallory fegte jetzt die Federn unmittelbar vor den Gitterstäben zusammen. »Er wird sich denken, dass du ihn belügst. Oder dass du irgendwo Mist gebaut hast und hierher strafversetzt worden bist.«

»Ich …«

»Vielleicht sollst du hier was ausspionieren. Klingt glaubhaft, wie?«

Sogar Jane hatte sich darüber gewundert, dass die Polizei dem Sheriff Lilith als Vertreterin geschickt hatte. Seit Jahrzehnten stellte Tom Jessop seine Leute selbst ein und bildete sie aus. »Du hast dir jede Menge Fehler geleistet, Lilith, aber vielleicht ist er so blöd, wie du glaubst, und kann nicht zwei und zwei zusammenzählen. Es sei denn, dass jemand ihn mit der Nase drauf stößt.«

Lilith hatte es die Sprache verschlagen.

Mallory deutete auf den Sessel an ihrem Bett. »Komm rein und setz dich, dann will ich dir mal sagen, was hier Sache ist.«

Das klang so sehr nach einem Befehl, dass die Neue um ein Haar gehorcht hätte. Doch dann hielt die Hand inne, die den Schlüssel hielt. Lilith ließ den Arm sinken und starrte ihre Gefangene an.

Mallory senkte den Blick, kniete sich hin, um mit dem Besen unters Bett zu fahren, und kitzelte eine kleine Federwolke heraus. Sie wandte Lilith Beaudare den Rücken zu, als sie das Schloss klicken hörte und jemand die Zelle betrat. Dann wurde die Tür wieder abgeschlossen. Als Mallory aufsah, hatte die Neue die Hand an den Revolver gelegt.

Bestens.

Mallory deutete einladend auf den Sessel. Lilith blieb stehen und sah Mallory an, als habe sie eine Viper vor sich, die jeden Augenblick zubeißen konnte. Und so war es ja auch.

»Er hat dich also richtig kleingekocht.« Mallory widmete sich wieder den Federn unter dem Bett. Der Sessel hinter ihr knarrte. »Das macht er bestimmt oft.« Als sie sich umdrehte, saß Lilith Beaudare stocksteif da und umklammerte ein Staubtuch.

»Er ist ein Mistkerl«, sagte sie mit zusammengebissenen Zähnen. »Ich könnte ihn melden, weil …«

»Keine gute Idee.« Mallory fegte Federn auf die Kehrschaufel und fuhr in lockerem Gesprächston fort: »Wenn man andere Leute bittet, die eigenen Probleme zu lösen, ist man ein für alle Mal als Verlierer gebrandmarkt.«

Das gefiel der Neuen ganz und gar nicht. Pech für dich, Lilith Beaudare.

»Ich habe einen besseren Vorschlag.« Mallory leerte die Schaufel in den grünen Plastiksack. »Tu alles, um ein Cop zu werden, mit dem man so was nicht machen kann.« Bedächtig stand sie auf und fegte sich näher an den Sessel heran. Lilith war der verkörperte Argwohn.

Mallory griff wieder nach ihrer Schaufel und fing flüchtige Federn wieder ein. »Du solltest besser schießen können als die anderen, auch wenn du dafür Überstunden machen und zusätzliche Übungsmunition bezahlen musst.« Sie trat ans Fenster, fuhr mit dem Zeigefinger über das Fensterbrett und besah sich missbilligend den Staub, der darauf haftete. »Und du musst lernen, klarer zu denken und nicht immer mit allem gleich herauszuplatzen. Mach den Mund nur auf, wenn du was zu sagen hast, und sag nur, was sich zu sagen lohnt.«

Lilith Beaudare wirkte jetzt nicht mehr so angespannt, sie hielt das Staubtuch lockerer. Mallory beugte sich vor, nahm es ihr mit einer leichten, selbstverständlichen Bewegung aus der Hand und fuhr damit über die Kommode. »Lass dir von keinem was gefallen. Wenn du das erst einreißen lässt, wirst du dich nie durchsetzen. Wenn du dich deswegen mit jemandem anlegen musst, dann tu's – auch wenn du weißt, dass du nicht gewinnen kannst.«

Mallory stellte einen intensiven Augenkontakt her, bis ihr Gegenüber verunsichert den Blick senkte, dann trat sie noch näher an den Sessel heran und beugte sich zu Lilith hinunter, sodass jetzt der blonde und der schwarze Kopf sich schwesterlich nah waren. »Mach den Mistkerl fertig.« Und jedes Wort betonend, fügte sie flüsternd hinzu: »Mach das zu deinem obersten Gebot.«

Mit einer raschen Bewegung zog sie der Anfängerin den Revolver aus dem Holster und legte ihr die Mündung an die Schläfe. »Ach ja, und noch was: Es gibt für einen Cop nichts Schlimmeres, als sich von einem Gefangenen die Dienstwaffe wegnehmen zu lassen.«

Lilith Beaudare war sichtlich geknickt, ließ sich aber keine Angst anmerken. Das gefiel Mallory. Es gefiel ihr sogar sehr. Die Kleine war viel versprechend. Sie setzte sich auf die Bettkante. »Jetzt will ich dir sagen, warum der Sheriff dich wie Dreck behandelt. Weil du eine blutige Anfängerin bist und er mit dir als Deputy deshalb nichts anfangen kann.«

Und weil du vielleicht eine Spionin bist, Lilith Beaudare. Die Frage ist nur, ob dich der Staat oder der Bund geschickt hat.

»Im Augenblick bist du ihm keine Hilfe, sondern fängst dir am Ende noch eine Kugel ein.« Mallory hob Liliths Revolver ein wenig höher, um ihre Worte zu unterstreichen. »Alles klar?«

Lilith nickte.

Mallory drehte den Revolver um und gab ihn der Anfängerin zurück, die große Augen machte, zögerte – und dann schnell zugriff und den Lauf auf Mallory richtete.

Die tat, als sehe sie die drohende Revolvermündung überhaupt nicht. »Ende der Unterrichtsstunde. Ich hab dir gesagt, was Sache ist, und hab dir wahrscheinlich das Leben gerettet. Die Kanone lässt du dir bestimmt nicht noch mal wegnehmen. Dafür hab ich einiges bei dir gut, *Mädel.*«

»Für Sie immer noch Deputy Beaudare.«

»Jetzt hast du's erfasst. Denk dran: Der Sheriff glaubt, dass mit dir nichts anzufangen ist. Sieh zu, dass sich das ändert.«

Mallory war vor allem deshalb zu dem Schluss gekommen, dass die Stellvertreterin des Sheriffs vom Bund eingeschleust worden war, weil noch kein Bericht der Fingerabdruckexperten vorlag. Dass man ihr über die Seriennummer ihrer Smith & Wesson auf die Spur kommen könnte, bereitete ihr keine Sorgen, denn den Computereintrag hatte sie schon vor Jahren geändert. Doch die Ergebnisse der Untersuchung der Fingerabdrücke hätte Sheriff Jessop schon längst haben müssen.

Mordfälle hatten stets Priorität. Der Name Mallory, Alter

und Beschreibung allein besagten zwar nicht viel, aber so, wie sie den Sheriff kannte, hatte er die Verbindung zwischen »Mallory« und »Kathy« hergestellt, wodurch der Spielraum automatisch kleiner wurde. Die Feds hielten also etwas zurück – aber warum?

Als der Sheriff zurückkam, stand seine Stellvertreterin, einen Müllsack voller Federn in der Hand, auf dem Gang vor der vergitterten Zelle. Anerkennend musterte Tom Jessop den sauberen Zellenboden. »Gut gemacht. Sieht aus, als ob du doch ganz brauchbar wärst. Du erinnerst dich an Mr. Butler, den Riesen mit der langen Nase?«

Lilith nickte.

»Du fährst jetzt zum Festplatz raus und bringst ihn nach Dayborn zurück, wenn er fertig ist. Und dass mir keine Beulen an den Wagen kommen! Er ist der Einzige, den wir haben, bis die Karre von Travis aus der Werkstatt kommt.«

Lilith zog ab. Als der Sheriff sich zu Mallory umdrehte, lächelte sie ihm zu – das erste Entgegenkommen, seit sie in Haft war.

Er erschrak sichtlich – fast so, als hätte er einen Geist gesehen –, doch dann entspannte sich seine Haltung. »Jetzt erkenne ich meine Kathy wieder«, sagte er leise. Es klang fast wie ein Seufzer.

Noch immer lächelnd sagte Mallory: »Hereinspaziert, Sheriff. Holen Sie sich einen Stuhl heran.«

»Ach so, das Leuchtschild ...« Malcolm Laurie winkte ab, als habe Charles die Botschaft schlicht und einfach missverstanden.

»Wir leben in einer Kommerzwelt, Charles. Ich muss alle Möglichkeiten nutzen, um Kontakt mit meiner Herde zu halten.« Da war wieder das charmante Jungenlächeln.

»Sie verkaufen also in Wirklichkeit keine Wunder?«

»Doch, doch, natürlich. Die Menschen schätzen nur das, was etwas kostet. An so was zu glauben fällt ihnen leichter. Und in meiner Branche ist der Glaube so mit das Wichtigste. Wenn Jesus Christus heute wiederkäme und seine Bergpredigt kostenlos hielte – ich sag Ihnen, kein Mensch würde hingehen.«

»Soviel ich weiß, gab's als Zugabe zu der Predigt eine wunderbare Brot- und Fischvermehrung«, konterte Charles. »Zu so etwas würde ich schon gehen wollen.«

»Hey, Mal!« Ein Mann mit einem Klemmbrett in der Hand kam auf sie zu. Er sah Malcolm sehr ähnlich, nur die Augen waren kleiner und sehr dunkel. Charles wurde er als Fred Laurie vorgestellt. Während Malcolm sich mit dem Klemmbrett beschäftigte, sah Charles den Wagen des Sheriffs auf den Parkplatz fahren. Die versprochene Eskorte war da. Er würde sich bald von Malcolm verabschieden müssen.

Als Fred Laurie gegangen war, fragte er: »Was sind das für Wunder, die Sie verkaufen, Malcolm?«

»Von mir kann jeder haben, was er will.«

Über den Kopf des kleineren Malcolm Laurie hinweg sah Charles, wie Lilith Beaudare ausstieg und sich umsah. Jetzt hatte sie ihn entdeckt, was kein Kunststück war. Er überragte fast alle Umstehenden und war der Einzige, der einen Anzug mit Weste trug. Ein Betrunkener stolperte auf Lilith zu und zog sie ins Gespräch. Vor Charles ging eine Gruppe von Arbeitern vorbei, die ihm die Sicht auf die junge Frau nahm. »Angenommen, ich kaufte Ihnen ein Wunder ab, das bewirkte, dass ich bei einem Mord ungestraft davonkäme?«

Malcolms Lächeln verrutschte ein wenig, und man sah ihm an, dass er nicht recht wusste, woran er mit seinem Gesprächspartner war. »Zu jedem Wunder wird eine Garantie mitgeliefert. Die Gewichte von Himmel und Hölle sind im Gleichgewicht, und für jede zerstörerische Tat zahlt der Mensch einen hohen Preis, sodass Sie möglicherweise gar keinen Wert mehr auf diese Art von Wunder legen würden.«

Jetzt wusste auch Charles nicht mehr, woran er war. Hatte Malcolm die Frage wörtlich – vielleicht allzu wörtlich – genommen? Wurde so ein Ansinnen vielleicht häufiger an ihn gestellt?

Die Arbeiter gingen weiter und gaben den Blick auf Lilith frei, die in eine hitzige Debatte mit dem Betrunkenen verwickelt war.

»Und wenn ich nur dieses eine Wunder kaufen will?« Charles behielt ein wenig besorgt Lilith im Auge, die immer stärker von dem Betrunkenen bedrängt wurde. Als er sah, dass sie lächelte, wandte er sich beruhigt wieder Malcolm zu und wiederholte: »Würden Sie mir dieses Wunder verkaufen?«

»Ja, aber Sie würden es teuer bezahlen müssen.« Es gab eine Pause. Vielleicht wartete der Wunderverkäufer nur darauf, dass Charles nach dem Preis fragte, um mit dem Feilschen beginnen zu können. Doch Charles schwieg.

»Meine Garantien sind Gold wert«, sagte Malcolm. »Im Namen des Herrn geschrieben.«

Charles lächelte. Die Verbindung von Gold und Religion veranschaulichte deutlich die Weltsicht der Neuen Kirche: erst das Geld, dann die Verzückung.

»Aber wenn ich mich recht erinnere, Charles, habe ich Ihnen schon ein Wunder kostenlos angeboten. Haben Sie zu diesem Mirakel kein Zutrauen mehr – vielleicht weil Sie es nicht haben bezahlen müssen?«

Charles lächelte nun nicht mehr, denn das Spiel war verzwickter geworden. Er hätte nicht sagen können, welche Strategie der Mann neben ihm verfolgte.

Als er über Malcolms Schulter sah, fiel der Betrunkene gerade vor Lilith zu Boden, wälzte sich mit tränenüberströmtem Gesicht auf dem struppigen Rasen herum, während die junge Frau sich neben ihn hinkniete, ihm die Hände auf den Rücken drehte und Handschellen anlegte. Neben ihr stand ein großer, breiter Kerl und brüllte sie an: »Das war ein Scheißnierenhaken. Er hatte Ihnen den Rücken zugekehrt.« Drohend hob er die geballten Fäuste.

Doch seine Arme sanken rasch wieder herab, als Lilith Beaudare sich mit einer geschmeidigen Bewegung erhob und die Hand fest an die Waffe im Holster legte. Die drei waren so weit weg, dass Charles die Fortsetzung des Gesprächs nicht verfolgen konnte, aber der Große hob beschwichtigend eine Hand und bewegte sich rückwärts von Lilith weg. Offenbar fand er es jetzt gar nicht mehr so schlimm, dass sie dem Betrunkenen einen Hieb versetzt hatte, während er ihr den Rücken zudrehte.

Lächelnd betrat Lilith Beaudare mit ihrem Gefangenen das Büro des Sheriffs. Sie hatte Charles Butler wohlbehalten in seinem Hotel am Marktplatz abgesetzt und überdies noch diese schöne, wenn auch stark alkoholisierte Beute gemacht. Der Betrunkene war erstaunlich fügsam. Hatte sie ihn zu grob angefasst? Es wäre ihr lieber gewesen, wenn er deutlichen und empörten Widerstand geleistet hätte, um den Sheriff mehr zu beeindrucken.

Sie packte den Gefangenen an einem Arm und bugsierte ihn die Treppe hinauf zum Zellentrakt. Dort griff sie in ihre Tasche, um den Schlüssel herauszuholen, und warf dabei zufällig einen Blick in die mittlere Zelle.

Mallory war weg.

An der Rückwand der verschlossenen Zelle stand der Sheriff mit leerem Holster. Er hatte die Hände in die Hosentaschen gesteckt und beobachtete durch das vergitterte Fenster die Fußgänger in der schmalen Gasse. Er hätte um Hilfe rufen können, aber er schwieg.

Das konnte Lilith nachvollziehen. Auch sie hätte, als sie ihre Waffe verloren hatte, niemanden dabeihaben wollen.

Jetzt drehte der Sheriff sich um und sah seine Stellvertreterin. Lilith warf einen raschen Blick auf ihren Gefangenen, der den Sheriff noch nicht bemerkt hatte und mit leerem Blick zur Decke starrte. Vielleicht erhoffte er sich Rettung von den himmlischen Heerscharen. Sie schob den Betrunkenen unsanft in Richtung Tür.

»Heute kommen Sie noch mal mit einer Verwarnung davon.« Sie schloss die Handschellen auf, schüttelte ihren Gefangenen kräftig und deutete zur Tür. »Los jetzt, zieh'n Sie Leine!« Sie beobachtete ihn, wie er die Stufen hinunterstolperte, und rief ihm nach: »Dass Sie mir ja nichts aus dem Büro mitgehen lassen, verstanden?«

Dann sperrte sie die mittlere Zellentür auf und verbiss sich jede spöttische Bemerkung. Wie hatte Mallory gesagt? *Du musst lernen, nicht immer mit allem gleich herauszuplatzen.* Doch als ihr Blick wieder auf das leere Holster fiel, hatte sie doch Mühe, ein Grinsen zu unterdrücken.

Der Sheriff wurde rot und legte rasch die Hand über das Lederfutteral, als hätte sie ihn nackt gesehen. »Nicht nötig, über die Sache zu reden, was, Mädel?«

»Mädel?«

»Lilith«, verbesserte er sich.

»Deputy«, sagte sie entschieden.

Er nickte. Damit war der Handel perfekt. Sie öffnete die Tür, und während er auf den schmalen Gang hinaustrat, sah sich Lilith das Schloss an. »Wie mag sie das geschafft haben? Ach ja, ich sehe schon ... Das alte Ding ist bestimmt so alt wie das Haus selbst. Eine richtige Antiquität. Hätte die Gemeinde in diesem Jahr Ihr Budget erhöht, hätten Sie ein neues Schloss anschaffen können.«

Sie versetzte dem Schloss mit ihrem Schlagstock einen gezielten Hieb. Es tat sich nichts. Beim zweiten, kräftigeren Schlag begann das alte Ding nachzugeben.

Der Sheriff lächelte matt.

»Geizhälse!«, sagte Lilith, während sie weiter auf das rostige Metall hämmerte. »Ich an Ihrer Stelle würde denen ganz schön Bescheid sagen.«

Das Lächeln des Sheriffs wurde breiter. Offenbar hatte er jetzt das Gefühl, dass sich mit seiner Stellvertreterin doch etwas anfangen ließ. Es gab natürlich auch noch eine andere Alternative: dass er sie schlicht und einfach auslachte.

Er schlug ihr zwar herzhaft auf den Rücken, so wie es Männer untereinander machen, wenn sie sich beglückwünschen, aber als sie zusammen nach unten gingen, wusste sie immer noch nicht recht, woran sie mit ihm war. Er verschwand in seinem Büro und tauchte wenige Minuten später wieder mit einer Waffe im Holster auf. Durch die offene Tür sah sie, dass die schwarze Tasche der Gefangenen nicht mehr da war. Mallory hatte jetzt also zwei Schusswaffen, die Neun-Millimeter-Automatic des Sheriffs und ihren Revolver Kaliber .357.

Der Sheriff war schon fast an der Tür. »Ich nehme die Verfolgung auf. Du bleibst am Telefon für den Fall, dass ich dich brauche. Alles klar?« Dann schlug die Tür hinter ihm zu.

Lilith setzte sich an ihren Schreibtisch und starrte wieder auf das stumme Telefon. Nichts hatte sich geändert.

Lilith stellte den Computer an und wollte gerade einen Code eingeben, als auf dem Bildschirm eine Meldung erschien, die Liliths Passwort anforderte. Sie tippte es ein, und die Nachricht erschien auf dem Schirm. Wie lange hatte Mallory wohl gebraucht, um herauszufinden, dass das Passwort WOLF lautete?

Hallo, Anfängerin!

Wenn ich geschnappt werde, ist das gar nicht gut für dich, weil ich dann dem Sheriff sagen werde, wer du wirklich bist. Und das weißt du ja schließlich selbst nicht so genau. Ich melde mich, wenn ich dich brauche.

Lilith lief ein kalter Schauer über den Rücken. Während sie Mallorys Memo löschte, sah sie, dass aus der Packung mit Disketten, die heute früh noch unversehrt gewesen war, zwei fehlten. Mallory hatte sich vor ihrem Ausbruch also noch die Zeit genommen, die Dateien aus dem Computer des Sheriffs herunterzuladen.

9

Mit dem Tod hatte Ira Wooley keine Probleme, sofern die Toten in bereits vorhandene Gräber zur ewigen Ruhe gebettet wurden. Kam ein neues Grab hinzu, musste er sich den ganzen Friedhof noch einmal komplett vor Augen führen, aber das war selten. Weil sich so wenig änderte, hielt er sich gern hier auf. Die Menschen waren stumm, ihre Grabmäler und steinernen Häuser von Bestand. Jetzt aber waren die Blumengebinde entfernt, die Angehörige und Freunde zu Allerheiligen auf die Gräber gelegt hatten, und als er durch die Reihen schritt, musste er sich im Kopf diese Stadt der Toten neu zurechtdenken.

»Hallo, Ira«, sagte jemand hinter ihm.

Als er sich erschrocken umdrehte, sah er an der Baumreihe, die den Friedhof begrenzte, eine hoch gewachsene Gestalt stehen. Er erkannte den Sandwich-Mann aus Jane's Café, der jetzt mit langen Schritten näher kam. Ira bekam es immer mehr mit der Angst zu tun. Der Sandwich-Mann lächelte, aber Ira konnte nicht unterscheiden, ob ein Gesicht Liebe oder Zorn signalisierte – das war eine Sprache, die er nicht verstand. Der Sandwich-Mann schien begriffen zu haben, dass Bewegungen auf Ira bedrohlich wirkten, und blieb stehen.

Iras Atem und Herzschlag beruhigten sich, aber schon kam eine neue Verwirrung auf ihn zu. Der große Mann bedeutete Veränderung auf dem Friedhof. Langsam drehte sich Ira um die eigene Achse, ließ den Blick über Erde, Grabmäler und Bäume schweifen und machte abermals Bestandsaufnahme. Charles Butler spielte geduldig Standbild, bis Ira alle Gegenstände in ein neues Schema eingeordnet hatte, zu dem nun auch sein Sandwich-Mann gehörte.

Jetzt öffnete der Mann wieder den Mund, aber Ira nahm zunächst keine Worte, sondern nur Geräusche wahr, denn seine Angst hatte sich noch nicht ganz gelegt.

»Weißt du noch, wer ich bin? Charles Butler …«

»Weißt du noch, wer ich bin«, wiederholte Ira monoton.

»Ich würde dich gern fragen, was mit deinen Händen passiert ist – oder macht dich das nervös?«

»Macht dich das nervös«, sagte Ira, und dann tauchten aus den Geräuschen ein paar Worte auf. Seine Hände … nervös … Er besah sich die Verbände. Wieso sollten seine Hände ihn nervös machen?

Der Mann sprach weiter, aber jetzt hörte Ira wieder nur Geräusche, die so unverständlich waren wie der Wind in den Bäumen, der melodische Ruf der Vögel und das Sirren von Insekten. Alle Geräusche des Friedhofs verschmolzen zu einem einzigen. Ira konzentrierte sich auf seine Verbände und verdrängte alle Laute, bis sie nur noch ein friedliches weißes Rauschen waren.

Doch dann wurden die Worte lauter, drängender. Ira stieß ein verzweifeltes »Ja, ja, ja, ja, ja« hervor – so lange, bis der Sandwich-Mann begriffen hatte, dass »Ja!« soviel hieß wie »Sei still!«, und endlich schwieg. Wieder brachte Ira den hoch gewachsenen Fremden so weit, dass er regungslos dastand und die Augen niederschlug. Charles hatte sehr rasch begriffen, dass der Junge direkte Blicke nicht vertrug. Fasziniert sah Ira einem Wassertropfen zu, der langsam vom Blatt eines Strauchs rollte. Wie in Trance starrte er auf den Tropfen, der immer länger wurde, dann vom Blatt fiel und im freien Fall zu einer vollkommenen kleinen Kugel wurde. Als der Tropfen leise platschend auf dem Boden gelandet war, sah er auf wie ein Erwachender.

Der Sandwich-Mann saß so reglos neben ihm, als sei er Teil der Landschaft geworden. Und jetzt konnten sie reden.

»Du hast fünf Töne auf dem Klavier gespielt, und das hat Babe missfallen.«

»Hat Babe missfallen«, sagte Ira.

»Kannst du mir sagen, warum?«

»Sagen, warum.« Ira wiegte sich vor und zurück, dann fing er an zu summen. Babe hatte ihm die Hände gebrochen, aber zum Summen brauchte er die nicht. Das Summen beruhigte ihn und nahm ihm ein wenig die Angst vor der neuen Stimme, auf die er nicht gefasst gewesen war. Jane's Café machte ihm keine Angst, weil er dort täglich aß und die Mutter an seiner Seite hatte. Jetzt aber war er mit diesem großen Sandwich-Mann allein, und das war nicht in Ordnung.

Doch der Mann schien bedeutend mehr Verständnis für ihn

zu haben, als er es sonst von seiner Umwelt gewöhnt war. Er war geduldig und sprach mit ruhiger Stimme, als er weitere Fragen wegen Babe stellte.

Babe war gefährlich. Von seiner Mutter hatte Ira erfahren, dass Babe tot war, aber einen toten Babe konnte Ira sich nicht vorstellen, und er hatte auch noch keinen Stein für ihn auf dem Friedhof gesehen.

Ira war jetzt bereit, mit dem Sandwich-Mann zu kommunizieren, wusste aber nicht recht, wie er es anstellen sollte. Dann fiel ihm eine Lektion ein, die er vor Jahren an einem sonnigen Morgen in der Küche erhalten hatte. Er erinnerte sich noch genau an das Lichterspiel an der Wand, das Muster der Vorhänge, das sich darauf abzeichnete. Dann war sein Blick zum Herd weitergewandert, und er hatte eine Hand nach der Herdplatte ausgestreckt. Seine Mutter hatte ihn zurückgehalten und ihn in ihrer Sorge streng ermahnt. Diese Worte fielen ihm jetzt wieder ein, und er gab sie an den Sandwich-Mann weiter. »Verbrenn dich nicht.«

Das Gesicht des Mannes veränderte sich, und er senkte den Kopf noch tiefer. Ira spürte seine Traurigkeit, als er aufstand. »Auf Wiedersehen«, sagte Charles Butler leise und ging mit gesenktem Blick über den Kiesweg davon.

»Auf Wiedersehen«, kam es als Echo von Ira.

Sekunden später hörte er wieder ein Geräusch, das nicht hierher gehörte: Schritte, die so leicht und leise waren wie die einer Katze. Langsam und widerstrebend drehte er sich um.

Das ist doch unmöglich … Er setzte sich rasch ins Gras, weil ihm die Knie einzuknicken drohten.

Es war Dr. Cass.

Aber sie war wieder heil und ganz und ohne Blut. Das beschäftigte ihn eine ganze Weile. Er bemühte sich sehr, das anzuwenden, was er gelernt hatte, und die in seinem Gedächtnis gespeicherten Bilder in die richtige chronologische Reihenfolge zu bringen.

Cass Shelley war tot. Er war bei der Beerdigung gewesen.

Diese Erinnerung folgte unmittelbar auf die Erinnerung an die fliegenden Steine, die Wunden, das Blut, an Augen, die sich endgültig schlossen. Die Frau vor ihm konnte nicht Dr. Cass sein.

»Wer«, sagte Ira tonlos. Sie kam auf ihn zu und sah ihn an. In seiner Angst wusste er nicht mehr, was das Wort bedeutete. Als er es wiederholte, war es für ihn so sinnlos wie der Schrei einer Eule. »Wer.«

Die Frau kniete sich neben ihn und hob die Hände. Sie wollte ihn anfassen! Er wich zurück. *Nein, nein, das ist zu viel! Nein! Nicht anfassen! Bitte nein …*

Sie hatte ihn an den Schultern gepackt. Sein Körper versteifte sich, er verdrehte die Augen, wollte schreien. Ihr Blick machte ihm Angst.

»Ich weiß, dass du das nicht haben willst«, sagte sie so sanft und leise, dass es sich fast anhörte wie Musik. »Aber du musst dich jetzt konzentrieren, es ist wichtig für mich. Du hast es für meine Mutter getan, jetzt musst du es für mich tun.«

Die Worte ergaben keinen Sinn. Er hatte panische Angst. Er hätte die Frau gern unbeobachtet betrachtet, und tatsächlich senkte sie den Blick, um ihm das zu ermöglichen. Doch seine Angst vor ihr war noch so groß, dass er sie wie in einem grellen wabernden Licht sah. Der Eindruck drohte seine Sinne zu überfordern. Die Sonne fing sich in ihrem Haar und setzte es in Brand. Die roten Lippen öffneten sich, gaben die beiden makellosen Zahnreihen frei.

»Ich weiß, dass du das Lied auf dem Plattenspieler gehört hast, Ira«, sagte sie jetzt.

Lied?

Er lauschte eine Weile ihrer Stimme, als sei es Musik. Er hätte nicht wiedergeben können, was sie zu ihm sagte. Doch allmählich drang die Bedeutung ihrer Worte in sein Bewusstsein. Immer und immer wieder dieselbe Weise. »Was hast du gesehen?«

Er sah die Worte als tanzende Luftschwingungen vor sich. Er

sah die Steine, die das Gesicht von Dr. Cass trafen, und die Steine, bei deren Anprall ihr Körper sich krümmte. Er nickte und sagte: »Was hast du gesehen.« Ja, er war da gewesen, er hatte es gesehen. »Was hast du gesehen«, sagte er und nickte wieder. Sie ließ ihn los. Er stand auf und ging unruhig im Kreis herum.

Sie folgte ihm, ein goldener, energiegeladener Schatten. Er sah zum Himmel auf, weil er den Anblick der Frau und so viel Vitalität nicht ertragen konnte. Seine Hände drehten sich flattrig umeinander, er atmete rasch und flach, er war am Ersticken.

»Was hast du gesehen?«

»Sie war rot«, stieß er hervor und sah, wie seine Worte in allen Regenbogenfarben zu schillern begannen. »Kein Lärm mehr – der Hund hat geweint.« Der zweite Satz kam ruhiger heraus, war steingrau. »Der Brief war blau.« Die letzten Worte waren stumpfe Kiesel, die zu Füßen der Frau dumpf zu Boden fielen.

»Der Brief?«

»Blau.« Er schüttelte den Kopf. Blau und sonst nichts, sollte das heißen, mehr weiß ich nicht.

»Wie viele, Ira? Wie viele haben die Steine geworfen?«

Sie wiederholte die Frage immer wieder. Fünfzigmal umrundeten sie den Engel, immer war sie dicht hinter ihm. »Wie viele«, fragte sie ein ums andere Mal. In alle Ewigkeit würde sie so weiterfragen. Schneller und schneller kreisten seine Hände umeinander.

»Wie viele?«

»Siebenundzwanzig Leute. Achtzehn Steine.« Er war sich seiner Sache völlig sicher, dazu brauchte er nur auf den Fernsehschirm in seinem Kopf zu sehen, auf dem die Szene immer wieder ablief, jeder Stein, jede einzelne Gestalt in der Menge in einer anderen Farbe, alles umwabert von einer Aura gewalttätiger Energie.

Er ging zu dem Standbild des Engels, legte die Arme um die Figur und schlug mit der Stirn gegen den Stein. Er wollte, dass es wehtat, spürte aber nichts. Sie zog ihn weg und legte eine weiche Hand an die Stelle, wo es rot herabtropfte.

»Sie war ganz rot«, sagte er und sah Dr. Cass in dieser Farbe vor sich.

»Ich weiß, Ira. Ich habe sie auch gesehen. Ganz rot.«

Sie nahm ihre Hand weg und ließ sich ins Gras sinken. Wenig später setzte er sich in einiger Entfernung zu ihr. Sie hatte sein Taschentuch in der Hand, das sie ihm aus der Hosentasche gezogen hatte und das rot von seinem Blut war. Er begegnete ihrem Blick – aber nur einmal und mehr zufällig. Sie summte ein altes Wiegenlied. Er kannte es gut. Er wiegte sich im Takt, und sie wiegte sich mit ihm. Das war etwas sehr Vertrautes, sehr Schönes, das er sorgsam in seinem Gedächtnis aufbewahrt hatte.

Er ließ die Bilder von einem kleinen Mädchen ablaufen, das seine Lieder mitgesummt hatte, während sie nebeneinander hergegangen waren. Die Kleine war seine einzige Freundin gewesen, das einzige Kind, das ihn nie gequält hatte.

Seine Spielgefährtin.

Er legte den Kopf zurück und sah, ruhiger geworden, zu den Wolken hinauf. »Kathy.«

»Ja, Ira?«

»Kathy.« Mehr sagte er nicht, aber das war sehr viel. Er sagte es voller Liebe.

10

An den Fenstern hingen keine Vorhänge. Man hatte ihm gesagt, das Haus stehe leer, aber Charles Butler überlegte, ob er da vielleicht etwas missverstanden hatte. War nicht der Hund ein Beweis dafür, dass hier Menschen lebten?

Der schwarze Labrador war von hinten gekommen. Er hinkte stark. Einige seiner Schneidezähne waren abgebrochen, andere fehlten ganz. Vertrocknete Hautfetzen hingen von der grauen Schnauze und den Ohren. Der Hund sah Charles nicht gerade an. Weil ein Auge trüb vom grauen Star war, musste er den Kopf schief legen, um den Besucher zu erkennen.

Vielleicht war es nur ein Streuner. Oder war das Augusta Trebecs Vorstellung von einem Wachhund?

Charles hatte etwas dagegen, menschliche Emotionen auf Tiere zu projizieren, aber in diesem Moment hatte er tatsächlich das Gefühl, dass der Hund enttäuscht war. Er ließ den schweren schwarzen Kopf hängen, hinkte zurück in Richtung Haus und verschwand im Garten zwischen den Büschen.

Charles sah auf die Uhr. In einer Viertelstunde würde Henry Roth, wenn er pünktlich war, mit den Schlüsseln auftauchen.

Er trat einen Schritt zurück, um die kunstvollen Schnitzereien auf der Veranda der viktorianischen Villa zu bewundern. Die Fenster der Turmzimmer rechts und links hatten Kathedralglasscheiben. Während Augusta ihr eigenes Haus sichtbar vernachlässigte, hatte sie weder Kosten noch Mühe gescheut, hier alles in Ordnung zu halten. Das rote Schindeldach war ganz neu, die Außenwände waren in einem sanften Blaugrau frisch gestrichen.

Charles ging die Stufen zum Eingang hinauf und drehte den Türknauf. Das Haus war nicht abgeschlossen. Demnach war Henry Roth früher als verabredet gekommen und hatte die Tür für ihn aufgelassen. Er betrat die mit Parkett ausgelegte Diele und rief: »Hallo! Mr. Roth?«

Keine Antwort.

Am Fuß der Treppe blieb er stehen. Die Doppeltür führte wahrscheinlich in den Salon. Er versuchte, sich die Bauweise jener vergangenen Zeit in Erinnerung zu rufen. Am anderen Ende der Diele musste es eine schmale Dienstbotentreppe geben, die von der Küche zu den Dachkammern führte. Er öffnete die letzte Tür, die von der Diele abging, und betrat ein enges, stickiges Treppenhaus. Durch ein Fenster im ersten Stock fiel reichlich Licht, sodass er keine Mühe hatte, den Weg zum Dachboden zu finden. Er konnte nur hoffen, dass dort die Tür ebenfalls unverschlossen war.

Auch im obersten Stockwerk fiel Licht durch ein Fenster. Er sah, dass die Tür zum Dachboden offen stand, und trat ein. Als seine Augen sich an das Dämmerlicht gewöhnt hatten, stellte er fest, dass alle Dachfenster bis auf eins mit Koffern und Möbeln verstellt waren. Er drehte sich um. Auf dem dunklen Holzboden zeichneten sich seine Fußabdrücke ab. Die persönlichen Unterlagen von Cass Shelley schienen unberührt zu sein. Sie waren in gestapelten Plastikboxen untergebracht, die mit sorgfältig beschrifteten Etiketten gekennzeichnet waren. Neben dem Stapel stand eine Arzttasche.

Er wischte den Staub von einer Box mit der Aufschrift »Geschäftskorrespondenz«. Durch das transparente Material erkannte er Briefe, die kaum vergilbt waren. Er öffnete die Schachtel und hielt den ersten Brief an das freie Fenster. Er war an Cass Shelley, Ärztin und Gesundheitsbeamtin des Ortes, gerichtet. Weiter unten fand er ihre Krankenblätter. Zwanzig Minuten später las er fasziniert ihre Aufzeichnungen über Ira Wooley. Cass Shelley hatte den Jungen vom zweiten Lebensjahr an genau beobachtet und ausführlich und in fast poetischem Ton seine Talente beschrieben. In jeder Zeile schwang größte Hochachtung vor dem Kind, das sie seit seiner Geburt behandelte.

Dr. Shelleys Terminkalender fand sich nicht in einer der Boxen, sondern in einer Plastiktüte mit einem Etikett, das ihn als Beweisstück auswies. Als Charles den Kalender aufschlug, fand er darin den vergilbten Durchschlag einer Quittung, die von Augusta Trebec, der Testamentsvollstreckerin, unterschrieben war. Der letzte Eintrag war vor siebzehn Jahren vorgenommen worden, an Cass Shelleys Todestag. Die Ärztin hatte den sechsjährigen Ira erwartet – aber nicht zu einer ärztlichen Behandlung, sondern zu einer Klavierstunde. Demnach hatte ihm Cass Shelley das Klavierspielen beigebracht.

Hatte womöglich Ira den Mord mit angesehen?

Das wäre eine Erklärung für den Stillstand in seiner Entwicklung, denn nach siebzehn Jahren Therapie hätte er eigentlich besser sprechen müssen, auch wenn er seine erste Betreuerin verloren hatte und das vermutlich eine traumatische Erfahrung für ihn gewesen war.

Charles hatte jetzt die Quittung des Sheriffs in der Hand. Auch Jessop musste dieser Verdacht gekommen sein. Hatte er den Jungen vernommen? Möglicherweise hatte er damit bei allem guten Willen nur noch mehr Schaden angerichtet.

All diese Überlegungen beschäftigten ihn so sehr, dass er die Schritte erst in nächster Nähe wahrnahm. Das musste Henry Roth sein. Er wandte sich um. Aber statt in das Gesicht des Künstlers sah er in den Lauf einer Schusswaffe. Er regte sich nicht und wagte kaum zu atmen, bis sich die Augen des Sheriffs an das diffuse Licht gewöhnt hatten und er die Waffe wieder ins Halfter steckte.

»Guten Tag, Mr. Butler.«

»Ich habe eine Genehmigung von Augusta Trebec ...« Charles griff in die Jackentasche.

»Nicht nötig. Tut mir Leid, wenn ich Sie erschreckt habe.«

Das klang ehrlich bedauernd – und erleichtert. Der Sheriff brachte sogar so was wie ein Lächeln zustande, das jäh verschwand, als er den Terminkalender in Charles Butlers Hand erkannte. Er straffte sich, als müsste er sich gegen einen Schlag wappnen.

»Ich hatte Henry Roth erwartet«, sagte Charles. »Wir waren hier verabredet.«

»Wahrscheinlich ist er noch im Garten und füttert den Hund, das macht er jeden Tag.« Der Sheriff betrachtete die gestapelten Boxen und schien zu überlegen, von welchen ihm womöglich weiterer Ärger drohte.

Charles erhob sich und staubte mit der freien Hand seine Hosenbeine ab. »Sie haben mich also für einen Einbrecher gehalten?«

»Das Licht ist hier miserabel. Zuerst habe ich nur einen Schatten gesehen, der sich über die Boxen beugte.« Der Sheriff deutete auf den Kalender. »Haben Sie was Interessantes gefunden?«

»Ich weiß inzwischen, dass Ira an dem Tag, an dem Cass Shelley starb, zu einer Klavierstunde zu ihr kommen sollte. Vermutlich war das Teil von Iras Verhaltenstherapie.«

»Sie brauchen diese Sache nicht unbedingt Dritten gegenüber zu erwähnen.«

»Weiß seine Mutter Bescheid?«

»Mit Darlene hab ich nie darüber gesprochen. Damals lebte ihr Mann noch, den hab ich danach gefragt. Er habe die Klavierstunde abgesagt, weil er sich mit Cass überworfen hätte, hat er mir erzählt, er wollte sich einen anderen Arzt suchen.«

»Cass Shelley hat allerdings, im Gegensatz zu anderen Terminen, die Absage nicht vermerkt. Sie haben also Darlene nie gefragt, ob …«

»Darlene gegenüber brauchen Sie das nicht zu erwähnen«, erwiderte der Sheriff, als erkläre er einem Kind etwas zum zehnten Mal und sei es allmählich leid.

»Wozu die Geheimnistuerei? Die Mutter hat ein Recht darauf, es zu erfahren. Wenn der Junge hier war, als …«

»Mal angenommen, der Junge war hier. Na und?«, fragte der Sheriff ziemlich ungehalten. Dann machte er den Mund fest zu. Es sah aus, als ob er langsam bis zehn zählte. Leiser und entspannter fuhr er fort: »Sie haben Darlene kennen gelernt, Mr. Butler. Sie wäre bestimmt nicht begeistert, wenn sie es zu diesem späten Zeitpunkt erfahren würde. Zuerst würde sie mich fertig machen und die Geschichte dann überall herumerzählen.«

»Falls Ira seine Ärztin sterben sah, wäre das eine Erklärung dafür, dass er Probleme …«

»Wenn Sie es Darlene sagen, kriegt er noch mehr Probleme. In Dayborn tut dem Jungen keiner was, die meisten hier kennen ihn von klein auf. Aber ich muss an das Gesindel in Owltown denken, die könnten auf die Idee kommen, dass Ira eine Gefahr bedeutet. Sie wissen, wie Cass gestorben ist?«

»Ja, aber Ira war noch ganz klein, als …«

»Ira wiederholt alles, was man sagt. Vielleicht würden diese

Leute den Mord an Babe auch als eine Art Wiederholung sehen, weil die Mordwaffe ein Stein war – genau wie bei Cass.«

Ziemlich weit hergeholt, dachte Charles. Offenbar war der Sheriff gut im Gedankenlesen, denn er sagte: »Nehmen wir an, dass Ira Zeuge eines nicht aufgeklärten Mordes wurde. Was ist, wenn einer der Mörder sich an ihn heranmacht? Vielleicht mehr als einer? Cass ist von einem Mob gesteinigt worden.«

»Ich verstehe.« Schon bei dem Gedanken daran, dass Ira etwas zustoßen könnte, wurde Charles ganz blass. »Von Augusta weiß ich, dass Sie kein Mordmotiv haben finden können.«

»Ein spontanes Verbrechen war es jedenfalls nicht.« Der Sheriff griff nach einer Box und betrachtete das Etikett. »Es ging ganz ruhig zu – fast wie bei einer Hinrichtung.«

»Wie ist das möglich? Wenn eine aufgeputschte Menge mordet, sollte man doch denken …«

Jessop wiederholte geduldig, als habe er es mit einem sehr begriffsstutzigen Zeitgenossen zu tun: »Es ging ganz ruhig zu.« Dann drehte er Charles betont den Rücken zu.

Der blätterte erneut in dem Terminkalender und stieß auf einen weiteren bekannten Namen. »Babe Laurie gehörte also auch zu Dr. Shelleys Patienten?«

»Ja«, sagte der Sheriff fast gelangweilt, »aber Cass musste ihn praktisch von der Straße holen, um ihn zu behandeln.« Er trat neben Charles und warf einen kurzen Blick auf die Seite, dann ließ er sich müde in einen Sessel fallen, von dem eine Staubwolke aufstieg. »Das war der Tag, an dem sie bei Babe die Syphilisschädigungen fand. Ich hab Ihnen ja von der Drei-Tage-Party erzählt. Babe war damals neunzehn, und ich gehe jede Wette ein, dass er keinen Schimmer hatte, was eine Geschlechtskrankheit ist. Der Junge hatte von nichts eine Ahnung, er ist nie auch nur einen Tag zur Schule gegangen. Als er fünfzehn war, hat Cass ihn mal ins Haus geholt, um eine Kopfwunde zu nähen, die er sich bei einer Prügelei zugezogen hatte. Keiner aus seiner Familie hatte es für nötig gehalten, mit ihm zum Arzt zu gehen.«

Der Sheriff streifte mit der Hand die Arzttasche und lächelte ein wenig. Offenbar war ihm eine erfreulichere Erinnerung gekommen. Dann wurde er wieder ernst. »Manchmal hat mir Babe fast Leid getan. So wird es Cass auch gegangen sein. Sie war die Einzige, die jemals nett zu ihm war, ohne ihn auszunutzen.«

»Er kommt also als Verdächtiger für den Mord an Dr. Shelley nicht in Frage?«

»Das habe ich nicht gesagt.« Der Sheriff wuchtete sich aus dem Sessel hoch und ging zur Treppe. »Besonders dankbar war Babe seiner Ärztin nämlich nicht. Sie musste ihm förmlich nachlaufen, wenn sie ihn behandeln wollte, und das passte ihm nicht. Er hat sie wüst beschimpft.«

Charles stieg hinter dem Sheriff die Treppe hinunter. Sie waren schon im Erdgeschoss, als Charles die nahe liegende Frage stellte: »Und weshalb sind Sie heute hier, Sheriff?«

»Die Gefangene ist heute früh ausgebrochen.« Jessop marschierte zielstrebig auf die Haustür zu.

Charles schwieg. Wenn er jetzt den Sheriff beim Blazer packte, wenn er ihn fragte, ob Mallory etwas passiert war, konnte Jessop auf den Gedanken kommen, dass er mehr als nur flüchtiges Interesse an seiner einstmaligen Gefangenen hatte. »Und Sie dachten, Mallory sei vielleicht hier?«

Der Sheriff sah etwas verlegen drein. »Haben Sie draußen den schwarzen Labrador gesehen?«

Charles nickte.

»Das war Kathys Hund, und irgendwie ist mir der blödsinnige Gedanke gekommen, sie sei vielleicht hergekommen, um ihn zu holen.« Er zuckte die Achseln und lächelte. »Ich bin eben ein alter Trottel.«

Der Sheriff mag alles Mögliche sein, dachte Charles, aber ein Trottel ist er bestimmt nicht. Andererseits war es unwahrscheinlich, dass Mallory sentimentale Gefühle für einen Hund hegte. Sie war eine Ordnungsfanatikerin, und Hunde hinterließen Haare auf den Möbeln. Trotzdem drängte sich auch ihm jetzt der Gedanke auf, dass der Hund möglicherweise auf Mallory gewartet hatte.

»Sie ist bewaffnet und gefährlich, Mr. Butler. Ich würde Ihnen raten, ihr aus dem Weg zu gehen, wenn sie hier auftauchen sollte. Und auch den Ausbruch sollten Sie für sich behalten, sonst laufen hier im Handumdrehen haufenweise schießfreudige Lauries herum und wollen Selbstjustiz üben. Die meisten können nicht zielen und würden wahrscheinlich unschuldige Bäume treffen.«

»Warum lassen Sie Mallory nicht einfach gehen? Streng genommen hatten Sie kein Recht, sie einzusperren.«

»Wie gesagt, sie ist eine wichtige Zeugin für den Mord an ihrer Mutter. Es hat alles seine Richtigkeit.«

»Es ging Ihnen also um den Mord an der Mutter und nicht um den Mord an Babe. Aber ich glaube kaum, dass sie hier war, als ihre Mutter starb. Hätte der Mob sie entkommen lassen, wenn sie die Steinigung beobachtet hätte?«

»Ich weiß, dass sie hier war. Eigentlich sollte sie mit den anderen Kindern einen Bootsausflug machen, sie stand auf der Liste, ist aber nicht erschienen. Ihre Lehrerin sagte, dass sie am Freitag Schnupfen hatte, wahrscheinlich hat Cass sie wegen der Erkältung zu Hause behalten.«

»Mallory hätte die Schule schwänzen und etwas anderes unternehmen können. Woher wollen Sie wissen, dass sie im Haus war, als der Mord geschah?«

»Kommen Sie, Mr. Butler, ich zeig Ihnen was.«

Der Sheriff öffnete die Doppeltür zum Salon und deutete auf das seitliche Fenster. »Der Mord geschah vor dem Haus auf dieser Seite des Gartens. Als die Schweine dachten, sie sei tot, sind sie abgezogen. Aber sie war nicht tot. Noch nicht.«

Er öffnete die Haustür und deutete auf die Dielenbretter. »Vor siebzehn Jahren war hier alles rot von Dr. Shelleys Blut. Eine Blutspur zog sich über den Teppich, man sah, wo sie sich mit den Händen abgestützt hatte, als sie sich ins Haus schleppte.«

Er ging zur Treppe. »Die hier war auch ganz voller Blut. Und wissen Sie, warum sie sich in diesem Zustand noch hier hochgequält hat? Um zu ihrer kleinen Tochter zu kommen.«

Er ging die Treppe hinauf, und Charles folgte ihm. »Die Spur führte in Kathys Zimmer.« Jessop öffnete die zweite Tür, die vom Gang abging, und blieb in der Mitte des Zimmers stehen. »Hier endete die Spur in einer Blutlache. Hier ist Cass gestorben. Ich denke mir das so: Als sie ins Zimmer kam, war Kathy in dem Schrank da drüben eingeschlossen, aber bis dahin hat Cass es nicht mehr geschafft.«

Der Sheriff öffnete die Tür des großen begehbaren Kleiderschranks. Durch ein kleines Fenster fiel Licht hinein. »Sie hätten sehen sollen, wie die Kleine die Tür bearbeitet hat, um rauszukommen. Es war eine solide gebaute Tür, aber sie hat das ganze untere Brett demoliert. Dazu hat sie sich wohl hundertmal dagegen werfen müssen. Und als sie dann das Brett herausgebrochen hat, um aus dem Schrank zu kriechen, hat sie sich an der Hand verletzt. Das war für mich das Schlimmste – der Anblick der kleinen blutigen Handabdrücke im Schrank und von Kathys Blut bis zu der Stelle, wo ihre Mutter lag.«

Charles schüttelte den Kopf. »Wenn sie dort eingeschlossen war, kann sie die Steinigung nicht gesehen und die Mörder nicht erkannt haben. Das Fenster ist so hoch an der Wand angebracht, dass nicht mal ein Erwachsener mehr als den blauen Himmel erkennen kann.«

»Mag sein. Aber sie weiß was. Vielleicht weiß sie, wer die Leiche ihrer Mutter weggebracht hat. Oder vielleicht hat ihre Mutter ihr noch was sagen können, bevor sie starb.«

»Sie wollen also Mallory jagen wie ein Tier – obgleich sie Opfer und nicht Täter ist.«

»Das Gesindel, das ihre Mutter umgebracht hat, läuft noch frei herum. Glauben Sie wirklich, diese Leute lassen es sich gefallen, dass Mallory hier wieder auftaucht und Unruhe in den Ort bringt?«

Die beiden Männer sahen einander einen Augenblick bedrückt an.

»Die Sache liegt Ihnen persönlich sehr am Herzen, nicht?«, fragte Charles.

»Ganz genau, Mr. Butler. Verdammt persönlich. Und ich erzähl Ihnen noch etwas, was mir den Schlaf raubt. Cass hat Kathy in dem Schrank eingeschlossen und ihr vermutlich eingeschärft, sich still zu verhalten. Vielleicht hat sie gesagt, es sei ein neues Spiel. Wahrscheinlich hat sie die Leute vom Schlafzimmerfenster aus kommen sehen und gerade noch Zeit gehabt, Kathy zu retten. Die Leute dachten wohl, Cass sei allein im Haus, denn die Kinder waren ja alle mit dem Boot unterwegs. Glauben Sie, Kathy hätte den Mund gehalten, wenn sie ihre Mutter hätte schreien hören? Die nicht, darauf können Sie sich verlassen. Und deshalb möchte ich wetten, dass sie nichts gehört hat.«

»Und der Lärm der Meute?«

»Es ging, wie gesagt, sehr ruhig zu. Kein Gebrüll, keine wüsten Drohungen, nichts. Allenfalls ein Wortwechsel. Möglich, dass sie den gehört hat. Und denkbar ist, dass Kathy und ihre Mutter noch ein paar Worte miteinander gesprochen haben, aber Schreie hat Kathy sicher nicht gehört. Ich stelle mir vor, dass Cass keinen Laut von sich gegeben hat, als die Schweine sie mit Steinen bewarfen. Ihre Mörder sollten nicht merken, dass das Kind im Haus war. Tagtäglich sehe ich die Szene vor mir. Ich sehe eine Frau, die von einer mörderischen Bande angegriffen wird, die Angst hat, die Schmerzen hat – und die keinen Laut von sich gibt. Ich weiß nicht, wie's Ihnen gegangen wäre – aber ich hätte das nicht fertig gebracht.«

Sie standen jetzt wieder auf dem Gang, und der Sheriff deutete auf die Hintertreppe. »Einer ist noch mal zurückgekommen, um die Leiche zu holen, und hat sie offenbar auf diesem Weg aus dem Haus geschafft. Als ich herkam, war die Treppe gewischt, und der Teppich zwischen Kathys Zimmer und der Hintertreppe war feucht – und sauber. Komisch, oder? Das eine Treppenhaus voll Blut, das andere sauber geputzt.«

Schweigend gingen sie die Vordertreppe wieder hinunter und

verließen das Haus. Der Sheriff hatte die Tür zu seinem Wagen schon geöffnet, als der Hund wieder auftauchte.

»Das, was der Mutter passiert ist, habe ich nicht verhindern können, aber ihre Tochter wird niemand umbringen, das schwöre ich. Ich hole sie zurück, und sie wird in einer Zelle sitzen, bis sie mit mir redet. Das mit dem Ausbruch wird sich schnell genug herumsprechen. Nicht nötig, dass Sie da nachhelfen, Mr. Butler.«

Knurrend und mit gefletschten Zähnen schlich der Hund sich an. Er wirkte größer und jünger, als er mit kampflustig funkelnden Augen auf den Sheriff zukam.

Jessop bewegte sich nicht und ließ keine Angst erkennen. Geduldig wartete er, bis das Knurren sich legte.

Drei Meter vor dem Sheriff blieb der Hund stehen, hob die Schnauze und schnupperte. Dann stolperte er und wäre um ein Haar hingefallen. Mit einem Schlag wirkte er wieder alt und grau. Einen Hinterlauf kläglich nachziehend, machte er sich davon.

Charles sah dem Wagen des Sheriffs nach, der braune Staubwolken aufwirbelte.

Eine dunkle Gestalt, die im Schatten neben dem Haus gestanden hatte, trat jetzt ans Licht. Henry Roth lächelte strahlend. Das Misstrauen von gestern, das sich vermutlich noch durch die Aufforderung Mallorys verstärkt hatte, er solle Charles fortschicken, war offenbar verflogen.

Offenbar hatte die Situation sich geändert.

Charles ging auf ihn zu und gab ihm die Hand. Hinter Henry hatte sich der schwarze Labrador vor einer Wasserschüssel und einem halb geleerten Futternapf hingelegt und schlief. Seine Beine zuckten, als träume er von aufregenden Verfolgungsjagden.

Die Hände des Bildhauers bewegten sich. Er deutete auf den schlafenden Hund. *»Er war halb tot, als Augusta ihn fand. Das war an dem Morgen nach Cass Shelleys Tod.«*

»Den Hund haben sie also auch gesteinigt?«

Henry nickte. »*Augusta hat getan, was sie konnte, aber er war so schwer verletzt, dass sie einen Tierarzt holen musste. Der hat ihr angeboten, ihn einzuschläfern, aber das hat der Sheriff verhindert. Er hat viel Geld ausgegeben, um dem Hund das Leben zu retten. Es hat Monate gedauert, bis der Labrador wieder laufen konnte.*«

»Ich habe den Eindruck, dass der Hund den Sheriff nicht mag.«

»*Er mag das Auto nicht. Meist parkt Tom weiter weg.*«

Der Hund wälzte sich auf der Erde und stöhnte. Was hielt ihn noch am Leben?

»Warum wollte der Sheriff den Hund nicht sterben lassen?«

Henry zuckte die Schultern. »*Das hatte wohl mehrere Gründe. Es war Kathys Hund, und Tom hat Kathy geliebt. Später aber ist ihm wohl klar geworden, dass der Hund ihm bei seiner Liste helfen konnte.*«

»Bei seiner Liste?«

»*Einer Liste der Leute, die zu der Mörderbande gehörten. Wie Travis zum Beispiel.*«

»Travis? Der Deputy Sheriff, der den Herzanfall hatte?«

»*Eben der. Seit der Hund den Deputy zum ersten Mal angegriffen hat, war Travis dem Sheriff verdächtig. Tom hat den Mann nur behalten, um ihn quälen zu können. Travis musste den Hund immer zum Tierarzt bringen. Einmal hat der Labrador sich einen Zahn ausgeschlagen, als er gegen die Scheibe von Travis' Wagen geknallt ist. Als er noch jünger war, hätte er dem Deputy fast ein Bein abgebissen. Travis hat gekreischt wie ein Weib, bis ich den Hund von ihm weggezogen habe.*«

»Ist es denkbar, dass der Herzanfall durch den Hund ausgelöst wurde?«

»*Nein. Travis hat sich nie ohne mich an den Hund herangetraut. An dem Tag, als er seinen Herzanfall bekam, hatte ich mich verspätet. Als er mich hier nicht fand, hat er vermutlich einfach umgedreht und ist in die Stadt zurückgefahren. Ich habe ihm immer geholfen, den Hund in den Wagen zu verfrachten, habe ihn vom Tierarzt abgeholt und bin mit ihm zu Fuß nach Hause gegangen. Der Tierarzt sagte, dass er Bewegung braucht. In den siebzehn Jahren, die ich mit dem Hund gehe, hab ich auch meine Liste um etliche Namen erweitern können.«*

In Beantwortung von Charles' unausgesprochener Frage fügte er hinzu: *»Wir sprechen nie davon, aber wir haben beide eine Liste, Tom und ich.«*

»Der Sheriff meint also, dass der Hund Travis erkannt hat.«

Henry nickte. *»Tom hat den Hund auch benutzt, um Alma Furgueson zu quälen, die Frau mit den lila Haaren, die Sie gestern über den Marktplatz haben laufen sehen. Alma hatte ihre festen Gewohnheiten. Wenn sie am Samstag ihre Einkäufe auf dem Markt erledigte, war der Sheriff mit dem Hund schon da und wartete auf sie.«*

»Der Hund hat sie erkannt?«

»Nein. Alma hat den Hund erkannt, und das machte ihr Angst. Tom und der Hund guckten sie eine Weile an, dann gingen sie wieder. Ein bisschen verrückt war sie schon, aber mit der Zeit wurde es immer schlimmer mit ihr. Jetzt führt sie Selbstgespräche und heult die ganze Zeit. Das geht auf das Konto des Sheriffs. So einen darf man sich nicht zum Feind machen.«

»Sie halten ihn für gefährlich?«

»Einmal hat er Fred Laurie dabei erwischt, wie er auf den Hund geschossen hat. Dreimal hat er ihn verfehlt, der Trottel. Der Sheriff hat den Mann fast totgeschlagen.«

»Und Sie haben Fred Laurie auf Ihre Liste gesetzt.«

»An dem Tag haben es zwei Laurie-Brüder auf meine Liste geschafft. Fred und Ray. Gewalttätige Burschen. Vielleicht hat Malcolm ihnen deshalb nie Geld gegeben – da konnte er sie besser im Zaum halten. Aber für fünfzig Dollar hätte jeder die beiden kaufen können, und es wäre nicht das erste Mal gewesen, dass sie für Geld ein schmutziges Geschäft erledigt hätten.«

»Und Babe?«

»Über Babe hab ich mir eigentlich nie viel Gedanken gemacht.«

Henry griff nach der Tüte mit Hundefutter. Charles folgte ihm hinters Haus, wo er sie in einem Gartenschuppen abstellte. Als seine Hände wieder frei waren, fragte Henry: »*Haben Sie genug vom Haus gesehen?*«

Charles nickte. Dass Henry heute so gesprächig war, das kam ihm nicht geheuer vor.

»*Mallory möchte, dass Sie gehen, und ich finde, das ist eine gute Idee. So ruhig hier auch alles scheint – inzwischen müssten Sie eigentlich begriffen haben, dass dieser Ort sehr gefährlich sein kann.*«

»Ich gehe nicht.«

»*Das hab ich mir gedacht.*«

»Sie haben heute mit Mallory gesprochen, stimmt's?«

Ohne auf seine Frage einzugehen, erwiderte Henry: »*Es ist wichtig, dass Sie sich darüber im Klaren sind, womit Sie es zu tun haben.*« Er blieb stehen und sah zu Boden. »*Hier ist Cass gesteinigt worden. Nach den Spuren auf dem nassen Boden zu schließen, glaubt der Sheriff, dass es gegen dreißig Leute waren.*«

Charles dachte an die Sechsjährige, die in einem Schrank eingesperrt gewesen war, während der Mob ihre Mutter ermordete.

»*Als ich am nächsten Morgen kam, hörte ich die Musik im Haus. Musik von einem alten Plattenspieler. Die Nadel war hängen geblieben. Er spielte immer wieder dieselben fünf Töne.*«

»Der Sheriff meint, dass es bei der Steinigung ganz ohne Lärm abging.«

»*Ja, es war sehr eigenartig.*«

»Da habe ich aber ein Problem mit der Logik, Henry. Der Sheriff sagt, dass der Mord mehr oder weniger schweigend geschah. Hätte Kathy Schreie oder Rufe gehört, argumentiert er, hätte sie nach ihrer Mutter gerufen, dann hätte man das Kind gefunden und ebenfalls umgebracht.«

Henry nickte zustimmend.

»Warum hat der Sheriff nicht an die Möglichkeit gedacht, dass der Lärm der Menge vielleicht die Schreie eines Kindes übertönt hat? Er behauptet so felsenfest, der Mord sei völlig geräuschlos vonstatten gegangen, dass es sich fast anhört, als wüsste er es genau.«

»Er war nicht in der Stadt, als Cass ermordet wurde, aber wahrscheinlich kennt er mehr Einzelheiten des Falls als die Leute, die an dem Tag hier waren.«

»Aber dass es völlig geräuschlos abgegangen sein soll, ist bei einer gewalttätigen Rotte kaum vorstellbar.«

Henry deutete auf die von Steinen eingefassten runden Blumenbeete. *»Die Blumen waren nicht zertrampelt. Die Leute sind sorgfältig um die Beete herumgegangen. An den Büschen und Bäumen war kein Zweig, kein Ast geknickt. Niemand ist gerannt. Nur die Steine und das Blut wiesen auf eine Gewalttat hin. Sie haben sich nicht blindwütig auf sie gestürzt, sondern planmäßig versammelt. Und als sie Cass und den Hund erledigt hatten, sind sie ruhig wieder gegangen. Das hat Tom den Spuren entnommen.«*

Und vielleicht hatte Mallory das bestätigt. »Sie wissen, wo Mallory ist, nicht?«

Henry Roth sah auf seine schweigenden Hände und ging wieder nach vorn.

»Ich weiß, dass Mallory heute Vormittag geflüchtet ist. Wollen Sie nicht …«

»Es geht ihr gut. Aber sie macht sich Ihretwegen Sorgen. Ich schlage vor, dass Sie Ihr Zimmer bei Betty aufgeben und zu mir ziehen. Wir können Ihren Wagen in meinen Schuppen stellen.«

Charles folgte ihm auf die Straße. »Danke, aber ich möchte heute Abend den Gedenkgottesdienst für Babe Laurie besuchen. Malcolm hat mir einen Platz in der ersten Reihe versprochen.«

»Zu dem Gedenkgottesdienst werden viele Leute erwartet, da sind die Straßen verstopft, und man kommt zu Fuß am besten voran. Außerdem kann dann niemand Ihren Wagen bis zu mir verfolgen.«

Sie schlugen einen schmalen Pfad ein, der zu dem zwischen dem Haus von Cass Shelley und dem von Henry Roth gelegenen Friedhof führte.

»Augusta sagt, dass Owltown nachts gefährlich ist, und der Sheriff findet, dass man sich tagsüber dort nicht ohne fahrbaren Untersatz aufhalten sollte.«

»Heute Abend sind alle wirklich gefährlichen Leute bei der Trauerfeier.«

Sie waren schon fast am Friedhof, als Charles stehen blieb. Die Klänge einer Puccini-Arie wehten zu ihnen herüber, gesungen von einer wunderschönen, glasklaren Stimme. Als sie näher kamen, sahen sie Ira, der vor der Steinfigur stand, die Cass Shelley und ihrer Tochter so ähnlich sah.

Der junge Mann war tatsächlich, wie der Sheriff gesagt hatte, unglaublich begabt. Die steinernen Cherubim von den Nachbargräbern schienen im Flug innezuhalten, um Ira zu lauschen. Charles konnte die Einsamkeit dieses Jungen gut nachvollziehen. Er wusste aus eigener Erfahrung, wie man sich als hoch begabtes Kind unter Durchschnittskindern fühlte, und kannte von Berufs wegen die traurige Zukunft, die Ira erwartete. Dr. Shelleys Aufzeichnungen war zu entnehmen, dass Ira sich nie unbefangen unter den Menschen bewegen, dass er nie mit einem Mädchen würde flirten können, weil er Signale der Zärtlichkeit nicht verstand.

Dafür konnte er die kompliziertesten Musikstücke auf Anhieb vom Blatt spielen, konnte mit der Geduld eines buddhistischen Mönchs beobachten, wie sich eine Wolke bildete, und kannte jeden Stern beim Namen. Der Sheriff hatte gesagt, dass Ira mit den Engeln singen konnte. Dr. Shelley hatte in ihrer Patientenakte vermerkt, er sei ein Engel, »dessen Flügel von der großen Mehrheit der auf das greifbare Diesseits beschränkten Menschen nicht wahrgenommen werden«.

Die Arie war zu Ende, und Charles überkam eine fast unerträgliche Traurigkeit, weil es plötzlich so still geworden war, weil er die Musik, den Himmel verloren hatte.

Neben Henry Roth stehend, sah er zu, wie Ira vornüberkippte und im Gras zu Füßen der Steinfigur zu Boden sank. Er rollte sich zusammen wie ein müdes Kätzchen und zog die gebrochenen Hände schützend an den Körper. Sie warteten noch einen Augenblick und ließen ihn dann unter der Obhut des Engels schlafend zurück.

Der Hund erwachte und schlug die Augen auf. Es war heller Tag. Ein zerbissenes Ohr stellte sich lauschend auf. War es ein Tier, das er witterte? Das Wesen kam in aller Heimlichkeit auf ihn zu, er spürte kaum eine Bewegung, obgleich er die sensible Schnauze auf die Erde legte. Argwöhnisch hob er den schweren Kopf. Jetzt war die Witterung ganz deutlich.

Kein Tier.

Der alte, nach Schmutz und Erde stinkende Wächter rappelte sich auf, verließ bedauernd sein schattiges Plätzchen und tappte durch den Garten zu dem schmalen Weg, der zur Straße führte. Er drehte den Kopf, um mit dem guten Auge sehen zu können. Seine Augen waren wund und trocken, und es dauerte eine Weile, bis er die Gestalt erkennen konnte. Das fremde Menschenwesen pfiff. Einmal hoch, zweimal kurz. Es pfiff seinen heimlichen Namen. Das da draußen auf der Straße war kein fremdes Menschenwesen, und was er sah, war kein Traum.

Sie war nach Hause gekommen.

Je mehr sie sich ihm näherte, desto schneller schlug sein Herz. Er machte ein paar Schritte zur Straße hin, mit geöffneter Schnauze – der Hundeversion eines Lächelns. Sein Herz raste, das Blut pumpte durch alte, verbrauchte Adern, er war hin- und hergerissen zwischen Fassungslosigkeit und Glück. Langsam setzte er eine Pfote vor die andere, aber er hatte das Gefühl, in großen Sätzen zu ihr zu stürmen.

Endlich war er angelangt und jaulte leise und liebevoll. Er leckte ihr die Hand, und dann gaben seine Beine nach. Er stürzte und wälzte sich zu ihren Füßen auf der Erde.

Sie kniete sich hin, streichelte ihn, nahm ihn in die Arme und drückte ihn an sich. Ihr Gesicht war nass. Behutsam tastete sie nach der Stelle, an der sein Herz unter den Rippen eingesperrt war, und gemeinsam verfolgten sie die langsamer werdenden Schläge. Sein Blick ließ ihr Gesicht nicht los, das von der Mittagssonne wie von einem Strahlenkranz umgeben war.

Jetzt fröstelte er. Wie kalt es war.

Und dann verdrehte er die Augen. Tiefe Schwärze umfing ihn.

11

Charles Butler wandelte auf dem Wasser – oder vielleicht auch nur auf der Oberfläche des Grundwasserspiegels. Bei jedem Schritt über das feuchte Gras spritzte es nass aus seinen Schuhen. Der sumpfige Boden untermauerte Augustas These, dass ihr Haus auf einem Hügel stand, denn um Trebec House herum war das Gelände trocken gewesen.

»Augusta!«, rief er, als er die Gestalt in dem verwaschenen Baumwollkleid erspähte. Sie blieb am Waldrand stehen und winkte ihm.

Als er auf sie zuging, sank er immer tiefer in den Morast ein. Seine Schuhe waren vermutlich nicht mehr zu gebrauchen. Augusta selbst ging barfuß und hatte damit für sich das Problem gelöst.

Sie feixte. »Wir werden uns mal ernsthaft über Ihre Garderobe unterhalten müssen, Charles.«

Vermutlich wirkte er in dieser Gegend, wo alle Welt in Jeans herumlief, ziemlich lächerlich in seinem maßgeschneiderten Anzug und den handgefertigten Schuhen. Jeans hatte er nur in dem einen Sommer getragen, in dem er mit Vetter Max über Land gezogen war. Seine Eltern hatten ihn immer wie einen kleinen Erwachsenen gekleidet.

»Ich wollte Ihnen die Schlüssel zu dem Shelley-Haus zurückbringen.« Jetzt sah er, dass sie einen Plastikbeutel in der Hand hielt, in dem Hühnerflügel steckten. »Sind Sie auf dem Weg zu einem Sumpfpicknick?«

»Nein. Ziehen Sie die Schuhe aus und krempeln Sie die Hosenbeine hoch, dann zeige ich Ihnen etwas, das Sie nie vergessen werden.«

»Einverstanden.« Unter seinen hochgekrempelten Hosenbeinen kamen blasse Beine zum Vorschein, die seit Jahren keinen Sonnenstrahl mehr gesehen hatten. Das Wasser umspülte jetzt seine nackten Zehen.

»Bleiben Sie dicht hinter mir und weichen Sie keinen Schritt vom Weg ab«, ermahnte sie ihn. »Wenn Sie in den Bayou fallen, finden Sie keinen Halt, der Boden ist verdammt glitschig.«

Sie waren jetzt in einem urwaldähnlichen Gebiet mit weit auseinander stehenden Zypressen und kleinen grasbewachsenen Inseln. Erst suchte er vergeblich nach dem Weg, von dem sie gesprochen hatte, dann sah er die von Moos und Algen überwucherten Steinblöcke, die sie als Trittsteine benutzte.

»Das sind Teile des Fundaments von dem ursprünglichen Haus.«

Augustas Füße klammerten sich geschickt wie ein zweites Paar Hände an die Steine. Charles stellte sich zuerst sehr ungeschickt an, aber nach einer Weile bekam er Übung. Die Arme weit ausgebreitet wie Balancierstangen, kämpfte er sich vorwärts, bis sie festeren Boden erreicht hatten – eine kleine Anhöhe, die sich über einem Meer von Wasserhyazinthen erhob. Hier war die wuchernde Vegetation kreisförmig zurückgeschnitten worden, so dass eine Art Teich entstanden war. Das Gewässer musste der schmale Nebenfluss sein, der an der Straße zu Cass Shelleys Haus entlangführte.

»Das ist die Spitze des Finger Bayou.« Augusta sog die Lippen ein und erzeugte ein Geräusch wie ein Kind, das mit dem Finger über einen Luftballon fährt. Sie deutete auf einen Baumstamm, der auf sie zutrieb, obgleich auf der dunklen, glasigen Oberfläche des Bayou keine Strömung zu erkennen war. Augusta erzeugte noch einmal das seltsame Geräusch, und jetzt begriff er, dass sie den Baumstamm gerufen hatte. Einen Baumstamm mit großen Reptilienaugen. Knapp einen Meter von Charles Butlers Zehen entfernt lag das Tier im Wasser. Das ist kein Zoo, in dem wilde Tiere hinter Gittern verwahrt werden, dachte er. In diesem Urwaldgebiet war er in der Nahrungskette ein großes Stück nach unten gerutscht. »Ist es nicht ein unheimliches Gefühl, so einen Menschenfresser in der unmittelbaren Nachbarschaft zu haben?«

»Alligatoren fressen lieber tote als lebendige Menschen«, erwiderte Augusta. »Aber der hier würde Sie nicht anrühren, auch wenn Sie schon drei Tage tot und so recht nach seinem Geschmack wären. Er hält Winterruhe und kommt nur alle zwei Tage hoch, ist aber sofort da, wenn ich mit dem Huhn erscheine. Meist frisst er nur ein paar Happen und manchmal gar nichts, aber im Lauf der Jahre hat er sich an mich gewöhnt, und wir enttäuschen einander nie.«

»Wäre es denkbar, dass ein Alligator die Leiche von Cass Shelley gefressen hat?«

»Nein, damals gab es hier keine Alligatoren, sie waren schon vor dem Tod von Cass ausgerottet. Ich habe die Zahl der Tiere, die im Sumpf herumkriechen und im Bayou schwimmen, genau im Kopf. Den Alligator hab ich als Jungtier hier ausgesetzt. Damit ihn die wildernden Laurie-Brüder nicht erwischen.«

»Was ist aber dann aus ihrer Leiche geworden?«

»Lassen Sie's gut sein, Charles. Sie werden nicht alle Rätsel lösen.«

»Das kann ich nicht. Ich brauche Lösungen.«

Augusta trat auf eine kleine Plattform aus Steinen, eine Art Pier, und warf dem Alligator die Hühnerstücke zu. Das riesige Maul öffnete sich, gab den Blick auf Hunderte scharfer Zähne frei und klappte wieder zu. Das Wasser geriet in Bewegung. Ein Schwanz tauchte auf, und jetzt sah Charles, wie groß das Tier war. Der Schwanz schlug wie ein Hammer auf die Wasseroberfläche, dass es nur so schäumte. Das Wasser brodelte und kochte. Als es sich wieder ein wenig beruhigt hatte, war der Alligator verschwunden. Große Wogen schwappten an das Ufer des Bayou, und die Wasserhyazinthen vollführten in ihren Kielwellen einen wilden Tanz.

Augusta hatte nicht zu viel versprochen: Es war in der Tat ein unvergesslicher Anblick.

»Großartig, nicht wahr? Wenn dieser Trottel Ray Laurie oder sein Bruder Fred wüssten, dass der Alligator hier ist, wäre das Tier morgen tot. Ich verlasse mich darauf, dass Sie den Mund halten, Charles. Umgekehrt mach ich es genauso, das verspreche ich Ihnen.«

»Ich hätte überhaupt keine Geheimnisse, wenn Sie Lilith nicht gesagt hätten, dass ich Mallory nicht kenne. Ich wollte Sie schon immer fragen, warum Sie das getan haben.«

»Mallory … Ich kann mich an den Namen einfach nicht gewöhnen. Für mich ist sie immer noch die kleine Kathy Shelley.«

»Vielleicht war es der Name ihres Vaters?«

»Da bin ich überfragt. Cass hat nie von Kathys Vater gesprochen, ich weiß nicht mal, ob sie verheiratet war. Und fragen wollte ich nicht – man will ja nicht aufdringlich sein. Als Cass hierher kam und sich als Ärztin niederließ, war sie mit Kathy schwanger und benutzte ihren Mädchennamen.«

Charles war froh, dass er sich an Augusta halten konnte. In dieser fremden Welt verlor er mehr und mehr die Orientierung. Alles geriet vor seinen Augen ins Gleiten und Schwimmen. Farnwedel streiften sein Gesicht. Er schlug sich auf den Nacken, wo ihn etwas gebissen hatte. Als er die Hand wegnahm, sah er, dass die Handfläche rot war. Blutsaugende Insekten im November – das war einfach abartig!

Als das Haus in Sicht kam, ging er vor Augusta her zu der Stelle, an der er Schuhe und Socken abgelegt hatte. »Könnte der Vater etwas mit dem Tod von Cass Shelley zu tun haben? Eine Liebesbeziehung mit tödlichem Ausgang?«

»Das glaube ich nicht.« Augusta musterte die nassen Socken und die ruinierten Schuhe, die er in der Hand hielt. »Der Mann, der Cass Shelleys Kind gezeugt hat, war fremd hier. Er hätte kaum mit dreißig Freunden hier anrücken können, ohne dass es aufgefallen wäre. Und wie hätte ein Fremder es geschafft, dreißig Einheimische zu so einer Tat anzustiften?«

»Der Vater stammte demnach nicht aus Dayborn?«

Augusta schüttelte den Kopf. »Cass ist mit achtzehn weggegangen. Als sie zurückkehrte, war sie achtundzwanzig. Die meisten ihrer Altersgenossen sind nicht zurückgekommen, bis auf Tom. Aber der war vier, fünf Jahre vor Cass wieder da.«

»Ist es denkbar, dass zwischen dem Mord an Cass und dem an Babe eine Verbindung besteht?«

»Unwahrscheinlich. Cass hatte keine Feinde. Ihr Tod war ein echtes Rätsel. Babe war ein so mieser Kerl, dass sich keiner gewundert hat, als er eines Tages tot aufgefunden wurde.« Sie machte eine ungeduldige Handbewegung. Das Thema schien sie zu langweilen. »Was haben Sie jetzt vor, Charles?«

Er zögerte einen Augenblick. Da sie ihn ins Vertrauen gezogen hatte, was den Alligator betraf, war wohl auch sein Geheimnis bei ihr gut aufgehoben.

»Ich gebe mein Zimmer in Bettys Hotel auf. Henry hat mir angeboten, bei ihm zu wohnen, aber er möchte nicht, dass sich das herumspricht.«

Augusta nickte gleichmütig. »Dann haben Sie ja noch ein bisschen Zeit und können mit mir essen. Ich will nur den Gaul in seine Box sperren. Es ist alles fertig, ich muss es nur noch mal auf den Herd stellen.«

»Danke.«

»Und danach schicke ich Sie in Earls Gemischtwarenhandlung. Earl hat bestimmt Jeans, die Ihnen passen. Ein Paar kräftige Stiefel könnten Sie auch gebrauchen.«

Zusammen gingen sie über den morastigen Boden, der mit jedem Schritt zum Haus trockener und fester wurde. Trebec House war nur über den Weg vom Friedhof her zu erreichen. Das Gelände rings um das Haus war für einen Wagen, der nicht an kleine Seen mitten im Gras und Glitsch und Glibber unter den Reifen gewöhnt war, kaum zu bewältigen. Und zu Cass Shelleys Haus führte nur diese eine Straße, dahinter lagen Sümpfe und der Bayou. »Der Mörder hat wohl die Leiche von Cass mit einem Fahrzeug weggeschafft.«

»Im Moor hat er sie jedenfalls nicht deponiert. Wer hier eine Leiche verstecken will, den begrüßt sie früher oder später mit einem freundlichen ›Hier bin ich wieder‹.«

»Wäre es denn denkbar, dass Cass überlebt hat?«

»Völlig ausgeschlossen bei dem vielen Blut«, erklärte Augusta nachdrücklich. »Tom Jessop hatte ja sogar Kathy für tot gehalten. Cass kann unmöglich noch am Leben sein.« Und leise drohend fügte sie hinzu: »Und dass Sie ja nicht auf die Idee kommen, ihrer Tochter diesen Floh ins Ohr zu setzen!«

Cassandra Shelleys Tochter wandte sich nach Norden, wo, versteckt hinter Eichen, Trebec House lag. Über den Wipfeln war nur das runde Dachfenster zu sehen. In der Scheibe spiegelten sich Wolken, die Bewegung hinter dem Fenster vorgaukelten.

Mallory ging mit dem toten Hund in das dichte Buschwerk hinter dem Haus ihrer Mutter, wo sie vor Blicken aus dem dunklen Fenster des Herrenhauses geschützt war. Als Kind hatte sie fest daran geglaubt, dass dieses runde Auge sie beobachtete, und auch jetzt wurde sie die Vorstellung nicht los.

Sie setzte sich neben ihren Hund und streichelte das Fell, das voller Narben war und sich noch warm anfühlte. Diesen letzten Hauch von Leben unter ihrer Hand empfand sie als tröstlich. Sie vermied es, ihm in die Augen zu sehen, denn die waren schon trüb geworden.

Braver Hund.

Aufmerksam horchte sie auf jeden Laut, jede Bewegung in den Bäumen und im Gras. Vögel sangen, Insekten schwirrten, das helle Blau des Himmels verdunkelte sich allmählich. Sie hörte den schmalen Wasserlauf am Haus vorbeifließen, über Steine strudeln, an einen schwimmenden Ast schlagen, an Zweigen zupfen wie an den Saiten eines Instruments.

Durch das Fenster hinter ihr kam gespenstische Musik – eine schlichte Melodie, wie sie Kinder in der Klavierstunde spielen mochten. Als sie sich umwandte, sah sie vor ihrem geistigen Auge eine Frau am Fenster, eine Frau, die ihr sehr ähnlich war. Doch in einer Beziehung unterschieden sich die Gesichter. Mallorys Lächeln war stets gezwungen, die Mutter dort am Fenster lachte heiter und unbefangen. Ihre Augen leuchteten wie grüne Sterne, als sie ihre kleine Tochter, die bald siebenjährige Kathy, entdeckte. Mallory hob die Hand, und die Phantasiegestalt am Fenster winkte. Aber das Weiterträumen kostete zu viel Mühe. Die Frau verschwand, und sie war wieder allein.

Die Erinnerung an Horror und Gewalt war hartnäckiger. Mallory sah, wie ihre Mutter mit blutverklebtem Haar über den Fußboden auf ihre kleine Kathy zukroch, sie in die Arme nahm, einen Wäschemarkierstift aus der Tasche ihres blutdurchtränkten Kleides zog und der Kleinen eine Telefonnummer auf den Handrücken schrieb. »Lauf!«, hatte Cass Shelley zu ihrer Tochter gesagt, die sich angsterfüllt an sie klammerte. »Lauf!«, hatte die Mutter wiederholt und Kathy eine kräftige Ohrfeige verpasst – die erste ihres Lebens.

Mallory sah zum Himmel hinauf. Dort oben gingen kleine Lampen an, eine nach der anderen. Sie holte eine Zeltplane aus dem Gartenschuppen und wickelte den inzwischen kalten Kadaver darin ein. Eine Stunde später, als der Himmel dunkelblau und von Sternen übersät war, nahm sie den Hund und trug ihn in den Wald.

Charles trat, den Koffer in der Hand, auf die Veranda des Dayborn Bed and Breakfast. Die anderen Gäste waren nach dem abendlichen Fledermausrennen ins Haus gegangen. Nur Darlene Wooley lag noch in einem der Korbsessel am Geländer. Das harte weiße Licht verstärkte die Falten, die Sorge und Anspannung um ein außergewöhnliches Kind in ihr Gesicht gegraben hatten. Selbst Darlenes Haar, das ihr in einer Andeutung von Locken bis auf die Schultern fiel, wirkte erschöpft und ausgelaugt.

»Guten Abend«, sagte er leise. Sofort straffte sie sich und lächelte gequält.

Er stellte den Koffer neben ihrem Sessel ab. »Ich bin heute auf dem Friedhof Ira begegnet und habe versucht, mich mit ihm zu unterhalten. Kann sein, dass ich ihn erschreckt habe. Entschuldigen Sie bitte.«

»Keine Ursache.« Sie sah auf ihre gefalteten Hände hinab,

und das Lächeln erstarb. »Im Gegenteil, es freut mich, dass Sie ihn angesprochen haben. Manche Leute hier trauen Ira überhaupt nicht mehr zu, dass er sprechen, geschweige denn denken kann.«

»Das weiß ich besser.« Betty hatte die Verandatür aufgestoßen und balancierte ein Tablett mit Kaffeegeschirr aus Porzellan auf einer Handfläche. »Als kleiner Junge hat Ira geredet wie ein Wasserfall.«

Die Verandabeleuchtung verlieh Bettys weißem Haar einen gelblichen Schimmer. Im Gegensatz zu Darlene wirkte sie jünger als ihre fünfundsechzig Jahre. Sie wehrte Charles' Versuch, ihr zu helfen, mit ihrem runden Arm ab und stellte das Tablett auf einen kleinen Tisch zwischen einem leeren Korbsessel und ihrem Schaukelstuhl. »Ich hab für Sie eine Tasse mitgebracht, Mr. Butler.« Betty zwängte ihre üppige Figur in den Schaukelstuhl. »Setzen Sie sich doch noch einen Augenblick, wenn Sie's nicht gar zu eilig haben.«

»Danke, gern.« Er nahm neben Darlene Platz und streckte die langen Beine zwischen den beiden Frauen aus. »Cass Shelley war Iras Ärztin?«

Darlene nickte. »Cass hat mit der Therapie begonnen, als er zwei war. Mit fünf konnte er lesen.«

Das sprach für die Ärztin – und auch für Ira, den sie offenbar geschickt motiviert hatte, sich der Welt zu öffnen. »Ein erstaunlicher Fortschritt!«

»Das fand ich auch. Aber seinem Vater ging das alles nicht schnell genug, und deshalb ist er an einem Abend mit ihm zu der Veranstaltung eines Gesundbeters gegangen. Haben Sie so was schon mal erlebt?«

»Ja, in einem großen Zelt.« Es war ein Höflichkeitsbesuch gewesen. Der Prediger hatte am Vortag die Zaubervorstellung von Vetter Max besucht. Charles hatte die Show als höchst eindrucksvoll in Erinnerung – Gospelmusik, Verwünschungen, eine Mischung aus Jahrmarktsrummel und Magie, Voodoo und christlicher Liturgie.

Er versuchte, sich die Ängste eines autistischen Kindes vorzustellen, das vor tausend kreischenden Zuschauern steht und von einem Scharlatan durch Handauflegen angeblich geheilt wird. Allein der erzwungene Körperkontakt konnte den Jungen aus dem Gleis geworfen haben. »Vermutlich hat das zu Rückschritten in Iras Therapie geführt.«

»Allerdings«, sagte Darlene mit unterdrücktem Zorn in der Stimme. »Hätte ich an dem Abend nicht Spätschicht gehabt, hätte ich es verhindern können. Hinterher war Ira wie ausgewechselt. Nach Cass Shelleys Tod wurde es noch schlimmer. Lange Zeit hat er überhaupt nicht mehr geredet. Mein Mann ist mit ihm zu einem Arzt in der Nachbargemeinde gegangen, der hat ihm Allergiespritzen gegeben.«

»Allergien sind für Autisten besonders belastend, das stimmt schon, sie …«

»Mag sein«, unterbrach ihn Betty, die inzwischen Kaffee eingeschenkt hatte. »Aber die Injektionen haben nicht geholfen. Ein bisschen besser mit ihm wurde es erst, nachdem sein Vater gestorben war und Darlene ihn in einer staatlichen Schule unterbringen konnte.« Sie gab Sahne und Zucker in eine Tasse, die sie Darlene reichte. »Ich erinnere mich noch an die Zeiten, als Ira die reinste Quasselstrippe war. Er hat angefangen zu sprechen, als er … wie alt war er, Darlene?«

»Eineinhalb Jahre. Aber er hat mehr *zu* uns als *mit* uns gesprochen«, antwortete Darlene fast entschuldigend.

»Er hatte aber auch viel zu erzählen«, nahm Betty ihn in Schutz. »Vor allem von seinen Listen und seinen Sternen. Sie nehmen Ihren Kaffee schwarz, Mr. Butler, stimmt's? Und drei Stück Zucker? Ira war ständig am Zählen und Auswendiglernen.«

Darlenes Müdigkeit war verflogen. »Einmal hat er sich alle Sterne eingeprägt, die er von seinem Schlafzimmerfenster aus sehen konnte. Er hat eine Sternenkarte gezeichnet, auf der man sogar den Fensterrahmen und die Vorhänge sah.«

»Und was Ira alles über Sterne wusste!«, ergänzte Betty. »Ich weiß heute noch, was er uns über die alten, erkalteten Sterne erzählt hat. Dass ein kleines Stück, das in Ihre Handfläche passen würde, bis zu einer Tonne wiegen kann.« Sie beugte sich zu Darlene hinüber. »Weißt du noch, wie Ira eines Tages einen Stern nicht mehr finden konnte und der Sheriff eine Vermisstenanzeige aufgegeben hat?«

»Und ob ich das noch weiß.« Darlenes Blick wanderte zum Büro des Sheriffs auf der anderen Seite des Marktplatzes, wo noch zu so später Stunde in einem Fenster Licht brannte. »Eigentlich müsste ich jetzt rübergehen und mich bei Tom entschuldigen, weil ich ihm so ein Theater gemacht habe. Wenn ich denke, wie er sich für Ira eingesetzt hat ...«

»Hast du was dagegen, wenn ich es erzähle, Darlene?« Betty schaukelte gemächlich vor und zurück. »Damals war er fünf, oder?«

Darlene nickte, und Betty fuhr fort: »Wir saßen hier draußen, wie immer nach dem Abendessen. Auch der alte Milton Hamilton war dabei, der wohnte damals als Dauermieter bei mir, inzwischen ist er tot, aber ich weine ihm keine Träne nach. Milton war einer von denen, die von früh bis abends auf ihrer Bildung herumreiten, wahrscheinlich kennen Sie den Typ, Mr. Butler ...«

Charles nickte.

»Ira saß mit seiner Sternenkarte hier auf der Vortreppe«, sagte Betty. »Plötzlich guckt er seine Mutter an und meint, dass ein Stern weg ist. Einfach futsch. Das Kind war so was von außer sich – man hätte denken können, sein kleiner Hund wär ihm weggelaufen. Und was macht dieser Milton Hamilton? Hält ihm einen Vortrag und doziert, dass Sterne nicht einfach verschwinden, sie explodieren, und so was hätte Ira doch sehen müssen.«

»Milton war Bibliothekar gewesen«, ergänzte Darlene. »Und da hat er wohl gedacht, dass er, nur weil er sein halbes Leben mit so vielen Büchern verbracht hat, das Wissen für sich gepachtet hat.«

»Später hat sich rausgestellt, dass er keinen blassen Schimmer von Astronomie hatte«, sagte Betty, noch im Nachhinein empört. »Ich hab gedacht, dass Ira sich vielleicht verzählt hat, aber Darlene hatte noch nie erlebt, dass der Junge sich bei irgendwas verzählt hätte, und hielt zu ihm – und ich auch. Milton war stinksauer. Ira sei ein ganz dummer Junge, sagte er, es sei völlig ausgeschlossen, dass er das Erlöschen eines Sterns mit angesehen hatte. Ira war ganz geknickt.«

Betty hatte sich in Rage geredet. Jetzt fasste sie Charles am Arm, um ihm zu bedeuten, dass das Beste erst noch kam. »Am nächsten Abend steht Tom Jessop auf meiner Veranda, ein Klemmbrett und eine Hand voll amtlicher Formulare in der Hand, und nimmt Iras Vermisstenmeldung auf. Ohne eine Miene zu verziehen. Er hat Ira sogar noch gefragt, ob er sich seine Sternenkarte leihen könnte.«

Betty sah Darlene lächelnd an. »Tom war damals ein gut aussehender Mann, nicht wahr? Aber ich schweife ab.« Sie schaukelte ein bisschen schneller. »Milton kam in dem Moment aus dem Haus, als Ira dem Sheriff die Stelle zeigte, wo er seinen Stern zuletzt gesehen hatte, und Tom schrieb alles genau auf, Wort für Wort. Milton hat die beiden ausgelacht, und der arme Ira war wieder ganz unglücklich. Und dann sagte der Sheriff: ›Du hast Recht, Ira. Dass da ein Stern fehlt, sieht doch jeder Trottel.‹ Wohlgemerkt – gesagt hat er das zu dem Jungen, aber angeguckt hat er dabei Milton Hamilton, und wenn Blicke töten könnten, wär er in diesem Augenblick eine Leiche gewesen. An dem Abend hat Milton kein Wort mehr gesprochen.«

Das Schaukeln wurde noch schneller. »Am nächsten Abend ist der Sheriff gleich nach dem Abendessen, als es noch hell war, wieder bei uns vorbeigekommen und hat Ira gesagt, dass sein Stern wiederkommt. ›Heut Abend‹, sagte Tom. ›Versprochen!‹«

Betty schlug mit der flachen Hand auf die Armlehne ihres Schaukelstuhls. »Milton hielt sich den Bauch vor Lachen, aber Tom hat ihn angesehen, als wenn er gute Lust hätte, ihn über den Haufen zu schießen, und da ist ihm das Lachen vergangen.«

Betty hörte auf zu schaukeln. »Ira blieb stundenlang auf der Treppe dort sitzen und starrte auf den leeren Fleck am Himmel. Und neben ihm saß Kathy, Cass Shelleys kleine Tochter, die war damals erst sechs. Die beiden Kinder hatten Vertrauen zu Tom Jessop. Sie saßen da und warteten.«

Charles betrachtete die Verandastufen. Sein Lebtag lang würde er das Bild der beiden Kinder nicht mehr vergessen, die gläubig auf die Rückkehr ihres Sterns warteten.

»Und was soll ich Ihnen sagen?«, fuhr Betty fort. »An dem Abend ist der Stern tatsächlich wiedergekommen, genau wie Tom Jessop vorhergesagt hat. Und genau an dem Fleck, an dem er nach Iras Meinung stehen musste. Und dann haben die drei noch endlos dagehockt und ihren Stern bewundert.«

Charles musste lächeln, weil ihm der Gedanke gekommen war, dass Malcolm Laurie den Sheriff wahrscheinlich für einen Trottel hielt, weil er für dieses Wunder nichts verlangt hatte. Charles begriff, was Tom Jessop getan hatte und wie und warum er es getan hatte. Es bereitete ihm nur Mühe, den Sheriff, der Kinder liebte, mit jenem Mann in Verbindung zu bringen, der Deputy Travis und Alma Furgueson mit einem wahnsinnigen Hund gequält hatte.

»Es war also ein wandelbarer Stern, ein Doppelstern, der sich verfinstert hatte«, murmelte Charles halb zu sich selbst.

Betty sah ihn überrascht an und lächelte. »Ja, genau«, bestätigte sie.

Auch Darlene lächelte jetzt. »Tom hatte die Sternwarte angerufen, weil er vermutete, dass Ira vielleicht einen Satelliten oder einen Kometen gesehen hatte, aber dort haben sie ihm gesagt, dass ein dunkler Stern über einen hellen hinweggezogen war und ihn verdunkelt hatte.«

Charles nickte. Die Eklipse selbst hatte vermutlich nur Stunden gedauert, aber aufgrund der Wetterverhältnisse war es denkbar, dass man den Stern mehrere Tage nicht hatte sehen können. Mit diesem Wissen im Hinterkopf also hatte der Sheriff für Ira und Kathy eine magische Schau abgezogen.

»Er hieß Algos«, sagte Darlene.

»Aber für uns ist er nur Iras Stern. Und ehe das Jahr um war, hatte dieser blöde Milton Hamilton das Zeitliche gesegnet«, fügte Betty hinzu, und es klang, als sei das die passende Strafe für einen Mann, der es an Respekt vor Kindern fehlen ließ.

12

Die lange Reihe von Autos, die sich vom Highway bis zum Festplatz erstreckte, beleuchtete mit gleißendem Scheinwerferlicht Charles Butlers Weg. Von Henry Roths Haus hatte er einen strammen Fußmarsch hinter sich, war dabei aber schneller vorangekommen als die Fahrzeuge. Er sah nach oben. Das Neonschild WUNDER ZU VERKAUFEN tauchte die Zeltleinwand in grelles Rot.

Er kam an dem Parkplatz vorbei, der bereits überfüllt war, und schloss sich der Menge an, die dem Zelt zustrebte. Eine Frau kreischte und zeigte zur Firststange hinauf.

Dort kreiste wie eine verirrte Sternschnuppe ein leuchtender Feuerball. Charles kannte den Trick; den hatte auch Vetter Max angewendet. Wenn er die Augen zusammenkniff, konnte er den Führungsdraht erkennen, an dem sich der Feuerball bewegte.

Er erinnerte sich an einen Besuch, den er zusammen mit Vetter Max einem Wanderprediger in dessen Zelt abgestattet hatte. In einer warmen Nacht auf freiem Feld hatte Max dem alternden Pfarrer zum Dank für erwiesene Gastfreundschaft alle Einzelheiten dieses Zauberkunststücks verraten.

Charles lächelte melancholisch.

Das Kunststück hatte also, von Schausteller zu Schausteller weitergegeben, bis heute überlebt. Er fragte sich, ob auch im Zelt selbst das eine oder andere ihn an Max erinnern würde.

Am Eingang drückte ihm ein junger Mann, der nicht größer als eins fünfzig sein mochte, ein Flugblatt in die Hand, das Charles dankend entgegennahm. Es war eine Liste von Seminaren der Neuen Kirche zum Thema FINANZIELLE WUNDER, gedruckt auf Papier in Geldscheinfarben.

Er faltete das Blatt, steckte es in die Jackentasche und sah sich den Kleinen genauer an. Dass er zum Laurie-Clan gehörte, war unverkennbar, aber das war hier in Owltown nichts Ungewöhnliches. Was Charles auffiel, waren seine viel zu großen Schuhe, das sackartige Hemd, die Hosen mit den hochgekrempelten Beinen. Der Junge sah aus, als hätte er sich aus der Wühlkiste der New Yorker Obdachlosen bedient.

Charles streckte ihm seine Eintrittskarte hin, was den kleinen Mann zu irritieren schien, denn ihm war nicht aufgetragen worden, Zettel entgegenzunehmen, sondern Zettel zu verteilen. Er löste das Dilemma dadurch, dass er weiter ungerührt seine grünen Werbezettel verteilte und Charles mit der Eintrittskarte in der Hand ignorierte.

»Entschuldigen Sie …«

»Ja?« Der junge Mann ließ die Schultern hängen. Sein Problem machte keine Anstalten zu verschwinden. Charles drückte ihm energisch die Eintrittskarte in die Hand. »Malcolm hat mir gesagt, ich soll sie am Eingang abgeben.«

»Davon weiß ich nichts, Sir. Onkel Ray?«

Wieder erschien ein Mann mit Laurie-Gesicht. Dieser hier hatte grau meliertes Haar und ein faltiges Gesicht und mochte Ende fünfzig sein. »Was gibt's denn, Jimmy?«

Jimmy reichte ihm die Eintrittskarte, und der ältere Mann wandte sich Charles zu. »Sie müssen Mr. Butler sein«, sagte er und strahlte ihn an. Gleich darauf fauchte er Jimmy an: »Du hättest Mr. Butler ins Zelt und an seinen Platz führen sollen.«

Er nahm Charles am Arm. »Sie dürfen das Jimmy nicht übel nehmen. Allzu komplizierte Aufgaben kann man ihm nicht übertragen, er hat so seine Schwierigkeiten mit der Konzentration.«

Charles nahm diese Aussage ein wenig erstaunt zur Kenntnis, denn die Gesichtszüge des jungen Mannes verrieten bedeutend mehr Intelligenz als die seines Onkels.

Ray Laurie stellte sich als Babes Bruder vor.

»Mein Beileid«, sagte Charles. Ray sah ihn einen Augenblick völlig verständnislos an, dann nickte er lächelnd. »Wenn Sie mir bitte folgen würden …«

Er geleitete Charles zu einem Platz in der ersten Reihe, der mit einem roten samtbespannten Seil abgesperrt und mit einem Reserviert-Schild versehen war. Hoffentlich, meinte Ray, mache es Charles nichts aus, die Bühne ein bisschen von der Seite zu sehen.

»Überhaupt nicht.« Charles musste fast schreien, um sich über den Lärm der Menge hinweg verständlich zu machen. Etwa tausend Zuschauer saßen bereits auf ihren Plätzen, etwa doppelt so viele warteten noch auf Einlass. »Malcolm tritt also die Nachfolge seines Bruders an?«

»Mal war schon immer der eigentliche Prediger, Mr. Butler. Babe war wegen seiner hellseherischen Fähigkeiten und seiner Krankenheilungen eine riesige Attraktion, das muss man ihm lassen, aber der Wortgewaltigere ist Malcolm.«

Charles warf einen Blick auf die Bühne, wo gerade rote Stoffbahnen von einem großen Plakat im Hintergrund gezogen wurden.

»Ganz neu.« Ray Laurie deutete auf ein Foto des verewigten Babe Laurie, das größer war als die Werbeplakate am Highway. »Unheimlich teuer, das Ding, besonders weil es so eilig war. Aber Mal wollte einen würdigen Gedenkgottesdienst. Babe hätte das bestimmt gefallen.«

Charles hatte schon entdeckt, dass das Riesenfoto hier sonst nicht seinen Platz hatte, denn von der Seite sah er darunter die frühere Kulisse – die blutige Hand eines ans Kreuz geschlagenen Christus.

Neue Ikonen anstelle der alten.

Die noch freien Plätze füllten sich rasch. In Massen strömten die Zuschauer zu den in langen Reihen aufgestellten Klappstühlen.

Durch die Menge der Gläubigen bewegten sich Verkäufer in orangefarbenen Westen und priesen lautstark ihre Souvenirs und Amulette an. Für fünfzig Dollar war eine Locke von Babe Lauries Haar zu haben. Nur fünf Dollar kostete ein Vogelfuß an einem Schlüsselring, der einen vor Anfeindungen schützen sollte. Zum gleichen Preis verhießen Säckchen aus Vogelfedern Heilung für sämtliche Leiden – von der Arthritis bis zum Krebs. Ein paar Dollar mehr musste man für pyramidenförmige Quarzstücke ausgeben, die Babe Laurie persönlich gesegnet hatte und die Wunder aller Art beschleunigen sollten. Ein Bier kostete vier Dollar, ein Hotdog drei. Und hier, Brüder und Schwestern, unser Extra-Sonderangebot – ein Stück vom Himmel selbst, eine rosa Wolke Zuckerwatte für zwei – in Worten ZWEI – Dollar.

Diskret ermuntert von den Verkäufern, begann die Menge zu intonieren: »*Babe, Babe, Babe!*«

Ein in lila Roben gewandeter Gospelchor – Schwarze und Weiße gemischt – versammelte sich vor dem Riesenbild, und die Zuschauer schmetterten den Refrain zu dem a cappella gesungenen Lied:

»*Babe, Babe!*«

»*Oh, when the sa-a-a-a-aints …*«

»*Babe, Babe!*«

»*… Oh, when the saints come ma-a a-a-rching in …*«

»*Babe, Babe, Babe!*«

Unter Dixielandklängen betrat jetzt die Band die Bühne, und Trompeten, Klarinette und Posaune begleiteten schmetternd den bekannten Song. Die Zuschauer begannen rhythmisch zu klatschen. Das Messing funkelte, die Hörner bliesen in den höchsten Tönen.

Die Begleitmusik verstummte, ehe der Chor sein Lied zu Ende gebracht hatte. Die Lichter wurden gedimmt, und die Spannung stieg. Ein Spotlight warf einen kleinen Lichtkreis auf die Plakatwand. Die Menge kreischte und klatschte. Der Lichtkreis wurde größer und intensiver, bis er einer hellen Sonne glich.

So hell war sein Glanz, dass Charles einen Moment den Blick abwenden musste. Als er wieder hinsah, hatte sich unter den Ohs und Ahs der Menge ein kleines Wunder vollzogen: Weißer Dampf waberte über die Bühne. Die Lauries, überlegte Charles nüchtern, hatten offenbar ihre Trockeneismaschine angeworfen.

Jetzt trat Malcolm Laurie in den Lichtkreis. Sein Paillettenkostüm funkelte. Der weiße Nebel verdeckte seine Beine bis zu den Knien, und als er sich geschmeidig wie ein Tänzer vorwärts bewegte, konnte man den Eindruck gewinnen, dass seine Füße den Boden nicht berührten. Das Spotlight wurde abgedunkelt, Malcolm aber glitzerte, was das Zeug hielt, und zeigte seine blendend weißen Zähne. Mit einer Handbewegung bat er um Ruhe. Das Kreischen endete in einem kollektiven Seufzer.

Dann begann die Litanei, verstärkt durch schnurlose Mikrofone und untermalt vom leisen Summen des Chors. »Brüder und Schwestern, seid ihr es leid, arm zu sein? Sagt Amen.«

»Amen!«, kreischte die Menge.

»Seid ihr euer Elend leid? Sagt Amen.«

»Amen!«

»Ich weiß, was ihr euch fragt, Brüder und Schwestern. Warum, fragt ihr, warum nur ist Babe Laurie gestorben und hat uns verlassen?«

Das Licht wurde wieder heller. Als es unvermittelt erlosch, war Malcolm Laurie verschwunden.

Jetzt tauchte der Lichtkreis samt Malcolm weiter vorn an der Bühne wieder auf. »Babe ist nicht fort. Er ist hier. Mein Bruder ist bei mir. Er ist heute Abend bei uns allen.«

Er streckte die Hände aus. Seine Finger zitterten, seine Stimme war zärtlich wie die eines Liebenden. »Spürt ihr es? Spürt ihr seine Liebe? Öffnet eure Herzen weit und hört mir zu. Ich schlafe, aber mein Herz wacht. Es ist die Stimme meines Liebsten, die da klopft und sagt: Öffne mir, mein Lieb.« Er stolzierte auf der Bühne hin und her. Wenn er in die Menge der Zuschauer sah, schien es, als stelle er mit jedem Einzelnen Blickkontakt her.

»Mein Liebster hat seine Hand an die Tür gelegt.« Malcolm legte die Hand aufs Herz, während er sich auf ein Knie fallen ließ. »Und ich erhob mich und öffnete meinem Liebsten.« Langsam stand er auf. »Duftende Myrrhe troff von meinen Händen und Fingern auf das Schloss der Tür.« Seine Stimme wurde noch leiser. »Ich öffnete meinem Liebsten.« Er breitete die Arme aus. »Lass ihn mich küssen mit den Küssen meines Mundes: denn seine Liebe ist süßer als Wein. Ein Büschel Myrrhe ist mein Liebster für mich, die ganze Nacht soll er zwischen meinen Brüsten liegen.«

Charles erkannte die Verse aus dem Hohelied Salomos, die Malcolm wohl wegen ihrer erotischen Wirkung gewählt hatte. Sie waren mehr oder weniger wörtlich zitiert, aber in beliebiger Reihenfolge aneinander gereiht. Der Mann scheute offenbar vor keinem geistigen Diebstahl zurück. Charles beobachtete eine ältere Frau, die in der Reihe hinter ihm saß und den Prediger anstarrte, als sei er ihr Liebhaber. Und im Grunde war er das ja auch.

Malcolm glänzte vor Schweiß und sprühte vor Licht. Die schmeichelnde Stimme lullte die Zuschauer ein, streichelte sie, berührte sie an den empfindlichsten Stellen und entlockte ihnen ein donnerndes »Amen!« Er war ein Rockstar, wie er im Buche stand – primitive Sinnlichkeit im Dienste des Herrn.

»Geliebte Brüder und Schwestern!«, rief Malcolm. »Ich spüre Babe in mir, wie er meinen Körper mit Liebe überflutet, mit der Kraft des allmächtigen Gottes erfüllt. Ich habe die Macht.« Eine Faust reckte sich gen Himmel.

»Amen!«, kreischte die Menge inbrünstig.

Charles blickte auf das riesige Porträt und hörte, wie die Zuschauer, die Fäuste ihrem Prediger gleich in die Luft stoßend, immer wieder den Namen Babe schrien.

Das also war die Neue Kirche – eine Mischung aus Bibel und Hitler.

Entzückend!

Jemand reichte Malcolm ein gewöhnliches Wasserglas und einen Kristallpokal. Er goss klares Wasser in den Pokal, der sich mit einer satten roten Flüssigkeit füllte. Tausend Zuschauer schnappten hörbar nach Luft.

Malcolm hatte es gewagt, Wasser in Wein zu verwandeln.

Charles kannte das Kunststück, erlebte es aber zum ersten Mal in einem religiösen Zusammenhang. Der Trick bestand darin, die Kristalle, die das Wasser rot färbten, wenn sie sich auflösten, mit der Hand abzudecken, solange man das Glas hielt.

Malcolm tat einen tiefen Zug, dann drehte er der Menge den Rücken und sah zu dem Abbild seines Bruders hinauf. Das Glas zerschellte auf dem Bühnenboden. Er breitete die Arme aus wie ein Gekreuzigter, sein Körper zuckte. Es herrschte vollkommene Stille. Als Malcolm sich umdrehte, war er völlig verändert. Mund und Augen schienen größer, die Lippen waren vorgeschoben, das verschwitzte Haar klebte ihm am Kopf. Sein Gesicht wirkte jetzt fast grausam.

Leicht hinkend ging er hin und her und blieb schließlich in der Bühnenmitte stehen. Er blähte die Brust, Stolz und Überheblichkeit sprachen aus jeder seiner Gesten. Dann taumelte er mit weit aufgerissenen Augen nach hinten und wieder nach vorn bis zum Bühnenrand und streckte in einer flehenden Gebärde die Hände vor. Seine Pailletten funkelten, während er sich in Krämpfen wand.

»Das ist ja Babe!«, rief ein Mann aus der ersten Reihe. Man hörte, wie die Menschen im Zelt tief Atem holten und dann leise seufzten. Aller Augen waren jetzt auf die Bühne gerichtet. Es war erneut ganz still geworden. Die Menge schien von der Auferstehung ihres Idols und dem Licht wie hypnotisiert.

Und dann kam unvermittelt eine neue Nummer, übernommen aus dem Programm des legendären P. T. Barnum. Die professionellen Kandidaten für Wunderheilungen wurden auf die Bühne gebracht – eine Frau, deren Arme unkontrollierbar zuckten, ein Mann, der auf den Händen ging und die Beine nachschleifte. Fehlt nur noch, dachte Charles, der Junge mit dem Hundegesicht und die Dame mit dem Bart. Die Band begleitete den Auftritt der hinkenden, kriechenden, zitternden Menschen mit schmetternden Klängen, der reinkarnierte Babe Laurie legte ihnen die Hand auf, und die eben noch so kläglichen Figuren gingen gesund und munter wieder ab.

Jetzt strömten die Zuschauer mit weniger dramatischen, dafür aber echten Leiden herbei, erbaten Heilung von Malcolm und wurden nacheinander auf die Bühne geführt. Malcolm legte einem Mann, der sich auf zwei Stöcke stützte, die Hand auf die Stirn. Der Mann fiel rücklings in die Arme der Ordner. Malcolm zerbrach die Stöcke mit einer theatralischen Geste, dann hinkte der Mann ungeheilt zurück zu seinem Platz, wobei er einmal stürzte. Doch das fiel niemandem auf. Aller Augen waren auf die Bühne gerichtet.

Ihm folgte eine ganze Gruppe arthritisch gekrümmter älterer Menschen, die sichtlich erschüttert waren, als Malcolm ihnen die Hände auf den Kopf legte und behauptete, er heile sie im Namen von Babe Laurie. Eine Frau, der er eine Hand aufs Gesäß und die andere an die Stirn legte, stürzte wie vom Blitz getroffen nach hinten und wurde von den Ordnern aufgefangen. Schwankend und benommen, aber mit verzücktem Gesicht und Tränen in den Augen ging sie die Stufen hinunter.

Nach diesem Vorspiel war als nächster Programmpunkt das kollektive Wunder vorgesehen, das jeden Zuschauerwunsch zu erfüllen versprach. Zuerst aber kamen die Kollektenteller.

»Glaubt ihr, liebe Brüder und Schwestern?« Malcolm war nicht mehr die Verkörperung seines Bruders, sondern der begnadete Prediger, der selbstbewusst auf der Bühne auf und ab ging. »Sagt Amen.«

»Amen.«

»Dann gebt alles, was ihr habt. Jeden Dollar in eurer Brieftasche, jedes Zehncentstück in eurer Jacke. Gebt alles, was ihr habt, und ihr werdet dafür mehr bekommen als die Summe all eurer Gaben. Wünscht ihr euch ein Wunder? Sagt Amen.«

»Amen.«

In den Tellern häufte sich das Bargeld. Die Zuschauer in der ersten Reihe leerten tatsächlich ihre Brieftaschen, dabei intonierten sie den Namen Babe und starrten sein Bild auf der Bühne an. Sie beteten zu ihm. Er war ein Gott und Malcolm sein Priester auf Erden.

»Es wird Zeit, euren Glauben kundzutun. Wollt ihr ein Wunder kaufen?«

»Amen.«

»Dann greift in die Brieftaschen, verschwendet keinen Gedanken an das Morgen.«

Charles erinnerte sich, dass Jesus Christus etwas in dem Sinne zu Judas gesagt hatte, aber nur, weil er ihn daran hatte hindern wollen, bei einer ähnlichen Veranstaltung mit dem Hut herumzugehen.

»Trennt euch von eurem Geld, und es wird hundertfach zu euch zurückkommen. Ihr werdet im Licht des Glaubens leben, und alles Schöne im Leben wird euch gehören, das garantiere ich euch. Wenn ihr den wahren Glauben habt, wird euer Herzenswunsch erfüllt.«

Das also war die Absicherung, die in Malcolms Garantie eingebaut war. Sollte das Wunder ausbleiben, fehlte es dem Bittsteller offenkundig an Hingabe und Glauben. Und dafür konnte ja schließlich Malcolm nichts. Für Kleingläubige gab es keine Rückvergütung.

»Ich will, dass ihr tief in die Taschen greift und eure Scheine und Münzen herausholt. Das ist die Vorbedingung. Wenn ihr schwach im Glauben seid, verschwendet ihr hier nur eure Zeit. Klappt die Brieftaschen auf, legt euren Glauben auf die Kollektenteller zu Gottes Ehre. Wenn wir einander helfen, sind wir Teil des großen Stroms, und er strömt zu uns zurück. Es ist ein heiliger Kreis, den ihr nicht unterbrechen könnt. Er umschließt euch, solange ihr glaubt. Ihr müsst euren Glauben kundtun. Wenn ihr in die Nacht hinausgeht, dürft ihr nichts mehr besitzen außer eurem Glauben. Sagt Amen.«

»Amen!«

»Ihr Frauen!« Er stampfte mit dem Fuß auf. »Leert eure Geldbörsen. Sucht sorgfältig! Ich möchte nicht, dass ihr nach Hause kommt und noch einen Cent darin findet, denn dann zerfällt euer Glaube zu Staub, und der Kummer über diese vertane Chance wird euch ein Leben lang quälen.«

Charles sah sich um. Die Drohung war ein geschickter Trick. In der dritten Reihe, zwei Plätze von ihm entfernt, griff eine bisher eher zurückhaltend wirkende Frau tiefer in ihre Handtasche. Und zu seiner Linken, einen Platz neben ihm in der zweiten Reihe, hatte sich eine andere Zuschauerin den Inhalt ihrer Handtasche auf den Schoß gekippt. Ihre Hände waren knotig verdickt. Sie war sehr jung für eine so fortgeschrittene Arthritis, für so viel Leid.

Der Hunger, die Gier der Menge waren fast mit Händen zu greifen. Die Zuschauer waren aufgesprungen und stöhnten ob der sie in Babe Lauries Namen durchströmenden Kraft. Sie schrien ihr Amen heraus, und Charles spürte die Macht der allgemeinen Erregung wie einen Stromstoß.

»Habt ihr den Glauben?«

»Wir haben den Glauben«, kam es einstimmig von der Menge, die ein gemeinsames Verlangen hatte.

Sie alle waren an Malcolm angeschlossen und versorgten ihn mit Licht und Energie – alle bis auf Charles, der isoliert von der animalisch röhrenden Menge allein mit seinen Ängsten war. Jeden Augenblick konnten die Zuschauer den Ungläubigen in ihrer Mitte entdecken.

Und er wusste, zu welch zerstörerischem Handeln der Mob fähig war.

Malcolm schien auf der Bühne zu wachsen, die Liebe, die ihm aus der Masse entgegenschlug, machte ihn zum Riesen. Umgekehrt ging von seinen ausgestreckten Fingerspitzen Kraft auf seine Zuschauer über. Sie nährten einander – Malcolm und seine Gläubigen.

Ein inbrünstig Betender stieß Charles seinen Ellbogen an die Schläfe. Sein Kopf flog zur Seite, und jetzt sah er, dass in dem breiten Mittelgang Henry Roth stand und sich suchend in der ersten Reihe umsah. Charles erhob sich. Jetzt war er über den normal großen Zuschauern mühelos zu erkennen. Henry winkte ihm zu. Seine Hände bedeuteten ihm mitzukommen, und zwar sofort.

Als sie den Parkplatz erreicht hatten, erloschen hinter ihnen im Zelt die Lichter. Charles blieb mitten auf der Fahrbahn stehen. Er konnte sich vorstellen, was jetzt in dem schwarzen Riesenrund geschehen mochte. Die Angst vor der Dunkelheit würde das Zusammengehörigkeitsgefühl der Zuschauer zunichte machen, es würde zu einer Panik kommen.

Henry zupfte ihn am Ärmel. *»Schnell, schnell«,* drängte seine sprechende Hand.

Sie begannen zu laufen. Charles warf noch einen raschen Blick über die Schulter, wo sich der Umriss des Zeltes vor dem Abendhimmel abzeichnete. Die Menge löste sich wieder in Einzelpersonen auf, die bestrebt waren, so schnell wie möglich dem Dunkel zu entrinnen. Wie Ameisen krabbelten sie aus dem Zelt. Die hohen Masten gaben an einer Seite nach, und der Zeltbau neigte sich gefährlich zur Seite. Dann flammte weißes Scheinwerferlicht auf, und eine Karawane von Wagen bewegte sich langsam vom Zelt weg in Richtung Highway.

Als Charles und Henry den ersten Häuserblock von Owltown passiert hatten, gingen hinter ihnen die Lichter aus, und die Nacht senkte sich herab wie ein Vorhang. Im nächsten Block wiederholte sich das Gleiche.

Und wer hatte dieses kleine Wunder vollbracht? Wenn ich raten soll, dachte Charles, würde ich auf Mallory tippen.

Er traute ihr ohne weiteres zu, dass sie sich Zugang zum Computer des örtlichen Elektrizitätswerks verschafft hatte. Es war die nächstliegende Erklärung für Ort und Zeit des Stromausfalls – und dafür, dass Henry Roth gerade in diesem Moment im Zelt aufgetaucht war.

Die Lauries standen also nicht nur auf den Listen von Henry und Sheriff Tom Jessop, sondern auch Mallory hatte sie im Visier. Eine würdige Gegenspielerin für eine Familie von Wanderpredigern – Unsere Liebe Frau vom Cyberspace. Was sie getan hatte, war im Grunde unverantwortlich. Es hätte Menschen im Zelt das Leben kosten können.

Vor den hohen Bäumen blieb Charles stehen und sah sich um. Die Scheinwerferkegel beleuchteten die flüchtende Menge. Henry zupfte ihn erneut am Ärmel, und sie gingen weiter. Am Brunnen auf dem Marktplatz von Dayborn wurde Henry langsamer. Nachdem sie den Marktplatz überquert hatten, verlöschten hinter ihnen alle Straßenlaternen und das Licht in den Fenstern der Häuser, und Charles hatte das unbehagliche Gefühl, irgendwie daran schuld zu sein.

Als sie über der Brücke waren, gingen die Lichter wieder an, und in Owltown fingen sämtliche Telefone an zu läuten. Sie hörten nicht auf, bis die Besucher der Babe-Laurie-Gedächtnisshow nach Hause gekommen waren und abhoben. Es war fast, als hätten die Telefone die Menschen in ihre Häuser und Wohnwagen zurückgerufen.

»Armer Malcolm«, meinte Charles. »Die Kollektenteller sind nicht über die erste Reihe hinausgekommen.«

Henry grinste. *»Dann hat er nicht mal die Kosten für den Aufbau des Zelts hereinbekommen. In der ersten Reihe sitzen nur Familienmitglieder.«*

Malcolm baute also auf den Herdeninstinkt: Die Mitglieder des Familienclans legten ihr Geld auf die Sammelteller, alle anderen taten es ihnen nach.

Im Wald hinter der Brücke fiel ein Schuss. Henry sagte ungerührt: *»Das ist nur Fred Laurie, der schießt wieder mal Eulen. Ich hab ihn in den Wald gehen sehen. Vielleicht ist es auch Augusta, die auf Fred Laurie schießt. Es ist nicht ratsam, sich an ihren Eulen zu vergreifen.«*

Fred Laurie betrachtete forschend jeden dunklen Gegenstand, der sich bewegte. Er hob die Flinte und drückte erneut ab. Als er sich näher herangeschlichen hatte, erkannte er, dass er noch ein Blatt direkt ins Herz getroffen hatte – das dritte, während seine Brüder in Owltown die Menge hypnotisierten.

Jane's Café hatte sich als ergiebige Informationsquelle erwiesen. In einem Gespräch hatte er aufgeschnappt, dass der Sheriff Jane verboten hatte, der Gefangenen das Abendessen in die Zelle zu bringen; ihr Mittagessen hatte sie nicht angerührt. »Der Sheriff«, hatte Jane zu Betty Hale gesagt, »wird auch immer knickriger, und dieses junge Ding, das sie ihm als neuen Deputy geschickt haben, hat mir nicht in die Augen sehen können, als ich gefragt hab, ob irgendwas nicht stimmt.«

»Dir kann man eben nichts vormachen, Jane«, hatte Betty geantwortet. »Vielleicht hätte Tom Jessop dich zu seiner Stellvertreterin machen sollen.«

Dann hatte der Briefträger erzählt, dass der Sheriff den ganzen Tag in der Gegend herumgefahren sei und vom Fenster seines Wagens aus jeden Baum angeguckt hätte. Vorher aber, in aller Frühe, sei er wie ein Verrückter zu dem Haus von Cass Shelley gebrettert.

Die Gefangene war verschwunden, das war in Jane's Café inzwischen allen klar. »Genau wie ihre Mutter«, hatte Jane gesagt.

Im Haus ihrer Mutter hatte Fred die Tochter erfolglos gesucht. In den Sumpf am Finger Bayou wäre sie nicht gegangen, im Dunkeln fand sich dort nur Augusta zurecht. Sie musste sich hier im Wald rumtreiben.

Er kam an eine Lichtung und blieb stehen, um sich eine Zigarette anzuzünden. Wäre er nicht über das in eine Plane eingewickelte, unter Zweigen verborgene Bündel gestolpert, hätte er den Hund nicht gefunden. Er riss noch ein Streichholz an und hielt es an einen hohlen Baumstamm. Aus der Öffnung ragte schwarzes Leder heraus. Das war die Reisetasche, die drei Tage lang im Büro des Sheriffs gestanden hatte, und diese Tasche gehörte ebenso zu Mallory wie der verdammte Köter.

Fred Laurie blies das Streichholz aus. Schritte? Ja, jemand kam auf ihn zu.

Rasch legte er die Zweige wieder über den toten Hund und zog sich in den Wald zurück. Er hängte die Flinte über die Schulter, griff nach einem Ast und zog sich in das dichte Laub zurück, ehe die Frau auf die Lichtung trat.

Sie ging leicht wie ein Reh; hin und wieder blieb sie stehen und horchte, wie es Rehe tun. Die braune Deputy-Uniform hob sich hell vor der schwarzen Haut ab. Als sie vor einem dunklen Baumstamm stehen blieb, verschmolz ihre Gestalt mit der Schwärze, die sie umgab, und einen beängstigenden Augenblick lang glaubte Fred, in der Uniform geistere ein Gespenst herum.

Sein Herz schlug schneller und lauter, er hatte den Eindruck, dass man es an den Brustkorb trommeln hörte, als sie den Revolver aus dem Halfter zog und nach oben richtete. Sie sah nicht auf, zielte aber zweimal genau auf ihn, so dass ihm der Atem stockte. Danach stand sie sehr still und horchte wieder.

Hatte sie seinen Herzschlag wahrgenommen?

Unsinn ... Andererseits: Man konnte nie wissen. Vorsichtshalber legte er eine Hand auf die Brust.

Deputy Beaudare setzte sich in Trab, blieb noch einmal stehen, sah sich um und verschwand dann geschmeidig wie die Tiere, die er so selten traf, im Wald.

13

Am Telefonmast vor Henry Roths Cottage machten sie Halt. Henry bedeutete ihm, dort zu warten. »*Wir sehen uns später.*« Dann ließ er Charles auf dem unbefestigten Weg stehen und ging davon.

Später?

»Schau nach oben, Charles!«, rief eine vertraute Stimme.

Er ließ den Blick an dem hohen Mast hochwandern, der seitlich silberne Sprossen hatte. Ganz oben gingen von dem dicken

Schaft hölzerne Querträger ab, die mit Kabeln und blinkenden Lichtern bestückt waren.

In blindem Vertrauen darauf, dort oben Mallory zu finden, machte Charles sich daran, die silbernen Sprossen zu erklimmen. Als er sich dem Querträger näherte, erkannte er sie im Umriss. Sie machte sich an den Kabeln zu schaffen. Er bewältigte die letzte Sprosse und hielt sich mit einem Arm am Mast fest. Jetzt war er auf gleicher Höhe mit Mallory. Ihr Haar leuchtete im Dunkeln, der zunehmende Mond setzte Glanzlichter in ihre Locken, und zwischen den einzelnen Strähnen sah man die Sterne.

Zur Begrüßung lächelte sie ihm nur kurz zu. Mallory machte nicht gern viele Worte, oder vielleicht begriff sie gar nicht, dass normale Menschen Worte brauchten. Sie fühlte sich seit jeher wohler in der Gesellschaft von Maschinen, die schweigsam und effizient waren und keine Widerworte gaben. Die Kollegen von der New Yorker Polizei hatten sie – nicht nur hinter ihrem Rücken – Mallory die Maschine genannt.

»Hallo!« Er beging den Fehler, nach unten zu schauen, wo die Straße nur ein schmaler Strich und die Stadt eine Ansammlung von Spielzeughäuschen in der Ferne war. Er umklammerte den Mast fester und konzentrierte sich auf Mallorys Gesicht. »Wie ich sehe, arbeitest du nach wie vor ohne Netz.«

Sie saß in der Lederschlinge, die den Namen einer örtlichen Telefongesellschaft trug, so entspannt wie auf einem Sessel.

»Das Ding da hast du wohl geklaut.«

Sie nickte bestätigend und nicht die Spur gekränkt und arbeitete weiter an ihren Kabeln herum. »Ich hab mal für die EDV-Abteilung der Firma im Norden gearbeitet.«

Über das Gewirr der elektrischen Drähte hinweg streckte sie die Hand aus, nahm Charles die Krawatte ab und knöpfte die Weste auf, sodass sein weißes Hemd zum Vorschein kam. Mit Mallory hoch oben in den Sternen … Noch nie hatte er ein so romantisches Rendezvous mit ihr gehabt, und er fragte sich nur, womit sie ihm diese Freude verderben würde.

Sie hielt ihm einen kleinen schwarzen Kasten vor die Brust, auf der sich jetzt ein Bildschirm abzeichnete. »Wie ich sehe, hast du das Problem der Auflösung bewältigt«, sagte er.

»Ja, ich habe die Pixel in Analogwellen umgesetzt, aber das geht immer noch zu sehr auf Kosten der Batterien.«

Demnach gehörte wohl zumindest einer der Drähte, die aus dem Minicomputer in ihre Blazertasche führten, zu der Batterie, die den Monitor speiste. Das Bild auf seinem Hemd veränderte sich, als sie sich über den Computer in ihrer Handfläche beugte und mit einem silbernen Zahnstocher auf der kleinen Tastatur herumtippte. Ihr Gesicht war in bläuliches Licht getaucht.

Dass er sich jetzt – trotz seines heftigen Abscheus vor allem, was mit Hightech zu tun hatte – im Computerjargon verständigen konnte, gab ihm hin und wieder doch zu denken. Mit dem Prototyp, den sie in der Hand hielt, kannte er sich besonders gut aus. Vor einem Jahr hatte sie kaum ein anderes Gesprächsthema gehabt. Weil er ihre Stimme so liebte, hatte er sich das Fachchinesisch ihrer Erläuterungen angehört, als sei es reine Poesie. Es waren recht einseitige Gespräche gewesen, denn weil sie so selten mehr sagte als unbedingt nötig, hatte er es nicht gewagt, sie zu unterbrechen oder gar mit ihr zu diskutieren.

Ob sie ihm jetzt, da er als lebender Monitor Teil ihres Computers geworden war, ein bisschen mehr Platz in ihrem Herzen einräumen würde? Falls Mallory überhaupt ein Herz hatte …

»Als Nächstes wirst du dann wohl das elektronische Buch angehen.« Seine Angst, die geliebten Bücher, in denen man blättern konnte, könnten sich in seelenlose Megabyte-Monster verwandeln, wuchs von Tag zu Tag.

»Du musst dich endlich vom zwanzigsten Jahrhundert verabschieden, Charles. Es ist so gut wie vorbei.«

»Demnach hältst du nichts von meiner Theorie, dass eines Tages die Maschinenstürmer die Erde besitzen werden?« Dumme Frage! Sie wussten beide, dass die Zukunft in Wahrheit ihr und ihresgleichen, diesen erstaunlichen Kindern des Computerzeitalters, gehörte.

Er sah auf das Diagramm, das auf seinem Hemd leuchtete. »Was ist das?«

»Das Stromnetz einer Elektrizitätsgesellschaft. Für die hab ich auch mal gearbeitet. Schau!« Sie wies auf das unter ihnen liegende Dayborn. Erst gingen die Lichter in Dayborns Häusern und im benachbarten Owltown aus, danach wurden die Straßenlaternen nacheinander ein- und ausgeschaltet, und unvermittelt war es in Dayborn wieder hell. Owltown und das ganze Gebiet diesseits des Upland Bayou lagen weiter im Dunkeln.

»Gut, nicht? Es hat mich eine Menge Arbeit gekostet, überall getrennte Schaltungen anzubringen.«

Nun wusste er, wo sie vom Frühjahr bis zum Herbst gewesen war. Sie hatte Fallen gestellt, geplant, Ränke geschmiedet. »Und wie lange hast du fürs Finanzamt gearbeitet?«

»Gut kombiniert, Charles. Aber das, was ich brauchte, hab ich mir schon beim Leistungstest runtergeladen. Zum Einstellungsgespräch hab ich es gar nicht mehr kommen lassen.«

Die Unterlagen des Finanzamts gaben Aufschluss darüber, welche Bürger hier vor siebzehn Jahren gelebt hatten, wer gestorben, wer verzogen war. Inzwischen hatte sie sich vermutlich Bankauszüge und Kreditauskünfte beschafft, wusste, wer wie viel Schulden, wer wie viel an Kirchen und Wohlfahrtsorganisationen gespendet hatte. Es war anzunehmen, dass sie monatelang die Telefongespräche in Dayborn abgehört hatte, um Informationen für ihre Rückkehr zu sammeln.

»Die Steuerbemessungsgrundlagen waren nützlich für meine Liste.«

»Deine Liste? Führen denn alle hier diese verdammten Listen? Es geht dir um den Mob, nicht? Um die Menschen, die deine Mutter umgebracht haben.«

Mallory sah ihn erstaunt an. »Wer führt noch Listen?«

»Henry hat eine, der Sheriff auch. Hat Henry dir das nicht erzählt?«

»Wir hatten nicht viel Zeit zum Reden, es gab sehr viel zu tun.«

»Das sehe ich.«

Sie legte eine Hand auf die seine. »Was ist mit der Liste des Sheriffs?«

»Jessop hat die Ermittlungen zum Mord an deiner Mutter nie eingestellt. Er quält seine Verdächtigen. Zumindest von zweien weiß ich es – Alma Furgueson und dem Deputy.«

»Travis? Der Sheriff glaubt also, dass Travis zu der Bande gehörte?«

»Ja. Und dafür lässt er den Mann bitter büßen.«

Er glaubte, etwas wie Bedauern in Mallorys Augen zu sehen, aber weil es das erste Mal war, dass er eine solche Regung darin entdeckte, war er sich nicht ganz sicher. »Hast du nicht gewusst, dass er nie aufgegeben hat?« Nein, ganz offenbar hatte sie das nicht. »Im Grunde seid ihr beide auf derselben Seite, du brauchst dich nicht zu verstecken. Du könntest ...«

»Er ist ein Cop, Charles – im Gegensatz zu mir. Ich darf dich daran erinnern, dass ich meine Dienstmarke in New York gelassen habe.«

»Was hast du dir in den Kopf gesetzt, Mallory? Selbstjustiz? Von Henry weiß ich, dass zu der Meute an die dreißig Leute gehörten. Die kannst du ja doch nicht alle erledigen.«

»O doch«, sagte sie gelassen, und dann – im gleichen Tonfall: »Gibst du mir mal die Zange rüber?«

Er nahm die Zange von der Querverstrebung und reichte sie ihr. »Aus meiner Sicht wäre es zunächst mal logisch zu ermitteln, wer Babe Laurie umgebracht hat. Wenn du dann den Verdacht los bist ...«

»Warum sollte ich mich dafür interessieren, wer Babe Laurie umgebracht hat?«

»Aber fragst du dich denn nicht, *warum* Babe sterben musste?«

»Völlig unwichtig«, erwiderte sie leicht gereizt, um dann rasch das Thema zu wechseln. »Wie fandest du die Show heute Abend?«

»Welche? Deine oder die von Malcolm?«

»Den Zirkus, Charles.«

»An den Zauberkunststücken müssen sie noch arbeiten. Für meinen Geschmack sind sie ein bisschen primitiv.«

»Nicht auf Max Candles Niveau?«

»Bei weitem nicht. Nur Protz und keine Eleganz.« Als Charles zufällig wieder nach unten sah, wurde er nachdrücklich daran erinnert, dass er auf einem Telefonmast saß. Die Erde geriet ins Wanken – oder war es sein Magen, der verrückt spielte?

»Hat dein Vetter sich auch mal mit Ikonen und frommen Wundern befasst?«, fragte sie. Das klang wie beiläufig dahingeplaudert, war es aber wohl kaum; denn mit Plaudern hatte Mallory nichts am Hut.

»Nein, aber in der Branche kannte Max sich natürlich aus.« Er sah wieder auf seine Hemdbrust, auf der sich Mallory durch eine Reihe von Diagrammen klickte, bis sie das Gewünschte gefunden hatte.

»Könntest du Henry ein paar Tipps für ein kleines frommes Wunder geben?«

Zunächst hatte er Gelegenheit, Mallorys Wunder zu betrachten. Sie tippte auf ihr Keyboard, und in Owltown gingen die Lichter an.

»Werden die nicht merken, dass du hier im Stromnetz herumpfuschst und …«

Sie warf ihm einen gekränkten Blick zu. »Die Elektrizitätsgesellschaft wird ein Team losschicken, um die Leitungen zu überprüfen. Zehn Meilen weiter werden sie bei der Hauptleitung das Problem finden und sich sagen, dass die Störung auch auf die Nebenleitungen übergegriffen hat. Ich hab dort ein Eichhörnchen hingelegt. Es ist kohlschwarz verbrannt.«

»Du hast …«

»Wär's dir lieber, wenn ich dir sagen würde, das Eichhörnchen wäre eines natürlichen Todes gestorben, ehe ich es hab verschmoren lassen?«

Der Spott war sanft, traf ihn aber empfindlich, weil er daran wieder einmal erkannte, dass sie ihn für einen Einfaltspinsel hielt. »Du hast offenbar nichts dem Zufall überlassen, wollte ich eigentlich sagen. Und jetzt musst du mich entschuldigen. Es war ein langer Tag, und ich bin es leid, den Trottel zu spielen.«

Er hatte schon den Abstieg begonnen, als er ihre Hand auf seinem Arm spürte.

»Bleib«, sagte sie.

Er zögerte.

Es war nicht ganz der Ton, in dem sie mit einem Hund gesprochen hätte. Im Gegenteil: Bei Mallory hörte sich dieses eine Wort fast wie eine Entschuldigung an.

Ihr Griff wurde fester, als müsste sie ihn gewaltsam zurückhalten. Dabei wäre das nicht nötig gewesen. Es war noch nie nötig gewesen. Er sah Mallory plötzlich so klar wie auf einem gestochen scharfen Foto, während sie sich über das gefährliche Gewirr der stromführenden Kabel beugte. Das Messgerät in ihrer Hand blinkte rot. Ihre Lippen streiften seine Wange, sein Ohr. »Ich bring nicht noch mal ein Eichhörnchen um. Ehrenwort.«

Und dann lagen ihre Lippen auf seinem Mund. Er rührte sich nicht und hätte sich auch nicht gerührt, wenn er auf einem Nagelbrett gestanden hätte. Er hörte das Summen in den Telefondrähten und spürte die Schwingungen des Masts wie einen elektronischen Herzschlag. Vor dem computerblauen Leuchten ihrer Haut musste er die Augen schließen.

Es war zu kurz, viel zu kurz. Während sie ein wenig von ihm abrückte und sein Hochgefühl sich langsam verflüchtigte, überlegte er, ob sie sich über ihre Wirkung auf ihn im Klaren war. Normalerweise tat ja Mallory nichts ohne Absicht … Die Frage, warum sie ihn geküsst, was sie damit bezweckt hatte, würde ihm schlaflose Nächte bereiten.

Oder auch nicht.

Es war nicht wichtig, warum sie es getan hatte. Und hätte sie ihn darum gebeten – er wäre bedenkenlos von dem Mast gesprungen und hätte zwanzig Eichhörnchen getötet. Er wusste, dass sie ihn um etwas bitten würde.

»Ich möchte, dass du nach New York zurückfährst, Charles. Heute Abend noch.«

Warum konnte sie nicht etwas ganz Unkompliziertes von ihm verlangen – sein Blut bis auf den letzten Tropfen zum Beispiel? Es wäre ihm nicht schwer gefallen, für Mallory zu sterben, aber verlassen würde er sie nie, das durfte sie nicht von ihm erwarten. Ohne sie nach New York zurückzufahren war undenkbar. Er schüttelte den Kopf.

»Henry wird mir helfen. Ich brauche dich nicht, Charles.«

»Besten Dank für die Blumen …«

»Du kennst dich hier nicht aus, du kannst nicht …«

»Gute Nacht.« Er stieg langsam nach unten. Die Sprossen waren eiskalt. Er starrte auf den Mast und nahm sich fest vor, Mallory nicht noch einmal anzusehen. Wenn er nicht sah, wie sie zum Schlag ausholte, hatte sie keine Macht über ihn.

So'n Quatsch, pflegte Mallory in solchen Fällen zu sagen.

»Wo willst du hin?« Dass er einfach ging, ohne sie um Erlaubnis zu fragen, war ihr offenbar nicht recht.

Das hast du nun davon … Auch das war ein Lieblingsspruch von Mallory. Er hatte viele Mallory-Sprüche gelernt in den Jahren, in denen er sich gequält hatte, weil er sie liebte und Mallory zur Liebe nicht fähig war.

»Charles? Wo …?«

»Ich werde feststellen, wer Babe Laurie umgebracht hat.«

»Charles«, klang es schwach von oben zu ihm herunter.

Er kam wohlbehalten unten an und ging die unbeleuchtete Straße entlang, ohne sich umzusehen. Im Haus des Künstlers war alles dunkel. Auf dem Telefonmast tippte Mallory einen Befehl in ihren Computer ein, und bei Henry Roth gingen die Lichter an, um Charles heimzuleuchten.

Nach einem kurzen, lautlosen Einbruch kehrte Mallory mit einer Schaufel aus dem Gartenschuppen ihrer Mutter in den Wald zurück. Sie überlegte, was der Sheriff wohl von ihrem Besuch in dem leeren Haus halten würde – und von dem, was sie darin zurückgelassen hatte. Der Werkzeugkasten, den sie sich an einem Riemen über die Schulter gehängt hatte, schlug gegen ihre Hüfte, als sie sich, einem schmalen Lichtstrahl folgend, einen Weg zwischen den Bäumen hindurch bahnte. Die kleine Taschenlampe zeigte ihr jede Wurzel, jeden Stein. Als sie einen Farnwedel aus dem Gesicht streifte, fuhr der Strahl der Taschenlampe über ihre Hand, und sie erstarrte.

Die langen roten Fingernägel waren eingerissen und abgebrochen, der Lack blätterte ab. Die Haut war wund und voller Kratzer, die Knöchel blau von Blutergüssen. Einen Augenblick besah sie sich den Schaden geradezu fassungslos, als seien abgebrochene Fingernägel in ihrer Welt etwas Unvorstellbares. Und so war es ja auch.

Schon als Zehnjährige war sie fanatisch ordnungsliebend gewesen, hatte sich keine Sprünge in der Fassade erlaubt, duldete in ihrer Umgebung keinen Gegenstand am falschen Platz. Ihre Pflegemutter, die verstorbene Helen Markowitz, hatte auf Ordnung und Sauberkeit im Haus gehalten, und Kathy, die Helen abgöttisch geliebt hatte, übernahm diese Haltung als Weltanschauung – eine Weltanschauung, in der es keinen Gott gab, dafür aber sämtliche dem lieben Gott und professionellen Putzfrauen bekannten Mopps und Bürsten, Putzmittel und Scheuerpulver. In Mallorys New Yorker Eigentumswohnung gab es eine Kammer, in der Dosen, Flaschen und Krüge in Reih und Glied aufgereiht waren wie kleine Soldaten im Dienst der überordentlichen Mallory, die nur da Beschädigungen aufwies, wo man es nicht sah.

Bis jetzt.

Sie lehnte die Schaufel an einen Baum und schlug die Hände vors Gesicht. Sie war jetzt so erschöpft, als habe man ihr alle Luft aus den Lungen, alles Blut aus den Adern gepumpt. Am liebsten hätte sie sich hingesetzt, um nie mehr aufzustehen. Der Tag war so lang wie ein Jahr, war schmerzlich und schwer gewesen – aber erst jetzt, beim Anblick von abblätterndem Nagellack und abgebrochenen Fingernägeln, war sie einem Zusammenbruch gefährlich nah.

Sie hatte alles verloren – nicht nur ihre Familie, sondern auch wichtige Erinnerungen. Sie hatte nicht mehr gewusst, wie der Hund hieß, der in ihren Armen gestorben war. Nun war sie wieder allein, ein Zustand, den sie der Gesellschaft von Menschen, die sie früher oder später doch wieder verlassen würden – durch Tod oder so wie heute Abend Charles –, immer vorgezogen hatte.

Mallory knipste die Taschenlampe aus, holte tief Luft und gewann allmählich ihre Fassung zurück. Wäre es in diesem Moment hell genug gewesen, ihr Gesicht zu erkennen, hätte man ihr, als sie wieder nach der Schaufel griff und weiterging, nicht den geringsten Kummer und auch sonst keine Gemütsbewegung angesehen.

Sie kam zu der Lichtung, wo sie den Hund versteckt hatte, nahm die Zweige von dem Kadaver und zog die schwarze Ledertasche aus einem hohlen Baum.

Dann leuchtete sie mit der Taschenlampe in die Höhlung, wo Insekten in wilder Aufregung durcheinander krabbelten, um der plötzlichen Helligkeit zu entkommen. Hinter der Ledertasche hatte sie eine Leinentasche mit elektronischem Gerät versteckt. Die holte sie jetzt heraus und steckte die Lederschlinge, den Werkzeugkasten und ihren Minicomputer hinein.

Als alles wieder sicher verstaut war, machte sie sich an die traurige Arbeit, ein flaches Grab zu schaufeln. Sie würde später noch einmal wiederkommen und die Stelle ordentlich beschweren. Jetzt war es erst einmal wichtig, ihn zu begraben. Bei Tag wäre es noch schwieriger gewesen, nicht wegen der Gefahr, sondern weil sie ihn dann so hätte sehen müssen, wie er gestorben war – als altes, krankes Tier. In der Dunkelheit fiel es ihr leichter, sich den Labrador in seinen besten Jahren vorzustellen, als sie unzertrennlich gewesen waren.

Braver Hund.

Sie hatte gerade den ersten Spatenstich getan, als hinter ihr der Schuss fiel.

Er hatte getroffen. Sie ließ die Schaufel fallen, holte die Waffe aus dem Schulterhalfter, wirbelte herum und schoss nach oben in die Bäume. Sie hatte kein Ziel im Visier – das Laub war eine einzige schwarze Masse –, sondern ließ sich einzig und allein von ihrem Instinkt leiten. Beides half ihr, in der Finsternis eine Gestalt zu erahnen, so wie gejagte Tiere noch in dem, was der Jäger für vollkommene Stille hält, leiseste Laute hören können.

Schwer und mit einer großen Schusswunde in der Brust stürzte Fred Lauries Leiche vom Baum.

Mallory nickte zufrieden. Sie hatte sich wegen der größeren Durchschlagskraft für die .357 Magnum entschieden. Eine gute Wahl, dachte sie, während sie das betrachtete, was einst ein menschliches Wesen gewesen war.

Mallory die Maschine war wieder in Aktion getreten.

Als sie die Waffe ins Halfter steckte, spürte sie die klebrige Nässe an der linken Schulter und ertastete die Austrittswunde. Die Waffe, die neben dem Toten am Boden lag, war eine Flinte Kaliber .22. Mit so einem Spielzeug konnte man vielleicht Frösche erledigen – für die Menschenjagd hätte er sich eine andere Waffe zulegen sollen.

Trottel.

Noch tat die Wunde nicht weh, aber der Schmerz würde nicht lange auf sich warten lassen. Sie tastete über ihre Schulter und fand die Einschusswunde. Demnach steckte die Kugel nicht mehr im Körper, und das war gut. Nicht so gut war, dass sie aus zwei Wunden blutete. Aber sie würde sich schon durchschlagen. Als sie klein war, hatte Tom Jessop ihr einmal erzählt, dass im Wald dutzendweise kleine Tiere herumliefen, die einer dieser widerlichen Laurie-Brüder angeschossen hatte. Die meisten, hatte der Sheriff gemeint, erreichten trotzdem ein gesegnetes Alter.

Sie lauschte auf Schritte im Wald. Irgendjemand musste doch den Schuss gehört haben und der Sache nachgehen. Doch sie hörte nichts und sah nichts – außer dem ein paar Meter von ihr entfernten Toten. Mallory ließ Hund, Reisetasche und Leiche liegen und setzte sich in Bewegung.

Sie hatte Mallorys Spur verloren, aber das machte nichts. Lilith lief schon so lange, dass sie keine Erschöpfung mehr spürte und ihre Gedanken seltsam klar geworden waren. Sie wusste, wohin Mallory wollte. Sie waren miteinander verbunden, bewegten sich gemeinsam durch Zeit und Raum.

An der Friedhofsgrenze blieb Lilith stehen. Cass Shelleys Engel sah aus, als würde er sich gleich in die Lüfte erheben. Sie ging um die ausgebreiteten Flügel herum nach hinten, und dort fand sie sein Ebenbild. Mallorys kreidebleiches Gesicht tauchte aus dem steinernen Faltenwurf des Engelsgewandes auf. Gleich darauf war sie fort, und Blut tropfte von dem Marmor, als sei der Stein verletzt. Deputy Beaudare rannte hinterher. Mallory verschwand schon im Wald, einen Augenblick sah man ihr goldenes Haar noch zwischen den Blättern hindurchschimmern, dann war sie hinter dem dichten Laubwerk nicht mehr zu sehen. »Wenn du weiterläufst, verlierst du zu viel Blut!«, rief Lilith in die Nacht hinein.

Das Lachen, das ihr antwortete, brachte sie fast aus der Fassung. Lilith lief schneller. Das goldene Haar war jetzt wieder zu sehen, und der Abstand verkürzte sich. Dann kippte Mallory vornüber und stürzte zu Boden. Keuchend blieb Lilith über ihr stehen. Sie zog ihre Waffe und hielt sie mit beiden Händen, wie man es sie gelehrt hatte.

Mallory stöhnte. Sie blutete aus einer Wunde am Rücken. Lilith kniete sich hin, richtete den Pistolenlauf zum Himmel und rollte Mallory mit einer Hand herum. »Wer hat das getan?«

Sie erschrak, als sie sah, dass Mallory einen Revolver in der Hand und den Finger am Abzug hatte und dass dieser Finger sich unheimlich langsam krümmte.

Lilith erstarrte.

»Ich bin nicht dazu da, dir das kleine Abc beizubringen, du Anfängerin«, sagte Mallory, auf einen Arm gestützt. »Wann lernst du endlich was dazu?«

»Durch das Gerenne hast du jede Menge Blut verloren. Aus dem Wald hier kommst du nicht mehr lebendig raus.«

»Na und? Du bist ja nicht mal ein richtiger Cop.« Mallory lächelte jetzt. »Ich weiß, dass die Feds dich aus der bundesstaatlichen Polizei angeworben haben.«

»Du kannst gar nicht wissen …«

»Nein?« Mallory hatte sich aufgesetzt. »Jeder Trottel hätte sich das ausrechnen können. Die Feds beobachten alle Glaubensgemeinschaften.«

»Ich habe nicht …«

»In deiner Ahnungslosigkeit bist du wahrscheinlich auf den alten Dreh reingefallen: große Zukunft beim FBI blablabla … Stimmt's? Soll ich dir mal was verraten, Kleine? Sie haben gelogen. Das machen sie oft.«

Mallory war aufgestanden, während Lilith noch immer wie erstarrt am Boden hockte. »Die vom FBI nehmen dich nie, und zur Polizei kannst du auch nicht mehr zurück, die trauen dir nicht mehr über den Weg, weil du hinter dem Rücken des Sheriffs mit den Feds zusammenarbeitest. Deine Karriere ist vorbei, Kindchen. Oder vielleicht auch nicht. Kann sein, dass du sie noch retten kannst.«

Mallory legte den Kopf schief. Sie musste Schmerzen haben, schien diese und die starke Blutung aber nicht zu beachten. »Selbst du musst doch begreifen, dass es nicht in deinem Interesse sein kann, wenn der Sheriff mich schnappt.«

Doch Lilith begriff nur, dass Mallory blutete und sich nichts, aber auch gar nichts anmerken ließ, und das machte sie verrückt. Wie viel Blut konnte man verlieren, bevor …

»Wird dir ein bisschen flau, Deputy? Vielleicht denkst du daran, wie es sein wird, wenn sie dich schnappen und der Sheriff dich anspuckt.« Sie stand ganz locker da, aber ihr Gesicht war kalt und abweisend.

»Ich werde dir helfen, Kindchen. Wenn du weißt, was ich weiß, müssen sie dich nehmen und befördern. Es ist ein todsicherer Tipp. Willst du, dass ich dir helfe, oder nicht?«

Deputy Beaudare fasste ihren Revolver fester, nickte und erhob sich langsam.

Sofort hatte Mallory wieder die Waffe im Anschlag und entspannte sich erst, als Lilith mit dem Revolverlauf ein wenig zur Seite rückte.

Diese Frau hatte kein Problem, sie zu töten, so viel stand für Lilith Beaudare fest. Umgekehrt war sie sich da nicht so sicher. Das vom Fernsehen vermittelte Bild des Cops hatte sie schon in den ersten Tagen an der Polizeiakademie revidieren müssen. Im Kampf von Phantasie und Wirklichkeit hatte die Skepsis die Oberhand gewonnen. *Könntest du Mallory umbringen? Könntest du überhaupt einen Menschen umbringen?*

Nein ... vielleicht ... Polizistin zu werden war ihr größter Wunsch gewesen. Jetzt geriet alles ins Wanken. Und ihr war tatsächlich ein bisschen flau. Wenn es zu einem Schusswechsel kam ...

»Halt den Revolver mit dem Lauf nach unten, während wir reden«, sagte Mallory, »dann komm ich nicht so leicht in Versuchung, dich über den Haufen zu schießen.« Dabei lächelte sie. *Nicht persönlich gemeint,* sollte das heißen, *nimm's mir nicht übel ...* »Ich bring dein Leben wieder in Ordnung, Kindchen. Runter mit dem Lauf.«

Lilith gehorchte widerwillig und folgte dabei nicht einem Gefühl der Angst, sondern simpler Logik. Solange sie Blut verlor, würde Mallory nicht auf Zeit spielen. Lilith packte die Waffe fester. Um keinen Preis der Welt würde sie die loslassen.

Lilith sah hoch, als Mallory abdrückte. Es war wie ein Weltuntergang. Ihre Knie knickten ein, die Arme fuchtelten, und vor ihren Augen zuckte das Nachbild eines grellen Blitzes auf. Sie spürte den Luftzug, die Hitze der Kugel, die sie haarscharf verfehlte. All das dauerte allenfalls eine Sekunde.

Als das grelle Licht auf ihrer Netzhaut erlosch, stellte sie fest, dass Mallory – zum zweiten Mal an diesem Tag – ihren Colt in der Hand hielt.

Mist.

Die Skepsis, vertraute Wegbegleiterin, stand hinter ihr und lachte sie aus. *Und du willst eine Polizistin sein, Lilith?*

»Ständig verlierst du das Ding«, sagte Mallory und hielt ihr den Colt vor die Nase. »Guck nicht so verzweifelt, Kindchen. Du hast gerade die nächste nützliche Lektion gelernt: Glaube nie, was ein Verdächtiger dir erzählt.«

»Du wolltest mir die Informationen der Feds überhaupt nicht geben.«

»Natürlich nicht.«

»Und wenn der Sheriff dich schnappt, erzählst du ihm das vom FBI.«

»Nein, Kindchen. Das war auch gelogen. Es ist besser, wenn er es von dir erfährt.«

Lilith begann, Mallorys verquere Moral zu durchschauen. Aber …

»Nimm den Schnelllader vom Gürtel und wirf ihn weg.«

Lilith hakte das schwere Ding ab und ließ es zu Boden fallen. Es rollte Mallory direkt vor die Füße, die ihre Waffe einsteckte und Lilith mit dem Colt in Schach hielt, während sie es aufhob. »Das brauchst du doch nicht, und es behindert dich. Jetzt nimm den blöden Schlagstock ab und den übrigen Krempel, Funkgerät und Scheinwerfer, das ist doch nur unnützes Gewicht.«

Lilith gehorchte, und Mallory musterte sie scharf. »Jetzt siehst du schon eher aus wie ein Cop. Ich will dir noch einen Gefallen tun, damit du nicht zu erklären brauchst, wie du deine Dienstwaffe losgeworden bist.« Mallory warf den .38er Colt ins dichte Unterholz. Es war ein erstaunlich weiter Wurf, und im dunklen Laubwerk verlor Lilith das stumpf glänzende Metall aus den Augen.

»Damit bist du eine Weile beschäftigt.« Mallory deutete auf die Taschenlampe. »Da sind bestimmt frische Batterien drin.« Sie lächelte. »Du überprüfst sie jeden Morgen, stimmt's?« Unausgesprochen schwang darin ein *Dumme Gans* mit.

Mit geballten Fäusten starrte Lilith auf das Dickicht, in dem ihre Waffe verschwunden war. Wut verdrängte alle anderen Gefühle. »Ich krieg dich schon noch, Mallory. Und zwar sehr bald.«

Als sie sich umdrehte, war die Stelle, an der Mallory gestanden hatte, leer.

»So'n Quatsch«, sagte eine Stimme in der Dunkelheit.

Mallory watete durch das hüfthohe Wasser und das Geschlinge der Schwimmpflanzen am Finger Bayou und zog sich an herausragenden Wurzeln und Schösslingen am Ufer entlang. Der Boden war glitschig, sie hatte Mühe, ihr Gleichgewicht zu halten. Die Wunden bluteten stark. Das Blut rann an ihrem Rücken herunter und mischte sich mit dem schwarzen Wasser des Bayou, so dass sie keine Spuren hinterließ.

Der Schock hatte eingesetzt, und der Blutverlust schwächte sie, so dass sie nicht mehr so schnell vorankam. Unvermittelt gaben die Beine unter ihr nach. Sie fiel auf die Knie, ohne den scharfkantigen Zweig im Flussbett zu spüren, der ihr das Bein zerschnitt. Sie angelte nach einem Schössling, griff daneben, fiel ins Wasser zurück. Jetzt reichte ihr Arm nicht mehr bis zum Ufer. Sie versuchte sich aufzurichten, aber weil sie sich nirgends festhalten konnte, rutschte sie immer wieder aus. Möglichst lautlos um ihr Gleichgewicht kämpfend, rutschte sie erst in die eine, dann in die andere Richtung, verlor immer mehr Blut und war schließlich so erschöpft, dass sie mit geschlossenen Augen vornüber ins Wasser fiel.

Als sie die Augen wieder öffnete, lag sie auf festem Grund, energische Hände massierten ihren Rücken, und Wasser schoss aus ihrem geöffneten Mund. Dann fielen ihr die Augen wieder zu, und nur undeutlich nahm sie wahr, dass ihre Fersen Rillen im Gras zogen, als jemand sie über den Boden schleifte.

Eine Stunde lang geisterten gelbe Scheinwerferkegel durch den Wald, dann gaben Malcolm und Ray Laurie die Suche nach Fred für diese Nacht auf. Die Brüder belegten ihn mit wenig schmeichelhaften Namen, während sie heimfuhren und sich eine Geschichte für Freds Frau ausdachten, damit sie nicht auf die Idee kam, dass er mit einer Peepshow-Schönen im Bett liegen könnte.

Im Wald wurde es wieder still, man hörte nur die Rufe der Eulen und nachtaktiven Kleintiere. Gegen Morgen knirschte der Kies der Friedhofswege unter dem Schritt zweier Männer. Der Laut erschreckte die Feldmäuse und die Nachtvögel, die sie jagten. So leise wie möglich schlichen sich die Männer an den steinernen Engel heran, banden ein Seil um seine Schwingen und zogen die Figur zu Boden. Auch sie wurde in der Dunkelheit weggeschleift.

14

Charles Butler hatte seinen Schlips abgelegt und sich den Einheimischen angepasst. Das weiche Baumwollhemd war an den Schultern ein bisschen knapp, ansonsten aber – genau wie die Jeans und Wanderstiefel – wunderbar bequem. Der Besitzer des Gemischtwarenladens von Dayborn war hocherfreut, dass er auf diese Weise die Übergrößen los wurde, die niemand sonst kaufte, weil Riesen in St. Jude Parish selten waren. Charles, der mit dem Kopf an den Türrahmen aus dem achtzehnten Jahrhundert stieß, war der ideale Kunde.

Jetzt saß er auf einer hölzernen Bank, betrachtete durch das Oberlicht des Ateliers die letzten Sterne am frühen Morgenhimmel und trank frisch gebrühten Kaffee.

»*Es ist unchristlich früh*«, sagte Henry Roth, »*aber solche Arbeiten führt man am besten im Dunkeln aus. Es ist sehr nett, dass Sie mir helfen wollen.*«

»Das tu ich doch gern.«

Charles folgte dem Bildhauer und seiner Rollpalette zu der Rampe hinter dem Atelier. Eine einzige nackte Birne beleuchtete eine Gruppe weiß verhüllter Figuren, die kreisförmig auf dem einstigen Altar angeordnet waren. Charles zählte elf in abgestuften Größen. »Sind sie aus einem bestimmten Grund verhüllt?«

»Das ist meine Privatkollektion.«

Langsam zog Henry Roth die Hüllen weg. Der größte Engel war an die drei Meter hoch, die übrigen Figuren wurden immer kleiner.

Geflügelte Kinder.

Staunend trat Charles in den Kreis. Sein Blick wanderte langsam über die Figuren und verfolgte Mallorys steinerne Verwandlung von dem kleinen Cherub zum ausgewachsenen Racheengel mit dem Schwert in der Hand.

Der Sheriff kniete im nassen Gras und besah sich das Blut. Die Spur verlor sich einen Meter vor Trebec House. Im Augenwinkel sah er Augusta am Küchenfenster stehen und hörte die Tür im Untergeschoss schlagen. In wenigen Sekunden würde sie vor ihm stehen und ihm eine gehörige Standpauke halten, weil er mit seinem Wagen das Gras kaputtgefahren, mit seinen Auspuffgasen ihre Luft verpestet und ihre Vögel erschreckt hatte. Der Dialog bewegte sich auf eingefahrenen Bahnen. Sie hatte die alte Straße sehr aufwändig mit Bäumen blockiert und fragte ihn regelmäßig, warum er sich unbedingt an den von ihr so geschickt aufgebauten Hindernissen Kratzer im Lack holen wollte. So was brachte doch nur ein Idiot fertig ... Eine gepfefferte Antwort des Sheriffs ließ nicht auf sich warten – und bald schon war der schönste Streit im Gange. Aber diesmal sah es so aus, als sollte das Spiel anders verlaufen.

Ihr Gesicht war unbewegt wie immer. »Was hast du in meinem Garten zu suchen, Tom? Kannst du nicht anklopfen wie ein zivilisierter Mensch?«

Ein neuer Eröffnungszug: Augusta hatte demnach andere Sorgen.

»Fred Lauries Frau hat gemeldet, dass ihr Mann letzte Nacht nicht nach Hause gekommen ist.«

»Freut mich für sie«, sagte Augusta. Ihre Heiterkeit hatte etwas Gezwungenes. »Das dürfte nach zwanzig Jahren die erste friedliche Nacht für sie gewesen sein.«

Der Sheriff stand auf und klopfte sich das Gras von den Hosenbeinen. »Die Schüsse heute Nacht hast du wohl gehört?« Augusta litt an chronischer Schlaflosigkeit, das wussten alle im Ort. »Ich hab Lilith in den Wald geschickt, sie sollte ihn wegen unbefugten Betretens verhaften, weil ich verhindern wollte, dass du ihn zuerst findest. Aber Lilith sagt, dass der Mann spurlos verschwunden sei, dabei hat sie eine halbe Ewigkeit nach ihm gesucht. Und jetzt überlege ich, ob Fred am Ende den Wald mit den Füßen voran und mit einem Loch im Bauch verlassen hat.«

»Wahrscheinlich ist er im Nachbarort und schläft in einem fremden Bett seinen Rausch aus«, erwiderte Augusta so gleichmütig, als spreche sie über den vormittäglichen Regen.

»Und wovon soll er sich den angetrunken haben? Du weißt doch, dass Malcolm diesen Trotteln kein Bargeld in die Hand gibt, und dass er außerhalb von Owltown auf seinen Kirchengutschein was kriegt, glaube ich kaum.«

»Du denkst also an eine Straftat?« Augusta feixte. Der Sheriff wusste, dass sie auf verschiedene Arten feixen konnte. Böse. Gefährlich. Und maliziös. Wie jetzt.

»Wenn seine Frau ihn abgeknallt hat«, meinte Augusta, »muss ich mich bei ihr entschuldigen, weil ich sie unterschätzt und für eine graue Maus gehalten habe.« Sie schüttelte den Kopf. »Was dieser Mistkerl sie vertrimmt hat … Nicht zum Ansehen war das! Und du bist sicher, dass er sich in der Nacht hier herumgetrieben hat?«

»Ganz sicher. Zwei Leute haben ihn mit der Flinte in den Wald gehen sehen, und ich habe in mehreren Baumstämmen Einschusslöcher gefunden, glaube aber kaum, dass die Bäume viel Gegenwehr geleistet haben.«

»Ich weiß schon, worauf du hinauswillst. Wenn er sich selbst angeschossen hat und Hilfe brauchte, wäre er kaum hierher gekommen.«

»Da hast du Recht.« Er wies auf die Spur, die sie großzügig übersehen hatte, als seien Blutstropfen auf ihrem Rasen etwas Alltägliches. »Vielleicht ist es ja auch gar nicht Freds Blut. Möglicherweise hat der Trottel diesmal wirklich was getroffen, und das ist hier gelandet. Ist es Kathys Blut, Augusta?« Er drückte sich absichtlich vorsichtig aus, denn falls die Blutspur tatsächlich von Fred stammte, wollte er das gar nicht so genau wissen.

Sie sah nicht hin. »Tut mir Leid, aber da muss ich dich enttäuschen. Da hat eins der Hühner von Henry Roth dran glauben müssen. Du weißt ja, dass meine Katze ein Räuber ist. Das Huhn zahle ich Henry natürlich, und du kannst deine segensreiche Tätigkeit hier einstellen.«

Der Sheriff ging ums Haus herum. Die Tür zwischen den Treppen stand einen Spalt weit offen.

»Willst du die Katze festnehmen?« Augusta war dicht hinter ihm.

Er ging weiter. Augusta überholte ihn und versperrte ihm den Weg.

»Du setzt unaufgefordert keinen Fuß in mein Haus, Tom Jessop. Dein Vater war Anwalt, er hat dir beigebracht, dass man für so was einen Durchsuchungsbefehl braucht.«

Er drängte sich durch die Tür, ohne auf sie zu achten, und sie folgte ihm ins Haus. »Du lässt sechs Millionen Stechmücken rein.« In ihrer Stimme schwang Zorn – nichts sonst.

Er ging durch die lange Diele in die Küche, hob den Kopf und starrte die gelbe Katze auf dem Kühlschrank an. Die Katze starrte zurück. Augusta stand jetzt neben ihm. Ihre Augen weiteten sich ein wenig, als sie die Waffe in seiner Hand sah.

»Du magst doch das Vieh, oder?«, fragte er und zielte. »Ist das da im Garten Kathys Blut? Ich erwarte eine ehrliche Antwort.«

Die alte Dame hob abwehrend die Hand, als habe er gedroht, sie zu erschießen und nicht die Katze. Dann schwenkte sie die Arme und stieß einen spitzen Schrei aus. Die Katze kniff die Augen zusammen und legte die Ohren an, dann stürzte sie sich mit einem Satz auf den Sheriff und schlug ihm Krallen und Zähne in Brust und Schulter. Durch die Fliegentür der Küche hörte er den Gaul wild wiehern, Vogelschwärme erhoben sich aus den Büschen am Ufer und verdunkelten kreischend und flügelschlagend den Himmel. Die Zähne gruben sich tief in seine Hand. Er ließ den Revolver fallen und schlug nach der Katze. »Ruf das Vieh zurück, Augusta, sonst brech ich ihm das Genick.«

Augusta hob den Revolver auf, öffnete ein Fenster und schleuderte die Waffe mit einem weiten Wurf ins Gras. Die Katze hatte offenbar für heute genug Blut gesehen. Sie ließ vom Sheriff ab, sprang auf den Arbeitstisch und von dort wieder auf den Kühlschrank. Dort blieb sie sitzen, machte einen Buckel und wartete.

Er betrachtete die Verletzung, die sie ihm zugefügt hatte. Sie sah nicht aus wie ein Katzenbiss. Es war, als hätte Augusta selbst zugebissen.

Sie deutete auf sein Blut auf dem Küchenboden. »Vergiss nur nicht, von wem das ist, Tom. Nicht, dass du wieder was durcheinander bringst ...«

Er war schon aus der Küche und auf dem Weg nach draußen, als Augusta hinter ihm herrief: »Wohin so eilig, Tom? Mit der Katze wirst du doch allemal fertig.«

»Komme gleich wieder«, sagte er betont höflich. »Ohne Kanone kann ich das Vieh nicht erschießen.« Die Tür knallte hinter ihm zu.

Sechs Meter vom Haus entfernt, dicht neben seinem Wagen, glitzerte die Waffe im hohen Gras. Vielleicht waren die Flecken ja doch Hühnerblut – oder das Blut von Fred Laurie.

Scheißegal ...

Der Gaul rannte wie ein Verrückter auf der Koppel herum, bäumte sich auf und schlug die Querstange vom Zaun, dass das Holz nur so splitterte. Die Vögel hatten sich von der Panik anstecken lassen. Das Gezeter war ohrenbetäubend.

Als er sich umdrehte, sah er in den Lauf eines alten Derringer. Augusta hatte den Finger am Abzug. Langsam stand er auf, steckte den Revolver ein und sagte beiläufig, ohne den Derringer eines Blickes zu würdigen: »Du würdest nicht auf mich schießen.«

»Und ob ich auf dich schießen würde, Tom«, sagte sie sanft. »Und das weißt du auch.« Ihr Lächeln war breit und böse. »Findest du es wirklich so erstrebenswert, einen ganzen Tag im Krankenhaus zu liegen und dir die Kugel rausholen zu lassen?«

Er überlegte, dass sie wahrscheinlich auf jeden schießen würde, der auf ihrem Land ein Tier bedrohte. War es denkbar, dass sie Fred im Wald gefunden hatte? In diesem Fall hatte er es nicht eilig, sie zu verhaften. Sie sollte Zeit haben, das Beweismaterial beiseite zu schaffen. Augusta hatte Recht: Freds Frau hatte eine Erholung von den Prügelorgien verdient. »Irgendwie hab ich heute keinen Appetit auf Katzenbraten. Aber ich muss Kathy finden, und zwar möglichst schnell. Wenn du mir dabei Knüppel zwischen die Beine wirfst, könnte ich vergessen, wie lange wir uns schon kennen. Ich bin inzwischen so nah dran, dass ...«

»Es geht immer noch um den Mord an Cass Shelley, nicht wahr?« Sie ließ den Derringer sinken. Ihr Lächeln erstarb. »Deine Rachegelüste sind geradezu krankhaft, Tom. So hatte sich dein Vater die Zukunft für dich nicht vorgestellt. Der Posten des Sheriffs in St. Jude hätte dein erstes politisches Amt sein sollen und keine Endstation.«

»Das musst gerade du sagen, Augusta? Du lebst doch nur für deine Rache.«

»Ja, aber mit Genuss und Stil. Bei mir ist Rache eine hohe Kunst, bei dir nur eine unerfreuliche Betätigung. Jetzt mach, dass du wegkommst, oder ich drücke ab.« Sie zielte auf seine Kniescheibe. »Oder glaubst du, dass du als Hinkebein die Kleine eher erwischst?«

Er ging rückwärts zu seinem Wagen und setzte sich ans Steuer. Als die Räder in einer großen Wasserlache durchdrehten, verpasste sie ihm einen Schuss in den Kofferraum.

Verdammtes Weib!

Im Rückspiegel sah er, wie sie nachlud, während seine Räder auf festerem Boden Halt fanden. Statt loszubrettern, wie jeder vernünftige Mann es getan hätte, fuhr er rückwärts, bis er auf einer Höhe mit ihr war, beugte sich aus dem Fenster und tippte grüßend an seinen Stetson.

»Bleib, wie du bist, Augusta!«

Er hörte ihr Lachen noch, als sie schon nicht mehr zu sehen war.

Charles erkannte das Gesicht auf dem neuen Grabstein, noch ehe er nah genug herangekommen war, um den eingemeißelten Text zu lesen. In einem billigen Holzrahmen, der an dem Stein befestigt war, steckte Babes Foto. Das Grab war auffallend klein, nur ein Loch im Boden für die Urne. Eine große Grabstelle war Babe nicht vergönnt.

»Wann ist die Urnenbeisetzung?«

»Er wird erst nach der großen Party Ende der Woche verbrannt«, sagte Henry und betrachtete die primitive Arbeit eines Kollegen. *»Ganz schön armselig, was? Malcolm hat für die Totenwache einen Glassarg gemietet, das hat ihn ein Vermögen gekostet, aber auf dem Grabstein ist kaum was zu erkennen. Babe wäre außer sich. Er hat sich immer als den König der Welt gesehen.«*

Charles nickte. Als elfjähriges Wunderkind in seinem zweiten Studienjahr in Harvard hatte er in einem Seminar für Verhaltensforschung einen Patienten im örtlichen Krankenhaus beobachtet. Der Alte hatte an fortgeschrittener Syphilis gelitten und mit Vorliebe gerufen: »Ich bin der König der Welt!« Sein Gang aber hatte nichts Königliches, er lief tapsig und ungeschickt und stolperte häufig.

Der Alte hatte verlangt, dass Charles sich, wenn er ihn anredete, vor ihm verbeugte und mit dem ihm zukommenden Titel anredete. Ein Arzt hatte ihm erläutert, dass es eine Hausregel war, den Launen der Geistesgestörten nicht nachzugeben, und der Junge hatte pflichtschuldigst dem König den Respekt verweigert und ihm später sogar erklärt, das sei zu seinem eigenen Besten.

Der Alte wollte das nicht hinnehmen, hatte einen Wutanfall

bekommen und war in Krämpfe verfallen, woraufhin der Arzt den Jungen sanft aus dem Zimmer geschoben hatte. Der Patient war so erregt, dass man ihn in eine Zwangsjacke hatte stecken müssen.

Als Charles am nächsten Tag wiederkam – mit Blumen als Friedensgabe, bunte Blüten in allen Farben –, war das Zimmer leer. Der König der Welt war in der Nacht gestorben.

Arzt und Krankenschwester mussten eine Stunde auf den hysterischen Jungen einwirken, um ihn davon zu überzeugen, dass nicht er den Alten umgebracht hatte. Und weil man mit diesem frühreifen Kind wie mit einem Erwachsenen reden konnte, hatten sie ihm erklärt, durch welche Höllen der Alte in seiner Krankheit gegangen war, dass man die Schädigungen nicht mehr hatte rückgängig machen können, weil die Behandlung zu spät eingesetzt hatte, und dass der Tod für ihn eine Erlösung gewesen war. Die Wutanfälle und Krämpfe waren ganz typisch für die *Dementia paralytica*.

Charles hatte reagiert wie ein typischer Elfjähriger. Er hatte geweint, die Blumen hingeworfen und war weggerannt.

Jetzt hockte der erwachsene Charles vor dem Grabstein und betrachtete Babes Bild, aus dem ihn ein junger König der Welt ansah. Hätte er noch fünfzehn oder zwanzig Jahre gelebt, wäre ihm vielleicht das gleiche Schicksal beschieden gewesen wie dem Alten.

»Henry? Wer hat Ihrer Meinung nach Babe Laurie umgebracht?«

»Ich weiß es nicht. Spielt es eine Rolle?«

Charles wollte gerade antworten, als Henry warnend die Hand hob. Von der Brücke über den Upland Bayou kamen Stimmen; die von Betty Hale war die lauteste.

»Bleiben Sie bitte zusammen.« Betty trieb ihre zehnköpfige Herde über die Brücke. Prompt versuchte einer, auf einen Nebenweg abzuschwenken. »Nicht in diese Richtung, Mr. Porter! Da landen Sie nach einem Meter im Finger Bayou.«

Porter betrachtete fasziniert den verwitterten Holzpfeil, der in die Richtung von Cass Shelleys Haus wies. Vielleicht hielt er ihn für ein Verkehrsschild, denn es lockte ihn offensichtlich, ihm zu folgen, obgleich ein Schild an einem Baum in der Nähe Unbefugten ausdrücklich den Zutritt verbot.

»Ist der Bayou sehr tief, Mrs. Hale?«

»Das nicht, aber wenn man selbst versucht, wieder rauszukommen, kann man sich leicht was an der Bandscheibe holen. Kommen Sie bitte näher.« Betty deutete durch eine Lücke zwischen den Bäumen. »Aus diesem Haus kommen die Fledermäuse.« Eifrig wurden das Dach und das runde Fenser als Erinnerung an die vergangene Fledermausnacht geknipst.

»Es ist über hundertfünfzig Jahre alt«, fuhr Betty fort, »und wurde von der Familie Trebec erbaut. Miss Augusta ist die Letzte ihrer Sippe. Wenn sie stirbt, geht das Haus in den Besitz des Staates Louisiana über.«

»Sie hat es also dem Staat als historisches Bauwerk vermacht?«, erkundigte sich die Frau aus Arizona.

»Nein, das hat ihr Vater in seinem Testament so verfügt. Er hat sein ganzes Geld in eine Stiftung gesteckt, Augusta bekommt nur ein Haushälterinnengehalt.«

»Haushälterin? Dass ich nicht lache«, meinte eine ältere Frau, die das Haus durch einen Feldstecher betrachtete. »Das Dach ist ja durchlöchert wie ein Schweizer Käse.«

»Das ganze Haus ist mehr als heruntergekommen«, bestätigte Betty. »Ein Jammer, wenn so ein Gebäude zerfällt. Für die Historische Gesellschaft unserer Stadt ist Augusta Trebec der Antichrist, bei jedem Fluch, den sie ausstoßen, fällt ihr Name.«

Die Zuhörer lachten über den Witz, und Betty beschloss, ihn in den Text ihrer Führung aufzunehmen.

»Das Haus hat eine interessante Geschichte, und ich …«

»Wäre es denkbar, dass Cass Shelley noch am Leben ist?«, fiel Porter ihr ins Wort.

»Unwahrscheinlich. Als Augusta die Herrin von Trebec House wurde, gab es einigermaßen dunkle …«

»Gibt es Alligatoren im Bayou?«, fragte der unerschrockene Porter. »Vielleicht hat ein Alligator sie gefressen.«

Betty lächelte nachsichtig, obwohl sie ihm am liebsten mit einer Socke den Mund gestopft hätte. »Ein Alligator kann tatsächlich einen ganzen Menschen verschlingen. Wenn er einen erwischt hat, zieht er ihn nach unten.« Genüsslich stellte sie sich Porter in dieser Situation vor. »Und wenn er gerade keinen Hunger hat, versteckt er seine Beute in einer Nische unter Wasser.« So oder so – Porter wäre in jedem Fall mausetot. »Und dann wartet er, bis die Leiche schön zart geworden ist.«

Jetzt spitzten alle die Ohren. Blutrünstige Monster, einer wie der andere – aber ihre Kreditkarten waren nicht zu verachten. »Ein Alligator hat Cass Shelley nicht erwischt. Fred und Ray Laurie haben vor langer Zeit sämtlichen Alligatoren hier in der Gegend den Garaus gemacht. Der Finger Bayou fließt am Trebec House vorbei. Früher bin ich auf meiner Führung dort vorbeigegangen, aber seit dem Tod von Cass Shelley lässt Augusta keine Fremden mehr auf ihren Grund und Boden. Die Steinigung hat sie wohl gründlich verschreckt. Sie hat verboten, dass auf dem Bayou Herbizide gesprüht werden, und jetzt ist er von Wasserhyazinthen verstopft – das grüne Zeug da, das auf dem Wasser schwimmt –, kein Boot kommt mehr durch. Und das Gelände um das Haus herum ist sumpfig und voller Giftschlangen. Deshalb möchte ich nicht, dass sich jemand aus der Gruppe selbstständig macht. Wo war ich stehen geblieben, ehe die Rede auf die Alligatoren kam?«

»Sie wollten von dem Haus erzählen«, half ihr ein Mann aus Maine auf die Sprünge.

»Genau. Von der ursprünglichen Plantage ist nur das Haus mit ein paar Morgen Grund geblieben. Nach und nach haben die Trebecs das Land verkauft, und dort ist dann die Stadt entstanden.«

»Das Haus ist heruntergekommen, sagen Sie.« Das war wieder der Mann aus Maine. »Ist Miss Trebec zu arm, um es instand zu halten?«

»Augusta und arm?« Betty lachte. »Sie verdient jede Menge Geld mit Immobiliengeschäften. Die Zuckerrohrfelder am Highway gehören alle ihr. Die ersten vierzig Morgen hat sie von einer kleinen Erbschaft gekauft, die sie von ihrer Mutter hatte. Dann hat sie einem Chemiewerk, das angeblich Wasser auf ihrem Land verschmutzt hatte, einen Prozess angehängt. Das brachte ihr genug ein, um die nächste Firma zu verklagen. Im Lauf der Jahre hat sie die meisten Chemiefirmen am River Road verklagt und einigt sich immer außergerichtlich mit ihnen. Heute gehört Augusta fast die ganze St. Jude Parish, bis auf Dayborn und Owltown.«

»Könnte man im Bayou eine Leiche deponieren?« Mord war ein Thema, das Mr. Porter offenbar sehr viel mehr interessierte. »Vielleicht mit Gewichten beschwert?«

»Das glaube ich nicht«, erwiderte Betty. »Der Sheriff hat den ganzen Finger Bayou mit Schleppnetzen abgesucht, er hätte sie gefunden.«

»Dass sie ihr Geld nicht für ein Haus ausgeben will, das ihr nicht gehört, kann ich verstehen«, sagte der Mann aus Maine, den nach wie vor das verfallene Herrenhaus beschäftigte. »Aber wenn sie reich ist, hält sie doch nichts hier. Warum zieht sie nicht weg?«

»Augusta geht hier erst weg, wenn das Haus zusammengefallen ist. Sie könnte es natürlich anzünden, aber das findet sie unsportlich.«

Der Mann aus Maine sah sie fassungslos an. »Soll das heißen, dass sie …«

»Haben Sie hier Treibsand?«

»Nein, Mr. Porter. In den Sümpfen finden sich zwar ab und an tiefere Stellen, aber auch die geben früher oder später die Leiche frei. Und in den Sümpfen kennt sich sowieso nur ein Cajun aus – oder Augusta. Sie ist sozusagen ein Cajun ehrenhalber.«

Jetzt hatten alle Teilnehmer der Führung die Feldstecher auf das oberste Fenster von Trebec House gerichtet. Eine magere

Frau aus Kalifornien schüttelte betrübt den Kopf. »Wenn diese verrückte Frau gestorben ist, wird ja hoffentlich die Historische Gesellschaft das Haus restaurieren.«

»Das wäre viel zu teuer«, sagte Betty. »Die Gesellschaft hat ausdrücklich auf alle Rechte verzichtet, als Augusta auf dem Gelände ein Vogelschutzgebiet einrichten wollte. Und die Ornithologen geben keinen Cent für Trebec House aus, die sehen in aller Ruhe zu, wie es verfällt. Das ist die Abmachung, die sie mit Augusta getroffen haben.«

»Und was ist Ihrer Meinung nach aus der Leiche geworden?«

»Tja, das wird wohl ein Geheimnis bleiben, Mr. Porter ...« Und allzu scharf auf eine Lösung war Betty Hale gar nicht, denn bisher konnte sie von den Vogelliebhabern, den Amateurdetektiven und den Teilnehmern der von der Neuen Kirche veranstalteten Seminare recht gut leben.

»Wenn man nun eine Leiche im Sumpf deponieren würde ...«

»Was hier in die Erde gesenkt wird, erscheint wieder an der Oberfläche, Mr. Porter. Ich zeige Ihnen gleich, was ich meine.«

Sie führte ihre Gruppe durch den Baumgürtel auf den Friedhof. »Normalerweise bestatten wir unsere Toten oberirdisch. Wenn wir sie eingraben, kommen sie doch nur wieder hoch, egal, wie viele Steine man in die Särge legt. Einige Tote wurden hier auf traditionelle Art bestattet. Sehen Sie die schweren Betonplatten? Mit denen wird der Sarg unten gehalten.«

»Wäre es nicht möglich, dass sich zumindest ein Alligator im Bayou versteckt hat?«, fragte Mr. Porter hoffnungsvoll.

»Nein, bedaure. Ich kann Ihnen allenfalls etwas Ähnliches bieten – nämlich Augusta. Wenn sie lächelt, sieht man die Ähnlichkeit sofort, und hat man es sich mit ihr verscherzt, kriegt sie einen ganz kalten, toten Blick, genau wie ein Alligator. Übrigens ist es gefährlich, sich einem toten Reptil zu nähern; es kann noch zwei Stunden nachher zubeißen. Wenn Augusta mal gestorben ist, hab ich mir vorgenommen, ein paar Stunden später zur Beerdigung zu gehen.«

»Aber mal angenommen, es war ein Alligator da ...«

Betty lächelte gequält. »Cass Shelley ist damals etwa zu dieser Jahreszeit gestorben. Da halten die Alligatoren ihre Winterruhe. Ist damit das Thema erledigt, Mr. Porter?«

Sie deutete auf die Steinfigur, die alle anderen Grabmale überragte. »Das ist die Rückseite des Engels, der Cass Shelley, Gott sei ihrer Seele gnädig, wie aus dem Gesicht geschnitten ist. Und das kleine Mädchen, das die Figur im Arm hält? Das ist Kathy. Sie ist in die Heimat zurückgekehrt und hat Babe Laurie getötet.«

Die ersten Teilnehmer der Führung hatten sich schon vor dem Engel aufgestellt. Betty bildete die Nachhut. »Wenn Sie bitte näher zusammenrücken würden. Ja, wie gesagt, das kleine Mädchen in den Armen des Engels …«

»Welches kleine Mädchen?« Die Frau aus Kalifornien sah zu dem Engel hoch.

»Das kleine Mädchen in seinen Armen …« Ganz schön bescheuert, die Leute im Norden. Idioten müsste das Reisen verboten werden. »Später gehe ich mit Ihnen zum Büro des Sheriffs und zeige Ihnen ihre Zelle.« Dass die Gefangene geflüchtet war, brauchte man ihnen ja nicht auf die Nase zu binden, vielleicht reisten sonst einige ab. »Vielleicht kommt sie sogar ans Fenster. Sehen Sie sich also das kleine Mädchen genau an.«

»Was für ein kleines Mädchen?«, fragte der vernünftige Mann aus Maine.

Betty ging um die Figur herum, um ihnen das kleine Mädchen zu zeigen, das eigentlich jeder, der nicht gerade stockblind war, erkennen musste.

Doch das steinerne Kind war verschwunden.

Die Engelsfigur stand allein auf ihrem Sockel, hatte den Blick gesenkt und sah auf ihre leeren Arme herunter.

»Großer Gott! Ein Wunder!« Betty trat an den Engel heran und sah ihm in die Augen. »O mein Gott …«

»Sie weint«, sagte der Mann aus Maine. »Die Steinfigur weint.«

Zehn Kameras klickten gleichzeitig.

Augusta überlegte, ob der Kräutertrank, der verhindern sollte, dass die Wunde sich entzündete, Kathy in Schlaf versetzt oder ob sie von der schmerzhaften Reinigung der Wunde kurz das Bewusstsein verloren hatte. Wenn sie schlief, konnte das nur gut für sie sein.

Im ganzen Zimmer lagen durchweichte Handtücher und Gazebinden verstreut. Augusta sammelte das blutgetränkte Zeug ein und steckte es in einen Müllsack. Dann wusch sie sich die Hände, setzte sich ans Bett und nahm die Verbände ab.

Kathy schlief weiter, während Augusta ein neues Verbandspäckchen auf die Rückenwunde drückte, sie mit Klebstreifen befestigte und die Schlafende umdrehte, um die Wunde vorn zu säubern.

Plötzlich griff eine weiße Hand nach Augustas Arm und hielt ihn fest. Die Katze sprang auf das Fußende des Bettes und fauchte leise. Augusta besänftigte sie, und als sie sich wieder ihrer Patientin zuwandte, blickte sie in zwei zornige junge Augen.

»Was für ein Zeug haben Sie mir zum Schlafen gegeben?«

»Nur Sachen aus meinem Kräutergarten«, erwiderte Augusta. »Komm, lass mich weitermachen. Es ist ein großes Loch.« Sie beugte sich über die Wunde, ohne sich von dem erstaunlich festen Griff stören zu lassen, und nach einer Weile nahm Mallory ihre Hand weg. »Muss ein Hohlkörpergeschoss gewesen sein. Die Austrittswunde war günstig für die Drainage.«

Augustas Patientin besah sich den neuen Verband. »Irre ich mich, oder ist das …?«

Augusta nickte. »Spinnenfäden wirken antibakteriell. Ich habe Kräuter hineingewickelt, auf diese Weise werden die Heilkräfte schön langsam freigesetzt. Für einen guten Verband braucht man eine Menge Spinnweben, aber mein Haus ist die reinste Spinnwebfabrik.«

Augusta rollte einen langen Gazestreifen ab. »Du hast Glück gehabt, es ist nur eine Fleischwunde. Gelenk und Knochen sind unversehrt.« Sie wickelte den Gazestreifen so über die Schulter, dass er beide Wunden bedeckte. »Das ist ein Druckverband. Ich weiß, dass es wehtut, aber je größer der Druck, desto geringer die Blutung.«

»Wie lange muss ich liegen?«

»Nur kurz, jetzt wo die Blutung unter Kontrolle ist. Je eher du die Schulter wieder bewegst, desto besser, dann wird sie gar nicht erst steif. Aber übertreib es nicht, sonst fängt es wieder an zu bluten.«

»Warum helfen Sie mir?«

Augusta sah in die grünen Augen, die sich förmlich in sie hineinzubohren schienen. Ein merkwürdiges Kind.

»Wegen der Immobilie.« Augusta wickelte eine zweite Gazeschicht über die Wunden. »Ein Immobiliengeschäft lass ich mir nicht entgehen. Wenn du stirbst, ohne ein Testament zu hinterlassen, dürfte es schwer sein, dem Staat das Haus deiner Mutter zu entreißen – und allzu viele Jahre bleiben mir nicht mehr.«

Erst jetzt wagte sie es wieder, ihre Patientin anzusehen.

Die grünen Augen hatten sich misstrauisch verengt. *Das nehm ich dir nicht ab*, sagte Mallorys Blick. »Warum haben Sie das Haus nicht zur Begleichung der Steuerschuld verkauft?«

»Um bei einer Auktion den Höchstpreis zu blechen?« Sie legte eine Hand aufs Herz. *Ich bin schließlich nicht blöd,* sollte das heißen. »Ich habe versucht, deinem Großvater das Haus zu einem fairen Preis abzukaufen, aber er hat es nicht hergegeben. Als nach seinem Tod deine Mutter wieder nach Dayborn zog, wollte sie es auch nicht veräußern. Aber jetzt habe ich ja dich. Mein Angebot dürfte dir gefallen, Kathy.«

»Nennen Sie mich Mallory.« Das war keine Bitte, sondern ein Befehl.

»Meinetwegen. Deine Mutter hat nie verraten, wer dein Vater war. Hast du jetzt vielleicht seinen Namen angenommen?«

Die junge Frau sah sie unbewegt an.

Schweigen konnte man so und so auslegen. Vielleicht wusste Kathy tatsächlich, wer ihr Vater war, und vielleicht wusste sie auch, wie man Geheimnisse wahrt.

Augusta deutete in die Ecke. »Da ist dein Gepäck.« Sie hatte die Sachen aus dem Wald geholt und war knapp zehn Minuten, bevor Tom Jessop mit dem Streifenwagen in ihrem Garten aufgetaucht war, ins Haus zurückgekommen.

»Und mein Hund?«

»Den hab ich in einer sumpfigen Stelle ganz oben am Finger Bayou versenkt. Fred Laurie auch. Ewig werden die beiden nicht da unten bleiben, aber darüber brauchen wir uns jetzt noch keine Gedanken zu machen. Hoffentlich stört es dich nicht, dass der Hund Fred Laurie Gesellschaft leistet. Er hätte was Besseres verdient, aber auf die Schnelle hab ich kein besseres Grab gefunden. Der arme Kerl. Sein Tod war eine Erlösung«, sagte sie und meinte den Hund, nicht den Mann.

Während Augusta den Verband festzog, wechselten Mallory und die Katze, beides argwöhnische Geschöpfe, feindselige Blicke. Der stumme Kampf endete mit einem Patt. Dann rollte die Katze sich zusammen. Es war, als wollte sie ihre Gegenspielerin absichtlich beleidigen, indem sie die Augen schloss, während sich Mallory noch in Reichweite ihrer Krallen befand.

»Wie hieß mein Hund?«

»Du hast ihm mit deinen ersten Worten seinen Namen gegeben.« Augusta verknotete den Verband und klebte ihn mit Heftpflaster fest. »Bis du drei warst, hast du kein Wort gesprochen. Deine Mutter hat das zur Verzweiflung gebracht, aber mich nicht. Ich wusste von Anfang an, dass du sprechen konntest. Du hast dir eben nur Zeit gelassen.«

Augusta warf den alten Verband in den Müllsack. »Eines Tages stehe ich mit deiner Mutter im Garten, weil ich ihr ein sehr günstiges Angebot für das Haus machen will, als Tom Jessop mit einem Geburtstagsgeschenk für dich aufkreuzt. Er legt dir den kleinen schwarzen Welpen in die Arme und fragt dich, wie er heißen soll. Bei dir und dem Hund war es Liebe auf den ersten Blick.

Dann ging deine Mutter auf Tom los, weil er ein Haustier angeschleppt hatte, ohne erst mit ihr zu sprechen. Tom war ganz durcheinander – Männer merken zwar, wenn sie was angestellt haben, aber meist nicht, was – und hat nur gestottert: ›Aber das ist ein richtig braver Hund, Cass, er hat Papiere und alles.‹ Als deine Mutter noch dabei war, ihm kräftig die Leviten zu lesen, hast du klar und deutlich gesagt: ›Braver Hund‹, und Cass hat es die Sprache verschlagen. Bis dahin hatte sie noch nicht ein einziges Wort von dir gehört. Tom hat gelacht. Also schön, dann bleibt's bei ›Braver Hund‹. Und so hieß er von da an, und du hast den ganzen Tag geredet wie ein Wasserfall.«

Augusta stand auf und wandte Mallory den Rücken zu, während sie die Flaschen und Krüge mit Kräuteressenzen auf dem Nachttisch inspizierte. »Ich weiß, warum du zurückgekommen bist. Du willst sie alle umbringen. Alle, die zu der Bande gehörten.« Sie drehte sich um. »Hast du schon mal einen Menschen umgebracht? Ich meine nicht Fred, sondern einen richtigen vollwertigen Menschen?«

Mallory blickte schweigend zur Wand.

Augusta ahnte, dass das kein Zeichen von schlechtem Gewissen war. Mallory schämte sich zuzugeben, dass sie außer Fred Laurie noch nie einen Menschen getötet hatte. Diese junge Frau war unter Umständen von allen Geschöpfen, die sie je mit nach Hause gebracht hatte, am schlimmsten dran.

»Wenn deine Mutter hier wäre, würde sie sagen: ›Du weißt, dass Massenmord Sünde ist, Kathy.‹ Ich persönlich finde ja, dass ein bisschen Rache einfach dazugehört.« Sie beugte sich über Mallory und strich ihr behutsam die goldenen Locken aus der Stirn. »Du kannst sie trotzdem das Fürchten lehren, Kind. Wenn du willst, zeige ich dir, wie man das macht. Ich werde dir sagen, wer Angst vor der Dunkelheit und wer Angst vor dem Licht hat. Wenn du ihre Schwachstellen kennst, kannst du dieses Wissen für dich nutzen, bis deine Rachegelüste ein für alle Mal befriedigt sind. Was sagst du dazu?«

Mallory nickte. In den kalten grünen Augen sah Augusta eine beängstigende Zielstrebigkeit, aber keine Seele.

»Hat deine Mutter dir mal erzählt, dass ich geholfen habe, dich zur Welt zu bringen?«

Schweigen.

»Nein? Beim Einzug in euer Haus hatte deine Mutter sich übernommen, und durch das schwere Heben setzten zu früh die Wehen ein. Das Telefon war noch nicht angeschlossen, und um zu Fuß Hilfe zu holen, blieb keine Zeit mehr. Du wolltest partout auf die Welt, man sah schon dein Köpfchen, ehe deine Mutter Zeit hatte ›Ach du Scheiße!‹ zu sagen. Sie hat das während der Entbindung noch ziemlich oft gesagt.«

Weiter Schweigen.

»Du bist immer noch so schweigsam, Kathy.«

»Mallory«, verbesserte sie.

»Aber du bist ja auch schon schweigsam zur Welt gekommen. Dein Atem war völlig normal, die Fäustchen waren geballt, weil du aus dem Bauch deiner Mutter in die Kälte und das grelle Licht gekommen bist. Aber du hast nicht geweint und deiner Mutter damit einen schönen Schrecken eingejagt. Cass lag verschwitzt und blutend auf dem Bett und rief ›Warum weint sie denn nicht?‹ Trotzdem hab ich dir nicht den Po verhauen. Obgleich ich mir schon damals gedacht habe, dass du es eigentlich verdient hättest.«

Jetzt endlich hatte Augusta ihr ein Lächeln abgerungen, das viel zu schnell wieder verblasste. Zumindest sah man daran, dass Cass Shelleys Tochter noch menschliche Züge besaß – das war viel versprechend.

15

Das Vorzimmer des Sheriffs war nicht besetzt, als Detective Sergeant Riker es betrat. Im Nebenraum hörte man eine tiefe Männerstimme. Riker sah kurz hinein, konnte aber nur eine hübsche Frau mit langem roten Haar in einem sehr figurbetonten Kleid entdecken.

Er nahm auf einer hölzernen Bank mit geschwungener Lehne, die ihn an eine Kirchenbank erinnerte, Platz. Hinter einer Tür gegenüber rauschte eine Toilettenspülung; die Tür ging auf, und ein sechs- oder siebenjähriger Junge erschien und steckte sich das T-Shirt in die Jeans. Er hatte das rote Haar der hübschen Frau, aber keine großen blauen, sondern kleine braune, neugierige Augen.

»Bist du ein Penner?«

»Nein, ich bin ein Cop.«

Der Junge verzog ungläubig den Mund, und das vorgeschobene Kinn signalisierte: *Du schwindelst ja.*

Riker besah sich seinen Schlips, auf dem er Erinnerungen vieler Mahlzeiten mit sich herumtrug. Der alte graue Anzug war nach der Zugfahrt total zerknittert, die abgewetzten Schuhe waren seit der letzten Beerdigung, zu der er hatte gehen müssen, nicht mehr geputzt worden. Der Junge schnupperte. Wahrscheinlich roch er das Bier, das Riker sich zum Essen geleistet hatte. »Ich bin Geheimagent«, log er.

»Cool!« Der Junge setzte sich neben ihn und besah sich voller Interesse den Zweitagebart und den schäbig-schmuddeligen Aufzug. »Echt gut, die Tarnung.«

»Vielen Dank, du Knirps. Und was hast du hier zu suchen? Du hast doch hoffentlich keinen umgebracht?«

»Nee, das nicht«, meinte der Junge bedauernd, dann beugte er sich grinsend vor und sagte verschwörerisch: »Aber vielleicht meine Mom.«

»Echt?«, fragte Riker beeindruckt.

»Die Polizisten in Georgia haben sie abgefangen und uns beide dann in ein Flugzeug nach Louisiana gesetzt. Sheriff Jessop versucht grade, ihr ein Geständnis zu entlocken.«

Riker und der Junge spitzten die Ohren.

»Glaubst du, dass Fred was damit zu tun haben könnte?«

Nach einem scharfen Verhör klang das nicht. Im gleichen Ton hätte der Sheriff sie fragen können, wo sie das knallenge Kleid her hatte. Was die Frau entgegnete, war nicht zu verstehen, obgleich die beiden Lauscher einträchtig die Hälse reckten.

»Verschwörungstheorien ziehen bei mir nicht, Sally«, sagte der Sheriff. »Babe war kein Jack Kennedy und sein Tod kein welterschütterndes Ereignis.«

Die Frau redete längere Zeit leise und erregt auf ihn ein. Einzelne Worte blieben unverständlich, aber in ihrer Stimme schwang deutliche Empörung mit.

Riker beugte sich zu dem Jungen hinüber. »Wer ist Babe?«, flüsterte er.

»Mein Vater«, antwortete der Junge fröhlich. »Dem Mistkerl tut kein Zahn mehr weh.«

Riker war sprachlos. Nicht mal New Yorker Kinder nahmen das Ableben eines Elternteils so gelassen hin. »Du bist mit deinem Vater demnach nicht besonders gut ausgekommen.«

»Der Typ hat mich angekotzt, und meine Mutter hat ihn gehasst wie die Pest.«

Als Riker aufsah, stand ein Mann in seinem Alter mit einem goldenen Stern an der dunklen Leinenjacke unter der Tür, der offenbar seinerseits ihre Unterhaltung interessiert belauscht hatte.

Der Junge folgte Rikers Blick. »Buchten Sie meine Mutter jetzt ein, Sheriff Jessop?«

Riker hatte fast den Verdacht, dass das für den Jungen eine gute Nachricht gewesen wäre.

»Nein, Bobby. Ihr könnt euch völlig frei bewegen. Wer ist dein neuer Freund?«

»Mein Name ist Riker.« Der Sergeant stand auf und streckte ihm die Hand entgegen. »Ich bin Polizist und …«

»Und bei der New Yorker Polizei.« Der Sheriff packte die ausgestreckte Hand und drückte sie fest.

Riker öffnete die Brieftasche und zeigte ihm Dienstmarke und Ausweis. »Wie kommen Sie denn darauf?« Dabei wusste er natürlich, dass sein Brooklyn-Tonfall nicht zu überhören war.

»Schuss ins Blaue.« Der Sheriff hielt den Dienstausweis auf

Armeslänge von sich weg und studierte ihn ausgiebig. »Wenn wir noch mehr Zuzug aus New York kriegen, muss Betty in ihrem Hotel anbauen.«

Die Mutter des Jungen kam aus dem Nebenzimmer, und Riker hätte am liebsten einen anerkennenden Pfiff ausgestoßen, als sie an ihm vorbeiging. Sie würdigte ihn keines Blickes – hübsche Frauen verschwendeten nie einen Blick an Riker – und setzte sich neben ihren Sohn.

»Wenn meine Stellvertreterin zurückkommt, soll sie dich zum Flughafen bringen, Sally.« Der Sheriff deutete auf die offen stehende Tür zu seinem Büro. »Kommen Sie herein, Sergeant Riker. Oder soll ich Sie Detective nennen?«

»Riker reicht.« Er machte es sich in dem Sessel gegenüber vom Sheriff bequem und staunte über das Chaos auf dem Schreibtisch. Weil er geübt darin war, Texte verkehrt herum zu lesen, erkannte er unter anderem auch den Papierkram, der die hübsche rothaarige Frau und ihren Sohn betraf. Offenbar hatten die Jungs in Georgia es nicht allzu eilig gehabt, den Auslieferungsantrag zu bearbeiten.

Der Sheriff zündete sich eine Zigarette an und förderte unter einem Papierstapel einen gewaltigen Aschenbecher zutage. Riker grinste und holte ebenfalls seine Zigaretten heraus. Die kleine Stadt gefiel ihm bis jetzt nicht übel. Nach zwei Tagen in einem Nichtraucherzug hatte er vor seinem Besuch beim Sheriff eine kurze Pause in Jane's Café gemacht. Am liebsten hätte er den Boden geküsst, als er sah, dass auf jedem Tisch ein Aschenbecher stand.

»Wie man hört, seid ihr in New York nicht mehr die Nummer eins in Sachen Mord und Totschlag.«

»Irrtum. Die Sache ist einfach die, dass man in unseren fünfzig Staaten keinen anderen Polizeipräsidenten findet, der so gut lügen kann.« Riker stieß eine Rauchwolke aus und fühlte sich trotz der altmodischen Möblierung in Sheriff Jessops Büro wie zu Hause.

»Mag sein.« Der Sheriff schnippte ein Streichholz durch die

Luft, das den Aschenbecher verfehlte, legte die Füße auf den Schreibtisch und warf dabei ein paar Aktenstapel herunter. Die Unordnung war unbeschreiblich. Riker registrierte hocherfreut, dass er einem Bruder im Geiste gegenübersaß. »Aber im Tötungsgeschäft scheint Miami stark im Kommen zu sein.«

»Ja, Miami ist eine echte Konkurrenz. Die haben doch tatsächlich behauptet, dass sie mehr Touristen umbringen als wir, aber das ist eine unverschämte Lüge.«

»Wenn man den Zeitungen glauben darf, habt ihr in New York tatkräftig dabei mitgewirkt, die landesweite Verbrechensrate zu halbieren.«

»Üble Nachrede«, erklärte Riker. »Unser oberster Chef hat die Polizei dezentralisiert und der Bürgermeister seinen Pressemann gefeuert, deshalb sind die Reporter mit der Statistik nicht klargekommen.« Riker hängte ein Bein über die Sessellehne und ließ Asche auf sein Hosenbein fallen. »Alles eine Sache der Politik. New York hat die besten Politiker, die man mit schmutzigem Geld kaufen kann.«

»Pech gehabt, Riker. Das ist das Motto unseres Staates. Aber nichts für ungut – Angeber stehen bei uns hoch im Kurs.«

Riker überlegte, warum der Sheriff nicht wissen wollte, was er in Dayborn zu suchen hatte. Vielleicht gingen in so einem Kaff einfach die Uhren anders.

»Wir haben einen Freund von Ihnen zu Besuch bei uns«, sagte der Sheriff. »Einen gewissen Charles Butler.«

Damit war einiges klar. Wie viel Schaden hatte Charles inzwischen wohl schon angerichtet? »Einen Freund von mir? Behauptet der Typ, dass er mich kennt?«

»Er ist auch aus New York City.«

»New York ist eine kleine Stadt, Sheriff, nur acht Millionen Einwohner. Trotzdem kommt's vor, dass man den einen oder anderen nicht beim Vornamen kennt.«

»Wie steht's mit dem Mann, dem das da gehörte?« Der Sheriff zog eine Taschenuhr aus der Hemdtasche. »Louis Markowitz … kommt Ihnen der Name bekannt vor?«

»Nie gehört«, sagte Riker, entschlossen eine dreißigjährige Freundschaft leugnend und den Blick von dem goldenen Gegenstand abwendend, der an der Kette in der Hand des Sheriffs baumelte. Dass Mallory es aus falscher Sentimentalität versäumt hatte, sich auch von der Uhr zu trennen, als sie ihre Identität ablegte, war ein Fehler, und das würde sie von ihm auch noch zu hören bekommen.

»Wenn Sie glauben, dass dieser Markowitz aus New York ist, lass ich den Namen gern bei uns durchlaufen, mal sehen, was dabei herauskommt.« Der Name Markowitz war in New York häufiger als in Israel; bestimmt fand sich darunter auch einer, der nicht mit dem früheren Leiter der Abteilung für Sonderverbrechen identisch war.

»Das wär nett, Riker. Aber Sie kommen wegen der Gefangenen, oder?«

»Ich bin gekommen, weil Sie dem FBI die Seriennummer eines Smith-&-Wesson-Revolvers geschickt haben. Die New Yorker Polizei ist fündig geworden. Die Waffe war bei einem Mord vor fünfzehn Jahren im Einsatz.«

Das stimmte sogar. Riker erinnerte sich noch genau an den Tag vor vier Jahren, als Mallory, damals noch eine blutige Anfängerin, bei einem Gang durch die Asservatenkammer das Ding eingesteckt hatte. Sie hatte schon immer eine Kanone besitzen wollen, die größere Wunden riss als ihre Dienstwaffe, ein Revolver Kaliber 0.38. »Ein ungelöster Fall.« Und das war gelogen. Die Akten waren geschlossen, seit Räuber und Opfer bei einer Schießerei in einem Delikatessengeschäft ums Leben gekommen waren.

Der Sheriff wiegte bedenklich den Kopf. »Wenn Ihr Mord fünfzehn Jahre zurückliegt, Riker, kann es nicht meine Gefangene gewesen sein. Damals war sie höchstens neun oder zehn. Dass ein kleines Mädchen mit einem Revolver ihre Mitmenschen über den Haufen schießt, ist wohl nicht sehr wahrscheinlich.«

»Nein, natürlich nicht«, bestätigte Riker, obgleich er seiner Sache da gar nicht so sicher war. Er sah Mallory als Zehnjährige vor sich, als er sie noch Kathy hatte nennen dürfen, und konnte sie sich durchaus mit einer Kanone in der Hand vorstellen. Im Lauf der Zeit allerdings hatten Inspector Markowitz und seine Frau ihrer Pflegetochter die schlimmsten Verbrechen gegen die Menschlichkeit abgewöhnt. »Ich würde gern mit Ihrer Gefangenen sprechen und sie fragen, woher sie den Revolver hat.«

»Und natürlich möchten sie auch die Waffe zurückhaben. Das bedeutet jede Menge Papierkram.«

»Die New Yorker Polizei möchte kein Aufsehen, Sheriff. Keine Computerdateien, keine Telefongespräche, nichts Schriftliches. Möglich, dass der Mord von damals in die Zuständigkeit des FBI fällt, und wenn die Jungs das spitzkriegen, fallen sie scharenweise in Dayborn ein und bringen gleich einen Haftbefehl für Ihre Gefangene mit. Worauf Sie bestimmt ebenso wenig Wert legen wie ich.«

Damit hatte er ins Schwarze getroffen. Die Typen vom FBI waren nirgends beliebt. Er allerdings war ihnen noch einen Gefallen schuldig, weil sie Mallorys Fingerabdrücke zurückgehalten hatten, und fragte sich etwas beunruhigt, was sie wohl als Gegenleistung verlangen würden.

»Ich kann Ihnen nicht helfen, Riker.«

»Sie können nicht, oder wollen Sie nicht?«

»Sie sind ein Freund deutlicher Worte, wie? Mir ist durchaus klar, dass Sie ein gewisses Interesse …«

»Heben Sie sich das Gesabber für Ihre Touristen auf.« Riker beugte sich vor und drückte die Zigarette im Aschenbecher aus. »Ein gewisses Interesse? Das können Sie wohl annehmen! Und ich bin nicht Ihr Dorftrottel.« Er stand auf und tat, als wollte er das Zimmer verlassen. »Sie rücken also die Waffe nicht raus? Auch gut. Wenn Sie mich ärgern, geb ich den Feds höchstpersönlich einen Tipp. Oder trauen Sie mir das nicht zu?«

Der Sheriff stieß lächelnd den Rauch aus. »Die Gefangene ist über alle Berge. Samt Revolver. Trinken wir einen zusammen, Riker?«

»Hab nichts dagegen.«

Deputy Lilith Beaudare wartete, bis der Sheriff weggefahren war. Tom Jessop hatte allein am Steuer gesessen, demnach war der Mann aus New York noch im Dayborn Bar and Grill.

Sie überquerte die schmale Nebenstraße und sah durchs Fenster. Der Raum war voller Männer, und weit und breit kein weibliches Wesen zu sehen. Solche Männerdomänen gab es also immer noch! Wahrscheinlich war ihr Vater deshalb so gern hierher gegangen. Wenn ihre Mutter gefragt hatte, ob er es denn nötig habe, in so einer Kaschemme zu trinken, hatte er fast schuldbewusst gelächelt. Seine Frau und ihre Geschlechtsgenossinnen habe keinen Fuß in dieses Lokal gesetzt.

Als Lilith eintrat, wurde es still im Raum. Die Männer drehten sich um und musterten sie – ausgiebig und ohne etwas auszulassen. Sie gehörte nicht hierher, das wusste sie, und die Männer wussten es auch.

Dann nahmen die Männer ihre unterbrochenen Gespräche wieder auf, Bestecke klapperten, Gläser klirrten.

Guy Beaudares schönste Geschichten hatten hier ihren Ursprung. Lilith sah die Bar zum ersten Mal von innen, hätte sie aber jederzeit in allen Einzelheiten beschreiben können – bis hin zu dem Aquarium hinter dem Tresen, den Sägespänen und den Erdnussschalen auf dem Boden. Es roch nach Schweiß, Tabak und Bier.

Die Musicbox spielte einen Cajun-Song mit Fiedelbegleitung, und unwillkürlich nahm ihr Körper den schwungvollen Rhythmus auf, sodass die Männer aufsahen und ihr mit neugierigen, starren Blicken folgten. Sie wusste, was jeder Einzelne dieser Kerle dachte und dass sie in ihren Augen nackt und wehrlos war.

Sie suchte nach dem Mann, den Bobby Laurie beschrieben hatte, einen Cop aus New York, der sich als Penner tarnte, und ging auf den unrasierten Typ mit dem verknitterten und verkleckerten Anzug an der Theke zu.

»Detective Riker? Ich bin Deputy Beaudare.«

Er lächelte liebenswürdig, und um die freundlichen braunen

Augen bildeten sich viele kleine Fältchen. »Ziehen Sie sich einen Hocker ran, Deputy.«

»Könnten wir uns vielleicht an einen Tisch setzen? Wirkt ein bisschen komisch, wenn ich mit Uniform an der Theke stehe.«

»Aber klar, Kindchen. Auf geht's.« Er griff nach seinem Glas und ging mit ihr zu einer der Nischen im hinteren Teil der Bar, in die kaum Tageslicht fiel. Eine Kerze in einer leeren Jack-Daniels-Flasche sorgte notdürftig für Beleuchtung.

Sie setzte sich ihm gegenüber und wartete, bis er den nächsten Schluck genommen hatte. »Es handelt sich um Ihre Bekanntschaft …«

»Das hab ich schon mit dem Sheriff geklärt. Dieser Charles Butler mag ja aus New York sein, aber deshalb ist er noch lange nicht …«

»Den meine ich gar nicht.« Sie sah sich rasch nach Lauschern um. »Es geht um die Gefangene. Um Mallory.«

»Und die soll eine Bekannte von mir sein?« Er lächelte fast mitleidig. »Da müssen Sie noch dran arbeiten, Kindchen. Der Sheriff hat das besser hingekriegt.«

»Und woher weiß ich dann, dass sie Polizistin ist? Und zwar eine, die es faustdick hinter den Ohren hat?«

Er hob kapitulierend die Hände und lächelte wie über einen guten Witz. »Ich geb's auf, Deputy. Der Sheriff behauptet, er hätte keinen Schimmer, was Mallory in den letzten siebzehn Jahren getrieben hat.«

»Der Sheriff weiß überhaupt nichts.«

»Aber Sie schon?«

»Ich weiß, dass sie Polizistin ist.«

»Und wie kommen Sie darauf?« Er baute eine kleine Rauchwolke als Trennwand zwischen ihnen auf.

»Meine Mutter sagt, dass es sich nicht gehört, anderen Leuten Sachen zu erzählen, die sie schon wissen.«

Riker schwieg. Er ließ sie zappeln und genoss das offenbar sehr. Das Szenario war nicht so gelaufen, wie sie es sich zurechtgelegt hatte. Lilith lehnte sich zurück. Immer mit der

Ruhe, ermahnte sie sich. »Mallory hat Ihren Namen nicht genannt, aber ich weiß, dass sie in New York City mit Ihnen zusammengearbeitet hat.«

»Die Gefangene hat ausgesagt, dass sie aus New York ist?«

Lilith nickte und fand, dass sie nicht schlecht im Schwindeln war.

»Wenn sie wie eine New Yorkerin geredet hätte, wäre ihr der Sheriff bestimmt draufgekommen«, erwiderte Riker. »Meinen Akzent hatte er nach fünf Worten erkannt.«

»Aber sie hat keinen Akzent. Sie redet wie die Typen im Fernsehen.«

»Halten Sie mich nicht für unhöflich, Deputy, wenn ich Ihnen was sage, was Sie sich eigentlich an allen fünf Fingern abzählen könnten. Der Sheriff hat mir erklärt, dass ihre Fingerabdrücke noch nicht zurückgekommen sind. Wer nicht gerade frisch von der Polizeiakademie kommt, müsste daraus eigentlich seine Schlüsse ziehen können. Wenn die Gefangene Polizeibeamtin wäre, hätte man ihre Identität in null Komma nichts ermittelt.« Er leerte sein Bierglas und setzte es unsanft auf den Tisch. »Das wär's, Kindchen. Schluss der Vorstellung.«

»Sie ist Polizistin«, wiederholte Lilith eigensinnig.

Riker schüttelte den Kopf. »Das hätte der Sheriff inzwischen rausgekriegt. Der Mann hat schließlich Augen im Kopf.«

»Nicht, wenn's um Mallory geht. Für ihn ist sie immer noch ein kleines Mädchen. Sie hat mit ihrer Mutter hier gelebt.«

»Ich weiß. Der Sheriff hat mir die ganze Geschichte erzählt. Inzwischen hab ich über dieses Nest mehr erfahren, als mir lieb ist. Sie können mich abfragen. Los, fangen Sie an. Ich weiß sogar, dass in dieser Bar Babe Laurie seine berühmte Syphilisparty abgehalten hat. Komische Bräuche sind das hier …« Er ließ sich gegen die gepolsterte Lehne der Bank fallen und breitete die Hände aus. »Keine Lust auf ein Quiz? Na schön, dann frag ich Sie mal was. Haben Sie Ihre Theorie von der Polizistin, die es faustdick hinter den Ohren hat, mit Tom Jessop besprochen?«

»Würden Sie dem Sheriff über den Weg trauen, Detective Riker?«

»Sie haben es ihm also nicht gesagt«, stellte er ein wenig missbilligend fest. »Und warum erzählen Sie mir davon, Kindchen? Was wollen Sie von mir?«

»Vielleicht einen Job in New York City. Eine Hand wäscht die andere.« Sachte, ermahnte sie sich, du schmeißt dich zu sehr an ihn ran. »Sie kennen sich in dieser Gegend nicht aus – im Gegensatz zu mir. Ich finde sie.«

Er lächelte gelangweilt, als ob er diese Sprüche nicht schon oft genug gehört hätte. »Ich glaube nicht, dass es Ihnen in New York City gefallen würde, Deputy«, sagte er leise. »Wenn Sie in Dayborn eine Sache gegen die Wand gefahren haben, kann ich Ihnen nur dringend raten, hier zu bleiben und sie wieder in Ordnung zu bringen.«

Das gab ihr einen Ruck. Deputy Lilith Beaudare saß jetzt kerzengerade da, öffnete den Mund – und schloss ihn wieder, ohne etwas zu sagen.

Er schüttelte den Kopf. »Nein, ich kann nicht Gedanken lesen, Kindchen. Anfänger halten jede Panne gleich für einen Weltuntergang, das haben wir alle schon erlebt. Was Sie auch ...«

»Ich kann Ihnen helfen, Riker.« War das ihre Stimme, die sich da gefährlich in die Höhe schraubte? »Sie brauchen mich.« Schwang da etwas wie Verzweiflung mit? *Mist!* »Der Sheriff braucht nicht zu wissen, dass ich für Sie arbeite«, fügte sie leiser hinzu.

»Falsch gedacht, Kindchen. Wenn der Sheriff Ihnen nicht trauen kann, warum sollte ich es tun? Warum sollte irgendein Cop Ihnen trauen?«

Nach diesem Hieb beugte er sich vor, um sie endgültig k. o. zu schlagen. »Sie sind jung, Kindchen, und ein Ausrutscher kann jedem mal passieren. Ich verspreche Ihnen, dass die Sache unter uns bleibt. Der Sheriff braucht nicht zu wissen, dass Sie ihn hintergehen wollten. Wir verstehen uns?«

Ja, sie hatte verstanden.

Sie hatte sich an den Cop aus New York City verkauft und stand nun mit leeren Händen da. Aber auch Riker war nicht viel besser dran. Er kriegte nur Ware zweiter Wahl von den Feds, die sie, Lilith, mit Versprechungen geködert hatten – Versprechungen, die, wenn man Mallory glauben durfte, allesamt erlogen waren.

Riker war aufgestanden und griff sich seine Zigaretten und Streichhölzer. »Wenn Sie Mallory über den Weg laufen, fragen Sie sie doch mal, wo sie die Waffe herhat. Sagen Sie ihr, dass ich, wenn sie wegen des Ausbruchs vor Gericht steht, eine Aussage machen werde. Es ist der übliche Kuhhandel. Eine kooperative Angeklagte kriegt von jedem Richter Pluspunkte.« Er legte einen Dollar als Trinkgeld auf den Tisch. »Wenn ich noch was von Ihnen brauche, melde ich mich.«

Sie beobachtete ihn, wie er durch den Raum ging, sah ihn noch einen Augenblick im Tageslicht stehen, dann fiel die Tür hinter ihm zu, und trotz der vielen Menschen um sie herum war sie plötzlich allein in diesem Raum, der feucht und dunkel war wie eine Höhle und durch den träge Tabakschwaden zogen. Körpergerüche vermischt mit Essensresten stiegen ihr in die Nase. Die Musicbox verstummte.

Lilith holte Rikers halb volles Glas zu sich herüber. Sie schnupperte.

Bourbon.

Sie kostete.

Billiger Bourbon.

In einer Bar in New Orleans, in der sie mit ihrem Vater den Schulabschluss gefeiert hatte, hatte er ihr erklärt, dass billiger Schnaps das Markenzeichen eines ehrlichen Cops ist. Guy Beaudare hatte das von seinem alten Freund Tom Jessop, deshalb musste es stimmen.

Lilith leerte das Glas in einem langen Zug.

Und es lag nicht an der stickigen Luft in der Pinte oder an Rikers schlechtem Bourbon, dass ihr plötzlich speiübel war.

16

Jimmy quälte sich durch eine morastige Stelle, aber einer der übergroßen Schuhe seines Vaters war im Schlamm stecken geblieben. Jimmy stellte den prall gefüllten Wäschesack am Straßenrand ab und vollführte auf einem Bein einen Kranichtanz, um den Schuh aus dem Dreck zu ziehen. Er setzte sich neben den Sack ins Gras, schlüpfte wieder in den Schuh und zog die Schnürsenkel fester, auch wenn das nicht viel half.

Dann musterte er den schweren Sack, den ihm Darlene Wooley geschenkt hatte. Wenn es einen lieben Gott gab, steckten da ein Paar abgelegte Schuhe von Ira drin.

Er hatte Darlene beim Ölwechsel geholfen und nach ihren Anweisungen die ganze schmutzige Arbeit erledigt. Dann hatte sie ihn mit ins Haus genommen und ihm die Hände sauber gemacht, als ob sie ihm nicht zutraute, dass er das selbst konnte. Vielleicht dachte sie, er wäre so lahm wie Ira.

Und vielleicht stimmte das ja auch.

Er hatte ihre mütterliche Fürsorge genossen, und als er die Augen schloss, hatte er sich vorgestellt, dass es seine eigene Mutter war, die sich so liebevoll um ihn kümmerte. Beim Anblick der Ölflecken auf seinen Sachen hatte Darlene gejammert, dass die nie rausgehen würden. Dann hatte sie ihn an den Küchentisch gesetzt und ihm einen kalten Imbiss zubereitet, hatte ihn ermahnt, seine Milch schön auszutrinken, und dann den Sack mit Sachen voll gepackt, die Ira, wie sie sagte, sowieso nicht mehr anziehen würde. Ihr Sohn trug nur rote Hemden und Socken und dunkelblaue Jeans.

Auch einen knisternden Fünfdollarschein hatte Darlene ihm gegeben. Den hatte Jimmy angerissen, um dem alten Hund was Schönes zu kaufen. Die große Scheibe Fleischkäse vom Markt, die sich in der Tasche befand, war noch warm.

Jimmy kramte zwischen T-Shirts, Jeans und Socken in der Tasche herum, erwischte einen weißen Halbschuh aus Leder, zog ihn heraus und musterte ihn staunend. Er war so gut wie nicht getragen – keine Flecken, keine Kratzer. Der zweite Schuh fand sich ebenfalls, aber auch der war offenbar völlig in Ordnung. Was hatte sich Darlene Wooley dabei gedacht, diese fast neuen Schuhe auszumustern? Er zog einen der Treter seines Vaters aus und schlüpfte in den Schuh von Ira.

Er passte. Ein fast neuer Schuh *in der richtigen Größe*.

Weil er das Prachtstück nicht schmutzig machen wollte, steckte er es wieder zu seinen anderen Schätzen und zog die alten Treter an.

In diesem Augenblick war Jimmy so glücklich, dass er weinen musste, aber weil der Hund ihn nicht in diesem Zustand sehen sollte, wischte er sich die Augen ab und hinkte entschlossen weiter.

Futter- und Wassernapf im Garten des Shelley-Hauses waren leer, der Hund war nicht zu sehen.

»Braver Hund!«, rief er immer wieder.

Keine Reaktion.

Der Hund war kein Streuner, er blieb immer in der Nähe des Hauses. Aber Kathy war aus dem Gefängnis geflohen, vielleicht wollte er ihr eine Weile Gesellschaft leisten.

Jimmy legte seine Gabe in den Futternapf und bedauerte nur, dass der Fleischkäse kalt sein würde, wenn der Hund ihn fand. Hoffentlich wusste der alte Labrador, woher der Leckerbissen kam.

Jimmy hob den Kopf, als er die erregten Stimmen, Gebete und Hallelujarufe hörte, die vom Friedhof durch die Bäume und über die kurvenreiche Straße zu ihm herüberwehten.

Einige Teilnehmer der Führung knipsten noch immer wie besessen die Engelsfigur. Betty war Hals über Kopf weggelaufen, direkt an Charles und Henry vorbei, ohne sie zu bemerken.

»Sie muss die Geschichte von dem Wunder als Erste erzählen, das ist sie ihrem Ruf als Klatschbörse von Dayborn schuldig«, erläuterte Henry.

Charles spähte vorsichtig hinter einem Grabmal hervor. Immer mehr Leute strömten auf den Friedhof; manche hatten Rosenkränze mitgebracht. »Das wird Malcolm nicht schmecken: ein Wunder, für das niemand Eintritt zu bezahlen braucht.«

Henry gab ihm ein Stück Huhn aus seinem Picknickkorb. Charles biss in die knusprige Keule und fühlte sich wie neugeboren. »Schmeckt großartig. Eins Ihrer Hühner?«

Henry nickte.

»Weiß Augusta, dass Sie Vögel töten?«

Henry legte seine Keule weg, um die Hände zum Sprechen frei zu haben. Augusta liebe zwar Vögel, erklärte er, aber Hühner seien ein Kapitel für sich. *»In ihren Augen sind das keine richtigen Vögel, sondern nur Zutaten für ein zünftiges Gumbo. Nur ein totes Huhn ist ein gutes Huhn – darin sind Augusta und ich uns einig.«*

Charles blickte zum Dach von Trebec House hinüber und dachte an das, was er bei Bettys Führung erfahren hatte. »Dass Augusta von ihrem Vater enterbt worden ist, habe ich nicht gewusst. Aber ich kann mir trotzdem nicht vorstellen, dass sie dieses schöne Haus aus purer Bosheit verkommen lässt. Ist das wirklich die einzige Erklärung?«

Henry zuckte die Schultern. *»Das Haus ist Augustas Sache. Sie kann damit machen, was sie will.«*

»Können Sie mir dann wenigstens erklären, warum Augusta so schlecht auf den Sheriff zu sprechen ist?«

»Sie macht ihn für den Tod eines alten Freundes verantwortlich.«

»Und wer war das?«

»Der Mann, der Tom Jessop hätte sein können, wenn Cass am Leben geblieben wäre.«

»Die beiden hatten was miteinander?«

Henry nickte. *»Ira ist nicht der Einzige, der Zwiesprache mit dem Engel hält. Ich habe spätabends Tom hier beobachtet und gehört, wie er stockbetrunken all das bedauerte, was er nie zu ihr gesagt hat. Aber dem Engel hat er es gesagt. In gewisser Weise ist die Beziehung zwi-*

schen den beiden jetzt enger als zu der Zeit, als Cass noch ein lebendiger Mensch war. Nur ist die Liebe zu Steinfiguren einigermaßen unnatürlich und nach meiner Erfahrung nicht empfehlenswert. Ich kann in Ihrem Interesse nur hoffen, dass Kathy nichts passiert.«

Charles brachte seine langen Beine rasch hiner dem Grabmal in Sicherheit, als die nächste Gruppe von Pilgern auf dem Weg zu dem Wunder an ihnen vorbeikam. Dann sah er eine Frauengestalt allein am Rand des Friedhofs stehen.

Die Figur stand weit entfernt von den anderen Grabmälern unter den Bäumen und wirkte im Spiel von Licht und Schatten fast lebendig. Es war kein geflügelter Engel, sondern das Abbild einer kleinen, schlanken Frau in einem langen Kleid, die auf einem breiten Sockel stand. Sie hatte nicht die Dramatik, die barocken Bewegungen und wallenden Gewänder der Engelsfigur, sondern stand da, als habe sie unter den Bäumen nur eine kurze Rast eingelegt. Es sprach für die Kunst des Bildhauers, dass man den Eindruck hatte, sie könne gleich ihren Weg durch den Wald fortsetzen.

Charles deutete auf die Figur. »Henry?«

»Augustas Mutter. Sie hat Selbstmord begangen. Die Kirche hat ihr die Bestattung in geweihtem Boden verwehrt, deshalb steht sie dort am Rand. Ursprünglich lag da nur eine Betonplatte. Jason Trebec war nicht bereit, Geld für eine Gruft oder ein Grabmal auszugeben.«

»Sie wirkt zarter als Augusta.«

»Nancy war eine sehr sanfte Frau. Augusta ist mehr wie ihr Vater – skrupellos und willensstark.« Er betrachtete die Statue liebevoll. *»Mit dieser Figur habe ich ein Stipendium für einen vierjährigen Studienaufenthalt in Rom gewonnen. Es war eine herrliche Zeit – damals war ich sehr jung und lebendig. Ich denke fast täglich an Rom.«*

»Warum sind Sie nach Dayborn zurückgekehrt?«

»Ich wurde im Hinterzimmer meines Hauses geboren. Die Heimat lässt einen nicht so leicht los. Denken Sie an Trebec House: Es gibt Augustas Leben einen Sinn.«

»Aber sie lebt für die Zerstörung des Hauses.«

»Ich war ein Nutznießer dieser Zerstörungswut. Haben Sie die zerbrochenen Fliesen im Ballsaal gesehen? Augusta hatte neuen Marmor für die Reparaturen bestellt. Der Bankmensch, der die Stiftung verwaltet, hatte den Empfang eines Marmorblocks statt der Marmorfliesen quittiert, ohne es zu merken. Sie hat mir den Marmor geschenkt und mir meinen ersten Auftrag gegeben – das Grabmal für Nancy Trebec. Damals war ich erst fünfzehn. Augusta hat mein Leben verändert.«

»Aber Augustas Leben hat die Rache zerstört.«

»Zerstört? Wie kommen Sie darauf? Augusta hat mehr als genug guten Wein getrunken, gute Liebhaber verbraucht und gute Pferde geritten. Sie hatte in jeder Beziehung einen sehr gesunden Appetit.«

»Aber das Haus und all diese schönen, unersetzlichen Dinge …«

»Sie sehen nur den zerstörten Ballsaalboden. Die junge Frau, die durch die Räume jagte und im Galopp den Marmor zertrümmerte, können Sie nicht sehen. Aber ich war dabei.«

Mit den Händen schilderte er Charles die Augusta von vor fünfzig Jahren – das gerötete Gesicht, die blitzenden blauen Augen. Sie ließ den Gaul auf den Hinterläufen tanzen und dann über den Marmor traben. *»Ich hätte schwören können, dass ich Musik gehört habe. Doch es war nur Augustas Gelächter. Um keinen Preis würde ich auf diese Erinnerung verzichten. Mit Augusta braucht niemand Mitleid zu haben.«*

Aber vielleicht mit mir, dachte Charles. Zum zweiten Mal hatte Henry Roth ihm zu verstehen gegeben, dass er sich etwas Wichtiges im Leben entgehen ließ.

Hinter ihnen fiel ein Schuss, dann noch einer und noch einer. Es sah aus, als hätten sich durch die Schüsse die Blätter von den Bäumen gelöst, aber es waren nur Wolken von Vögeln, die von den Zweigen aufflogen. Ein Mann mit Laurie-Gesicht schoss auf die Engelsfigur.

Die Schaulustigen flohen in allen Richtungen aus dem Friedhof. Deputy Lilith Beaudare stürmte heran, legte den Lauf ihres Revolvers an den Mund des Mannes und packte sein blondes Haar, bis er schreiend die Flinte fallen ließ.

Wo war sie so plötzlich hergekommen? Hatte sie beobachtet …

»Das wären dann acht«, sagte Henry gelassen, als hätte er diese gewalttätige Entwicklung vorausgesehen, und schrieb den Namen des Mannes in sein Notizbuch.

Nachdem Lilith dem Mann Handfesseln angelegt und ihn abgeführt hatte, wollte Charles aufstehen, aber Henry hielt ihn mit einer Handbewegung zurück und deutete auf eine Gestalt, die sich von der Brücke her dem Friedhof näherte. Es war Alma Furgueson, die Frau mit dem lila Schimmer im schwarzen Haar, die vor ein paar Tagen tränenüberströmt vom Marktplatz geflüchtet war. Jetzt näherte sie sich langsam und mit angstverzerrtem Gesicht dem Engel. Vor der Figur fiel sie auf die Knie. »Es tut mir so Leid«, sagte sie. »So Leid … so Leid …«

Ein junger Mann mit einem Kleidersack betrat den Friedhof. Er starrte den Engel an und schlurfte auf seinen übergroßen Schuhen näher.

»Sie weint, Jimmy.« Alma streckte eine Hand nach ihm aus. »Komm, bete mit mir, Jimmy. Wir wollen sie um Verzeihung bitten.«

»Den Jungen hab ich schon mal gesehen«, sagte Charles. »Er war bei dem Gedenkgottesdienst im Zelt. Kennen Sie ihn?« Er sah, wie Henry den Namen Jimmy Simms auf seine Liste setzte. Dann schob der Bildhauer das Notizbuch in die Tasche, um antworten zu können.

»Er ist so eine Art Mädchen für alles – Typen wie ihn gibt es in jeder Stadt –, der kleine Aufträge erledigt, Fenster putzt und Böden sandet. Meist aber lungert er nur herum und wartet darauf, dass es Abend wird.«

»Ein Obdachloser?«

»Nein, der Sheriff hat ihm eine Kammer hinter der Bibliothek zugewiesen. Ich glaube, er putzt dort, weil er keine Miete zahlen kann.«

Beim Anblick von Jimmy Simms musste Charles an Ira denken: Beide waren ausgegrenzt, waren Randfiguren in einer ihnen fremden Welt.

Alma bat den jungen Mann nochmals, mit ihr ein Bußgebet zu sprechen. Er wirkte wie ein Kind in seinen viel zu großen Sachen und mit dem verwirrten Gesichtsausdruck – ein Kind, das man gerade brutal geschlagen hat. Und jetzt machte er das, was alle Kinder tun, wenn ihnen himmelangst wird: Er rannte weg.

Und Charles fühlte sich sehr elend.

Alma rutschte ein Stück auf den Knien hinter ihm her, dann rappelte sie sich auf, ging taumelnd zu dem Engel zurück und fiel hin.

Was hatte er mit ihr gemacht? Charles wollte gerade zu ihr gehen, als Henry sich ihm kopfschüttelnd in den Weg stellte.

»Was soll denn das?«, fragte eine vertraute Stimme.

Riker?

Charles fuhr herum und starrte seinen alten Freund an, der sichtlich beunruhigt die hingestreckte Frau betrachtete. »Irgendetwas sagt mir, dass du von Mallory schlechte Gewohnheiten übernommen hast, Charles.«

Schweigend sahen sie zu, wie die Frau sich mühsam erhob und ziellos, schluchzend und mit ausgestreckten Armen um ihr Gleichgewicht kämpfend, durch die Gräberstadt torkelte.

Riker wandte Henry Roth den Rücken zu und sagte leise zu Charles: »Ich hab dem Sheriff gesagt, dass ich nie von dir oder Mallory gehört habe. Spielt der Kleine da mit?«

Demnach hatte Riker sie schon eine Weile beobachtet und hielt Henry, der sich in der Gebärdensprache verständigte, auch für taub. Charles klärte ihn nicht auf. »Henry ist ein alter Freund von Mallory«, sagte er. »Er würde nichts tun, was …«

»Gut.« Riker nahm Charles beim Arm und führte ihn zu dem Engel hinüber, der bei dem Beschuss ein Ohr und eine Flügelspitze eingebüßt hatte.

»So eine Schande!« Charles sah Henry an. »Die Figur war eine wunderbare Arbeit.«

»Mir haben besonders die Tränen imponiert«, sagte Riker und betrachtete die feuchten Augen der Engelsfigur. »Ich kenne einen Typ in So Hu, der auf weinende Heiligenbilder spezialisiert ist. Zwei Dollar pro Wunder. Womit habt ihr es gemacht? Kalziumchlorid?«

»Nein, das wäre viel zu kompliziert. Meine Geheimwaffe ist Rinderfett. In der richtigen Mischung wird es in der ersten Stunde nach Sonnenaufgang flüssig.«

»Die Zeit war also auf die Führung abgestimmt?« Riker wandte sich um und sah, dass Alma am Rand des Friedhofs wieder hingefallen war. Diesmal stand sie nicht auf, sondern kroch auf allen vieren weiter. »Sehr eindrucksvoll, aber eine Kugel wäre schneller gewesen – und eine saubere Sache.«

Charles steckte die Hände tief in die Taschen und senkte den Kopf. Riker sollte nicht sehen, was er dachte. Er starrte auf die Erde, als erwarte er von dort die Erlösung.

»Verstehe«, sagte Riker, und das klang fast, als wollte er ihn trösten. »Du kannst nichts dafür. Eine gewisse blonde Teufelin hat dich angestiftet, stimmt's? Und wo steckt unsere kleine Fürstin der Finsternis?«

»Ich weiß es nicht, Riker. So weit würde sie mich nie ins Vertrauen ziehen.« Jetzt hob er den Kopf, und Riker sah, dass er die Wahrheit sagte.

»Aber du kannst ihr eine Nachricht zukommen lassen, oder?« Riker grinste, als Charles rasch den Kopf abwandte und keine Antwort gab. »Ich muss sie sprechen, und zwar so schnell wie möglich. Sie hatte es offenbar sehr eilig, sich aus staatlichen Dateien zu bedienen, und hat deshalb schlampig gearbeitet. Die Feds haben ihre Spuren in einem streng geheimen Computer gefunden. Die Sache fällt in die Zuständigkeit des FBI, aber sie sind bereit, einen Deal zu machen.«

»Du weißt doch, wie fanatisch ordentlich sie ist. Und da hast du unseren Regierungsfritzen abgenommen, dass sie schlampig gearbeitet hat?«

»Guter Versuch, Charles, aber bei mir zieht das nicht. Sag

Mallory, sie soll sich melden, solange ich ihr noch Rückendeckung geben kann.«

»Ich glaube kaum, dass sie im Augenblick Wert auf deine Rückendeckung legt. Vielleicht, wenn du …«

»Was meinst du, wie viele Leute sie auf ihrer Hassliste hat, Charles? Zwanzig? Dreißig? Du kennst doch ihre Einstellung: Wenn man einen Menschen nicht endgültig zerstören kann, ist es Zeitverschwendung, ihn zu hassen.«

Ob Riker wusste, dass er da in abgewandelter Form Goethe zitiert hatte? Er hatte seit jeher den Verdacht, dass der Sergeant viel gescheiter war, als er den Eindruck erweckte. Unter dem hässlichen Anzug, dem verkleckerten Schlips, der primitiven, unrasierten Fassade steckte …

»Ich kenne sie länger als du«, sagte Riker. »Ich habe sie aufwachsen sehen. Du weißt doch, wie sehr ich an ihr hänge.«

»Ja, das weiß ich.«

»Dann glaub mir bitte – und ich sag es dir zum letzten Mal, Charles –, dass Mallory eine Soziopathin ist, wie sie im Buche steht. Wieso willst du das nicht begreifen? Ich weiß doch, dass du unter anderem auch einen Abschluss in Psychologie hast. Und fang nicht wieder von der ›armen verlorenen Seele‹ an. Mallory hat keine Seele.«

»Doch.«

»Nein. Sie hatte ihre Seele schon verloren, ehe Lou Markowitz sie aufgegabelt hat. Lous Frau hat versucht, ihr eine neue zu geben, aber die wollte sie nicht haben.«

Charles fiel nichts ein, was er zu Mallorys Verteidigung hätte sagen können. Doch dann kam ihm eine Idee: »Hast du gewusst, dass sie schon als Sechsjährige Klavier spielen konnte?«

Riker sah einen Augenblick gen Himmel. Dann zuckte er resignierend die Schultern und ging wortlos davon.

Jetzt stand Henry neben Charles und fragte mit erregt zuckenden Händen, warum dieser Mann all diese Sachen über Kathy gesagt hate. *»Ich habe nur einmal erlebt, dass sie gelogen hat. Als sie noch sechs war und sich für sieben ausgegeben hat.«*

»So was Ähnliches hat sie bei einem Freund von mir auch gemacht«, bestätigte Charles. »Als er die Papiere für die Pflegschaft ausfüllte, hat sie sich für zwölf ausgegeben, als sie erst zehn war. Sie haben sich dann auf elf geeinigt.«

Das war aber noch nicht Kathys Meisterstück gewesen. Louis Markowitz hatte die Kleine mit nach Hause gebracht, nachdem er sie auf frischer Tat bei einem Diebstahl ertappt hatte. Nur für die eine Nacht und nur aus Eigeninteresse, hatte er behauptet – was bei einem so warmherzigen, anständigen Mann zumindest zweifelhaft war.

Als Kathy am nächsten Tag zum Frühstück erschien, hatten ihre Augen kalt gefunkelt, und ihr Lächeln war geradezu beängstigend gewesen. Helen Markowitz hatte sich hinter Kathys Stuhl gestellt und ihrem Mann eröffnet, er würde die Kleine weder ins Jugendamt noch sonstwohin bringen. Kathy würde hier bleiben, und damit Schluss. Und in diesem Moment begriff der arme Louis, dass die kleine Diebin ganz locker seine Frau auf ihre Seite gebracht und sich ein noch nicht schuldenfreies Holzhaus in Brooklyn unter den Nagel gerissen hatte.

Bis an sein Lebensende hatte Louis seine Kathy nie wieder unterschätzt. Sagte er wenigstens.

Als Tom Jessop heimkam, um nach sechsunddreißig Stunden endlich sein Bett wieder zu sehen, lag ein Päckchen auf dem Küchentisch.

Wie kam das hierher? Die Putzfrau war erst in ein paar Tagen wieder fällig, was man an dem Berg von schmutzigem Geschirr in der Spüle und dem überquellenden Wäschekorb im Badezimmer sah.

Misstrauisch und sehr vorsichtig löste er die Schnur. Unter dem braunen Packpapier kam die Dienstwaffe zum Vorschein, die er an seine geflohene Gefangene verloren hatte. Um den Lauf war ein Blatt Papier gewickelt, das er auf dem Tisch glatt strich. Er war so müde, dass ihm beim Lesen fast die Augen zufielen.

Du wolltest wissen, was meine Mutter zu mir gesagt hat, als sie starb. Sie hat mir eine lange Zahlenreihe auf den Handrücken geschrieben und gesagt, ich soll zu der Telefonzelle auf dem Highway laufen und die Nummer wählen. Eine Frau würde mich holen. Der größte Teil der Zahlen war verwischt, ich habe niemanden erreicht und bin einfach weitergerannt. Ich wollte zu dir, aber sie sagte: ›Nein, nicht ins Büro des Sheriffs, da kann dir was passieren.‹ Deshalb habe ich immer gedacht, dass du mit drinsteckst. Bis heute Abend wusste ich nicht, dass der Deputy zu dem Mob gehörte, der sie gesteinigt hat. Deshalb wollte sie wohl nicht, dass ich zu dir ins Büro gehe. Sie hatte Angst, Travis könnte mich schnappen. Wenn ich jetzt zu dir kommen könnte, würde ich es tun: Ich will nämlich meine Taschenuhr zurückhaben.

Er nahm die goldene Uhr aus der Hemdtasche, klappte sie auf und las noch einmal nachdenklich den Namen, der über ihrem eingraviert war. Louis Markowitz war der Mann, der sie aufgezogen hatte ... Sie musste ihn geliebt haben, da sie so sehr an seiner Uhr hing. Er war also derjenige, zu dem sie gegangen war, wenn sie Hilfe brauchte. Wäre er, Tom Jessop, an dem bewussten Tag in Dayborn gewesen, hätte er dieser Mann sein können. Aber Cass hatte gewusst, dass er nicht vor Anbruch der Dunkelheit zurück sein konnte – nicht rechtzeitig genug, um ihre Tochter zu schützen.

Wieder bedrängten ihn die alten Bilder: das Blut in Kathys Zimmer, die roten Abdrücke ihrer kleinen Hände im Schrank, Hautfetzen von Cass auf den im Garten verstreuten Steinen. Und Kathy, ein verängstigtes Kind, allein auf der Straße, das um seine Mutter trauerte.

Mit den schweren Schritten eines alten Mannes ging er durch alle Zimmer und zog die Vorhänge zu. Die Passanten brauchten nicht zu sehen, dass der Sheriff weinte.

17

Wenige Tiere kamen im November zur Welt. Der Monat war vor allem eine Zeit zum Töten. Doch in der Stunde vor Sonnenaufgang legten Eulen und Fledermäuse die Flügel an, und Insekten und Kleintiere hatten eine Verschnaufpause, ehe die tagaktiven Raubtiere erwachten.

Auf dem Friedhof herrschte Ruhe, aber einer seiner Engel fehlte.

Durch die kühle Luft einer Kaltfront war Bodennebel entstanden, der die Füße des Sheriffs einhüllte, als er vor dem leeren Sockel stand und wieder einmal Cass Shelleys Lebens- und Todesdaten las. Siebzehn Jahre zuvor hatte er eigentlich noch etwas hinzufügen wollen, eine Gedichtzeile vielleicht, aber ihm war nichts Passendes eingefallen. Dass er seine Absicht damals nicht ausgeführt hatte, machte ihm immer noch zu schaffen.

Er drehte sich zu seiner Stellverteterin um, die so mühelos mit der Dunkelheit verschmolz. Liliths weißer Vater war sehr abergläubisch gewesen. Hätte Guy Beaudare gestern den Engel weinen sehen, hätte er sich sofort auf die Knie geworfen, wie ein Verrückter Gebete heruntergeleiert und den Rosenkranz klicken lassen. Guys Tochter war offenbar nüchterner veranlagt und hatte mit Wundern nicht viel am Hut.

»Du glaubst also, sie kommen zurück?«

»Es wird noch eine Weile dauern«, sagte sie. »Sie müssen vor die Palette Bretter legen, um die Figur vorwärts zu bewegen. Das geht nicht so schnell.«

»Dafür macht es keinen Lärm und hinterlässt keine Spuren. Mr. Butler ist also nicht abgereist. Gut gemacht, Lilith. Diese Woche hast du dir dein Gehalt verdient.«

»Sie werfen mich also nicht raus?«

»Das hatte ich eigentlich nicht vor. Eine Tochter von Guy Beaudare, hab ich mir gesagt, kann eigentlich nicht völlig missraten sein.«

»Sie haben es gleich gewusst, nicht?«

»Vom ersten Tag an. Aber es ist schön, dass du es mir gesagt hast.« Er hatte zwar Lilith im Lauf seines Lebens erst dreimal gesehen, aber es wäre ihm schwer gefallen, sie zu feuern. Ihr Vater war jahrelang sein Trinkkumpan gewesen – und so viel Bier verbindet.

»Ich werde den Typen vom FBI sagen, dass ich nicht mehr mitmache.«

»Sehr ehrenwert, Lilith, aber das solltest du dir genau überlegen. Vor zwanzig Jahren haben sie mir den gleichen Deal angeboten.«

»Mein Vater hat erzählt, dass Sie den Typen ganz genau gezeigt haben, wo's langgeht.«

»Ja, obwohl ich später ihre Hilfe hin und wieder gut hätte gebrauchen können. Man lernt eben aus seinen Fehlern.«

»Und warum haben Sie die Feds abblitzen lassen?«

»Weil sie mir unheimlich waren mit all dem, was sie über die Leute von der Neuen Kirche rauskriegen wollten. Gewiss, Malcolm hat allerlei undurchsichtige Geschäfte gemacht, aber davon wussten die Feds ja nichts. Denen ging es nur darum, wieder mal ein Dossier über eine Kirche anzulegen. Sie erinnern mich immer an Insekten, die auf Teufel komm raus irgendwelche Sachen sammeln, ohne zu wissen, warum. Für die Feds ist Sammeln einfach Selbstzweck, und ich hatte keine Lust, ihnen dabei zu helfen. Daraufhin haben sie meinen Deputy gefragt, ob er sich nicht gern ein bisschen was dazuverdienen würde.«

»Travis hat für die Feds gearbeitet?«

»Nein, nicht dieser Trottel. Damals hatte ich noch einen richtigen Stellvertreter, Eliot Dobbs. Der ist längst nicht mehr da, hat im Norden einen besseren Job gekriegt. Jetzt, da überall die Städte Pleite gehen und die Leute wegziehen, brauchte ich im Grunde keinen neuen Deputy, deshalb habe ich ihn nie ersetzt. Aber seine Beziehungen zu den Feds fehlen mir schon ein bisschen.«

Er ging weiter, betrachtete die Grabmäler, die den Kiesweg säumten, und suchte nach einem guten Versteck.

»Wie haben Sie rausgekriegt, dass Eliot für die Feds gearbeitet hat?«, fragte Lilith hinter ihm.

»Er hat ganz offen gefragt, ob mich ein Spion auf meiner Gehaltsliste sehr stören würde. Seine Frau erwartete ein Kind, und er brauchte das Geld. Ich hab ihm sogar noch geholfen, den Feds Märchen zu erzählen. Und als ich dann wirklich mal Hilfe brauchte, haben die Feds mir unter die Arme gegriffen, um Eliot einen Gefallen zu tun. Ein Junge aus Dayborn war durchgebrannt. Jimmy war damals noch ziemlich klein, viel zu klein jedenfalls, um allein auf der Walz zu sein. Mit Hilfe der Feds habe ich ihn in New York City aufgestöbert und zurückgebracht.«

Und nach New York war auch Kathy geflüchtet, davon war er jetzt überzeugt. Führte denn jede Straße der Welt in dieses Höllenloch? Der Cop im Dezernat für vermisste Personen hatte ihm erzählt, dass es keinen Bundesstaat gab, der nicht schon mal ein Kind an die Straßen von New York verloren hatte. Nach seiner Heimkehr hatte Jimmy Simms in der Schule wahrscheinlich groß mit seinen Abenteuern in der Stadt geprahlt – aber Jimmy war gute fünf Jahre älter als Kathy gewesen.

»Als Kathy verschwand, war Eliot dann wohl schon weg«, sagte Lilith.

»Ja, aber bei ihr hätten wir das FBI sowieso nicht eingeschaltet. Sie hatte so viel Blut verloren … Wir dachten alle, sie wäre tot.«

Lilith legte einen Finger an die Lippen und deutete nach Osten.

Die Engelsfigur rollte an.

Es war eine imposante Statue mit ausgebreiteten Schwingen und einem Schwert in der Hand. Der Bodennebel verbarg den Saum ihrer wallenden Robe und die Palette, sodass es aussah, als schwebte sie zwischen den Gräbern dahin.

Lilith bekreuzigte sich, und der Sheriff dachte bei sich, dass seine Stellvertreterin in dieser Beziehung wohl doch ihrem Vater nachschlug.

Tom Jessop zog sich hinter die Gruft zurück, wo sich schon Lilith postiert hatte, als Henry Roth vor der Engelsfigur auftauchte und zwei Bretter vor sie hinlegte, die sofort von den weißen Schwaden verschluckt wurden. Der Engel schwenkte nach links ab in Richtung seines Sockels, und jetzt sah der Sheriff, dass hinter seinen Flügeln Charles Butler stand, der die Figur langsam mit der Schulter vorwärts schob.

Butler hatte den Anzug mit Weste abgelegt und trug Jeans und ein Baumwollhemd wie ein Arbeiter. In diesem Aufzug gefiel er Jessop bedeutend besser.

Butler und Roth verschwanden hinter einem der niedrigen Gräber, und nur der Kopf der Engelsfigur und ihr Schwert zogen an den Spitzdächern der Monumente mit ihren Kreuzen und Kruzifixen vorbei.

Schweigend warteten der Sheriff und Lilith, bis der Engel wieder in Sicht kam. Jetzt erhob er sich in die Lüfte. Die beiden Männer hoben die Figur rechts und links mit einer Winde an, bis sie sich auf gleicher Höhe mit dem Sockel befand. Butler hatte erstaunlich viel Kraft. Er stand auf dem Sockel und bewegte den Engel hin und her, bis er an seinem angestammten Platz stand. Es sah aus, als ob er mit ihm tanzte.

Dann sprang er herunter und packte die schwere Palette und die Bretter, als wären sie dünne Reisigbündel. Henry nahm die Winde, und sie verließen gemeinsam den Friedhof.

Lilith Beaudare stand auf und streckte sich. »Und Sie glauben, das ist Mallorys Idee?«

»Das glaube ich nicht nur, ich weiß es. Und jetzt weiß ich auch, dass sie Charles Butler kennt. Übrigens steckt deine Tante da auch mit drin. Sie hat die Lügen gedeckt, die Butler mir aufgetischt hat.

Der Sheriff ging zu der Figur hinüber und sah bewundernd zu dieser neuen Darstellung von Cass Shelley auf. Genauso zornig hatte Cass ausgesehen, wenn er mit ihr gestritten hatte.

Lilith stellte sich neben ihn. »Warum macht sie das?«

»Damit die Leute wissen, dass sie gekommen ist, um abzurechnen.« Sehr elegant, diese steinerne Drohung. Mallory war eine Meisterin im Hassen. »Ich muss mir was einfallen lassen, um sie zu bremsen, ehe noch jemand ums Leben kommt.«

»Glauben Sie etwa, Mallory hätte Babe umgebracht?«

Das klang so besorgt, dass der Sheriff überlegte, was Lilith ihm wohl verschweigen mochte.

»Sie haben doch gesagt, dass er unter den Einheimischen jede Menge Feinde hatte«, sagte sie betont beiläufig.

»Du meinst also, es müsste nicht unbedingt jemand von draußen gewesen sein?«

»Was ist mit Babes Witwe? Die hat doch ihren Mann gehasst, nicht?«

Die Hoffnung, die in der Frage schwang, gab dem Sheriff zu denken. »Sally Laurie war es nicht«, sagte er bestimmt und hatte den Eindruck, dass Lilith den Kopf hängen ließ. »Sally hat an der Verbindung mit den Lauries gut verdient«, fuhr er fort. »Von Malcolm hat sie ein Haus am Wasser geschenkt bekommen, in bester Lage – ein Bonbon, damit sie sich nicht von Babe trennte –, aber ihr Haupteinkommen bezog sie vom Finanzamt. Die Steuerfritzen interessierten sich nämlich brennend für die Neue Kirche.«

»Warum? Kirchen zahlen doch gar keine Steuern.«

»Keiner der Lauries zahlt Steuern. Malcolm spendet reichlich an die Stadtkasse, um es mit mir nicht zu verderben, aber dem Fiskus gönnen sie nicht das Schwarze unter dem Nagel. Als sich herausstellte, dass juristisch nichts zu machen war, hat das Finanzamt Sally von seiner Gehaltsliste gestrichen.«

»Woher haben Sie gewusst, dass Sally für den Fiskus arbeitet?«

»Ich habe beobachtet, wie sie im Nachbarort mit Bargeld bezahlt hat. In der Neuen Kirche kriegt keiner Bargeld in die Hand. Die Arbeitskraft der Mitglieder gehört der Kirche, und der Kirche gehören ihre Häuser, ihre Videogeräte, ihre Geschirrspülmaschinen und alles, was sie auf dem Leib tragen. Selbst die Lebensmittel kaufen sie mit Kirchengutscheinen. Aber Sally hatte Bargeld. Jede Menge. Sie war eine gewiefte Geschäftsfrau.«

»Diese Tussi, die nur Kaugummi mampfen kann?«

»Sally Laurie war auch deine Vorgängerin beim FBI.«

Damit hatte er Lilith Beaudare erst einmal zum Schweigen gebracht. Er lächelte. »Es war meine Idee. Als das Finanzamt nicht mehr zahlte, hab ich gesagt, dass es doch ein Jammer sei, eine so gute Beziehung zum Staat einschlafen zu lassen. Das Finanzamt hat ihr eine großartige Empfehlung fürs FBI geschrieben, und sie hat an den erfundenen Sachen, die sie den Blödmännern verkauft hat, bestens verdient. Du solltest mal ihre Bankauszüge sehen.«

»Das hat sie Ihnen alles erzählt?«

»Wir waren jahrelang die besten Trinkkumpane. Ich war der Einzige in der Stadt, der die Feds und die Neue Kirche genauso hasste wie sie. Mit wem hätte sie sonst reden sollen? Ich bewundere die Frau, ehrlich. Aber jetzt kommt das Beste: Travis war mal Mitglied in der Neuen Kirche, und alle haben ihn für den FBI-Maulwurf gehalten.«

»Fred Laurie ist auch auf und davon. Könnte er seinen Bruder umgebracht haben?«

»Wo der alte Fred abgeblieben ist, möchte ich wirklich gern wissen, allerdings nicht in meiner Eigenschaft als Sheriff. Ein Mord reicht mir erst mal.«

»Glauben Sie, dass er tot ist?«

»Bestimmt. Er hat keine Klamotten mitgenommen, hatte kein Geld. Wohin hätte er gehen sollen? Vielleicht war in der Nacht nicht nur er mit einer Flinte unterwegs. Kann sein, dass er auf die falsche Person getroffen ist. Augusta macht in der Gegend jede Nacht ihre Runde, um die Futterstellen zu überprüfen und ihre Eulen zu zählen. Fred und seine Flinte waren ihr ein Dorn im Auge.«

»Sind Sie verrückt? Die alte Dame könnte doch nie …«

»Unterschätze deine Tante nicht. Augusta hat schon ein Leben auf dem Gewissen.«

Lilith sah so harmlos-heiter aus, als dächte sie ans Plätzchenbacken und nicht an Mord in der Familie. »Sie war in jungen Jahren eine hervorragende Schützin.«

»Ist sie noch. Ich würde keinem empfehlen, sich mit ihr anzulegen.« Der Bodennebel verzog sich allmählich. Mit jedem Schritt Tom Jessops teilten sich die Schwaden. Er überlegte, wie weit er seiner Stellvertreterin trauen konnte. »Ich treffe mich mit dem New Yorker Cop mittags auf ein Bier im Dayborn Bar and Grill. Kennst du die Pinte?«

Sie nickte nur. Demnach hatte sie nicht vor, ihm von ihrem Gespräch mit Riker in dem Lokal zu erzählen. Der Barkeeper hatte dem Sheriff nicht sagen können, worüber die beiden geredet hatten, sondern nur angemerkt, dass Lilith ihren Whisky noch schneller kippen konnte als ihr Vater.

Sie ließ die Füße im Kies schleifen. »Dad hat dort so manchen denkwürdigen Abend verbracht.«

»Allerdings. Ich erinnere mich noch an die Nacht, in der du geboren wurdest. Dein Vater kam mit vier Schachteln billiger Zigarren an, und die Kneipe stank noch tagelang danach.«

Sie hatten die ganze Nacht gefeiert, er und Liliths Vater. Gegen Morgen hatte Guy Beaudare angefangen zu weinen, weil ihm erst in diesem Moment so richtig klar geworden war, dass das Universum, vom Urknall bis zum letzten Abendstern, alle Kräfte aufgewendet hatte, um die schöne, die vollkommene Lilith zu erschaffen. Ein betrunkener junger Tom Jessop hatte heftig widersprochen, denn Kathy Shelley war schon ein paar Jahre länger auf der Welt.

»Die Kumpels in der Bar haben alle aufgeatmet, als dein Vater weggezogen ist. Ständig erzählte er von deinen neuesten Heldentaten, wir konnten es schon nicht mehr hören. Und ich habe noch keinen Mann gesehen, der so viele Fotos von seinem Kind in der Brieftasche herumgeschleppt hat.«

Er verschwieg, dass er Guy jedes Mal Paroli geboten, jedes »Lilith ist so gescheit« mit einem »Kathy ist gescheiter« gekontert hatte. Und dann war Kathy verschwunden, und der Sheriff mochte Guys Geschichten nicht mehr hören. Er trank nun allein und mied jedes Gespräch mit Männern, die Kinder hatten, weil er glaubte, dass Kathy tot war.

Sie näherten sich der Brücke, als Lilith sagte: »Wen soll ich beschatten, wenn die beiden sich trennen – Henry Roth oder Charles Butler?«

»Weder noch. Ich hab einen anderen Auftrag für dich.«

Im Osten wurde der Himmel heller, flammende Wolken zogen als Vorhut der Sonne herauf. Ein Eichelhäher erwachte, sah einen appetitlichen Käfer und verschlang das zappelnde Insekt bei lebendigem Leib. Am Himmel kreiste ein Habicht, der nach Gründlingen Ausschau hielt. Alle Geschöpfe, die in St. Jude Parish erwachten, waren in Bewegung, um nach Futter zu suchen oder einem plötzlichen Tod zu entkommen.

Ein neuer Tag begann.

18

Die Luft war abgestanden, und Licht kam nur durch die Löcher in dem morschen Stoff, der vor den Fenstern hing. Mallory zog die schweren Samtvorhänge zur Seite und öffnete das Schiebefenster. Ein kalter Windzug wirbelte eine Staubwolke auf. Jetzt sah sie in dem breiten Sonnenstreifen deutlich die Fledermauslosungen auf dem Boden und die Insekten, die sich in den dunklen Ecken in Sicherheit brachten.

Mallorys heftige Abneigung gegen Schmutz und Unordnung war in den oberen Stockwerken von Trebec House gedämpft worden. Auch ihr Pünktlichkeitswahn verlor sich allmählich. Sie hatte es sich abgewöhnt, zehnmal am Tag nach der verlorenen Taschenuhr zu greifen. Die tief stehende Sonne, die in das Ostfenster schien, sagte ihr, dass es noch früh am Morgen war. Als sie ihr Kleiderbündel auf eine Zedernholzkommode legte, nahm sie aus dem Augenwinkel in einer dunklen Ecke eine Bewegung wahr – eine Frau, die barfuß in dem trüben Glas eines bodenlangen Spiegels stand. Sie trug eine altmodisch-romantische Bluse und hellblaue Jeans. Die Zeit verrann. Sekunden-, ja minutenlang nahm Mallory begierig das sanfte, feminine Bild in sich auf, das ihrer Mutter so ähnlich sah. Das Gesicht im Spiegel glänzte vor Tränen.

Schritte auf dem Gang brachten sie in die Gegenwart zurück. Sie fuhr sich mit der Hand übers Gesicht, um die verräterischen Spuren zu tilgen.

Doch ihre Haut war trocken.

Sie stand ganz still und sah mit großen Augen ihre Hand an. Keine Spur von …

Die Schritte kamen näher.

Nimm dich zusammen.

»Die Temperatur fällt wie verrückt«, sagte die alte Dame, die mit einem Arm voller Kleider hereinkam.

Der gescheiten Augusta war es offenbar gegeben, die unsichtbaren Spuren geisterhafter Tränen zu erkennen, denn ihre Stimme klang ungewohnt sanft. »Du brauchst einen Mantel. Ich habe einen, der dir passen könnte. Und die Laufschuhe waren nicht mehr zu retten.« Sie hielt ein Paar Reitstiefel im Westernstil aus feinem schwarzen Leder in die Höhe. »Wäre das was für dich?«

»Genau richtig. Und einen Mantel hab ich schon gefunden.«

Augusta besah sich den langen schwarzen Mantel, der über der Kommode lag, einigermaßen skeptisch. Er stammte aus einer Zeit, als man noch hoch zu Ross gereist war, aber zu der schönen alten Bluse passte er ganz vorzüglich, und auch in anderer Beziehung schien er nützlich zu sein. »Eine wirkungsvolle Tarnung in der Dunkelheit, nicht wahr? Ein Wunder, dass das alte Ding sich noch nicht aufgelöst hat. Es ist sehr viel älter als ich. Wenn es dir gefällt, gehört es dir.«

Sie öffnete einen großen Kleiderschrank und holte Schachteln vom obersten Brett. »Zu dem Mantel gab es auch einen passenden Hut, ich weiß nur nicht mehr genau, wo ich ihn verstaut habe. Meine Großmutter hat ihn getragen, wenn sie reiten ging.« Eine große runde Schachtel zerfiel ihr unter den Händen, und der schwarze Hut rollte auf den Teppich. Augusta hob ihn auf, strich die breite Krempe gerade und drehte ihn zwischen den Händen.

»Das blonde Haar verdeckt er nicht ganz.« Sie griff wieder in den Schrank. »Aber damit lässt sich vielleicht was machen.« Sie streckte Mallory ein schwarzes Tuch hin.

Mallory hatte die Vorhänge vor einem weiteren Fenster zurückgezogen. Jetzt strömte das Licht in breiter Bahn in den Raum und vertrieb die Schatten in den Ecken. Sie wandte sich wieder dem Spiegel zu und begutachtete die weiße Leinenbluse. Der romantische Faltenwurf entsprach ganz und gar nicht ihrem Geschmack, denn sie bevorzugte strenge Linien, aber er verbarg die Verbände. Sie legte das Schulterhalfter an und zuckte zusammen, als es die Wunde streifte.

»Du musst den Revolver anders tragen«, sagte Augusta zu ihrem Spiegelbild. »Die linke Schulter wird noch eine Weile empfindlich sein, ich schätze, dass du eine Woche in deiner Beweglichkeit eingeschränkt bist. Aber die gelbe Katze ist mit schlimmeren Verletzungen heimgekommen, und sie hat's auch überstanden.«

Ein Gespräch fortsetzend, das sie beim Frühstück begonnen hatte, fragte Mallory: »Warum hat Iras Vater Selbstmord begangen?«

»Selbstmord? So dramatisch darfst du das nicht sehen. Iras Vater war nie ein besonders guter Autofahrer. Der Wagen hatte schon jede Menge Beulen, ehe er in den Telefonmast gerast ist.« Sie zog eine Kommodenschublade auf und kramte darin herum. »Vielleicht können wir dein Holster an einem Gürtel befestigen.«

»Die Versicherung hat die Zahlung verweigert«, sagte Mallory. So viel hatte sie dem Computer des Versicherungsvertreters vor Ort entnommen, aber der Bericht des Ermittlers war schlampig und unvollständig gewesen, er enthielt wenig mehr als die paar Daten, die sie schon aus dem Computer des Sheriffs kannte, und eine Beschreibung des Unfallorts.

»Gewiss, der Versicherungsmensch hat sich zuerst ein bisschen geziert, aber dann hat er die ganze Summe gezahlt.« Augusta hielt einen schmalen Lederstreifen hoch, warf einen Blick auf Mallorys schwere Waffe und legte ihn kopfschüttelnd beiseite. »Darlene konnte mit dem Geld ihr Haus von der Neuen Kirche zurückkaufen, das ihr Mann dieser vermacht hatte, wie sich später herausstellte.«

»Ich denke, die Neue Kirche besteht nur aus Lauries.«

»Nicht ausschließlich. Ich glaube nicht, dass Iras Vater ein besonders frommer Mensch war, er wollte durch die Schenkung einfach Steuern sparen. Wer der Kirche sein Haus überschreibt, kann bis an sein Lebensende mietfrei darin wohnen.« Sie hatte einen breiten Gürtel mit schöner Schnalle gefunden. »Der ist schon besser.« Sie gab ihn Mallory. »Deshalb gehören jetzt Malcolm die vielen Grundstücke in bester Lage am unteren Teil des Bayou. Er hat es geschafft, diesen Holzköpfen einzureden, dass Geben besonders in diesem Fall seliger ist denn Nehmen und dass man Geld am besten dadurch spart, dass man erst gar keins verdient.«

Mallory schob den Gürtel durch ihr Holster. »Aber warum wollte die Versicherung nicht zahlen? Da muss doch …«

»Reine Routine. Das machen die immer so, wenn ein paar Tage vor dem Tod etwas an der Police geändert wird. Ursprünglich sollte die Versicherungssumme an die Neue Kirche gehen. In der späteren Police war dann Darlene als die einzige Begünstigte angegeben.«

Iras Vater hatte sich demnach mit der Neuen Kirche überworfen, bevor er – laut Bericht von Deputy Travis – seinen Wagen frontal und ohne abzubremsen an einen Telefonmast gefahren hatte.

Es war kälter geworden. Charles knöpfte seine neue Baumwolljacke zu, während er von Darlene Wooleys Veranda aus beobachtete, wie sich der Marktplatz belebte. Fußgänger liefen an ihm vorbei, Wagen passierten langsam den Brunnen, Bekannte grüßten sich und wechselten ein paar Worte über das Wetter und die Gesundheit. Ira würde nie ganz zu diesem Leben gehören, das Dasein des Autisten drehte sich vor allem um das eigene Ich – aber wäre auch nur einem dieser so genannten normalen Menschen da draußen aufgefallen, dass ein Stern verschwunden war?

Hinter ihm öffnete sich die Tür. Darlene Wooley wirkte müde, aber sie lächelte.

»Ich dachte, Sie wären abgereist, Mr. Butler?« Sie trat beiseite und ließ ihn ein. »Ich muss bald zur Arbeit. Darf ich Ihnen eine Tasse Kaffee anbieten? Er ist schon fertig, ich hole nur noch eine zweite Tasse.«

»Ja, danke.« Er folgte ihr in einen Raum, in dem vollkommene Symmetrie herrschte. An einer Wand, genau in der Mitte, standen eine Couch und ein niederer Tisch, flankiert von identischen Sesseln. Auch die Beistelltische an den Seitenwänden waren genau mittig platziert, und an den Wänden hingen gleich große Bilder, umgeben von kleineren im jeweils gleichen Format. Mallory hätte sich in diesem Zimmer wohl gefühlt, weil es so aufgeräumt war. Allerdings fiel auf, dass die Polstermöbel teilweise recht abgewetzt waren.

»Ich würde gern auch mit Ira sprechen.«

»Aber gern. Er erinnert sich genau an Sie. Wenn wir in Jane's Café essen, sagt er immer wieder ›Sandwichmann, Sandwichmann‹. Setzen Sie sich doch, ich hole den Kaffee.«

Charles ließ sich in einem Sessel nieder, der an sichtbarer Stelle eine große geflickte Stelle aufwies.

»In diesem Haus hat sich seit zwanzig Jahren nichts verändert«, sagte sie leicht verlegen. »Ich renoviere nichts, lasse die Polstermöbel nicht neu beziehen und stelle sie auch nicht um, weil das Ira aus der Ruhe bringt. Er merkt sofort, wenn man irgendetwas auch nur um Haaresbreite verrückt, und dann muss er sich das Zimmer ganz neu einprägen. Wenn er nicht in der Schule ist, verbringt er die meiste Zeit hier.«

»Ich habe ihn auf dem Friedhof gesehen.«

»Ja, früher war das sein Lieblingsplatz, weil sich die Steine dort nicht vom Fleck rührten.«

»Hat er die neue Figur gesehen?«

»Nein. Ich habe ihm gesagt, er soll nicht hingehen, bis der Sheriff herausbekommen hat, was sich dort abspielt. Es ist wirklich nett von Ihnen, dass Sie Ira besuchen. Ich glaube, er hat, seit er sechs war, überhaupt keinen Besuch mehr bekommen.« Der letzte Satz kam schon aus der Küche, und gleich darauf war sie wieder da und reichte ihm eine Tasse Kaffee. »Schwarz und drei Stück Zucker, stimmt's?«

»Ja, danke. Mich interessiert Ira von Berufs wegen. Ich habe mit dem Direktor des Dallheim-Instituts in New Orleans telefoniert. Sie erforschen dort die Begabungen autistischer Menschen mit dem Ziel, mehr über das Gehirn allgemein zu erfahren, und bieten auch ein Programm für junge Erwachsene an. Die Arbeit mit Ira könnte Jahre dauern, aber es ist denkbar, dass er danach in der Lage ist, ein unabhängiges Leben zu führen.«

»Ich kenne die Dallheim-Leute.« Darlene ließ sich auf der Couch nieder und schaute in ihre Kaffeetasse. »Es ist mein großer Traum, dass Ira einmal ohne fremde Hilfe leben könnte. So, wie es jetzt um ihn steht …« Sie warf Charles einen traurigen Blick zu und suchte nach Worten. »Sollte mir etwas passieren, müsste er in ein Heim. Ich habe die Dallheim-Leute angefleht, ihn zu nehmen. Ich soll mich noch mal melden, wenn Ira einfache Gespräche führen kann, haben sie gesagt.«

»Der Direktor hat mir erzählt, dass Ira für sie nicht gesungen hat.«

»Nein, das macht er nur, wenn er Lust hat. Zum Klavierspielen kann man ihn schon eher bewegen. Er hat sehr hübsch Chopin für sie gespielt.«

»Im Dallheim-Institut wissen sie jetzt, dass Ira auch singen kann. Durch sein Mehrfachtalent ist er ein besonders interessanter Fall. Sie haben eine lange Warteliste, es kann Monate oder sogar ein Jahr dauern, ehe sie ihn nehmen, aber ich muss den Antrag vor seinem fünfundzwanzigsten Geburtstag einreichen; das ist die Altersgrenze für dieses Programm.«

»Es hat keinen Sinn, dass ich ihn wieder mitnehme, wenn er nicht mit den Leuten reden kann.«

»Sie brauchen sich um nichts zu kümmern. Ich habe die Vollmacht, einen neuen Test mit Ira hier im Haus durchzuführen.«

»Aber Sie werden ihn nicht zum Sprechen bringen. Er redet nur Unfug.«

»Nicht nur. Die Echolalie ist in manchen Fällen ein Versuch, auf andere Menschen zu reagieren. Haben Sie nicht das Gefühl, dass er mit Ihnen kommunizieren will, wenn er Ihre Fragen wiederholt?«

»Ja, das stimmt, und das habe ich den Dallheim-Leuten auch gesagt, aber sie meinten, das zählte nicht.«

»Ich habe ihnen Auszüge aus Cass Shelleys Aufzeichnungen über Iras Therapie gefaxt. Für ein kleines Kind konnte er sich erstaunlich gut ausdrücken, hatte – was ganz ungewöhnlich ist – keine Probleme mit Personalpronomen und beherrschte die Grammatik und Syntax. Auch das wussten sie im Institut nicht.«

»Aber der Test …«

»Ich dachte an eine einfache Unterhaltung. Es gibt eine Möglichkeit, schnell Ergebnisse zu erzielen. Cass Shelley hat diese Methode angewendet, nachdem Ira seinen Rückfall hatte. Sie hat ihn zum Sprechen gezwungen, und das ist sicher nicht einfach für ihn. Ich muss ihn so weit bringen, dass er sich eine Weile voll konzentriert, aber ich werde nichts tun, was nicht auch Cass getan hätte. Der Direktor meinte, ich sollte ihn auf eine traumatische Erfahrung ansprechen, den gewaltsamen Tod seiner behandelnden Ärztin zum Beispiel. Darüber wird er mit mir nur sprechen, um es hinter sich zu bringen und mich loszuwerden, aber wichtig ist nur, dass er überhaupt spricht. Ich brauche nur ein paar direkte Antworten auf direkte Fragen. Damit wären die Bedingungen des Instituts schon erfüllt.«

Unter der Folter, dachte Charles bei sich, spricht früher oder später jeder. Da Ira so panische Angst vor jeder Berührung hatte, war das, was er vorhatte, sehr grausam.

Darlene Wooley nickte. Sie schien wieder Hoffnung zu schöpfen. »Aber das Sprechen hatte er schon vorher aufgegeben. Nachdem er in dem Zelt beim Wunderheiler gewesen war. Cass war außer sich, als sie erfuhr, dass sein Vater mit ihm zu so einer abartigen Veranstaltung gegangen war.«

Es war vernünftiger, Darlene zu verschweigen, dass Ira höchstwahrscheinlich den Mord mit angesehen hatte – darüber war sich Charles mit dem Sheriff einig. Andererseits war es wichtig, dass der Junge sich diese schreckliche Erfahrung von der Seele redete. Das hätte schon längst geschehen müssen.

»Der Tod einer vertrauten Person ist ein schweres Trauma, aber ich könnte auch noch etwas anderes versuchen. Ein Jahr nach Cass Shelleys Tod hat Ira, wenn ich recht unterrichtet bin, seinen Vater verloren. Das muss ihn schwer getroffen haben.«

»Eigentlich nicht. In dem letzten Jahr hatte sich sein Vater kaum mehr um ihn gekümmert. Er ist mit Ira zu einem Arzt in New Orleans gefahren, der hat es mit einer Vitamintherapie versucht, und als das nichts half, hat mein Mann wohl jede Hoffnung aufgegeben. Er hat einfach resigniert.«

»Und Sie? Haben Sie die Hoffnung auch aufgegeben?«

»Nein, ich …« Sie sah auf ihre geballten Fäuste, die im Schoß lagen. »Sie müssen ihn anfassen, nicht wahr? Cass hat es so getan. Wissen Sie, dass ihm das körperlich wehtut? Er kann es nicht ertragen.«

»Ich weiß. Es ist Ihre Entscheidung.«

Darlene schüttelte den Kopf, aber es war eher eine Geste der Unentschlossenheit als der Verneinung. »Er ist glücklich in seiner eigenen Welt. Ich habe nicht den Eindruck, dass ihm unsere sehr gefällt.«

»Möglich, dass er nie ganz begreift, dass er …«

»…menschlich ist?« Es sah aus, als machte sie sich auf einen Streit gefasst. Oder zumindest einen Vorwurf.

»Er war immer so. Ich glaube nicht, dass Ira blind für seine

Umgebung ist, er erlebt den Alltag nur intensiver als wir. Er erfasst nicht nur unsere Welt, sondern das ganze Universum, und das droht ihn zu überfordern. Ab und zu muss er abschalten, sonst könnte er das alles nicht aushalten. Und das weiß er. Ira ist ein sehr komplizierter Mensch.«

Und wegen seiner Talente und seiner eigenwilligen Weltsicht auch ein sehr wertvoller, dachte Charles.

»Die Therapie, in der Sie ihn jetzt untergebracht haben, ist auf geistig Behinderte zugeschnitten«, sagte er zu Darlene. »Er macht auch dort gewisse Fortschritte, wird aber sehr schnell an Grenzen stoßen.« Er holte die Formulare des Dallheim-Instituts heraus. »Vielleicht könnten Sie schon mal die nötigen Angaben zur Krankengeschichte machen. Inzwischen spreche ich mit Ira. Einen Versuch ist es allemal wert.«

Aus Iras Zimmer kam Gesang. Charles erkannte die Arie, die der Junge auf dem Friedhof gesungen hatte. Darlene legte die Hand auf die Klinke, zögerte und freute sich noch einen Augenblick an der schönen Stimme ihres rätselhaften Kindes. Dann öffnete sie die Tür, und Ira verstummte erschrocken.

Die Tür schloss sich, und Ira war allein mit dem großen Sandwichmann. Der setzte sich aufs Bett und redete eine Weile leise auf ihn ein. Ira wiegte sich in der Hocke vor und zurück, ohne zuzuhören.

Dann stand der Mann auf und kam auf ihn zu.

Nein! Bitte nicht!

Ira wich bis an die Wand zurück. Der Sandwichmann packte ihn bei den Schultern und wiederholte die Worte, bis sie einen Sinn bekamen und sich in Iras Kopf einnisteten. Er benutzte die gleichen Worte wie Dr. Cass.

Jetzt sah er das Gesicht von Cass vor sich, sah, wie sie ihn bei den Schultern packte, ihn bedrängte: »*Sag einmal etwas, das Hand und Fuß hat, etwas, hinter dem du stehst. Nur einmal. Nur für mich.*«

»Ich habe Angst«, sagte er zu dem Sandwichmann.

Der Mann nahm seine Hände weg, griff in die Tasche und holte ein Foto von Dr. Cass heraus. »Schau dir das an, Ira. Denk an den Tag, an dem sie gestorben ist. Ich weiß, dass du dabei warst. Was hast du gesehen?«

Ira schwieg. Der Sandwichmann packte ihn erneut bei den Schultern. Sein Gesicht kam näher.

»Steine!«, stieß Ira hervor und verkrampfte sich. Er wusste, dass es Spielregeln gab. Die musste der Mann einhalten. Tatsächlich: Der Sandwichmann ließ ihn los. So verging eine Stunde. Der Mann kam auf ihn zu, Ira konzentrierte sich auf das, was er fragte, und wenn er eine Antwort gegeben hatte, ließ der Lange von ihm ab.

»Wer hat die Steine geworfen? Erinnerst du dich, ob der Deputy dabei war? Deputy Travis?«

Iras Hände zuckten. Der Mann kam näher. Ira hielt sich die Ohren zu und wiegte sich verzweifelt hin und her. Der Sandwichman zog Ira die Hände weg. »War der Deputy da?«, fragte er mit erhobener Stimme. »Ein Mann in Uniform?«

Ira nickte, aber der Sandwichmann hielt seine Hände immer noch fest, denn das Nicken reichte ihm nicht. Auch Ira wusste, dass er sich an die Spielregeln halten musste.

»Hat er mit Steinen nach Cass geworfen?«

»Er hat mit Steinen nach dem Hund geworfen.«

Der Mann ließ Iras Hände los. »Hast du gesehen, wie jemand mit Steinen nach Cass geworfen hat?«, fragte er leiser.

»Sie haben sich den blauen Brief angehört. Cass hat kein Wort gesagt. Und dann war sie rot. Der Hund lag im Dreck. Er hat geheult. Der Deputy hat noch mal einen Stein geworfen, da hat der Hund sich nicht mehr gerührt. Cass war ganz rot. Dann sind sie gegangen. Ganz still.«

Er war weggelaufen, war vor den blutenden Leibern von Hund und Herrin von der Straße in den Fluss geflüchtet. Er hatte sich selbst geschlagen, weil er wissen wollte, wo sein Körper aufhörte und der Bayou anfing. Immer wieder stürzte er, das Wasser lief ihm in den Mund und drohte ihn zu ersticken.

Als er die trübe Brühe in den Bayou zurückspuckte, begriff er, wo die Grenze zwischen dem Ich und dem Wasser war, noch ehe sein Vater mit einem Aufschrei in den Finger Bayou watete, seinen Sohn ans Ufer zurückbrachte, nach Hause fuhr und immer wieder fragte: »Was wolltest du denn da, Ira?« Aber Ira konnte nicht antworten, er sah noch immer, wie sich das Blut von Cass mit dem des Hundes mischte.

Der Sandwichmann kam wieder auf ihn zu. »Ich brauche eine direkte Antwort auf eine direkte Frage. Weißt du, wer mit Steinen nach Cass geworfen hat? Hast du gesehen …«

»Daddy.« Ira wiegte sich immer schneller. Der Trost, der von seinem eigenen Körper ausging, war der einzige, der ihm zur Verfügung stand. Von draußen kam nie Trost, sondern immer nur Schmerz und Leid.

»Was?«

»Daddy hat den ersten Stein nach Dr. Cass geworfen.« Ira schlug den Kopf gegen die Wand.

Der Sandwichmann hielt ihn zurück. »Dein Vater gehörte zu der Meute?«

»Ja!«, schrie Ira heraus und rutschte rücklings an der Wand herunter, bis er auf dem Fußboden saß. »Daddy. Daddy hat mit Steinen nach Cass geworfen.«

»Das reicht.« Iras Mutter stand in der offenen Tür. Sie hatte die Hände vors Gesicht geschlagen und zitterte.

»Mommy, mach, dass er geht.«

Und seine kleine Mutter drängte tatsächlich den Sandwichmann aus dem Zimmer und aus dem Haus und knallte die Tür hinter ihm zu.

Jetzt fiel sie vor Ira, der sich zu einer Kugel zusammengerollt hatte, auf die Knie. Ihre Hände flatterten wie verängstigte Vögel über sein Gesicht und seinen Körper und wagten ihn nicht zu berühren aus Angst, ihm damit neue Schmerzen zuzufügen.

19

Als Charles bei Augusta klopfte, machte Henry Roth auf und hob warnend die Hand. »*Sie hat Besuch.*«

Riker hielt in der Küche Augusta Trebec Dienstmarke und Ausweis zur Begutachtung hin.

Sie kniff die Augen zusammen und beugte sich tief über die Karte mit dem Foto des Sergeant. »Dazu brauche ich meine Brille. Bin gleich wieder da.« Sie nickte Charles im Vorbeigehen kurz zu und verschwand in dem Zimmer gegenüber der Diele.

Brille?

Charles hatte sie bisher noch nie mit Brille gesehen. Bei ihrer ersten Begegnung hatte er gestaunt, wie gut sie die kleine Schrift auf seiner Visitenkarte lesen konnte.

Er wandte sich an Riker, der sich höchst interessiert im Zimmer umsah.

»Soll ich raten? Du bist Henry gefolgt.«

»Stimmt.« Riker drehte sich zu dem Bildhauer um und sprach langsam, weil er dachte, Henry müsse ihm die Worte von den Lippen ablesen. »Nicht Ihre Schuld, Kumpel. Sie haben die Kleine des Sheriffs geschickt abgeschüttelt, aber mit einem zweiten Cop hatten Sie nicht gerechnet, was?«

Augusta kam wieder herein. Eine altmodische Brille mit dicken Gläsern, durch die ihre Augen stark vergrößert wirkten, saß auf ihrer Nasenspitze.

Sonderbar.

»Na, dann lassen Sie noch mal sehen …« Sie beugte sich wieder über den Ausweis, dann musterte sie Riker. »Ein sehr hübsches Bild von Ihnen.« Sie machte ihn mit Henry und Charles bekannt und fügte hinzu: »Mr. Butler war so freundlich, mir bei gewissen juristischen Fragen in einer Erbschaftsangelegenheit behilflich zu sein.«

Die Täuschung nahm allmählich fast surreale Dimensionen an. Riker hatte auch jetzt nicht zu erkennen gegeben, dass er

Charles kannte, Augusta blieb bei der Ausrede von der Erbschaftsangelegenheit, und Henry bewahrte offenbar alle Geheimnisse, die ihm anvertraut wurden, in seinem Herzen. Man konnte es allerdings auch anders sehen: Er hatte den Kopf eingezogen und war einfach abgetaucht. Charles schüttelte Riker die Hand und beschloss, es genauso zu machen.

Augusta ging zum Herd und rührte in einem Topf herum. »Sie machen mir doch alle die Freude, zum Essen zu bleiben?«

»Ich wollte sie nicht belästigen, Ma'am«, sagte Riker, »aber ich brauche Informationen über die Gefangene des Sheriffs. Ihr Name ist Mallory.«

»Ich kann Ihnen zeigen, wo das Büro des Sheriffs ist. Wenn Sie quer durch den Friedhof gehen, kommen Sie auf der Straße heraus, die über die Brücke führt, und …«

»Beim Sheriff war ich schon. Er sagt, dass die Gefangene geflüchtet ist, Ma'am. Vorgestern.«

»O Gott!« Augusta drehte sich langsam um und ging leicht taumelnd zum Tisch zurück. Charles machte erschrocken einen Schritt auf sie zu, aber Henry Roth, der direkt hinter Riker stand, hielt ihn mit einer Handbewegung zurück.

Augusta ließ sich auf einen Stuhl sinken, und Henrys Hände erläuterten: *»Die typische Reaktion einer Frau aus dem Süden. Sie kann ihr eigenes Gewicht in Konservendosen stemmen, aber im Augenblick spielt sie das zarte, zerbrechliche Wesen.«*

Es war eine überzeugende Vorstellung. Riker schien ehrlich besorgt. Er sah nur das graue Haar, das faltige Gesicht, die blauen Augen einer Frau, die halb blind sein musste, weil sie so dicke Gläser brauchte.

»Entschuldigen Sie vielmals, Ma'am«, sagte Riker. »Ich wollte Sie nicht erschrecken.«

Augusta fächelte sich matt mit der Hand Luft zu. »Wasser …«

Riker eilte zur Spüle, ließ Wasser in ein Glas laufen und brachte es ihr. Dann zog er sich einen Stuhl heran und setzte sich ihr gegenüber an den Tisch.

»Danke vielmals.« Sie griff mit beiden Händen nach dem

Glas und trank. »Das ist ja unvorstellbar! Eine Mörderin, die in unserem Dayborn frei herumläuft …«

»Ob sie wirklich jemanden umgebracht hat, ist noch nicht raus«, sagte Riker. »Ich glaube kaum, dass Sie in Gefahr sind.«

»Das ist wirklich sehr tröstlich. Und rechnen Sie damit, diese Person bald zu finden?«

»Ich bin nicht befugt, eine Verhaftung vorzunehmen, Ma'am, ich bin in Louisiana nur zu Besuch.«

Augusta legte mit einer anmutigen Bewegung eine Hand ans Gesicht und lächelte fast schüchtern. »Das ist aber nett.«

Henrys Hände lieferten die Übersetzung: *»Nichts sagendes Geschwätz, um sich nicht eindeutig festlegen zu müssen.«*

»Ich glaube, dass diese Mallory mir helfen kann«, sagte Riker. »Ich bearbeite nämlich einen Mordfall.«

Augusta legte die Hand vor den Mund. »Das ist ja schrecklich.«

Henry erläuterte, dass das genauso viel oder so wenig besagte wie »Das ist aber nett«.

»Man hat mir erzählt, dass ihre Mutter von einem mörderischen Mob umgebracht wurde. Haben Sie eine Ahnung, was …«

Stöhnend legte sie den Handrücken an die Stirn. »Wenn ich an diesen schrecklichen Mord nur denke … mein Gott, mein Gott, mir wird himmelangst …«

»Hysterische Zustände, ein inzwischen ziemlich aus der Mode gekommener Trick«, erklärte Henry, *»um eine Diskussion zu vertagen und Zeit zu gewinnen.«*

»Es tut mir Leid, dass ich Sie damit behelligen muss, Ma'am«, sagte Riker, »aber ich brauche dringend Ihre Hilfe.«

»Es ist sehr schmeichelhaft, dass Sie glauben, gerade ich könnte Ihnen helfen.«

Charles sah Henry an. Der schüttelte den Kopf. *»Einem Gegner würde sie nie helfen. Wenn Riker vor ihren Augen verbluten würde, hätte er keine Chance.«*

Als Augusta nach einem Blatt Papier griff, die Augen verdrehte und anfing, sich zuzufächeln, war klar, dass sie es zu weit getrieben hatte. In Rikers Augen blitzte es auf. Er hatte begriffen, dass Augusta zur Gegenpartei gehörte, und stellte sich entsprechend darauf ein.

Jetzt ließ er seinen Blick noch einmal durch die Küche wandern. Es roch nach flüssigen Putzmitteln. Auch Charles sah sich um.

Am Vortag war die Küche relativ ordentlich gewesen, heute aber sah sie makellos aus. Der gelbe Belag, den Augustas Zigarillos zu hinterlassen pflegten, war von den Glasscheiben der Schränke verschwunden, die Dosen und Schachteln in den Regalen standen in Reih und Glied, die Kupfergefäße blitzten und blinkten. Selbst die Kräutertöpfe auf dem Fensterbrett waren frisch poliert und im gleichen Abstand voneinander aufgereiht, die Blätter der Pflanzen glänzten wie frisch gewaschen. So viel Ordnung und Sauberkeit war nicht mehr normal. Sie hätte ebenso gut auf der fleckenlos sauberen Porzellanspüle ihre Fingerabdrücke hinterlassen können.

Riker hatte Mallory gefunden, und das stärkte sein Selbstbewusstsein ganz erheblich.

»Kein Wunder, dass Sie sich in einem verschlafenen Nest wie Dayborn über so was aufregen, Ma'am«, sagte er. »In New York ist das für uns nichts Besonderes. Da laufen tausend entsprungene Häftlinge rum, von denen jeder Ihnen bedenkenlos die Kehle durchschneiden würde, um an Ihr Kleingeld zu kommen. Wir sind stets auf alles gefasst. Ein gefährliches Pflaster, dieses New York.«

Augusta erwiderte Rikers Lächeln und akzeptierte mit leicht schief gelegtem Kopf die geänderten Spielregeln. Noch ging es dabei nicht um Hauen und Stechen – aber das konnte noch kommen.

»Wenn Sie schon New York für gefährlich halten, Detective Riker«, erwiderte sie und nahm die Brille ab, »darf ich Ihnen sagen, dass wir fünf verschiedene Arten von Giftschlangen und tödlichen Spinnen haben. Unsere Alligatoren sind länger als zwei New Yorker zusammen und unsere Moskitos so groß, dass Sie einen Sattel darauf legen könnten.«

»In New York haben wir Ratten, die in Belmont Rennen laufen könnten, Staus von Harlem bis zur Battery und zwei Flüsse voll toter Fische und ermordeter Steuerzahler.«

Augusta schlug mit der flachen Hand auf den Tisch. »Ich gehe jede Wette ein, dass wir die Luft besser verschmutzen und die Leute schneller umbringen können als ihr. Haben Sie die chemischen Werke am Fluss gesehen? Diese Krebsfabriken hat uns Satan samt seinen Helfershelfern vertraglich überschrieben, und die zusätzliche Vergiftung von Luft und Wasser hat uns keinen Cent zusätzlich gekostet. Wenn das kein Geschäft ist ... Wir dulden die Korruption hier nicht, wir fordern sie ein, während Sie es nur mit einer kümmerlichen kleinen Insel mit Verkehrsproblemen zu tun haben. Über New York brauchen Sie mir nichts zu erzählen.«

»Miss Trebec, ich glaube, ich habe mich verliebt.«

»Dann müssen Sie mich Augusta nennen.« Sie lächelte so charmant verlogen wie bei einem Flirt.

Riker taute ein bisschen auf. Er sah sie bewundernd an, aber auf den Fangschuss wollte er doch nicht verzichten. »Sie sind verdammt hart, Augusta, das muss Ihnen der Neid lassen. Deshalb haben Sie, als Mallory vor der Tür stand, kurz entschlossen einen Stein nach ihr geworfen, und sie ist weggerannt, stimmt's?«

Riker lehnte sich zurück und zündete sich eine Zigarette an. Es war so still in der Küche, dass man deutlich das Ping hörte, mit dem das abgebrannte Streichholz den gläsernen Aschenbecher traf und zwischen Augustas Zigarillokippen landete. »Ich muss mit Mallory sprechen. Es ist wichtig. Richten Sie ihr das aus.« Er blies eine Rauchwolke in die Luft und blickte zur Tür, als könnte er dahinter Mallory sehen.

Augusta trommelte leicht mit den Fingern auf den Tisch. »Ich glaube kaum, dass sie hierher kommen würde. Ich bin in der Gegend für meine skrupellose Brutalität bekannt. Aber wenn ich sie sehe, bin ich gern bereit, Mallory für Sie über den Haufen zu schießen.«

»Sie erreicht mich in dem Hotel am Marktplatz.«

»Oder im Büro des Sheriffs«, ergänzte Augusta mit einem vorwurfsvollen Unterton.

»Ja, da auch. Aber von unserem Gespräch wollte ich eigentlich dem Sheriff nichts sagen«, erklärte Riker in einem Ton, der erkennen ließ, dass er, wenn er wollte, allerlei Schaden anrichten konnte.

»Ich habe keine Geheimnisse vor dem Sheriff«, sagte Augusta unbeeindruckt. »Den kenne ich nämlich noch aus der Zeit, wo ich ihm den Hintern und die Nase abgewischt habe. Kann sein, dass ich es ihm selbst erzähle. Das heißt – vielleicht wäre es ein bisschen unangenehm für Sie, wenn Tom glauben müsste, dass Sie ihm was verschweigen?«

Riker stand auf und gratulierte Augusta mit einer spöttischen Verbeugung zu ihrem Sieg. Was dann kam, war so unerhört für den Detective Sergeant, dass es Charles die Sprache verschlug. Riker beugte sich über den Tisch, nahm Augustas Hand und küsste sie.

Charles ging mit ihm hinaus. »Sieht aus, als hättest du deinen Meister gefunden.«

»Klassefrau, alles was recht ist.« Riker drehte sich um und blickte zu der Tür zwischen den Treppen, legte Charles eine Hand auf die Schulter und führte ihn ein Stück vom Haus weg. »Ich hab mich mal in der Kapelle umgesehen, in der dein Freund sein Atelier hat«, sagte er vertraulich. »Würdest du sagen, Charles, dass der kleine Bursche auf Mallory und ihre Mutter fixiert ist? Bedenklich fixiert, meine ich?«

»Lächerlich. Er ist ein sehr friedliebender Mensch.« Der eine Liste des Grauens führte und bereitwillig mitmachte, wenn es galt, Einwohner von Dayborn zu foltern, aber immerhin … Er schüttelte Rikers Hand ab. »Ich kann mir nicht vorstellen, dass Henry …«

»Beruhige dich, Charles, ich frage ja nur. Wenn du noch klar denken könntest, würdest du in mir nicht deinen Feind sehen. Das ist Mallorys Werk.«

»Du weißt nicht, was du redest. Ich habe, seit ich hier bin, noch kein Wort mit ihr gewechselt. Wie kannst du sie derart schlecht machen, wenn du sie angeblich so gut kennst?«

»Gestern hast du mich gefragt, ob ich wüsste, dass sie Klavier spielen kann. Ich hab sie einmal spielen hören. Bei einer Überraschungsparty für Lou Markowitz. Die Musiker waren schon gegangen und die Familien mit Kindern auch. Es waren nur noch die Cops da, und die wollten weiterfeiern.«

Charles wusste, dass Riker ihn mit diesem kurzen Moment gemeinsamer Nähe nur weich klopfen wollte, aber der Sergeant konnte so gut Geschichten erzählen, dass er immer wieder darauf hereinfiel.

»Und da ruft Lou: ›Ich brauche Musik.‹«

Damals meinte das Schicksal es noch gut mit Louis Markowitz. Helen, seine Frau, war noch nicht an Krebs gestorben, seine Tochter war bei der Polizei wie er. Sein Vater und sein Großvater waren schon Polizisten gewesen, und sie würde nun die Tradition fortsetzen. »Er war bester Laune, und wenn's nach ihm gegangen wäre, hätte die Party nie aufgehört. Er stand am Klavier und rief: ›Kann denn von euch Blödmännern keiner spielen?‹

Da setzte sich Mallory ans Klavier und spielte ein Übungsstück für Kinder, meine Nichte hat es auch gespielt, als sie Klavierstunden nahm. Eine ganz schlichte, einfache und sehr zu Herzen gehende Melodie, und in dem Saal voll beduselter Cops wurde es ganz still, man hörte nur noch die Musik.«

Der Gesichtsausdruck seines alten Freundes Lou Markowitz war Riker besonders im Gedächtnis geblieben. Die Kleine lebte seit ihrem zehnten Lebensjahr bei den Markowitz', und Lou hatte nicht gewusst, dass sie Klavier spielen konnte. Sie hatte immer ein Geheimnis aus ihrer Vergangenheit gemacht, aber in jener Nacht spielte sie für ihn. Es war ein Geschenk für ihren Vater. Ein einmaliges Geschenk. Sie hatte sich für ihn nie wieder ans Klavier gesetzt.

»Ich war echt sauer auf Lou Markowitz, als er sich hat über den Haufen schießen lassen. Und jetzt hab ich Angst um seine Tochter. Ich kann nicht mehr schlafen, weil ich den Eindruck habe, dass sie jeden Augenblick ausflippen und die Bodenhaftung verlieren kann, wenn keiner auf sie aufpasst. Ich weiß, was du für sie empfindest, Charles, und Lou wusste es auch. Ich glaube, der Alte hat gehofft, dass du seiner kleinen Tochter ein bisschen Halt geben würdest, aber daraus ist nichts geworden. Sie ist hergekommen, um viele Menschenleben zu zerstören, und du hilfst ihr dabei.«

»Das ist unfair, Riker.«

»Gestern Abend war ich im Krankenhaus. Ich wollte mit dem Deputy sprechen, aber sie haben keine Besucher zu ihm gelassen. Erinnerst du dich an die Frau, die gestern den Friedhof auf allen vieren verlassen hat? Sie heißt Alma Furgueson. Als ich ging, wurde sie gerade eingeliefert. Der Fahrer des Krankenwagens hat gesagt, sie hätte sich die Pulsadern aufgeschnitten.«

»Mein Gott!« Charles spürte, wie er sich innerlich vor sich selbst ekelte.

»Sie haben es gerade noch rechtzeitig mit ihr ins Krankenhaus geschafft, sie wird durchkommen. Aber wenn sie nun gestorben wäre? Du warst nah dran, für Mallory eine Frau umzubringen. Wie weit willst du noch gehen?«

Wie weit würde er für Mallory gehen? Bis zum Mittelpunkt der Erde, wo die Hölle sein musste. Was er Alma angetan hatte, versperrte ihm wohl endgültig den Weg in den Himmel.

Ehe er antworten konnte, kam der Wagen des Sheriffs aus der Richtung von Henrys Cottage aus dem Wald, blieb mit durchdrehenden Rädern in einer großen Wasserlache stecken, kam wieder frei und hielt ein paar Meter vor Riker und Charles an. Das Auto war schmutzig und wies frische Kratzer von niedrig hängenden Zweigen auf.

Der Sheriff beugte sich aus dem Fenster. »Wenn Sie noch mit Travis sprechen wollen, Riker, müssen Sie sich beeilen!«, rief er ihm zu. »Er will ein Geständnis ablegen. Der Arzt meint, dass er es nicht mehr lange macht.«

»Wir reden später weiter«, sagte Riker leise.

»Vielleicht sehen wir uns im Krankenhaus«, erwiderte Charles. »Ich könnte Alma Furgueson besuchen.«

»Gute Idee.« Riker ging durch das Gras zum Wagen des Sheriffs. Die Beifahrertür stand offen.

Als der Wagen hinter den Bäumen verschwunden war, hörte Charles, wie sich eine Tür öffnete. Er wandte sich um und war im Grunde nicht überrascht, Mallory dort stehen zu sehen. Eine Überraschung war nur die Veränderung, die mit ihr vorgegangen war. An die Stelle der Laufschuhe waren Reitstiefel getreten, sie trug eine wallende weiße Bluse aus vergangener Zeit und ein schwarzes Tuch um den Hals. Die Waffe hatte sie ganz offen an einem Gürtel an der rechten Hüfte hängen – eine Revolverheldin, wie sie im Buche steht.

Hinter Augustas Garten geriet der Wagen des Sheriffs erneut in eine Regenpfütze, und die Räder drehten durch.

Riker beugte sich vor, um die Zigarette anzuzünden, die zwischen den Lippen des Sheriffs hing. »Wäre es nicht einfacher gewesen, den Wagen bei Roth stehen zu lassen und zu Fuß zu Augusta zu gehen?«

Der Wagen fuhr wieder an. »Ja, aber ich ärgere die Alte gern ein bisschen. Sie denkt, dass sie ihr Land hundertprozentig abgeschottet hat, deshalb komme ich ab und zu mal mit dem Wagen vorbei, um ihr eine lange Nase zu drehen. Meist schreit sie dann Zeter und Mordio. In einer Kleinstadt ist man für jede Abwechslung dankbar.«

»Woher wussten Sie, wo ich bin?«

»Meine Stellvertreterin hat Sie beschattet.«

»Mich?«

»Sie hatte ziemlich bald kapiert, dass Sie ihr auf die Schliche gekommen waren, deshalb ist sie Henry gefolgt, um Sie abzuschütteln. Dann hat sie Henry laufen lassen, um sich wieder Ihnen an die Fersen zu heften. Nehmen Sie's nicht so ernst, Riker. Als Stadtmensch haben Sie sich gut geschlagen, sagt sie. Henry hat Sie offenbar ganz schön durch die Gegend gescheucht.«

Riker überlegte, ob Liliths Vorschlag in der Bar am Ende eine doppelte Täuschung gewesen war. Dem Sheriff waren solche Tricks zuzutrauen.

»Travis liegt also im Sterben«, sagte Riker. »Darauf haben Sie lange gewartet, stimmt's?«

»Siebzehn Jahre. Ich dachte schon, das Herz von dem Dreckskerl würde ewig schlagen. Ein Glück, dass ich Sie dabeihabe, Riker. Ich brauche einen Zeugen, damit das Geständnis vor Gericht anerkannt wird.«

Der Wagen bog in den breiten Highway ein.

»Ach, noch was, Riker.« Der Sheriff feixte. »Wenn Sie die Pflegetochter Ihres alten Freundes sehen, richten Sie doch Detective Mallory aus, dass sie ihre Taschenuhr jederzeit bei mir abholen kann.«

Riker rutschte tiefer in seinen Sitz und sah aus dem Fenster. »Okay, Sie haben gewonnen.«

Eine Meile fuhren sie schweigend dahin. Die endlosen Zuckerrohrfelder, die flache Landschaft, in der die Bäume die höchsten Erhebungen darstellten, wirkten beruhigend in ihrer Eintönigkeit. Da draußen drohten keine Überraschungen.

»Mal ehrlich von Cop zu Cop, Riker: Ist Kathy eine gute Kriminalbeamtin?«

»Eine der besten. Sie sind aber auch kein Stümper, Sheriff. Markowitz haben Sie bestimmt hintenrum in Erfahrung gebracht. Unter dem Vorwand eines Haftbefehls für einen New Yorker Fahrzeughalter?«

»Ja, aber dadurch habe ich nur erfahren, dass er ein toter Cop ist. Alles andere hat mir Jeff McKenna im Dezernat für vermisste Personen geliefert. Kennen Sie ihn?«

»Klar. Der Alte sitzt da schon eine halbe Ewigkeit.«

»Ich hatte das erste Mal vor achtzehn Jahren mit ihm zu tun, als ich einen Ausreißer suchte. Ich wusste, dass der Junge in

New York war, und rief McKenna an. Einen Monat später wurde der Junge bei einer Drogenrazzia erwischt, und McKenna hat mich verständigt. Wir haben uns persönlich kennen gelernt, als ich den Jungen abgeholt habe.«

»Sie haben also McKenna angerufen und nach Ihrem alten Freund Louis Markowitz gefragt, den Sie in Ihrem Leben noch nie gesehen hatten.«

»Genau. Und McKenna hat mir schonend beigebracht, dass der alte Lou tot ist. Dann frag ich ihn, was aus Mallory geworden ist, und er sagt, dass sie inzwischen bei der Kriminalpolizei gelandet ist.«

»Und dann haben Sie nach mir gefragt?«

»Über Sie hatte er jede Menge zu berichten, Riker. Gedächtnis wie ein Elefant, der gute McKenna. Sogar den Namen des Jungen wusste er noch, den er für mich aufgespürt hatte. Wir konnten von Glück sagen, dass wir ihn so schnell gefunden haben. Er war in einem jämmerlichen Zustand, aber zumindest hatte er kein Loch im Bauch, sondern nur Nadelstiche an den Armen. Interessante Stadt, in der Sie leben, Riker. Kiffende Kinder, Leute, die an die Häuserwände pissen, Perverse, die über die 42nd Street schlendern und sich kleine Jungs kaufen. Muss auf die Dauer ganz schön deprimierend sein.«

»Stimmt. Aber jetzt hab ich in Louisiana meinen Gott gefunden.«

Der Sheriff feixte. »Ja, ich hab gehört, dass Sie mit den Leuten von der Neuen Kirche in Owltown einen gehoben haben. Was Interessantes erfahren?«

Riker holte ein zerknülltes Flugblatt aus der Tasche und hielt es auf Armeslänge von sich weg. »Du bist auf einer langen Reise über gefährliches Gelände«, las er. »Du kannst den mühsamen Weg wählen, oder du kannst ein Wunder kaufen und fliegen.« Er knüllte das Blatt zusammen und warf es zu den leeren Bierdosen auf dem Wagenboden. »Eine Religion, die mit Glückskeksprüchen und Slogans aus der Werbung für Fluggesellschaften arbeitet – also da komm ich nicht mehr mit.«

20

Die Wände des Krankenzimmers waren in einem fröhlichen Orangerot gehalten, aber die gerahmten Bilder mit knospenden Frühlingsblumen konnte der sterbende Deputy Travis nur für einen schlechten Witz halten. Trotzdem bemühte er sich, kein Spielverderber zu sein. Der schmerzverzerrte Mund mochte als der groteske Versuch eines Lächelns gelten.

Die Haut des Kranken war fahl und verschwitzt. Schläuche in den Nasenlöchern führten zu einem Sauerstoffgerät, weitere Schläuche leiteten aus sechs Plastikbeuteln intravenös Flüssigkeiten in seinen Körper. Die Kabel für den Schrittmacher waren an die Haut genäht. Er atmete mühsam. Auf einem Monitor zeichneten drei Wellenlinien seinen Herzschlag nach. Die rund ums Bett aufgestellten Maschinen sahen aus wie Ärzte, die mit Lichtzeichen, Piepsern und leuchtenden Linien über den Zustand ihres Patienten diskutierten.

Der Körper verströmte einen schalen Geruch, der die antiseptischen Krankenhausgerüche überlagerte. Nach dreißig Dienstjahren wusste Riker, wann der Tod vor der Tür stand.

An der anderen Seite des Bettes stand ein weiß bekittelter junger Mann mit einem Stethoskop und setzte dem Sheriff mit arrogant quäkender Stimme auseinander, dass er als Arzt größte Bedenken gegen diese Vernehmung habe. Er habe Travis dringend geraten, den Termin abzusagen. Sein hippokratischer Eid verpflichte ihn, seinen Patienten um jeden Preis zu schützen, und das wiege schwerer als die Belange der Polizei. Er müsse darauf bestehen, dass der Sheriff mit seinem Freund das Zimmer verließ. Sofort. Das sei ein Befehl.

Der Sheriff trat nah an den jungen Mann heran, der kleiner war als er, schmalere Schultern und keine Waffe hatte. Er seinerseits, erklärte Tom Jessop ziemlich laut, rate dem Herrn Doktor dringend, die Kurve zu kratzen. Das sei ein Vorschlag. Andernfalls müssten sie eventuell Travis zur Seite rollen, um auf dem Krankenhausbett noch Platz für den Herrn Doktor zu machen.

Dem jungen Mann fiel die Kinnlade herunter, und man sah, dass er weiche Knie bekommen hatte – offenbar war er solche Tiefschläge nicht gewöhnt. Nachdem er noch einen Blick auf seinen Patienten geworfen hatte, entschied er sich für eine etwas großzügigere Auslegung seines hippokratischen Eides und zog sich bis an die orangerote Wand zurück.

Riker sah auf dem am Bett hängenden Krankenblatt, ob Travis kürzlich Schmerzmittel erhalten hatte, die sein Geständnis vor Gericht wertlos machen konnten. Er las Datum und Uhrzeit der Reanimationen nach einem heftigen Schock durch einen Autounfall und überlegte, ob dem jungen Arzt überhaupt bekannt war, was da noch auf dem Krankenblatt stand. Von einem anderen Arzt abgezeichnet, war da in zittriger Schrift – offenbar der von Travis – ein Satz zu lesen: »Ich will nicht mehr.« Eine Ärztin hatte die Anweisung unterschrieben, auf weitere Reanimation zu verzichten.

Der Sheriff beugte sich über das Bett seines Deputy und las von eincr Karte ab: »Travis, machen Sie dieses Geständnis im vollen Bewusstsein der Tatsache, dass Sie im Sterben liegen?«

Travis sah den Sheriff einigermaßen fassungslos an. Obgleich er schon mehrere Tode gestorben war und selbst gebeten hatte, man möge ihn beim nächsten Mal nicht mehr ins Leben zurückholen, hatte er dies offenbar nicht erwartet. Seine Augen waren plötzlich starr und blind wie die eines Toten. Riker gab es einen Ruck, als er die Tränen darin sah.

Der Sheriff wiederholte die Frage, und Travis nickte langsam. Jetzt musste er es wohl glauben.

Ohne eine Miene zu verziehen, zerknüllte Tom Jessop die Karte und verzichtete auf weitere Formalitäten. »Waren Sie bei dem Haufen? Haben Sie Cass Shelley umgebracht?«

»Ich hab einen Stein nach dem Hund geworfen. Er hat mich angegriffen. Ich weiß nicht mal, wo der Stein herkam. Plötzlich hatte ich ihn in der Hand, und der Hund kam auf mich zu.«

»Sie waren dabei, als sie starb.«

»Ich bin nicht in böser Absicht hingegangen. Cass wollte mich anklagen.« Er beschrieb mit der Hand matte Kreise in der Luft. »Es stand in dem Brief. Die Labortests. Sie wollte mir aus all dem wissenschaftlichen Kram einen Strick drehen. Ich wusste, dass es ein Irrtum war, und das wollte ich ihr sagen. Ich hab in meinem Leben noch nie einem Kind was getan. Und ich wollte auch Cass nichts tun. Aber wenn so ein Gerücht in einer Kleinstadt erst in Umlauf ist …« Er unterbrach sich. Sein Gesicht verzerrte sich in jähem Schmerz.

Ein Klingelzeichen ertönte, und eine der Linien auf dem Monitor bewegte sich in wildem Zickzackkurs. Der Arzt schlich sich vorsichtig heran, aber der Sheriff drängte ihn zurück, ohne ihn zu berühren. Ein Blick genügte.

Jetzt trat eine Krankenschwester, eine hoch gewachsene, stramme Schwarze, ans Bett. Sie hatte eine Injektionsnadel in der Hand und spritzte ein paar Tropfen in die Luft, dann suchte sie nach einer Vene in dem zerstochenen Arm des Patienten.

»Was ist das?«, fragte Jessop.

»Morphium gegen die Schmerzen.« Sie sah ihn an, als sei er gerade aus einer Kakerlakenfalle gekrabbelt, und der Blick, den sie dem Arzt an der Wand zuwarf, war nicht viel freundlicher.

»Das können Sie ihm nicht geben.« Jessop trat einen Schritt vor. »Drogen sind …«

»Verpiss dich«, sagte die Krankenschwester und setzte die Spritze.

Riker hatte großen Respekt vor dem Sheriff, der offenbar wusste, wann er geschlagen war, und begriffen hatte, wer hier letztendlich das Sagen hatte. Tom Jessop schwieg eisern, während die Schwester auf die Wirkung der Spritze wartete, die eine wichtige Aussage wertlos machte.

Auch die Schwester nötigte Riker Respekt ab. Sie verkniff es sich, vor dem jungen Arzt auszuspucken, als sie gravitätisch aus dem Zimmer segelte, und das rechnete er ihr hoch an.

Das Gesicht des Sterbenden hatte sich entspannt. Langsam

fuhr er fort: »Dann flogen die Steine, und der Hund kam auf mich zu.«

»Wie war das mit dem Brief?«

»Mehr weiß ich nicht darüber.«

»Wer war noch da?«

»Iras Vater. Dann hatte ich einen Stein in der Hand, aber vom Boden aufgehoben hab ich den nächsten erst, als ich den ersten auf den Hund geworfen hatte. Ich habe nicht ...«

»Wer noch? War Babe Laurie dabei?«

Travis nickte.

»Haben Sie ihn Steine werfen sehen?«

»Nein, aber das hat nichts zu bedeuten. Ich hatte mit dem Hund zu tun.«

»Malcolm und Fred Laurie?«

»Malcolm nicht. Fred war da, und der hat auch Steine geworfen. Malcolm ist weggegangen, ehe Jack Wooley den ersten Stein geworfen hat. Ich hab immer mehr Steine genommen, weil der Hund nicht locker ließ.«

»Lassen Sie mal den Hund. Was war mit Alma Furgueson?«

Travis hatte einen Augenblick den Faden verloren, und der Sheriff packte ihn an der Schulter, um ihn in die Gegenwart zurückzuholen.

Riker fragte leise: »Hat Babe Laurie Sie jemals bedroht? Hatte er etwas mit Ihrem Herzanfall zu tun? Haben Sie sich an dem Tag, als er starb, mit ihm gestritten?«

»Damit hatte ich nichts zu tun. Ich hab noch nie ein lebendes Wesen getötet. Den Hund hab ich mit Steinen beworfen, aber er ist ja durchgekommen.«

»Wie kam es zu dem Herzanfall?«, fragte Riker.

»Ich wollte den Hund abholen und mit ihm zum Tierarzt fahren. Dabei hilft mir Henry Roth sonst immer, aber er war noch nicht da. Und da ist der Hund hochgesprungen und mit dem Kopf in die Scheibe gedonnert. Und dann hab ich diese Schmerzen in der Brust gekriegt. Ich war auf dem Rückweg in die Stadt, als ich sie über die Straße laufen sah.«

»Mallory?«, fragte Riker.

»Kathy«, sagte Travis. »Sie sah genauso aus wie ihre Mutter. Mir war, als ob mich ein Blitz getroffen hätte, und ich bin mit dem Wagen von der Fahrbahn abgekommen. Kathy hat mir das Leben gerettet. Hätte sie mich bloß sterben lassen!«

»Da haben Sie ein wahres Wort gesprochen«, erwiderte der Sheriff. »Warum hat der Mob Kathys Mutter umgebracht?«

»Das weiß ich nicht. Cass war hinter mir her. Aber es war ein Irrtum, das schwöre ich bei Gott. Sie ist in die Sitzung geplatzt und hat gesagt …« Seine Hände flatterten.

»Was für eine Sitzung?«

»Aber ich hab nie einem Kind was getan. Ich weiß nicht, warum sie …«

»Ich kann mir nicht vorstellen, dass sich eine Bande von Mördern zusammengetan hat, um eine Pfeife wie Sie vor einer Anklage wegen Kindesmissbrauchs zu bewahren. Die Wahrheit, Travis!«

»Ebenso gut könnten Sie den Hund fragen.« Travis fielen die Augen zu.

Der Sheriff packte ihn bei den Schultern. »Stirb mir nicht weg, du Dreckskerl.« Wütend schüttelte er den schmächtigen Körper: »Warum hast du Cass umgebracht?« Er musste schreien, um sich über dem Lärm des Monitorwarnrufs verständlich zu machen.

Die Frage blieb unbeantwortet. Mit einer Nulllinie und einem unüberhörbaren Signalton verkündete der Monitor, dass er jetzt an einen Toten angeschlossen war. Die anderen Maschinen bestätigten, dass das Herz aufgehört hatte zu schlagen. Der Arzt trat ans Bett, legte die Schalter um und unterbrach die Sauerstoffversorgung. Dann sah er auf seine Armbanduhr und notierte auf dem Krankenblatt, wann genau der Tod eingetreten war.

Hinter der Tankstelle nahm Charles das Gas weg. Mallory sah durchs Heckfenster. »Der Wagen hält. Er ist nicht hinter uns her, Charles. Los, fahr weiter.« Sie behielt die Tankstelle noch ein paar Minuten im Auge, während sie in Richtung Highway rasten.

Das Zuckerrohr rechts und links der Straße wiegte sich im Wind wie ein weites grünes Meer, dessen Wellen sich kräuseln. Vor ihnen am Horizont erhob sich ein hässliches Bauwerk mit dem Logo einer Chemiefirma. Die friedlich grünen Zuckerrohrfelder reichten ganz nah an dieses dürre Monster aus hoch aufragenden schwarzen Rohren und Trägern aus Stahl heran, an dieses Gespenst aus der Zukunft, diesen Vorgeschmack auf das Ende der Welt. Aus den Schornsteinen stieg weißer Rauch auf. Charles wusste, dass das harmlose Weiß täuschte. Das, was dort in die Luft entwich, war Gift für Augustas Vögel. Er konnte jetzt gut verstehen, warum sie so wild entschlossen war, ein Refugium für sie zu schaffen.

Es war ein lohnender Kampf.

Er bog in eine Nebenstraße ein und folgte einem Schild, das den Weg zum Krankenhaus wies. »Wieso glaubst du eigentlich, dass sie die Unterlagen so lange aufgehoben haben? Werden sie nicht in den meisten Krankenhäusern nach zehn Jahren vernichtet?«

»Heute nicht mehr. Die Computer haben das Lagerproblem gelöst.« Jetzt standen sie vor dem Krankenhaus, einem nichts sagenden rechteckigen Gebäude. »Augustas Lieblingskassiererin im Supermarkt verdient sich was dazu, indem sie die alten Texte in eine Datenbank einscannt. Hätte sie ein bisschen schneller gearbeitet, hätte ich mir alles auf meinen Laptop laden können.«

Er wurde langsamer und deutete auf den Wagen des Sheriffs, der gleich am Eingang stand. »Wir könnten später noch mal wiederkommen.«

»Nein, ich brauche das Zeug jetzt. Mach dir keine Sorgen, Charles, keiner wird sich was dabei denken. Du hast doch Riker gesagt, dass du Alma besuchen willst, oder?«

»Ja – und du?«

In ihrer Verkleidung als elegante Reiterin aus dem vergangenen Jahrhundert musste sie überall auffallen. Der schwarze Mantel war so lang, dass man nur die Reitstiefel und einen schmalen Streifen Jeans sah. Auch der schwarze Hut mit dem breiten Rand, der vage an einen Cowboyhut erinnerte, wirkte wie aus einem Kostümverleih. Ein schwarzes Tuch unter dem Hut verbarg die blonden Haare. Etwas Unpassenderes als die Pilotensonnenbrille zu diesem Aufzug war kaum vorstellbar, aber gerade dadurch wirkte er noch bedrohlicher. Charles dachte, dass diese Tarnung mehr über Mallorys Charakter aussagte, als ihr lieb sein konnte.

»Bildest du dir wirklich ein, Jessop und Riker würden dich nicht erkennen?« Ein knallrotes Feuerwehrauto wäre in der Krankenhaushalle unauffälliger gewesen.

»Ich gehe durch ein Kellerfenster.«

Charles nickte. Er hatte wohl vorübergehend vergessen, mit wem er es zu tun hatte: Den Haupteingang konnte ja jeder benutzen … Er fuhr langsam am Haus entlang. »Sag mir Bescheid, wenn du ein Fenster gefunden hast, das deinen Vorstellungen entspricht.«

»Es ist das letzte ganz hinten.« Mallory sah auf seine Armbanduhr. Die Angestellten hatten längst Feierabend. »Die Frau jammert ständig, sagt Augusta, weil sie nur den Parkplatz vor Augen hat. Hier kannst du halten. Und sieh zu, dass du den Wagen möglichst in unmittelbarer Nähe parkst.« Sie drückte ihm einen Zettel in die Hand. »Das Rezept gibst du in der Apotheke ab, die Medikamente sind für Augusta.«

Er machte große Augen. »Da steht ja mein Name!«

»Du bist doch ein Doktor.«

»Doktor der Philosophie! Ich bin kein Arzt, Mallory.«

»Jetzt schon. Ich hab dir die Nummer eines praktischen Arztes in New Orleans verschafft, unter der findet dich der Apotheker, wenn er in seinem Computer nachsieht. Glaub mir, es ist wirklich alles in bester Ordnung.«

Sie schob sich aus dem Wagen, und er gab ihr Deckung, damit sie unbemerkt durch das Kellerfenster steigen konnte. Statt eine gut bestückte Werkzeugtasche mit Nachschlüsseln und Dietrichen hervorzuholen, wie er erwartet hatte, entschied sie sich für die direkte Lösung und nahm einen Stein.

Riker gab seine Absicht auf, vor dem Krankenhaus eine Zigarette zu rauchen, denn in diesem Moment hatte Charles Butler mit einem bunten Blumenstrauß die Halle betreten. Meist erregte er wegen seiner Größe einiges Aufsehen, heute aber ging er durch die belebte Halle, ohne dass sich jemand nach ihm umdrehte. Auf dem Highway hatte es einen Unfall gegeben. Ärzte, Pfleger und Schwestern gingen eilig ihren dringenden Geschäften nach. Angehörige der Unfallopfer nervten das Personal an der Anmeldung oder saßen nervös auf den Stühlen und Sofas in der Halle herum. Rings um den langen Menschen in Jeans waren alle mit Problemen beschäftigt, bei denen es um Leben und Tod ging.

Nur Riker sah, wie Charles an den Apothekenschalter trat und ein Stück Papier überreichte. Der grauhaarige Apotheker warf einen Blick darauf, nickte und hielt fünf Finger hoch, um anzudeuten, dass die Transaktion nicht viel Zeit in Anspruch nehmen würde.

Charles setzte sich wieder in Bewegung, aber nach ein paar Schritten prallte eine vorbeihastende Krankenschwester unsanft mit ihm zusammen. An Charles Butlers Körpersprache erkannte Riker, dass er sich höflich für etwas entschuldigte, was nicht seine Schuld war. Die Schwester strich behutsam über eine der exotischen Blüten in seinem Strauß, nickte und deutete in die Richtung, wo Alma Furgueson und ihr Besucher, der Sheriff, zu finden waren.

Auf die Teilnahme an diesem Gespräch hatte Riker verzichtet. Er kannte ja inzwischen den Vernehmungsstil des Sheriffs und konnte sich denken, wie er auf eine Frau wirken musste, die den Friedhof auf allen vieren verlassen hatte.

Jetzt trat er vor das Gebäude und kramte Zigaretten und

Streichhölzer heraus. Von hier aus war Charles Butlers Mercedes nicht zu sehen. Langsam bog er um die Ecke. Der silberfarbene Wagen stand ganz hinten, obgleich vor dem Eingang zehn oder zwölf Plätze frei waren.

Interessant …

Riker marschierte auf den Wagen zu, aber dann entdeckte er die zerbrochene Fensterscheibe und blieb stehen. Der Anblick brachte ihn ein bisschen aus dem Konzept, denn das war nicht ihr Stil, aber wahrscheinlich hatte sie es eilig gehabt.

Die Stahltür unter dem Schild »Lieferanteneingang« führte vermutlich zu einem Lastenaufzug und war, wie er feststellte, abgeschlossen. Es sah nicht aus, als ob sich jemand an dem Schloss zu schaffen gemacht hatte. Also war sie tatsächlich durchs Fenster eingestiegen, um unten nicht jemandem vom Pflegepersonal zu begegnen.

Er ging zu dem Mercedes hinüber. Charles hatte wieder mal nicht abgeschlossen, stellte er zufrieden fest. Er hatte noch nie einen Mercedes kurzgeschlossen, aber allzu schwierig konnte es nicht sein.

Die Lust aufs Rauchen war Riker vergangen. Er schlenderte zurück in die Halle und sah, wie eine junge Frau durch die Tür neben dem Apothekenschalter verschwand und wenig später der grauhaarige Alte mit der Brille in Richtung Cafeteria davonging.

Riker trat an den Schalter, nannte der jungen Frau den Namen Charles Butler und fragte, ob die Sachen fertig seien.

»Da haben Sie Glück. Er hat die Medikamente noch vor der Mittagspause rausgesucht.« Sie schob die Tüte über den Tresen. »Macht dreißig Dollar und fünfundzwanzig Cents, Dr. Butler.«

Doktor Butler? Riker zahlte, machte die Tüte auf und las vertraute Namen. Das eine Mittel war ein entzündungshemmendes Präparat, das andere ein Antibiotikum, und Percodan wurde gegen Schmerzen verschrieben.

Er ging zur Kellertür, neben der ein Pfleger gerade einen Rollstuhl abgestellt hatte, um die Toilette aufzusuchen.

Riker öffnete die Kellertür. Das Treppenhaus lag wie ausgestorben da. Kurz entschlossen schnappte er sich den Rollstuhl und trug ihn die Treppe hinunter. Hier unten tat sich ein wahres Labyrinth ohne ein einziges Hinweisschild auf. Er ging erst nach Osten, dann führte der Gang um eine Ecke und nach Süden. Bei jeder Biegung musste er sich neu orientieren und suchte dabei ständig nach dem Zimmer, das zu dem Fenster mit der zerbrochenen Scheibe gehörte. Jetzt, in der Mittagszeit, war es hier totenstill.

Er peilte eine Tür am Ende eines langen Gangs an. Dabei kam er an dem Frachtaufzug vorbei, der zum Lieferanteneingang auf dem Parkplatz führen musste. Das war fast zu schön, um wahr zu sein. Er spielte mit dem Gedanken, eine Frau niederzuschlagen und zu entführen, und es sah ganz so aus, als wollte der liebe Gott ihm dabei helfen.

Vor der Tür am Ende des Flurs stellte er den Rollstuhl ab und hockte sich hin. Durch den breiten Spalt unter der Tür drang kein Licht. Er zog ein Taschentuch hervor und drehte die Birne über der Tür heraus, um nicht durch das Licht vom Gang her verraten zu werden. Das Schloss unter dem Türknauf ließ sich mit einiger Kraftanstrengung widerstandslos knacken. Leise öffnete er die Tür.

Durch das Rechteck des eingeschlagenen Fensters ganz hinten drang kaum Helligkeit, der lang gestreckte Raum war so gut wie dunkel. Riker konnte sich zunächst nur an dem Lichtschein von Mallorys kleiner Taschenlampe orientieren.

Sie war in die Durchsicht einer Hängeregistratur vertieft. Rechter Hand zeichneten sich die Umrisse einer Schreibtischlampe ab. Mit einer Hand griff er zum Schalter, mit der anderen packte er Mallory an der Schulter und wirbelte sie herum. Dann wurde es hell – aber der Schreck war für ihn womöglich größer als für sie.

Einigermaßen fassungslos betrachtete er den breitrandigen Hut, der ihre Augen verbarg, den dunklen Mantel und den Gürtel, an dem ihr Revolver hing. »Jesse James persönlich«, sagte er. »Könnte es sein, dass du im Erdkundeunterricht nicht aufgepasst hast, Mallory? Wir sind hier im tiefen Süden und nicht im Wilden Westen.«

Sie blickte blinzelnd auf. In ihrem Blick stand Schmerz. Mit einer heftigen Bewegung versuchte sie, seine Hand abzustreifen. Als er sie losließ, entspannte sie sich ein wenig. Er zog den Mantel zurück und ertastete den Verband unter der Bluse.

»Diesmal hat's dich erwischt, was?«

Sie schüttelte ihn ab und sagte nichts, war aber offenbar nicht gerade beglückt über das Wiedersehen. Er hielt ihr die Tüte mit den Medikamenten unter die Nase. »Dr. Butlers Verschreibung. Kommt mir sehr bekannt vor, das Zeug. Was wird hier gespielt?«

Sie nahm ihm die Tüte ab und prüfte sorgfältig den Inhalt, als hätte sie ihn im Verdacht, etwas herausgenommen zu haben. Er wusste, dass sie Zeit gewinnen wollte, um eine überzeugende Ausrede zu erfinden.

»Ich suche nach den Ergebnissen einer Laboruntersuchung, die meine Mutter für einen Patienten in Auftrag gegeben hatte. Die Unterlagen müssten hier sein.«

Das konnte sogar stimmen. Mallory machte sich hin und wieder den Spaß, die Wahrheit zu sagen, um ihn zu verwirren. Aus den großen Taschen des langen schwarzen Mantels ragten blaue Bogen hervor. »Was hast du da?«

Sie zog, ohne zu antworten, die nächste Schublade auf und setzte ihren Raubzug fort, was gar nicht so einfach war, denn sie musste, weil sie Riker nicht den Rücken zudrehen wollte, die Hängeordner von der Seite durchsehen.

Die Chance, sie zu überrumpeln, war verpasst, und da der Hängeordner zwischen ihnen war, konnte er die Festung auch nicht im Sturm nehmen.

»Wie geht's denn so, Riker? Du siehst miserabel aus.«

»Ach ja? Ich hab das Verbrecherfoto von dir in der Gefängniskutte gesehen. Modisch der letzte Schrei.«

Keine Reaktion. Sie nahm ihn überhaupt nicht zur Kenntnis.

Bei Mallory musste man schon schwereres Geschütz auffahren. »Das FBI hat deine Spuren in einem Geheimarchiv entdeckt. Dafür kannst du ins Gefängnis kommen.«

Das hatte gesessen. Sie steckte die Medikamente mit einer heftigen Bewegung in die Tasche. »Ich habe keine Spuren hinterlassen. Die Dreckskerle versuchen doch schon seit Jahren, mich festzunageln.« Sie knallte die Schublade zu. »Aber sie können mir nichts beweisen, und was sich nicht beweisen lässt, hat nicht stattgefunden.«

»Soso.« Er deutete auf ihre linke Schulter. »Leichtsinnig gewesen, was? Aber das war ja nicht deine einzige Panne. Der Sheriff ist mit Hilfe deiner Taschenuhr Markowitz auf die Spur gekommen. Warum musstest du die auch mitschleifen, wenn du die Absicht hattest, als die große Unbekannte durch die Lande zu ziehen? Und dann das eingeschlagene Fenster ... Schlampige Arbeit und nicht dein Stil. Du hast, scheint's, wirklich nachgelassen. Es würde mich nicht wundern, wenn die Feds dir genug nachweisen könnten, um Anklage zu erheben.«

Damit hatte er ihre Fassade angekratzt – wenn auch nur ein bisschen. Aber ihm war schon die kleinste Verunsicherung recht. »Schönen Gruß vom FBI. Sie wollen alles haben, was du über die Neue Kirche in Erfahrung gebracht hast. Wenn du das Material nicht rausrückst, schicken sie eine ganze Armee von FBI-Agenten in dieses Nest, und dein schöner Plan ist gestorben.«

»Die bluffen doch nur. Sie haben nicht genug Verdachtsgründe, um auch nur eine Telefonzelle mit ihren Agenten zu besetzen.«

Er stützte sich vorsichtig mit einem Arm auf den Aktenschrank. Sie rückte nicht von ihm ab. »Sie haben mir einen Gefallen getan, Mallory, indem sie deine Fingerabdrücke zurückgehalten haben und der Sache mit dem Computereinbruch nicht weiter nachgegangen sind. Jetzt muss ich mich revanchieren. Du kennst die Spielregeln.«

»Du kannst ihnen ausrichten, dass die Neue Kirche nicht beabsichtigt, die Regierung zu stürzen. Die Leute haben keine richtigen Waffen, keinen Sprengstoff, nichts Gefährlicheres als eine Flinte zum Eichhörnchenschießen. Das FBI hat also keine Entschuldigung, wenn es die Stadt in die Luft sprengt.«

»Das genügt mir nicht.«

»Die Feds haben eine zwanzig Jahre alte Akte über die Neue Kirche. So langsam müsste ihnen eigentlich aufgegangen sein, dass man sie damit nach Strich und Faden belogen hat.« Sie sprach in die offene Schublade hinein, während sie die Akten durchging. »Sie hatten Babe Laurie als genialen und gefährlichen Sektenführer eingestuft. Vielleicht haben sie gerade rausgefunden, dass er der Dorftrottel war. Zumindest konnten sie das in seinem Nachruf lesen. Du würdest staunen, welche Summen sie für Falschinformationen gezahlt haben. Wahrscheinlich haben sie versucht, die Finanzbehörden anzuzapfen, aber bei einem laufenden Verfahren rücken die nichts raus.«

Riker wusste, dass Mallory nicht so viele Sätze aneinander reihen konnte, ohne zumindest eine Lüge darin unterzubringen. Es gab also kein laufendes Verfahren des Finanzministeriums.

Jetzt legte sie einige Schritte Abstand zwischen sich und Riker.

»Dann erzähl mir mal, was der Fiskus rausgefunden hat.«

Ich hör so gern deine Märchen.

»Dazu müsste ich zugeben, dass ich in einem weiteren streng geheimen Computer gewildert habe, und dafür könnte ich, wie du ganz richtig sagst, ins Gefängnis kommen.«

»Willst du damit sagen, dass ich dich verpfeifen könnte?« Der Abstand zwischen ihnen wurde ganz allmählich größer. Als er einen Schritt auf sie zuging, schlug sie den schwarzen Mantel zurück und legte eine Hand an die rechte Hüfte, so dass der Revolver zum Vorschein kam. Für Mallory war das eine diskrete Andeutung.

Du würdest doch nicht etwa auf mich schießen? Laut sagte er: »Gib mir irgendwas an Material, das ich den Feds vorlegen kann.«

»Es ist ein Steuerschwindel. Babe Lauries Bruder löst Vermögenswerte der Neuen Kirche auf und überführt sie in eine Holdinggesellschaft, deren Erträge auf ein Auslandskonto überwiesen werden sollen.«

»Wir reden hier also von Unterschlagung in großem Stil?«

»Es kommt noch besser. Malcolm will sich von der Familie absetzen. Er hat gerade ein gutes Geschäft mit seinen Immobilien am unteren Bayou gemacht; die hat er seinen Angehörigen gewissermaßen unterm Hintern weggezogen und verkauft. Ende des Monats sind sie alle obdachlos und auf Sozialhilfe angewiesen.«

»Deshalb bist du gerade jetzt zurückgekommen. Damit die Einheimischen nicht auseinander laufen, bis du mit allen abgerechnet hast, die zu der Mörderbande gehörten.«

Dann nahm er sich Zeit für eine Sekunde Herzschmerz.

Sie musterte ihn eiskalt, als sei er ein bewaffneter, gefährlicher Fremder.

»Du glaubst also, dass Babe Laurie bei dem faulen Zauber mitgemacht hat?«

»Nein«, sagte Mallory. »Babe war ein Trottel. Malcolm hätte verrückt sein müssen, ihn in seine Pläne einzuweihen.«

»Angenommen, Babe hat es zufällig erfahren? Ein guter Grund für Malcolm, seinen Bruder zu beseitigen.« *Sag mir, dass jemand anders diesen Mord begangen haben könnte. Ich bin bereit, an dich zu glauben – auch wenn ich dir nicht glauben kann.*

»Malcolm war es nicht«, erwiderte sie. »Er kann sich im Augenblick kein Aufsehen leisten. Und die Leute vom Finanzamt halten erst mal still. Aber sollte er versuchen, außer Landes zu gehen, werden sie ihn wegen Steuerhinterziehung, Unterschlagung und Fluchtversuchs verhaften. Wenn die FBI-Leute Malcolm vorzeitig aufschrecken und die Operation vermasseln, machen die vom Finanzamt Hackfleisch aus ihnen.«

Riker bewegte sich auf sie zu, und das war ein Fehler. Sie wich zurück und stellte sich breitbeinig hin. Trotzdem rechnete er nicht damit, dass sie die Waffe ziehen würde. Noch nicht.

»Ich glaube ja nicht, dass du mich bei den Feds im Regen stehen lassen würdest, aber stimmt das, was du mir da von den Finanzamtleuten erzählt hast?«

Lächelte sie? Ihr Gesicht war im schwachen Licht der kleinen Schreibtischlampe kaum zu erkennen.

»Der Fiskus hat tatsächlich eine Akte über die Neue Kirche«, sagte sie, »und sie prüfen die Bücher.«

Sie drehte den Kopf zur Tür. Er trat einen Schritt zur Seite, so dass ihr dieser Fluchtweg verbaut war.

Nur mit Mühe behielt er den beiläufigen Ton bei. »Dass der Fiskus misstrauisch ist, nehme ich dir ab, aber das ist nichts Besonderes. Sie verdächtigen ja jeden. Aber eine Verhaftung ist in Wirklichkeit nicht geplant – oder?«

»Wenn du dem FBI Bericht erstattet hast, werden die Feds sich beim Finanzamt nach der Untersuchung erkundigen.« Ihre Stimme war völlig ausdruckslos und verriet nicht die leiseste Spur von Anspannung. »Die Leute vom Finanzamt werden rein gewohnheitsmäßig sagen, dass bei ihnen nichts vorliegt. Aber weil das Finanzministerium alle Organisationen beobachtet, werden die Feds sich sagen, dass das gelogen ist, und werden glauben, dass eine Verhaftung bevorsteht. Zehn Minuten, nachdem die Feds aus dem Zimmer sind, wird der Fiskus rechtliche Schritte einleiten und aufgrund der Buchprüfung einen Haftbefehl für Malcolm beantragen.« Sie zog sich tiefer in den Schatten zurück. »Ich habe also die Wahrheit nur ein bisschen verbogen.«

Er folgte ihr, ehe er den Gürtel mit dem Revolver aus den Augen verlieren konnte.

»Nicht näher, Riker.«

Noch nie im Leben war ihm die Last in seinem Schulterhalfter so schwer geworden. Er hatte jetzt die Lampe im Rücken. Für Mallory war er nur eine formlos dunkle Gestalt. Langsam schob er die Hand ins Jackett und tastete nach seiner Dienstwaffe. Vielleicht würde Mallory den Revolver nicht auf ihn richten, wenn er ihr den seinen zeigte. Sie wusste schließlich, dass nach den Gesetzen der Ballistik eine gezogene Waffe schneller ist.

Wenn sie zuerst zog, war er ein toter Mann. Durch sentimentale Gefühle würde Mallory sich von ihrem großen Ziel – Rache für die ermordete Mutter – nicht abbringen lassen.

»Der Sheriff hat sein Motiv, Mallory. Er weiß, dass Babe Laurie zu dem Mob gehörte. Er kann dich vor Gericht bringen.«

Ihre Hand hob sich, hielt kurz vor dem an ihrem Gürtel hängenden Revolver inne und wartete.

Vorsichtig holte er seine Dienstwaffe aus dem Halfter. Keine plötzlichen Bewegungen, dachte er, sonst zieht sie. Mallory war so viel jünger und schneller, er würde tricksen müssen, um sie zu schlagen, und setzte auf die Dunkelheit, die für ihn arbeitete. Jetzt fiel das Licht nur noch auf sie. »Ich weiß, was du vorhast. All die Menschen, Mallory ... Das kannst du nicht machen.«

»Schluss jetzt, Riker.« Ihr Revolver blitzte auf.

»Kathy!«, stieß er hervor. Es war eine reine Reflexreaktion. Er hatte vergessen, dass er eine Waffe in der Hand hielt, und versuchte nur, das Kind zu erreichen, das er einmal gekannt hatte, ehe diese fremde Frau ihn erschoss.

Es wurde stockdunkel im Keller. Mallory hatte den Sicherungskasten gefunden und nur das Licht gekillt. Sekunden später war Riker allein.

Charles musste, als er seinen Blumenstrauß betrachtete, an den alten König der Welt denken. Auch heute sollten die Blumen ihm helfen, Abbitte zu leisten. Als er Alma Furguesons Krankenzimmer betrat, war der Sheriff gegangen, und am Bett saß die füllige Besitzerin von Jane's Café und zwängte mit ihren dicken Fingern zarte Wildblumen in ein Wasserglas.

»Einen schönen guten Tag«, sagte Jane herzlich wie eine alte Bekannte, obgleich sie noch nie ein Wort miteinander gewechselt hatten. »Ich hab schon gehört, dass Sie wieder da sind. Wie nett, dass Sie Alma besuchen kommen.« Sie beugte sich über die Frau im Bett und wiederholte den Satz, als hätte Alma keine Augen und als seien diese Augen nicht wie gebannt auf den langen Menschen gerichtet, der über ihr aufragte.

»Sag deinem Besucher guten Tag, Alma.« Jane nahm ihm die Blumen ab und arrangierte den Strauß im Wasserkrug, wobei sie ungerührt die langen schlanken Stengel abbrach und die Blütenblätter zerquetschte, um alle Blumen unterzubringen. Das Wasser quoll über den Rand und verschmierte die Tinte auf Almas einziger Karte mit Genesungswünschen, die von Jane unterschrieben war.

»Das tut mir alles sehr Leid, Miss Furgueson.« Charles zog sich einen Stuhl heran und setzte sich Jane gegenüber ans Bett. »Ich weiß, es hatte etwas mit einem Engel auf dem Friedhof ...«

»Hatte es nicht«, antwortete Jane für Alma. »Das macht sie mindestens einmal im Jahr, sie ist nämlich nicht ganz richtig im Oberstübchen. Sagen Sie einfach Alma zu ihr, das machen wir alle.«

Charles wandte sich wieder Alma zu. »Ich war auf dem Friedhof, als Sie ...«

»Ein toller Anblick, was?«, sagte Jane. »Die ganze Stadt muss hingeströmt sein. Aber Engel hin, Engel her, die Pulsaufschneideshow war einfach wieder mal fällig.«

Charles betrachtete die verbundenen Handgelenke. Unter den weißen Binden ragten alte Narben hervor. Demnach war das tatsächlich ein Ritual für Alma. Sein schlechtes Gewissen beschwichtigte diese Erkenntnis allerdings wenig. Wenn sie nun gestorben wäre?

»Sie sind Mitglied der Neuen Kirche, nicht wahr?«, fragte er in einem neuen Anlauf, mit der Frau im Bett ins Gespräch zu kommen.

»Die in Owltown gehören alle zur Neuen Kirche«, erwiderte Jane. »Ich hab nach Kräften versucht, Alma davon abzubringen, sie war nämlich früher eine fromme Katholikin. Dass sie der Neuen Kirche ihr Haus überschrieben hat, war heller Wahnsinn.« Sie verzog angeekelt den Mund.

Alma starrte ihn mit großen Augen an. Er wusste nicht recht, woran er mit ihr war. Hatte sie Angst vor ihm, oder freute sie sich über den Besuch? Wieder betrachtete er die Narben, die auf eine tief gehende seelische Störung hinwiesen.

»Soll ich lieber gehen?«, fragte er Alma.

»Auf keinen Fall«, antwortete Jane.

Alma ließ ihn nicht aus den Augen. Als er lächelte, erwiderte sie das Lächeln. Verrückte mochten ihn, das war sein Schicksal. Wenn sie sein törichtes Lächeln sahen, glaubten sie, einen der ihren vor sich zu haben.

Er legte eine Hand auf die von Alma. »Vielleicht sollten Sie sich jetzt ausruhen.«

»Machen Sie sich keine Sorgen um Alma«, meinte Jane. »Sie ist nur ein bisschen mitgenommen, weil der Sheriff sie mit tausend Fragen über eine Sitzung gequält hat. ›Was war mit dieser Sitzung‹, hat er sie angebrüllt, als wenn sie taub wäre. Die arme Alma ist leichenblass geworden. Aber inzwischen hat sie sich schon wieder gefangen.«

»Was für eine Sitzung?«, fragte Charles.

»Nichts Besonderes«, erklärte Alma. »Eine Sitzung des Verwaltungsrates, das habe ich ihm auch gesagt. Es ging um Reparaturen am Zelt und den Haushalt für die Versandkataloge. Und dann kam Cass herein.«

»Alma hat einen Posten im Verwaltungsrat der Neuen Kirche bekommen, nachdem sie denen ihr Haus überschrieben hatte.«

Charles musterte Alma. »Was wollte Cass Shelley bei der Sitzung?«

Alma warf einen Blick auf das zweckentfremdete Wasserglas und den Wasserkrug. »Könntest du mir ein Glas Wasser holen, Jane?«

Während Jane sich auf die Suche nach einem leeren Glas machte, legte Alma ihre Hand auf Charles Butlers Arm. »Jane sagt, dass Sie gut mit Malcolm befreundet sind.«

»Wir haben uns in ihrem Café kennen gelernt. Allerdings bin ich nicht …«

»Und ich habe Sie neulich in dem Gedenkgottesdienst in der ersten Reihe gesehen. Hinter dem roten Absperrseil.« Jetzt umklammerte sie sein Handgelenk so fest, dass die Nägel sich in seine Haut gruben. Ihre Augen glänzten fiebrig. »Ich hab dem Sheriff nichts von dem Brief erzählt.«

Schon wieder der Brief … Was hatte Ira darüber gesagt? »Sie meinen den blauen Brief.«

»Ja, er war blau.« Sie nickte zufrieden, als hätte er eine Prüfung bestanden. »Tom Jessop ist nicht gläubig, müssen Sie wissen, er gehört nicht zu uns. Er wusste, dass ich dabei war, als Cass starb, aber er hat nicht verstanden, was es zu bedeuten hatte, dass sie in den Himmel aufgefahren ist. Und jetzt ist sie wieder da und will mich wegsperren. Das wollte sie schon immer. Aber als sie alle Dokumente beisammen hatte, hat Jane … ja, Jane lässt sich so leicht nichts gefallen, sie hat einen Rechtsbeistand aus New Orleans geholt, und der hat gesagt, dass sie keine Handhabe hat, mich irgendwo einzuweisen. Aber jetzt ist sie wieder da, und diesmal wird sie es schaffen.«

Ja, Alma war offenkundig geistig gestört und brauchte Betreuung, aber ob sie die je bekommen würde, war mehr als fraglich. Jeder Schnitt an ihren Handgelenken war ein Zeichen dafür, dass wieder eine Gelegenheit vertan worden war, ihr die Hilfe zuteil werden zu lassen, die sie gebraucht hätte. Eines Tages würde ihr der Versuch gelingen, und sie würde allein sterben. Was hatte sie in Jane für eine Freundin!

»Was ist Ihnen von der Sitzung im Gedächtnis geblieben?«

»Cass kam herein, als wir die Reparaturen an dem Zelt vor der nächsten Tournee besprachen. Sie war wütend. In ihre Praxis war eingebrochen worden. Ich wusste, dass der Sheriff nicht in der Stadt war, aber was sie von uns erwartete, habe ich nie begriffen. Sie schwenkte den Brief und sagte, er sei gestohlen worden. Dabei hatte sie ihn in der Hand.«

»Könnte es eine Kopie gewesen sein?«

»Das wäre natürlich möglich …«

»Wissen Sie, was in dem Brief stand?«

»Ja, natürlich. Sie wollte mich wegsperren lassen, das hab ich Ihnen ja gesagt.«

»Schon gut. Zurück zu der Sitzung. Hatten Sie etwas mit der Steinigung zu tun?«

»Nein, das war Gottes Werk. Die Steine kamen vom Himmel wie Regen, und einer fiel in meine Hand. Es tat nicht weh, er lag plötzlich da. Ich hab ihn mit nach Hause genommen, er liegt unter meinem Bett. Wenn die Steine nicht fielen, war es ganz still.«

Almas Stimme war schrill geworden, ihre Augen funkelten. »Cass hat nicht geschrien, daran konnte man schon sehen, dass es ein Wunder war. Dass eine Frau schweigend stirbt, wenn ihr Leib zerschlagen wird, ist doch unvorstellbar. Es war eine Prüfung. Aber sie hat begriffen, was mit ihr geschah.«

Alma umklammerte mit einer Hand Charles Butlers Arm und fuhr sich mit der anderen durchs Haar. »Und die Steine regneten nur auf Cass. Ihr Sterben war ein Wunder.« Tränen liefen Alma übers Gesicht, ihre Stimme wurde immer lauter. »Und jetzt ist sie wieder da und vollbringt Seine Werke. Sie ist gekommen, um mich zu holen. Früher hatte ich Angst, aber jetzt nicht mehr. Es ist an der Zeit, dass ich Buße tue für alle meine Sünden.« Sie sah zur Decke. »Es tut mir Leid«, schrie sie. »Ich habe DICH beleidigt.«

»Was geht hier vor?« Jane stieß mit einem Ellbogen die Tür auf. In den Händen hielt sie einen Krug und ein Glas. »Sie soll sich nicht aufregen. Vielleicht ist es besser, wenn Sie jetzt gehen, Mr. Butler.« Eine Krankenschwester, die hinter Jane aufgetaucht war, äußerte sich im gleichen Sinn. Charles verließ gehorsam das Zimmer, und die Tür schlug lautstark hinter ihm zu.

Riker lehnte, eine unangezündete Zigarette zwischen den Lippen, an einer Trage. »Wie war der Besuch, Charles? Hat sich angehört wie eine Betstunde. Hat Alma Angst, sie müsste in die Hölle, weil sie etwas Schlimmes angestellt hat?«

»Ich bin nicht sicher, ob sie etwas angestellt hat. Sie hätte einen Stein in der Hand gehabt, sagt sie, aber den hätte sie mit nach Hause genommen, und das nehme ich ihr ab, auch wenn sie offenkundig nicht ganz richtig im Kopf ist.«

»Der Stein lag also ganz plötzlich in ihrer Hand?«

»Ja. Sie glaubt, dass er vom Himmel gefallen ist.«

»Der Deputy hat etwas Ähnliches erzählt, und der war bestimmt nicht verrückt.«

»Ich glaube nicht, dass Alma noch weitere Fragen …«

»Ich wollte gar nicht zu Alma. Am besten wartest du, bis der Sheriff weg ist, ehe du deinen Goldschatz abholst.«

»Wie bitte?«

»Mir brauchst du nichts vorzumachen, Charles. Ich habe Mallory die Medikamente gebracht. Sie war unten im Keller und hat Akten gestohlen. Weißt du, wofür diese Pillen sind?«

»Für Augusta.«

»Hat Mallory dir das weisgemacht?« Riker lächelte mitleidig. »Sie hat eine Schusswunde in der Schulter, Charles, deswegen braucht sie Medikamente. Ich muss sie hier rausholen, ehe sie noch eine Kugel erwischt, und ich brauche deine Hilfe. Dem Sheriff sag ich, dass du mich in die Stadt mitnimmst, dann packen wir sie in deinen Wagen und brettern los.«

Eine Schusswunde? Charles schüttelte fassungslos den Kopf. Wie konnte sie …

»Du weißt, dass sie Babe Laurie umgebracht hat, Charles.«

»Nein, das weiß ich nicht. Und du weißt es auch nicht.«

»Dann überleg mal, womit wir es hier zu tun haben«, sagte Riker. »Da wäre zunächst mal eine Mutter, die von einem Mob ermordet wurde. Dann eine verrückte Pseudokirche, deren Anführer, wenn man den Feds glauben darf, Babe Laurie war. Und eine Stunde, nachdem Mallory in der Stadt auftaucht, ist der Kerl tot. Charles, du siehst den Wald vor Bäumen nicht!«

»Das reicht, Riker.«

»Sollen wir eine Runde Blindekuh spielen? Wenn du willst, verbinde ich mir zuerst die Augen und tu so, als ob ich mir nicht vorstellen kann, dass sie einen Mann umbringt, nur weil er ihre Mutter gesteinigt hat.«

»Mallory hätte keinen Stein genommen.«

»Warum nicht? Steine haben ihre Mutter getötet. Die junge Dame hat eben ein ausgeprägtes Gerechtigkeitsgefühl.«

»Bist du bald fertig?«

»Der Sheriff erinnert sich noch gut an ein kleines Mädchen, das nicht mal einen Revolver halten konnte. Wenn sie noch länger hier bleibt, kann es zu spät sein. Er wird ihre Daten von der New Yorker Polizei anfordern, vielleicht auch die Akten des Psychologen. Willst du, dass er erfährt, was für ein Mensch Mallory in Wirklichkeit ist?«

»Du willst also Mallory in den Wagen locken und …«

»Ja, das bin ich Lou Markowitz schuldig. Er hätte es genauso gemacht. Hätte sie in den Kofferraum geworfen und wär bis zum nächsten Morgen durchgefahren. Mir geht es nur darum, dass sie am Leben bleibt und nicht ins Gefängnis muss. Hilf mir, Charles. Soll ich dich auf Knien bitten? Okay, ich tu's. Und Lou würde es auch tun.«

Natürlich brauchte Riker, wenn er seinen Plan ausführen wollte, einen Helfer, jemanden, dem sie vertraute, bei dem sie nicht Verdacht schöpfte, wenn er sie zum Wagen führte, um sie zu verraten.

»Nein.« Charles sah, dass Tom Jessop auf sie zukam. »Ich glaube, der Sheriff will jetzt fahren. Wiedersehen, Riker.«

»Noch zwei Minuten!«, rief Riker dem Sheriff zu. Der winkte und ging weiter.

»Schlaf mal drüber, Charles. Wir reden morgen weiter. Wenn ich es allein tun muss, müsste ich ihr wehtun, und das möchte ich nicht.«

»Ich glaube nicht, dass du ihr wehtun könntest. Und ich weiß, dass du sie nicht zwingen kannst, mit dir zu gehen. Ist Mallory irgendwann mal freiwillig mit dir gegangen?«

»Ja«, sagte Riker. »In den Zoo. Da war sie elf. Die Tiere im Affenhaus wollten nicht mit ihr spielen. Ich glaube, die Kleine hat sie nervös gemacht. Sie haben sich nicht mal ans Gitter getraut. Damals hat sie es noch nicht gut vertragen, wenn jemand sie ablehnte. Sie hat auf die Affen gezeigt, mich dann angesehen und gesagt: ›Schieß sie tot.‹«

»Das hast du erfunden.«

»Aber für ganz unwahrscheinlich hältst du's nicht, stimmt's?«

21

»Die gefällt mir am besten.« Malcolm Laurie bewunderte die Engelsfigur, die ein Schwert über dem Kopf schwang.

Sergeant Riker fuhr zusammen. In dieser Stunde kurz vor Morgengrauen hatte er nicht mit Gesellschaft gerechnet.

»Guten Morgen«, sagte Malcolm, als sei es das Selbstverständlichste von der Welt, einen Mitarbeiter der New Yorker Kriminalpolizei hinter einem Grab im Gras kauern zu sehen. »Sie haben zu früh die Bar verlassen. Ich wollte gerade den besseren Stoff ausgeben.« Er streckte ihm einen silbernen Flachmann hin.

Riker stand auf und nahm die Flasche, womit er gegen seine eiserne Regel verstieß, vor dem Frühstück keine harten Sachen zu trinken. Nach einem Schluck war er gern bereit, Malcolm die Güte des angebotenen Stoffs zu bestätigen. Dann ließ er seinen Blick von dem Engel mit dem steinernen Schwert zu anderen, friedlicheren Figuren wandern. »Mein Lebtag hab ich noch nicht so viele Engel auf einem Haufen gesehen. Als ob die sich alle hier verabredet hätten.«

»Es sind sechzehn. Siebzehn, wenn Sie Nancy Trebec mitzählen.« Malcolm ging zu der marmornen Frauengestalt hinüber, die, unter den Bäumen fast verborgen, am Rande des Friedhofs stand. Er holte ein goldenes Feuerzeug heraus und leuchtete sie an.

Ein fein gezeichnetes Gesicht voller Kummer und Leid.

»Keine Flügel.« Riker gab die Flasche zurück.

»Ein gefallener Engel braucht keine Flügel.« Malcolm stützte sich mit einem Arm auf die schmale Schulter der Frauenfigur und nahm einen ausgiebigen Schluck. »Der Himmel der Katholiken duldet keine Selbstmörder.«

»Warum hat sie sich das Leben genommen?«

»Haben Sie Bettys Führung nicht mitgemacht?«

Riker sah zu dem Engel mit Mallorys Gesicht hinüber. »Als sie anfing zu weinen, war Schluss mit der Führung.«

»Betty erzählt es besser, aber eine Kurzfassung können Sie auch von mir bekommen.« Malcolm trat einen Schritt zurück und lächelte ein wenig. »Jason Trebec wünschte sich einen Erben, der seinen Namen fortführen sollte. Aber nach Augustas Geburt konnte Nancy keine Kinder mehr bekommen, und eine Scheidung kam für die katholischen Trebecs natürlich nicht in Frage. Jason war ein gemeiner Hund. Er hat keinen Tag vergehen lassen, ohne Nancy dafür zu bestrafen, dass sie ihm keinen Sohn geschenkt hat.«

»Der Alte hatte doch nicht mehr alle Tassen im Schrank. Ich kenne Augusta. Sie ist mehr wert als mancher Mann – mich eingeschlossen.«

»Sie haben ja keine Ahnung.« Malcolm, der eben noch stocknüchtern gewirkt hatte, grinste glücklich wie ein sinnlos Betrunkener. »Augusta hat ihre Klicker beisammen.« Er fasste sich in den Schritt. »Das waren mal meine.«

Lachend ließ er sich ins Gras fallen. »Die bin ich vor Gericht an Augusta losgeworden. Sie hat mich verklagt, weil ich Schaden in einem Vogelschutzgebiet angerichtet habe. Dann hat sie die Chemiewerke aufs Korn genommen und den ganzen Fluss entlang ihre Trophäen eingesammelt. Jetzt hat sie so viele Klicker, dass sie 'n ganzen Billardsalon damit bestücken könnte.«

Riker setzte sich auf die kalte Grabplatte. »Billard passt nicht zu Augusta. Ich könnte mir eher vorstellen, dass sie die Dinger mit 'nem Schläger übers Netz donnert.«

Malcolm nickte und knuffte Rikers Arm. »Oder Baseball? Platschbumm mit dem Schläger?«

Riker zog eine Grimasse. An die Steinfigur gelehnt, betrachtete er den Mann neben sich. Als sie sich bei einem reichlich mit Wasser verdünnten Whiskey in Owltown kennen gelernt hatten, wusste er nicht, was er von Malcolm halten sollte. Sehr bald aber hatte sich herausgestellt, dass er einen echten Mann vor sich hatte, der – genau wie er selbst – Zigaretten ohne Filter rauchte und praktisch unbegrenzt aufnahmefähig für Alkohol war. Mit jedem Glas, das er auf Malcolms Rechnung geleert hatte, war der Bursche ihm sympathischer geworden.

Jetzt hielt er wieder den Flachmann in der Hand. Der Scotch war milde und verbreitete wohlige Wärme in seinem Bauch. Das Leben war eine gute Sache.

Das heißt ... ganz so gut wohl doch nicht. Er hielt die silbrig blinkende Flasche mit der Öffnung nach unten, und ein goldener Tropfen fiel zu Boden. »Aus die Maus«, sagte er enttäuscht.

»Kein Problem.« Malcolm nahm ihm die Flasche ab. »Wunder sind mein Geschäft.« Er drehte Riker den Rücken zu, betete kurz zu Bacchus und hielt dem Sergeant eine volle Flasche hin.

»Lobet den Herrn«, sagte Riker. »Ich habe Erleuchtung gefunden.« Es war ein guter Trick, den er gern mal in Ruhe zu Hause ausprobiert hätte.

»Dahin kommen alle früher oder später.«

»Wie man hört, ist das eine tolle Schau, die Sie da abziehen, Mal.«

»Ich arbeite auch seit dreißig Jahren dran.«

»Seit dreißig Jahren? Sie sehen ja jetzt noch nicht viel älter aus als dreißig.« In Owltown hatte er erfahren, dass Malcolm nur ein paar Jahre jünger war als er. In der Bar, wo es immerhin ein bisschen heller gewesen war als hier, hatte er vergeblich nach Anzeichen eines Faceliftings gesucht. »Verraten Sie mir das Geheimnis Ihrer Schönheit?«

»Immer sauber bleiben.« Malcolm setzte die Flasche an die Lippen. »Haben Sie noch ’ne Zigarette?«

Die Zigarettenpackung hatte sich durch die kaputte Tasche in das Futter von Rikers Jackett verirrt, sodass er sie mühsam herausfischen musste. Ungeduldig holte sich Malcolm eine Zigarette aus der Luft, schnippte mit den Fingern, und aus seinem Daumen züngelte eine Flamme.

Riker konnte sich gerade noch die Bemerkung verkneifen, dass er dieses Kunststück schon hundertmal bei Charles Butler gesehen hatte.

Für heute hatte er genug getrunken, so viel stand fest, aber weil er seinem Trinkkumpan gegenüber nicht das Gesicht verlieren wollte, hielt er, als er wieder dran war, die Flasche nur an die Lippen, ohne zu trinken. Nachdem der Flachmann noch ein paar Mal hin- und hergewandert war, hatte sie immer noch dasselbe Gewicht – und Riker begriff, dass er in dieser Nacht allein getrunken hatte.

Mist!

Oder war Malcolm vielleicht doch ein echter Wundertäter?

»Ihre Anhänger erzählen, dass Sie Wasser in Wein verwandeln können.« *Und Cops in lallende Idioten.*

»Stimmt. Zieht bei den Leuten immer.«

»Aber die Burschen gehen mit Ihnen auf Tournee, bereiten Ihre Auftritte vor. Wie können sie da noch glauben, dass Sie aus Leitungswasser wirklich Wein machen können?«

»Die meisten Religionen verlangen unbedingten Glauben an das Unmögliche.« Er deutete auf die Gestalt des Gekreuzigten, die an dem Grabkreuz neben ihnen hing. »Es gibt Leute, die ernsthaft glauben, dass dieser Mann von einem Gott gezeugt wurde. Er konnte die Kranken heilen und die Toten erwecken. Ein echter Zauberer. Und sehen Sie das Grabmal dort? Da liegt eine Frau, die auch aus unserer Branche war.« Die Wände waren mit Graffiti beschmiert, um den Sockel herum lagen farbige Glasscherben, Bänder und Anstecknadeln. »Die Zeichnungen sind Voodoo-Symbole, die Sachen auf der Erde Opfergaben. Sie ist schon hundert Jahre tot, aber manche Leute glauben, dass sie ihre Zauberkraft bewahrt hat.«

Malcolm stand auf, breitete die Arme aus wie ein Gekreuzigter und spreizte die Hände. Der Wind war kalt und blies ihm das Haar nach hinten, sodass sich die Schädelform abzeichnete. Sein Lächeln strahlte durch die Dunkelheit. »Hier in dieser Gegend glaubt die Welt noch an Zeichen und Wunder.«

Dr. phil. Charles Butler, ein pragmatischerer, aufgeklärterer Denker des späten zwanzigsten Jahrhunderts, stand am Rand des Friedhofs und hielt einen Krug mit Blut in der Hand. Es war noch warm. Ein Huhn hatte dafür als Opfertier sein Leben lassen müssen.

Unruhig blickte er sich um. Endlich sah er Malcolm und Riker über den Kiesweg kommen und hinter den Bäumen verschwinden. Malcolm hatte Riker einen Arm um die Schulter gelegt. Die Verführung war offenbar gelungen, denn Riker lachte, während der Wunderverkäufer mit ihm davonging.

Charles wandte sich kurz zu Henry Roth um, der hinter ihm stand, dann traten sie gemeinsam an den Racheengel heran und fesselten ihm mit einem Strick die Flügel. Zum Austausch der Steinfiguren brauchten sie eine Stunde. Sie mussten sich beeilen, denn es wurde schon hell, und bald würden die Gläubigen herbeiströmen – und tief enttäuscht sein.

Henry wischte sich den Schweiß von der Stirn. Dann ging er zum Grab von Jason Trebec, steckte einen altmodischen Schlüssel ins Schloss und verstaute sein Werkzeug neben dem Hühnerblut und einem Block Trockeneis.

Charles betrachtete das traurige Gesicht von Nancy Trebec. »Was meinen Sie, Henry, könnte Babe Laurie unfruchtbar gewesen sein?«

»Möglich. Die Lauries vermehren sich normalerweise wie die Karnickel, aber Babes einziges Kind war ein Bankert.«

»Was halten Sie von einem Bankert als Mordmotiv? Angenommen, Babe hat Freds Sohn missbraucht, und Fred hat zurückgeschlagen?«

»Wenn es um uneheliche Kinder ging, sind schon schlimme Dinge geschehen.« Henry sah zu dem bröckelnden Basrelief eines Männerkopfs über der Tür hoch. *»Jason Trebec hat sogar seiner*

Frau einen Prozess angehängt und versucht, Augusta für unehelich erklären zu lassen.«

»Und glauben Sie, das stimmte?«

»Nein, und der Richter hat es auch nicht geglaubt. Dazu war die Ähnlichkeit zwischen Vater und Tochter zu offensichtlich. Wenn das Relief nicht so verwittert wäre, könnten Sie es auch erkennen. Jason war vermutlich einfach auf eine Annullierung der Ehe aus, um mit einer anderen Frau einen Sohn zeugen zu können.«

Henry hatte schon längst den Friedhof verlassen, als Charles noch immer in dem steinernen Abbild von Jason Trebec nach einer Ähnlichkeit mit Augusta suchte. Er fand sie in der Form eines erhaltenen Auges und den Resten des Mundes.

Dann wandte er sich ab und schlug den Weg ein, der nach Osten führte. Die Sonne verbarg sich als blasse weiße Scheibe hinter der Wolkendecke. Die Vögel hatten wieder angefangen zu singen, aber jetzt hörte er über dem Gezwitscher noch einen anderen Laut. Er warf einen Blick über die Schulter.

Riker schleppte sich vorwärts, als wiege jedes Bein einen Zentner. Er sah so grau aus wie der Himmel.

»Hey, Charles. Hast du dir meinen Vorschlag noch mal durch den Kopf gehen lassen?«, fragte er klar und deutlich. Riker war sehr stolz darauf, dass er, auch wenn er gründlich abgefüllt war, nie mit schwerer Zunge sprach.

Charles registrierte das schlaffe Gesicht, die ungesunde Farbe und überlegte, warum sein alter Freund noch nicht zusammengesackt war. Alkohol und Kettenrauchen hatten seine Gesundheit gründlich ruiniert. »Du müsstest mal richtig ausspannen.«

»Mit anderen Worten: Du machst nicht mit.« Riker streifte zufällig mit seinem Blick die Engelsfigur und zuckte zusammen. »Herrgott, Charles, das muss aufhören. Du machst mich ganz verrückt damit.«

Im Westen grollte ferner Donner. Sekundenbruchteile lang wurde der fahle Himmel hell.

»Es hat schon aufgehört. Da steht das Original.«

Riker trat näher heran, besah sich das Kind in den Armen der Frau und blickte Charles fragend an. Der nickte. »Es ist Mallory mit sechs, nein, fast sieben Jahren.«

»Sie geht ja heftig ran. Wahrscheinlich fragt sich die Drecksbande die ganze Zeit, wann sie endlich Ernst macht.« Riker schlug den Kragen seines Jacketts hoch und verschränkte die Arme.

»Ja, sie dürften langsam nervös werden.«

»Nervös? Eine Frau hat versucht, sich umzubringen.« Riker fröstelte in seinem dünnen Anzug.

»Hör endlich auf, mir das vorzuhalten. Und verlang nicht von mir, dass ich Mallory verrate.« Charles setzte sich ins Gras. Er war plötzlich sehr müde. »Warum tust du mir das an?«

»Ich muss sie von hier wegschaffen, bevor Babe Lauries Bande sie findet. Travis hat ausgesagt, dass Babe bei der Steinigung mitgemacht hat. Keiner in der Stadt hat ein so gutes Motiv wie Mallory. Wahrscheinlich hat der Sheriff …«

»Du bist müde, Riker, und nicht ganz auf dem Damm. Inzwischen solltest du wissen, dass die Sache mit Babe Laurie keinen interessiert.«

»Bis auf die Leute, die ihre Mutter umgebracht haben.« Der erste Regentropfen des Morgens traf Riker und hinterließ einen dunklen Flecken auf seinem grauen Anzug. »Die werden sich fragen, woher sie weiß, dass Babe dazugehörte. Für die ist sie eine Bedrohung.«

»Das klingt schon logischer.«

»Aber bei dir zieht das trotzdem nicht?«

»Nein, bedaure.«

Es regnete nur leicht, aber die Vögel hörten auf zu singen, und alle einigermaßen vernunftbegabten Geschöpfe suchten sich einen Unterschlupf – nur die beiden dummen Zweibeiner auf dem Friedhof blieben im Regen stehen. »Der Sheriff will, dass sie geht, Charles. Und dann sag ich dir noch was: Ich bin nicht sicher, ob der Ausbruch aus dem Knast Mallorys Idee war.«

»Du glaubst, dass die Initiative vom Sheriff ausgegangen ist?«

Der Gedanke mochte Charles nicht recht einleuchten. Am Tag des Ausbruchs war der Sheriff wild entschlossen gewesen, sie wieder einzufangen – immer vorausgesetzt, dass er Charles nichts vorgespielt hatte.

Riker zuckte die Schultern. »Es gibt keinen Haftbefehl. Interessant, oder? Außerhalb dieser Gemeinde weiß kein Cop, dass sie verschwunden ist oder gesucht wird. Wenn wir jetzt gleich mit ihr losfahren, dürfte uns niemand verfolgen.«

Immer vorausgesetzt, dass Riker ihm nichts vorlog.

»Sie hat das Recht, den Tod ihrer Mutter aufzuklären«, sagte Charles.

»Und wenn sie die komplette Namensliste hat? Was dann?« Regentropfen rannen wie Tränen über Rikers Gesicht.

Der Regen klatschte jetzt auf die Blätter der Bäume. Rikers Haar war nass. »Mit blindem Glauben kommst du hier nicht weiter. Du weißt doch gar nicht, was sie vorhat. Wenn nun noch mehr Leute sterben?« Er griff in die Hosentasche und holte die goldene Taschenuhr hervor. »Hier, nimm sie. Der Sheriff möchte, dass Mallory sie zurückbekommt und dann schleunigst verschwindet.«

Charles legte rasch seine große Hand über die Uhr, um sie vor dem Regen zu schützen. »Warum kannst du nicht auf ihrer Seite sein? Sie will doch nur Gerechtigkeit.«

Halb blind von dem Regen, der ihm schräg ins Gesicht klatschte, setzte er sich in Bewegung.

»Ich muss davon ausgehen«, sagte Riker hinter ihm, »dass sie mit der festen Absicht zurückgekommen ist, zwanzig, dreißig Leute zu töten.« Und lauter, um den größer werdenden Abstand zwischen ihnen zu überbrücken, fügte er hinzu: »Ich möchte nicht, dass du zu enttäuscht von ihr bist, wenn sie diese Absicht wahr macht.«

Charles ging weiter.

»Weiß jemand, wo der Sheriff sich aufhielt, als Babe Laurie starb?«

»Sie denken doch nicht etwa, dass er es war, Charles?« Augusta saß am Kopfende des Küchentisches, auf dem dampfende Schüsseln standen, aus denen es nach Safran und Huhn, Süßkartoffeln und Gemüse roch, und gab mit dem Schöpflöffel eine reichliche Portion auf Charles Butlers Teller. »Tom Jessop war sich viel zu schade, um auch nur ein Wort mit Babe zu wechseln, geschweige denn, ihn umzubringen.«

»Aber dass der Sheriff gewalttätig werden kann, ist bekannt. Ich habe gehört, dass er Fred Laurie wegen der Schüsse auf den Hund zusammengeschlagen hat.«

»Das liegt schon Jahre zurück. Tom war dabei, das stimmt, aber zusammengeschlagen habe ich den Mistkerl.«

»Sie, Augusta?«

»Mit einem Spaten. Der erste Schlag traf seinen Bauch, der zweite die Hände. Tom hatte inzwischen den Hund untersucht. Dann hat er mich und Fred angeguckt und gesagt: ›Augusta, so was macht man nicht‹. Daraufhin hab ich Fred noch einen Schlag auf den Kopf verpasst, und Tom hat nichts mehr gesagt. Er wiederholt sich nicht gern.«

Charles warf Henry, der ihm von dem Vorfall erzählt hatte, einen Blick zu, aber der konzentrierte sich auf sein Essen. »Tut mir Leid, dann bin ich falsch informiert«, sagte er zu Augusta.

Eine absichtliche Falschinformation?

Charles kam ins Grübeln. Möglich, dass Henry Roth Augusta gedeckt hatte. Oder dass Augusta den Sheriff deckte. Einer von den beiden nahm es mit der Wahrheit nicht so genau. Er dachte darüber nach, wie man es in dieser Lügengesellschaft, in die er geraten war, mit den ungeschriebenen Gesetzen des Lügens hielt. Wie Lügen aus guter Absicht und Lügen aus Eigennutz zu beurteilen, wie Lügen ganz allgemein ein- und abzustufen waren.

»Fred hat also den Leuten gesagt, dass das Toms Werk war?«, fragte Augusta unangenehm berührt. »Ehre, wem Ehre gebührt – und es war nun mal nicht Tom, der zugeschlagen hat.«

Henry hob den Kopf. *»Ich dachte, Sie interessierten sich mehr für* *den früheren Mord«,* sagte er zu Charles. »Mit einem einzigen Stein umgebracht zu werden ist nicht so ehrenvoll wie eine Steinigung durch einen blindwütigen Mob.«

»Der Mob ist nie blind«, sagte Augusta und reichte Henry die Butter. »Erinnert ihr euch noch an den Lynchmord in Arkansas?«

Sie wandte sich an Charles. »Drei junge Männer kamen unter Mordanklage ins Gefängnis. Einer hatte es sich anders überlegt und war weggelaufen, ehe der Mann erschossen und seiner Frau der Schmuck geraubt wurde, aber verhaftet wurden sie alle drei. Am nächsten Tag verbreitete sich ein Gerücht in der Stadt, die Frau sei vergewaltigt worden – was nicht stimmte. Abends holte ein Mob die Jungen aus dem Gefängnis. Zwei wurden gelyncht. Der dritte hatte schon den Strick um den Hals, als einer aus der Menge rief: ›Der Junge war an dem Mord nicht beteiligt.‹ Der Strick wurde aufgeknüpft und der Junge in die Zelle zurückgebracht.«

»Sie hat Recht, Henry«, bestätigte Charles. »Jeder Mob hat ein Ziel, Prinzipien, ja sogar ein Gefühl für Recht und Unrecht. Eben deshalb hat mich an diesem Mord immer etwas gestört.«

»Die Lautlosigkeit? Die Leidenschaftslosigkeit?«, fragte Henry.

»Ja, aber nicht nur das. Ich glaube nicht, dass Travis oder Alma wussten, was geschehen würde, ehe sie zum Haus kamen.«

»Wenn eine ganze Gruppe kaltblütig mordet«, wandte Augusta ein, »macht das nur Sinn, wenn sie alle wie Pech und Schwefel zusammenhalten. Irgendeiner redet sonst doch.«

»Ja, das ist ein Problem«, räumte Charles ein.

»Ist es nicht.« Mallory stand in der Küchentür. Sie hielt einen Käfig voll weißer Tauben in der Hand. »Dazu verbindet sie zu viel.« Sie setzte den Käfig auf der Arbeitsfläche ab. »Die Mordanklage riskieren alle – ob sie nun Steine geworfen haben oder nicht. Blutvergießen schweißt zusammen.«

Augusta stellte einen Teller für Mallory hin und fragte: »Wie hast du die Tauben in den Käfig gezaubert?«

»Ich hab gedroht, ihnen sämtliche Beine zu brechen, wenn

sie nicht spuren.« Mallory nahm am Tisch Platz. Die Katze saß hinter ihr auf dem Kühlschrank. »Wie läuft's?«

Augusta fuhr mit dem Finger die Liste entlang. »Henry bevorzugt die Frauen. Aber abgesehen von Alma sind das alles bewundernswert harte Brocken. Die meisten Männer allerdings auch.«

»Die meisten?«

»Der Name hier ist allerdings eine Überraschung.« Sie zeigte ihn Henry. »Bist du dir da sicher?«

»Hundertprozentig.«

»Dabei sieht er aus, als ob er keiner Fliege was zu Leide tun könnte.«

»Den will ich haben«, sagte Mallory.

Die Katze besah sich mit großen Augen und vielleicht sogar ein wenig verwundert die gefangenen Tauben.

»Du weißt nicht, ob er mitgemacht hat«, sagte Augusta. »Alma hat ihren Stein nicht geworfen und Travis nur deinen Hund gesteinigt.«

»Wer's glaubt, wird selig ...«

Als Charles wieder zu der Katze hinsah, stand sie auf dem Käfig und starrte die sanften Tauben an, die offenbar noch nie so ein Tier zu Gesicht bekommen hatten. Es gab reichlich Blickkontakt, aber noch keine Gewalttätigkeiten.

Mallory hatte von dem drohenden Massaker noch nichts bemerkt. »Mir ist es egal, ob er Steine oder Blumen geworfen hat. Er war dabei, und ich werde ihn zum Sprechen bringen.«

»Oder auch nicht«, sagte Augusta. »Du kennst dich mit unseren Leuten nicht aus. Auf diesen Jungen könntest du den ganzen Tag einprügeln, und er würde alles widerstandslos über sich ergehen lassen.«

Charles beobachtete, wie die Katze eine Pfote zwischen die Gitterstäbe steckte, und wollte gerade warnend die Hand heben, als Käfig und Katze zu Boden fielen, die Tür aufging und die Tauben, einig in dem Wunsch zu überleben, in geschlossener Formation aufflogen.

»Verdammtes Vieh.« Mallory sprang auf. »Ich habe Stunden gebraucht …«

»Lass, ich kümmere mich darum«, beruhigte sie Augusta.

Die Katze jagte ihrem Mittagessen nach, und Mallory griff nach dem Revolver. Augusta packte ihr Handgelenk und funkelte sie an. »Schlag dir das aus dem Kopf!«, sagte sie. Jedes Wort klang gleich bedrohlich.

Die Katze sprang auf den Kühlschrank und von dort auf den Boden, immer den Tauben nach, aber die waren schneller. Weiße Federn flogen durch die Luft und segelten zu Boden.

Augusta hielt immer noch Mallorys Handgelenk fest und gab ihr wortlos, aber deutlich zu verstehen, dass ihr Leben keinen Pfifferling mehr wert war, wenn sie auf die Katze schoss.

Die Katze schlich sich erwartungsvoll hechelnd an eine Taube heran, aber als ihr in ihrer Aufregung ein leises Maunzen entfuhr, war die Taube gewarnt und flog auf.

Mallorys Gesicht drückte zugleich Wut und Fassungslosigkeit aus. Die alte Dame hatte keine Waffe, kein …

Nachdrücklich nickend gab Augusta ihr zu verstehen, dass sie ihre Drohung wahr machen würde. Wenn Mallory es auf einen Kampf ankommen lassen wollte – bitte, sie war bereit.

Einigermaßen erschüttert stellte Charles fest, dass Mallory das Für und Wider dieses Angebots offenbar ernsthaft gegeneinander abwog. Dann setzte sie sich wieder.

Charles trank langsam seinen Kaffee, beobachtete einen Fischadler, der nach seinem Abendessen tauchte, und die Möwen, die kreischend über dem Fluss kreisten. Inzwischen war ihm klar geworden, dass die Natur keine reine Idylle ist. Er zerdrückte ein Insekt auf seinem Handgelenk, das einen roten Schmierfleck auf der Haut hinterließ. Einem Käfer, der sich mit seinem Blut voll gesaugt hatte, gelang die Flucht. Der Himmel mochte wissen, was sich noch alles an Insekten und Kleintieren in dem hohen Gras tummelte, das bis an den Deich reichte. Und wie stand es um Augusta, die Hüterin der Natur?

Mallory lehnte – blind für alle Gewalt, die nicht von ihr ausging – am Geländer der Veranda und betrachtete die Taschenuhr.

Er hatte ihr vor zehn Minuten eine Frage gestellt und wartete noch immer auf eine Antwort. »Du willst mir nichts sagen?«

Sie sah ihn nicht mal an.

In seiner Beziehung zu Mallory hatte offenbar eine neue Phase begonnen: Immer häufiger brachte sie ihn zur Weißglut. »Du traust mir nicht. Du glaubst, ich würde alles verraten.«

Sie steckte die Uhr in die Tasche ihrer Jeans. »Traust du mir denn, Charles?«

»Verlangst du blinden Glauben? Wie Malcolms kleine Herde?«

Eigentlich hatte er das nicht laut sagen wollen, es war ein Echo der Worte Rikers, die in seinem Hinterkopf steckten. »Wann wolltest du mir erzählen, dass du eine Schusswunde in der Schulter hast?«

»Überhaupt nicht.«

So viel zum Thema Vertrauen.

»Ich möchte, dass du Riker suchst. Dazu brauchst du nur eine Bar nach der anderen abzuklappern. Schick ihn unter irgendeinem Vorwand in den Nachbarort, damit er mich hier nicht stört.«

»Riker glaubt, dass du hergekommen bist, um jede Menge Menschen umzubringen. Stimmt das?«

»Ich bin hergekommen, um Beweismaterial in einem Mordfall zusammenzutragen.«

»Der kein beliebiger Mordfall ist.«

»Er ist ein Fall wie jeder andere.«

»Spiel mir nicht die errötende Jungfrau vor, Mallory!« Er sah, dass ihre Augen sich plötzlich weiteten, und musste fast lachen. »Mir wirfst du immer vor, dass ich kein Pokergesicht habe. Du hast kein Gekränkte-Unschuld-Gesicht.«

Jetzt war sie wütend. *Umso besser.* Sie wollte etwas sagen, aber er hob die Hand. »Ich warne dich! Von Henry und Augusta hab ich so manches gelernt. Inzwischen weiß ich, wie das hier im Süden läuft.«

»Ja, richtig, du wolltest ja rauskriegen, wer Babe umgebracht hat. Wie weit bist du denn damit gekommen?«

Ihr Spott gefiel ihm nicht. »Wenn man dem Sheriff glauben darf, hatte jeder ein Motiv, der Babe kannte. Was hast du gestern im Krankenhaus gefunden?«

»Nichts.«

Eine tolle Antwort.

»Willst du mir helfen oder nicht, Charles?«

»Was du hier treibst, ist eine Art Folter. Das sind die Methoden des Sheriffs.«

»Es war auch die Methode von Markowitz.«

»Nein. Dein Vater war ein guter, anständiger Mensch.«

»Und ein erstklassiger Cop. Wenn er dem Gericht keine stichhaltigen Beweise vorlegen konnte, hat er die Täter weich gekocht. Er hat gelogen wie gedruckt, bis sie geschlottert haben vor Angst. Wäre Markowitz hier gewesen, hätte er genauso gearbeitet wie ich oder vielleicht noch einen draufgesetzt.«

»Riker sagt, dass ...«

»Riker würde das Blaue vom Himmel herunterschwindeln, um dich umzudrehen. Er ist da, um mich nach New York zurückzubringen wie eine Ausreißerin.«

»Er macht sich Sorgen um dich. Seine größte Angst ist wohl, dass du nur ...«

»Ich bin hergekommen, um eine Aufgabe zu erledigen, und die werde ich durchziehen. Wenn du mir nicht helfen willst – auch gut. Aber dann wirf mir wenigstens keine Knüppel zwischen die Beine.« Sie stolzierte zur Treppe.

»Warte doch, Mallory. Ich denke nicht ...«

»Eben. Du denkst überhaupt nicht mehr. Dazu hast du jetzt Riker. Er hat dich blind gemacht.« Sie kam wieder auf ihn zu, nicht leise und geschmeidig wie sonst, sondern mit klackenden Absätzen. »Glaubst du wirklich, Riker hätte sich immer an die Regeln gehalten, wenn er ein Geständnis haben wollte?«

Sie stand mit verschränkten Armen vor ihm. »Ich hab ihn im Gespräch mit einem Kinderschänder erlebt, bei dem er grinsend den Verständnisvollen gemimt hat. ›Ganz schön herausfordernd, diese Vierjährige, was? Die hat es ja selber so gewollt.‹ Sagte ich schon, dass der Dreckskerl die Kinder umgebracht hat, wenn er mit ihnen fertig war?«

Charles senkte den Kopf. Mallory legte ihm eine Hand unters Kinn und zwang ihn, sie anzusehen. »Kindesmissbrauch ist so mit das Schlimmste für einen Cop, das mieseste Verbrechen, das es gibt, und dieses Vieh hat die Kinder auch noch ermordet. Nicht weil er krank war, sondern weil er alle Zeugen beseitigen wollte. Ein ganz kaltblütiger Hund.«

Sie zog ihre Hand zurück. »Riker wurde der beste Freund des Kindermörders. Der war so begeistert von seinem neuen Kumpel, dem Cop, dass er uns zu einer kleinen Leiche nach der anderen geführt hat. Nur um Riker eine Freude zu machen. Und während wir von Grab zu Grab fuhren, hat Riker mit dem Mann auf der Rückbank Händchen gehalten. Ein richtiges Liebespaar, die beiden. Ist dir jetzt schlecht, Charles? Ja, glaubst du denn, wir wären auf anständige Art an sein Geständnis gekommen?«

Sie marschierte einmal bis zur Treppe und zurück. Er ließ sie nicht aus den Augen.

»Hat Markowitz versucht, Riker zu bremsen? Hat er gesagt: ›Hör auf, dich mit diesem Mistkerl im Dreck zu suhlen?‹ Nein, der Alte hat zugesehen, wie Riker den Verdächtigen als Zeugen für sein eigenes Verbrechen aufgebaut hat. Tagelang ist Riker mit diesem Stück Dreck rumgezogen, und schließlich hatten wir sieben kleine Leichen. Wenn unsere Leute wieder eine ausgegraben hatten, gab Riker dem Arschloch einen Rippenstoß und sagte: ›Gute Arbeit, Kumpel.‹ Und dann nahmen sie alle ihre Schaufeln, und weiter ging's zum nächsten Grab.«

Sie hockte sich neben seinen Stuhl. Ganz nah. »Dich umzudrehen war für Riker natürlich ein Kinderspiel.« Sie stand auf und drehte Charles den Rücken zu.

Charles war erschöpft und ausgelaugt wie nach einem Rennen. Er sah auf eine Blume herunter, die neben seinem Stuhl durch das Geländer gewachsen war. Die Ranke hatte sich an dem fünf Meter hohen Backsteinfundament bis zum Holz hinaufgearbeitet. Als Mallory sich auf den Stuhl neben ihm setzte, kam aus den zarten roten Blütenblättern ein schwarzer Käfer gekrabbelt.

»Vergiss, dass das Opfer meine Mutter ist«, sagte sie sehr ruhig und distanziert. »Es handelt sich um ein altes Verbrechen. Bei kalten Spuren tun wir uns besonders schwer. Kein Beweismaterial, keine Zeugen bis auf Ira, aber den möchte ich raushalten. Und Alma ist verrückt, mit der kann ich nichts anfangen.«

Ihre Stimme hatte sich erhoben, war aber immer noch völlig emotionslos, als habe sie nur den Lautstärkeknopf an einer Maschine höher gestellt. »Ich muss einen Zeugen dazu bringen, gegen die anderen auszusagen. Und ich werde ihn so weit bringen. Egal, wie.«

Mallorys Gesicht war nur Zentimeter von dem seinen entfernt. Ihre Hand legte sich um seinen Arm, die Finger krallten sich schmerzhaft ins Fleisch. Und jetzt verrieten ihr Gesicht, ihre Stimme echten Schmerz. »Und dann werde ich dem Mistkerl sagen, dass meine Mutter sich das alles selbst zuzuschreiben hatte, dass die dumme Kuh den Tod verdient hat.«

Sein Kopf fuhr nach hinten, als hätte sie ihn geschlagen.

Ruhiger fuhr sie fort: »Ich werde lügen, dass sich die Balken biegen.« Und flüsternd fügte sie hinzu: »Cops machen das so.«

Sie war aufgestanden und lehnte sich ans Geländer. Ihre Stimme klirrte vor Kälte. »Zugegeben, Alma Furgueson hat sich die Pulsadern aufgeschnitten. Aber Alma atmet noch. Meine Mutter ist tot. Es wird Zeit, dass du dich entscheidest, Charles.«

Zögernd blieb sie an der Treppe stehen. »Hat Riker dich auf seine Seite gezogen?« Sie setzte einen gestiefelten Fuß auf die oberste Stufe. »Machst du bei ihm mit? Oder hältst du zu mir?«

»Ich würde nie …«

»Ja oder nein, Charles?«

»Ja.« Mallory hatte Recht: Alma atmete noch.

22

Der Sheriff lehnte sich zurück und betrachtete über den Rand seines Bierglases hinweg seine junge Mitarbeiterin. Lilith Beaudare musste noch viel lernen, aber die Arroganz hatte er ihr abgewöhnt. So wie er sie Eliot Dobbs abgewöhnt hatte. Deputy Travis war schon als kaputter Typ zu ihm gekommen, mit dem hatte das alles keinen Spaß gemacht.

»Es kann in Kürze kritisch werden, Lilith. Könntest du einen Menschen töten, wenn's hart auf hart kommt? Wenn du das nämlich nicht kannst, kostet es womöglich dich oder jemand anders das Leben. Du hast nur eine Sekunde, um zu erkennen, aus welchem Stoff du gemacht bist.«

Er bemerkte, dass er eine empfindliche Stelle getroffen hatte. Sie senkte den Kopf. Das war kein gutes Zeichen. Hatte sie schon eine Feuerprobe hinter sich? In ihrer Akte stand nichts davon, dass sie schon mal in eine Schießerei verwickelt gewesen war.

»Haben Sie schon mal einen Menschen getötet, Sheriff?«

Er nickte anerkennend. Ein gelungenes Ablenkungsmanöver. Aber heute ging es nicht um einen Intelligenztest. »In meinen langen Dienstjahren habe ich bisher noch nie auf jemanden schießen müssen.«

»Das habe ich nicht gefragt.«

»Irgendwann haben wir sicher noch Gelegenheit, uns näher kennen zu lernen, aber dazu ist jetzt keine Zeit.« Sie steckte die Zurechtweisung ein, ohne mit der Wimper zu zucken. »Ich wüsste gern, was du mir verschweigst.«

Sie legte die Hände um ihr Glas und blickte, sichtlich wieder auf der Suche nach Ablenkung, auf die Tischplatte. Lilith Beaudare verriet zu viel von sich. Auch das würde er ihr abgewöhnen müssen.

Jetzt hob sie wieder den Blick. »Ich habe so ein Gefühl, dass Mallory Polizistin ist. Beweisen könnte ich es nicht, aber …«

»Gut geraten. Polizistin bei der New Yorker Kriminalpolizei. Detective Sergeant Kathleen Mallory.«

»Wie haben Sie …«

»Schau mal, da kommt unser Mann aus New York!« Er deutete auf die Tür zur Bar.

Charles Butlers große Gestalt sperrte die Sonne aus, dann schlug die Tür zu, sodass er sich in dem Übergang von Helligkeit zu Dämmerlicht erst zurechtfinden musste.

In diesem Moment, in dem er noch halb blind und angreifbar war, überrumpelte ihn der Sheriff mit seiner über drei Tische hinweggebrüllten Begrüßung: »Hallo, Mr. Butler! Falls Sie Ihren Freund Riker suchen, haben Sie ihn verpasst. Er ist nach New Orleans gefahren.«

Charles Butler kam lächelnd auf den Sheriff und seine Mitarbeiterin zu. Er hatte sich offenbar entschlossen, gar nicht erst nach einer Ausrede zu suchen, sondern die Bemerkung einfach zu ignorieren.

»Nennen Sie mich doch bitte Charles. Eigentlich habe ich Sie gesucht, Sheriff.«

Tom Jessop verkniff sich ein Grinsen, denn jetzt musste der arme Kerl sich eine Erklärung für sein überraschendes Auftauchen einfallen lassen.

»Ich wollte wissen, ob Sie auf Ihrer Verdächtigenliste überhaupt Männer haben. Bisher scheinen Sie Frauen den Vorzug zu geben.«

»Stimmt, Charles. Keiner soll mir nachsagen, dass ich nicht politisch korrekt handle.«

Lilith erhob sich lächelnd und verabschiedete sich mit der vagen Entschuldigung, sie habe noch einiges zu erledigen. Charles stand respektvoll auf, Tom Jessop blieb in aller Gemütsruhe sitzen. »Sie glauben also nicht, Sheriff, dass Fred Laurie es gewesen sein könnte?«

»Möglich wär's.« Ein Toter als Verdächtiger – eine verlockende Vorstellung. Inzwischen war Fred vermutlich unter der Erde und konnte sich gegen Verleumdungen nicht mehr wehren.

»Außerdem würde mich interessieren, wo Sie waren, als Babe Laurie starb.«

Der Sheriff feixte. »Sie haben einen guten Riecher, Butler. Hätte ich gewusst, was Babe mit Ira gemacht hatte, hätten Sie mit Ihrem Tipp wahrscheinlich ins Schwarze getroffen. So aber bin ich den Damen noch immer zugetan. Und wenn Sie glauben, ich hätte Augusta übersehen, irren Sie sich. Ich wollte sie nur nicht geradeheraus fragen, um kein Geständnis zu riskieren. Bekanntlich ist es ja eine schöne Tradition in St. Jude Parish, Augusta beim Morden ungestraft davonkommen zu lassen.«

»Was natürlich nicht wörtlich gemeint ist ...«

Charles wusste es also nicht. »Haben Sie die Führung nicht mitgemacht? Betty erzählt die Geschichte allen, die in Dayborn Station machen.«

»Ich hatte ziemlich viel zu tun ...«

»Sie sind seit einem halben Jahrhundert der einzige Besucher, der nicht weiß, dass Augusta ihren eigenen Vater umgebracht hat.«

Charles schüttelte lächelnd den Kopf. »Das kann doch nicht wahr sein ...«

»Und zwar nicht sauber und auf einen Schlag, sondern sozusagen auf Raten. Ich kenne die Einzelheiten besser als die meisten. Mein Vater war ihr Anwalt. Aber Augusta würde Ihnen die Geschichte bereitwillig auch selbst erzählen, sie hat nie versucht, etwas abzustreiten. Im Gegenteil, sie ist ziemlich stolz auf diesen Mord. Eine erstaunliche Frau. Die meisten Frauen aus dem Süden würden ein langsam wirkendes Gift wählen, dann wären sie schon über alle Berge, ehe ihr Opfer sich zu Tode geröchelt hat. Augusta wollte, dass es jeder erfährt.«

Zwei gefüllte Biergläser wurden auf den Tisch geknallt – innen kaltes Gold, außen kalter Hauch. »Auf meine Rechnung«, sagte der Sheriff. Der Barkeeper nickte und ging wieder.

»Danke«, sagte Charles. »Sie hat also gestanden? Es kam zum Prozess?«

»Nein. Der Fall ist über den Untersuchungsausschuss nie hinausgekommen. Der hat auf Tod durch Unfall entschieden. Vergessen Sie nicht, dass Augusta damals fünfzig Jahre jünger war. Neunzehn, fast zwanzig. In dem Ausschuss saßen nur Männer. Kein Einziger hätte gewollt, dass sie wegen Mord gehängt wird. Und der Gerechtigkeit halber muss man auch sagen, dass sie den alten Knaben eigentlich erschießen und nicht im Rollstuhl die Treppe runterstoßen wollte.«

»Ging es um Geld? Ich habe gehört, dass er sie enterbt hat.«

»Keine Spur. Das ist Bettys Theorie, aber darum ging es Augusta gar nicht. Sie hätte, wenn sie gewollt hätte, einen reichen Mann mit einem noch größeren Haus heiraten können. Sie glauben gar nicht, was für eine Schönheit sie war. Von Nashville bis New Orleans redeten alle Leute von Augusta Trebec.«

»Ich weiß, dass ihre Mutter Selbstmord begangen hat. War …«

»Man könnte sagen, dass es mit dem Tod ihrer Mutter angefangen hat. Der Arzt – ein stadtbekannter Säufer – hatte behauptet, Nancy hätte in geistesgestörtem Zustand Selbstmord begangen, und der alte Jason hatte sich offenbar gedacht, dass sich so was vererbt. Was sollte aus seinem geliebten Haus werden, wenn Augusta auch verrückt wurde? Für die Männer der Trebec-Famlie war dieser verdammte Kasten seit jeher das einzig Wichtige. Und wenn Augusta heiratete? Dann würde sein Besitz an eine andere Familie gehen. Also ließ Jason seine Tochter sterilisieren wie eine Katze.«

»Das hätte Augusta sich nie gefallen lassen.«

»Sie hat es nicht gewusst. Der alte Jason und der Arzt haben ihr erzählt, sie müsse sich den Blinddarm rausnehmen lassen. Damals war sie erst sechzehn. Mit Augustas Operation war Jasons letzte Hoffnung auf einen Erben dahin. Er war ein kranker alter Mann im Rollstuhl, der kein Kind mehr zeugen konnte.«

»Und daraufhin machte er aus dem Herrenhaus ein historisches Denkmal für sich selbst.«

»Genau. Als Augusta neunzehn wurde, starb der Arzt, der Augusta verpfuscht hatte. Dass der alte Trunkenbold Aufzeichnungen über den Eingriff hinterlassen haben könnte, kam Jason nie in den Sinn. Der Arzt, der die Praxis übernahm, fand die Unterlagen und teilte Augusta mit, was man ihr angetan hatte.«

»Und dann hat sie ihren Vater ermordet?«

»Ja, und zwar umgehend. Am gleichen Tag noch hielt sie ihm eine Pistole unter die Nase, und er erschrak so, dass er mit dem Rollstuhl rücklings die Treppe hinabstürzte. Er war nicht gleich tot, sondern lag mit kaputten Knochen da und schrie vor Schmerzen. Augusta kam gar nicht in den Sinn, ihn von seiner Qual zu erlösen, und sie blieb bei ihm, bis er starb. Fast zwei Tage.«

»Sie hat keinen Arzt gerufen?«

»Nein. Aber sie war so clever, einen Anwalt zu holen, nämlich meinen Vater. Deshalb habe ich miterlebt, wie sie den Alten erledigt hat. Ich war fünf.«

»Ihr Vater hat Ihnen so etwas zugemutet?«

»Er hatte keine Ahnung, was sie von ihm wollte, und es war spät. Allein mochte er mich nicht im Haus lassen, die Haushälterin war heimgegangen, und eine Mutter hatte ich nicht. Mein Vater hat sofort einen Krankenwagen gerufen, und Augusta befürchtete wohl, der Alte könnte durchkommen. Daraufhin beugt sie sich über Jason und sagt ihm, dass sie ihn in der Familiengruft begraben wird, damit er einen guten Blick auf das Haus hat, das er so liebt. Und als der Alte lächelt, schreit sie ihn an: ›Damit du zusehen kannst, wie es eines Tages zusammenkracht, denn ich mache nichts an dem Kasten, das versprech ich dir.‹« Da ist der Alte erst rot und dann blau angelaufen, und gleich darauf war er tot.«

»Aber Sie sagen, dass sie gestanden hat. Wie konnte der Untersuchungsausschuss auf Tod durch Unfall entscheiden?«

»Ein bisschen verbiegen mussten sie sich dazu schon, das stimmt, aber die Argumentation war durchaus plausibel. Wenn ihre Aussage, er sei mit dem Rollstuhl rücklings die Treppe hinabgestürzt, gelogen war, sagten sie sich, war womöglich auch gelogen, dass sie ihn ursprünglich mit der Pistole hatte umbringen wollen. Folglich war das, was sie über den Sturz ausgesagt hatte, die Wahrheit. Und juristisch gesehen war es ja auch eine Art Unfall.«

»Aber sie hat zwei Tage zugesehen, wie er sich gequält hat.«

»Ja, das war der Jury auch nicht recht geheuer, aber mein Vater hat das Problem für sie gelöst. Er schwor, dass Jason Trebec in höherem Alter in die Kirche der Christlichen Wissenschaft eingetreten war und keinen Arzt wollte. Jason und Augusta hätten die beiden Tage im gemeinsamen Gebet verbracht.«

»Und das hat der Ausschuss geschluckt?«

»Weil er es schlucken wollte. Während Dad den Geschworenen das Märchen erzählt hat, haben sie breit gegrinst. Als er fertig war, fing Augusta an zu lachen. Daraufhin verließ mein Dad ganz cool den Zeugenstand und gab ihr eine schallende Ohrfeige. Das arme Mädchen sei hysterisch vor Kummer, sagte er zu den Geschworenen und schleppte sie eigenhändig aus dem Saal, ehe sie noch mehr Schaden anrichten konnte.«

»Ihr Vater hatte sich in Augusta verliebt, was?«

»Und der Arzt zum Glück auch. Er hat das Märchen meines Vaters im Zeugenstand bestätigt. Es ist also durchaus vorstellbar, dass sie Babe Laurie umgebracht hat, aber ich will es gar nicht wissen und habe sie deshalb nie danach gefragt.«

»Sie hatte kein Motiv.«

Butlers Loyalität gefiel dem Sheriff. Der Mann hatte offenbar einen anständigen Charakter. Dass Augusta mit ihm Freundschaft geschlossen hatte, sprach für ihn, zumal er weder Fell noch Federn besaß.

»Augusta ist nördlich vom Upland Bayou die Herrin über Leben und Tod«, sagte Jessop. »Der Mord an Cass ist Augusta sehr nah gegangen. Seither gibt es wohl kaum etwas, was ihr entgangen ist. Sie hat den Finger Bayou und die Straße zum

Herrenhaus blockiert, hat ihren Grund und Boden so sorgfältig gegen Eindringlinge abgeschirmt, wie Sie und ich es mit unserem Haus machen würden. Und da lungerte nun Babe auf der Straße zu dem Haus von Cass Shelley herum und wartete auf Kathy. Ich weiß, dass er da war, ich habe drei seiner Kippen an der Stelle gefunden, an der er gestorben ist.«

»Aber woher sollte Augusta das wissen? Doch nur, wenn sie über alle Ereignisse informiert war, die zum Tod von Babe Laurie führten. Das heißt aber denn doch den Bogen etwas überspannen.«

»Wenn sie's nicht war, möchte ich wetten, dass sie den Täter kennt. Haben Sie es immer noch nicht kapiert? Von ihrem Dachfenster aus sieht Augusta alles, was sich in der Umgebung abspielt, und sie verbringt viel Zeit hinter ihrem Fernglas. Glauben Sie wirklich, dass sie da nur ihre gefiederten Freunde beobachtet? Wir sitzen alle in Augustas Vogelhaus.«

23

Jimmy Simms saß, prächtig anzusehen in seinen neuen alten Sachen, mit überkreuzten Beinen auf einer alten karierten Decke und beugte sich über ein Buch. Die Füße steckten in Iras abgelegten Socken.

In der Holzkiste neben Jimmys Bett befanden sich die übrigen milden Gaben, die er von Darlene Wooley erhalten hatte: T-Shirts, Jeans, ein Sweatshirt und eine Baumwolljacke, alles in verwaschenem Rot und Blau. Jimmy war jetzt ein reicher Mann. Vor seinem Bett standen Schuhe, die ihm wie angegossen passten.

Auf der rauen Oberfläche der Kiste standen eine Dose Sodawasser, eine Packung Donuts und eine Lampe ohne Schirm. Die nackte Glühbirne wärmte seinen Nacken wie eine freundliche Hand, und diese Illusion menschlicher Nähe war ein zusätzlicher Luxus in seinem Leben.

Früher hatte das kleine Zimmer als Lagerraum für Bücher gedient, jetzt war es sein Zuhause. Mit siebzehn von den Eltern verstoßen, hatte er sich zum Schlafen zu den Betrunkenen in Owltown auf die Straße gelegt, bis ihn in einer kalten Nacht – es ging schon auf den Winter zu – der Sheriff dort aufgegabelt und ihm diese Unterkunft besorgt hatte. Seit dreizehn Jahren lebte er hier relativ glücklich und zufrieden. Die ersten Handlangerdienste hatte er für Augusta Trebec verrichtet, und Tom Jessop hatte ihm weitere Arbeit verschafft. Das allwissende Auge von Miss Augustas Dachfenster und die barsche Fürsorge des Sheriffs waren für Jimmy eine Art distanzierter, aber verlässlicher Elternersatz gewesen.

Im Hauptraum der Bibliothek läutete das Telefon. Jimmy reagierte nicht. Wahrscheinlich hatte sich jemand verwählt. Das kam abends, wenn die Bibliothek geschlossen hatte, häufiger vor. Als Halbwüchsiger war er jedes Mal hingegangen, weil er gedacht hatte, es sei seine Mutter.

Doch die hatte nie angerufen.

Wenn er sich ganz schrecklich nach ihr sehnte, stand er hin und wieder unangemeldet vor ihrer Tür. Dann holte sie ihn schnell ins Haus, damit die Nachbarn ihn nicht sahen und es womöglich seinem Vater erzählten. Im Haus gab es eine heiße Suppe oder eine warme Mahlzeit, sie wusch seine Sachen und gab ihm viel zu große neue Klamotten mit. Und Verpflegung in einer Tüte – so wie früher seine Pausenbrote für die Schule. Alles so, wie es sich für eine Mutter gehört. Doch wenn er weg war, vergaß sie ihn wieder. Sie rief nie an. Und deshalb ging er jetzt in der Bibliothek nicht mehr ans Telefon.

Er wandte sich wieder seinem Buch zu. Aber das Läuten war so beharrlich, dass er sich entschloss, den Hörer abzunehmen. Weil der Hauptraum der Bibliothek ungeheizt war, zog er Iras Baumwolljacke über, ehe er aus dem Bett stieg und zur Anmeldung ging, wo das Telefon stand.

Durch die undichten Fenster wehte der Wind. Jimmy spürte den kalten Atem des großen Raums auf Gesicht und Nacken.

Das Gebälk des hundert Jahre alten Hauses knarzte, und hinter den Wänden hörte er Mäuse rascheln.

Jimmy blieb, den Blick auf die dunklen Bücherreihen in den Regalen gerichtet, vor dem klingelnden Apparat stehen. Der Scheinwerferkegel eines vorbeifahrenden Autos streifte den Globus, sodass er einen kindergroßen Schatten warf. Jimmy sah rasch weg und nahm den Hörer ab. Ehe er auflegen und damit die Verbindung unterbrechen konnte, hörte er eine Frauenstimme sagen: »Jimmy?« Er machte große Augen. »Junge, bist du das?«, fragte die Stimme.

Er drückte den Hörer zärtlich ans Ohr. »Mom?«

»Nein, Jimmy. Hier ist Augusta Trebec.«

»Ja, Ma'am.«

»Ich hab einen Job für dich, aber er muss heute Nacht noch erledigt werden. Dauert höchstens eine Stunde. Ich zahle zehn Dollar. Wär dir das recht?«

»Ja, Ma'am, zehn Dollar sind in Ordnung.« Er konnte das Geld gut gebrauchen.

Jimmy sah aus dem Fenster, das auf die Dayborn Avenue hinausging. Die Straßenlaterne hatte einen dunstigen Hof. Keine Nacht zum Spazierengehen, zumal er entschlossen war, einen großen Bogen um den Friedhof zu machen. Es tat ihm Leid um die neuen Schuhe. Die Ausweichroute führte über morastigen Boden, und die alten Schuhe seines Vaters hatte er weggeworfen.

»Soll ich nicht lieber morgen früh kommen, Ma'am? Sobald es hell wird …«

»Das nützt mir nichts, Jimmy. Es ist eine Sache, die heute Nacht gemacht werden muss, hast du verstanden?«

»Ja, Ma'am.«

»Es ist ziemlich neblig draußen. Am besten hol ich dich an der Brücke ab. Ich kenne sämtliche Schlaglöcher auf unserer Straße und werde aufpassen, dass du nicht reinfällst.«

Miss Augusta würde es sehr übel nehmen, wenn er sie in einer kalten Nacht warten ließ, deshalb beeilte sich Jimmy, so rasch wie möglich die Brücke über den Upland Bayou zu erreichen. Er sah im Nebel nur ein paar Meter weit und orientierte sich an den vertrauten Gegenständen, die er auf diese kurze Entfernung ausmachen konnte: Telefonmasten, Hydranten, Straßenlaternen und die Fenster von Häusern, hinter denen gelbes Licht brannte. Als er zum Upland Bayou kam, hatte der Nebel das ganze andere Ufer geschluckt.

Miss Augusta wartete bereits an der Brücke auf ihn. Ihr blasses Gesicht schwebte über einem langen dunken Schal. Sie nickte ihm zu, und beide überquerten schweigend die Brücke. Für müßiges Geschwätz hatten sie nichts übrig.

Sie führte ihn, wie versprochen, getreulich um die mit Regenwasser gefüllten Schlaglöcher. Durch die Bäume sah er mattes Licht schimmern. Der Engel hatte demnach immer noch Besucher, obwohl es, wie er erst am Vormittag erfahren hatte, auf dem Friedhof keine langen Schlangen mehr gab. Das Wunder hatte seinen Reiz verloren.

Als sie den Friedhof betraten, war der Bodennebel so dicht, dass er nicht einmal mehr seine Schuhe sehen konnte. Sein Blick wanderte kurz zum Grabmal von Cass Shelley hinüber, aber außer der Rückseite der Engelsflügel und den Votivkerzen auf dem Sockel konnte er nichts erkennen.

Miss Augusta war schon ein Stück weiter, und er fürchtete, sie im Nebel zu verlieren, wenn sie um eine Ecke bog.

Trotzdem – einmal musste er noch hinsehen.

Die Flügel der Figur plusterten sich auf wie die eines lebendigen Vogels. Natürlich wusste er genau, dass es nur eine Einbildung war, die das flackernde Licht der Kerzen verursachte – aber zwischen Wissen und Glauben ist für einen, der in Dunkelheit und Nebel steht, ein himmelweiter Unterschied.

Atemlos rannte Jimmy hinter Miss Augusta her. Plötzlich hörte er einen Laut, als wenn Stein auf Stein scharrte. Er drehte sich um. Hatte sich die Steinfigur bewegt? Unsinn, er sah sie jetzt nur aus einem anderen Blickwinkel. Die großen ausgebreiteten Schwingen verbargen nach wie vor ihren Körper.

Er starrte wieder auf den Weg. Die alte Dame war offenbar auf einen anderen Weg dieser Totenstadt abgebogen und nicht mehr zu sehen.

»Miss Augusta?«

Hinter ihm fiel etwas Schweres zu Boden. Er spürte den Aufprall unter seinen Schuhsohlen, aber um nichts in der Welt hätte er sich in diesem Moment umgedreht. Jetzt bewegte sich seitlich von ihm etwas, aber er mochte – nein, er konnte sich nicht umsehen. Trostsuchend blickte er zu dem Engel hinüber, der Cass so ähnlich sah.

Der Sockel war leer. Er schaute den Weg entlang. Miss Augusta war offenbar umgekehrt, um ihn zu holen. Sie stand so weit weg, dass er sie nicht mehr scharf erkennen konnte. Es musste an dem Nebel liegen, dass sie plötzlich so viel kleiner wirkte.

»Miss Augusta?«

»Jimmy!«, rief eine Frauenstimme. Er spürte eine Hand auf seiner Schulter, und die Knie wurden ihm weich. Dann war die Hand fort. Er rannte auf die verschwommene Getalt von Augusta Trebec zu – und blieb so unvermittelt stehen, dass der Kies hoch aufspritzte. Stocksteif stand er da – wie ein Tier, das im Lichtschein eines näher kommenden Zuges gefangen ist. Was da vor ihm stand, war ein kleinerer Engel, war das Kind, das die Engelsfigur aus den Armen verloren hatte. Nur mit dem Unterschied, dass dem Kind inzwischen Flügel gewachsen waren.

Auf schweren steinernen Füßen bewegte sich das kleine Mädchen auf ihn zu. An den Händen war Blut, ebenso an den Steinen, die sie im Arm trug.

Jetzt blieb sie stehen und erhob sich langsam in die Lüfte. Er sah die Füßchen über dem Bodennebel schweben und fiel auf die Knie. Das Kind kam wie schwerelos auf ihn zu, dabei hatte es doch an den vielen Steinen bestimmt schwer zu schleppen.

»Ich hab nichts gemacht«, sagte er. Das war gelogen. Und das war dem steinernen Kind natürlich bekannt, denn es hatte sich seine Sünden gewiss genau gemerkt.

»Cass wollte es weitersagen.« Er breitete bittend die Hände aus. »Allen wollte sie es sagen.«

Das Kind schwebte wie lauschend nah über dem Boden. Er schlug die Hände vors Gesicht. »Es tut mir Leid. Es tut mir so Leid.«

»Jimmy!«, rief die Kleine mit leiser, sanfter Stimme. »Jimmy.«

Er nahm die Hände vom Gesicht und schlug die Augen auf.

Langsam drehte sich das steinerne Kind in der Luft um die eigene Achse. Dabei fielen die Steine in einer spiralförmigen Bewegung und ohne einen Laut aus ihren Armen zu Boden. Das Kind drehte sich schneller, immer schneller – und Jimmy schrie.

Die Drehbewegung wurde langsamer, dann verharrte die Kleine regungslos in der Luft.

Er faltete die Hände wie zum Gebet.

Jetzt flog sie jählings auf, die steinernen Flügel schlugen und flatterten, sie stürzte sich auf ihn, schlug mit ihrem kleinen Körper, mit den Flügeln auf ihn ein, war nicht mehr aus Stein, sondern warm und lebendig mit einem Herzen, das hämmernd gegen seine Brust schlug. Sekunden später war sie verschwunden.

Verirrte Federn schwebten langsam zu Boden.

Er rieb sich die Augen, dann fiel er vornüber, und scharfkantige Kiesel schnitten in seine Haut. Als er den Kopf hob, war die ursprüngliche Engelsfigur mit dem Kind im Arm, einem Kind ohne Flügel, wieder auf ihren Sockel zurückgekehrt. Er musste weinen, als er sah, dass Cass und Kathy auf wundersame Weise wieder vereint waren. Und dann fing er an zu jaulen, so wie der Hund gejault hatte. Mit gesenktem Kopf jaulte er seinen ganzen Kummer in die Erde.

»Das heulende Elend«, bemerkte Augusta Trebec.

Plötzlich – auch das war wie ein Wunder – verzog sich der Bodennebel. Die Füße der alten Dame waren ganz nah vor seinem Kopf, weitere Leute standen um ihn herum. Während er langsam aufsah, überlegte er, ob sie wohl Steine in der Hand hielten.

Als aus dem hysterischen Stammeln ganz gewöhnliches Schluchzen geworden war, kniete sich Augusta neben den zitternden Jungen. »Komm jetzt, Jimmy, ich mach dir einen schönen Kräutertee.« Sie zog ihn an einem Arm hoch, Mallory nahm das schwarze Tuch vom Gesicht und packte den anderen Arm. Langsam führten sie den Jungen zu dem Weg, der nach Trebec House führte, und Augusta sagte: »Das kommt schon alles in Ordnung.«

Lügen kann die alte Dame wie gedruckt, dachte Riker, als er hinter einem Grabmal hervorkam und einen der Steine aus Papiermaché zertrat.

Charles sah in seinem schwarzen Überwurf einem Priester ähnlicher als einem Magier. Einigermaßen entsetzt betrachtete er den Revolver, den Riker in der Hand hielt.

Riker steckte die Waffe ein und sah dem seltsamen Trio nach, das sich langsam entfernte. Dieser verängstigte Junge war der ideale Zeuge für einen Fall, in dem es keine hieb- und stichfesten Beweise gab. Er sah Charles an. »Du hattest Recht, an sie zu glauben. Ich gebe gern zu, dass ich mich geirrt habe.«

Charles schien der Sieg wenig Freude zu machen. Er nickte stumm, während er das schwarze Tuch von der Figur des geflügelten Kindes nahm.

Riker griff nach dem Samtstoff. »So also hast du sie zum Verschwinden gebracht.« Ein zweites Tuch fiel von der Rollpalette, die noch dünne Schwaden des künstlichen Nebels verbreitete. »Weil du dem Wetter heute Abend nicht getraut hast, musstest du also eine Nebelmaschine mieten …«

Charles schüttelte den Kopf. »Ich brauchte nur Trockeneis und heißes Wasser.«

Nachdem sich die letzten Dämpfe verzogen hatten, sah Riker die Räder und Kurbeln, die dem Engel zu seinem Höhenflug und seiner Drehung verholfen hatten. Die Schritte der Steinfigur hatte wohl Charles produziert. »Aber was hat der Junge da von einem fliegenden Engel gefaselt? Die Vögel hab ich gesehen, aber dass die Figur selbst abgehoben hat, ist doch wohl Quatsch.«

Charles beugte sich über die Figur des kleinen Mädchens und wischte ihr behutsam das Blut von den Händen, damit sich der Marmor nicht verfärbte. »Das kann ich mir auch nicht erklären.«

»Versuch's wenigstens.«

»Im Grunde war es ein ganz simpler Verwandlungstrick. Als ich die Vögel freiließ und das Tuch über die Figur warf, hätte er sehen müssen, dass die Steinfigur sich in eine Taubenschar verwandelte. Ich konnte ja nicht ahnen, dass die Vögel sich auf ihn stürzen, ihn förmlich angreifen würden.«

»Ich kapiere es immer noch nicht, Charles.«

»Es war eine Erscheinung, die er sich selbst geschaffen hat – ein Zusammentreffen zweier Illusionen. Die Vögel verwandelten sich in das, was er zu sehen erwartete. Er war fast von Sinnen vor Angst und ist es noch.«

Riker nickte. Aussagen von Augenzeugen, bei denen Magie im Spiel war, waren für jeden Cop ein Horror. Wenn der Zeuge einen Schuss gehört hatte, war er bereit zu schwören, eine Waffe gesehen zu haben – ob sie nun dagewesen war oder nicht. Und manchmal waren nicht mal die Schüsse echt. Trotzdem konnte man dem Zeugen nicht vorwerfen, er hätte gelogen.

»Reg dich nicht auf, Charles. Cass Shelley hatte auch eine Wahnsinnsangst, als die Steine auf sie zugeflogen kamen.«

»Jimmy Simms war erst dreizehn, als sie starb.«

»Die Mörder werden immer jünger. In New York haben wir einen, der erst neun ist.«

Für Charles, der sich nichts sehnlicher wünschte als eine Welt der Normalität und Gerechtigkeit, war das natürlich kein Trost. Er war dazu verdammt, mit Enttäuschungen zu leben.

»Jimmy hat nie ausdrücklich bestätigt, dass er die Steine geworfen hat«, sagte Charles jetzt.

Riker lächelte nachsichtig. Charles kämpfte immer noch für

die Zivilisation – aber auch die war inzwischen eine Illusion. *Willkommen in der neuen Welt, dem Planeten der Tiere.*

»Tolle Technik«, sagte er jetzt. »Bei mir dauert es bis zu drei Tagen, bis ich einen Verdächtigen weich geklopft habe, und ihr schafft es in weniger als zehn Minuten. Mich wundert eigentlich, dass Mallory so kurzen Prozess gemacht und die Daumenschrauben nicht ganz langsam und genüsslich angezogen hat. Jimmy ist also der Zeuge der Anklage im Prozess um den Mord an ihrer Mutter, stimmt's?«

Charles nickte. »Endlich hast du's begriffen.«

Noch war die Arbeit nicht getan. Riker wusste, dass es eine besonders lange Nacht werden würde. Er hob grüßend die Hand, ließ Charles stehen und folgte den Frauen und ihrem Gefangenen.

Als er sich noch einmal umdrehte, sah er, wie Charles mit der Schulter den Engel zurechtschob, bis er auf dem Sockel wieder nach Süden blickte. Henry kam mit einer Rollpalette näher, einer Kopie des kleinen Mädchens, das Riker als Kathy Mallory gekannt hatte.

Die kleine Gruppe vor ihm verließ jetzt die Eichenallee und bewegte sich über offenes Gelände auf das Haus zu. Riker watete durch knöcheltiefes Wasser, bis seine Schuhe durchweicht waren und er gelernt hatte, Augustas Zickzackkurs folgend die Pfützen zu umgehen.

Jimmy stürzte, und die beiden Frauen halfen ihm auf. Augusta tätschelte ihm den Kopf wie einem Hund.

Riker wartete, bis sie im Haus waren, dann öffnete er so lautlos wie möglich die Tür und spähte vorsichtig in die Küche.

Halt, Mallory, so geht das nicht! Ihm wurde ganz flau.

Die beiden saßen am Tisch, auf dem ein eingeschaltetes Bandgerät stand. Mallory hatte dem Verdächtigen fast liebevoll eine Hand auf die Schulter gelegt und zeigte ihm, wie sympathisch er ihr war.

Riker hätte sich wohler gefühlt, wenn sie geweint hätte. Das gezwungene Lächeln tat ihm fast körperlich weh.

Er räusperte sich. Als sie aufsah, bedeutete er ihr, nach draußen zu kommen. Sofort.

Sie baute sich mit überkreuzten Armen vor ihm auf. Sehen konnte er in dem dunklen Gang nicht viel, aber er spürte, wie wütend sie war.

»Mach, dass du rauskommst, Riker. Du störst.«

»Lass mich das machen«, bat er. »Ich versteh mich auf so was besser als du.«

»Raus.«

»Du weißt, dass diese Dinge meine Spezialität sind, Mallory.«

Sie drehte sich um und ging wieder in Richtung Küche, aber er holte sie ein und legte ihr die Hände auf die Schultern. »Jetzt hör mir mal genau zu. Du musst den Kerl umdrehen, und eine zweite Chance kriegst du nicht. Wenn du jetzt Mist baust, laufen die anderen auseinander.«

Er spürte, wie sie sich versteifte, aber sie blieb wenigstens stehen. So sanft, wie er nie zu ihr sprechen konnte, wenn sie ihn ansah, sagte er: »In jedem Mordfall erfährt man mehr über das Opfer, als einem lieb ist. Eine fremde Frau liegt tot auf dem Seziertisch, und du nimmst fünfzigmal am Tag ihren Namen in den Mund, redest mit Leuten, die sie kannten, erfährst intime Dinge, die nicht mal ihre eigene Familie wusste.«

Er legte die Lippen an ihr Ohr und flüsterte: »Und dann kommt der Moment, in dem du merkst, dass du eine Tote beim Vornamen nennst, als ob sie eine gute alte Bekannte von dir wäre. Und damit wird alles ein Stück schwerer. Persönlicher. Aber diesmal, Mallory, nennst du die Tote *Mommy*. So wie ein kleines Mädchen ihre Mutter nennt, so wie du sie genannt hast.«

Er zog sie enger an sich. »Du weißt genau, warum du es nicht machen kannst.« Er wollte vermeiden, dass seine Stimme brüchig wurde, deshalb setzte er die nächsten Worte sehr sorgfältig und legte eine Pause ein, wenn ihm eins im Hals stecken zu bleiben drohte. »Ich dreh ihn für dich um … ich halte ihm die Hand und reibe ihm den Rücken … und sag ihm, dass gar nichts dabei war, wenn er deiner Mutter mit Steinen alle Knochen im Leib gebrochen und die Zähne eingeschlagen hat, bis sie verblutet ist.« Mallory nickte.

Der Deal war perfekt.

Er nahm die Hände von ihren Schultern, aber sie drehte sich nicht um. Mit keinem Laut verriet sie ihre Gefühle, aber er sah sie bewusst nicht an, als er um sie herumging und sich durch den langen dunklen Gang auf die helle Küche zubewegte.

24

»Das war der Rest.« Augusta schob einen Papierstapel zur Seite und stellte einen Becher mit heißen Kaffee auf den Küchentisch. »In ein paar Minuten ist die nächste Kanne fertig.«

Riker saß mit aufgestützten Ellbogen am Tisch und hielt sich die Ohren zu, um die gnadenlos zwitschernden und tschilpenden Vogelstimmen nicht mehr hören zu müssen, die seit der Morgendämmerung durch die hohen Fenster drangen. Er sehnte sich nach den Hintergrundgeräuschen New Yorks, die er kannte und liebte: Autohupen und Feuerwehrsirenen, Schreie und Schüsse.

Andere Städte, andere Lieder.

»Halten diese verdammten Vögel denn nie den Schnabel?«

»Nein. Sie singen den ganzen Tag.« Augusta schaltete die Kaffeemaschine aus und legte lauschend den Kopf schief. »Das ist Charles, er klopft immer so diskret.«

Als Augusta die Küche verließ, regte sich der neben Riker sitzende Jimmy, schlief aber weiter, leise schnarchend, den Kopf auf die Arme gelegt. Sein Gesicht wirkte sehr jung und unschuldig.

Aber was besagt schon ein Gesicht?

Riker rieb sich die roten Augen und konnte den Kaffee gar nicht schnell genug hinunterstürzen, um den Kreislauf auf Trab zu bringen. Er wusste, dass er zu alt war, um die Nächte durchzumachen, aber nicht nur deshalb hätte er am liebsten auf der Stelle seinen Job hingeschmissen. Er hatte sich vorübergehend im Kopf des jungen Mannes häuslich eingerichtet, und dieser Aufenthalt hatte ihn das Gruseln gelehrt. In Jimmys Kopf steckte nur stinkender Dreck, und Riker hatte das dringende Bedürfnis, sich nicht nur einmal, sondern hundertmal unter die Dusche zu stellen.

»Morgen, Riker.« Jedes Zimmer, in dem Charles Butler auftauchte, wirkte plötzlich kleiner, und weil er das wusste, setzte er sich rasch, ja fast entschuldigend, um Riker nicht zu bedrängen. »Mallory ist noch nicht auf?«

Riker versuchte, sich den Neid auf den ausgeruhten Charles nicht anmerken zu lassen, und sah auf die Uhr. Es war kurz nach acht. »Sie hat einen anstrengenden Tag hinter sich.«

»Und ich habe ihr Passionsblume und Baldrian ins Essen gegeben«, sagte Augusta und sah die Kaffeemaschine drohend an, als könnte sie damit das schwarze Gebräu dazu bewegen, schneller in den Glaskrug zu laufen. »Sie hat in der letzten Zeit nicht genug Schlaf gehabt. Das kann sie heute nachholen.«

Riker grinste. »Saubere Arbeit. Verraten Sie mir gelegentlich das Rezept?«

Charles betrachtete die Aktenstöße, die Riker vor sich liegen hatte. »Ist das alles?«

»Der ganze Fall.« Riker griff nach einem Bündel blauer Bogen, die den Briefkopf des Krankenhauslabors trugen. »Einer muss eine Kopie von Almas blauem Brief sein.« Die Schreiben waren alle an Dr. Cass Shelley in ihrer Funktion als beratende Ärztin der Gesundheitsbehörde gerichtet. »Wenn man dazu noch Jimmys Geständnis nimmt und all das Material, das Mallory aus den Computern geholt hat, dürfte das ausreichen, um die ganze Bande vor Gericht zu bringen.«

Riker stapelte die Papiere aufeinander. »Ja, das wär's dann wohl.« Sein Blick ging von dem schlafenden Jimmy Simms zu Charles. »Hattest du auch schon mal Tage, an denen du so voller Hass warst, dass du dir keinen Rat mehr wusstest?« Gleich darauf begriff er, dass er den Falschen angesprochen hatte, und wandte sich zum Herd, wo Augusta in ihren Töpfen rührte. »Da haben Sie ein wahres Wort gesprochen«, bestätigte sie nachdrücklich.

Er fuhr sich mit der Hand durch das ergrauende Haar. Hundemüde war er. »Wenn du mir einen Gefallen tun willst, Charles, gehst du zu Henry rüber und holst den Wagen. Ich will Jimmy zum Sheriff bringen und möchte nicht, dass jemand den Kronzeugen sieht, ehe er hinter Schloss und Riegel sitzt.«

»Jetzt lassen Sie ihn doch noch einen Augenblick in Ruhe.« Augusta brachte Charles einen Becher Kaffee, dann servierte sie das Frühstück.

Riker, der morgens auf Kaffee und Toast eingeschworen war, starrte einigermaßen fassungslos auf die kalten und warmen Gerichte, unter denen sich der Tisch fast bog, ließ sich aber schließlich doch von den Düften von Bratkartoffeln und Pfannkuchen mit Sirup verführen. Und als er nach dieser Frühstücksorgie schon mehr als satt war, hielt Augusta ihm ein warmes gebuttertes Brötchen unter die Nase. Da stellte er resigniert den Gürtel ein Loch weiter und griff zu.

Riker spürte, dass Charles etwas auf dem Herzen hatte. Als Augusta mit einem Beutel Vogelfutter die Küche verließ, horchte er auf ihre Schritte und wartete, bis die Tür hinter ihr zuschlug. Ein argwöhnischer Charles – das war mal was Neues. Womit mochte die alte Dame das verdient haben?

»Müsst ihr Jimmy wirklich dem Sheriff übergeben?«, fragte Charles leise und verschwörerisch.

Merkwürdige Frage …

Riker zündete sich eine Zigarette an und wartete, bis das Nikotin zu wirken begann. »Hast du was dagegen? Gibt's da etwas, das ich wissen müsste?«

»Mallory hat den Fall erstaunlich schnell gelöst, stimmt's? Und der Sheriff hatte siebzehn Jahre Zeit dazu.«

Das hat mir gerade noch gefehlt. Jeder will heutzutage Detektiv spielen.

»Mit anderen Worten – du glaubst, dass der Sheriff etwas zu verbergen hat.«

»Die Schlussfolgerung ist doch nicht von der Hand zu weisen, wenn man bedenkt …«

»Das ist Mallorys Werk.« Riker reckte sich gähnend. »Frisch Bekehrte sind immer am schlimmsten, das kenne ich.«

Offenbar hatte Mallory es nun doch geschafft, Charles umzudrehen, und das gefiel ihm gar nicht. Der frühere Charles Butler war ihm lieber gewesen: ein Menschenfreund, der von allen nur das Beste erwartete, der zwar nicht das Zeug zu einem guten Cop hatte, aber ein durch und durch anständiger Kerl gewesen war.

Diese verflixte Mallory!

»Ich denke nur logisch«, wehrte sich Charles. »Sie hat damit überhaupt nichts zu tun.«

Riker legte eine Hand auf den dicken Aktenstapel. »Mallory hat das alles nicht innerhalb von vierundzwanzig Stunden rausgefunden. Seit Monaten hackt sie in streng geheimen Computernetzen rum, sucht nach Beweismaterial, ohne Durchsuchungsbefehle zu haben, umgeht die amerikanische Verfassung und lügt ohne Ende.«

Er zog die blauen Bogen heraus. »Diese Laborberichte hat sie an sich gebracht, indem sie unbefugt in einen verschlossenen Raum eingedrungen ist und staatliches Eigentum vernichtet hat. Und außerdem hat sie ihre Mutter sterben sehen. Ich würde schon sagen, dass sie mehr in der Hand hatte als der Sheriff.«

»Aber Jessop kannte einige der Steinewerfer persönlich.«

»Er hatte sie im Verdacht, und das ist etwas ganz anderes. Er hätte nie einen von ihnen nach meiner Methode zu einem Geständnis bewegen können, weil er es nicht fertig gebracht hätte, die Dreckskerle vollzuschleimen. So was liegt ihm nicht. Und wenn du dieses Gesindel dazu bringen willst, dich zu lieben, musst du deine Rolle schon verdammt gut spielen.«

»Er hätte ihnen nachgehen können und …«

»Er hat sie fertig gemacht, so gut es ging. Verhaftungen ohne hieb- und stichfeste Beweise wären höchst riskant gewesen. Hätte er einen Verdächtigen in Untersuchungshaft genommen, wären die anderen auseinander gelaufen. Das hier ist eine Spielzeugstadt, Charles. Verdächtige, die in einen Nachbarstaat geflüchtet wären, hätte Jessop nie aufspüren können, dazu fehlten ihm die Mittel.«

Lieber Gott, ich bitte dich nur um eins: Bewahre mich vor Amateuren!

»Er hat Babe Lauries Witwe aufgestöbert«, wandte Charles ein. »Sie ist von einem anderen Staat ausgeliefert worden.«

»Ja, aber von da hat er null Unterstützung bekommen. Ich hab den Schriftwechsel gesehen. Diese verdammten Bürokraten in Georgia haben ihn ganz schön zappeln lassen. Hätte Sally Laurie sich nicht freiwillig gestellt, hätte er noch ein halbes Jahr warten können.«

»Es gibt aber viele Polizeibeamte, die mit anderen Stellen zusammenarbeiten, damit ...«

»Meinst du die Feds? Nach allem, was ich gehört habe, hat Tom Jessop mit dem FBI nichts im Sinn. Er weigert sich glattweg, seine Nachbarn auszuspionieren. Was sagst du dazu? Ich möchte wetten, dass die Feds den Jungs aus Georgia einen Wink gegeben haben, schön langsam zu machen.«

Charles schien ein bisschen verunsichert. »Aber wie war das mit Babe Laurie? Jeder geht davon aus, dass er Mallory aufgelauert hat. Findest du nicht ...«

»Glaubst du wirklich, dass der Sheriff dabei seine Hand im Spiel hatte?«

Jetzt ist wohl ein bisschen Seelenmassage angesagt, alter Freund.

»Wenn man auf Mallorys Seite steht, sieht man überall Feinde, und jetzt siehst du, wohin es führt, dass du dich für sie entschieden hast. Du bist so blind, dass du einen anständigen Mann nicht mehr von einem Gauner unterscheiden kannst.«

Natürlich war das gelogen. Die Wahrheit war weniger

schmeichelhaft. Seine Blindheit verdankte Charles Butler allein der Tatsache, dass er Mallory im Weg gestanden hatte. Sie hatte erreicht, was Riker nicht gelungen war – sie hatte den Mann zum Krüppel gemacht.

»Das einzige Vergehen, das man Jessop vorwerfen könnte, ist die Tatsache, dass er über Cass Shelleys Tod nie hinweggekommen ist.« Riker sah dem Zigarettenrauch nach, der sich zur Decke kräuselte. »Der arme Kerl! Und du glaubst, er könnte Beihilfe zu einem Mord geleistet, womöglich den Täter gedeckt haben? Augusta hast du doch auch im Verdacht, stimmt's? Wer ist der Nächste? Henry?«

Charles wollte etwas sagen, ließ es dann aber bleiben. Mallory hatte ihn blind, Riker stumm gemacht, und der war noch nicht fertig mit ihm.

»Selbst Mallory, die keinem Menschen über den Weg traut, hätte dir gesagt, dass du dir da was zusammenspinnst. Woher ich das weiß?« Er beugte sich vor, um seinen letzten Trumpf auszuspielen. »Könnte sein, dass sie dazu länger braucht als normale Menschen – aber selbst Mallory, die keinen Funken Moral im Leib hat, würde erkennen, wenn ein Mann es ehrlich meint.«

Charles sank besiegt auf seinem Stuhl zusammen, und Riker sagte sich, dass es vielleicht doch Zeichen und Wunder gab, denn der Blinde konnte plötzlich wieder sehen.

Gelobet sei der Herr!

Aber halt – diese Wunderheilung hatte vielleicht auch ihre Schattenseiten, denn der traurige Riese sah jetzt möglicherweise schärfer, als ihm lieb war.

»Es ist ja alles gut gegangen, Charles. Du hast zu ihr gehalten, und sie hat sich Gerechtigkeit für ihre Mutter erkämpft. Das müsste dich doch trösten.«

Doch Charles mochte sich nicht trösten lassen.

»Was willst du eigentlich, Charles? Absolution? Die kannst du haben.« Riker zeichnete mit seiner Zigarette ein Kreuz in die Luft.

Jane stand am Fenster ihres Cafés, als der silberfarbene Mercedes vor dem Büro des Sheriffs hielt. Die beiden Männer aus New York halfen einem Dritten aus dem Fond. War es ein erwachsener Mann oder ein Junge? Er hatte sich nach Art der berühmten Mörder, die sie im Fernsehen zeigten, eine Jacke über den Kopf gezogen.

Charmaine, Janes Kassiererin, stellte sich, in Schwaden von Billigparfüm gehüllt, neben sie. »Wer ist denn das?«

Ungehalten über die Störung schüttelte Jane den Kopf. Sie blickte zu der Veranda des kleinen Hotels. Dort war niemand zu sehen, Betty war wohl mit ihren Touristen auf dem Friedhof. Umso besser – dann gehörte diese Szene Jane ganz allein.

Der Mann, den die beiden aus New York in die Mitte genommen hatten, war klein und schlank. Das schränkte die Möglichkeiten schon etwas ein. Und jetzt sah sie unter der hochgezogenen Jacke den unteren Rand eines roten Hemdes, sah die typischen roten Socken ... Das konnte doch nicht wahr sein! Also wirklich, wer hätte das gedacht?

»Das ist ja unser Idiot.« Charmaine reckte den Hals und sprach aus, was ihre Chefin nur gedacht hatte. »Ist er verhaftet?«

»Sieht so aus«, sagte Jane. »Der Mann mit dem grässlichen Anzug ist Kriminalbeamter.«

»Möchte wissen, was der Idiot auf dem Kerbholz hat. Dass seine Mutter ihn in der Stadt rumlaufen lässt und jeden Tag mit ihm zum Essen herkommt, als wenn er ein normaler Mensch wär, wundert mich ja sowieso. Hab ich dir nicht immer schon gesagt, dass der Kerl gefährlich ist, Jane?«

»Ja, Charmaine, ich glaube schon.« Mehr als zwanzigmal, du gebleichte Schlampe.

»Was mag er angestellt haben?«

»Als gute Christen sollten wir darüber gar nicht spekulieren. Armer Ira! Aber noch mehr tut mir die Mutter Leid.« Janes Lächeln war weder christlich noch mitleidig zu nennen, als sie Teller und Schüsseln auf ein Tablett stellte und füllte. »Der Gefangene wird sein Mittagessen brauchen.«

»Es ist ja noch nicht mal elf.« Charmaine sah auf ihre Armbanduhr, von der sie steif und fest behauptete, sie sei aus Gold. »Bisschen früh, was?«

Charmaine war seit jeher ein wenig unterbelichtet.

Der Sheriff folgte Lilith Beaudare ins Vorzimmer, um Charles Butler und Detective Riker zu begrüßen. Auf der Bank hinter ihnen saß ein Mann, der sich eine Baumwolljacke über den Kopf gezogen hatte.

Tom Jessop beschloss, ihn erst mal so sitzen zu lassen. Das schürte die Angst, und auch er selbst hatte es jetzt nicht so eilig. Schließlich lebte er seit siebzehn Jahren von der Erwartung.

»Wir haben uns schon gefragt, wann Sie uns den Zeugen bringen würden«, sagte er.

»Eigentlich sollte es eine Überraschung sein«, erwiderte Riker. »Jetzt haben Sie uns den Spaß verdorben, Sheriff!«

»Da müssen Sie sich bei Lilith beschweren. Sie war heute Nacht auf dem Friedhof und hat alles beobachtet. Kommt Kathy auch?«

»Theoretisch«, sagte Riker, »ist sie ja noch flüchtig.«

»Bei Augusta ist sie wohl auch besser aufgehoben.«

Charles Butler lächelte. »Gibt es irgendetwas, das Sie nicht wissen, Sheriff?«

»Zum Beispiel weiß ich nicht, wie Sie die Steinfigur zum Fliegen gebracht haben.«

Lilith fuhr ihn wütend an. »Ich weiß, dass Sie mir das nicht abnehmen, aber ich habe es gesehen. Ehrlich.«

Von ihrem Vater war Tom Jessop einiges gewöhnt, aber das war nun doch ein bisschen viel. Ein Racheengel, der sich vom Boden erhob, mit den steinernen Flügeln schlug und sich in heiligem Zorn auf einen Menschen stürzte – so was hätte sich nicht mal Guy ausgedacht. Aber es war zweifellos eine gute Geschichte. Guy wäre stolz auf seine Tochter gewesen.

Charles Butler aber wirkte seltsam benommen, und jetzt kamen Jessop doch gewisse Zweifel. Wenn nun doch was Wahres an der Sache war?

Lilith sah Charles bittend an. »So einen Trick kriegt keiner hin, sagt der Sheriff. Nicht mal mit Drahtseilen. Bitte verraten Sie ihm, wie Sie's gemacht haben. Er hält mich für verrückt.«

Charles und Riker wechselten einen Blick, als wollten sie sich wortlos über Liliths Geisteszustand verständigen, dann zuckte der Sergeant die Schultern. In Sachen Magie war Charles Butler zuständig.

»Ich arbeite mit Spiegeln«, sagte Charles, als wäre es für ihn eine alltägliche Übung, Steine zum Leben zu erwecken, und als brauchte Lilith sich darüber nicht weiter zu wundern.

Der Sheriff sah zu seinem Gefangenen hinüber. »Jetzt wollen wir doch mal sehen, was wir hier haben.« Langsam, als packte er ein Geschenk aus, zog er ihm die Jacke vom Kopf und trat zurück. Es dauerte einen Moment, bis er Jimmy in seinen ordentlichen Sachen, mit dem sauber geschnittenen Haar und bartlosem Gesicht erkannt hatte. Der Junge sah aus wie einer, der drauf und dran ist, wieder ins normale Leben zurückzukehren.

Tom Jessop war plötzlich total erschöpft. Damit hatte er nicht gerechnet. »Du hattest recht, Lilith, die Ähnlichkeit mit den Lauries ist nicht zu übersehen. Das ist Babes Neffe.«

Jimmy senkte den Kopf, um sein Gesicht zu verbergen.

Der Sheriff legte ihm eine Hand auf die Schulter und schüttelte ihn ein wenig. »Du hast den Mord mit angesehen und mir kein Wort davon gesagt?«

»Er hat mitgemacht.« Riker streckte dem Sheriff einen dicken gelben Umschlag hin. »Da ist alles drin. Ein unterschriebenes Geständnis und alle Namen.«

Der Sheriff winkte ab und trat einen Schritt zurück. »Ich will es von ihm selbst hören. Bring ihn ins Sitzungszimmer, Lilith.« Der Gefangene war dreißig Jahre alt, aber Tom Jessop sah ihn immer noch als den jugendlichen Ausreißer, den er aus New York zurückgeholt hatte.

Sie marschierten alle zusammen den Gang entlang bis zur letzten Tür, die zum Sitzungszimmer führte. Der Sheriff blieb stehen, während die anderen auf Metallklappstühlen an dem langen Tisch Platz nahmen. Während im Büro des Sheriffs und in seinem Vorzimmer eine Atmosphäre altertümlicher Gemütlichkeit herrschte, war hier alles kalt, weiß und nüchtern. An den Wänden befanden sich Straßenkarten und Pinnwände, an denen Notizen hingen. Riker hatte sich, flankiert von Lilith und Charles, am Kopfende niedergelassen. Jimmy Simms saß allein auf der anderen Seite.

Der Sheriff baute sich hinter dem Gefangenen auf. »Also raus mit der Sprache, Jimmy.«

Jimmy Simms sah zu Riker hin, der amtlich aussehende Schriftstücke auf dem Tisch verteilte. Der Sheriff legte dem Gefangenen eine Hand auf die Schulter. »Du hast es Riker erzählt, und jetzt erzählst du es mir.«

Jimmy sah unentwegt Riker an, der ungerührt weiter an seinem Mörderpuzzle arbeitete, schließlich ein blaues Blatt aus dem Umschlag zog und es dem Gefangenen zeigte.

Jimmy sagte, als ob er die Worte vom Blatt abläse: »Cass ist mit mir zu der Sitzung in der Neuen Kirche gegangen. Sie hat mich in das Zimmer gezerrt. Sie war furchtbar wütend, hat mit dem Brief herumgefuchtelt und die Leute angeschrien.«

Der Sheriff beugte sich zu Jimmy hinunter. »Worüber war Cass wütend?«

»Was sie gesagt hat, weiß ich nicht mehr. Ich wär am liebsten gestorben.« Jimmy sah Riker an, der ihm freundlich lächelnd einen Wink mit der Hand gab. »Sie wollte es in der ganzen Stadt rumerzählen«, sagte Jimmy. »Ihnen wollte sie es erzählen. Ihre letzten Worte waren: ›Morgen früh ist der Sheriff wieder da, Sie Mistkerl‹.«

»Zu wem hat sie das gesagt?«

»Zu meinem Onkel.« Er sackte in einem Stuhl zusammen und schlug die Hände vors Gesicht.

Riker hob warnend die Hand. »Fragen Sie da bloß nicht nach, sonst fängt er an zu heulen, und es dauert eine Stunde, bis er wieder vernünftig reden kann. Erzähl weiter, Jimmy.«

»Meinem Vater war anscheinend gleich alles klar, denn er hat mich ganz komisch angeguckt, als wenn ich unter einem Stein vorgekrochen wär. Und als Cass weg war, hat er gesagt, ich soll draußen warten, solange sich die Erwachsenen besprechen.«

»Worüber wollten sie sich besprechen?«, hakte der Sheriff nach.

Riker reichte ihm zwei blaue Bogen – Ergebnisse von Blutuntersuchungen eines Zwölfjährigen. »Die Nummer deckt sich mit der von Dr. Shelleys Patientennummer für Jimmy.«

Der Sheriff überflog die ersten Zeilen. »Hepatitis? Ja, ich weiß, dass er die hatte, Cass hat ihn behandelt, nachdem ich ihn aus New York zurückgebracht hatte.« Offenbar aber hatte sie auch eine ernstere Krankheit behandelt, denn auf dem nächsten Bogen standen die Ergebnisse eines Syphilistests. Der Test war positiv. »Herrgott noch mal!« Daraus erklärte sich vielleicht, warum es mit dem Jungen so schnell abwärts gegangen war, nachdem er ihn seinen Eltern zurückgebracht hatte.

»Das ist noch nicht alles«, sagte Riker.

Jimmy sah mit weit aufgerissenen Augen die blauen Bogen an und weinte leise vor sich hin.

»Schon gut, Junge. Jetzt erzähl auch noch den Rest.«

Wieder sah Jimmy fragend zu Riker hinüber. Der nickte.

»Wir haben uns alle vor dem Haus von Cass Shelley versammelt. Damals hab ich noch nicht gewusst, wozu. Ich erinnere mich, dass ich aus Versehen einen Stein aus der Beetumrandung um den großen Baum im Vorgarten losgetreten hatte, da hab ich mich gebückt und ihn wieder hingelegt. Dr. Cass war sehr pingelig, wenn's um ihre Blumen ging.«

Sie liebte ihre Blumen. Das ganze Jahr hindurch blühte etwas am Haus.

»Dann hab ich wieder den blauen Brief gesehen, und die Leute haben miteinander geflüstert. Sie wollten alles so drehen, dass niemand was merkt.«

Durch den Mord an Cass, die ihnen nie etwas zu Leide getan hatte.

»Einer hat einen Stein geworfen und sie an der Schläfe getroffen. Sie hat nicht geschrien und hat nichts gesagt. Ganz unwirklich war das. Wie Fernsehen ohne Ton. Der nächste Stein ist an ihrer Schulter gelandet. Dann hat mir jemand einen Stein in die Hand gedrückt, und eine Stimme hat geflüstert: ›Mach's, mach's …‹ Und da hab ich den Stein geworfen und sie am Knie getroffen, und sie ist hingefallen. Ganz lautlos.«

»Und dann?«

Jimmy sah den Sheriff leicht verwundert an. »Dann bin ich zu dem Beet und hab mir noch einen Stein geholt«, sagte er, als sei es das Selbstverständlichste von der Welt. Er hatte seinen Stein geworfen und brauchte noch einen – das musste doch jeder normale Mensch begreifen … »Und mit dem hab ich ihr die Schneidezähne kaputtgeschlagen.«

Riker nickte ihm anerkennend zu.

Die Hand des Sheriffs hob sich über Jimmy wie eine Keule. Die Atmosphäre war von Hass durchdrungen. Charles Butler wollte aufstehen, aber Riker fasste ihn am Ärmel. »Halt dich da raus, Charles.«

Jimmy sah die mächtige Faust des Sheriffs und blickte auf seine Hände herunter, die brav gefaltet waren wie in der Kirche. Seine Schultern strafften sich in Erwartung des Schlags. Ganz ruhig und vernünftig sagte er: »Jetzt tut es mir Leid, aber ich wollte nicht, dass sie erfahren, was er mit mir gemacht hat.«

Die Hand des Sheriffs hielt mitten in der Bewegung inne.

Ebenso ruhig und vernünftig setzte Jimmy hinzu: »Der Hund hat mir verziehen.«

Riker griff nach den nächsten blauen Bogen. »Der Junge ist missbraucht worden. Von seinem Onkel. Immer wieder.« Er reichte die Papiere weiter. »Das hörte erst auf, als er dreizehn war. Und er war nicht der Einzige.«

Vor diesen Zuständen also war Jimmy davongerannt, und in diese Zustände hatte er Jimmy wieder zurückgeholt. Der Sheriff las den Bericht über die Blutuntersuchung eines sechsjährigen, nur mit einer Nummer gekennzeichneten Jungen.

»Wieder ein Fall von Hepatitis.« Auf dem nächsten Bogen unter einem späteren Datum war ein positiver Syphilistest verzeichnet. »Wie kam Cass darauf, bei einem Sechsjährigen, bei dem eine Hepatitis festgestellt wurde, einen Syphilistest zu machen? Hepatitis ist in unseren Schulen ziemlich häufig.«

»Aber nicht die Art, die durch Blut übertragen wird«, widersprach Charles. »Kleine Kinder holen sich auf der Toilette manchmal eine sehr ansteckende Form der Gelbsucht, aber in den höheren Schulklassen ist die eher selten. Zur Risikogruppe für Hepatitis B zählt, wer sexuell mit oft wechselnden Partnern verkehrt oder sich Drogen spritzt. Bei einem Sechsjährigen war das ein deutlicher Hinweis auf sexuellen Missbrauch.«

Der Sheriff nahm sich das letzte Blatt vor, den positiven Syphilistest bei einem Neunzehnjährigen. »Kein Name«, sagte er zu Charles. »Sind Sie sicher, dass es Babe ist?«

Charles nickte. »Es ist dieselbe Nummer, unter der Cass ihn bei ihrer Behandlung geführt hat.«

Der Sheriff verglich die Blätter miteinander. Die Infektion des Sechsjährigen war die neueste in der Reihe. Jimmy war bereits im Sekundärstadium, demnach hatte er sich die Krankheit nicht während seiner kurzen Flucht geholt.

»Die Infektion bei Babe liegt am weitesten zurück«, sagte Riker. »Er war schon bei der berühmten Party im Dayborn Bar and Grill erkrankt.«

»Ich nehme an, dass er die Behandlung bei Dr. Shelley vorzeitig abgebrochen hat«, sagte Charles. »Deshalb war seine Krankheit wohl schon so weit fortgeschritten, als er starb.«

Riker erläuterte jetzt die übrigen Unterlagen, die ein Motiv für den Mord lieferten, Aufschluss über illegale Machenschaften und Hinweise auf den Pädophilen mit einer Vorliebe für kleine Jungen gaben.

Der Sheriff hörte nicht zu. Seltsam unbeteiligt griff er nach der handschriftlichen Aussage von Jimmy Simms. Auf der letzten Seite waren in einer in sauberen Druckbuchstaben gemalten Liste alle Mörder von Cass Shelley aufgeführt. Sein Blick wanderte lustlos von einem Namen zum anderen, dann fielen ihm die Blätter aus der Hand und flatterten auf den Tisch.

So also sah das Ergebnis aus, dem er entgegengefiebert, für das er gelebt hatte?

Er fühlte sich betrogen, denn er hatte insgeheim mit einem eindrucksvollen Knalleffekt gerechnet – etwa in der Art wie Liliths fliegender Racheengel. Jetzt, da der lang ersehnte Augenblick gekommen war, fühlte er sich seltsam unzufrieden.

Lilith blieb als Bewachung des weinenden Gefangenen zurück, während Tom Jessop mit einem hohlen Gefühl im Bauch das Sitzungszimmer verließ – als habe er eine Mahlzeit ausgelassen. Nein, viele Mahlzeiten. Über viele Jahre.

Er ging mit Riker und Charles zurück ins Vorzimmer. Nach außen ließ er sich von seiner Enttäuschung nichts anmerken. Noch auf dem Gang erklärte er sachlich: »Lilith und ich werden Jimmy durch die Hintertür rausbringen. In einem Gefängnis in New Orleans dürfte er sicherer sein. Ich brauche Haftbefehle für dreiundzwanzig Leute und kenne keinen einzigen Richter, der mir noch einen Gefallen schuldig ist. Kann sein, dass sich die Sache hinzieht. Am besten bleiben Sie am Telefon, Riker, für den Fall, dass ich Rückenstärkung brauche, damit ein Richter die Geschichte schluckt.«

»Kein Problem«, meinte Riker.

Im Vorzimmer lächelte ihnen Jane entgegen. Sie saß auf der Bank an der Tür und hielt ein zugedecktes Tablett auf dem Schoß. »Hallo, Tom! Ich hab gesehen, wie dein Gefangener reingebracht wurde, und dachte mir, dass du was zu essen für ihn brauchst.«

»Dank dir schön, Jane, aber ich hab ihn vor zehn Minuten laufen lassen. Kannst mir trotzdem die Rechnung schicken.«

Jane lächelte unentwegt weiter. Es schien, als habe sie während der Wartezeit mehr ergattert als nur das Geld für das Essen auf dem Tablett. Als die Tür sich hinter ihr geschlossen hatte, wandte Tom Jessop sich an Riker. »Was sie aufgeschnappt hat, ist noch vor dem Essen in der ganzen Stadt rum.«

»Wie lange wird's dauern, bis Sie die Haftbefehle haben?«

»Zu lange. Heut Abend ist in Owltown die Bestattung. Nur im Kreis der Familie, wie es heißt, aber das sind immerhin an die hundert Betrunkene. Am besten schlagen wir gleich morgen früh mit den Kollegen von der Bundespolizei zu, dann schnappen wir die Verdächtigen, wenn sie noch verkatert sind.«

Um eins kam Charles mit Sandwiches und Kaffee aus Jane's Café zurück. »Ich habe keine Gerüchte aufgeschnappt. Vielleicht hat Jane gar nichts mitgekriegt.«

»Das wär zu schön, um wahr zu sein.« Riker griff in die Tüte und holte ein Sandwich heraus, ohne den Blick vom Fenster zu wenden. Ein Gast, der gerade Jane's Café verlassen hatte, drehte sich langsam um und sah zum Büro des Sheriffs hinüber.

Charles trank seinen Kaffee. Er war offenbar bester Laune. »Mallory hat sich also doch an die Vorschriften gehalten.«

»Ich höre immer Vorschriften ... Allein beim Zusammentragen der Beweismittel zähle ich drei Straftaten.«

»Zumindest hat sie niemandem Schaden zugefügt.«

Wirklich nicht?

Riker schwieg. Das Sandwich lag unberührt auf Tom Jessops Schreibtisch. Zu dem Mann vor Jane's Café hatte sich ein zweiter gesellt. Sie wechselten kein Wort, sondern beobachteten unverwandt den Eingang zum Büro des Sheriffs.

»Riker, du denkst doch nicht etwa immer noch, dass ...«

»Mallory ist hergekommen, um mit diesen Dreckskerlen abzurechnen, und jetzt hat sie eine vollständige Liste.« Er rutschte tiefer in den Sessel des Sheriffs und legte die Füße auf den voll gemüllten Schreibtisch. »Ich wäre ruhiger, wenn du sie in Trebec House im Auge behalten würdest.«

Die Männer auf dem Marktplatz hatten Verstärkung bekommen. Alle miteinander hockten sie jetzt auf dem Brunnenrand, wie die Vögel auf Augustas Koppelzaun.

Riker sah nachdenklich zu Charles hinüber, seinem nächsten und in jeder Beziehung großen Problem, und überlegte, wie er ihn loswerden konnte.

»Warum kannst du kein Vertrauen zu ihr haben?« Charles marschierte jetzt mit langen Schritten im Zimmer auf und ab und ging damit Riker noch zusätzlich auf die Nerven. »Du weißt, dass sie nichts tun würde, um diesen Fall zu gefährden.«

»Was muss ich eigentlich noch anstellen, damit dir endlich ein Licht aufgeht? Sie signalisiert doch alles meilenweit.« Es kostete ihn Mühe, nicht ständig aus dem Fenster zu sehen. »Du hast sie ja in ihrem Revolverhelden-Outfit gesehen. Das ist keine Kostümierung. Sie meint es ernst.«

»Unsinn.«

Riker tat, als wollte er nach dem Wetter sehen. In diesem Moment verließ Malcolm Laurie Jane's Café, blieb einen Augenblick lächelnd bei den Männern am Brunnen stehen und ging dann weiter. Charles hatte sich vor dem Schreibtisch aufgebaut und wartete auf Rikers Gegenschlag.

Der aber ließ auf sich warten. »Lassen wir das Streiten, Charles.« Riker blätterte in der Rolodexkartei des Sheriffs und wählte die Nummer von Bettys Hotel. »Ich brauche ein Zimmer für Charles Butler ... Ja, genau, den meine ich ...« Als gäbe es zur Zeit zwei Riesen mit großen Nasen in Dayborn. »Er kommt in ein paar Minuten vorbei. Bestens. Schönen Dank.«

Er legte auf und sah zu Charles hoch. »Missversteh mich nicht, Charles – ich unterhalte mich gern mit dir, aber jetzt brauch ich erst mal eine Mütze voll Schlaf. Ich möchte nicht, dass jemand dich über die Brücke fahren sieht. Am besten lässt du deshalb den Wagen vor Bettys Hotel stehen, verschwindest durch die Hintertür, begibst dich zu Augusta und passt bis morgen früh auf Mallory auf.« Er legte eine wirkungsvolle Pause ein. »Und bilde dir nicht ein, dass du ihr die Kanone wegnehmen kannst, sonst handelst du dir schon beim ersten Versuch ein Loch im Bauch ein.«

Natürlich schmeckte das Charles ganz und gar nicht, aber wenigstens zog er jetzt rasch und ohne ein weiteres Wort ab. Die Haustür schlug hinter ihm zu. Charles Butlers unangebrachte Loyalität zu Mallory hatte eben doch ihr Gutes.

Riker beobachtete die Gruppe am Brunnen, die immer größer wurde. Einmütig drehten sie den Kopf, als der Mercedes zu dem Hotel auf der anderen Seite des Marktplatzes fuhr. Sobald Charles darin verschwunden war, wandten sie sich wieder dem Büro des Sheriffs zu.

Riker zählte die Patronen in seinem Revolver. Ob er besser die Staatspolizei verständigte? Und was sollte er sagen? »Auf dem Marktplatz steht ein Haufen grinsender Trottel, vor denen ich eine Scheißangst habe ...« Wahrscheinlich würden die Kollegen ihn fragen, was er getrunken hatte.

»'tschuldigung, Nachbar.« In der Tür stand ein Mann in seinem Alter mit wabbeliger, über den Gürtel hängender Wampe. Er grinste breit mit stumpfem, blödem Blick. »Ray Laurie heiß ich.« Er streckte eine Hand aus und kam auf ihn zu.

Riker nahm unter dem Tisch den Revolver in die linke Hand und gab Ray Laurie die rechte.

Ray zog sich einen Stuhl heran. Schon stand der nächste Besucher in der Tür, und hinter ihm tauchte noch einer auf. Als Riker einen Blick aus dem Fenster warf, sah er, wie die vom Brunnenrand auf das Haus zukamen. Seine .38er Automatic zielte unter dem Tisch auf Ray Lauries Bauchnabel.

Das Büro füllte sich. Riker zählte acht Mann, und damit war die Waffe in seiner Hand sinnlos geworden. Sie verteilten sich im Zimmer. Einer trat an das Fenster neben dem Schreibtisch, und ein anderer nutzte diese Ablenkung, um hinter dem Schreibtisch an der Wand Stellung zu beziehen. Riker hörte, wie schwere Schritte zum Zellentrakt hochstapften und hastig wieder herunterpolterten.

Ein Mann tauchte in der Tür auf und berichtete atemlos: »Da oben ist alles leer. Vielleicht hat sie es richtig mitgekriegt, und sie haben ihn tatsächlich laufen lassen.«

Was Ray antwortete, hörte Riker nicht mehr. Ein Schlag von hinten hatte ihn niedergestreckt. Als er die Augen wieder aufschlug, lag er auf dem Boden. Halb bewusstlos registrierte er, dass er durch die Hintertür des Sheriffbüros geschleppt wurde.

»Das kauf ich dir nicht ab. Idioten können doch gar nicht schreiben«, sagte der Mann, der seine Beine hielt, zu dem Mann, der seine Arme gepackt hatte. Der Rest des Gesprächs entging Riker.

Zeit für ein Nickerchen.

Bei Sonnenuntergang waren die Fledermäuse von Trebec House ausgeflogen. Ira verfolgte ihren Weg über das Stück Himmel, das er vom Friedhof aus sehen konnte, dann wandte er sich wieder der Statue von Dr. Cass zu.

Seine Mutter hatte ihm etwas Falsches erzählt. Das war die Figur, die er kannte – Dr. Cass mit Kathy im Arm –, und sie stand da, wo sie seit jeher gestanden hatte. Allerdings waren da Veränderungen, die es zu verarbeiten galt: Räderspuren und Kies auf dem Rasen und abgebrochene Äste an den tief hängenden Zweigen.

Von den Bäumen flogen die Vögel auf und bewegten die Luft um ihn herum.

»Du bist also der Zeuge«, sagte eine Stimme hinter ihm. Für Ira war es ein Geräusch ohne Sinn. Erschrocken wandte er sich um. Über den Kiesweg kam ein Mann auf ihn zu.

»Du bist also der Zeuge«, wiederholte Ira verständnislos und flüchtete sich zu den steinernen Falten des Engelsgewandes.

Der Mann wurde, je näher er kam, immer größer. Die erhobenen Hände waren zu Fäusten geballt. Ira ließ sich ins Gras fallen, zog Arme und Beine an und den Kopf ein wie eine Schildkröte. Der erste Hieb war nur eine unwillkommene Berührung, dann aber folgte Schlag auf Schlag, und bald drang der Schmerz in ihn ein wie rote Farbe in reines Weiß, bohrte sich peinigend scharf in sein Hirn.

Jetzt wurde er mit Tritten traktiert. Seine Angst war ein Feuerball, der erst grell leuchtete, dann immer matter, immer grauer wurde und schließlich erlosch. Sein Gesicht war nass. Blut war in seinen Augen.

Er begriff, was geschah. Babe hatte ihn angeschrien und geohrfeigt, als er ein paar vertraute Töne auf dem Klavier gespielt hatte. Und dann hatte Babe ihm die Hände gebrochen. Doch als die Musik verstummt war, hatte auch der Schmerz aufgehört. Jetzt summte er die Töne, die er gespielt hatte, während Cass starb.

Das brachte seinen Angreifer in Wut, und die Schläge wurden immer brutaler.

Seltsam vertraut war das alles.

Und nun wehrte sich Ira gegen seinen Angreifer mit dem ganzen Stück, seine Stimme begleitete den Schmerz mit Horn und Flöte, eine Partitur der Gewalt.

Und als das Stück zu Ende war und er sich nicht mehr rührte, hörte auch die Gewalt auf – so wie Babe aufgehört hatte.

Ira hatte seine Lektion gut gelernt.

25

Noch mit geschlossenen Augen erkannte Riker die Bar in Owltown, in der er als Gast der Neuen Kirche mit den Gläubigen getrunken hatte. Er spürte das raue Holz unter seinen Händen und seinem Gesicht. Zwei Tage zuvor hatte er sich die gleiche miese Musik aus der Jukebox anhören müssen. Jetzt war sie gedämpft, demnach lag er in einem Nebenzimmer. Ganz ungedämpft hingegen war der schale Geruch nach Bier und Schweiß. Er hielt die Augen geschlossen, während er die Stimmen zählte. Drei Mann.

»Aufwachen, Freund.« Ein Stoß mit der Stiefelspitze gegen die Rippen verlieh der Aufforderung zusätzlichen Nachdruck.

Riker öffnete die Augen und sah zu dem einzigen Fenster hoch, durch das man ein Stück dämmrigen Himmel erkennen konnte. Er war mindestens fünf Stunden ohne Besinnung gewesen – eine willkommene, wenn auch unfreiwillige Ruhepause, die mit einer schmerzenden Schläfe nicht zu teuer bezahlt war.

Zwei Männer saßen an einem kleinen quadratischen Tisch, Ray Laurie stand breitbeinig über Riker und machte eine Flasche auf. »Mr. Riker braucht einen Drink. Viele Drinks«, sagte er zu dem Mann mit der Flinte, während er Whiskey in ein Schnapsglas schenkte. Der zweite Mann hatte Rikers Dienstwaffe in der Hand. »Passt auf, dass er sich an dem Zeug nicht zu lange festhält, wir haben nicht die ganze Nacht Zeit.«

Ray beugte sich zu Riker hinunter. »Los, trink!«

»Warum nicht?« Riker setzte sich auf und feixte. »Davon hab ich schon immer geträumt: das mich jemand mit vorgehaltener Waffe zwingt, erstklassigen Whiskey zu trinken.«

Sie grinsten alle drei freundschaftlich zurück. In den beiden am Tisch erkannte er jetzt seine Owltown-Trinkkumpane. Ray Laurie stellte die Flaschen in Reih und Glied auf. »Füllt ihn ab, bis alles erledigt ist. Gute Nacht, Riker.«

Als sich die Tür hinter Ray geschlossen hatte, hob einer der Männer den Flintenlauf. »Austrinken!«

»Das ist 'ne Menge Stoff.« Riker las bewundernd die Etiketten von Marken, die seine Mittel weit überstiegen. Was draußen im Gastraum ausgeschenkt wurde, war verwässerter Fusel. Wahrscheinlich hatten diese beiden Heinis noch nie ungetauften Whiskey geschluckt. Die Flaschensammlung auf dem Tisch kam offenbar aus Malcolms privaten Beständen. »Es würde bestimmt kaum auffallen, wenn ich nicht allein trinke.«

Die beiden wechselten einen Blick.

»Na los«, sagte Riker. Er tat, als sähe er den drohend auf ihn gerichteten Flintenlauf gar nicht, und setzte sich an den Tisch. »Oder denkt ihr, ich würde euch verpfeifen?«

Er kippte den Rest Whiskey und warf das Glas über die Schulter. Sofort richteten sich Flinte und Revolver auf seinen Kopf. Riker übersah die unfreundliche Geste großzügig und griff sich die geöffnete Flasche. »Los, Jungs: Nicht kleckern, sondern klotzen!« Er setzte die Flasche an die Lippen und gab sie an seinen rechten Nachbarn weiter, der den Revolver in der Hand hielt.

Gewohnheitsmäßig nahm der ihm die Flasche ab, sah dabei aber fragend seinen Kumpel an.

Der zuckte die Schultern. »Verdammt, was soll's …« Damit startete ein freundschaftliches Gruppenbesäufnis.

Während die Flasche die Runde machte, fragte sich Riker, ob diese Typen sich darüber klar waren, dass sie es mit einem ausgewachsenen Alkoholiker zu tun hatten. Nach zwei gemeinsam geleerten Flaschen fing Riker an zu lallen und zu sabbern. Er überlegte, ob er vom Stuhl fallen sollte, aber das fand er dann doch ein wenig übertrieben.

Mallorys Schulter war steif und schmerzte, als sie sich aufsetzte, um das Rollo vor dem Fenser an ihrem Bett hochzuziehen. Die Sonne war untergegangen, und das Dämmerlicht hatte dem Grün, das Trebec House umgab, alle Leuchtkraft genommen.

Sie hatte einen ganzen Tag verschlafen. Wie war das möglich?

Die gelbe Katze saß fauchend auf der Bettkante. Mallory griff nach ihrem Kissen, aber ihre Bewegungen waren so langsam, dass die Katze sofort begriff, was im Busch war, und noch vernehmlicher fauchte. Mallory warf das Kissen und verfehlte ihr Ziel um einen guten halben Meter.

Das konnte doch nicht wahr sein! Auf diese Entfernung hätte sie treffen müssen.

Die Katze wagte sich wieder näher. Vielleicht erkannte sie an den langsamen Reaktionen und dem schlecht gezielten Geschoss, dass sie es mit einer geschwächten Widersacherin zu tun hatte.

Mallory stand auf. Jemand hatte sie betäubt, so viel war klar. Ebenso klar war, dass es sich bei diesem Jemand nur um Augusta handeln konnte und dass sie es ihr heimzahlen würde. Sie hatte schon die Jeans an, ehe die Katze sich aus dem zerknautschten Bettzeug befreit hatte.

Augusta räumte in der Küche Teller und Schüsseln in die Geschirrspülmaschine. Charles saß am Tisch und blätterte in einem Skizzenbuch. Den leeren Teller hatte er zur Seite geschoben.

»Hallo, da bist du ja«, sagte er.

Aber Mallorys böser Blick galt ausschließlich Augusta, der alten Kräuterhexe, die im Augenblick ihre Lieblingsfeindin war. *Das wirst du mir büßen,* signalisierte dieser Blick. Ihren Hass auf die Katze hatte sie schon vergessen.

»Du siehst richtig erholt aus«, freute Augusta sich, die gegen böse Blicke jeder Art immun war, und wandte sich dem dampfenden Topf auf dem Herd zu. »Setz dich. Ich mach dir rasch das Essen warm.«

Mallory verspürte den unbändigen Drang, etwas – oder jemanden – kurz und klein zu schlagen. Sie sah Charles an, aber der hatte ihr schließlich nichts getan. Sie zog sich einen Stuhl heran. »Wo ist Riker?«

»Hält im Büro des Sheriffs die Stellung«, erwiderte Charles. »Der Sheriff und Lilith Beaudare sind mit Jimmy Simms nach New Orleans gefahren.«

»Eine gute Entscheidung«, sagte Mallory. »Aber was machst du hier? Warum sitzt Riker allein dort?«

Charles zuckte die Schultern. »Er hat mich weggeschickt. Ich glaube, dass er ein bisschen schlafen wollte. Ich könnte mich hier nützlicher machen, hat er gemeint.«

»Womit?«

Darauf blieb Charles die Antwort schuldig, aber sie ahnte, dass er als Babysitter abgestellt worden war. Und sie wusste, dass Riker nicht schlief. Hätte er sich auch nur eine Stunde hinlegen wollen, hätte er Charles dabehalten, um sich notfalls von ihm wecken zu lassen.

Augusta stellte eine Schüssel mit duftendem Reisfleisch vor sie hin, das Mallory misstrauisch beäugte.

»Soll ich den Vorkoster spielen?«, fragte Augusta lachend und setzte sich dazu. Aus der Kanne, die auf dem Tisch stand, schenkte sie sich eine Tasse Kaffee ein und grinste breit, um die Jüngere noch mehr zu frustrieren.

Mallory ignorierte sie und sah aus dem Fenster. Es war noch nicht dunkel genug. »Ich brauche die Wagenschlüssel.«

»Der Wagen ist nicht hier«, erwiderte Charles. »Riker hat gesagt, ich soll ihn vor Bettys Hotel abstellen und durch die Hintertür verschwinden, damit mir niemand hierher folgt.«

Normalerweise war Riker nicht so auf Sicherheit bedacht. »Es hat also eine undichte Stelle gegeben?«

»Nicht von Belang«, sagte Charles. »Kann sein, dass Jane was aufgeschnappt hat, aber bestimmt nichts Wichtiges.«

»Schlimmer könnte es kaum kommen«, stellte Augusta fest. »Was sie nicht mitgekriegt hat, saugt sie sich aus den Fingern, und ich möchte wetten, dass es inzwischen die ganze Gegend weiß.«

Warum hatte Riker dann Charles weggeschickt? »Erzähl mal genau, was bei euch lief, ehe du weggegangen bist.«

»Gar nichts. Es war sehr ruhig. Die ganze Zeit hat nicht einmal das Telefon geläutet. Es ist also vorbei.«

Von wegen! Aber Charles schwindelte sie nicht an, er glaubte an das, was er sagte. Mallory wandte sich an Augusta. »Hat Riker gewusst, dass du mir was ins Essen getan hast?«

Augustas Lächeln war Antwort genug. Riker hatte Charles also nicht zum Babysitten nach Trebec House geschickt. Wozu dann?

»Jetzt ist eigentlich nur noch eine Frage offen«, sagte Charles zu Mallory, sah dabei aber Augusta an. »Die Frage nämlich, was aus der Leiche deiner Mutter geworden ist. Nicht zu wissen, wo die Tote abgeblieben war, muss den Mob verrückt gemacht haben.«

Mallory, noch ein bisschen benommen von zu viel Schlaf, nickte zerstreut; sie war nicht ganz bei der Sache.

»Ich dachte, diese Meute hätte die Leiche weggeschleppt.« Augusta schob die Schüssel näher an Mallory heran. »Völlig ungefährlich, du kannst dich drauf verlassen.«

Den Gefallen tu ich dir nicht.

Augusta ahnte, was in Mallory vorging, und lachte laut auf,

aber Charles verzog keine Miene. Was wird hier gespielt, dachte Mallory, und warum hat Riker …

Charles fasste sie am Arm. »Siehst du es auch so, Mallory? Dass der Mob die Leiche weggeschleppt hat?«

»Nein.« Mallory schüttelte den Kopf und beschloss, einen Kaffee zu riskieren. Aus Augustas Tasse. Die alte Dame gab sie ohne Protest ab. »Das wäre nur sinnvoll gewesen, wenn man versucht hätte, das Verbrechen irgendwie zu kaschieren, und das ist nicht geschehen. Die Spuren waren ja deutlich zu sehen.«

In diesem Augenblick machte sie sich um Riker mehr Gedanken als um die Leiche ihrer Mutter. Als sie den Blick hob, hatte Augusta die Küche verlassen, und Charles stand schon unter der Tür.

Mallory sah in den Topf, der auf dem Herd stand und in dem sich noch genug Reisfleisch für mehrere Mahlzeiten befand. Den ganzen Topf würde sie nicht mit Schlafmitteln versetzt haben. Mallory kratzte ihre Portion vom Teller, warf sie in den Mülleimer und griff nach der Kelle.

Irgendetwas stimmte nicht. Sie ließ die Kelle in den Topf fallen und ging ins Nebenzimmer, wo Augustas Telefon stand. Oben fiel die Tür hinter Charles zu.

Die gelbe Katze umkreiste sie, während sie die Dienstnummer des Sheriffs wählte. Sie ließ es viermal läuten.

Melde dich doch, Riker.

Die Katze sprang auf den Tisch und stieß das Telefon herunter. Mallory und die Katze starrten sich an. Aus dem Hörer kam kein Laut, und die abgerissene Schnur baumelte in der Luft. Die Katze suchte das Weite, weil sie wusste, was gut für sie war.

Charles folgte Augusta durch sämtliche Räume bis unters Dach. Die Fledermäuse waren offenbar allesamt ausgeflogen. Er ging dem Licht nach, das aus der hintersten Ecke des Dachbodens drang, wo Augustas Fernrohr stand. Durch die Löcher im Dach wehte eine kühle Brise, die den Gestank milderte.

In einem mit Zeitungspapierschnipseln ausgepolsterten

Pappkarton lag eine Fledermaus. Ein Flügel war abgespreizt und dick verbunden. Augusta hob das Tier auf, und Charles erkannte an dem roten Ring, dass er den Senior der Kolonie vor sich hatte. Augusta wickelte behutsam den Gazestreifen ab. Die Fledermaus kreischte, und Augusta träufelte ihr mit einer Pipette eine Flüssigkeit in den Schnabel, bis das Tier Ruhe gab, sodass sie jetzt ungestört die Wunde versorgen konnte.

Augusta musste gespürt haben, dass Charles knapp einen Meter hinter ihr stand, aber sie sah nicht auf. Die Spannung zwischen ihnen war förmlich mit Händen zu greifen. Er suchte nach einem geeigneten Einstieg ins Gespräch.

»Nicht zu wissen, wo die Tote abgeblieben war, muss den Mob verrückt gemacht haben.«

»Sie wiederholen sich, Charles.« Augustas Blick war unbeirrt auf die zarte Membrane des Fledermausflügels gerichtet.

Er setzte sich neben sie auf den staubigen Boden. »Cass Shelleys Mörder konnten nicht sicher sein, dass ihr Opfer tot war. Sie mussten sich ständig bedroht fühlen. Und eine fehlende Leiche hielt das Interesse lebendig.«

Augusta nickte. »Gruslige Geschichten ziehen immer. Der Fall hat den Tourismus enorm angekurbelt. Haben Sie womöglich Betty Hale im Verdacht, die Leiche gestohlen zu haben? Möglich wär's. Betty ist eine gewiefte Geschäftsfrau.«

Charles schwieg so lange, bis Augusta ihn ansah. »Glauben Sie nicht, dass es ein Trost für Mallory wäre, wenn sie wüsste, wo ihre Mutter begraben liegt?«, fragte er dann.

»Nein, Charles, das glaube ich nicht. Sie ist eine erstaunlich klarsichtige junge Frau, die sich mit keinem bisschen Gefühl belastet. Ihr genügt es zu wissen, dass ihre Mutter tot ist. Solange Cass noch atmete, hätte Kathy sie nie allein gelassen.«

Augusta fuhr mit einem Finger behutsam über den allmählich heilenden Riss in dem Fledermausflügel.

»Und Sie wollen gar nichts über die Leiche wissen, Augusta?«

»Nein.« Sie tröpfelte ein ekelhaft riechendes Gebräu aus einem dunklen Fläschchen auf die Wunde.

»Weil Sie wissen, wo sie liegt. Der Finger Bayou zeigt im wahrsten Sinne des Worte auf ihr Grab. Sind Sie deshalb ihre Testamentsvollstreckerin geworden? Damit sie an der Grundstücksgrenze zu Cass Shelleys Haus die Herbizidspritzungen untersagen konnten! Als die Wasserhyazinthen sich ungehemmt vermehrten, wurde der Bayou für Boote unpassierbar. Und dann haben Sie auf der Straße nach Trebec House Bäume gepflanzt, um Besucher abzuschrecken, denn Betty versteht sich sehr gut darauf, die Sensationslust der Touristen zu wecken.«

»Eine interessante Theorie. Und gar nicht mal so unlogisch.« Sie verband die Wunde neu und legte die Fledermaus wieder in den Karton.

»Es ist Ihr Stil, Augusta. Sie haben Cass Shelley und dann Kathy in jenem Haus aufwachsen sehen. Und als Sie erleben mussten, was man Cass angetan hat, haben Sie sich nicht damit zufrieden gegeben, den Fall der Justiz zu überlassen, sondern auf sehr originelle Art und Weise Rache genommen.«

»Und wann soll ich das alles bewerkstelligt haben? Es war Henry, der die Tote gefunden hat.«

»Er hat den Mord am nächsten Morgen gemeldet. Sie hatten die ganze Nacht zur Verfügung, um die Leiche verschwinden zu lassen.«

»Ich habe nichts gehört, als man sie ermordete, das schwöre ich.«

Und das glaubte er ihr sogar. »Der Mob hat keinen Lärm gemacht, das stimmt, aber einen vor Schmerz jaulenden Hund hört man meilenweit. Das Jaulen hat Ihnen zu denken gegeben. Sie konnten den Hund von Ihrem Fenster aus sehen und sind hingegangen, um ihm zu helfen. Für ein verwundetes Tier würden Sie alles tun.« Die Katze hatte Augusta verraten. Sie war eine natürliche Feindin ihrer geliebten Vögel, und trotzdem hatte sie dem Tier das Leben gerettet. Und jetzt pflegte sie eine jener Fledermäuse gesund, die sie einmal als Eulenfutter bezeichnet hatte.

»Sie reden dummes Zeug, Charles.«

»Die Täter hatten ihre Spuren, wie Mallory richtig gesagt hat, nicht verwischt, keiner hatte auch nur den Versuch gemacht, das Verbrechen zu verschleiern. Der Sheriff hat mir erzählt, dass die Hintertreppe geputzt worden war, als er am Tatort eintraf. Ich glaube, davon weiß Mallory nichts, denn sonst wäre sie schon vor mir auf die Lösung gekommen. Sie haben die Tote die Treppe hinuntergetragen, Augusta, und danach haben Sie Ihre Spuren getilgt und auch diejenigen, die Kathy hinterlassen hat, als sie aus dem Haus geflohen ist.«

»Der Sheriff hat sich auf meinem Grundstück ausgiebig umgesehen.« Sie stieß die Fledermaus behutsam mit einem Finger an, bis sie aus ihrem Kräuterschlaf erwachte. »Sogar den Finger Bayou hat er mit einem Schleppnetz abgesucht.«

»Sie haben die Leiche zunächst in einem vorläufigen Versteck untergebracht. Später hatten Sie Zeit genug, Cass Shelley an einer Stelle zu begraben, die er bereits inspiziert hatte. Wahrscheinlich liegt sie unter schweren Steinen, damit die Erde sie nicht wieder hergibt. An dem Tag, als Sie den Alligator gefüttert haben, standen Sie auf einer Art steinerner Mole oder Plattform.«

»Sie haben eine blühende Phantasie, Charles.«

»Ich denke darüber nach, ob der Sheriff mit meinen Überlegungen etwas anfangen könnte. Es wäre ihm bestimmt jede Mühe wert zu erfahren, wo Cass Shelley begraben liegt.«

»Wenn Sie diese Geschichte verbreiten, machen Sie Mallory mehr Kummer, als Sie ahnen.«

Ein Treffer, Augusta. Sie kannte seine Achillesferse.

»Cass Shelleys Grab liegt an der Spitze des Finger Bayou – hab ich Recht?«

Ihr triumphierendes Lächeln zeigte ihm, dass er sie nicht einschüchtern konnte. Lachte sie ihn vielleicht sogar aus? Niedergeschlagen sagte er sich, dass Riker wohl Recht hatte: Er war verändert, war blind geworden. Was brachte ihn dazu, Augusta zu drohen, die ihm nie etwas getan hatte? Die ihm ganz im Gegenteil immer geholfen, die ihm das Geheimnis der Panzerechse im Finger Bayou anvertraut hatte?

Ihr Lächeln war sanfter geworden. Sie hatte ihm wohl schon verziehen.

»Ich weiß, dass Sie Mallory wissentlich nie wehtun würden. Und deshalb weiß ich auch, dass Sie diese wilden Spekulationen für sich behalten und nie nach dem Grund fragen werden. Zuerst dürften Sie daran schwer zu tragen haben, aber ein Stück Geheimnis braucht jeder Mensch.« Sie legte den Kopf schief und sah ihn nachdenklich an. »Und Sie vermutlich mehr als die meisten.«

Es war dunkel, als Mallory das Haus verließ. Die Vögel hatten sich noch nicht zur Nachtruhe begeben und tschilpten lauter als gewöhnlich. Und den Gaul hätte Augusta längst in seine Box bringen müssen. Stattdessen lief er unruhig auf der Koppel hin und her und schlug mit den Hinterläufen aus.

Der lange schwarze Mantel schlug an ihre Stiefelschäfte, als sie zügig die Eichenallee hinunterging. Was machte den Tieren Angst? Aufmerksam beobachtete sie ihre Umgebung, suchte nach ungewöhnlichen Erscheinungen. Mit ihrem Minihandy rief sie noch einmal im Büro des Sheriffs an, aber wieder meldete sich niemand. Sie war auf dem Weg, der zum Friedhof führte, als sie die Frau hörte.

Mit gezogenem Revolver ging sie, eine Gräberreihe nach der anderen ablaufend, dem Schluchzen nach.

Am südlichen Rand des Friedhofs fand sie Darlene Wooley, die Iras blutigen Kopf umfasst hielt. Ira wehrte sich nicht. Er war jenseits seiner Angst vor menschlicher Berührung, aber er war noch nicht tot.

»Du bist also der Zeuge«, sagte Ira, als Mallory sich über ihn beugte, um ihn zu untersuchen.

Darlene sah auf. »Er ist nicht zum Abendessen gekommen. Ich wollte ihn holen, und da …«

»Du bist also der Zeuge«, wiederholte Ira.

Mallory zog ihren Palmtop-Computer aus der tiefen Tasche ihres Mantels und wählte mit dem Minihandy die Notrufnummer. Als die Zentrale sich meldete, drückte sie Darlene das Telefon in die Hand. »Sagen Sie nur, dass Sie einen Krankenwagen brauchen.«

Darlene nickte, und Mallory beschäftigte sich mit Iras Verletzungen. Er war offenbar brutal zusammengeschlagen worden, so dass mit inneren Verletzungen zu rechnen war. Sie wischte ihm das Blut vom Mund. Die Zähne waren unbeschädigt, aber er hatte eine böse Kopfwunde und einen gebrochenen Arm. »Das kommt schon wieder in Ordnung, Ira.« Sie brach einen dürren Zweig von einem alten Baum, zog ein Kabel aus ihrem Ladegerät und band ihm den Arm an den Körper, um weiteren Schaden zu verhüten.

Ira sah sie aus weit geöffneten Augen vertrauensvoll an. Sie lächelte ihrem Spielgefährten zu und summte die Melodie, die ihr aus ihrer kurzen Kindheit in Erinnerung geblieben war. Während sie einen Streifen von seinem zerfetzten roten Hemd abriss und seine Mutter ins Telefon schluchzte, fing er an zu singen.

Nach ein paar Minuten legte Darlene die Hand über das Handy. »Alle Krankenwagen und die Fahrzeuge der Feuerwehr sind im Einsatz. Eins der chemischen Werke ist in die Luft geflogen und hat ein Zuckerrohrfeld in Brand gesetzt. Die Zentrale gibt mich an den Sheriff weiter, der ist mit seinem Wagen unterwegs.«

»Nennen Sie nicht meinen Namen.« Mallory wickelte einen Fetzen von Iras Hemd um die blutende Kopfwunde. Sie roch keinen Rauch. Das Feuer war offenbar meilenweit entfernt.

Darlene unterbrach die Verbindung. »Der Sheriff nimmt die nächste Ausfahrt. In ein paar Minuten wird er hier sein.«

Mallory sah prüfend in Iras Pupillen. Er hielt sich tapfer – viel besser als Darlene.

Mallory hatte ihre eigene Art, Trost zu spenden. »Ich weiß, wer es war«, sagte sie zu Ira. »Ich bring ihn für dich um, okay?«

Darlene schüttelte verwirrt den Kopf. »Nein, Kathy«, sagte sie mütterlich und packte Mallory am Arm. »Cass wäre das nicht recht, und ich möchte es auch nicht. Irgendwann muss Schluss sein.«

Mallory machte sich sanft los, stand auf und setzte ungerührt ihren Weg durch den Friedhof fort. »Kathy«, rief Darlene ihr nach, »Kathy, bring keine Menschen um!«

Mallory erkannte in ihrer Stimme den gleichen besorgten Ton, in dem ihre Mutter sie einmal davor gewarnt hatte, einen im Garten gefundenen toten Vogel anzufassen. Im Gehen überprüfte sie die Kammern ihres Revolvers. Darlenes Rufen schenkte sie keine Beachtung.

Mallory war auf dem Weg nach Owltown.

Augusta legte ein Auge an ihr Fernrohr, und Charles hatte nicht den Eindruck, dass sie in diesem Augenblick das Leben und Treiben in der Natur verfolgte. »Beobachten Sie Ihre Vögel, Augusta?«

»Im Augenblick nicht. Allerdings will ich gern zugeben, dass mich Vögel mehr interessieren als Menschen. Menschen morden sanfter. Nehmen Sie den Mord an Cass. Ein Töten ohne Leidenschaft! Sie sollten die Eulen und Falken sehen, wenn sie ihre Beute zerreißen. Aber der Tod kommt schnell. Ein Lidschlag genügt, und er ist einem entgangen.«

»Ich wette, Ihnen entgeht so schnell nichts von dem, was hier herum so getötet wird.« Was beobachtete sie gerade?

»Ach, ich weiß nicht ... Manchmal betrachte ich auch die Sterne. Aber nicht mal da draußen geht es ohne Gewalttätigkeit ab. Die Welt wirbelt in atemberaubendem Tempo durchs All. Ich versuche, mich einfach zurückzulehnen und treiben zu lassen. Das kann ich Ihnen auch empfehlen.«

Doch heute Abend war ihr Fernrohr nicht auf die Sterne gerichtet. »Die passive Rolle nehme ich Ihnen nicht ab. Sie spielen aktiv auf der Bühne mit.«

»Sie haben sich wohl Geschichten erzählen lassen.« Sie

lächelte, ohne den Blick vom Fernrohr abzuwenden. »Wahre Geschichten, Charles. Ich bin eine Mörderin. Eine Tochter, die den eigenen Vater umgebracht hat.«

»Das meine ich nicht.«

»Ihr Freund Riker steckt in der Klemme. Sie haben ihn umzingelt.«

Charles riss ihr das Glas aus der Hand. Augusta half ihm geduldig, es wieder auf den Festplatz scharf zu stellen, auf dem das große Zirkuszelt gestanden hatte. Jetzt war es ein großer, mit bunten Lichtern bestückter Tieflader, der dort alle Blicke auf sich zog. Auf Masten montierte Scheinwerfer tauchten den Wagen in gleißendes Licht, und auf der Ladefläche stand ein Sarg mit gläsernem Deckel, der Charles wie ein Schaukasten für präparierte Insekten vorkam.

An die hundert Menschen torkelten, Flaschen und Pappbecher schwenkend, um den Tieflader herum. Die Frauen trugen grellfarbene Partykleider und billigen Modeschmuck. Sogar einige Männer hatten Flitter an den Anzügen, und hier und da sah man Kostüme, die eher auf einen Faschingszug als eine Beerdigung schließen ließen. Eine Blaskapelle stand bereit, und ein Stelzenläufer mit silbernen Papierschlangen in beiden Händen stakste durch die Menge.

Außer dem Sarg stand noch ein goldfarbener, thronartiger Sessel auf der Ladefläche. Dort spreizte sich Malcolm Laurie in seinem funkelnden Paillettenanzug. Er deutete in die Menge hinein, die jetzt ein Stück zurückwich. In dem so entstandenen leeren Rund stand – gewissermaßen als Gegenpol zu all dem Glanz und Glitzer – einsam und allein ein Mann im tristen grauen Anzug.

26

Charles stürmte die Treppe hinunter und durch den Flur in Augustas Hinterzimmer. Er wollte gerade nach dem altmodischen Telefonhörer greifen, als er den Zettel sah, der auf dem Tisch lag. »Ich gehe zum Büro des Sheriffs, um zu sehen, was mit Riker los ist. *Bleib, wo du bist.*«

Der letzte Satz war so dick unterstrichen, dass er Mallory förmlich in die Augen stach.

Er inspizierte noch das abgerissene Telefonkabel, als Augusta an ihm vorbei zu der Kommode in der Ecke lief.

»Ein Trupp Männer kommt über die Brücke.« Sie wühlte in der obersten Schublade herum. Intime Wäschestücke flogen durch die Luft. »Wir müssen weg, und zwar schnell.« Jetzt hatte sie glücklich die kleine Handfeuerwaffe gefunden und knallte die Schublade zu. »Es ist nur eine einschüssige Pistole, Kaliber .45, aber besser als nichts.« Sie steckte die Pistole ein und war schon wieder draußen. Die Katze schien noch vor Charles begriffen zu haben, was gespielt wurde, und folgte ihrer Herrin auf dem Fuß.

Charles lief hinter der gelben Katze her und schlug ihr die Haustür vor der Nase zu, was sie mit wütendem Fauchen quittierte.

»Lassen Sie die Katze raus!«, fuhr Augusta ihn an.

Charles öffnete die Tür, und die Katze schoss an ihm vorbei. Als er hochsah, saß Augusta schon auf dem ungesattelten Schimmel und kam tänzelnd näher. »Inzwischen dürften sie schon am Friedhof sein. Aufsitzen, Charles, wenn Ihnen Ihr Leben lieb ist!«

»Wäre es nicht besser, wenn …«

»Halten Sie keine Volksreden, Charles. Ich weiß, wie ein Mob aussieht, der nach Blut dürstet.«

Charles schwang sich von der zweiten Stufe der Freitreppe aus hinter Augusta auf das Pferd.

»Festhalten!«, rief sie ihm noch zu, dann ging es im Galopp über die breite Rasenfläche.

Zum letzten Mal hatte er als Kind auf einem Pferd gesessen, und zwar auf einem gesattelten. Schon nach ein paar Metern wunderte er sich, dass er noch nicht heruntergefallen war. Er spürte, wie die kräftigen Pferdemuskeln sich unter ihm spannten, während sie auf den hohen Deich zugaloppierten, der sich schwarz vor dem Himmel abhob.

Er hatte die Arme um Augustas Taille gelegt und schrie ihr ins Ohr: »Wir reiten doch unten am Deich entlang, oder? Um die Spitze des Upland Bayou herum?«

»Geht nicht!«, rief sie zurück. »Da ist der Boden zu nass und zu weich, der Gaul würde aus dem Tritt kommen, noch ehe wir bei Henry sind.«

»Wann kommt Henry zurück?«

»Spät. Halten Sie sich mit den Beinen fest. Wir nehmen den Weg, den der Gaul am besten kennt, hier ist er schon tausendmal langgelaufen.«

Sie ritten die Böschung hinauf. Geschickt gab sie dem Pferd Hilfen. Charles hielt sich fest, so gut er konnte, aber jedes Mal, wenn das Pferd auf dem steilen Hang ins Stolpern kam, geriet er gefährlich ins Rutschen. Der Schimmel fand in dem ausgewaschenen Erdreich, das unter seinen Hufen nachgab, erstaunlicherweise immer wieder Halt. Höher und höher hinauf ging es – scheinbar geradewegs zu den Sternen. Dann war die Deichkrone erreicht. Sie galoppierten dem Horizont entgegen.

Charles sah kurz zurück. Ein kleines Heer von Ameisen mit weißen Händen und Köpfen tauchte aus der Eichenallee auf und rückte auf Trebec House vor.

Die Pluderhosen des vor der Ladefläche hin und her torkelnden Stelzenläufers verdeckten den Sarg mit dem Glasdeckel. Die hundert Trauergäste hatten sich für das kostenlose Besäufnis fein herausgeputzt. Ein paar Männer hatten die Gesichter hinter Karnevalsmasken versteckt, andere trugen bombastische Federhüte, die als grelle Farbtupfer durch die Menge schaukelten, während der Alkohol in Strömen floss und billiger Schmuck im Licht der Scheinwerfer aufblitzte. Doch Malcolms Paillettenanzug überstrahlte alles. Er hatte seinen Thron verlassen, saß rittlings auf dem Sarg und grüßte lachend seine Untertanen.

Nur von der Dixielandband hörte man nichts. Die Musiker standen neben dem Tieflader, sahen sich fragend an und traten von einem Fuß auf den anderen. Am liebsten wären sie abgezogen. Clark Kinkaid, der Trompeter, hob sein Instrument und nickte den anderen zu. Langsam bewegten sie sich rückwärts von dem Tieflader weg, doch Ray Laurie, anzusehen wie einer, der zur Bewachung von Kettensträflingen eingesetzt war, vertrat dem Saxofonisten den Weg. Er hatte ein Flinte in der Hand.

Die Musiker brachen ihren Rückzug ab. Eine hübsche Frau kam mit einer vollen Flasche für die Band angetänzelt. Der Alkohol floss seit einer Stunde, dabei hatte die Bestattung noch gar nicht angefangen.

Clark besah sich, die Trompete unter dem Arm, die um Stöcke gewickelten benzingetränkten Lappen. Der Fackelzug durch die Hauptstraße von Owltown hätte längst beginnen sollen, aber der Wagen des Krematoriums war unverrichteter Dinge wieder weggeschickt worden. Offenbar hatte Malcolm vor, seinen Leuten an diesem Abend noch weitere Lustbarkeiten zu bieten.

Nur war das mit der Band nicht abgemacht. Clark hatte für acht den nächsten Termin vereinbart, weil er davon ausgegangen war, dass sie bis dahin mit ihrem Auftritt in Owltown längst fertig sein würden. Wann ging es endlich los? Und wer war der alte Knabe, den die Betrunkenen da umringten? Der Kreis schloss sich dichter um ihn und nahm ihm die Sicht. Clark kletterte auf die Stoßstange und zog sich am Kotflügel des Tiefladers hoch, um besser sehen zu können.

Als Malcolm sich erhob und mit ausgestreckten Händen um Ruhe bat, richteten sich alle Blicke auf ihn. »Dieser Mann, ein gewisser Riker …«, verkündete er mit bebendem Zorn in der

Stimme, während er auf den Mann im grauen Anzug deutete, »... dieser sinnlos betrunkene Lump und Untermensch wurde auf dem Friedhof gefunden, wie er, nackt von der Taille bis zu den Knöcheln, über der Leiche des Idioten stand.«

Die Menge fluchte und stöhnte.

»Schaut ihn euch an, diesen Dreckskerl, so betrunken, dass er sich kaum auf den Füßen halten kann. Sein Opfer hatte keinen leichten Tod. Der Junge wurde vergewaltigt und erschlagen. Der arme Kerl, hilflos wie ein Kind ...«

»Du kennst dich da ja aus!«, rief Riker, und seiner Stimme war nicht die Spur von Trunkenheit anzumerken. »Dein Bruder hat Ira Wooley vergewaltigt, als der erst sechs war. Vielleicht liegt es in der Familie ...«

»Bringt ihn zum Schweigen.«

Eine Faust traf Rikers Gesicht. Er fiel auf die Knie. Von den aufgeplatzten Lippen lief ihm Blut in den Mund. Malcolm war sichtlich wütend über diese Abweichung vom Drehbuch. Auch dass Riker offenbar stocknüchtern war, hatte sein Script nicht vorgesehen.

Drohend reckte Malcolm die Faust zum Himmel. »Ich habe drei Zeugen dafür, dass ...«

»Darum musste Cass Shelley sterben!« Riker hatte sich wieder aufgerappelt. »Sie hatte die Laborberichte gelesen. Babe hat auch Jimmy Simms vergewaltigt, der deshalb mit zwölf nach New York abgehauen ist.«

»Stopft ihm sein Lügenmaul!«

Doch diesmal hob sich keine Hand. Nur Jimmys Vater trat vor, um Riker besser verstehen zu können. Malcolm wechselte einen Blick mit seinem Bruder Ray, der ihm zunickte und auf Riker losging. Der fuhr unbeirrt fort: »Sie konnte sich nicht erklären, warum ein Sechsjähriger eine Hepatitis bekommen hatte, mit der sich eigentlich nur Junkies anstecken, und hat ihn daraufhin auf Syphilis testen lassen. Denkt mal an Babes Syphilisparty. Er ...«

Ray Laurie ging Riker mit beiden Händen an die Gurgel.

Dan Simms, der um einiges größer war als Ray, hatte keine Mühe, dessen Wurstfinger von Rikers Hals zu lösen. Schweigend sah er ihn an und hob eine Faust. Ray wich zurück, und Simms wandte sich an Malcolm. »Das hast du mir damals anders erzählt, Mal. Lass den Mann reden.«

Malcolm trat an den Rand des Tiefladers und fragte mitleidig: »Wie kannst du auf einen Kerl hören, Dan, der auf frischer Tat ertappt wurde, wie er den armen Idioten missbraucht hat?«

»Aber du hast gesagt, dass er betrunken ist, Mal, und diesen Eindruck habe ich nun ganz und gar nicht.« Dan Simms wandte sich an Riker. »Reden Sie weiter, Mister.«

»Als Cass alle Testergebnisse vorlagen«, sagte Riker, »hat sie den Krankheitszustand bei den drei Patienten verglichen. Babe hatte eine Syphilis im Tertiärstadium, bei Jimmy war sie im Sekundärstadium und bei Ira in der frühesten Phase. Das hat sie euch klarzumachen versucht, als sie in eure Sitzung geplatzt ist. Aber Malcolm hat sie ohne Umstände vor die Tür und die ganze Geschichte unter den Teppich gekehrt.«

»Lügen«, sagte Malcolm. »Nichts als Lügen.«

»Und was hast du Iras Vater vorgelogen?«, rief Riker. »Ich weiß, dass er den ersten Stein geworfen hat. Den hast du ihm in die Hand gedrückt.«

Ray Laurie hatte sich hinter Jimmy Simms' Vater aufgebaut. »Du weißt doch, dass das nicht stimmt, Dan«, sagte er. »Malcolm war schon weg, als es anfing, Steine zu regnen.«

Simms sah zu Malcolm hinauf. »Aber woher weiß er, dass Iras Vater den ersten Stein ...«

Der Gewehrschaft traf sein Ziel schnell und genau. Simms sackte zusammen. Rays zweiter Schlag zwang Riker wieder in die Knie.

Malcolm ging vor dem Sarg auf und ab. »Der Kerl lügt wie gedruckt. Fest steht, dass Riker den armen Idioten missbraucht und umgebracht hat. Vielleicht fürchtet er, wir würden ihn nicht an den Sheriff ausliefern, sondern ihm in unserer gerechten Empörung die Augen auskratzen und die Haut abziehen und ihn zu Tode steinigen. Und keinem und keiner unter uns könnte ich das verdenken.« Er deutete auf die Fackeln. »Zündet sie an und schaut euch das Monster genau an.«

Mühsam rappelte sich Riker noch einmal auf. Malcolm winkte den Musikern. »Spielt!«

Sie sahen sich an. »Spielt, so laut ihr könnt!«, schrie Malcolm, und Ray richtete die Flinte auf den Bandleader. Clark sprang von dem Kotflügel des Tiefladers herunter und griff nach seiner Trompete. Dixielandklänge schmetterten über den Festplatz.

»Lauter!«, brüllte Malcolm.

Die Band spielte, was das Zeug hielt. Riker schrie auf vor Schmerz. Malcolm Laurie sprang von der Ladefläche und ging über den Festplatz in Richtung Fluss davon.

Erst gingen in Owltown alle Lichter aus, dann verloschen die Scheinwerfer, die um den Tieflader aufgebaut waren. Nur daran erkannte Charles, dass Mallory sich noch nicht ins Getümmel gestürzt hatte. Er hielt Augustas Taille fest umfasst. Ihr Körper war zwar schlank, aber kräftig und muskulös. Das lange Haar wehte über ihn hinweg. Links von ihnen wälzte sich der breite Mississippi in seinem Bett. In einer langen Schräge reichte die Deichwand hinunter bis zu dem nachtschwarzen Wasser. Charles spürte jeden Hufschlag des Schimmels. Der Upland Bayou und die Stadt lagen hinter ihnen. Von hier aus hatten die Fackeln von Owltown nur noch Streichholzgröße.

»Jetzt geht's bergab«, rief Augusta.

Mit heftig pumpendem Herzen galoppierte der Schimmel den Hang hinunter, stolperte und stürzte. Charles drehte sich der Magen um, ein Adrenalinstoß schoss eiskalt durch seine Adern. Die Erde kam auf ihn zu, während das Pferd herumrollte und ihn unter sich zu begraben drohte. Er hielt Augusta fest, hob ein Knie und stellte einen Fuß auf den Pferderücken, um sich abzustoßen. Dann flogen sie zusammen in hohem Bogen durch die Luft, während das Pferd angstvoll wiehernd liegen blieb.

Charles landete mit dem Rücken auf der Erde, Augusta fiel auf ihn, rappelte sich aber sofort wieder auf. Auch das Pferd bemühte sich hochzukommen, fiel aber, Schmerzenslaute ausstoßend, gleich wieder hin. Im gleißenden Mondlicht sah Charles den zertrümmerten weißen Knochen, der durch die blutig zerfetzte Haut des Vorderlaufs schimmerte.

Charles machte einen Schritt auf Augusta zu, um sie zu stützen. Sie wehrte ihn mit finsterer Miene ab und zog den Derringer aus der Tasche. »Machen Sie, dass Sie weiterkommen. Das hier muss ich allein erledigen.«

Während er auf den Festplatz zuging, kniete Augusta sich neben den Schimmel, legte ihm eine Hand auf das Maul und den Derringer hinters Ohr. Im Laufen hörte Charles den Schuss. Das qualvolle Wiehern verstummte. Er zögerte noch einen Augenblick, dann rannte er auf die Fackeln von Owltown zu.

Am Rand der Menge begegnete ihm Malcolm, der sich vom Festplatz entfernte, während die Band weiterspielte.

Charles drängte sich durch den Kreis der Betrunkenen, was ihm dank seiner Größe mühelos gelang. In der Mitte lag Riker. Der Boden um ihn herum war mit Steinen bedeckt. Charles deckte ihn mit seinem Körper und fing einen Stein mit seinem Rücken ab. Ein zweiter traf sein Bein. Geistesgegenwärtig zog er den Kopf ein und dachte bei sich, dass man von Schildkröten viel lernen konnte.

Die Menge teilte sich kurz. Charles erkannte im Licht einer vorüberziehenden Fackel, dass Augusta am Hinterrad des Tiefladers stand und einen Lappen in den Benzintank schob, der sich schnell vollsaugte. Sie warf dem Trompeter einen Blick zu, riss ein Streichholz an und zeigte es ihm. Dem Musiker fiel der Unterkiefer herunter. Er gab dem Saxofonisten, der neben ihm stand, einen Rippenstoß, und die Band trat geschlossen den Rückzug an. Augusta hielt ihr Streichholz an das Tuch und zündete sich in aller Ruhe eine Zigarre an, während die Flamme an dem Stoff entlang in den Tank züngelte.

Ray Laurie beobachtete von der Ladefläche aus die Menge,

während Augusta gelassen in der Dunkelheit verschwand und die Dixielandband schnell in Richtung Parkplatz flüchtete.

Die Detonation war wie ein Erdbeben. Charles spürte die Stoßwellen, die Metallteile und Flammen in alle Richtungen schleuderten und im Kern der Explosion vorübergehende Leere hinterließen. Laut röhrend wälzten sich die Flammen in das Vakuum zurück und stiegen als greller orangefarbener Pilz gen Himmel. Ray Laurie wurde mit brennendem Haar und brennender Kleidung von der Ladefläche geschleudert. Er rappelte sich auf und schrie so qualvoll, wie das Pferd geschrien hatte. Als er in die Menge hineinlief und sich zu ihren Füßen auf dem Boden wälzte, ergriffen Männer wie Frauen vor der menschlichen Fackel entsetzt die Flucht. Es war totenstill geworden. Ein widerlicher Geruch hing in der Luft, und Charles musste erschrocken feststellen, dass verbranntes Menschenfleisch Hungergefühle auslösen kann.

So also sah die Hölle aus.

Während die Menge noch wie gebannt zusah, wie Ray Laurie langsam verbrannte, hatte sich Charles hingekniet und einen von Rikers schlaffen Armen um den Hals gelegt. Jetzt richtete er sich auf und setzte sich, den bewusstlosen Riker im Schlepptau, wieder in Bewegung. Rikers Schuhspitzen zogen Rillen durch den Boden, und sie kamen nur langsam voran.

Ray Laurie hatte aufgehört zu schreien, zu zappeln und zu zucken. Die Menge wandte sich wieder Charles und seiner schweren Bürde zu. Er spürte ihre Blicke, spürte die heißen Flammen im Rücken und die sich ständig steigernde Spannung, als hundert Menschen sich langsam in Bewegung setzten.

Kein Wort war gefallen, kein Zeichen gegeben worden, aber sie gingen einmütig auf ihn zu und stellten sich erneut im Kreis auf. Einer nach dem anderen bückte sich und griff nach einem Stein.

Charles wappnete sich gegen den nächsten Treffer. Er wollte gerade Riker hinlegen, um ihn mit seinem Körper zu decken, da hörte er eine Frau rufen: »Seht mal da!«

Sie deutete dahin, wo Owltowns Hauptstraße anfing.

Auf der ganzen Straße brannte nur eine Laterne. In ihrem Lichtkreis stand eine Gestalt in Reitstiefeln und langem dunklen Mantel. Das Gesicht war unter dem breitrandigen schwarzen Hut nicht zu erkennen.

27

Tom Jessop stand vor dem Schwesternzimmer. Er trug Ira auf dem Arm. In langer Reihe wurden Fahrtragen von Pflegepersonal an ihm vorbeigerollt. Darlene schluchzte, aus den Lautsprechern dröhnten Anweisungen, und die gehetzte Schwester vom Notdienst betrachtete prüfend Iras blutverschmiertes, verschwollenes Gesicht, während sie ihm den Puls fühlte. Behutsam zog sie ein Lid hoch.

»Tut mir Leid, Sheriff, aber unsere Gänge sind voll mit kritischen Fällen, da kann es schon eine Weile dauern, bis sich ein Arzt um ihn kümmern kann. Die Verbrennungen aus dem Chemiewerk gehen vor.«

Er wusste, was sie wirklich meinte. Iras Atem ging rasselnd, sein Gesicht hatte sich bläulich verfärbt. Tom Jessop kannte das von Unfallopfern. Der Junge lag im Sterben und gehörte nach Meinung der Schwester wohl nicht zu den Patienten, die vielleicht noch eine Chance hatten.

Sie wandte sich eilig dem nächsten Opfer zu, das durch die Schwingtüren der Notaufnahme geschoben wurde. Es war eine Frau, die über und über mit Brandblasen bedeckt war. Die Kleidung war blutgetränkt, das lange dunkle Haar zur Hälfte verbrannt. Der Sheriff sah, wie die Schwester auch bei dieser Patientin den Kopf schüttelte und die Bewusstlose zu einem einsamen Tod mit Blick auf eine kahle Wand verdammte.

Den Sheriff packte die Wut. Wozu hatte er eigentlich die Schallmauer durchbrochen, um Ira in dreizehn Minuten zum Krankenhaus zu fahren? Damit er jetzt doch starb, weil kein

Arzt greifbar war? Er wandte sich an Lilith. »Hol mir einen dieser kleinen Dreckskerle mit einem Stethoskop. Wie du's machst, ist mir egal.«

Tom Jessop legte seine Last auf der langen Arbeitsfläche im Schwesternzimmer ab. Um ihn herum war alles in hektischer Bewegung. Blut in Plastikbeuteln wurde auf Karren durch die Gänge gerollt, blutüberströmte Patienten wurden zu den OP-Räumen am Ende des Flurs gefahren.

Darlene beugte sich über ihren Sohn und lauschte auf seinen Atem, bereit, für Ira zu atmen, wenn er selbst es nicht mehr konnte.

Der Sheriff beobachtete, wie Lilith sich über den Gang pirschte. Er konnte sich denken, wohin sie wollte. Ihr Vater hatte die Gabe, am Forellenbach genau die Stelle zu finden, wo die Fische zusammenkamen, um heimlich neue Strategien zur Überlistung der Angler abzusprechen, und er war nie ohne einen Fang heimgekommen. Offenbar wusste Lilith, wo die Ärztequelle angezapft werden konnte.

Eine Schwingtür ging auf und gewährte ihm einen kurzen Blick auf Wolken von Zigarettenrauch, Getränkeautomaten und Möbel, die sehr viel bequemer waren als das Plastikzeug in der Halle. Lilith schnappte sich einen Arzt, der gerade auf dem Weg nach draußen war.

Der reagierte zunächst gereizt, dann aber taxierte er die junge Frau, die ihn angesprochen hatte, ganz ungeniert, besonders ihre Oberweite. Lilith schob sich nah an ihn heran und flüsterte ihm etwas ins Ohr. Tom Jessop hatte den Eindruck, dass der Arzt mit einer Hand sein edelstes Teil schützen wollte, aber dazu kam er nicht mehr, denn Lilith hatte ihn schon am Arm gepackt und schleppte ihn über den Gang.

Der Sheriff grinste und formte mit den Lippen ein stummes Lob: »Guter Fang!«

Der Arzt beugte sich forschend über Ira. »Eine Lunge ist kollabiert. Ich brauche eine OP-Schwester und einen Operationssaal, aber …«

»Sollen Sie haben, Doc!« Lilith machte sich wieder auf den Weg – diesmal, um eine Schwester zu terrorisieren und einen OP-Saal zu requirieren.

Während Ira für die Operation vorbereitet wurde, brachte der Sheriff Darlene Wooley in den Warteraum. Auch hier herrschte das Chaos – hysterisches Rufen und Schluchzen, Klagen um die Toten oder fast Toten. Er schnappte sich den letzten freien Stuhl und ließ Darlene, die unablässig leise vor sich hin weinte, darauf Platz nehmen. Jetzt öffnete sie langsam eine Hand. Erschrocken riss sie die Augen auf, als sie das Minihandy sah, das sie die ganze Zeit umklammert hatte.

»Kathy«, stieß sie hervor.

Dem Sheriff gab es einen Ruck. »Was ist mit Kathy?«

»Kathy ist nach Owltown gegangen.« Sie packte seinen Arm. »Sie hat gesagt, dass sie jemanden umbringen will.«

»Dabei könnte ich ihr vielleicht behilflich sein.« Und schon stürmte er zum Ausgang, schob sich durch die Glastür und rannte zu seinem Wagen. Als er den Parkplatz verließ, flog die Beifahrertür auf, und Deputy Beaudare war mit einem Satz neben ihm.

Der Sarg war durch die Druckwelle von der Ladefläche geschleudert worden. Babe Lauries Leiche lag in einiger Entfernung auf der Erde. Die Flammen des Lasters hatten über den Schutt hinweg zu ihm gefunden und seinen Anzug in Brand gesetzt, aber Babes Gesicht änderte seinen Ausdruck nicht, als die Flammen an seinem Kopf hochzüngelten und das Wachs, mit dem der Leichenbestatter die Kopfwunde kaschiert hatte, zum Schmelzen brachten.

Doch den Mob kümmerte der tote Babe nicht mehr. Alle blickten die dunkle Straße hinunter zu der einen Straßenlaterne, die eben noch Licht gespendet hatte und in diesem Moment erlosch. Dafür ging ein Stück weiter die nächste Laterne, unter der Mallory stand, an. Und so rückte sie Schritt für Schritt, in stetem Wechsel von Hell und Dunkel, immer weiter vor. Dann leuchtete die letzte Lampe der Straße auf, aber ihr Lichtkreis war leer. Trotzdem sah die Menge wie gebannt darauf und wartete auf Mallory.

Doch während die Bewohner von Owltown sie noch im Licht suchten, hatte sie sich im Schutz der Dunkelheit schon unter die Menge gemischt, schob sich nach vorn und stand am Rand des Kreises, aus dem die Steine gekommen waren. Ihre unmittelbaren Nachbarn wichen zurück, als sie den schwarzen Reitermantel zurückschlug und den Blick auf den schweren Revolver an ihrem Gürtel freigab. Lässig und ohne Eile trat sie an Rikers rechte Seite, legte sich einen Arm des Bewusstlosen über die Schulter und fasste ihn um die Taille.

Ihr Blick war auf die Straße geheftet, die in Richtung Stadt führte. »Immer geradeaus«, sagte sie zu Charles. »Und lass dich durch nichts aufhalten.« Mit der freien Hand fasste sie den Griff ihrer Waffe.

Vier Männer mit Steinen in der Hand verstellten ihnen den Weg. Ein besonders Eifriger, der sich gleich drei Steine gegriffen hatte, trat grinsend vor und tat den ersten Wurf. Im Bruchteil einer Sekunde hatte sie den Revolver aus dem Holster gezogen.

Der Mann hatte den Knall gehört und das Mündungsfeuer gesehen, aber jetzt stand er da, starrte auf das große Loch in seinem Oberschenkel und überlegte offenbar, ob es da einen Zusammenhang gab, doch dann waren die Gesetze der Schwerkraft stärker: Er stürzte zu Boden und schleppte sich schreiend weg. So ganz hatte er noch immer nicht begriffen, was mit ihm passiert war. Der Kreis teilte sich, um ihm den Weg freizumachen, aber niemand half ihm, niemand schien die Waffe in Mallorys Hand wirklich ernst zu nehmen.

Charles und Mallory bewegten sich, den leblosen Körper Rikers mitschleifend, langsam vorwärts. Die Männer und Frauen hatten sich rechts und links von ihnen aufgereiht und hielten mit ihnen Schritt. Eine Frau in rotem Satinkleid rief Mallory mit lauter Stimme obszöne Beschimpfungen zu und schleuderte eine Flasche nach ihr, die Mallory nur wenig verfehlte. Sie legte in aller Ruhe auf die Frau an und drückte ab. Die Frau starrte das dunkle Loch im Ärmel ihres Kleides an und wusste offensichtlich nicht, ob sie sich ärgern oder wundern sollte. Eben noch war sie als Teil der Menge unverwundbar gewesen, jetzt aber eine Zielscheibe im roten Keid.

Mallory hob erneut den Revolver, und die Frau rannte schreiend zwischen den schäbigen Häusern davon. Eine Weile hatten sie Ruhe, dann überholte sie ein Teenager, und das nächste Wurfgeschoss, ein Backstein, traf Charles am Schuh. Dort prallte er ab, ohne viel Schaden anzurichten. Trotzdem richtete Mallory ihre Waffe auf den Angreifer. Der Vierzehn- oder Fünfzehnjährige begriff, dass seine Jugend ihn nicht schützen würde. Wenn ihre Kugel ihn am Kopf traf, war er erledigt. Rasch ging er hinter den Erwachsenen in Deckung. In der Kneipe, vor der er stand, klirrte das Glas der breiten Schaufenster, und Flammen schlugen aus der Öffnung. Die Menge bewegte sich in ruckartigen Wellenbewegungen.

»Sie haben keinen Anführer«, sagte Mallory, »und warten darauf, dass wir ihnen die Stichworte liefern. Bleib cool, Charles.«

Leichter gesagt als getan.

Ein kleiner Wichtigtuer schob sich in den Vordergrund. Sein Stein traf Mallory an der Schulter. Die Vergeltung ließ nicht auf sich warten. Sie drückte ab, als der Mann gerade weglaufen wollte. Er fiel hin und griff sich schreiend an die Seite, aus der ein Blutstrom quoll. Der nächste Stein kam hinter einem parkenden Wagen hervor. Mallory schoss auf die Wagenscheibe. Stolpernd und mit schmerzverzerrtem Gesicht brachte sich ein Mann in Sicherheit, auf dessen Schulter sich ein großer Blutfleck ausbreitete.

Mallory feuerte aufs Geratewohl eine Salve in die Menge und gab gleich darauf noch einen gezielten Schuss ab.

Jetzt blieben sie stehen. Allmählich ging ihnen wohl auf, wie groß für jeden Einzelnen von ihnen die Gefahr war, bei diesem unheimlichen Russischen Roulette ums Leben zu kommen.

Nun brauchte sie nur den Revolver zu heben, um die Menge auf Abstand zu halten. Charles hatte mitgezählt – ihr sechsschüssiger Revolver musste jetzt eigentlich leer sein. An die zwanzig Leute hielten immer noch mit ihnen Schritt.

Ein Stein traf Mallory zwischen den Schulterblättern. Sie drehte sich um und zielte. Der Steinwerfer streckte die Hände aus, als könnte er damit die Kugel aufhalten, und wich zurück. »Halt mal einen Augenblick Riker fest, Charles, aber bleib nicht stehen.« Sie holte den Schnelllader aus dem Gürtel, lud die leeren Kammern nach und nahm dann wieder Rikers Arm.

Charles spürte die zunehmende Hitze in seinem Rücken. Als er sich umdrehen wollte, sagte Mallory: » Schau nicht hin. Die Häuser brennen. Sonst gibt's da nichts zu sehen.«

Das stimmte nicht ganz. Über den Köpfen der Menge entdeckte er eine hoch gewachsene, sich geschmeidig bewegende Gestalt mit wehendem weißen Haar, die mit einem Benzinkanister und einer Flasche, in deren Hals ein Tuch steckte, von Haus zu Haus lief.

Wieder flog ein Stein. Er traf Mallorys Bein. Aus der Menge kamen Hurrarufe. Endlich mal wieder ein Treffer! Sie schoss in eine kleine Gruppe auf dem Gehsteig. Ein Mann schrie auf, die Übrigen rückten von ihm ab, als hätten sie Angst, die Kugeln könnten ansteckend sein. Während Mallory noch zu ihrem Opfer hinsah, hob sich wieder ein Arm, um einen Stein in ihre Richtung zu schleudern, doch in diesem Moment traf den Mann, dem der Arm gehörte, selbst ein Stein am Kopf. Aus der Dunkelheit kam ein leises, fast mädchenhaftes Lachen – aber Charles wusste, dass es Augusta war.

Zwei Ratten flüchteten über die Veranda eines Hauses vor dem schwarzen Rauch, der sich träge auf die Straße wälzte, dann aber wieder unter der Türschwelle verschwand, als habe das Haus ihn verschluckt. Sekunden später gingen durch die Hitze zwei Fenster zu Bruch, die Scherben fielen klirrend auf die Straße, und die Flammen schlugen an den Außenwänden hoch.

Das von Augusta zunächst als Schoßtier gehätschelte Feuer hatte sich selbstständig gemacht. Eine Flammensäule stieg zum Himmel auf. Charles spürte sengende Hitze auf seinem Gesicht, und seine Augen brannten. Der Wind wehte den Rauch zum Bayou hinüber, zurück blieben ein beißender Geruch und das Brausen des Feuers. Es fraß sich satt.

»Hab keine Angst«, sagte Mallory fast beiläufig. »Das hat jetzt keinen Sinn mehr.«

Charles hatte sich schon in dem Augenblick verloren gegeben, als er sich über Riker warf, um ihn zu schützen. Mallory hatte ihm das Leben geschenkt. Es war ein Geschenk, für das sie einen hohen Preis bezahlt hatte. Und er besaß nichts, womit er sich hätte revanchieren können. Obwohl er wusste, dass seine Angst sinnlos war, fürchtete sich sein Körper noch immer. Sein Herz raste, Adrenalin schoss durch seine Adern.

Neben dem brennenden Haus standen zwei junge Männer, tranken abwechselnd aus einer Whiskeyflasche und machten sich über das Feuer lustig. Offenbar war ihnen nicht klar, was das für sie bedeutete.

Eine Flamme schoss aus dem Haus, umkreiste den Kopf des einen jungen Mannes, versengte ihm die Haut und setzte sein Haar in Brand. Die beiden rannten weg, und der Freund versuchte, die Flammen zu löschen. Der brennende Mann schrie, aber von seiner Whiskeyflasche mochte er nicht ablassen.

Die meisten aber nahmen von den Bränden kaum Notiz. Sie waren trunken vom Schnaps und der Erregung des Augenblicks, in dem sie johlend und fluchend um Charles und Mallory herumtanzten.

Mallory feuerte den nächsten Schuss ab und schaffte damit Charles und Riker vorübergehend mehr Raum. Die Menge blieb an einer unsichtbaren Grenze stehen und drohte ihnen nur mit erhobenen Fäusten und verzerrten Gesichtern. Der Mob schrie, das Feuer brüllte. Mallorys Revolver bellte durch die Nacht und trieb die Verfolger wieder auseinander.

Doch sie kamen zurück. Als sie das nächste Haus passierten,

schlugen aus dem Dach gelbe Flammen. Charles warf noch einmal einen Blick zurück. Die Feuersbrunst war faszinierend in ihrer wilden Schönheit. Eine Flasche traf ihn an der Schläfe, aber er spürte es kaum in seinem aus Angst und Erregung gemischten Hochgefühl.

Ein Mann, dessen Hemd Feuer gefangen hatte, wälzte sich am Boden. Gleichgültig zog die Menge an ihm vorüber. In den Kneipen verwandelten sich die explodierenden Schnapsflaschen in gefährliche Geschosse. Und immer wieder hörte man dazwischen die laute, Achtung gebietende Stimme von Mallorys Revolver.

Zwei Halbwüchsige hockten wie schwarze Krähen auf dem Geländer einer Veranda. Obgleich sie sich bewusst im Schatten hielten, sah Charles, dass sie die Lippen bewegten. Sie zählten die Schüsse.

Der nächste Stein verfehlte sein Ziel. Mallory klickte mit einem leeren Revolver. Sie waren fast am Ende der Straße angelangt, als die Jungen vom Geländer sprangen und mit Steinen in den Händen auf sie zukamen.

»Rechts«, warnte Charles Mallory.

Mallory beobachtete die beiden einen Augenblick, dann schleuderte sie den Revolver nach dem Jungen, der um ein paar Schritte schneller war, und traf ihn am Kopf. Der andere blieb einen Augenblick stehen und sah auf seinen Freund hinunter, der blutüberströmt zusammengebrochen war.

»Nimm Riker«, befahl Mallory, »und geh weiter.« Sie selbst bewegte sich auf den Jungen zu, der noch immer seinen Stein in der Hand hielt, packte seinen Arm und brach ihn über ihrem Knie. Charles hörte das Knacken ganz deutlich. Schreiend blieb der Junge zurück, während sie, Riker zwischen sich, einträchtig ihren Weg fortsetzten. Charles hatte sich Mallory noch nie so nah gefühlt.

Überall um sie herum brannte es jetzt. Die älteren Männer hatten sich aus dem Staub gemacht, und jetzt wichen auch die jüngeren und eine Hand voll Frauen an den Straßenrand zurück. Zuletzt ergriffen die Halbwüchsigen mit dem brutalen Blick die Flucht und verschwanden in einem der Häuser.

Aus dem oberen Fenster krachte ein Schuss. »Die wenigsten Leute können richtig schießen«, sagte Mallory über den bewusstlosen Riker hinweg zu Charles. »Ein bewegliches Ziel treffen diese Dreckskerle nie.«

»Und ich hab gedacht, in dieser Gegend kommen sie schon alle mit Jagdflinten zur Welt.« Charles sah nach oben. Aus dem Fenster im ersten Stock ragte ein langer stählerner Lauf.

Der nächste Schuss wirbelte den Staub vor ihren Füßen auf. »Schon besser«, meinte Mallory kühl.

Charles sah eine Flasche mit brennendem Lappen im Hals durch das Fenster neben dem des Schützen segeln. Das Zimmer erstrahlte plötzlich in fahlgelbem Licht, und auf den nächsten Schuss warteten sie vergebens. Augusta war nirgends zu sehen.

Sie gingen weiter, ohne das Tempo zu verändern. Die Menge folgte ihnen noch immer, hielt aber jetzt respektvoll Abstand, was Charles ein wenig wunderte. Schließlich hatte Mallory jetzt keine Waffe mehr.

»Sie wissen nicht, was sie machen sollen, wenn niemand ihnen die Richtung vorgibt«, sagte Mallory. »Schau nicht hin.«

Nur ein paar Schritte trennten sie noch von dem Weg, der nach Dayborn führte, wo nicht Fackeln und brennende Häuser, sondern elektrisches Licht die Nacht erhellte. Die Energie der Menge war verpufft. Sie war nur noch ein zielloser Haufen.

Charles sah Mallory an. Vielleicht kamen sie doch durch. Jetzt aber trat ihnen ein von zwei Halbwüchsigen flankierter Mann in den Weg. Malcolms Paillettenanzug funkelte wie von tausend tanzenden Flämmchen erhellt. Er hielt eine Flinte im Arm. Zwei Männer gesellten sich zu ihnen. Einer umklammerte einen Baseballschläger, der andere hatte in jeder Hand einen Stein.

Der Sheriff blickte stur geradeaus. Im Licht der Scheinwerfer konnte er die Bäume und Sträucher am Straßenrand erkennen, aber der Mond hatte sich hinter Wolken verzogen, und jenseits der Scheinwerferkegel war tiefe Schwärze. Als er die Abzweigung nach Owltown erreicht hatte, sah er die Flammen und hielt an. »Raus!«, schrie er.

Lilith Beaudare wollte protestieren, aber er kam ihr zuvor. »Das ist meine persönliche Sache, Lilith, bei der es nicht so ganz legal zugehen dürfte. Du hast doch bestimmt keine Lust, deinen Urlaub im Gerichtssaal zu verbringen, um gegen mich auszusagen …«

Guy Beaudare würde der Tod seines einzigen Kindes tief treffen, und wenn er, Tom Jessop, auch stark bezweifelte, dass er den alten Freund in diesem Leben noch einmal wieder sehen würde, konnte er sich doch dessen Kummer gut vorstellen. Er wusste ja, wie sehr er unter dem Verlust der kleinen Kathy Shelley gelitten hatte.

Lilith war noch jung. Früher oder später würde sie über das, was er ihr antun musste, hinwegkommen.

»Sie können doch nicht …«, fauchte sie ihn wütend an, aber weiter kam sie nicht. Er langte über sie hinweg, öffnete die Beifahrertür und stieß sie aus dem Wagen. Im Rückspiegel sah er, wie sie aufstand, sich den Staub von den Sachen klopfte und mit großen Augen den schnell kleiner werdenden Rücklichtern seines Wagens nachschaute.

Rikers Kopfwunde blutete noch. Nur daran merkte man, dass er noch am Leben war. Vielleicht war es ein Segen, dass er nicht mitbekam, was sie erwartete.

Malcolm legte auf Charles an. Der lauschte dem Knistern des Feuers und betrachtete die wutverzerrten Gesichter, die sie anstarrten. Ihre Verfolger waren alle wieder da. Dann wandte er sich Mallory zu. Ihr Gesicht leuchtete im Schein des Feuers und gab ihm Trost. Der Tod war jetzt ganz nah, aber er hatte nun keine Angst mehr. Dieser Moment war der Höhepunkt seines Lebens, das nur noch eine kostbare Sekunde dauern würde.

Und dann fragte er sich, wie Mallory ihm wohl die Freude daran verderben könnte – denn darin war sie groß.

»Wenn du dich auch nur einen Millimeter bewegst, Charles, bring ich dich um«, sagte Malcolm.

Es war wohl logisch, zuerst das größte Ziel unschädlich zu machen, aber in Mallory die kleinere Gefahr zu sehen fand Charles ausgesprochen kurzsichtig. Er hütete sich, Malcolm darüber aufzuklären, denn in letzter Minute hatte er nun doch noch ein Geschenk für Mallory. Mit seinem Tod konnte er ihr die Sekunden der Ablenkung erkaufen, die sie brauchte, um zu flüchten, zu überleben.

»Du bist ein Trottel, Malcolm«, sagte Mallory mit abgrundtiefer Verachtung. »Ein ausgemachter Idiot.«

War das die richtige Zeit für eine Schimpfkanonade? Vielleicht wäre es eleganter, sich …

»Soviel ich weiß, ist der Idiot von Dayborn tot.« Malcolm lächelte hinter dem Visier seiner Flinte.

Sie schüttelte mit spöttischer Miene den Kopf. »Du machst immer denselben Fehler, Malcolm. Regelmäßig verziehst du dich, ehe die Arbeit erledigt ist. Ira lebt. Da hast du wieder mal Mist gebaut.«

Malcolm senkte den Flintenlauf, behielt aber Charles immer noch im Blick.

»Wieder hast du dir einen Schnitzer geleistet, der den Sheriff zu drei weiteren Morden führen wird«, sagte sie herausfordernd. Die Menge drängte näher heran.

»Mund halten.« Malcolm richtete die Flinte jetzt auf sie. »Halt's Maul, du Schlampe.«

Er konnte es sich nicht leisten, sein Publikum an eine Konkurrentin zu verlieren.

»Sieht so aus, als ob du ausnahmsweise mal deine Morde selber begehen willst, wie?«, fragte Mallory fast gelangweilt. »Wenn man dem Zeugen glauben darf, hast du den Tatort verlassen, ehe meine Mutter gesteinigt wurde. Die schmutzige Arbeit hast du deinen Brüdern überlassen. Wäre es zum Prozess gekommen, hättest du dich aus einer Mordanklage vermutlich herauswinden können.«

Vom Highway aus raste mit blinkendem roten Licht und heulender Sirene der Wagen des Sheriffs heran und rollte zwischen den brennenden Häuserzeilen auf sie zu.

»Greift ihn euch!«, brüllte Malcolm.

Die Menge stürzte auf den Wagen zu, der in einem Morast von Armen und Beinen stecken blieb. Wie Insekten wimmelten die Menschen um den Wagen herum, rissen die Fahrertür auf und zerrten der Sheriff heraus. Charles sah, dass er an der Schläfe blutete, als ihn der Mob Malcolm vor die Füße warf.

Die Hand des Sheriffs stahl sich zu seiner Dienstwaffe. Ein Warnruf kam aus der Menge, und Malcolm richtete seine Waffe auf Jessop, während ein Junge ihm die Pistole abnahm.

»Ich habe Unterstützung angefordert«, sagte der Sheriff. »Diesmal ist die Polizei hier, bevor du abhauen kannst, Malcolm. Gib auf.«

»Meinst du?« Malcolm schüttelte den Kopf. »Ich höre keine Sirenen, Tom.«

Der Junge, der dem Sheriff die Waffe weggenommen hatte, sah Malcolm fragend an. Er war so aufgeregt, dass er mit den Füßen im Dreck tänzelte.

Charles sah, wie die brennenden Trümmer einer Kneipe auf dem Dach eines Ladens landeten und die Schindeln in Brand setzten. Aus einem brennenden Fass sprühten Funken und landeten auf weiteren Dächern. Eine Frau schlug sich glühende Schlacke aus dem Haar, eine andere vom Rock.

»Wir werden es folgendermaßen darstellen.« Malcolm nickte in Mallorys Richtung, ohne den Sheriff aus den Augen zu lassen. »Sie hat in einer Mordorgie auf unschuldige Bürger geschossen, so dass ich sie abknallen musste wie einen tollwütigen Hund. Du bist in treuer Pflichterfüllung gestorben, Tom. Vielleicht ist das ein kleiner Trost für dich.« Er ließ die Flinte sinken und deutete auf den Jungen mit der Waffe des Sheriffs. »Schieß, Teddy!«

»Tu's nicht, Teddy«, sagte Mallory so scharf, dass der Junge die Waffe sinken ließ und sie erstaunt ansah.

»Malcolm hat eine Flinte«, sagte sie. »Findest du es nicht

merkwürdig, dass er nicht selbst schießt?« Sie sah Malcolm an. »Warum versteckst du dich hinter einem Kind? Mach's doch selber.«

Keine so gute Idee, dachte Charles.

Malcolm funkelte den Jungen an. »Los jetzt!«

Der Junge ließ die Waffe fallen und flüchtete. Malcolm hob den Flintenlauf. »Ich werd's euch zeigen«, stieß er hervor.

»Das wirst du nicht!«, rief eine Frauenstimme.

Alle drehten sich um. Lilith Beaudare stand schwer atmend und mit schweißüberströmtem Gesicht auf dem Dach des Wagens, mit dem der Sheriff gekommen war. Sie zielte auf Malcolms Kopf.

»Erschieß ihn!«, rief Mallory.

Die Menge beobachtete die Szene schweigend und wartete.

Malcolm sah grimmig auf den Sheriff herunter. »Lass die Kanone fallen, Mädchen, oder ich bring deinen Boss um.« Er wagte einen Blick zum Wagendach hinüber. »Weg mit der Waffe! Jetzt! Tu, was …«

Liliths Kugel traf Malcolm Laurie in die Stirn. Knochensplitter flogen durch die Luft, Blut spritzte aus der Wunde, und ihm blieb noch ein kurzer Moment des Staunens. Der Körper war so perfekt ausbalanciert, dass er noch eine Sekunde aufrecht stehen blieb, aber Malcolm Laurie war schon tot, als er vornüber zu Boden fiel.

Und jetzt hörten sie die Sirenen.

Ein Konvoi von Polizeifahrzeugen jagte vom Highway her auf sie zu, zwanzig Scheinwerferpaare durchschnitten die Dunkelheit. Wer von den Zuschauern noch am Tatort war, flüchtete aus dem lichterloh brennenden Owltown.

Lilith Beaudare stieg nicht geschmeidig wie sonst, sondern steif und müde vom Wagendach herunter. Vor Malcolms Leiche blieb sie stehen und sah die Waffe in ihrer Hand so überrascht an, als wüsste sie nicht, wie sie dorthin gekommen war und wem diese Mörderhand gehörte.

Mallory musste sie zweimal ansprechen, ehe sie aus ihrer

Trance erwachte. Die beiden Frauen sahen sich an. Das rotierende Licht auf dem Wagendach färbte ihre Gesichter bei jeder Drehung blutig rot. Glühende Schlacken wirbelten um sie herum und fielen wie ein Regen leuchtender Sternschnuppen zu Boden.

28

»Am besten fahre ich ihn«, sagte der Sheriff. »Aus dem verdammten Chemiewerk kommen noch immer jede Menge Verletzte. Wenn wir auf einen Krankenwagen warten wollen, stehen wir die ganze Nacht hier.«

»Kein Problem.« Der junge Polizist schloss seinen Erste-Hilfe-Koffer und betrachtete seinen Patienten prüfend. »Kein Risiko, wenn Sie ihn in Ihrem Wagen mitnehmen. Es sieht schlimmer aus, als es ist.«

Viel schlimmer, dachte sich Charles, konnte Riker eigentlich gar nicht mehr aussehen. Sämtliche Rippen waren verpflastert, ein Arm geschient und das Gesicht dick verbunden.

Der Polizist half ihnen, Riker auf die Rückbank neben Mallory zu setzen. Sie legte eine Decke über ihn und wickelte ihn ein wie ein Kind. Er war halb bei Bewusstsein, aber die Augen fielen ihm immer wieder zu.

»Ich hab über Funk das Krankenhaus informiert«, sagte der Polizist durchs offene Wagenfenster. »Detective Riker hat erste Priorität in der Notaufnahme. Für den Fall, dass die Sie hängen lassen oder Sie beim Röntgen Schlange stehen müssen, geb ich Ihnen als Rückenstärkung zwei Streifenwagen mit.«

»Danke«, sagte Mallory. Charles verbiss sich ein Lächeln. Der junge Polizist konnte ja nicht wissen, dass sie mit solchen Schwierigkeiten auch ohne Hilfe spielend fertig wurde.

»Ist dir klar, dass Augusta ganz Owltown abgefackelt hat?«, fragte Charles fast beiläufig, als der Polizist abgezogen war.

»Aufräumungsarbeiten«, meinte Mallory.

»Wie meinst du das?«

»Das Land gehört jetzt ihr, sie kann damit machen, was sie will.«

»Soll das heißen, dass es Augusta war, die Malcolm den Immobilienbesitz der Neuen Kirche abgekauft hat?«

Mallory nickte und zog Rikers Decke ein Stück höher. »Der ganze Laden- und Kneipenbezirk und auch das Land am Flussufer gehören jetzt ihr. Sie will ein Eulenhabitat daraus machen.« Sie warf einen Blick aus dem Rückfenster. Wieder ging hinter ihnen ein Haus in Flammen auf. »Die nächste Zwangsräumung!« Er sah, während der Sheriff und Lilith Beaudare einstiegen, Augustas schlanke Gestalt hinter dem Haus. Der Wagen rollte an den rauchenden Trümmern von Owltown vorbei. Charles beugte sich zu Mallory hinüber. »Sollten wir nicht wenigstens mit ihr darüber sprechen, dass …«

»Es ist nicht mehr viel übrig, Charles, nur diese eine Bruchbude.« Sie deutete auf den letzten Laden, den eine breite Schneise von seinen Nachbarn trennte. Doch plötzlich brannte auch dieses Haus wie Zunder. »Zu spät! Schade, was?« Lächelnd sah sie Charles an.

Der Sheriff nahm die Ausfahrt zum Highway und fuhr in Richtung Krankenhaus. Im Rückspiegel loderten die Flammen von Owltown. Er wandte sich an die junge Frau auf dem Beifahrersitz, die seit dem Schuss auf Malcolm Laurie kein Wort mehr gesagt hatte. »Heute hast du dir dein Gehalt verdient, Lilith. Dein Dad kann stolz auf dich sein.«

»Sie hat mit dem Schuss zu lange gewartet«, ließ sich Mallory von der Rückbank her vernehmen. »Sie muss noch an sich arbeiten.«

»Aber sie hat sich geweigert, die Waffe fallen zu lassen«, verteidigte der Sheriff sie, »und hat verdammt gut gezielt.«

»Stimmt«, räumte Mallory ein. »Ganz erstaunlich für eine Anfängerin. Aber abdrücken muss sie in Zukunft schneller.«

»An den Lauries kann sie's nicht mehr üben, das wäre nicht fair. Wer schießt schon auf hinkende Ziele?«

»Wo … was ist passiert?« Riker hatte die Augen halb geöffnet, sah erst rechts, dann links aus dem Fenster und versuchte mühsam, sich wieder in der Welt zurechtzufinden.

»Alles erledigt«, erwiderte Mallory. »Schlaf weiter.«

»Das wohl kaum«, wandte Charles ein. »Wir wissen immer noch nicht, wer Babe Laurie umgebracht hat.«

»Und werden es vielleicht auch nie erfahren«, sagte der Sheriff gleichmütig, und Charles begriff, dass der Sheriff das Rätsel gelöst hatte, denn er sah Tom Jessop im Rückspiegel zufrieden lächeln. Mallory schien seine Frage überhaupt nicht zu interessieren.

»Hey, Kathy«, sagte Riker.

»Nicht sprechen«, mahnte Mallory. »Wir sind gleich da.«

»Erinnerst du dich noch an die Zeit, als du eine kleine Range warst und ich noch Kathy zu dir sagen durfte?«

»Ja, natürlich. Ruh dich jetzt aus. Mach die Augen zu«, kommandierte sie, aber ihre Stimme klang sanft und beruhigend, als spreche sie zu einem Kind.

Auf Kommandos reagierte Riker immer ziemlich ungnädig. Er hatte jetzt die Augen weit geöffnet. »Wir haben verdammt viel zusammen durchgemacht, oder?«

»Ja, Riker.«

»Darf ich dich jetzt Kathy nennen?«

»Nein.«

Riker schloss die Augen, grinste und murmelte etwas möglicherweise nicht sehr Schmeichelhaftes. Aber auch jetzt musste Mallory das letzte Wort haben. Sie beugte sich zu ihm hinunter. »Schlaf!«

Charles betrachtete seine lädierten Reisegefährten. Der Sheriff hatte einen breiten Verband über dem rechten Auge, schien aber bester Laune. Riker widersetzte sich schon wieder Mallory – ein Zeichen, dass es ihm besser ging. Mallory selbst, die zahlreichen Menschen schwere Verletzungen zugefügt hatte, wirkte nur ein wenig müde, wie nach einem ganz gewöhnlichen anstrengenden Arbeitstag.

Bei Lilith sah das anders aus. Sie hatte einen Menschen getötet und war seelisch nicht so robust wie die skrupellose Mallory.

Charles, der sie im Profil vor sich hatte, sah, dass sie aus dem Fenster blickte und dabei fast unmerklich den Kopf hin und her bewegte, um nicht unversehens in einen Schockzustand zu geraten. Ihre Lippen waren grimmig zusammengepresst. Um einen Schrei zu ersticken? Die Augen waren traurig und schlossen sich langsam.

Charles spürte, dass sie etwas verloren, dass etwas in ihr zerbrochen war.

Ein fetter gelber Mond hing über den Zuckerrohrfeldern. Es sah so aus, als sei auch er in Bewegung und liefe, ab und an hinter einem Haus verschwindend und auf der anderen Seite wieder hervorkommend, auf dem schwarzen Band des Highways mit dem Wagen des Sheriffs um die Wette.

Lilith hob leicht das Kinn und schlug die Augen auf. Im dunklen Spiegel der Fensterscheibe erkannte Charles, dass ihr Gesicht sich verhärtet hatte. Ihr Blick war auf denselben Mond, auf dieselben Felder gerichtet, aber er hatte den Eindruck, dass sie eine völlig andere Landschaft betrachtete.

Der Tod hatte alles verändert.

29

Mallory hatte die Stiefel mit nagelneuen Laufschuhen vertauscht. In einiger Entfernung von den übrigen Gästen stand sie da, hielt ihr Weinglas – ein Erbstück der Familie Shelley – ans Licht und bewunderte das eingeschliffene Monogramm. Zur Feier des Tages hatte sie die eleganten Speisezimmermöbel vom Dachboden holen lassen. Auf dem langen Rosenholztisch lag eine kostbare Spitzendecke, Silber und Kristall funkelten.

Charles sah ihr nach, als sie in die Bibliothek mit ihren leeren Regalen hinüberging, und wollte ihr folgen, aber seine Gastgeberin verstellte ihm den Weg.

»Sie nimmt Abschied von dem Haus«, sagte Augusta.

Charles nickte und trank ihr lächelnd zu. »Auf das erfolgreich abgeschlossene Immobiliengeschäft!«

Sie stieß mit ihm an, und Henrys Hände bedeuteten ihm hinter ihrem Rücken: *»Das nächste Haus, das sie haben will, ist meins.«*

»Ich hoffe doch, dass in der Übertragungsurkunde eine einschränkende Bestimmung vorgesehen ist, damit Sie das Haus nicht abfackeln oder verkommen und verfallen lassen können?«

»Genau das hat Mallory zur Bedingung gemacht«, sagte Augusta belustigt und ging zu Riker hinüber, dessen Glas einen beunruhigend niedrigen Pegelstand aufwies.

Der Sergeant hatte es sich in einem bequemen Sessel mit Fußstütze gemütlich gemacht. Auf dem eingegipsten Arm hatten sich hübsche Krankenschwestern, Staatspolizisten und die schöne Lilith Beaudare mit ihren Autogrammen verewigt. Er genoss es, den Invaliden zu spielen, denn in dieser Rolle erreichte er mit einem stummen Blick über den Tisch, dass ihm jeder Wunsch erfüllt wurde. Augusta hatte Riker ins Herz geschlossen, was dazu führte, dass die anderen Gäste ein bisschen zu kurz kamen. Der Sheriff und Lilith mussten sich selbst Wein einschenken, während Augusta und Riker hinter einer Wolke von Zigarren- und Zigarettenrauch die Köpfe zusammensteckten.

Charles sah durch die breite Türöffnung der Bibliothek Mallory vor dem Kamin stehen. Der Wind rüttelte an den Scheiben. Eine Bö fuhr durch eine offene Entlüftungsklappe im Kamin und wirbelte eine kleine Staubwolke auf.

Hattest du dir die Heimkehr so vorgestellt, Mallory? Jetzt hast du deine Rache und dir deinen größten Wunsch erfüllt. Und nun stehst du da und wartest darauf, dass der Staub sich legt …

Sie war so verschlossen und undurchschaubar. Augusta hatte Recht behalten: Er würde nie auf alle seine Fragen eine Antwort bekommen und hütete sich, die persönlichsten auch nur anzudeuten. Doch nun gingen sie ihm ständig im Kopf herum, wie blinde Fledermäuse, die dazu verdammt sind, immer im Kreis zu fliegen.

Da war zum Beispiel der Name Mallory, den sie sich selbst gegeben hatte. Die Theorie, dass es der Name ihres Vaters war, fand er immer noch recht überzeugend, aber sie hatte sich geweigert, ihm etwas über diesen Mann zu erzählen. Vielleicht war er ihr auch gleichgültig. Seit ihrem zehnten Lebensjahr war Louis Markowitz ihr Vater gewesen, und das war ihr offenbar genug.

Mallory drehte sich um, und Charles senkte wie ertappt den Kopf. Auf dem Weg zurück ins Speisezimmer griff sie sich einen Karton mit persönlichen Erinnerungen an ihre Mutter, den sie in der Diele abstellte. Bald würden sie ihn zum Auto bringen. Die Party war fast vorbei.

Augusta vergewisserte sich mit einem raschen Blick, dass alle wieder beisammen waren, und brachte dann einen Trinkspruch auf die glückliche Rückkehr in die Heimat aus. Charles sah zu Mallory hinüber.

Heimat – wo ist das?

Morgen früh würde sie mit ihm nach New York zurückfahren, aber wie lange würde sie dort bleiben? Nicht Orte bedeuten ja Heimat, dachte er bei sich, sondern Menschen, und es war sehr unwahrscheinlich, dass sie jemals bei ihm ihre Heimat suchen würde, allenfalls eine vorübergehende Zuflucht, wie man sie Freunden bietet. Natürlich war auch Mallorys Freundschaft nicht zu verachten. Nicht dass er damit je zufrieden gewesen wäre, aber ...

Red keinen Stuss, hätte Mallory gesagt.

Charles beschloss, damit aufzuhören, sich selbst etwas vorzumachen, und sah auf die Uhr. So langsam musste er daran denken, Rikers Koffer im Hotel abzuholen und ihn zum Flugplatz zu bringen.

Die Gläser waren endgültig geleert, die Haustür stand offen –

da löste sich eine von Charles kreisenden Fledermäusen aus ihrer Formation. »Würde mir jemand verraten, wer Babe Laurie umgebracht hat?«, fragte er.

Riker war sichtlich unangenehm berührt und stellte sich taub. Henry lächelte ebenso freundlich wie undurchdringlich und tat, als ginge ihn das alles nichts an. Tom Jessop hielt Lilith höflich die Tür auf, und sie entkam, während sich Charles Butlers erwartungsvoller Blick voll auf den unglücklichen Sheriff richtete.

Der holte tief Luft. »Wenn Sie versprechen, dass es unter uns bleibt …«

»Meinetwegen.«

»Fred Laurie. Seit Kathys Hund verschwunden ist, hat man auch Fred nicht mehr gesehen. Der Dreckskerl hat schon mal versucht, den Hund umzubringen. Ich denke mir, dass er diesmal ganze Arbeit geleistet und sich danach schleunigst aus dem Staub gemacht hat. Zwei Zeugen haben ihn mit einer Flinte im Wald gesehen.«

Der Hundemord war damit geklärt, aber …

»Finde ich durchaus überzeugend.« Augusta rieb an einem unsichtbaren Fleck auf ihrem Weinglas herum.

Mallory starrte die Dielenbretter an. »Vermutlich ist das Motiv Babes Sohn?«

»So sehe ich das auch«, bestätigte der Sheriff. »Der Junge gehörte streng genommen Fred und nicht Babe. Einer von ihnen ist ausgeflippt, und sie haben es auf der Straße ausgetragen. Der Bericht ist schon geschrieben und ein Haftbefehl für Fred Laurie ausgestellt.«

Mallory und Augusta wechselten einen Blick, den Charles sich zunächst nicht erklären konnte. Als ihm dann eine mögliche Deutung dämmerte, beeilte er sich, den Gedanken wieder zu verdrängen. Er wollte gar nicht wissen, wie viele Leichen unter den Steinen an der Spitze des Finger Bayou liegen mochten.

Nur dass Fred Laurie seinen Bruder nicht umgebracht hatte, stand für ihn jetzt fest. Die Übereinstimmung dieser Gesellschaft von Meisterlügnern war einfach zu groß, um wahr zu sein.

»Was für Beweise liegen gegen Fred Laurie vor?«, fragte er, obwohl er wusste, dass er damit die anderen gegen sich aufbrachte. »Braucht man für einen Haftbefehl nicht etwas Handfesteres als einen Verdacht?«

»Mir liegt das Geständnis von Travis vor«, gab Jessop zurück. »Darin nennt er Fred als den Mörder. Riker war dabei und hat eine entsprechende Aussage zu Protokoll gegeben.«

Riker hatte eine Streichholzschachtel aus der Tasche gezogen und betrachtete sie mit der Hingabe eines Forschers, der gerade einen seltenen Fund zutage gefördert hat.

Der Sheriff brach das lastende Schweigen. »Wenn Sie wollen, fahre ich Sie jetzt in die Stadt, Riker, wir holen Ihr Gepäck, und ich bringe Sie zum Flughafen.«

Riker war von diesem Vorschlag sichtlich angetan und bewegte sich trotz seiner Blessuren auffallend behende zur Tür.

Tom Jessop wandte sich an Mallory. »Kommst du zum Prozess wieder her? Unbedingt nötig ist deine Aussage allerdings nicht. Unsere Leute drängen sich geradezu darum, als Zeugen der Anklage aufzutreten.«

Sie schüttelte den Kopf. »Ich bin mit Dayborn fertig.«

Nachdem sie sich in der Auffahrt von Augusta verabschiedet hatten und Riker mit dem Sheriff weggefahren war, hob Charles den schweren Karton auf die Rückbank des silberfarbenen Mercedes.

In dem Karton tickte etwas mit der Regelmäßigkeit eines Uhrwerks.

Er sah Mallory an. Dass sie eine Zeitbombe zwischen die Sachen ihrer Mutter geschmuggelt hatte, traute er ihr denn doch nicht zu.

»Ein Metronom«, sagte sie. »Das Pendel hat sich wohl gelockert.«

Er setzte sich ans Steuer, und sie nahm neben im Platz. »Erinnerst du dich noch an Iras Klavierstunden?«, fragte er.

Sie nickte. »Wir haben Duette gespielt. Damals waren zwei Instrumente im Haus, der Stutzflügel meiner Mutter und ein älteres mechanisches Klavier. Manchmal haben wir uns musikalische Wettrennen geliefert.«

Das Metronom tickte einen Viervierteltakt. Die Vogelstimmen in den Bäumen um sie herum weigerten sich, den Rhythmus aufzunehmen.

»Warum ist er an jenem Tag zu euch ins Haus gekommen, Mallory? Hat deine Mutter ihm, nachdem Iras Vater seine Therapie abgebrochen hatte, weiter Klavierstunden gegeben?«

»Die Therapie wurde nicht abgebrochen. Ira hing sehr an meiner Mutter und ist täglich zur gewohnten Zeit bei ihr aufgetaucht. Sein Vater sollte auf ihn aufpassen, wenn Darlene arbeitete, aber er eignete sich nicht recht zum Babysitter, und deshalb stand dann Ira immer wieder im Garten, und meine Mutter brachte es nicht übers Herz, ihn wegzuschicken.«

Charles hielt den Zündschlüssel in der Hand. Das Metronom tickte jetzt nur noch einmal in jedem Takt. Die Vögel sangen lauter und hektischer, als könnten sie ihre Lieder gar nicht schnell genug loswerden. Morgen früh, wenn sie Augustas Vogelparadies hinter sich gelassen hatten, würde es ganz still um sie sein. Meilenweit nur leere Straßen und …

»Du hast nie gefragt, ob ich Babe Laurie umgebracht habe«, sagte Mallory.

»Das war nicht nötig. Er ist hinterrücks mit einem Stein erschlagen worden, und das ist nicht dein Stil. Etwas anderes wäre es gewesen, wenn man ihn mit einer sauberen Schusswunde gefunden hätte.« Er legte den Gang ein und sah noch einmal zum Haus der Shelleys zurück. »Allerdings habe ich den Eindruck, dass ich der Einzige bin, der den Namen des Mörders nicht kennt.«

»Das stimmt nicht, Charles. Riker und Augusta glauben ihn zu kennen, aber sie liegen falsch.«

»Und der Sheriff?«

Sie wandte sich ab. »Niemanden interessiert es, wer Babe Laurie umgebracht hat. Es ist unwichtig.«

»Diese Sprüche kann ich schon nicht mehr hören. Mich interessiert es.« Der Wagen rollte durch den Garten. Als sie die Straße erreicht hatten, hielt Charles jäh an. »Soll ich daraus schließen, dass der Sheriff den Täter kennt und nichts unternimmt? Und du auch nicht?«

Ja, natürlich kannte sie den Täter, er hätte gar nicht zu fragen brauchen. Manchmal vergaß er eben, dass sie sich noch immer an ein Gebot hielt, das für Kinder selbstverständlich ist: Seine Spielkameraden verpetzt man nicht.

»Kannst du mir nicht wenigstens einen Tipp geben, Mallory?«

Sie sah ihn einen Augenblick nachdenklich an. Überlegte sie immer noch, ob sie ihm vertrauen konnte? Nach allem, was sie zusammen durchgemacht hatten? Das Metronom schlug einmal an. Charles wartete. Die Sekunden bis zum nächsten Tick schleppten sich quälend langsam dahin.

»Es gibt keine Beweise«, sagte sie.

»Ich habe auch gar nicht die Absicht, den Täter auf eigene Faust zu schnappen. Aber wenn du mir nicht eine faire Chance gibst, das Rätsel zu lösen, verliere ich darüber noch den Verstand.«

»Ich habe dir gesagt, dass das Krankenhaus die alten Unterlagen aus dem Archiv auf den Computer einscannen lässt. Augustas Bekannte muss beim Scannen den Syphilisbefund in Iras Laborbericht entdeckt haben und hat eine Markierung angebracht, um auf den Kindesmissbrauch aufmerksam zu machen. Als ich mich in den Daten des Krankenhauscomputers umgesehen habe, war der Vorgang noch nicht vollständig, nur die Markierung, Iras Name und die Krankheit waren vermerkt.«

»Kindesmissbrauch? Aber er war kein Kind mehr.« Er hob eine Hand. »Oder doch, warte … Unterbrich mich, wenn ich das falsch sehe. Bei Ira wurde die Diagnose Autismus in eine schwere Entwicklungshemmung umgewandelt, weil das die einzige Möglichkeit war, ihn in einem staatlichen Therapieprogramm unterzubringen. Deshalb und durch die Abhängigkeit von seiner Mutter war er juristisch gesehen minderjährig. Richtig?«

»Richtig. Als Darlene Ira mit gebrochenen Händen in die Notaufnahme brachte, haben sie im Computer die Markierung gesehen und den Sheriff verständigt.«

Das Metronom hatte das Ticken endgültig eingestellt.

Riker hatte es in knapp zehn Minuten geschafft, mit einem Arm zu packen. Zuletzt holte er die Unterwäsche aus dem obersten Kommodenschubfach und wickelte sie zu einem Knäuel zusammen, um es mit einem Griff im Koffer verstauen zu können. Normalerweise bewegte er sich nicht so schnell, aber die Homebase war schon in Sicht, und er wollte kein Risiko mehr eingehen. Die Kofferschlösser schnappten zu. Fertig.

Und doch zu spät.

Mist!

»Nicht so eilig.« Charles Butler lehnte am Türrahmen wie ein lebendig gewordenes »Kein Ausgang!«-Schild.

Riker ließ sich neben seinem Koffer aufs Bett fallen. Ein Königreich für einen Drink! Die Hoffnung auf einen gemütlichen Sessel in der Flughafenbar und vielleicht den Austausch von Kriegserinnerungen mit Tom Jessop konnte er sich jetzt wohl aus dem Kopf schlagen.

»Es geht um das Geständnis, das Travis auf dem Sterbebett abgelegt hat. Warum hast du dem Sheriff beim Lügen geholfen?«

»Kannst du dir das nicht denken?« Dann aber begriff Riker, dass das Denken in der Beziehung von Charles zu Mallory nur eine sehr untergeordnete Rolle spielte. Charles glaubte trotz gegenteiliger Beweise blind an ihre Unschuld. Riker war in seiner Loyalität pragmatischer. Hätte Mallory auf eine alte Nonne im Rollstuhl geschossen, hätte er sich gesagt, dass die Nonne das höchstwahrscheinlich verdient hatte.

»Du glaubst also immer noch, dass es Mallory war.«

»Immerhin hatte sie ein recht überzeugendes Motiv«, sagte Riker und versuchte sich nicht anmerken zu lassen, wie tief Charles' blinder Glaube ihn berührte. »Außerdem hatte sie die Gelegenheit – und kein Alibi.«

»Weil Babe zu dem Mob gehörte? Deine Logik steht auf ziemlich tönernen Füßen, Riker. Travis war auch dabei, aber dem hat sie das Leben gerettet. Sie konnte schließlich nicht wissen, wer mitgemacht hat. Sie war im Haus, eingesperrt in …«

»… in ihrem Zimmer, jawohl. Aber dort wäre ihr kein Ton entgangen. Hörst du die Vögel, Charles?«

Charles wandte sich um. Der Baum vor dem Fenster war voller Singvögel, deren Stimmen mühelos durch die Scheibe drangen. Und jetzt hörte er auch Betty, die auf der Veranda neue Gäste begrüßte. Er erkannte deutlich, dass es ein Mann und eine Frau waren, hin und wieder konnte er sogar ein Wort aufschnappen.

»Augusta hat mich durch das Shelley-Haus geführt«, sagte Riker, »und mir Kathys Zimmer gezeigt. Hast du das Fenster gesehen, das hoch oben in der Wand im Schrank war? So was kannte ich bisher nicht. In den begehbaren Schränken alter Häuser, in denen es früher kein elektrisches Licht gab, waren häufig Fenster, sagt Augusta. Gesehen haben kann Mallory nichts, für ein kleines Mädchen war das Fenster zu hoch, aber sie muss etwas gehört haben. Vielleicht nicht die Stimme von Travis, aber irgendetwas, und wenn es nur ein paar Worte waren. Solange sie in dem Schrank eingesperrt war, hat sie natürlich nicht begriffen, was sich draußen abspielte, aber als sie dann ihre Mutter sah, gab das Ganze einen Sinn. Ich hab dir schon mal gesagt, dass sie mehr in der Hand hatte als der Sheriff.«

»Travis hat nur einen Hund gesteinigt. Alma, die auch dabei war, hat ihren Stein mit nach Hause genommen. Wenn Mallory gehört hat …«

»Lass gut sein, Charles.«

»Die treibende Kraft bei der Steinigung war Malcolm und nicht Babe.«

»Wenn der Mob tötet, sind sie allesamt schuldig, so will es das Gesetz. Malcolm musste alle mit hineinziehen, die an der Sitzung teilgenommen hatten und den Sheriff später von dem blauen Brief hätten erzählen können. Mag sein, dass nicht alle

Steine geworfen haben, aber alle haben sie zugesehen, wie Cass gestorben ist. Keine Hand hat sich gerührt, um ihr zu helfen. Es gibt hier keine Unschuldigen.«

Riker öffnete das Schiebefenster. Unten lehnte der Sheriff an seinem Wagen.

»Hey, Tom. Noch zwei Minuten, okay?«

»Lass dir Zeit.«

Riker schloss das Fenster und machte sich daran, Charles Butler endgültig außer Gefecht zu setzen – und zwar möglichst so, dass es nicht allzu wehtat.

»Ja, ich glaube, dass sie es war. Deshalb habe ich dem Sheriff den Rücken gestärkt. Ich war ja heilfroh, dass Mallory nicht die ganze Stadt erledigt hat.«

Immerhin hatte sie Owltown erledigt. Der Ort lag in Schutt und Asche, aber die meisten Opfer waren schließlich mit Schuss- und Brandwunden davongekommen.

Charles sah ihn nur traurig an und schwieg.

»Was willst du eigentlich von mir?« Riker griff nach seinem Koffer und stellte ihn an der Tür ab. Vielleicht begriff Charles den Wink mit dem Zaunpfahl und gab den Weg frei. Doch der rührte sich nicht von der Stelle.

»Ich gedenke nicht, meine Aussage zu widerrufen, Charles. Es wäre sinnlos. Den Sheriff interessiert es nicht, wer Babe Laurie umgebracht hat. Keinen interessiert das.« Nur ihn und Charles. Und Mallory war aus dem Schneider. Sie würde sich für den Mord nicht verantworten müssen.

»Es war nicht Mallory«, sagte Charles. »Das ist für mich nicht eine Frage des Glaubens, sondern des Wissens. Interessiert es dich jetzt vielleicht doch ein bisschen?«

Riker kam sich vor wie in dieser einen Sekunde der Schwerelosigkeit, bei der einem im Aufzug der Magen bis in die Kniekehlen sackt. Weil Charles seines Wissens noch nie geblufft hatte, erlebte er, Riker, jetzt den Albtraum eines jeden Cops. Er hatte sich gegen das Gesetz vergangen, den verbotenen Schritt über die Grenze getan, und das rächte sich jetzt. Mit der Vorahnung eines drohenden Flugzeugabsturzes hätte er besser leben können.

»Nein, es interessiert mich nicht«, log er. Bisher war er immer auf der Seite der Opfer gewesen. Die Liebe zu Mallory forderte einen hohen Preis. »Wir wissen von zwei Jungen, die Babe Laurie missbraucht hat. Wie vielen, von denen wir nichts wissen, hat er noch Gewalt angetan? Der Mord war ein Dienst an der Allgemeinheit.«

Er wusste, dass auch das nicht stimmte. Ein Mord war das Schlimmste aller Verbrechen. Seine Gefühle für Mallory hatten sich dadurch gewandelt. Er war es leid …

»Dafür hast du nur die Aussage von Jimmy Simms«, erwiderte Charles. »Du hast doch wohl alles so aufgeschrieben, wie er es gesagt hat? Ich könnte mir vorstellen, dass er vor lauter Weinen gar nicht zusammenhängend sprechen konnte …«

»Willst du damit sagen, ich hätte was überhört?« Auf die Antwort legte Riker nicht den geringsten Wert, und Charles schien das zu spüren und schwieg.

»Charles, warum tust du mir das an?«

»Ich wollte nur sicher gehen, dass nicht diesmal du den Blinden spielst. Du willst also nicht wissen, wer Babe umgebracht hat? Es interessiert dich nicht? Auch gut.«

Charles wandte sich zum Gehen.

»Warte. Wer war es?«

»Du musst dich schon entscheiden, Riker. Entweder es interessiert dich, oder es interessiert dich nicht. Angenommen, es war der Sheriff? Ein durchaus sympathischer Mann übrigens … Sagte ich schon, dass er ein Motiv, die Gelegenheit und kein Alibi hatte? Aber auch für den würdest du bestimmt eine Rechtfertigung finden. Das ist wohl ein Privileg, das euer Job so mit sich bringt: Seine Freunde kann man bei einem Mord ungestraft davonkommen lassen.«

»Der Sheriff? Soll das heißen …«

»Von mir erfährst du nicht, wer es war. Ich weiß es – aber dich interessiert das ja nicht.«

»Wer hat ihn umgebracht, Charles?«

»Wie hast du vorhin gesagt? Das interessiert ja doch keinen.« Er ging zur Tür und öffnete sie weit.

»Mach mich nicht verrückt. Wer ...«

»Guten Flug, Riker.«

Die Tür fiel ins Schloss.

Riker hörte die Vögel nicht mehr. Er stand am Fenster und sah zum Wagen des Sheriffs hinunter. Ein Cop durfte keinen seiner Verdächtigen umbringen – das war für Riker ein ehernes Gesetz. Jetzt aber glaubte er doch an Mallorys Unschuld. Den Mann zu verdächtigen, der unten auf ihn wartete, war das geringere Übel. Damit konnte er leben.

Danke, Charles.

Ira lag in einem weichen Nest aus weißen Verbänden und weichen Betttüchern und schlief. Seine Mutter saß an seinem Bett und blätterte in einer Zeitschrift. Darlene Wooley trug heute kein Kostüm. Der schlichte dunkle Rock und die Bluse ließen sie noch blasser erscheinen, und Charles fragte sich, wie oft sie in den vergangenen Tagen an die frische Luft gekommen war.

Jetzt sah sie lächelnd auf, knickte als Lesezeichen eine Seite um und blickte rasch zu Ira hinüber, als hätte sie Angst, ihn mit dem Rascheln zu stören. Sie winkte Charles hinaus auf den Gang und schloss leise die Tür hinter sich.

»Er ist gerade erst von der Intensivstation gekommen. Sein Arzt sagt, dass es ihm schon besser geht.«

»Das freut mich. Ich habe eine gute Nachricht für Sie. Darf ich Sie zu einem Kaffee in der Cafeteria einladen?«

Rock und Bluse waren Darlene zu weit geworden, ihre Nägel waren zerbissen, die Fingerkuppen wund.

»Wenn er wach ist«, sagte Darlene, »darf ich seine Hand halten. Dabei lässt er sich bestimmt immer noch so ungern anfassen. Es ist, als ob er mir ein Geschenk machen will.«

Automatisch hob sie die Finger an den Mund, doch dann fielen ihr offenbar die abgebissenen Nägel ein, und sie schob die

Hände tief in die Rocktaschen. »Als Ira klein war, hat er mir Blumen aus Cass Shelleys Garten mitgebracht. Ich dachte immer, sie hätte ihn dazu aufgefordert, vielleicht im Rahmen der Therapie. Aber Mallory hat mir gestern Abend erzählt, dass Ira immer gefragt hat, ob er Blumen für seine Mutter pflücken dürfe.«

Eine rührende Geschichte, dachte Charles. Und womöglich noch rührender, wenn Mallory sie sich ausgedacht hatte.

Die Cafeteria hallte von Schritten wider, Gesprächsfetzen schwirrten durch die Luft, Geschirr und Besteck klapperten. Personal und Gäste waren mit sich selbst beschäftigt und beachteten Charles und seine blasse Begleiterin kaum.

Darlenes Haut wirkte unter den Neonleuchten fast krankhaft weiß. Er führte sie an den nächstbesten Tisch, weil er befürchtete, sie könnte umfallen. Wann hatte sie wohl das letzte Mal geschlafen?

»Warten Sie hier, ich hole den Kaffee.«

Eigentlich hatte er ihr nur die Tasse Kaffee bringen wollen, die sie bestellt hatte, aber während er sich in der Schlange vorschob, stellte er auch eine Portion gesundes Gemüse auf das Tablett und ein Stück Fleisch, das verdächtig grau war und in einer spülwasserähnlichen Soße schwamm. Als Nachtisch packte er noch ein in Zellophan eingewickeltes Stück Schokoladenkuchen dazu. Er wollte sie ein wenig aufpäppeln.

Als er das Tablett vor sie hinstellte, lachte sie.

Das war immerhin etwas.

Er setzte sich zu ihr und gab ihr den Brief des Dallheim-Instituts. Als sie ihn gelesen hatte, fiel ihr das Blatt aus der Hand. »Sie wollen Ira also wirklich nehmen?«

»Allerdings. Inzwischen sind sie sogar schon sehr gespannt auf ihn. Essen Sie doch was! Und nicht nur wegen der Vielfachbegabung. Den Ausschlag hat wohl Iras verschwundener Stern gegeben.«

Tagelang war er dem Leiter des Instituts mit den Geschichten über Ira, die er von Betty, Mallory und Augusta erfahren hatte, auf die Nerven gegangen, bis Darlenes Sohn keine Bewerbernummer, sondern ein lebendiger Mensch war und den Sprung auf den ersten Platz der langen Warteliste geschafft hatte.

»Sie wollen ihn haben, sobald er sich gesundheitlich die Reise nach New Orleans zumuten kann. Im ersten Vierteljahr dürfen Sie ihn nicht besuchen, aber später können Sie ihn übers Wochenende mit nach Hause nehmen.«

»Er hat also wirklich eine Chance, später ein selbstständiges Leben zu führen?«

»Ja, und das verdankt er Ihnen. Hätten Sie nicht darauf bestanden, dass er die Therapie fortführt, wäre er inzwischen ein hoffnungsloser Fall. Bitte essen Sie doch etwas. Wir müssen mit jahrelanger Arbeit rechnen, aber früher oder später wird er sich auch außerhalb des Instituts behaupten können.«

»Wenn mir also etwas zustoßen sollte …«

»… braucht er nicht in einem Heim zu leben.«

Minutenlang strahlte ihr Gesicht vor Glück. Plötzlich aber wurden ihre Augen wieder traurig, und er konnte sich denken, was sie bedrückte.

»Das ist wunderbar«, sagte sie leise. »Ich … da ist noch etwas, was ich erledigen muss, ich wollte nur …«

»Probieren Sie das Fleisch, Darlene. Ich möchte zu gern wissen, von welchem Tier es stammt.«

Sie griff nach Messer und Gabel, schnitt einen Augenblick an dem Fleisch herum und legte dann kraftlos das Besteck aus der Hand.

»Nicht besonders appetitanregend, was? Tut mir Leid.«

»Ich muss mit dem Sheriff sprechen«, sagte sie. »Ich habe da …«

»Haben Sie von Tom Jessops Theorie gehört, dass Babe von Fred Laurie umgebracht worden ist?«

»Fred war es nicht.« Sie stieß an ihre Kaffeetasse, und eine braune Lache schwappte über den Tisch.

»Ich weiß.« Charles zog Papierservietten aus dem Metallständer und tupfte den verschütteten Kaffee auf. »Aber diese Theorie hat überall große Zustimmung gefunden, und Sie könnten deshalb einige Mühe haben, dem Sheriff Ihr Geständnis aufzudrängen. Probieren Sie das Gemüse.«

»Sie haben es gewusst?« Sie fuhr sich mit den mageren Fingern einer Hand durchs Haar. »Ich wollte es Tom sagen. Tagtäglich hab ich es ihm sagen wollen. Nachts kann ich kein Auge mehr zutun. Ständig höre ich den Stein an Babes Schädel schlagen.«

»Sie brauchen nicht davon zu sprechen.«

»Ich möchte es aber«, sagte sie ein bisschen zu laut. Am Nebentisch drehte man sich nach ihr um. Darlene senkte den Kopf. Flüsternd fuhr sie fort: »Mit irgendjemandem muss ich einfach sprechen.« Sie schob ihren Trauring am Finger hin und her. »An der Tankstelle hab ich gesehen, wie Babe ausstieg und zu der Brücke über den Upland Bayou ging. Ich bin ihm nachgegangen, während die Ärzte meinen Jungen behandelten. Aber es ist nicht so, wie Sie denken. Ich habe es nicht getan, weil er Ira die Hände gebrochen hat.«

Der Ring saß locker an dem abgemagerten Finger.

Charles fixierte sein Spiegelbild in dem metallenen Serviettenständer, um nicht sehen zu müssen, wie sie sich quälte, als sie den Mord auf der Straße zu Cass Shelleys Haus schilderte.

»Ich wusste nicht, ob ich ihn umgebracht hatte. Als ich das viele Blut sah, hab ich geschrien und bin zu meinem Wagen gerannt. Ich hab bestimmt gedacht, jemand hätte mich gehört oder gesehen. Ich hab ihn auf der Straße liegen lassen, bin ins Krankenhaus zurückgefahren und hab auf den Sheriff gewartet. Jeden Augenblick, davon war ich fest überzeugt, würde Tom hereinkommen und mich verhaften. Als der Arzt zu mir ins Wartezimmer kam, hat er nicht gemerkt, dass ich mehr Blut als vorher an meinen Sachen hatte. Babes Blut über dem von Ira.«

Sie schlug die Hände vors Gesicht, und Charles sah ihre wunden Fingerkuppen.

»Essen Sie etwas.« Das hatte seine Mutter immer zu ihm gesagt, wenn er sich wieder durch einen Tag unter normalen Kindern mit durchschnittlich großen Nasen und durchschnittlicher Intelligenz gequält hatte: »Iss was!« Essen war ein Sinnbild für Zuwendung und Fürsorge, und etwas anderes fiel ihm als Trost nicht ein.

Darlene griff nach der Gabel und rührte zerstreut die Erbsen in die Preiselbeersoße. »Ich bin fast verrückt geworden bei dem Gedanken, was aus meinem Jungen werden sollte, wenn ich ins Gefängnis muss.« Die Erbsen drehten sich immer schneller in der roten Soße. »Jeden Tag hab ich erwartet, dass Tom mich verhaften würde. Einmal hab ich sogar versucht, es ihm zu sagen, ich konnte es einfach nicht mehr aushalten.«

Die Gabel rutschte weg, Erbsen fielen zu Boden, eine segelte bis auf den Nachbartisch. »Aber dann hab ich es doch nicht fertig gebracht. Wer hätte sich um Ira gekümmert?«

Die beiden Gäste am Nebentisch starrten verwundert auf die Erbse und den Preiselbeerfleck mitten auf ihrem Tisch.

Darlene ließ das Gemüse stehen. Die Erbsen waren ihr wohl zu widerspenstig. Sie griff nach dem Kuchen in der Zellophanpackung. »Woher wissen Sie es, Charles?«

»Cass Shelley hatte Iras Blutproben in diesem Krankenhaus nehmen lassen. Als Sie ihn mit gebrochenen Händen dort hinbrachten, erschien eine Markierung auf dem Computerschirm, die signalisierte, dass es für Ira bereits einen Eintrag gab, der vorgenommen worden war, als Ira sechs war. Der Arzt dürfte Sie gefragt haben, ob die Syphilisbehandlung erfolgreich abgeschlossen wurde. Der Computereintrag gab nicht viel her, und es ist üblich, nach der Krankheitsgeschichte des Patienten zu fragen.«

»Es war nicht der Arzt, sondern die Schwester in der Aufnahme.« Darlene suchte vergeblich nach einem Zugang zu der Zellophanhülle. »Ich hatte keine Ahnung, was sie meinte. Es müsse sich um einen Irrtum handeln, sagte ich. Ira sei damals wegen Hepatitis getestet worden, nicht wegen Syphilis.«

Charles überlegte, ob es wohl unhöflich wäre, Darlene seine Hilfe anzubieten.

»Und als ich beim besten Willen nicht begriff, worauf sie hinauswollte, ist sie mit mir in den Keller gegangen, wo die Akten des Gesundheitsamts für unser County lagerten.«

Die Kuchenverpackung widerstand allen Angriffen. Darlene versuchte, die Hülle mit einem Finger anzubohren, hatte aber ganz vergessen, dass ihre Nägel dazu nicht mehr taugten. »Wir fanden die Akte. Die Fälle waren nicht mit Namen gekennzeichnet, nur die Daten und Testergebnisse waren angegeben. Es handelte sich um einen Sechsjährigen – das war Ira –, einen Dreizehn- und einen Neunzehnjährigen. Die Frau vom Archiv sagte, die Fälle seien alle zusammen in einem Ordner, weil die Ärztin – Cass Shelley – die Ansteckung hatte zurückverfolgen wollen.«

»Der Dreizehnjährige war Jimmy Simms.«

»Ja, das dachte ich mir. Und Babe war in dem Jahr neunzehn geworden, seine Syphilisparty war Stadtgespräch gewesen. Und dann fiel mir die Wunderheilung ein, nach der Ira wie umgewandelt war. Da habe ich natürlich gedacht, er hätte meinen Jungen missbraucht. Was hätte ich denn sonst denken sollen? Und er hatte Ira die Hände gebrochen. Ich hatte schließlich gute Gründe …«

»Jetzt scheinen Sie sich aber Ihrer Sache nicht mehr so sicher zu sein.«

»Nachdem ich ihn umgebracht hatte …« Sie beschäftigte sich, um Charles nicht ansehen zu müssen, wieder mit dem Kuchen. »Noch am gleichen Abend ist mir klar geworden, dass mein Mann von Iras Syphilis gewusst haben muss. Es ist Vorschrift, dass die Eltern benachrichtigt werden, nicht? Ich glaube, dass er sich deshalb mit Cass überworfen hat. Vielleicht hat sie ihn beschuldigt, seinen eigenen Sohn missbraucht zu haben.«

Ihr Trauring fiel auf den Tisch. Charles überlegte, wie viel sie wohl abgenommen hatte. Er hätte ihr so gern mit der Kuchenverpackung geholfen, damit sie etwas in den Magen bekam.

»Ja, so muss es gewesen sein.« Sie drehte und wendete den Kuchen in ihren Händen und zerkrümelte ihn. »Ira ist jetzt ohne Befund. Mein Mann hatte demnach zumindest den Anstand, ihn behandeln zu lassen, ehe er den Wagen an den Telefonmast gefahren hat.«

»Und jetzt glauben Sie, dass Sie den Falschen umgebracht haben?«

»Ich habe gehört, wie Ira Ihnen erzählte, dass sein Vater den ersten Stein geworfen hat. Das ist doch der Beweis, oder? Cass wollte alles öffentlich machen, und da hat mein Mann …« Die Hände hatten den Kampf mit der Kuchenverpackung aufgegeben.

»Ihr Mann hat Ira nicht angerührt.« Charles legte eine Hand über die ihren. »Aber ich denke, dass man ihm weisgemacht hat, Cass habe ihn beschuldigt. Travis ist es ähnlich ergangen. Malcolm hat ihm Cass Shelleys Brief vorgelesen, und Travis dachte, sie hätte ihn beschuldigt, einen Jungen – Jimmy vermutlich – in der Haft missbraucht zu haben. Als Travis im Sterben lag, hat er gesagt, dass Cass ihn mit Hilfe der Wissenschaft kaputtmachen wollte. Er war unschuldig, aber schon der Verdacht hätte ihn zugrunde gerichtet. Der Stein wurde ihm in die Hand gelegt, der Gedanke ins Gehirn geblasen.«

Wie viel Schaden ein einziger Stein, ein einziger Gedanke anrichten konnte, sah man ja an Darlene. Und Travis hatte nur einen Hund gesteinigt. »Bei den Akten lag übrigens auch ein Laborbefund Ihres Mannes. Das Testergebnis war negativ.«

»War das der Brief, aus dem Malcolm vorgelesen hat?«

»Das nehme ich an. Das Datum entspricht dem der Steinigung. Mallory hat eine Kopie im Krankenhausarchiv gefunden. Das Krankenhaus hatte auch an Ihren Mann direkt geschrieben und den Befund beigelegt, aber bis der Brief zum Versand kam, war Cass schon tot.«

»Und deshalb hat er sich umgebracht.«

Für Selbstmorde gab es keine sinnvolle Erklärung – und doch wünschte sich Darlene wenigstens für ein paar Minuten eine geordnete, überschaubare Welt. In einem Augenblick, da um sie herum alles zusammenzubrechen drohte, war das ein nur zu verständlicher Wunsch.

»Ja«, sagte er. »Zwischen Ihrem Mann und Cass kam es vermutlich zum Streit, als sie ihn um eine Blutprobe bat. Im Bewusstsein seiner Unschuld dürfte er empört reagiert haben, aber sie brauchte die Probe, um ihn als Verdächtigen ausschließen zu können. Cass hatte die Ergebnisse in der Hand, als sie an jenem Tag voller Wut den wahren Kinderschänder aufsuchte.«

»Dann war es doch Babe, und Mal hat seinen Bruder mit dem Brief gedeckt.«

»Mit letzter Sicherheit werden wir das nie wissen.«

»Ja, wer sollte es denn sonst sein?« Erschrocken riss sie die Augen auf, als sie merkte, dass die schrille Frage aus ihrem eigenen Mund gekommen war. Die Gäste am Nebentisch erhoben sich hastig und stießen in ihrer Eile einen Stuhl um, der noch einen Augenblick auf den beiden hinteren Beinen wippte, ehe er geräuschvoll zu Boden fiel.

»Babe hatte die Krankheit vor den anderen!« Ihre Stimme war jetzt bis in den hintersten Winkel zu hören. Sie streckte die Hände aus, als wollte sie die Worte zurückholen. Um sie herum verstummten die Gespräche, und Gäste, die allein am Tisch saßen, legten die Zeitungen aus der Hand.

Darlene Wooley presste die Lippen zusammen. Sie hatte sich mühsam wieder gefangen. »Als der bewusste Laborbericht verfasst wurde, war Babe neunzehn und hatte die Krankheit am längsten, das hat mir die Schwester gesagt.«

Und deshalb musste es stimmen. Weil sie an die Wissenschaft glaubte, hatte ein Mensch sterben müssen.

»Diese Chronologie besagt für sich genommen noch nichts darüber, wer wen angesteckt hat.«

Die Zellophantüte zeigte keinerlei Zeichen von Beschädigung, dafür war das Kuchenstück schon ziemlich ramponiert. Darlene nahm noch einen Anlauf, der hartnäckigen Verpackung beizukommen, dann gab sie endgültig auf. »Wenn Ira es mir nur hätte sagen können.«

»Kinder sind die besten Verbündeten«, stellte Charles fest. »Sie lassen sich so leicht einschüchtern, dass sie selten etwas verraten. Jimmy hat nie etwas gesagt und Babe, als er seinerseits missbraucht wurde, auch nicht.«

»Babe?«

»Die Obduktion hat ergeben, dass er unter Syphilis im Spätstadium litt. Wann die Ansteckung erfolgt war, konnte der Pathologe nicht mehr feststellen, er hatte ja nur die Leiche und wusste nichts von Babes Krämpfen, seinen zittrigen Beinen, den Tobsuchtsanfällen, dem Größenwahn – alles Zeichen, die auf die Krankheit in dieser Phase hindeuten.«

Einige dieser Symptome konnte man bei Malcolm beobachten, als er Babe auf der Bühne dargestellt hatte. »Wenn Babe durch die Gegend torkelte, glaubte man, dass er high von Drogen war. Und bestimmt nahm er auch schmerzstillende Mittel. Gegen Ende seines Lebens muss er große Schmerzen gehabt haben. Diese Symptome treten normalerweise erst nach dem fünfzigsten Lebensjahr auf.« Und nach all den seelischen und körperlichen Belastungen, denen Babe ausgesetzt gewesen war, hatte er wohl den Körper eines Fünfzigjährigen besessen, während er nach dem Kalender erst sechsunddreißig war.

»Wie konnte das geschehen? Hätte man das nicht merken müssen?«, fragte Darlene und hielt erschrocken inne, denn bei Ira hatte sie es ja auch nicht gemerkt. Und – wussten Jimmy Simms Eltern, was man ihrem Kind angetan hatte?

»Malcolm wusste es bestimmt«, sagte Charles. »Babe hatte die ganze Skala der syphilitischen Symptome durchlitten, aber Malcolm hätte sich gehütet, ein Kind, noch dazu sein eigenes Mündel, wegen einer Geschlechtskrankheit behandeln zu lassen. Das hätte mit Sicherheit zu einer Ermittlung geführt.«

»Aber Cass hat Babe behandelt, als …«

»Als er schon ein Teenager war und sein Vormund verbreiten konnte, er habe sich die Syphilis durch häufig wechselnden Geschlechtsverkehr geholt. Tom Jessop hat mir erzählt, dass Cass den Jungen fast mit Gewalt in ihre Praxis schleppen musste, um ihn zu behandeln. Die Schädigungen waren für einen Fachmann inzwischen deutlich sichtbar. Sie brauchte nicht auf den Befund zu warten, um Bescheid zu wissen. Als dann die Befunde kamen und sie Ausmaß und Dauer der Krankheit erkannte, stellte sie den Zusammenhang zu Jimmy Simms her. Seine Hepatitis führte sie zu Ira, und nun hatte sie jede Menge Fragen an Malcolm.«

Das Zellophan platzte mit einem leisen Knall auf, und Darlenes Hand war voller Kuchenkrümel. »Als sie an dem Tag zu der Sitzung ging, wollte sie also Malcolm zur Rechenschaft ziehen ...«

»Er hat Babe seit dessen fünftem Lebensjahr aufgezogen und hatte die Gelegenheit.«

Ihre Hand schloss sich, braune Brösel rieselten ihr durch die Finger. »Dann hat Babe nur das getan, was auch ihm angetan wurde. Das klingt plausibel.«

Es war nur zu begreiflich, dass sie in ihrer Verzweiflung nach einer sinnvollen Erklärung suchte, aber er schüttelte den Kopf. »Nur Anwälte führen ins Feld, dass ihre Mandanten, die wegen Kindesmissbrauch vor Gericht stehen, selbst als Kinder missbraucht wurden. Die Statistiken zu diesem Thema sind alle mit großer Vorsicht zu genießen. Malcolm war immer der nächstliegende Verführer. Vom Zeitfaktor her stimmt alles. Wahrscheinlich hat er sich seinen Neffen Jimmy vorgenommen, als Babe kein Kind mehr war, und während der Wunderheilung kam er ohne weiteres an Ira heran.«

Das war die wahrscheinlichste Erklärung für Iras Rückfall. Babes unwillkommene Berührung bei der angeblichen Wunderheilung hatte den kleinen Jungen tief verstört, er hatte geschrien vor Angst, und Malcolm hatte den väterlichen Freund herausgekehrt und sich mit dem Jungen in eine ruhige Ecke verzogen. Wenn Ira jetzt erneut geschrien hatte, wäre niemand auf die Idee gekommen, dass er einen konkreten Grund dafür hatte – nicht einmal sein Vater, der an jenem Abend im Publikum gesessen hatte, während sein Sohn vielleicht nur ein paar Schritte weiter missbraucht wurde.

Darlene hatte offenbar diesen Gedankengang nachvollzogen und schüttelte jetzt den Kopf, als wollte sie das Bild vertreiben, das vor ihrem inneren Auge stand. Die trockenen Kuchenkrümel verteilten sich, zu feinem Staub zerdrückt, über Tablett, Tisch und Fußboden.

»Es muss für Babe schwer gewesen sein, Cass Shelley sterben zu sehen«, sagte Charles. »Sie war früher seine Ärztin und vielleicht der einzige Mensch, der sich je um ihn gekümmert hatte. Und dann tauchte Mallory auf, die ihrer Mutter wie aus dem Gesicht geschnitten war, und Ira wiederholte ständig diese Tonfolge auf dem Klavier. Dieselbe Tonfolge, die von einer Schallplatte mit einem Sprung ablief, während Cass von dem Mob gesteinigt wurde. Die Töne brachten Babe zur Raserei. Vielleicht hat er Ira angeschrien, hat ihm befohlen aufzuhören, aber Sie wissen ja, dass Ira so etwas einfach verdrängt. Er spielte weiter, und Babes Krankheit war schon so weit fortgeschritten, dass er mit Frustrationen einfach nicht mehr umgehen konnte. Er wusste sich nicht anders zu helfen, als Ira den Klavierdeckel auf die Hände zu schlagen, um die Töne nicht mehr hören zu müssen. Sobald die Musik verstummt war, legte sich seine Aggression sofort.«

»Aber Babe hat Mallory aufgelauert«, beharrte Darlene mit lauter Stimme. »Er wollte sie überfallen.«

Die Kaffeetasse fiel scheppernd zu Boden.

Einen Augenblick wurde es ganz still im Raum. Dann nahmen die anderen Gäste ihre Gespräche wieder auf, aber von überall her richteten sich Blicke auf die Kaffeepfütze und die möglicherweise gefährliche Irre.

»Ich glaube eigentlich nicht, dass Babe die Absicht hatte, Mallory etwas anzutun«, sagte Charles. »Vielleicht glaubte er, Cass vor sich zu haben, seine Ärztin, die ihn getröstet und seine Schmerzen gelindert hatte. Es kann aber auch sein, dass er durchaus klar im Kopf war und mit Mallory über den Tag sprechen wollte, an dem ihre Mutter gestorben war. Das mag die Erklärung dafür sein, dass die Brüder auf dem Marktplatz und dann noch einmal an der Tankstelle miteinander in Streit gerieten. Im Nachhinein zu erraten, was ein Toter getan oder nicht getan hat, ist immer eine heikle Angelegenheit.«

Erst kamen lautlose Tränen, dann fing Darlene an zu zittern und würgend zu schluchzen. Die Gäste an den Nebentischen hatten das Interesse an ihr verloren. Tränen waren hier schließlich die Regel, und eine weinende Darlene war keine Gefahr mehr.

Charles wartete geduldig, bis die Tränen versiegt waren, und versorgte sie zwischendurch mit Papiertaschentüchern. Als sie sich wieder gefasst hatte, holte er ihr noch ein Stück Kuchen und öffnete die Verpackung.

Sie bemühte sich um ein dankbares Lächeln, das aber kläglich misslang. »Keiner hat sich dafür interessiert, wer Babe Laurie umgebracht hat. Nur Sie.«

»Ganz so war es nicht. Alle, die behaupteten, Babes Tod interessiere sie nicht, haben das nur gesagt, weil sie glaubten, dass die Tat jemand begangen hat, der ihnen nahe stand.«

Natürlich war es denkbar, dass Mallory tatsächlich den Sheriff für den Täter hielt. Als Charles sie in die Enge getrieben hatte, war ihr Hinweis auf Jessop ziemlich deutlich ausgefallen. Andererseits war es immer schwierig herauszufinden, wann Mallory log und wann sie die Wahrheit sagte. Sie konnte sich gedacht haben, dass Tom Jessop sich gegen eine falsche Verdächtigung mit Leichtigkeit würde wehren können. Wer aber würde sich um ihren früheren Spielgefährten kümmern, wenn Darlene ins Gefängnis musste? Mallory dachte immer sehr praktisch …

»Was wird das Gericht mit mir machen, Charles?«, fragte Darlene müde und offenbar nur mäßig an ihrer Zukunft interessiert.

»Tom Jessop ist ein anständiger Mann. Er wird für Sie tun,

was er kann.« Wenn der Verteidiger auf vorübergehende Unzurechnungsfähigkeit plädierte, würde Tom Jessop diesen Antrag bestimmt unterstützen. »Es dürfte auf eine Bewährungsstrafe hinauslaufen.«

»Und wenn Sie auf der Geschworenenbank säßen?«

»Sie wollen wissen, ob ich für Ihre Verurteilung wäre? Nein, wohl nicht.« Wäre Babe nicht eines gewaltsamen Todes gestorben, hätte ihn ein langes qualvolles Siechtum erwartet. Mit der besten medizinischen Versorgung hätte man vielleicht sein Leiden lindern, nicht aber die verheerenden Schäden rückgängig machen könen. »Trotzdem bedaure ich den Mord an Babe. Besonders die Art, wie er gestorben ist.«

Darlene nickte. »Ganz allein, in tausend Ängsten, auf der Straße verblutet wie ein überfahrener Hund.«

Sie war jetzt mit ihm einig, empfand Bedauern wie er. Und Mitleid? Ja, auch das. Und so hatte Babe Lauries Tod doch seine Bedeutung gehabt. Und zumindest ein Mensch – die Frau, die ihn ums Leben gebracht hatte – würde um ihn trauern und ihm hin und wieder Blumen aufs Grab stellen.

Epilog

Es war eine milde, angenehme Nacht, und auch Mallory war ohne ihren langen schwarzen Reitermantel eine eher freundliche Erscheinung. Den hellblauen Jeans und der weißen Bluse hatte Charles in der zunehmenden Dämmerung ohne Mühe folgen können, verharrte jetzt aber regungslos im Schatten der Bäume.

Sie war mitten im Friedhof an der Kreuzung zweier Kieswege stehen geblieben. Hinter ihr rannte etwas Kleines durch das hohe Gras. Ein Raubvogel glitt über den Himmel und schraubte sich in langsamen Kreisen nach unten. Vor der Eule stieß ein winziges Tier einen spitzen Schrei aus, dann stieg der Nachtvogel lautlos zu den Sternen auf.

Mallory legte den Kopf zurück. Zunächst dachte Charles, dass sie nur den Flug der Eule beobachten wollte, dann aber wurde ihm klar, dass sich hier etwas abspielte, das einer religiösen Handlung sehr ähnlich war. Sie sah nicht zum Himmel auf, um das Werk des Allmächtigen am Firmament zu bewundern oder Ihn anzubeten, aber dass sie mit einem Unsichtbaren Zwiesprache hielt, war unverkennbar, und es sah aus, als würde das Gespräch von ihrer Seite aus mit großer Erbitterung geführt.

Was mochte der Himmel in ihren zornigen Zügen gelesen haben? Ein plötzlicher Windstoß schob ihm Wolken vors Gesicht, und das Gespräch war zu Ende.

Alle Begrenzungen missachtend, marschierte Mallory über Kies und Gras hinweg zwischen den Standbildern und Grabdenkmälern herum. Vor der Figur, die ihr am meisten bedeutete, blieb sie einen Augenblick stehen, dann setzte sie ihren Weg fort.

Er folgte ihr mit dem Blick bis zum Wald, der Henrys Haus umgab, sah, wie sie am anderen Ende wieder herauskam und mit großen, geschmeidigen Schritten den Deich erklomm. Oben angekommen, hielt sie inne und sah auf den Friedhof hinunter. Rasch zog Charles sich wieder in den Baumschatten zurück.

An dieser Stelle sagte er ihr wortlos Lebewohl, obgleich sie noch ein paar Tage zusammen über Land fahren würden. Die eigentliche Trennung würde prosaischer sein: Sie würde in den Canyons der New Yorker Wolkenkratzer untertauchen und ihn vergessen. Und er beschloss, sich nie mehr zu erniedrigen, indem er ihr folgte wie ein Hund und in ihren Augen immer kleiner wurde, bis er ganz verschwunden war.

Die Wolken lockerten zu einem zarten Spitzenmuster auf und gaben die Gestirne frei.

Leb wohl, Kathy Mallory.

Er wiederholte den Namen laut, und plötzlich, fast gegen seinen Willen, erkannte er einen weiteren Zusammenhang. Dazu brauchte er sich nur in Mallory hineinzuversetzen, was zugegebenermaßen ein wenig schwierig war, denn das Kind, an das er in diesem Augenblick dachte, war erst sechs Jahre alt. Im Schrank hatte Kathy keinen Laut von der Mutter vernommen, dafür aber gehört, dass draußen jemand zu der schweigenden Menge sprach. Sie hatte vielleicht nicht einzelne Worte verstanden, aber die Stimme erkannt und sie mit Malcolm in Verbindung gebracht, den seine Freunde Mal nannten.

Mal Laurie – *Mallory.*

Das Kind hatte den Namen jenes Mannes angenommen, der ihre Mutter ermordet hatte. Schon damals hatte sie sich geschworen zurückzukehren, wenn ihre Hände stark genug wären, eine todbringende Waffe zu halten. Tag für Tag hatte sie sich mit diesem verhassten Namen anreden lassen, um das schlimmste Leid, das einem Kind widerfahren kann, nie zu vergessen.

Es dauerte geraume Zeit, bis Charles seine Gefühle wieder

unter Kontrolle hatte. Und dann vergaß er, dass er sich ja eigentlich schon von Mallory verabschiedet hatte, und machte sich in der sternenklaren Nacht auf, um ihr zu folgen. Er wollte sie festhalten, ganz fest, wollte sie zwingen, sich von ihm über all das, was sie verloren und erlitten hatte, hinwegtrösten zu lassen.

Was ihr möglicherweise gar nicht recht, ja, was ihr vermutlich sehr unwillkommen war. Höchstwahrscheinlich würde sie versuchen, ihn abzuwehren wie eine lästige Fliege, aber eine Fliege dieser Größe wird man so schnell nicht los.

Pech gehabt, Mallory.

Er sehnte sich sehr danach, sie in den Armen zu halten. Und nun fasste er einen Entschluss, der sie bestimmt noch mehr in Rage bringen würde. Solange er – oder sie – lebte, würde er nun, wann immer sie sich nach ihm umsah, in ihrer Nähe sein.

PATRICIA CORNWELL

Im New Yorker Central Park wird die Leiche einer Frau gefunden. Bald wird klar, daß der Serienmörder Gault der Täter ist.
Und er hat es eigentlich nur auf ein Opfer abgesehen: Kay Scarpetta ...

43536

GOLDMANN